हम भीड़ हैं

हम भीड़ हैं

रघुवंश

लोकभारती प्रकाशन

लोकभारती प्रकाशन
पहली मंज़िल, दरबारी बिल्डिंग, महात्मा गांधी मार्ग
इलाहाबाद–211 001

वेबसाइट : www.lokbhartiprakashan.com
ई-मेल : info@lokbhartiprakashan.com

शाखाएँ : 1–बी, नेताजी सुभाष मार्ग, दरियागंज
नई दिल्ली–110 002
अशोक राजपथ, साइंस कॉलेज के सामने
पटना–800 006
36 ए, शेक्सपियर सरणी, कोलकाता–700 017

पहला संस्करण : 2016

मूल्य : ₹ 650

बी.के. ऑफसेट
नवीन शाहदरा
दिल्ली–110 032 द्वारा मुद्रित

HUM BHEED HAIN
by Raghuvansh

ISBN : 978-93-5221-175-3

डॉ. रघुवंश के रचनात्मक-सामाजिक
जीवन-यात्रा की सहचर
स्वर्गीय पत्नी सावित्री रघुवंश को
समर्पित

डॉ. रघुवंश के अमूल्य आलेख

भारतीय समाज और राजनीति बीसवीं शताब्दी में असाधारण परिवर्तनों से गुज़रे हैं। स्वाधीनता के लिए सघन संघर्ष, सामाजिक नवनिर्माण और राजनीतिक क्रान्ति के लिए अन्दरूनी चुनौतियों का मुक़ाबला और साम्राज्यवादी षड्यंत्रों को ध्वस्त करने के बाद जनतांत्रिक राष्ट्र निर्माण की अद्‌भुत यात्रा ने भारत में एक नए युग का उदय किया। इस समूची प्रक्रिया में जनसाधारण और बुद्धिजीवियों की अपनी-अपनी शानदार भूमिका थी। हमारे सभ्यता प्रवाह को समझने में विवेकानन्द, तिलक, टैगोर, गांधी, अम्बेडकर, नेहरू, मौलाना आजाद, नरेन्द्रदेव, जे.पी., रामासामी नायकर, ज्योतिबा फुले, एनी बेसेंट, भगवानदास, लोहिया आदि ने इस प्रक्रिया को समझने-सँवारने और व्यापक बनाने में अविश्वसनीय योगदान किया। हमारी स्मृतियाँ जाग्रत हुईं। हमारा आत्मविश्वास बढ़ा। हमने युगांतरकारी सपने और आदर्श अपनाए। चुप्पी में जीने वालों को मुखरता मिली। दु:खों को स्वर दिया गया। अन्यायों की पहचान हुई। नए प्रस्थानों की तैयारी शुरू की गई। आत्मालोचना का साहस जागा। संवाद की आवश्यकता महसूस हुई। सत्ता की बजाय सत्य का आकर्षण बढ़ा। सच को समझने के लिए ढोंग और भय दोनों का मुक़ाबला होने लगा। बेहतर भविष्य की ओर जाने वाले रास्तों की रचना की जाने लगी। यह सब एक साथ हो रहा था। इसमें जुटे लोगों को लेखक, अध्यापक, डॉक्टर, पत्रकार, वकील, किसान-मज़दूर संगठनकर्ता, गृहस्थ, रचनात्मक कार्यकर्ता आदि समूहों में बाँटना मुश्किल था। समलक्ष्य और समबोध ने 1942 से 1974 के दौरान बेहतरी के लिए बुनियादी बदलाव के पक्ष में एक राष्ट्रीय जुनून का माहौल बना रखा था। इसमें राष्ट्रीयता और समाजवाद की रचना की आशा का अपना योगदान था। इस पुस्तक में संकलित आलेख इस नए भारत के एक प्रतिनिधि स्तर, एक आदर्श नागरिक, एक विशिष्ट विद्वान, एक सृजनशील साहित्यकार और सरोकारों से जुड़े एक बुद्धिजीवी

डॉ. रघुवंश द्वारा बीसवीं सदी के अन्तिम दौर में लिखे गए। प्रसिद्ध पत्र-पत्रिकाओं में छपे। बौद्धिक और राजनीतिक विमर्श के सूत्र बने। अपने समय के भाष्यकार और आने वाले दौर की ज़रूरतों के बारे में विचारशील डॉ. रघुवंश के इन लेखों को एक साथ पढ़ना स्वाधीनता के बाद से बन रहे भारतीय समाज और मानस से साक्षात्कार है।

डॉ. रघुवंश जी इलाहाबाद विश्वविद्यालय के यशस्वी आचार्य थे। उनके व्यक्तित्व और कृतित्व ने अनगिनत युवाओं को गहराई तक प्रभावित किया। उनके प्रश्नों और सरोकारों को डॉ. राममनोहर लोहिया और लोकनायक जयप्रकाश नारायण तक अपने चिन्तन-मनन के लिए महत्त्वपूर्ण मानते थे। हमारा सभ्यता-प्रवाह, हमारी समाज-धारा, हमारी देश-रक्षा और स्वाधीनता के बाद से जारी लोकतंत्र-विमर्श उनके बहुआयामी सोच और लेखन के बुनियादी सरोकार थे। यह चारों प्रसंग इक्कीसवीं शताब्दी में और ज़्यादा महत्त्वपूर्ण हो गए हैं। पुराने मूल्यों की पड़ताल जारी है। नए प्रयोगों की तैयारी भी है। संस्कृति और अस्थिरता के प्रश्नों में नई उलझनें उभरी हैं, जिनको समझने के लिए स्वाधीनता की भूख से शुरू स्वप्नों और क्रान्तियों के सूत्र जानने ही पड़ेंगे। असहमति का अधिकार, परिवर्तन की पुकार, सत्ता और समाज में बढ़ रहा भ्रष्टाचार और अनुशासन की ललकार जैसे प्रसंगों को समाज-धारा और देश-रक्षा दोनों के कोणों से देखने की क्षमता बनानी पड़ेगी। यह पूछने की जरूरत बढ़ती जा रही है कि क्या हम भीड़ हैं? क्या हमें करिश्माबाज़ी चाहिए? क्या अराजकता और क्रान्तिकारिता पर्यायवाची होने चाहिए? शिक्षा नीति, संस्कृति नीति, अर्थव्यवस्था, विदेशी प्रभाव और लोकतंत्र की कमज़ोर बुनियाद पर उठाए गए प्रश्न और रेखांकित पहलू डॉ. रघुवंश के इन गम्भीर लेखों को एक ज़रूरी पाठ बनाते हैं।

डॉ. रघुवंश विश्वविद्यालयी विद्वान नहीं थे। सत्ताधीशों के आभामंडल से अलग जनसाधारण के सुख-दुख से अभिन्नता रखने वाले सक्रिय विचारक थे। उनके जीवन में बौद्धिक कर्म और सरोकारी नागरिक धर्म ने दो पहियों का काम किया। उनकी वाणी, लेखनी, जीवन-शैली और नागरिकता ने सत्ता प्रतिष्ठान के लिए लगाम का काम किया। इसीलिए आपात्काल के दौरान उनको सत्ता व्यवस्था के लिए ख़तरनाक मानकर कैदी भी बनाया गया। इससे उनकी कथनी-करनी की एकता मज़बूत हुई। उनका प्रभाव बढ़ा। अपने जीवनकाल में ही वह बौद्धिक ईमानदारी के प्रतीक और प्रतिमान बन गए।

मैंने डॉ. रघुवंश जी को पहली बार 'धर्मयुग' और 'कल्पना' में पढ़ा। फिर काशी में अवरुद्ध पुनर्जागरण और बौद्धिकों की भूमिका पर आयोजित प्रसिद्ध परिसंवाद में सुना। यह सब साठ के दशक के प्रश्न थे। पुन:1974 के सम्पूर्ण क्रान्ति आन्दोलन के दौरान स्वराज के व्याख्याकार और लोकनायक जयप्रकाश के सहकारी आचार्य के रूप में हम सबकी दृष्टि में उनका स्थान बना। आपात्काल में हुई उनकी गिरफ़्तारी ने तो पूरे देश में डॉ. रघुवंश की चर्चा कराई। जनता पार्टी से लेकर जनता दल के उत्थान-पतन के दो दशकों (1974-1992) के वह सक्रिय साक्षी रहे। सपने देखकर सक्रिय होना सबको आता है। लेकिन सपनों के टूटने पर भी सक्रियता बनाए रखना डॉ. रघुवंश के ही वश की बात थी। जीवन की संध्या में गम्भीर अस्वस्थना का भी दौर आया। स्मृति दोष हुआ। किन्तु स्वस्थ होते ही उनका विचारशील मन और प्रभावशाली लेखन गतिमान हो गए। उनको वैश्विक फलक से अपने सोच को जोड़ने की आदत थी, क्योंकि उन्होंने सहज मानव का चित्र विकसित किया था। इस पुस्तक के ज़रिए हम सभी को दृष्टि की स्पष्टता और कार्यप्रवाह की निरन्तरता में सहायता मिलेगी, ऐसी मेरी दृढ़ मान्यता है। मैं इस प्रयास के लिए उनके यशस्वी सुपुत्रों वसुमित्र, ज्योतिमित्र और पुष्पमित्र और विदुषी पुत्री प्रो. सुजाता रघुवंश को बधाई देता हूँ। वे हमारे धन्यवाद के अधिकारी हैं।

—आनन्द कुमार

अध्यक्ष, भारतीय समाजशास्त्र परिषद

नई दिल्ली

पुस्तक के बारे में

डॉ. रघुवंश के व्यक्तित्व के अनेक आयाम हैं—अध्यापक/अध्येता, शोधकर्ता, समालोचक, कथाकार, यात्रा-प्रेमी, सांस्कृतिक राजनीति के सकर्मक पैरोकार। राजनीतिक चिन्तन में भी उनकी गहरी रुचि रही। पर राजनीतिज्ञ होने की महत्त्वाकांक्षा उन्होंने कभी नहीं पाली। लोहिया के समाजवादी विचारों से प्रभावित रहे। बाद में वे जयप्रकाश नारायण के सम्पर्क में भी आए। अभिव्यक्ति की स्वतंत्रता का प्रबल पक्षधर होने के जोख़िम उन्होंने उठाए। आपातकाल के दौरान 'मीसा' जैसे काले क़ानून के अन्तर्गत उन्हें जेल भी जाना पड़ा।

डॉ. रघुवंश ने 'आधुनिकता' को केवल 'व्यक्ति' की विशिष्टता के रूप में नहीं, बल्कि अपने समाज के गतिशील होने की सांस्कृतिक आकांक्षा के वैशिष्ट्य के रूप में समझने की चेष्टा की। दरअसल वे सांस्कृतिक चिन्तक थे। संस्कृति को परम्परा की रुढ़ियों से मुक्त करके उन्होंने अपने समय के समाज को विभिन्न समस्याओं से सन्दर्भित किया। राजनीतिक, आर्थिक, शैक्षिक दृष्टि से भारतीय समाज के लिए क्या ग्राह्य है और किस रूप में ग्राह्य है, इसके विश्लेषण में पूर्वाग्रह-रहित होकर रघुवंश जी ने समय-समय पर जो लेख-निबन्ध इत्यादि विभिन्न पत्र-पत्रिकाओं में लिखे, उनका संकलन उनकी इस पुस्तक में किया गया है। राजनीति, धर्म, शिक्षा और विकास के नए मॉडलों पर रघुवंश जी के क्या विचार थे, उनको जानने में इस पुस्तक की उपयोगिता असंदिग्ध है।

डॉ. रघुवंश 'मनुष्य की सांस्कृतिक उपलब्धियों' की कसौटी पर अपने समय और समाज की स्थितियों को परखने के हिमायती थे। इस पुस्तक में संकलित लेखों से यह भी पता चलता है कि उन्होंने अपने चिन्तन का फलक कितना व्यापक रखा। इसीलिए वे शिक्षा, राजनीतिक व्यवस्थाओं और साम्प्रदायिक संकटों को समझने और समझाने में निरन्तर संलग्न रहे।

यह पुस्तक 'हम भीड़ हैं' डॉ. रघुवंश की इस रचनात्मक आकांक्षा से हमें परिचित कराती है कि उनको आधुनिकता और विकास का एक ऐसा स्वरूप पहचानने के लिए व्याकुलता थी, जो काल की दृष्टि से 'नया' हो और देश की दृष्टि से 'भारतीय' हो। यही आकांक्षा रघुवंश जी को आचार्य नरेन्द्र देव, डॉ. लोहिया और जयप्रकाश नारायण जैसे चिन्तकों की ओर आकृष्ट करती रही।

डॉ. रघुवंश ने हमेशा किसी भी अन्धानुकरण या किसी भी अन्ध सहमति से राष्ट्र को आगाह करते हुए ऐसे बहुत से लेख लिखे, जो इस पुस्तक में संकलित हैं। पुस्तक में संकलित लेखों को चार खंडों में संयोजित किया गया है—'हमारा सभ्यता-प्रवाह', 'समाज-धारा', 'देश-दशा' और 'लोकतंत्र-विमर्श'।

पहले खंड में ऐसे लेखों को क्रम दिया गया है जिन्हें हम मुक्तिबोध के शब्दों में 'सभ्यता-समीक्षा' कह सकते हैं। भारत को जिस पूर्वाग्रह-पूर्ण दृष्टि से पश्चिम में देखा जाता रहा, उनकी अविवेकपूर्णता का विवेचन पहले खंड के प्रारम्भिक निबन्ध 'धूल, तिलचट्टों और अपाहिजों का देश' में किया गया है। असल में यह आज़ादी से पहले के औपनिवेशिक साम्राज्यवाद द्वारा बनाई गई छवि थी। डॉ. रघुवंश ने इसका सारगर्भित प्रतिरोध किया। अपने समय की अनेक बहसों में वे कितने साहस के साथ शामिल रहे, इसके प्रमाण हैं—'गांधी बनाम नेहरू की बहस', 'संस्कृति की खोज में नया युग', 'आध्यात्मिक क्रान्ति', 'हमारा मूल्य-निरपेक्ष व्यक्तिवाद' और 'कुछ नए प्रयोगों की शुरुआत' शीर्षक लेख। वे हमेशा हमें स्व-विवेकी बनाने पर जोर देते रहे।

दूसरा खंड है—'समाज-धारा'। इस खंड में 'स्वयंसिद्ध को सिद्ध करने का श्रम' शीर्षक लेख में यह चिन्ता व्यक्त की गई है कि किसी समाज में जो मूल्य-चेतना होती है उसे आचरण में सिद्ध करना ही उस मूल्य-चेतना को सार्थक करने का उपाय है। छद्म स्वयंसिद्ध मूल्यों को आँख मूँदकर स्वीकार नहीं करना है, बल्कि आजकल के युगीन परिवेश में नए मूल्यों को पहचानने का श्रम भी आवश्यक है।

दूसरे खंड के सभी लेख समाज की वर्तमान विसंगतियों पर प्रकाश डालते हुए इन विसंगतियों से उबरने की दिशा देते हैं। कुछ महत्त्वपूर्ण लेखों के शीर्षक यहाँ द्रष्टव्य हैं—'प्रजातंत्र के काँपते हुए स्तम्भ', 'प्रतिश्रुति का सवाल : बहस का मुद्दा', 'असहमति का अधिकार, बौद्धिक एकाकीपन', 'तर्कहीन समाज की व्यूह रचना',

'कथनी और करनी', 'भ्रष्टाचार का तर्क', 'युवाशक्ति : दिशा की तलाश' और 'सहायता और दान की विश्व-राजनीति' आदि। ये सभी लेख वस्तुतः समसामयिक समस्याओं (संगत मूल्य चेतना और पत्रकारिता की वर्तमान दशा, राजनीतिक विचलनों और विश्व-राजनीति में भारत के दृढ़ संकल्पों के संकट) को उजागर करते हैं।

'सह अस्तित्व : एक स्थिति या मूल्य' तथा 'सहायता और दान की विश्व राजनीति' विशेष रूप से वर्तमान परिप्रेक्ष्य में और भी प्रासंगिक हैं। आज तथाकथित वैश्वीकरण के शिकंजे में जिस तरह भारतीय व्यवस्था को जकड़ा जा रहा है, वह एक नई प्रकार की आर्थिक दासता है। इसके संकटों को समझने और नए निर्णय लेने की दिशा में ये लेख हमें अग्रसर करते हैं।

तीसरा खंड है—'देश-दशा'। इसके अन्तर्गत ऐसे लेख हैं जो आपात्कालीन दौर के अँधेरों को उजागर करते हैं और किसी भी तानाशाही को चुनौती देते हैं। कुछ प्रमुख लेखों के शीर्षक हैं—'जाल सुखाने का समय', 'अनुशासन-पर्व', 'जनता दल की सम्पूर्ण क्रान्ति : शिक्षा का कर्मकांड', 'हम भीड़ हैं', 'भीड़ जुटाने वाली राजनीति', 'अराजकता बनाम क्रान्तिकारिता' आदि। ये शीर्षक बताते हैं कि रघुवंश जी यह देखकर कितने क्षुब्ध रहे कि हमारी राजनीतिक व्यवस्था किस तरह लोकतंत्र को भीड़-तंत्र में परिणत करके भारतीय नागरिकों को सही पक्ष में खड़ा होने में कैसी बाधाएँ उत्पन्न कर रही है। चुनाव में जनता को या तो भीड़ मानकर हमारे राजनीतिक दल चलते हैं या फिर सिर्फ़ मतपेटी के मतपत्र मानकर उनका इस्तेमाल करते हैं। कुल मिलाकर इन सभी लेखों का सार-तत्त्व यह है कि हमारी राजनीतिक चेतना को दिग्भ्रमित करने के विरुद्ध हमारी जनता संगठित रूप में दृढ़ता से डटे और विवेक का इस्तेमाल करे। इन लेखों को पढ़ते हुए वर्तमान सन्दर्भ में अपनी स्वतंत्रता और अपने सार्थक संकल्पों की दिशा में आगे बढ़ने की प्रेरणाएँ हमें मिलती हैं।

पुस्तक के चौथे खंड—'लोकतंत्र के विमर्श' शीर्षक के अन्तर्गत ऐसे लेख संकलित किए गए हैं जो समय-समय पर उठ खड़े होने वाले सवालों से हमें मुख़ातिब करते हैं। जिन विविध प्रसंगों को लेकर ये लेख लिखे गए हैं, उनसे पता चलता है कि डॉ. रघुवंश के सरोकार कितने दूर-दृष्टिपूर्ण और कितने व्यापक थे। इस खंड के कुछ प्रमुख लेखों के शीर्षक हैं—'हम गांधी का श्राद्ध कर रहे हैं', 'अख़बार की पंक्तियों में', 'विकल्प क्या है', 'लोकतंत्र बनाम तानाशाही', 'लोकतंत्र

की मुक्ति', 'अन्ध गलियों का भटकाव', 'खोखली होती हुई शिक्षा', 'हमारी विकृत होती हुई संसदीय संरचना' और 'भाषा नीति बनाम भाषा की राजनीति', 'मज़दूर आन्दोलन की परिणति' आदि।

'हम गांधी का श्राद्ध कर रहे हैं'—यह लेख इस स्थिति पर व्यंग्य करता है कि आज़ादी के बाद गांधी के नाम का जाप तो बहुत किया जाता रहा, लेकिन गांधी से सचमुच प्रेरणा लेकर सकारात्मक राजनीति करने के विरुद्ध, सिर्फ़ सत्ता पाने के उपायों के रूप में उनके नाम का दुरुपयोग ही अधिक हुआ। अन्य लेखों में शिक्षा-व्यवस्था, भाषानीति और संसदीय संरचना की विसंगतियों पर मौलिक विचार व्यक्त करते हुए कुछ सार्थक सुझाव भी दिए हैं। इन सुझावों को आज भी यदि प्रासंगिक मानकर हम चलें तो देश को सही दिशा में अग्रसर होना सम्भव होगा। हमारे शिक्षा-संस्थान किस तरह जड़ता के केन्द्र बनते जा रहे हैं, यह चिन्ता भी इन लेखों में प्रकट हुई है। 'शिक्षा और पत्रकारिता' आज पहले की तरह उस ऊर्जा को अर्जित नहीं कर पा रही है, जो राष्ट्रीय आन्दोलनों के दौर में अर्जित की गई थी। आज की शिक्षा-व्यवस्था विवेकपूर्ण नागरिक बनाने से ज़्यादा दिशाहीन नागरिक बनाने में लगी हुई है।

डॉ. रघुवंश एक सच्चे अर्थ में लोकतांत्रिक समाजवादी चिन्तक थे। रघुवंश जी की चिन्ता का कोई भी क्षेत्र हो, उसके केन्द्र में दो पद हमेशा रहे—'मानव-मूल्य' और 'मानव-संस्कृति'। ये दोनों आज संकटग्रस्त हैं। डॉ. रघुवंश ने अपने मतों को इस प्रकार प्रस्तुत किया है कि दूसरों को असहमति का अधिकार रहे। जिन बिन्दुओं पर उन्होंने सहमति व्यक्त की है, वे दरअसल उनकी अपनी विवेक-चेतना से परिचालित थे, लेकिन उन्होंने कहीं भी यह नहीं चाहा कि अनिवार्यत: सब उनसे सहमत ही हों। लोकतंत्र में असहमतियों का अधिकार कई बार चिन्तकों को आत्मालोचना के अवसर भी देता है। यह असहमति का मूल्य भी पहचानते थे बशर्ते वे पूर्वाग्रह से रहित हों।

इस पुस्तक की विशेषता यह है कि इसमें संकलित लेख आज की राजनीति में ज़ो तानाशाही की प्रवृत्तियाँ उभर रही हैं, उनका प्रतिरोध करने के लिए संगठित रूप में विकास की और सोच-विचार की दिशा तलाशने में हमें तत्पर करती है।

—राजेन्द्र कुमार

पूर्व प्रोफेसर एवं अध्यक्ष, हिन्दी विभाग

इलाहाबाद विश्वविद्यालय, इलाहाबाद

हम भीड़ हैं

अनुक्रम

हमारा सभ्यता-प्रवाह

समाज-धारा

देश-दशा

लोकतंत्र-विमर्श

हमारा सभ्यता-प्रवाह

धूल, तिलचट्टों और अपाहिजों का देश

किसी देश में धूल है, गर्मी है, पानी ज़्यादा बरसता है, हवा तेज़ चलती है—ठंडी या गरम, इसका कोई क्या कर सकता है? उसी तरह, जैसे किसी दूसरे देश में कोहरा और धुन्ध छाई रहती है, हरदम आकाश रोता रहता है, मौसम का कोई ठिकाना नहीं, आते-जाते सबसे पहला सवाल यही बना रहता है, महीनों ज़मीन बर्फ़ से ढकी रहती है, तो कोई इसका भी क्या करेगा? मैं नहीं कहता कि कभी किसी ने इस प्रकार के सवाल उठाए नहीं होंगे, या ऐसी बहसों में पड़े ही न होंगे और आज भी देशों में ऐसे लोग नहीं ही होंगे जो इस प्रकार की चर्चाओं में रस नहीं ले सकते। पर सवाल समझदारों का है, विशेषकर जान वेन जैसे संवेदनशील आधुनिक साहित्यकार का है। वह उस देश का साहित्यकार है, जिसने यूरोप का भी नेतृत्व किया है, उस यूरोप का जो पिछली शताब्दियों में संसार की सांस्कृतिक संचरणशीलता का केन्द्र रहा है। और जिस देश में बच्चे को आठ वर्ष तक ऐसी आधारभूत शिक्षा दे दी जाती है, जिस पर अगले बारह वर्षों की समस्त शिक्षा विकसित होती है। ऐसे देश के ऐसे व्यक्ति से न तो इस प्रकार की चर्चा की अपेक्षा की जा सकती है, और न यूरोप के देशों के लिए इस साधारण-सी बात को इस प्रकार कहने की आशा ही की जाती है।

ऐसे यायावरों की बात यहाँ नहीं उठा रहा हूँ, जो देश-विदेश घूमने को अपने-आप में मूल्य मानकर चलते हैं, उनके लिए हर देश में न जाने क्या-क्या देखने, सुनने और सराहने को मिल जाता है। यदि ऐसा वे न करें तो उनका घुमक्कड़ी का रोब दूसरों पर पड़े ही क्यों और यह न हुआ तो फिर हुआ ही क्या? उनमें तो यह भी हो सकता है कि राजा को नंगा देखकर भी नंगा कहकर नक्कू कौन बने? रही पत्रकारों की बात, वह भी इस प्रस्तुत प्रसंग में अप्रासंगिक ही कही जाएगी। पत्रकार के लिए यह शोभा की बात हो सकती है कि वह किसी देश के बारे में दसवीं, सौवीं और हज़ारवीं बार भी घिसी-पिटी बातों को फोटोग्राफ़ी के बल पर उछालते घूमें। पर एक प्रतिष्ठित लेखक से कोई ऐसी आशा क्यों करेगा?

ऐसा नहीं कि साधारण पर्यटक तथा पत्रकार किसी देश के बारे में अपने संस्मरण, डायरी या 'जर्नल' लिखते-छपाते नहीं हैं, अथवा उनको रुचि से पढ़ा नहीं जाता है। वरन् ऐसा ही ज़्यादा होता है और उसी का स्वागत भी अधिक होता है। हम

भी क़सम नहीं खा सकते कि समय काटने या मन बहलाने के लिए हम उन पर दृष्टि नहीं डालते। लेकिन इन क्षणों की अनुभूति का स्तर ही और होता है, जब आदमी उस गावदी निरर्थक से भी रस ग्रहण कर लेता है। परन्तु इंग्लैंड के स्टिफ़ेन स्पेन्डर के द्वारा सम्पादित पत्रिका में प्रकाशित, उसी देश के दूसरे महत्त्वपूर्ण लेखक, जान वेन के भारत पर लिखे गए संस्मरणात्मक लेख को उस कोटि में रखकर इस देश का लेखक कैसे देख सकता है। उनके इस भारत के निरीक्षण को हम साहित्यकार के अन्त:साक्षात्कार के स्तर पर ही ग्रहण करना चाहेंगे।

फिर यदि वह अपने संस्मरण-लेख में यही बताने का प्रयत्न करते हैं कि इस देश में धूल है, गर्मी है, तिलचिट्टे हैं, ग़रीबी है, अशिक्षा है, बेकारी है, वर्ग-भेद है, निर्मम कठोरता है, अहंमन्य और मूर्ख अमीर और कुंठित संवेदन वाले उद्योगपति तथा व्यवसायी हैं, तो हमारा निराश होना स्वाभाविक है। यह कौन-सी बात है या कैसा यथार्थ है जो इस देश के लेखकों की दृष्टि में आया ही नहीं है। यदि यह कहा जाए, जो कहा भी जा सकता है, कॉस्लर के बारे में यह तर्क दिया भी गया है कि जान वेन की दृष्टि में विदेशी पाठक वर्ग है, तो भी हमारे देश के बारे में इतनी साधारण-सी बातें विदेशी बौद्धिक वर्ग नहीं जानता होगा, मानना कठिन है। यह अलग बात है कि इंग्लैंड के 'भाषा को सूक्ष्म यंत्र' मानने वाले सच्चे कलाकार को भी शब्द और शिलिंग के अनुपात की दृष्टि से पत्रकारिता पर उतरना पड़ता हो। पर हिन्दुस्तान का लेखक दूसरे देश के लेखक को प्रमुखत: साहित्यकार मानकर चलता है।

इंग्लैंड के इस 'क्षुब्ध युवक' नए लेखक की जो कल्पना हमारे मन में पहले बनी थी, उसकी अपेक्षा प्रस्तुत अंग्रेज़ी के लेखक जान वेन महोदय काफ़ी तुनुकमिज़ाज लगते हैं। ऐसा मान लेने पर मन में वैसी सहानुभूति भी जागती है कि कोई अमीरी और सुख-सुविधाओं में पले सुकुमार व्यक्ति को स्वेच्छा से ग़रीबी और गन्दगी के बीच जाना पड़ा हो। उसको तो हमें अपने आकाश में उड़ाते रहना चाहिए था, ज़मीन पर उतारने का कष्ट ही क्यों दिया गया। परन्तु उनको आमंत्रित करने वाले जो भी हों, हमारी सरकार नहीं थी, अन्यथा उनको जितना ज़मीन पर उतरना पड़ा, उसकी आवश्यकता और अवसर आता ही नहीं। बात यह है कि कैसे भी हों जब बुलाने वाले लेखक हैं, आने वाला लेखक की हैसियत से किसी देश में आमंत्रित है, तो यह इतनी परिस्थिति की विवशता माननी पड़ेगी।

इस नए लेखक में इतनी आधुनिकता प्रत्यक्ष है कि उसने 'जिनके साम्राज्य में कभी सूरज नहीं डूबता था' उस देश का होकर भी 'भूखों और नंगों', 'भिखमंगों और अपाहिजों' के इस देश को ऊँचाई से देखने के बजाय समान धरातल पर देखने की कोशिश की है; दया के बजाय सहानुभूति के आधार पर समझना चाहा है। पर यह उसकी भंगिमा लगती है, सहज दृष्टि नहीं। इसी कारण पंगु लड़की और लुंज बैसाखी वाले के प्रति उसकी घृणा और तरस ने उसे भावुकता के स्तर से ऊँचा नहीं

उठाया है। ऐसी भावुकता जो आदमी को स्वयं दयनीय बना देती है, फिर वह अपने को 'प्रत्येक व्यक्ति को मानवता का अविभाज्य अंग मानने वाली' किसी भी परम्परा से क्यों न गर्वपूर्वक सम्बद्ध घोषित करे। और इस दयनीय भावुकता के लिए, मेरी समझ में, न तो इंग्लैंड से जान वेन जैसे लेखक को बुलाना ही आवश्यक था और न वहाँ के लेखक को कहीं बाहर जाने की ही आवश्यकता थी। अपनी समस्त शिक्षा और प्रगति के बावजूद ख़ास अपने नगर लन्दन में उसे ऐसे स्थान मिल सकते थे जहाँ इस प्रकार की भावुकता के लिए पर्याप्त अवसर था।

लेखक भावुक होता है, यह हमारे देश में अब स्वीकार नहीं किया जाता। यूरोप में स्तिफ़ान त्स्वेक ने अपने महान उपन्यास 'बीव्येर ऑव पिटी' में सामाजिक स्तर पर दया अथवा तरस की निष्क्रिय तथा पलायन की मनोवृत्ति को करुणा तथा सहानुभूति के सक्रिय सर्जनात्मक भाव के समकक्ष रखकर देखने का प्रयत्न किया है। अपने पड़ोसी देश के इस उपन्यास पर सम्भवत:मिस्टर जान वेन की दृष्टि पड़ी हो, पर हम तो एक आधुनिक लेखक की सर्जनात्मक प्रतिभा से अधिक यथार्थ, बौद्धिक, तर्कसंगत और वस्तुनिष्ठ स्तर पर सक्रिय होने की अपेक्षा करते हैं। फिर, हमको लगने लगता है—यह सब क्या है? यह सब किसको सम्बोधित करके कहा गया है और इस सबका उद्देश्य क्या है? हिन्दुस्तान की वातानुकूलित ट्रेन में भी जिसका दम धूल से घुटता रहा हो, वह हमारी दृष्टि में सत्ताधारियों के वर्ग का न भी हो पर अभिजात वर्ग का माना जाना ही चाहिए। फिर भी इस बात पर किसी को क्या बहस हो सकती है, अपना-अपना संस्कार और मिज़ाज हो सकता है। पर लेखक ने स्वयं को लेखक माना है और स्वीकार किया है कि उसका उद्देश्य सामान्यीकरण नहीं है।

पर यह सामान्यीकरण क्यों नहीं है? और सामान्यीकरण भी कहाँ तक है? गन्दी, दरिद्र बस्तियाँ, बम्बई की पाश्चात्य होने की भ्रामक सनक, दुकानों के साइनबोर्ड, रेस्तराँ के भोजन सम्बन्धी इश्तिहार, अंग्रेज़ी अख़बार, उनमें प्रकाशित होने वाली विज्ञप्तियाँ और इसके साथ ही यदि हिन्दुस्तान और चीन के अन्तर को भी ले लिया जाए, तो यह सब अति साधारण और सामान्य नहीं तो क्या है? इतना अवश्य है कि लेखक ने अपनी ओर से निष्कर्ष निकालने की अपेक्षा वर्णन करने की सक्रिय पद्धति अपनाई है। पर इसमें दूसरे देशों के बहुत साधारण लोगों के लिए अपरिचय और रोचकता के आकर्षण से अधिक क्या है? फिर, ऐसा यह अजीबोग़रीब भी इसमें कुछ नहीं है। जिनको जानना चाहिए, वे इस देश में भी जानते हैं कि हमको पश्चिम से प्रेरणा लेकर अपने देश की सर्जनात्मक प्रतिभा की खोज स्वयं करनी होगी। और जानने वाले सभी जानते हैं कि कम या बेश पश्चिम के सभी देशों में भी यही होता है, केवल नक़ल और असर का अन्तर रहेगा ही। फिर, यूरोप के लोगों की इसमें क्या रुचि हो सकती है कि उनका अनुकरण करने वाले क्या कर रहे हैं! साधारण जनता और पत्रकारिता की बात यहाँ की नहीं जा रही है, यह स्पष्ट है।

ऐसा नहीं कि जान वेन के इस लेखन में दायित्व की चेतना न हो। स्थान-स्थान पर लेखक ने देश के अन्तर में दृष्टि डालकर कुछ ग्रहण करने की कोशिश की है। वह अपनी सीमाओं से अवगत ही नहीं, वरन् उन्हें घोषित भी करना अपेक्षित मानता है—'जब मैं उस जनता के मन की गहराइयों को माप नहीं सकता, जिनके बीच मैं रहता हूँ और जिनकी भाषा मैं बोलता हूँ, तो मैं भारतीय किसान के विचारों को कैसे जान सकता हूँ।' इस कथन में एक ईमानदार लेखक की स्पष्टता अवश्य है। पर साथ ही यह भी स्वीकार करना पड़ता है कि एक स्तर के लेखक से जितनी समझदारी की अपेक्षा हम कर लिया करते हैं, उसके आधार पर इंग्लैंड के इस लेखक से हम आशा करते हैं कि वह जब कभी भारतीय किसान के बारे में सोचने की कोशिश करे, तब उसे यह ध्यान में रखना चाहिए कि यह 'ओल्ड टेस्टामेंट के युग की प्राचीन जीवन पद्धति में रहता हुआ' दिखाई देने वाला किसान उस देश की परम्पराओं से सम्बद्ध है, जिसमें कम से कम दो सांस्कृतिक संचरणों के चक्र उस समय तक पूरे हो चुके थे जब यूरोप के उस क्षेत्र में संस्कृति के विकास का स्तर आदिम संस्कारों से बहुत आगे नहीं बढ़ पाया था।

यहाँ इस बात का सन्दर्भ न किसी निरर्थक गर्व का द्योतक होना चाहिए और न ही व्यर्थ लज्जा का विषय ही। लेखक जब इस प्रकार के तर्क देने लगेगा तो वह स्वयं विसंगतियों का अंग बन जाएगा, जिनके बीच से उसे अपने युग को उपलब्ध करना है। आवश्यक नहीं है कि मिट्टी और फूस के मकानों में रहने वालों की सांस्कृतिक चेतना का स्तर वही हो जो अपने रहने के लिए मिट्टी और फूस का प्रयोग करने वाले आदिम वासियों का होता है। यहाँ इस तर्क-वितर्क में पड़ने का उद्देश्य नहीं है, केवल सोचने की पद्धति की भ्रान्ति की ओर संकेत करना अपेक्षित है। संक्रान्ति की स्थिति संस्कृति के गहरे स्तरों पर ही अधिक प्रतिक्रियाशील होती है, उसको जीवन की ऊपरी पद्धतियों तक सीमित करके देखना अधूरी दृष्टि है। और ठीक इसी कारण भारतीय कला, धर्म, नैतिकता और साहित्य आदि के बारे में निष्पक्ष तथा असम्पृक्त ढंग से सोचने की कोशिश करके भी लेखक या तो ग़लत दिशाओं में भटक गया है या अधूरा सत्य पा सका है।

यह नहीं कहा जा सकता कि इस लेखक ने भारतीय कला को, नैतिक दृष्टि को, और साहित्य को सहानुभूति और समझ से देखने की कोशिश ही नहीं की है, पर उसने ठीक अपनी प्रतिज्ञा के विरुद्ध सामान्यीकरण किया है। ताजमहल, कमला लक्ष्मण का नृत्य, और उस भारतीय लड़की की नैतिक जिज्ञासा विशाल भारत का प्रतिनिधित्व नहीं करते, अधिक से अधिक इनको अनेकानेक में से एक कहा जा सकता है। इसी प्रकार जिन भारतीय साहित्यकारों की चर्चा जान वेन महोदय करते हैं, वे वस्तुतः इस देश का प्रतिनिधित्व तो कर ही नहीं सकते। जिस प्रकार उनका उल्लेख किया गया है। उससे तो वे यहाँ के महत्त्वपूर्ण लेखक हैं, इसमें भी सन्देह

उत्पन्न होता है। स्पष्टतः वह अंग्रेज़ी भाषा में लिखने वाले भारतीय लेखकों से अधिक परिचित हो सके। आज लेखक शब्द राजनीति, शासन, व्यवसाय आदि सभी क्षेत्रों में समान रूप से व्यवहृत होता है। ऐसी स्थिति में यह कैसे कहा जा सकता है कि उनसे लेखक कह कर मिलने वाले, या जिनको उन्होंने स्वयं भ्रम से लेखक मान लिया, वे सभी, वास्तव में, साहित्य की कोटि के लेखक के रूप में विचारणीय थे। यही नहीं, यह भी मान लेने पर कि भारत में अभी तक अंग्रेज़ी माध्यम से लिखने वाला कोई उच्च स्तर का लेखक नहीं हो सका, (यह मेरा निष्कर्ष नहीं है) तो भी यह कहना कि ऐसा कभी सम्भव नहीं है, उपर्युक्त तर्क से तो कम से कम सिद्ध नहीं होता। यहाँ उन लेखकों की चर्चा न भी की जाए, जिन्होंने इस भाषा को अभिव्यक्ति का माध्यम स्वीकार कर अंग्रेज़ों के समान ही सफलता प्राप्त की है, तब भी यह आसानी से स्थापित किया जा सकता है कि अनेक बार भाषा संस्कार के ऐसे विकास बिन्दु पर पहुँच सकती है, जिसके आगे साहित्य के क्षेत्र में उसका जीवन्त और सार्थक प्रयोग केवल उसके परम्परागत निर्जीव होते अर्थबोध को विस्फोटित करके ही सम्भव हो सकता है। साहित्य में भाषा की अन्तर्निहित शक्ति को पुनर्गठित और अन्तःस्फुरित करने की यह प्रक्रिया, दूसरे देश का लेखक सम्भवतः अधिक आसानी से ग्रहण कर सकता है। शर्त केवल इतनी है कि वह सच्ची प्रेरणा से वास्तविक लेखक की भाँति अंग्रेज़ी को अपनी अभिव्यक्ति का माध्यम स्वीकार कर सका है या नहीं?

लेकिन इस देश में आने वाले की एक कठिनाई है, फिर यदि वह इंग्लैंड का व्यक्ति है तो यह कठिनाई अधिक बढ़ जाएगी। वह देश को उनके माध्यम से जानने के लिए आकर्षित होता है, क्योंकि यह सुगम है और विवश भी हो जाता है, क्योंकि उनके लिए निकटता स्थापित करना आसान है, जो अंग्रेज़ी भाषा को किसी न किसी स्तर पर अपनी अभिव्यक्ति का माध्यम मानते हैं। लॉर्ड मैकाले के समय से अंग्रेज़ी पढ़ा-लिखा एक ऐसा वर्ग इस देश में उत्पन्न हो गया था जिसके मन में अंग्रेज़ी, अंग्रेज़ और यूरोप के बारे में आतंक की भावना थी। यह उस वर्ग से नितान्त भिन्न वर्ग था जो इसके माध्यम से पश्चिम की संस्कृति से प्रेरित और प्रभावित होकर देश को एक नवीन सर्जनात्मक गतिशीलता में संचालित करने के लिए कृतसंकल्प हुआ था।

आशा तो यह की जा सकती थी कि देश के स्वाधीन होने के बाद उसकी मौलिक प्रगतिशील सर्जनात्मक प्रक्रिया के साथ यह रहा-सहा वर्ग विलीन हो जाएगा, जो अपनी मानसिक दासता और जड़ता के कारण अनुकरण और अनुसरण में अपनी समस्त सांस्कृतिक चेष्टा की प्रगति मानता है। हमारा देश स्वाधीनता के बाद अपनी समस्त योजनाओं और मान्यताओं में इस प्रकार सर्जनात्मक मौलिक प्रयत्नों से दूर होता जा रहा है कि इस वर्ग को विकसित और बढ़ने का पूरा अवसर मिल गया है। फिर इस देश में स्टिफ़ेन स्पेन्डर अथवा जान वेन को यदि ऐसे भारतीय

अंग्रेज़ी लेखक मिल जाते हैं तो स्वाभाविक ही है, जिनके अनुसार हिन्दुस्तान में एक तो महत्त्वपूर्ण वैसे ही लिखा नहीं जाता (भाव यह रहता है कि मेरे अतिरिक्त महत्त्वपूर्ण कौन लिख सकता है), यदि लिखा जाता है वह अंग्रेज़ी में। सुना है, मनसा इंग्लैंड को अपना स्वदेश मानने वाले मिस्टर नीरद चौधरी ने इसी भाव का कोई लेख स्पेन्डर को दिया था। यदि इतनी आत्मीयता प्रकट करने वाले की बात को वह स्वीकार कर लेते हैं तो इसमें उनका क्या? इसी प्रकार, यदि जान वेन महोदय ने बम्बई और दिल्ली के अंग्रेज़ी लिखने वाले भारतीय लेखकों के बीच यह अनुभव किया कि यहाँ के ये लेखक अंग्रेज़ी का माध्यम रुपया कमाने का मौक़ा पाने के लिए स्वीकार करते हैं, तो इसमें भी उनका क्या?

फिर इन भारतीय अंग्रेज़ी लेखकों का भी क्या दोष? वह चाहे मुल्कराज आनन्द हों या नीरद चौधरी। इस धूल, तिलचट्टों और अपाहिजों के देश को किस कोण से ये देख पाते हैं, उनसे इससे अधिक की क्या आशा करनी चाहिए? पहली बात तो यह है कि लिखने के लिए लेखक होना अनिवार्य शर्त है; माध्यम का चुनाव तो अपनी परिस्थिति और सुविधा का सवाल है। संस्कार की बात जानबूझ कर नहीं कर रहा हूँ, क्योंकि कभी उससे विद्रोह करने की आवश्यकता ही अधिक होती है। पत्रकारिता के चारों ओर साहित्यकार की खोज करना व्यक्ति की अपनी सीमा ही कही जाएगी, कारण उसके लिए जितने भी क्यों न जुटाए जा सकें। यह भारतीय लेखक को बताने की बात नहीं है कि साहित्य की समस्या गहराई की है, केवल विस्तार और प्रचार उसका क्षेत्र नहीं हो सकता। मराठी का वास्तविक लेखक मराठी में ही लिखेगा, बंगाली का बंगाली में और हिन्दी का हिन्दी में। बावजूद उनके जो भारतीय भाषाओं में साहित्य की परम्परा नहीं मानते और जिनको जान वेन महोदय 'अच्छा बाज़ार और प्रतिष्ठा' मात्र पाने वाला लेखक स्वीकार करते हैं, भारत का वास्तविक लेखक अपनी भाषाओं में ही देश की सर्जनात्मक प्रतिभा के अन्वेषण में संलग्न है। जो देश से अपरिचित हैं (देश के हो होकर भी) और देश की भाषाओं की लम्बी परम्परा से अपरिचित हैं, उनकी बात जाने दी जाए, तो हमारी भाषाओं की समस्या, परम्परा से सम्बद्ध न होने से कहीं अधिक महत्त्वपूर्ण हज़ारों वर्ष की लम्बी परम्पराओं से मुक्त होने का संघर्ष है। जो भारतीय भाषाओं की परम्परा नहीं दे पाते, वे इन भाषाओं से कितना परिचित हैं और उनको इस देश का ही कितना ज्ञान है, मेरे लिए कह पाना कठिन है।

आज के संसार में एशिया और अफ्रीका के देशों के सामने ही नहीं संसार के समस्त देशों के सामने संस्कृति अर्थात् आधुनिक संस्कृति समस्या ही नहीं चुनौती प्रस्तुत कर रही है। यूरोप के देशों के सामने प्रश्न है कि इधर शतियों से संस्कृति के जिस चक्र का संचरण उनकी सर्जना करने में समर्थ रहा है, वही चक्र उनके सामने ही अमरीका में गतिशील हो रहा है। उनकी मनोवृत्ति ठीक उस देश की है

जिसमें संस्कृति-चक्र अपना वृत्त पूरा कर चुकता है। कौन जानता है कि अगली संस्कृति के चक्र को संसार का कौन भू-भाग संचरणशील करने में समर्थ होगा? अफ्रीका के उन जातियों के देश जिनकी उर्वरा शक्ति प्रथम बार सर्जन की सम्भावनाओं से स्फुरित होने जा रही है, या एशिया के उन जातियों के देश जो संसार में संस्कृति के संचरण चक्रों को इतिहास में वहन कर चुके हैं, सर्जनात्मक शक्ति को यूरोप की जातियों ने अपने व्यावसायिक कौशल से कुंठित और विजड़ित कर दिया था (जान स्ट्रेची के 'दि फ़ाल आव इम्पायर' का प्रमाण पर्याप्त होना चाहिए) और जो आज के जागरण में पुन: अपनी सर्जनात्मक शक्ति को संरचनात्मक ढंग से संघटित करने में कृतसंकल्प हैं। और यह भी कौन जानता है कि यूरोप, अमरीका, एशिया या अफ्रीका में से कौन आधुनिक नवीन संस्कृति का अन्वेषण कर सकने में समर्थ होगा?

ऐसी स्थिति में, किसी भी देश के लेखक से अधिक गम्भीरता की अपेक्षा की जानी चाहिए और उससे अधिक सूक्ष्म स्तर पर कला और संस्कृति के प्रश्नों के समाधान की आशा की जानी चाहिए। हिन्दुस्तान को समझने के लिए और उसके वास्तविक लेखक की खोज के लिए किसी भी विदेशी लेखक को यहाँ धूल, धूप, तिलचट्टों और अपाहिजों को सहना ही पड़ेगा और झेलना पड़ेगा। हम हर देश के लेखक से इसकी आशा नहीं करते हैं और न किसी पर इस बात का प्रतिबन्ध हो सकता है कि वह दूसरे को जाने ही। दूसरों को जानने की आवश्यकता का अनुभव स्वयं व्यक्ति को होना चाहिए और हम अपना दायित्व समझते हैं। जो दूसरे का दायित्व है, वह हमारा क्षेत्र नहीं है। मैं तो केवल यह कहना चाहता हूँ कि न जानना अच्छा हो सकता है, उसको स्वीकार करना ईमानदारी है, उससे सन्तुष्ट हो जाना उस व्यक्ति का अपना दृष्टिकोण है; पर बिना जाने या ग़लत जानकर कहने की विवशता लेखक को स्वीकार नहीं होनी चाहिए, फिर वह चाहे जिस कोटि की क्यों न हो।

यह आध्यात्मिक क्रान्ति

हमारा देश प्रतिभाओं का उर्वर देश है। और यह तो देश के बच्चे-बच्चे को कंठस्थ है कि भारत आध्यात्मिक देश है। फिर अगर आज आचार्य रजनीश (ठीक पता नहीं कि वे अपने को भगवान कहलाना पसन्द करते हैं अथवा भक्तों के श्रद्धाभाव को स्वीकार भर करते हैं, अन्यथा उन्हें इच्छानुसार भगवान लिखने में साक्षी को क्या एतराज़ है) कहते हैं कि जयप्रकाश की सम्पूर्ण क्रान्ति असफल हुई है, क्योंकि उससे भ्रष्टता मिटी नहीं वरन् ग़लत लोग शासन में आ गए हैं और देश में वास्तविक क्रान्ति आध्यात्मिक होगी, तो इसे समझना कठिन नहीं है। पुनरुत्थान युग में भारतीय धर्म-साधना-अध्यात्म की महत्त्वपूर्ण भूमिका रही है। उनके परम्परित स्वरूप को अस्वीकार कर युग-सन्दर्भ में उनकी नई व्याख्या की गई। इस युग में प्रमुख सामाजिक क्रान्ति के नेता केशवचन्द्र सेन, दयानन्द सरस्वती, रामकृष्ण परमहंस, विवेकानन्द, रामतीर्थ भारतीय अध्यात्म की भूमिका पर प्रतिष्ठित व्यक्ति रहे हैं पर उनकी मूल दृष्टि थी कि भारतीय अध्यात्म को जीवन-मूल्यों से जोड़े बिना समाज के परिवर्तन की प्रक्रिया शुरू नहीं हो सकती। और सबसे अधिक उनका बल था कि मनुष्य के ऊपर कुछ नहीं है, न धर्म, न अध्यात्म और न ईश्वर। ऐसा नहीं कि भारतीय परम्परा में यह बिल्कुल नई बात हो, क्योंकि अनेक मनीषियों ने समय-समय पर इसका उद्घोष किया है, मध्ययुग के सन्तों-भक्तों ने अपनी साधना में इसे सहज समाहित किया था। परन्तु आधुनिक युग में, नई परिस्थितियों में और पश्चिमी संस्कृति की चुनौती के सामने उन्हें अधिक बल देकर इन मूल्यों पर बल देना पड़ा है। उनके सामने यह स्पष्ट था कि अपने समाज के उन्नयन के मार्ग से होकर उनकी निजी साधना और आत्मिक विकास सम्भव है। यह भी ध्यान देने की बात है लोकमान्य तिलक और महात्मा गांधी जैसे राजनीति के महत्त्वपूर्ण व्यक्तित्व भी आध्यात्मिक भूमिका से जुड़े रहे हैं, और उनके चिन्तन तथा आचरण से ऐसा लगता है कि अपने समाज की व्यथा से और उसके परिवर्तन की आकांक्षा से वे राजनीति में आए हैं।

आज सामाजिक, राजनीतिक, आर्थिक और शैक्षणिक क्रान्तियों को छोड़कर स्वतंत्र भारत की आध्यात्मिकता के प्रतिनिधि अगर घोषित रूप से उनकी अवहेलना

करके आध्यात्मिक क्रान्ति से देश में सब कुछ साधने का नारा देने लगे हैं, तो पिछले सन्दर्भ को देखते देश-समाज के प्रति लगाव रखने वालों के लिए चिन्ता की बात है। साधारणतः हमारे देश में साधना-अध्यात्म की दो धाराएँ रही हैं। एक में समाज-निरपेक्ष व्यक्तिपरक (आत्मिक) उन्नयन को सब कुछ मानकर साधना के रूप तथा प्रकारों को विकसित किया गया। दूसरे में सामाजिक तथा मानवीय मूल्यों के आधार के बिना किसी प्रकार के आत्मिक विकास को सम्भव नहीं माना गया। परन्तु भारतीय समाज में ऐसे सम्प्रदायों का पहले भी प्रबल आकर्षण रहा है जो आत्मिक साधना के लिए मूल्यों की भूमिका के अतिक्रमण की शिक्षा देते रहे हैं। यज्ञों का शुद्ध कर्मकांड, सिद्धों-वज्रयानियों आदि का यम-नियमों से मुक्त हठयोग, भक्तों की मानव-मूल्यों की भूमिका से मुक्त माधुर्योपासना तथा नाम-जाप ऐसे ही आकर्षण रहे हैं। भारतीय समाज को मूल्याश्रित करने के लिए इन सम्प्रदायों और पद्धतियों का घोर विरोध भी किया गया है। परन्तु उन्नीसवीं शती तक आते-आते भक्ति आन्दोलन का मानवीय मूल्यों का व्यापक आधार अस्वीकृत हो चुका था और माया-मोह-अहंकार-मद-मत्सर लाभ-काम आदि के त्याग तथा सत्य-अहिंसा-प्रेम-दया-साधुता आदि के ग्रहण पर अतिशय बल देने वाली भक्ति का उपयोग मूल्यनिरपेक्ष हो गया। मूल्यों की भूमिकाओं से मुक्त अध्यात्म तथा साधना का ख़तरा यह नहीं है कि व्यक्ति अपने आत्मिक विकास में सामाजिक मूल्यों से तटस्थ हो जाता। क्योंकि शुद्ध आत्मिक विकास में लगा व्यक्ति समाज से तटस्थ रहने के कारण कुछ अर्थों में अच्छा प्रभाव भी डाल सकता है, बुरा प्रभाव डालने का प्रश्न नहीं है। जहाँ तक अरविन्द जैसे साधकों का और उनकी साधना-पद्धति का सवाल है, वे भारतीय पुनरुत्थान की परम्परा में आते हैं, क्योंकि उन्होंने साधना को उच्चतम मानवीय मूल्यों की भूमिका प्रदान की है।

मूल्यों की भूमिका से साधना तथा अध्यात्म को मुक्त करने का भारी ख़तरा इस बात में है कि यह जीवन-दर्शन सामाजिक व्यक्ति को दो नितान्त अलग भूमियों पर रहने की सुविधा प्रदान करता है और चिन्ता इस बात की है कि पिछले तीस वर्षों में यह अध्यात्म-साधना का वातावरण इस जीवन-दर्शन को विकसित-पल्लवित होने का मौक़ा देता रहा है। इतना ही नहीं हर स्तर पर हमारे समाज में जो भ्रष्टता पैठती गई है उसको इससे संरक्षण मिला है। व्यक्ति 'सब चलता है' का हामी है, वह चोरबाज़ारी, तस्कर व्यापार, आयकर चोरी, मिलावट आदि तमाम तरह के कामों से सम्पदा एकत्र करता है, सुख-भोग की सुविधाएँ जुटाता है, ऐश्वर्य-विलास करता है और इस प्रकार तमाम तरह के सामाजिक शोषण, अन्याय, भ्रष्टताओं से जुड़ा हुआ है। पर उसे मन की शान्ति, आत्मिक सन्तोष और विकास के लिए आध्यात्मिक गुरु प्राप्त है, शिक्षा मिलती है और तरह-तरह के साधन (जिन्हें योग आदि कहा जाता है) प्राप्त हैं। सोचने की बात है कि स्वतंत्रता आन्दोलन के दिनों स्वामी दयानन्द

तथा स्वामी विवेकानन्द जैसे योगियों ने समाज के लिए अपने आत्मिक विकास को भी लगा दिया और स्वतंत्रता के दिनों में हमारे योगियों, महर्षियों, भगवानों ने तमाम साधन-सम्पन्न वर्ग को ऐसा योग तथा साधना का जीवन सिखा दिया है जिसमें सामाजिक ही नहीं मानवीय मूल्यों के अतिक्रमण के दंश से पूरी तरह मुक्ति है।

यह बहस अपने देश-समाज की प्रतिश्रुति को लेकर चलने वालों के लिए बेमानी है कि इन आधुनिक ऋषियों, योगियों तथा भगवानों में आध्यात्मिक शक्ति कितनी और कैसी है? कुछ पत्रों तथा पत्रकारों के लिए सत्य का यह अनुसंधान महत्त्वपूर्ण हो सकता है, क्योंकि ऐसी चर्चाओं में आकर्षण होता है। सत्य के अनुसंधान की यही उनकी सीमा है। हम मान लेते हैं कि इस प्रकार की साधनाएँ हैं और उनके चमत्कार भी। एक बार स्वामी विवेकानन्द ने जो उत्तर दिया था, वह हमारे लिए पर्याप्त है। योग की विभिन्न साधनाओं से अनेक प्रकार की क्षमताएँ विकसित होती हैं, पर आत्मिक विकास के मार्ग में इनका सांसारिक उपयोग (चमत्कार आदि) वर्जित है, साधना क्षय होती है। जो भी हो हम जिस शक्ति, ऊर्जा, क्षमता को मानते हैं उनके उपयोग की सार्थकता और संगति की बात भी उठाते हैं। आणविक ऊर्जा एक उदाहरण है। फिर हम मानवीय सन्दर्भ में सामाजिक मूल्यों के आधार पर ही इसकी परीक्षा कर सकते हैं।

निश्चय ही हम उनसे कुछ कहने की स्थिति में नहीं हैं जो इस आध्यात्मिक क्रान्ति के वाहक हैं। हमारी उनकी भूमिकाओं में कोई तारतम्य नहीं है और न उनकी क्षमताओं को चुनौती देना हमारे लिए सम्भव है, शायद आवश्यक भी नहीं। हमारी भाषाएँ जब अलग हैं, तब उनसे हमारी बहस भी नहीं चल सकती। हम अपनी प्रतिश्रुति के आधार पर समान भाषी लोगों की चिन्ता को जाग्रत करना चाहते हैं। फिर हम उन नेताओं को सावधान करना भी चाहते हैं जो जब कभी समाज के वास्तविक परिवर्तन में सोचेंगे भी तो उन्हें उन तमाम शक्तियों का प्रतिरोध सहना पड़ेगा जो पिछली सरकारी (राष्ट्रीय) नीतियों से ही उत्पन्न हुई हैं। आध्यात्मिक क्रान्तिकारियों का वर्ग भी एक ऐसी ही शक्ति है। ध्यान देने पर देखा जा सकता है थोड़ी सी गहराई में ये सारी शक्तियाँ एक दूसरे से जुड़ी हुई हैं, एक दूसरे की सहयोगिनी हैं। देशव्यापी भ्रष्टता के आधार पर जो सुख-सुविधाभोगी समाज विकसित हुआ है, वह आज अपने चलते यथास्थिति को टूटने नहीं देगा। उनका एक ही संकल्प है कि देश का सारा तंत्र, राजतंत्र, समाजतंत्र अथवा अर्थतंत्र उनके संकेत तथा समर्थन से चले और उस सब का उपयोग-उपभोग उनका वर्ग करे। हमारे आज के आध्यात्मिक नेता भी इसी वर्ग के प्रतिनिधि हैं।

इसका प्रमाण अनुसंधान का विषय नहीं है, प्रत्यक्ष ही मिल सकता है। इन आश्रमों में, इन साधना-भूमियों में, इन महानात्माओं के श्रीचरणों पर जो असंख्य जन एकत्र होते हैं, वे कौन हैं, कैसे हैं। यही नहीं गुरुओं का आशीष पाने के बाद

उनका जीवन कितना रूपान्तरित हो जाता है ? क्या अपनी दिव्य-दृष्टि से शिष्यों के नैतिक मूल्यों की पहचान गुरु करते हैं ? क्या मंत्र ग्रहण करने के लिए, योग-साधना सीखने के लिए, आशीष पाने के लिए कोई नैतिक मूल्यों का मानदंड है ? यहाँ तर्क दिया जा सकता है कि हम जिन मूल्यों की बात करते हैं, वे असत्य हैं, मिथ्या हैं। सुन्दर तर्कों में आकर्षक भाषा में बहुत कुछ कहा जा सकता है। पर हम व्यापक समाज से जुड़े हुए व्यक्ति की कल्पना करके ही चल पाते हैं, अथवा हमारी कोई भी मूल्य-दृष्टि समाज-निरपेक्ष नहीं हो सकती। व्यक्ति की समाज निरपेक्ष विकास भूमियों की बहस में पड़े बिना हम मानकर चलते हैं कि व्यक्ति का व्यापक हित और सम्पूर्ण विकास स्वस्थ समाज के परिवेश में ही सम्भव है, और यह मूल्यों के आधार पर ही सम्भव है।

इस सम्भावना को अस्वीकार नहीं किया जा सकता कि कुछ महानुभाव आत्मिक स्तर पर व्यक्ति को रूपान्तरित करके स्वस्थ समाज की परिकल्पना को प्रत्यक्ष करने में संलग्न हों। पर सम्पन्न, सुविधा-भोगी, ऐश्वर्य-विलास कामी वर्ग की इन आश्रमों में जो भीड़ जुटती है और इस व्यापक वर्ग के चरित्र में निहित जो भ्रष्टता है, उससे यही प्रत्यक्ष जान पड़ता है कि यह आध्यात्मिक क्रान्ति इस वर्ग तथा उसकी भ्रष्टता की संरक्षक है और सच्ची सामाजिक क्रान्ति के हर प्रयत्न को इससे टकराना अनिवार्य है। आध्यात्मिक (आत्मिक) क्रान्ति का प्रवर्तन अपेक्षित है, पर यह क्रान्ति सामाजिक क्रान्ति की सहायक शक्ति के रूप में घटित होगी। हमारी समझ में इस क्रान्ति का वाहक नेता भोग-विलासी केन्द्रों-आश्रमों में क्रान्ति चक्र का प्रवर्तन न करके स्वामी दयानन्द तथा स्वामी विवेकानन्द जैसे आध्यात्मिक नेताओं के समान अपने समाज के बीच भयानक नदियों और भीषण चट्टानों से टकराता हुआ चक्र-प्रवर्तन करेगा।

गांधी बनाम नेहरू की बहस

कुछ लोगों को बुरा लगता है कि गांधी बनाम नेहरू की बहस चलाई जाए। निश्चय ही जिनकी दृष्टि व्यक्तित्व तक नहीं जाती, केवल व्यक्तियों में अटक जाती है, उनको यह बहस अच्छी नहीं लगती। उन्हें न गांधी के विचार तथा उनकी दृष्टि से कुछ लेना है और न नेहरू की नीतियों का विश्लेषण करना है, वे भारतीय स्वतंत्रता आन्दोलन के दो महान नेताओं का उपयोग अपने पक्ष में करना चाहते हैं। वे उनके श्रद्धा के वातावरण का लाभ उठाकर जनता को भरमाना चाहते हैं। ऐसे लोग इस प्रकार की बहस उठाने वालों के प्रति झुंझला जाते हैं और वे तुरन्त यह आरोप लगाने पर उतारू हो जाते हैं कि जैसे बहस चलाने वाले नेहरू की अवहेलना करना चाहते हैं। पर यह स्पष्ट है कि गांधी और नेहरू के माध्यम से जो भारतीय समाज-रचना, राजनीति, अर्थव्यवस्था और विदेश-नीति के सन्दर्भों को उद्घाटित करना चाहते हैं और उनमें गांधी तथा नेहरू की दृष्टियों के अन्तर को स्पष्ट करना चाहते हैं, वे अपने देश तथा समाज की प्रतिश्रुति के कारण ऐसा करते हैं। उनको नेहरू की अवमानना करने वाला नहीं कहा जा सकता, वरन् वे नेहरू को देश का प्रमुख नेता मानते हैं। वे उनके उदार मानवतावादी और समाजवादी व्यक्तित्व को आदर प्रदान करते हैं तथा देश को आगे बढ़ाने की उनकी भावना को समझते हैं। अगर इन नेहरू की नीतियों पर चलने वाले नेताओं के मन में नेहरू के समान देश को आगे ले जाने की तड़प होती तो स्वत: यह भावना उनको गांधी के साथ नेहरू की दृष्टि और नीतियों पर विचार करने के लिए विवश करती।

जो विचारों को महत्त्व देते हैं और उनके आधार पर नीतियों को विकसित करते हैं, उनके लिए व्यक्तियों की महत्ता की बहस ग़ैरज़रूरी है! यही नहीं वे यह भी मानते हैं कि व्यक्तित्वों के महत्त्व और उनकी श्रद्धा को बहस में शामिल करके धुन्ध तथा भ्रम फैलाया जाता है। अगर राजनीति में यह चल निकला है और इस पर बल दिया जाने लगता है, तो इसका कारण भी यही है कि ऐसे लोगों के लिए देश-समाज के लिए सही नीतियों की तलाश का सवाल नहीं है, वे अपनी गद्दियों को राजनीति में इन महापुरुषों का अधिक से अधिक उपयोग करते आए हैं और करते रहना चाहते हैं। परन्तु हम देख रहे हैं कि देश को इस संक्रान्ति से निकालने के लिए ज़रूरी हो

गया है कि हम फिर से सही दृष्टि, सही दिशा का अनुसंधान करें। जिन नीतियों पर हम चलते आए हैं उनका विश्लेषण-विवेचन करके देखें कि ग़लती कहाँ है, कमी क्या है और कठिनाई कैसी है? यहाँ विचारों की बहस ज़रूरी हो जाती है। परन्तु तटस्थ दृष्टि से और अपने देश-समाज की प्रतिश्रुति के साथ। शुरू में यह कह देना ज़रूरी है कि यथास्थितिवादी इस बहस के ख़िलाफ़ हैं, क्योंकि उनको बराबर लगने लगता है कि उनकी गद्दियाँ इस स्थिति में सुरक्षित हैं, गांधी को अस्वीकार करना उनके वश की बात नहीं है और नेहरू की नीतियों की दुहाई देते रहना उपयोगी है। देश तथा समाज की प्रगति और 'ग़रीबी हटाओ' जैसे नारे उनके लिए विश्वास की नहीं, इस्तेमाल की वस्तु हैं। और यह बहस गांधी और नेहरू में न किसी के प्रति अवहेलना है और न अतिरिक्त श्रद्धा, वरन् दोनों के महत्त्वपूर्ण व्यक्तित्वों तथा सम्बन्धों के माध्यमों से अपने देश-समाज की सही दृष्टि तथा दिशा की खोज है। क्योंकि यह बहस यथास्थितिवाद को हिला देती है, अत: उसके पक्षधरों की चिन्ता, परेशानी तथा खीझ को समझा जा सकता है।

यहाँ यह कहना ज़रूरी है कि यह बहस नई नहीं है, यह अलग बात है कि जनता दल और सरकार माने या न माने इस बहस के आधार पर वे शक्ति में आ सके हैं। शक्ति में आने के अठारह महीनों बाद भी अभी जनता दल के किसी नेता के लिए राजघाट पर गांधी समाधि पर ली हुई शपथ की घटना को नकार जाना आसान नहीं है। जहाँ तक उसमें निहित सत्य का सवाल है, ये अठारह माह उसको झुठलाने में बीते हैं और यह क्रम नेहरू युग के कांग्रेसी शासन की याद दिलाता है, जब गांधी की मूर्तियों और मंडपों के श्रद्धापूर्ण वातावरण में गांधी को झुठलाया गया था। डॉ. लोहिया तथा उनके साथ के तमाम लोग तथा सर्वोदय के अनेक नेता निरन्तर कहते आए हैं, विश्लेषित-विवेचित करते आए हैं कि नेहरू की दिशा दृष्टि, नीतियाँ गांधी से दूर हैं और देश के व्यापक जीवन तथा सन्दर्भ से कटती जा रही हैं। पिछले दशकों में शुमारवट और गुन्नार मिरडल जैसे अनेक पश्चिमी अर्थशास्त्री तथा समाजशास्त्रियों ने पश्चिमी समाज, राजनीति तथा अर्थव्यवस्था के गहरे विश्लेषण के साथ यह सिद्ध किया है कि भारत जैसे देश के लिए पश्चिम की दृष्टि अथवा दिशा सही नहीं है। इस सन्दर्भ में नेहरू युग की सभी नीतियों का विवेचन स्वत: हो गया है और उनकी कमियाँ तथा कमज़ोरियाँ भी उजागर हो गई हैं।

नेहरू ने देश का नेतृत्व स्वतंत्रता आन्दोलन में गांधी के संरक्षण में किया था। इतिहास इसका साक्षी है कि अपने तमाम प्रतिभाशील और शक्तिशाली शिष्यों में गांधी ने नेहरू के पक्ष में थोड़ा बल देकर ही उन्हें अपना उत्तराधिकारी बनाया, यह ठीक है कि उनकी प्रतिभा, क्षमता और गत्यात्मकता के आधार पर ऐसा सम्भव हुआ। पर यह स्पष्ट है कि नेहरू के पास अपनी दृष्टि नहीं थी, गांधी के उत्तराधिकार के साथ उनके पास पश्चिम के उदार मानवतावादी, लोकतांत्रिक तथा समाजवादी

विचार थे। यह सब उन्होंने उत्तराधिकार में पाया था। यह कोई अजीब बात नहीं है, न अगौरव की, क्योंकि पश्चिमी राष्ट्रों के निर्माताओं ने क्या विचार और क्या दिशा उत्तराधिकार में ही पाई थी। लोकतांत्रिक मूल्यों का विकास लम्बी परम्परा से हुआ है और लेनिन तथा माओ जैसे अपने देश तथा समाज के निर्माताओं ने मार्क्स के विचारों को उत्तराधिकार में पाया था। विचार ऊर्जा के स्रोत होते हैं, महत्त्वपूर्ण तो उनका नियोजन तथा उपयोग होता है, वरन् इस प्रक्रिया में विचारों का विस्तार तथा विकास भी होता है। परन्तु नियोजन करने वाले को अपने समाज की रचना, उसकी प्रकृति तथा संस्कार और उसकी इच्छाओं तथा महत्त्वाकांक्षाओं की गहरी समझ होनी चाहिए। यह समझ गहरे लगाव से सम्भव है, केवल भावुकता से नहीं। यह अजीब बात है कि वैज्ञानिक दृष्टि वाले नेहरू का अपने देश-समाज के प्रति लगाव भावुकतापूर्ण था और आदर्शवादी गांधी का वैज्ञानिक तटस्थता का।

नेहरू के मन में अपने देश तथा समाज के बारे में जो कल्पनाएँ और स्वप्न थे वे भारतीय समाज और उसके सन्दर्भ में न होकर यूरोपीय उन्नत तथा विकसित राष्ट्रों के समाजों के सन्दर्भ में थे। अपनी इस मानसिकता के कारण नेहरू गांधी के विचारों की संगति तथा सार्थकता को समझने में असमर्थ रहे। उनकी मूल्याश्रित समाज रचना, उनकी विकेन्द्रित राज्यव्यवस्था और छोटी इकाइयों से परिचालित अर्थव्यवस्था को नेहरू के लिए स्वीकार कर पाना सम्भव नहीं हो सका। उनके मन में भव्य कल-कारखाने, जगमगाते हुए जनाकुल नगर, आलीशान इमारतें, वातानुकूलित कक्ष, शान-शौकत और ऐश्वर्य-विलास उन्नति और विकास के मानदंड थे। इस मानसिकता को समर्थन देने तथा विकसित करने में इस प्रकार का बौद्धिक तथा विशेषज्ञों का वर्ग उनकी सहायता के लिए आ जुटा जो अपने समाज से कटा हुआ पश्चिमी समाज के दिवास्वप्न देखता था। यहाँ पुनः दुहराना ज़रूरी लगता है कि पश्चिम के विकास पर प्रश्न-चिह्न लगाने का उद्देश्य हमारा नहीं है, सवाल केवल यह है कि वहाँ की व्यवस्थाएँ हमारे समाज को कहाँ तक और किस स्तर तक गतिशील कर पाती हैं। हम उनका उपयोग अपनी प्रगति के लिए किस प्रकार कर सकते हैं!

हम निष्कर्षों और परिणामों को देखकर प्रक्रिया के बारे में निश्चय कर सकते हैं। पिछले तीस वर्षों में राजनीति में कांग्रेसी मानसिकता का विकास हुआ है और यह केवल कांग्रेस दल का दाय न रहकर आज की व्यापक राजनीति का स्वरूप निर्धारित करती है। यह शिखर की गद्दियों की राजनीति न लोक-शक्ति के संगठन पर विश्वास रखती है और न अपने-अपने दलों को सच्चे अर्थ में जनता से जोड़ने का प्रयत्न करती है। राजसत्ता और शासन-तंत्र को विकेन्द्रित करने के बजाय केन्द्रित करने के पक्ष में है। ऐसी स्थिति में राजनीति का सारा खेल पैसे, सत्ता और दलाली का होता गया है।

आर्थिक व्यवस्था का जो स्वरूप आज दिखाई दे रहा है उसके बारे में बराबर कहा जाता है कि अधिक साधनसम्पन्न और शक्तिशाली वर्ग अधिकाधिक धनी होता जा रहा है। जो भी हो यह स्पष्ट है कि इस अर्थव्यवस्था से न ग़रीबी दूर होने वाली है और न बेरोज़गारी। इस वातावरण में समाज का विशृंखल और मूल्यहीन होते जाना स्वाभाविक है। आज देश भर में धनिकों, साधनसम्पन्नों, पूँजीपतियों, नेताओं और बुद्धिजीवियों (इस वर्ग से जुड़े हुए) का ऐसा वर्ग अथवा समाज बन गया है जो देश के व्यापक निर्धन, साधनहीन पिछड़े समाज से न केवल कटा हुआ है वरन् उनके शोषण पर आधारित है। परिणाम स्पष्ट है कि किसी भी वास्तविक परिवर्तन के ख़िलाफ़ उनका सम्मिलित मोर्चा है।

ये निष्कर्ष या परिणाम भी नहीं कहे जा सकते वरन् उनके मात्र संकेत हैं। पर इन संकेतों से भी यह स्पष्ट हो जाता है कि देश के व्यापक जीवन और समाज की सही दिशा और दृष्टि की खोज अनिवार्य हो गई है। नेहरू युग में जो नीतियाँ निर्धारित की गई थीं, उनका दिशा-भ्रम अब स्पष्ट हो गया है। अब इस तर्क से भी काम नहीं चलेगा कि नीतियाँ निर्दोष थीं, केवल उनके कार्यान्वयन की गड़बड़ी रही है। यह विरोधाभासी तर्क है। नीतियों का कार्यान्वयन ठीक न हो पाना भी राजनीतिक, सामाजिक तथा आर्थिक दृष्टि अथवा विचार से जुड़ा हुआ है। आख़िर नीतियों को बनाने वाले और फिर उनको असफल करने वाले लोग जब एक ही हों तब यह मानना ही स्वाभाविक है कि इस राजतंत्र, अर्थतंत्र और समाजतंत्र की मौलिक नीति यही है कि कोई परिवर्तन सही दिशा में न होने पाए, क्योंकि इन नीतियों से बने हुए सम्पन्न समाज की सुरक्षा यथास्थिति में है।

और यहाँ से गांधी विचारों के सन्दर्भ में नेहरू युग की नीतियों की बहस चलाना अनिवार्य है, परन्तु यह बहस व्यक्तियों में उलझने न पाए यह सावधानी प्राथमिक है। हमारा काम देश के लिए सही रास्ता खोजना है, व्यक्तियों के प्रति श्रद्धा का वातावरण बनाना-बिगाड़ना नहीं। यह राजनीति के दाँव-पेंच करने वालों का काम है, क्योंकि वे धुन्ध के भ्रम में उल्लू सीधा करते हैं। यह स्वयंसिद्ध है कि जिनको महत्त्वपूर्ण और बड़ा माना जाता है, उनकी नीतियों और विचारों पर ही बहस की जा सकती है।

ख़ाली जीने की माँग

पिछले वर्ष बनारस की एक साहित्यिक गोष्ठी में अपने को नई पीढ़ी का कहने वाले जवान लड़कों में उत्तेजना थी। उनके कथनों, उनकी बातचीत और उनके आचरण से साफ़ ज़ाहिर था कि वे अपने से पहले के नवलेखन वाली पीढ़ी के लेखकों को अस्वीकारना चाहते हैं, उनसे विद्रोह करना चाहते हैं, अपने अस्तित्व को उनसे बिल्कुल स्वतंत्र सिद्ध करना चाहते हैं। इधर अपने ही आयोजन में अध्यक्ष, मंत्री और संयोजक आदि सभी अपनी ही नवलेखन वाली पीढ़ी के लोग कुर्सियों पर विराजमान थे। भूल-चूक को छोड़कर बोलने वालों से लेकर सुनने वालों तक को ले लिया जाए तो हमारी इसी पीढ़ी का बोलबाला था। ऐसा नहीं कि हम अपने घर के राजा हैं, इस भाव से गोष्ठी के आयोजन का स्वरूप मात्र ऐसा था, वरन् चाल-ढाल, बानी-बोली पर भी इसका प्रभाव था। संयोजकों में शिवप्रसाद सिंह और अध्यक्षों में जगदीश गुप्त अपने व्यक्तित्व से ही हर जगह प्रतिष्ठित लगते हैं, अपने विचारों में उन्होंने नए शास्त्रीय मान्यताओं की व्याख्या की। बालकृष्ण राव और शम्भूनाथ सिंह के नए से नए और वैज्ञानिक विचारों को नवलेखन की पीढ़ी का प्रतिनिधि नहीं माना जाता, फिर तरुण लेखक उनकी ओर क्या ध्यान दे सकते थे। रघुवंश और बच्चनसिंह को अधिक से अधिक नवलेखन की पीढ़ी के व्याख्याकार मानकर टाला जा सकता था। विजयदेव नारायण साही ने ऐसा बन्धान बाँधा जिससे उनके साथियों को भी लगा कि बाल्मीकि, कालिदास, तुलसीदास, निराला की परम्परा की चुनौती से कम को वह अपने लिए महत्त्व का मानते ही नहीं। रह गए केवल लक्ष्मीकान्त, सारी ताज़ी कविता और नंगी भाषा के विवेचन के बावजूद उनके सफ़ेद होते बालों को ताज़ी और नई पीढ़ी कब तक सह सकती है।

ऐसी स्थिति में जवानों में उत्तेजना स्वाभाविक थी और उनका यह मानकर कि ये गद्दीधर और प्रतिष्ठित लोग हैं, आक्रमण की भंगिमा में बात करना सही था। हमारी पीढ़ी के पास वैसा कुछ प्रतिष्ठा और गद्दी वाला मामला नहीं है, पर संघर्ष के बीच उन्होंने अपनी जो स्थिति बना ली है, उसकी जागरुकता उनमें अधिक है। इस कारण उनको इस नई पीढ़ी का तेवर कुछ नापसन्द लगा, उनका कुछ यह भाव था कि तुम सोचना-समझना सीख जाओ, तुम्हें तर्क करने का सही ढंग तो आ जाए,

अपनी समस्याओं के बारे में सही जानकारी और सही दृष्टि तो तुम्हारी हो, उसके बाद तुम जो कहोगे सुन-मान लेंगे। यह क्या ढंग है कि हम अपने से पहले की पीढ़ी से भिन्न हैं, स्वतंत्र हैं, उनके प्रति हमारा विद्रोह है, क्योंकि वे प्रतिष्ठावादी हैं। उन्हें लगता है कि ये तो हमारे ही सिखाए-पढ़ाए हैं और हमारी ही बानी-बोली में हमको उल्टी-सीधी सुनाते हैं। इनके पास सोचने की क्षमता क्या और कितनी है ? इनका रचनात्मक स्तर क्या है और उपलब्धि कितनी है ?

परन्तु जवान पीढ़ी का सीधा तर्क था कि तुमने प्रतिष्ठा पर आक्रमण किया था और आज हम तुम्हारी प्रतिष्ठा के ख़िलाफ़ हैं, तो तुम्हें अजीब क्यों लगता है। तुम्हारी दृष्टियों में अपने से पूर्ववर्तियों की गद्दियाँ थीं, यदि आज हमारी आँखें तुम्हारी गद्दियों पर पड़ रही हैं, तो बेचैनी क्यों होती है। हम तो तुम्हारे तर्कों को, तुम्हारी तर्क करने की आदत को निकम्मा समझते हैं। तुम अपने खोखले तर्कों के सूत्रों को पकड़कर कलाबाजियाँ दिखाने को तीसमारी समझते रहो, हम इसे बेकार समझते हैं। तुमसे तर्क करना हम अस्वीकार करते हैं, तुम तर्क से मूल्यों को खोखला सिद्ध करके समझते हो, बहुत बड़े बुद्धिजीवी हो, हम ऐसे खोखले तर्कों पर भी लानत भेजते हैं। हमें तुम्हारी चिन्ता नहीं, तुम हमारे सवालों का कोई जवाब दे ही नहीं सकते, तुमसे बात करना फ़िज़ूल है, हम सर्जनात्मक जीवन में विश्वास करते हैं और उसी में जाना महत्त्वपूर्ण मानते हैं। आदि-आदि।

चाय पर जवान पीढ़ी के लेखकों ने मुझे घेरा, आख़िर आपको क्या कहना है ? मुझे लगा किसी भी कारण मेरे प्रति ये सदय हैं। मैंने सहज ही स्वीकार कर लिया कि तुम्हारी स्थिति सही है और तुम हमको समझो, इसकी अपेक्षा हमको ही तुम्हें समझना चाहिए। निश्चय ही हम तुम्हारे लिए बेकार हो चुके हैं, हमारे तर्क खोखले हो गए हैं, जैसे कि पूर्ववर्तियों के मूल्य। इस प्रकार स्वीकार करते जाने पर उनमें से एक (शायद धूमिल या गोविन्द—याद नहीं है किसने) ने किंचित अपने सिद्धान्त के विरुद्ध शालीनता के साथ कहना चाहा कि यह बिल्कुल ऐसा नहीं है। पर मैं दूसरे मूड में था और आँखों के शील को काटकर कहता गया—जो सही है उसे ही मानना चाहिए, हम यथार्थ को झेलने की बात करते हैं, तो यथार्थ को देखना, समझना और स्वीकारना होगा। अगर यह स्थिति है कि हम तुम्हारे लिए बेकार हो चुके हैं, हमारे तर्क खोखले हैं, हमारी मूल्यहीनता की चर्चा भी तुम्हारे लिए मूल्यों के समान बेमानी हो चुकी है, तो मुझे मान लेने में क्या एतराज़ हो सकता है। तुम कहते हो कि हमने तो क्षण के अनुभव की केवल बात की है, और वस्तुतः तुम क्षण में जीने को महत्त्व दे रहे हो, तो भी मैं समझ रहा हूँ। हमने मूल्यों को खोखले, गले और निकम्मे कह कर ध्वस्त कर दिया, हमने राजनीतिक प्रतिबद्धता के आतंक में हर प्रकार की प्रतिबद्धता से स्वाधीन होने की घोषणा की, पर हमारे मन में कहीं सदा दुविधा और द्वन्द्व रहा है, क्योंकि मूल्यों को ध्वस्त करते समय भी हमारे मन में मूल्यों का मोह

और आग्रह रहा है, व्यक्ति–स्वाधीनता की सारी चर्चा में कहीं हमारे मन में दायित्व–बोध का गहरा आग्रह रहा है जो कर्म की बहुत बड़ी प्रतिबद्धता है।

मेरी बातचीत से उसमें कुछ अचकचाने का भाव आ गया था, अत: मैंने स्पष्ट किया कि यदि मैं तुम्हारी बात को भी तुम्हारी अपेक्षा साफ़ और सही ढंग से रख रहा हूँ तो इसमें कुछ भी कौतुक नहीं है, यह हमारी आदत की मजबूरी है। मुझे लग रहा है कि अपनी मूल्यहीनता और मुक्ति कामना में तुम अपने से हमको अलग समझते हो तो सही है। सही अर्थ में न हम मूल्यहीन हो सके हैं और न मुक्त ही। हमने रचना कर्म को ही दायित्व मान लिया और तुम रचनात्मक स्तर पर भी पूर्ण मुक्त रहना चाहते हो। बहुत बातों में तो तुम हमारे पूर्ववर्तियों के अधिक नज़दीक पड़ते हो, बाबा पोतों की पीढ़ी में दाय का सीधा सम्बन्ध हमारे यहाँ माना भी गया है।

मेरे चुप हो जाने पर फिर उत्साह के साथ प्रश्न पूछे गए। सब मिलाकर भाव था कि आख़िर मुझे अपनी पीढ़ी के पक्ष में क्या कहना है। लगा जवाब देना ज़रूरी है। हम अपनी ओर से बातचीत करना मना नहीं कर सकते, पीढ़ी चाहे पिछली हो या अगली, आदत से लाचार हैं।—भाई, बात बहुत सीधी है। अभी तो इन बेचारों को सही अर्थ में गद्दियाँ मिली भी नहीं, प्रतिष्ठा ज़रूर हथिया ली है थोड़ी बहुत। यह कैसे हो सकता है कि आसानी से कोई अपना अधिकार छोड़ देगा, अधिकार तो छीना ही जा सकता है, प्रतिष्ठा तो धूल में ही मिलाई जा सकती है और गद्दियों पर से लोगों को धकियाया ही जा सकता है। तुम जानते हो जीते दम कौन गद्दी छोड़ रहा है, ताव–भाव कोई कितना दिखाए और ऋषिकेश और उत्तरकाशी की चर्चा भले ही की जाए। उसके दो ही उपाय हैं, धकियाकर उतारा जाना या राज सम्मान के साथ दाह–संस्कार हो जाना।

फिर आवाज़ आई कि इस प्रकार बात हँसी में टाल रहे हैं, सीधा जवाब नहीं दे रहे हैं। आप अपनी बात कहें, आपको अपनी ओर से क्या कहना है ? थोड़ा मैं रुका, क्या उत्तर देना है इसके लिए नहीं, वरन् किसकी ओर से देना है इसलिए। अन्त में कहना पड़ा कि यदि मुझे अपनी ओर से जवाब देना है तो यह साफ़ हो जाना चाहिए कि मैं मूलत: शायद लेखक नहीं हूँ और इसलिए अपनी पीढ़ी के लेखकों का प्रतिनिधि भी नहीं हूँ। जहाँ तक मेरा सम्बन्ध है, मेरी ख़ाली जीने की छोटी सी माँग है। हो सकता है कि तुम्हारी भी माँग यही हो, पर मेरे लिए ख़ाली विवशता है। और तुम्हारे लिए ख़ाली शुद्ध जीने की कामना। मैं जीना चाहता हूँ और अन्त तक जीने के लिए लड़ता रहूँगा। यह ठीक है आदमी धीरे–धीरे मरता जाता है, चाहे इसे बुढ़ाते जाना कहो या प्रतिष्ठित होते जाना कहो। फ़ासिल होने की प्रक्रिया से हम सब गुज़र रहे हैं, इससे कोई बच नहीं सकता अर्थात् प्रतिष्ठित हो जाना हमारी नियति है, उससे बचा नहीं जा सकता, पर यह हमारी जीने की माँग है कि हम अन्त तक जीने की कोशिश करेंगे, कोशिश करेंगे कि फ़ासिल होने की प्रक्रिया से यानी कि प्रतिष्ठित

होने की स्थिति से जहाँ तक और जब तक हो सकें बच सकें। जब विवश होकर इस नियति का वरण करना होगा, तब की बात अलग है।

उस दिन की बात आई गई हो गई, पर जवान पीढ़ी की उत्तेजना, उसका विद्रोह, उसकी तनाव की स्थिति के बारे में तब से बराबर सोचता रहा हूँ। उसका अन्दाज, उसकी मुद्राएँ-चेष्टाएँ, भंगिमाएँ, उसके पैंतरे हर क्षेत्र में समान हैं। साहित्य के ये तरुण लेखक, विद्यालयों के छात्र, जिनको नौकरी मिली ही नहीं या बहुत असन्तोषजनक नौकरी मिल सकी है ऐसे युवकों की सबकी मन:स्थिति समान है। वे सभी आज अराजक हैं, विद्रोही हैं, सब कुछ अस्वीकारने वाले हैं, यथार्थ को केवल नंगा मानते हैं, किसी भी मर्यादा, सीमा, बन्धन को स्वीकारने के पक्ष में नहीं हैं। इधर साहित्य में भूखी-नंगी पीढ़ी की चर्चा काफ़ी विस्तार से की जा रही है, उन पर विदेशी प्रभावों और उनकी देशी परिस्थिति का विवेचन किया जा रहा है। यही स्थिति छात्रों और युवकों की है। पिछले वर्ष से इनके बारे में प्रदेशों के डी.आई.जी., शिक्षा मंत्रियों, राज्यपालों और विश्वविद्यालयों के कुलपतियों को दिल्ली बुलाकर काफ़ी ऊहापोह किया गया, पत्र-पत्रिकाओं में न जाने कितने लेख छपे हैं, तरह-तरह के सुझाव आए हैं। पर जिस प्रकार गहराई में जाने से इन सबका एक मनोभाव दिखाई देता है, उसी प्रकार इनके मनोभाव में देश के पिछले बीस वर्षों के जीवन का एक ही सिमटम परिलक्षित होता है।

उस दिन इलाहाबाद विश्वविद्यालय के यूनियन हॉल में उन्हीं जवानों के सामने बम्बई के मज़दूर नेता जार्ज फ़र्नान्डिस बोल रहे थे। उन्होंने चुनाव के अपने अनुभव के आधार पर कहा कि इस बार पहली बार चुनाव में इतिहास को प्रमाण के रूप में अस्वीकार कर दिया गया। 52 और 57 के चुनावों में स्वाधीनता-संघर्ष की दुहाई दी गई थी, संघर्ष चलाने वाले, जेल जाने वाले नेताओं के गौरव का स्मरण किया गया था, 62 के चुनाव में इनकी स्थिति असंगत हो चली थी, पर 67 के चुनाव में इतिहास को पूछने वाला कोई नहीं था। इसका प्रमुख कारण यह था कि इस चुनाव में पहली बार 20 से लेकर 30 प्रतिशत तक ऐसे मतदाता थे जिनको इस इतिहास का न कोई अनुभव था, न कोई स्मृति और न कोई लगाव ही। जार्ज ने बताया कि मैं स्वयं स्वाधीनता प्राप्त होने के समय लगभग सोलह वर्ष का था, अत: संघर्ष काल के इतिहास से मेरा भी ख़ास सम्बन्ध नहीं रहा। पिछले चुनावों में इतिहास की दुहाई मैंने भी दी थी। पर इस बार मतदाताओं के एक अच्छे ख़ासे जागरुक वर्ग का सामना करना पड़ा जो इस सारे इतिहास के प्रति उपेक्षा और अवहेलना का भाव रखता है।

जार्ज ने यह भी बतलाया कि अपने चुनाव अभियान में उन्होंने इस उत्तेजित और सबके प्रति अवज्ञा का भाव रखने वाले युवा वर्ग पर विशेष ध्यान रखा था। यह शक्ति ज़रूर है, पर इसको वश में करना आसान नहीं है। उनका खुला सवाल था कि

तुमने और तुम्हारे दल ने हमारे लिए क्या सोचा-समझा है? हमारी समस्याओं के तुम्हारे पास क्या उत्तर या समाधान हैं? जार्ज ने खुले भाव से स्वीकारा कि सचमुच इन जवानों की समस्याओं पर किसी ने नहीं सोचा है, मेरे अपने दल ने भी और स्वयं मैंने भी नहीं। मैंने अपनी व्यापक राजनीति, समाजनीति और अर्थनीति की उनसे बात ज़रूर की और समझाने की चेष्टा की कि तुम्हारी समस्या का समाधान इनमें शामिल है, पर मैं खुद अनुभव करता रहा हूँ कि इतने बड़े और महत्त्वपूर्ण समाज के वर्ग पर इसको सामाजिक रूढ़ियों, परम्पराओं तथा मान्यताओं के प्रति विद्रोह कहना भी ग़लत होगा। क्योंकि समाज के किसी अन्य पक्ष या उसके अन्याय के प्रति वे निरपेक्ष हैं, उनकी सारी दृष्टि अपने दादाओं के द्वारा उपार्जित भोग पर है, जिसे वे किसी न किसी प्रकार हथियाना चाहते हैं, और निराशा में औरत के कोमल अंगों और यौन-सम्बन्धों और मुक्त काम-क्रीड़ाओं के प्रति अद्‌भुत साहसिकता का परिचय देते हैं।

सवाल उठता है कि इस स्थिति में क्या किया जाए? जार्ज फ़र्नांडिस के अनुसार मैं (हम) उस पीढ़ी का हूँ जो इस सारी सामाजिक रचना में अपने को असंगत पाता है। पूर्ववर्ती हमको शंका की दृष्टि से देखते हैं, क्यों हमने सफलता भले ही न पाई हो पर उनके आदर्शों, नारों और घोषणाओं का खोखलापन सदा सिद्ध किया है, उनकी नीतियों का निरावरण किया है, उनके निर्बन्ध भोग के आयोजन में बाधाएँ डाली हैं, उनके सुरक्षा के व्यूह का सदा भेदन करने की चेष्टा की है। अतः उन्होंने हमको आवारा घोषित करके अपने दाय से वंचित कर दिया है। दूसरी ओर नई पीढ़ी हम साधनहीन और पराजितों को निकम्मा समझकर अपने मतलब का नहीं समझती है। उनको हमारी ओर से शंका है कि हम अपनी मूल्यहीनता की चर्चा में कहीं किन्हीं मूल्यों का आग्रह कर रहे हैं, दायित्वहीनता की चर्चा में किसी नए दायित्व बोध की खोज भी करना चाहते हैं, अतः उनको यह सब ऊहापोह ही बेकार और निकम्मापन लगता है। उन्हें अपने दादाओं का मूल्यहीन जीवन नापसन्द नहीं है, उनका दायित्वहीन भोग भी पसन्द है, अतः वे केवल खोखली चर्चाओं के ख़िलाफ़ हैं, वह चाहे पूर्ववर्तियों के आदर्श की हो या हमारी आदर्शहीनता की हो।

दोनों ओर से कटे हुए हमारे पास सचमुच कोई सीधा उत्तर या समाधान नहीं है। अब तक हम कोई निश्चित दिशा या दृष्टि के सामने विशेषकर इस युवा पीढ़ी के सामने नहीं रख सके हैं। हम अपने संघर्ष में ही इतने हारते गए हैं, विवश होते गए हैं, निराश होते गए हैं, दूसरों के द्वारा हर प्रकार से प्रताड़ित और लाँक्षित होते रहे हैं कि आज स्थिति पर हमको अपना अधिकार ही नहीं लगता है। हाँ, यह ज़रूर है कि हममें जीने की गहरी आस्था है, संघर्ष के लिए भी संघर्ष करते रहने का विश्वास है। हार पर हार खाने पर भी पराजय नहीं स्वीकार कर सकते, मूल्यहीनता की सारी

स्थिति में भी रचनात्मक मूल्यों की खोज में हम लगे रह सकते हैं, दायित्वहीनता के गहरे वातावरण में भी दायित्व-बोध बनाए रह सकते हैं। परन्तु हमारी इस ख़ाली जीने की माँग से नई पीढ़ी को नेतृत्व नहीं मिल सकता, इसका एहसास मुझे है, मेरी सारी पीढ़ी को होना चाहिए। यह नेतृत्व युवा पीढ़ी की ख़ाली जीने को माँग के बीच से ही उभर सकेगा, यह ज़रूर है कि जब कभी यह सही नेतृत्व उभरेगा तो युवा पीढ़ी दादा के भोग को हमारे संघर्ष और संकल्प के माध्यम से ही स्वीकारेगी, हमको और हमारी स्थिति को नकारकर नहीं।

इस सब का दोषी कौन है ?

आज से सत्तरह-अठारह वर्ष पहले मेरे विश्वविद्यालय के एक छात्रावास हालैंड हॉल में सवर्ण तथा हरिजन लड़कों में मारपीट हो गई और तनाव की स्थिति उत्पन्न हो गई। मैं अपने मित्र साही के साथ कॉलेज के प्राचार्य चटर्जी महोदय से मिला। उनसे उनके आपसी द्वेष और घृणा की बात सुनकर मन व्यथित हुआ। मैं तो उस स्थिति को समझने में असमर्थ था, क्योंकि बीस साल पहले जब मैं छात्र था और कॉलेज (छात्रावास) में रहता था, उस समय हम लोग जातिवादियों से लोहा लेते रहते थे। मैं अपनी अज्ञता स्वीकार करता हूँ, क्योंकि समझ रहा था स्वतंत्र भारत में जाति-भेद मिट रहा है। जब मुझे बताया गया कि सवर्ण तथा हरिजन छात्रों में असहिष्णुता बढ़ रही है, आपसी रिश्ते तनावपूर्ण हैं, तब मेरा सारा अस्तित्व झनझना उठा। उस दिन से निरन्तर देखता आ रहा हूँ कि जातियों के तनाव बढ़ते जा रहे हैं और मेरे मन में घूमता रहता है कि हमारे सारे दल क्या कर रहे हैं, उनके संगठन किसलिए हैं ? पर प्रश्न है कि उनके संगठन हैं कहाँ ?

बारह-चौदह वर्ष पहले जब डॉ. लोहिया संसद में थे—दक्षिण के किसी गाँव में सवर्णों ने हरिजनों पर अत्याचार किया। संसद में प्रश्न उठाकर डॉक्टर ने सारे देश का ध्यान इस गम्भीर समस्या की ओर आकर्षित कर दिया। वे इस प्रकार की घटनाओं से अत्यन्त उद्विग्न हो उठे थे, क्योंकि वे देख-समझ रहे थे कि देश के नेता और दल जातियों के प्रश्न को लेकर जिस प्रकार की राजनीति चला रहे हैं, उससे देश में जातिवाद ख़त्म होने के बजाय भयानक तनाव की स्थिति उत्पन्न हो रही है। पिछले आठ-दस वर्ष से यही देखा जा रहा है। यह अवश्य है कि इधर कुछ वर्षों से सवर्ण तथा पिछड़ी जातियों में, पिछड़ी जातियों तथा हरिजनों में भी संघर्ष होने लगे हैं। और कभी पत्रों में यह भी आता है कि हरिजनों ने सवर्णों अथवा पिछड़ी जाति के लोगों को घेर लिया, मार दिया। परन्तु सब मिलाकर अब भी सवर्णों अथवा पिछड़ी जातियों द्वारा हरिजनों पर किए गए अत्याचार की सूचनाएँ अधिक आती हैं। निश्चय ही इस प्रकार के संघर्ष में शक्तिशाली पहले से अत्याचार करता आया है और अब भी उसकी चोट अधिक है।

हमारे अख़बार की सुर्खियों में प्राय: अत्याचार की घटनाएँ आती रहती हैं। ये साधारण मारपीट अथवा लूटपाट की सूचनाएँ नहीं होतीं, बल्कि रोमहर्षक अमानविक

वृत्तान्त होते हैं। लोगों को घेर लेना, उनकी झोंपड़ियों में आग लगा देना, फिर भागते हुए व्यक्तियों, स्त्रियों-बच्चों को भी लाठियों से मारकर आग में झोंक देना, उनकी महिलाओं से खुलेआम बलात्कार करना। यह सब पढ़कर, सुनकर शर्म से गर्दन झुक जाती है, मन ग्लानि से भर जाता है। यह बुद्ध और गांधी, कबीर और नानक का देश है! यह धर्म और अध्यात्म का देश है। पिछले डेढ़ सौ वर्षों के स्वतंत्रता आन्दोलन और संघर्ष के काल में हमारे बड़े नेताओं ने जाति-वर्ण-वर्गविहीन समता पर आधारित समाज रचना का स्वप्न हमको दिया था। स्वतंत्रता प्राप्त करने के बाद अपने संविधान में हमने अपनी राष्ट्रीय महत्त्वाकांक्षाओं को अभिव्यक्ति देते हुए प्रतिज्ञा की थी कि हम जिस समाज को रचने जा रहे हैं वह सभी तरह की असमानताओं तथा शोषणों से मुक्त तथा सामाजिक न्याय पर प्रतिष्ठित होगा।

यह सब होने पर भी आज यह क्यों घटित हो रहा है! सबसे अधिक शर्मनाक बात है कि जो इस प्रकार के उत्तरदायित्व से मुक्त नहीं हो सकते वे राजनीतिक दाँव-पेंच से इन घटनाओं के बारे में बड़े-बड़े वक्तव्य देते हैं, जाँच समितियों की माँग करते हैं, स्वयं जाँच करने-कराने का अभिनय करते हैं। यह अत्यन्त हास्यास्पद बात है कि इन्दिरा कांग्रेस अथवा शेष कांग्रेस के लोग इन घटनाओं पर दुख और चिन्ता प्रकट करने के बजाय इनका राजनीतिक इस्तेमाल करने की चेष्टा करें। वे भूल जाते हैं अथवा जनता को मूर्ख बनाना चाहते हैं कि इस समस्या का समाधान पिछले तीस वर्षों में वे अपने शासनकाल में नहीं कर सके। क्या वे यह दिखाना चाहते हैं कि उनके कांग्रेसी शासनकाल में रामराज्य था, सिंह और बकरी एक घाट पानी पीते थे। उस काल में हरिजन एकदम सुरक्षित थे। एक तो आँकड़े इस बात के प्रमाण हैं, स्थिति में परिवर्तन नहीं हुआ है। दूसरे यह सामाजिक समस्या है और अगर कांग्रेस राज्य में इसका समाधान हो चुका था, तब इसका यह विस्फोट कैसे हुआ! परिस्थिति का लज्जास्पद पहलू यह भी है कि जनता दल के नेता अपनी प्रतिद्वन्द्विता के कारण इन घटनाओं का दायित्व एक दूसरे पर डालने की चेष्टा करते हैं।

हमारे देश की विडम्बना है कि राष्ट्रीय स्तर की समस्याओं का विभिन्न दल और यहाँ तक कि अलग-अलग नेता अपने हितों के लिए इस्तेमाल करते आए हैं। राष्ट्रीय समस्याओं का निरूपण व्यापक राष्ट्रीय स्तर पर होना चाहिए, उसके समाधान उसी स्तर पर खोजे जाने चाहिए और उस लक्ष्य तक पहुँचने के लिए सारा राष्ट्रीय प्रयत्न लगना चाहिए। जब विभिन्न दलों तथा नेताओं की राजनीति का एकमात्र लक्ष्य सत्ता प्राप्त करना रह गया हो, तब चाहें शिक्षा हो, बेरोज़गारी हो, भाषा हो अथवा जाति-व्यवस्था वे इन सब समस्याओं को सत्ता की राजनीति में इस्तेमाल करते हैं। न उनकी रुचि रही है कि इन समस्याओं को राष्ट्रीय परिप्रेक्ष्य दिया जाए और न ही उनके व्यापक राष्ट्रीय स्तर के समाधान की उन्हें चिन्ता रही है। जहाँ राष्ट्रीय जीवन को बनाने या बिगाड़ने का सवाल है, वहाँ राजनीतिक दाँव-पेंच के

बजाय राष्ट्रीय संकल्प जगाने की अपेक्षा है। पर दुर्भाग्य की बात है कि गांधी, कृपलानी, लोहिया, जयप्रकाश आदि भारतीय राजनीति से अलग पड़ते गए हैं जिनमें राष्ट्रीय दृष्टि रही है और ऐसे ही लोग इस मंच पर प्रभावी होते गए हैं जो सत्ता की राजनीति में सब कुछ दाँव पर लगाते हैं। इसका एक प्रमाण है कि ये नेता शिक्षा में बराबरी के सिद्धान्त को स्वीकार करके उसके लिए कोई प्रभावी कार्यक्रम आज तक नहीं दे सके।

हमारा बौद्धिक वर्ग, पत्रकार और लेखक इन समस्याओं के बारे में नेतृत्व देने में असमर्थ रहा है। यदि इस वर्ग ने साहस और तेजस्विता से देश की परिस्थिति का विश्लेषण करके समस्याओं के समाधान प्रस्तुत किए होते और राजनीतिक दाँव-पेंच की कड़ी आलोचना की होती तो आज स्थिति कुछ भिन्न हो सकती थी। पर जिस वर्ग का समाज और देश के पक्ष से राजनीतिज्ञों पर दबाव होना चाहिए था, वह अपने तथा अपने वर्गीय स्वार्थ से जुड़ता गया है। निहित स्वार्थ की पक्षधरता के कारण यह वर्ग अधिकांश में राजनेताओं का अनुवर्ती तथा समर्थक होता गया है। कटु सत्य तो यह है कि आज की दुरभि सन्धि में यह वर्ग पूरा भागीदार हो गया है। दस-पाँच अपवाद हर क्षेत्र में हो सकते हैं, पर उनकी स्थिति नगण्य तथा उपेक्षणीय है।

क्या कारण है कि पिछले तीस वर्षों से निम्न तथा पिछड़ी जातियों को ऊँचा उठाने और समाज में समरस करने के सारे प्रयत्न विफल हो गए हैं। इस बात को देखने-समझने के लिए न गम्भीर विश्लेषण की अपेक्षा है और न किसी बौद्धिक प्रतिभा की, कि राजनीति के लोगों ने इस समस्या का समाधान चाहने के बजाय इसे बनाए रखा है। इस प्रकार की पक्षधरता का नारा देकर उन्हें चुनावों में अपनी ओर रखने का प्रयत्न ही प्रधान रहा है। अन्यथा यह देखना कठिन नहीं रह गया है कि आरक्षण, छात्रवृत्तियों, सहायता आदि से निम्न वर्ग का सामाजिक अथवा आर्थिक रूपान्तर सम्भव नहीं है। ज़िन प्रयत्नों को सहायक के रूप में परिकल्पित किया गया था, उन्हीं को राजनीतिक दलों ने राजनीतिक साधन के रूप में इस्तेमाल किया है। उनके सामाजिक सम्मान तथा स्तर को ऊँचा करने अथवा उनकी आर्थिक स्थिति को सुधारने का कोई व्यापक प्रयत्न नहीं हुआ। इसका मुख्य कारण है कि हमारे राजनेताओं ने इन वर्गों को दी जाने वाली सुविधाओं तथा अवसरों का राजनीतिक उद्देश्य से प्रयोग किया, सामाजिक व्यापक परिवर्तन के उपकरणों के रूप में नहीं। परिणाम हुआ—इनका लाभ कुछ लोगों को मिला, जबकि इनका मृगजल इस वर्ग को छलता रहा है।

दूसरी ओर साधनों, अवसरों और सुविधाओं के सीमित होने से जातियों में द्वेष बढ़ता जा रहा है। ऊँची जातियों के लोग समझते हैं कि योग्यता के अनुसार उन्हें जो मिलना चाहिए उससे उन्हें वंचित किया जा रहा है। बेरोज़गारी के बढ़ने से यह प्रतिद्वन्द्विता और द्वेष बढ़ता जा रहा है। अभी तक मानसिकता में कोई परिवर्तन नहीं

आया है, इस कारण असहिष्णुता बढ़ती जा रही है। पूरे समाज का सामाजिक आर्थिक परिवर्तन न होने से इन जातियों के शक्तिशाली लोग तथा नेता आर्थिक आधार पर वर्गीय ध्रुवीकरण को सम्भव नहीं होने देते। और परिणामस्वरूप भीषण अमानविक घटनाएँ हो रही हैं। हमारे पत्रकार प्राय: उन्हीं खेल खेलने वाले राजनेताओं के वक्तव्य विस्तार से छापते हैं, जो इन घटनाओं के वास्तविक अपराधी हैं। हमारे पत्रकारों, लेखकों तथा बौद्धिकों को अपने समाज के पक्ष से इस राजनीतिक परिस्थिति तथा उसमें चल रहे षड्यंत्र का साहसिक उद्घाटन करना होगा और सही दिशा में काम करने वाले और व्यक्तियों को अपना खुला समर्थन देना होगा। इस परिस्थिति में हम ऐसे ही राजनेताओं से सही दिशा खोजने की आशा कर सकते हैं, जो अपने समाज से पूरी तरह जुड़े हों और उसकी व्यथा से मर्माहत हों।

संस्कृति की खोज में नया युग

हमारे एक दोस्त हैं, हैं इसलिए नहीं कि दोस्ती भी बदस्तूर है। व्यंग्य-शैली के उत्कृष्ट अंग्रेज़ी उपन्यासकार थैकेरे के अनुसार प्रेम जमता, उगता, बढ़ता, पल्लवित होता, फूलता, फलता है और अन्त में संसार की प्रत्येक क्षणभंगुर वस्तु के समान नष्ट हो जाता है। पिछली रोमांटिक अथवा छायावादी मनोवृत्ति के लोग दोस्ती को प्रेम पर आधारित मानते रहे हैं और उनकी दृष्टि से उसकी भी प्रेम जैसी ही गति होनी चाहिए। फिर, उनको प्रेम के समान, दोस्ती के लिए भी रोना-धोना पड़ेगा, शिकवा-शिकायत करनी होगी। पर आधुनिक युग के बुद्धिवादी लोग दोस्ती के क्षेत्र में एक नया प्रयोग करते हैं। वे दोस्त पर ही उगते, बढ़ते, फूलते, फलते हैं और अन्त में आकाश बेल की तरह उसे चूसकर हरे-भरे बने रहना चाहते हैं। लेकिन इसमें मुश्किल यही है कि दोस्त भी आधुनिक बुद्धिवादी हो सकते हैं और यह समझते ही कि यह दोस्ती गहरी सहानुभूति तथा आपसी समझ पर आधारित न होकर किन्हीं अतिरिक्त स्वार्थों से संचालित है, वे उसे उलझाकर फेंक सकते हैं और ऐसी स्थिति में हज़ार ताव खाने पर भी आकाश बेल के सूखते जाने के अलावा उपाय क्या है?

ख़ैर, यहाँ सवाल प्रेम या दोस्ती का नहीं है। प्रसंग यों छिड़ा कि हमारे उन दोस्त का कहना है कि कलकत्ता, बम्बई और दिल्ली के सामने फाफामऊ या मऊआयमा लगने वाले इस इलाहाबाद शहर में भी कुछ बिगड़े दिल आधुनिकता की चर्चा करते हैं। और आज के अहम सवालों को उठाने का और उन पर बहस करने का दावा रखते हैं! क्या खूब है इस राकेट, जैट और एयरोनटिक का युग जिसमें आदमी पर लदकर चलने वाले (रिक्शा) भी आधुनिकता का ख्वाब देखते हैं! यूरोप और अमरीका के लेखकों की पुस्तकों से वहाँ की ज़िन्दगी के बारे में जान-सुनकर, आज के युग की ज्वलन्त समस्याओं पर, तटस्थता के नाम पर, अवास्तविक बहस-मुबाहसा करने वालों की कॉफ़ी-हाउस के कुएँ की दुनिया भी खूब है! बस समझ लो ठीक चंडूखाने के मदकचियों का महँगाई के ज़माने का नया संस्करण!

उनका कहना है कि इस तरह शहर में दम घुटता है, इन ज़ाहिल और दक़ियानूस

लोगों के बीच किसी भी नए ख़याल के आदमी का रहना सम्भव नहीं हो सकता। पर एक ज़माना था, यह भी एक शहर था (खासकर यह उनका ज़माना था) और यहाँ भी हवा चलती थी, फूल खिलते थे और बुलबुलें चहकती थीं। उन दिनों यहाँ सड़कों पर मुक्ति थी; यहाँ के बादलों में, कम्पनी बाग़ के फूलों में न जाने कितने सुरमई, क़ाफूरी, मूँगिया और फ़ीरोजी रंग थे। लेकिन वह ज़माना और था, जब बग़ल के दोस्त से आधुनिकता के आन्दोलन की बहस और अपने लबों पर मोहब्बत की ग़ज़लों की गुनगुनाहट एक साथ चलती रहती थी।

कहाँ यह शहर जिसकी सारी ज़िन्दगी बँधकर रुक गई है और कहाँ आधुनिक ज़िन्दगी की तेज़ और तीखी गति। इस पिछड़े हुए देश में यदि कहीं उस गति का अनुभव किया जा सकता है, तो वह बम्बई में। कई मानों में तो यह यूरोप के बड़े नगरों से भी अधिक आधुनिक नगर है। अपनी भौगोलिक स्थिति में हिन्दुस्तान में होकर भी यह नगर इस देश से बहुत आगे की मनोवृत्ति का प्रतिनिधित्व करता है। यहाँ औद्योगिक उन्नति और उसकी विषमता का प्रभाव जीवन पर प्रत्यक्षत: दिखाई देता है। आदमी कितना व्यस्त है, कितना तटस्थ है, कितना भावशून्य है, कितना ममताशून्य है, यह यहाँ देखा जा सकता है। यहाँ न कोई धर्म है, न कोई समाज है, न कोई प्रतिबन्ध ही। समय ही अपने-आप में जैसे मूल्य हो। सड़क पर गिरकर मरते हुए व्यक्ति की ओर ध्यान किसी का जाएगा नहीं, और जाए भी तो वह उसकी चिन्ता का विषय नहीं हो सकता। पड़ोसी का अर्थ वहाँ कुछ भी नहीं होता, सभी अपरिचित हैं और इस स्थिति को ही सहज मानकर चलते हैं। व्यक्तिगत जीवन की इस सीमा तक स्वाधीनता मान्य है कि किसी के परिवार में मृत्यु हो जाने पर भी संवेदना प्रकट करने जाना अस्वाभाविक जैसा माना जाता है।

ऐसे बम्बई शहर में किसी को आधुनिकता की दृष्टि मिल सकती है! वहाँ रात्रि क्लबों का जीवन चलता है, वहाँ 'अंडरवर्ल्ड' है, 'हार्स रेस' और सट्टा है, सिने संसार के 'सेंसेशन' हैं, ताज जैसे होटल हैं', 'सी बीच' हैं, दादर और जूहू हैं और वह सभी तो है जो आधुनिक को जानने-समझने के लिए आवश्यक है। मेरे दोस्त की इन सारी बातों को कौन नहीं मानेगा, पर मैं उनके इस सारे कहने के साथ अपनी ओर से कुछ जोड़कर बात पूरी करना चाहूँगा। शानदार वातानुकूलित इमारत में ऑफ़िसर की तरह टैक्सी में आने-जाने में; नौका-विहार, 'लंच-डिनर,' पार्टी, स्टेनो-टाइपिस्ट, भेंट-मुलाकात में जीवन की व्यस्तता खोजने में और पिछड़े हुए मित्रों के बीच हवाई यात्रा, टैक्सी और इम्पीरियल होटल को अपने आधुनिक व्यक्तित्व के सहज अंग के रूप में व्यक्त करने में जो आधुनिकता का परिप्रेक्ष्य उभरता है, वह भी इस सन्दर्भ में अत्यन्त महत्त्व का है।

मैं सहमत-असहमत हूँ, यह सवाल नहीं उठता, क्योंकि इसकी छूट हमको अपने दोस्त की ओर से मिली ही नहीं है। पर मुझे उनसे सहानुभूति है, नए युग की

संस्कृति की खोज में हर संवेदनशील व्यक्ति को (लेखक होता ही है) कोलम्बस की तरह निकल पड़ना होगा। फिर, यदि उसे हर उभरती हुई ज़मीन नई दुनिया लगे तो भी आश्चर्य की बात नहीं है। इस बात को समझने में ज़्यादा दिक्कत नहीं होगी कि एक मध्ययुगीन शायरी और यूरोपीय पतनोन्मुखी रोमांटिक कविता की अधकचरी (गद्दर) मनोवृत्ति का व्यक्ति ज़िन्दगी में प्रवेश कर अनुभव प्राप्त करने का नारा लगाए। यथार्थ के नाम पर जीवन के हर स्तर से आकर्षित और मुग्ध होना और ऐसे वातावरण को जो धर्म, नैतिकता तथा सामाजिकता से हीन मुक्ति के अनुकूल हो, महोत्सव के रूप में घोषित करना एक भिन्न बात है। यह रोमांटिक मनोवृत्ति के निकट हो सकता है, पर अपने युग के अधार्मिक, अनैतिक और असामाजिक जीवन को गहन संसक्ति के स्तर पर संवेदित कर संस्कृति के नए मूल्यों का आविष्करण नितान्त भिन्न प्रश्न है। उसके लिए युग को झेलना होता है, उसके सारे यथार्थ को धारण करना पड़ता है और न जाने कितनों के ख़िलाफ़ चुनौती देकर खड़ा होना पड़ता है।

यह आज का प्रश्न नहीं है। हर युग ने अपनी सांस्कृतिक चेतना के अन्वेषण में प्रयत्न किया है। सभी युगों का समान कोटि का योगदान न भी रहा हो, पर उनकी उपलब्धियों का महत्त्व स्वीकार किया जा सकता है। किसी भी युग के समाज में सांस्कृतिक संचरण के कई स्तर रहते हैं, और युग-विशेष की संस्कृति की व्याख्या करने में इन स्तरों के विभेद को ध्यान में रखना आवश्यक है। संस्कृति की सर्जनात्मक प्रतिभा जिस सूक्ष्म स्तर पर सक्रिय होती है, उस पर किसी राष्ट्र अथवा युग के प्रतिभा-सम्पन्न और प्रखर संवेदन वाले कवि, कलाकार, विचारक, दार्शनिक और वैज्ञानिक ही प्रतिष्ठित होते हैं। उनकी मौलिक सर्जनात्मक प्रतिभा को सह-अनुभूति और सक्रिय सहभोग के स्तर पर ग्रहण करने वाले भावुक और सामाजिक भी प्रत्येक युग में कम ही होते हैं। अधिकांश नागरिक समाज अपने युग की सांस्कृतिक चेष्टा को अर्धसंस्कारी ढंग से अर्थात फ़ैशनेबुल मानकर ग्रहण करने का प्रयत्न करता है।

यूनानी संस्कृति के सर्जनात्मक अनुसंधान में जो सूक्ष्म और गहन संवेदन वाले कवि, विचारक, दार्शनिक, वैज्ञानिक और कलाकार संलग्न थे, उनकी परिकल्पनाओं, भावनाओं, सौन्दर्यबोध, चिन्तनों और संवेदनों को उस युग का समाज किस सीमा तक ग्रहण करने में समर्थ था। उस जन समाज के उत्सवों, देवपूजाओं, क्रीड़ाओं, मनोविनोदों में जो उल्लास, उत्साह और आवेग परिलक्षित होता है, उससे इस अतिरंजित जीवन के साथ होमर, युरीपाइडीस, प्लेटों, साइक्राटीज़, अरिस्टाटिल और डिमास्थनीज़ आदि के सांस्कृतिक स्तर का सम्बन्ध प्रत्यक्ष रूप में स्थापित कर पाना आसान नहीं जान पड़ता। भारतीय संस्कृति के स्वर्ण-युग में धर्म, दर्शन, कला और काव्य के जिन सूक्ष्म तत्त्वों का अनुभावन और सर्जन हुआ है, उनको उस युग

के सामन्त, श्रेणी, नागरिक और सामाजिक अपनी अतिरंजनाओं में किस सीमा तक ग्रहण करने में समर्थ हो सके होंगे? प्रातःकाल से अपनी दिनचर्या में संलग्न हो जाने वाला विलास-प्रिय नागरिक अपनी अभिरुचि में कैसा भी कलात्मक क्यों न लगता हो, पर कालिदास के सौन्दर्यबोध के सूक्ष्म तत्त्व को ग्रहण करने की उसकी प्रतिभा पर विश्वास नहीं जमता। अपने जीवन में वह जिन अतिरंजनाओं से कला और विलास के नाम पर गुज़रता था, उसके संस्कार के साथ वह अपने युग की सर्जनात्मक प्रतिभा का स्पर्श तो करता था, पर उसके संवेदनात्मक स्तर से अपना सक्रिय सम्बन्ध स्थापित करने में असमर्थ था।

ऐसा हर युग में होता है। हर युग की संस्कृति के व्यापक परिवेश में ऐसा बहुत बड़ा अभिजात्य नागरिक वर्ग रहता है, जो संस्कृति के नाम पर अनेक प्रकार की विसंगतियों, असंगतियों और अतिरंजनाओं को अपने युग के फ़ैशन के रूप में अपनाए रहता है। पर यह अर्धसंस्कृत, अपने युग की सनकों के साथ बहने वाला वर्ग, युग की सर्जनशीलता के लिए अनिवार्य भी है। यदि सारा युग-जीवन उस युग-विशेष के सांस्कृतिक संचरण का आधार है, तो यह वर्ग उसके उचित परिवेश का काम करता है। यह जाने-अनजाने इन मूल्यों की स्थापना, विकास और संवर्द्धन में सक्रिय रूप से सहायक सिद्ध होता है। यह अलग बात है कि वह संवेदनात्मक सूक्ष्म पक्ष की अपेक्षा उसके बाह्य-विधि-विधानों में अधिक उलझता है। यही कारण है कि एक सीमा तक गति देने के बाद यही वर्ग अपने युग की संस्कृति की परम्पराओं में और रूढ़ियों में बाँधने में भी सहायक होता है।

पर यह शक्ति भी उसकी अपनी नहीं मानी जा सकती। जब तक युग का कलाकार, साहित्यकार, कवि, विचारक, दार्शनिक और वैज्ञानिक अपने युग की विसंगतियों और अतिरंजनाओं के बीच रहकर भी अपने गहन और मौलिक संवेदनात्मक व्यक्तित्व को सर्जनात्मक दिशाओं में नियोजित रखने में सफल होता है, वह अपने युग की संस्कृति के संचरण को कुंठित न होने देकर उसके नए-नए परिप्रेक्ष्य उभारने में सफल होता है। पर जब मध्यम श्रेणी, द्वितीय कोटि और अर्ध-प्रतिभा-सम्पन्न लोगों के हाथ में इसका नेतृत्व आता है, तब वे या तो अपने युग की मौलिक प्रतिभाओं के अनुसरण और अनुकरण में अपनी सार्थकता खोजते हैं अथवा अपने युग के तथाकथित संस्कृत अभिजात्य वर्ग की सनकों और भावावेशों को उल्लसित और सन्तुष्ट करने में संलग्न हो जाते हैं। परिणाम दोनों का समान ही समझा जा सकता है, क्योंकि इस प्रकार वे अपने युग की सर्जनशीलता को परम्परा और रूढ़ियों की पतनोन्मुखी अन्धी गलियों में भटकाते रहते हैं।

ऐसा भी नहीं कि अर्ध-संस्कारी कलाकार और विचारक प्रतिभा-सम्पन्नों के बाद पैदा होते हों। वे युग के फ़ैशनेबुल वर्ग के साथ ही सदा फूलते-फलते हैं,

और उनकी सनकों, अतिरंजनाओं और उन्मादों को सहलाने-दुलराने का काम भी करते हैं। अधिक चतुर हुए, तो ऐसे लोग युग-जीवन के यथार्थ, युग से सम्पृक्ति और, प्रत्यक्ष अनुभव की दुहाई देकर भी ऐसा करने की सुविधा पाना चाहते हैं। पर जब तक युग की मौलिक सर्जनशील प्रतिभा सक्रिय और संचरणशील रहने में समर्थ रह सकती है, ये कुशल और चतुर लोग अपनी चमक-दमक से अधिक प्रभाव क्षेत्र बनाने में समर्थ नहीं हो पाते। ये तथा इन्हीं का समानधर्मी समाज, जाने-अनजाने, उस गतिशील प्रक्रिया का अंग बना रहता है; यह अलग बात है कि केन्द्र से दूर परिधि पर चक्कर काटना ही उनका भाग्य हो।

फिर भी इस समाज और वर्ग का अपना महत्त्व है, जिसे नकारा नहीं जा सकता। सर्जनात्मक प्रक्रिया के पूरा होने के लिए इनकी स्थिति अनिवार्य है। जिस नई संस्कृति की खोज में आज हम संलग्न हैं उसमें हम अपने फ़ैशनेबुल समाज को कैसे अस्वीकार कर सकते हैं। उसके ड्राइंग रूमों में लोक-कला और शिल्प के साथ यूरोप तथा अमरीका की प्राविधिक-वैज्ञानिक संस्कृति के उपकरणों के अद्‌भुत संयोग, उनकी चर्चाओं में देश-विदेश की वैज्ञानिक और प्राविधिक उन्नति तथा आविष्कारों के अधिकाधिक सन्दर्भ, देशी-विदेशी साप्ताहिक पत्रों के आधार पर राजनीतिक स्थिति-सम्बन्धी अत्यन्त साधारण बहसें, संगीत के आयोजनों, नृत्य तथा नाट्यशालाओं में सम्भ्रान्त पुरुषों और महिलाओं की सुसज्जित भीड़ें, अधुनातन फ़ैशन के बारे में बातचीत, उसी लहजे में भारतीय तथा पाश्चात्य संगीत, कला और साहित्य की चर्चाएँ, दावतों, उत्सवों, आयोजनों में भद्रता और शालीनता का प्रदर्शन, रेस्तराँ, होटलों और काफ़ी हाउसों में 'लेटेस्ट' (साहित्य, धर्म, दर्शन, राजनीति, विज्ञान आदि की एक साथ) की चर्चा और उनके बारे में गम्भीर लगने वाली बहसें—ये सब हमारी सांस्कृतिक चेतना से अलग नहीं किए जा सकते। इन सबकी उपेक्षा करने वाले, इनकी घोर निन्दा करने वाले, तीखी आलोचना करने वाले पुराणपंथी, प्राचीनतावादी और मध्ययुगीन मनोवृत्ति के लोग तो समसामयिक जीवन से नितान्त विच्छिन्न और युगसन्दर्भ से च्युत ही माने जाएँगे।

इस सबकी शिकायत नहीं की जा सकती। यूनानी, रोमी, पुनरुत्थान युगीन, रोमांटिक (यूरोप की) तथा मौर्यकालीन, गुप्तकालीन, मुगलकालीन (भारत की) संस्कृतियों के युगों में सम्भ्रान्त नागरिक वर्ग ऐश्वर्य-विलास, खान-पान, भोज-उत्सव, शृंगार के प्रसाधन, संगीत-कला और साहित्य-चिन्तन में सदा इसी स्तर पर अपनी रुचि तथा संसक्ति व्यक्त करता रहा है। उनके जीवन की क्रीड़ाओं, विलासों, शृंगार के प्रसाधनों, मनोरंजनों, रुचियों, संस्कारों की अतिरंजनाओं, विसंगतियों, विकृतियों के बीच से ही सांस्कृतिक संचरण का क्रम चलता रहा है। इसको आज भी समाजवादी तथा प्रजातांत्रिक व्यवस्थाओं के युग में भी बदला नहीं जा सका है। इसकी स्थिति में परिवर्तन हुआ है, इसका स्वरूप भी बदला है,

परन्तु इस वर्ग की मनोवृत्ति में मौलिक अन्तर नहीं है और न इसकी उपयोगिता में ही कोई आधारभूत परिवर्तन माना जा सकता है। यह अलग बात है कि हमारे युग की सांस्कृतिक प्रक्रिया जितनी जटिल होती गई है, इस दिशा में हमारा प्रयास उतना ही सचेष्ट होता जा रहा है। युग की विशेष परिस्थिति के कारण युग की सर्जनात्मक प्रतिभा को ग्रहण और धारण करने वाली संवेदनीयता अधिक व्यापक होती जा रही हो, ऐसा भी स्वीकार किया जा सकता है।

पर हमारे सामने दो बातें स्पष्ट होनी चाहिए—1. हम अपने युग की संस्कृति के अन्वेषण में उस वर्ग की उपेक्षा नहीं कर सकते जो उसका परिवेश निर्धारित करता है, और साथ ही प्रक्रिया को अधिक गतिशील करने में सहयोगी होता है और 2. साथ ही हम यह भी भूल नहीं सकते कि युग की संसक्ति का अभिप्राय यह नहीं है कि मूल्यों के अन्वेषण के नाम पर हम इस वर्ग की अतिरंजनाओं और भावावेशों में बह जाएँ। यही कारण है कि जब हमारे दिल्ली, बम्बई और कलकत्ता के मित्र, अपने को आधुनिक जीवन के निकट मानकर आधुनिकता की समस्या पर विचार करने की अपनी योग्यता को सहज ही प्रतिपादित स्वीकार करा लेना चाहते हैं, तब हम जिज्ञासा और कौतूहल के साथ उनकी ओर देखने को बाध्य हो जाते हैं। यह तो निश्चित है कि वे युग की गति, अतिरंजना, विसंगतियों, भ्रान्तियों, भावहीनता, अधार्मिकता और अनैतिकता आदि के निकट हैं, और इस कारण इन सबसे उन्हें अपनी संसक्ति अधिक गहरी और सक्रिय लगती है, यह भी माना जा सकता है।

पर किसी प्रवाह में पड़ जाना उसका सजग और सक्रिय अनुभव नहीं माना जा सकता; कला के सर्जनात्मक संवेदन को ग्रहण करने के लिए तो युग संसक्ति भी अवैयक्तिक तथा तटस्थ भाव-बोध के स्तर पर संचारित होती है। और संस्कृति की खोज में संलग्न हमारे इस युग के लिए ऐसे भाव-बोध वाले कवियों, कलाकारों, विचारकों और वैज्ञानिकों की पहली आवश्यकता है। अपने इस सांस्कृनिक अनुसंधान के लिए, अपनी सर्जनात्मक प्रतिभा के लिए वे परिवेश कहाँ से ग्रहण करते हैं, यह प्रश्न तो उनकी अपनी दृष्टि, मौलिकता, प्रतिभा, सर्जनशीलता तथा शक्ति से सम्बद्ध है। उसका क्षेत्र बम्बई, दिल्ली, पैरिस, न्यूयार्क, लन्दन सभी कुछ हो सकता है।

फिर जब कोई व्यक्ति आधुनिकता के परिवेश, आधुनिक जीवन के यथार्थ और तथाकथित संस्कृत वर्ग से आधुनिकता की संस्कृति और मूल्यगत समस्या को सम्बद्ध करके ही देख पाता है, और फिर जब उसका यह दावा साहित्य और कला के पक्ष से आता है, तब हम उसको जिज्ञासु भाव से देख ही सकते हैं। उत्तर दे पाना न सम्भव है और न आवश्यक ही। युग की चुनौती को स्वीकार करने वाले अन्वेषकों के सामने इससे अधिक गहरी, आधारभूत तथा मौलिक समस्याएँ

हैं। आज की जटिलताओं के बीच न आधुनिक युग ही इतना स्पष्ट और सहज है और न उसकी संस्कृति की खोज ही इतनी आसान है। हमारे सामने एकमात्र मार्ग है कि हम युग को उसकी सारी विषमताओं और जटिलताओं में मुक्त-भाव से ग्रहण करें और उस संसक्ति की संवेदनात्मक सघनता में से अवैयक्तिक और अमूर्त सर्जन की सम्भावनाओं का आविष्कार करने में संलग्न रहें।

स्वप्न देखने का युग बीत गया

आज पचास वर्ष पहले की याद आती है, तो एक स्वप्नों से भरा बचपन सामने से गुज़रने लगता है। हमारे चारों ओर ऐसा वातावरण था जिसमें स्वप्न पलते थे और उनमें रहना हमारे लिए स्वाभाविक था। हम स्वाधीन देश की कल्पना करते थे, विदेशी शासन से मुक्त होने की हमारी आकांक्षा थी। सारी जड़ परम्पराओं को तोड़कर, रूढ़ियों को ध्वस्त कर, हम समता पर, न्याय पर आधारित शोषणविहीन समाज की कल्पना करते थे। हम सोचते थे कि हमारे समाज में जातियों का अन्तर मिट जाएगा, छुआछूत ख़त्म हो जाएगी, ग़रीब-अमीर का अन्तर मिट जाएगा, स्त्री-पुरुष के अधिकारों में समानता आ जाएगी। हमारी कल्पना के समाज में भेदभाव की गुंजाइश नहीं थी। हमारे सामने देश के, समाज के विकास के स्वप्न थे और तब हम अपने व्यक्तिगत स्वार्थ को अपने समाज से जुड़ा मानकर चलते थे

आज जब चारों ओर देखता हूँ और अनुमान लगाने की चेष्टा करता हूँ कि हम कहाँ से कहाँ पहुँच गए हैं, तब लगता है कि वह बचपन का जीवन, वातावरण और उसमें पलने वाले सारे स्वप्न कितने सारहीन थे। पर तभी याद आती है इन स्वप्नों के लिए तमाम जीने मरने वालों की। जान लेने और देने वाले भगतसिंह और चन्द्रशेखर 'आज़ाद' जैसे तमाम क्रान्तिकारियों ने हँसते-हँसते अपना बलिदान आख़िर इन्हीं स्वप्नों के मोह में किया था। तिलक, गांधी, पटेल और नेहरू ने वर्षों जेल जीवन इन्हीं कल्पनाओं के पीछे काटा। जयप्रकाश और लोहिया जैसे उस समय के तमाम युवकों ने अपनी जवानी इसी मृगमरीचिका के पीछे भटकने में बिता दी। प्रश्न उठता है कि क्या इन तमाम महापुरुषों, राष्ट्र नेताओं ने जो स्वप्न देखे थे, उनको साकार करने का संकल्प उनका शिथिल था?

पर सवाल केवल उनका नहीं है, क्योंकि उन्होंने अपने जीवन भर इन स्वप्नों के लिए संघर्ष किया। अधिकांश को इन्हें साकार करने का जीवन में मौक़ा नहीं मिला, शेष संघर्ष करते करते मर गए और स्वप्न साकार नहीं हो पाए। उनके साथ तमाम फ़ौज की फ़ौज थी जो उनके नेतृत्व के पीछे चलती रही, और जब स्वाधीनता की लड़ाई ख़त्म हुई उसके अनेक सिपहसालार हमारे नेता और कर्णधार बन गए। और तब हम अनुभव करते रहे कि हम ठोस ज़मीन पर हैं, हमारे रंगीन सपने तिरोहित होते

गए। बचपन की यादें मीठी होती हैं और मन में दर्द पैदा करती हैं। हमारे मन में टीस है और अपने दर्द को हम किससे कहें।

स्वाधीनता के युग में जब ये स्वप्न क्रमशः टूटते गए, स्वाधीनता के सेनानी कहाँ थे ? उन्होंने इन स्वप्नों के लिए वर्षों जेल काटी थी, यातनाएँ भोगी थीं, संघर्ष किया था। मुझे याद आती है एक यूनानी कहानी। वर्षों-वर्षों के युद्ध के बाद यूनानी सेना विजयी होकर वापस आ रही थी, सेनापति का विजय-घोष करती हुई। उनके जहाज़ी बेड़े ने एक जगह लंगर डाला और सेना विश्राम के लिए रुकी। वह रमणीक जगह थी, वह था कमलवन, साधारण नहीं असाधारण रस-गंध वाले कमलों का क्षेत्र। वहाँ की मादक हवा से सैनिक मत्त हो गए और कमलों का शहद खाकर सब बेसुध हो गए। फिर उन मुग्ध बेसुध सैनिकों को सारे प्रयत्नों के बाद भी सेनापति घर वापस नहीं ला सके। स्वाधीनता युग पर नज़र डालने पर ऐसा ही दृश्य सामने आता है, हमारे सेनानी या तो ऐश्वर्य-भोग के कमलवन में बेसुध-विमुग्ध हो गए अथवा जंगलों-पहाड़ों में भटकते टकराते रहे।

भावुक होने की हमारी आदत है, हम पर यह आरोप लगाया जाता है, लगभग इस व्यंजना के साथ कि हम भावुक हैं यानी अव्यावहारिक मूर्ख हैं। शायद स्वप्न देखने वाले युग का यह प्रभाव है। हम भावुक होकर सोचते हैं कि हमारे देश में स्वप्न देखने का युग बीत गया, पर सच तो है कि सारे संसार में एक स्वप्न देखने का युग था और वह बीत चुका है। उन्नीसवीं शती में पश्चिमी (यूरोपीय) राष्ट्रों के उपनिवेशवाद के अन्तर्गत प्रायः सारा एशिया, अफ्रीका और लातीनी अमेरिका था, उनकी सत्ता और शक्ति के चरम उत्कर्ष का युग था। पर उन्नीसवीं शती के यूरोप में ही महान मानवतावादी स्वप्नों का युग भी था। मनुष्य की स्वतंत्रता, समानता और प्रतिष्ठा के स्वप्न यहाँ पल रहे थे। इन स्वप्नों की कल्पना ने इन राष्ट्रों के विचारकों को अभिभूत किया, और सारे संसार के पददलित देशों में इनके विचार ने जीवन को प्रेरित किया।

इस व्यापक मानवतावादी स्वप्नों को प्रत्यक्ष करने वाली दो प्रमुख पद्धतियों—लोकतंत्र तथा साम्यवाद—की प्रारम्भिक प्रतिश्रुति यही जान पड़ती है कि उनकी दृष्टि में सारी मानवता है। मनुष्य की समानता, स्वाधीनता की प्रतिष्ठा के पक्षधर लोकतांत्रिक राष्ट्र जैसे सारी मानवता के लिए प्रतिश्रुत हैं। उसी प्रकार मनुष्य के शोषण, अन्याय और ग़रीबी के विरुद्ध साम्यवादी मोर्चा भी सारे संसार की मानवता को लक्ष्य करके ही जान पड़ता था। उस युग के स्वप्न यही थे कि सारे संसार की मानवता को मुक्त करना है, सारे मानव समाज में बराबरी लानी है, हर व्यक्ति का सम्मान वापस देना है। हर देश और समाज से शोषण और अन्याय को दूर करना है। पर इन स्वप्नों का हुआ क्या ?

यूरोप में शताब्दियों से शक्ति और सत्ता का खेल चलता आ रहा था। इसी

प्रतिद्वन्द्विता में यूरोप के राष्ट्रों ने समुद्री शक्ति के सहारे अपनी क्रूर तथा निर्मम कूटनीति के द्वारा एशिया, अमरीका और अफ्रीका में अपने उपनिवेश क़ायम किए। पिछली शताब्दियों में ईसाई धर्म–मूल्यों के संरक्षण में अपनी शक्ति और सत्ता को बढ़ाने के लिए इन राष्ट्रों ने मानवता के साथ कौन सा अन्याय तथा अत्याचार नहीं किया। इन सत्ता और भोग–ऐश्वर्य की तलाश करने वालों के स्वप्न दूसरे थे, मानव–मूल्यों के स्वप्न उनके अपने कभी नहीं थे। दुर्भाग्य की बात है कि ईसाई धर्म–संघ ने मानव मूल्यों की पक्षधरता करने के बजाय इन महत्त्वाकांक्षियों तथा भोग–लोलुपों से सदा सहयोग किया।

उन्नीसवीं शताब्दी में मानव–स्वप्नों का युग शुरू हुआ और तब लगा कि यूरोप के राष्ट्र क्रमश: इन स्वप्नों के लिए प्रतिश्रुत होते जा रहे हैं। धीरे–धीरे इन राष्ट्रों का नेतृत्व ऐसे वर्ग में आ रहा है जो इन स्वप्नों को सारी मानवता में प्रत्यक्ष देखने का संकल्प रखते हैं। लोकतंत्र दृढ़ होते जा रहे थे, बीसवीं शती के प्रथम महायुद्ध के बाद रूस में साम्यवादी शक्ति ने सत्ता अपना ली। दोनों विचारधाराएँ मानव–मूल्यों पर आधारित थीं और दोनों के लक्ष्य सारी मानवता पर आधारित थे। जहाँ तक दोनों विचारधाराओं में निहित स्वप्नों का सवाल है, दोनों में मौलिक अन्तर नहीं था। दृष्टिकोण तथा पद्धति का अन्तर माना जा सकता है। मानव मुक्ति और मानव की शोषण तथा अन्याय से मुक्ति में क्या मौलिक अन्तर है? मानव मात्र की समानता और वर्गविहीनता में भी क्या अन्तर है?

पर हुआ क्या? सारे यूरोप में स्वप्नदर्शियों की अपेक्षा सत्ता–प्रतिद्वन्द्विता करने वालों का वर्चस्व बढ़ता गया। दूसरे महायुद्ध के पहले ही यह स्पष्ट हो चुका था कि इन दोनों गुटों की चिन्ता स्वप्नों को प्रत्यक्ष करने की नहीं है, वरन् अपनी–अपनी सत्ता को बढ़ाने की है। उनकी राजनीति और विदेश नीति में इन सिद्धान्तों का उपयोग इन्हीं लक्ष्यों के लिए किया जा रहा है। दूसरे महायुद्ध में नाज़ी फ़ासी शक्तियों के विरोध में लोकतांत्रिक तथा साम्यवादी राष्ट्रों का गठबन्धन एक आदर्श पर प्रतिष्ठित ज़रूर लगा पर जैसा बाद में स्पष्ट होता गया कि बहुत कुछ वह समय की विवशता भी थी।

दूसरे महायुद्ध के बाद सारे संसार की राजनीति, कूटनीति और विदेश–नीति का क्रमश: एक ही लक्ष्य बनता गया है कि अपने देश की आर्थिक प्रगति को कैसे आगे बढ़ाया जाए और सम्पन्न होने का उपाय क्या है? इसी सत्ता और शक्ति की प्रतिद्वन्द्विता में पिछले तीस वर्षों में दो तथाकथित शक्तिशाली गुटों का अन्तर्राष्ट्रीय तनाव और संघर्ष चलता रहा है। उन्होंने पिछड़े और विकसनशील एशिया और अफ्रीका के देशों को अपने पक्ष में रखने के लिए सिद्धान्तों का उपयोग ज़रूर करना चाहा है, पर इस सत्ता के खेल में सिद्धान्तों का आवरण हट चुका है। इधर की तमाम राजनीतिक घटनाओं, सन्धियों, वार्ताओं, व्यापार–उद्योग समझौतों से स्पष्ट हो चुका

है कि न साम्यवादी देश अब साम्यवाद के लिए प्रतिश्रुत हैं और न लोकतांत्रिक देश लोकतंत्र के मूल्यों की चिन्ता करते हैं।

पिछले युग में संसार की तीसरी शक्ति या तीसरे कैम्प की कल्पना भी की गई थी। गांधी जैसे विचारक ने इस कल्पना को स्वप्नों यानी मूल्यों पर खड़ा किया था। गुटों की सत्ता प्रतिद्वन्द्विता में इस तीसरी पिछड़े देशों-समाजों की शक्ति का बड़ा भारी 'रोल' था। पर दुर्भाग्य की बात है कि यह गुट निरपेक्ष शक्ति भी बड़े मानव मुक्ति (शोषण तथा अन्याय से मुक्ति उसमें शामिल है) के स्वप्न को लेकर नहीं चल सकी। इसका नेतृत्व करने वालों ने अपना व्यक्तिगत और अपने देश का हित-साधन ही सर्वोपरि रखा। संसार की परिस्थिति में गुटनिरपेक्षता का लाभ दोनों गुटों ने उठाया और गुटनिरपेक्ष देशों ने भी। आज की परिस्थिति में गुटों की स्थिति बदलती जा रही है, शक्तिशाली राष्ट्रों के अलग-अलग सन्तुलन क्षेत्र हैं। फिर गुटनिरपेक्षता का स्वरूप भी बदल रहा है।

जो भी हो आज सारे संसार से स्वप्न देखने का युग बीत चुका है और हमारे देश की स्थिति अलग नहीं है। आज सम्पन्न और विकसित राष्ट्रों तथा समाजों की सबसे बड़ी चिन्ता है कि हम अपनी अर्थ-व्यवस्था को कैसे अपने ऊँचे जीवन स्तर के अनुकूल बनाए रख सकें। और किस कूटनीति से वे अपने आपको ग़रीब, पिछड़े तथा अविकसित राष्ट्रों से अलग तथा सुरक्षित रख सकें। उसी तरह हमारे देश के सम्पन्न वर्ग की एकमात्र कामना है कि किस प्रकार यह वर्ग अपने जीवन-स्तर तथा हितों को सुरक्षित रख सके। इस वर्ग में आज राजनेता, पूँजीपति, उद्योगपति, अधिकारी आदि सभी आते हैं। अतः हमारे जैसे व्यक्ति को लगने लगा है कि स्वप्न देखने का युग बीत गया है और हमारे मन में उसकी स्मृति का दर्द है।

हमारा मूल्य निरपेक्ष व्यक्तिवाद

हम बचपन से युवावस्था तक जिस दौर में बड़े हुए थे, उसमें उन्नीसवीं शती से लेकर बीसवीं शती के प्रारम्भिक दशकों तक के ऐसे महापुरुषों का प्रभाव था जो सामाजिक जीवन पर बल देते हैं और उसी आधार पर सारे भारतीय समाज को संगठित, व्यवस्थित करना चाहते थे। राजा राममोहन राय, केशवचन्द्र सेन, स्वामी दयानन्द, रामकृष्ण परमहंस, स्वामी विवेकानन्द, लोकमान्य तिलक और महात्मा गांधी की ऐसी ही परम्परा थी। इनके दृष्टिकोण में अन्तर था, इनके समस्या को प्रस्तुत करने के ढंग में अन्तर था, इनके राजनीतिक समाधान में अन्तर था, पर ये सभी सारे भारतीय समाज को ऐसे मूल्यों के आधार पर प्रतिष्ठित करना चाहते थे जो सामाजिक स्तर पर व्यक्ति-व्यक्ति को जोड़ सके और एक दूसरे के प्रति उत्तरदायित्व का अनुभव करा सके। हमारा मानसिक संसार इसी वातावरण में विकसित हुआ था। हमारे लिए भारतीय सांस्कृतिक परम्परा के मूल्य और उसकी समृद्धि की सार्थकता की खोज इन्हीं सामाजिक मूल्यों के सन्दर्भ में ही अपेक्षित थी। हम आधुनिक लोकतांत्रिक और समाजवादी मूल्यों के लिए संघर्ष करने वाले लोग इन महापुरुषों के समग्र विचारों से सहमत हों या न हों, पर उनके द्वारा प्रस्तुत मूल्यों के आधार से प्रेरणा अवश्य पाते थे।

हमारे स्वतंत्र होते न होते एक करिश्मा घटित हुआ, अपनी प्रौढ़ होती अवस्था में हमने देखा कि क्रमशः जो राजनीतिक-सामाजिक जीवन में आगे बढ़ते जा रहे हैं, जिनके हाथों धीरे-धीरे नेतृत्व भी आता जा रहा है, उनकी एक खास मुद्रा या भंगिमा है—'सब चलता है।' शक्ति, सत्ता, अधिकार और अर्थ को किसी न किसी प्रकार हथिया लेना सर्वोपरि मूल्य होता गया और हम से लोग कहते रहे—'आप क्या बात करते हैं? यह कोरा आदर्शवाद है? यह ऐसा ही चलता है, आदि अदि।' हमारे पास सुन लेने के अलावा और चारा क्या था! हमारी विवशता थी कि संघर्ष-काल में जिन नेताओं के हाथ हमने अपना नेतृत्व सौंपा था, वे अपनी व्यक्तिगत महत्त्वाकांक्षाओं के आधार पर ऐसे तत्त्वों से समझौते पर समझौते करते चले गए। हम आशा ही लगाए रहे कि ये इन तत्त्वों को झटककर अलग फेंक सकेंगे और इनसे संघर्ष करके देश और समाज का मार्ग प्रशस्त करेंगे। पर हम निराश होते रहे हैं, जो कतिपय नेता

अपनी अन्दर की आवाज़ को सुनकर अलग हो गए, बाहर आ गए, वे स्वयं अकेले पड़ गए।

इस करिश्मे का एक बड़ा आकर्षक दृश्य हमारे सामने फैलता गया। हमारी सारी हैरानी-परेशानी के बावजूद यह ठोस यथार्थ जैसा उजागर होता गया। ठीक नहीं समझता क्यों, पर भारत को धर्मप्राण कहते हैं। एक बात है कि भारतीय नवजागरण के नेता व्यापक रूप में धार्मिक प्रेरणा से स्फुरित माने जाएँगे। ऊपर जिन महापुरुषों का नाम गिनाया गया है, उनमें शुरू से लेकर महात्मा गांधी तक को धर्मप्रेरित माना जा सकता है। यह अलग बात है कि भारतीय परम्परा में धर्म का अर्थ कोई धर्म-सम्प्रदाय (रिलीजन) नहीं है। इन सभी ने सामाजिक मूल्यों की संरचना (Structure) धर्म के रूप में की यानी मानवीय कर्तव्य के अर्थ में माना। पर स्वतंत्र होने के बाद से बाबाओं, साईंयों, भगवानों का नया युग प्रारम्भ होता है। इस युग में योग, तंत्र-मंत्र, सिद्धियों का प्रवेश जीवन में सर्वत्र देखा जाता है। अब सेवा, त्याग, समता, प्रेम, उपकार आदि सामाजिक मूल्य विशृंखलित और विघटित होते जा रहे हैं और पद, अधिकार समृद्धि पाने के लिए देवी-देवताओं, बाबाओं, साईंयों, योगियों और भगवानों के आशीर्वाद की अपेक्षा की जा रही है।

यह स्वतंत्रता का युग हमारे लिए बड़ा चमत्कारी है, हम इस प्रकार के वातावरण के लिए मानसिक रूप से तैयार नहीं थे। चर्चा, भाषण और घोषणाओं में जनता, समानता, आर्थिक विषमता को दूर करने की बात, शिक्षा, प्रगति आदि तमाम मूल्यों का ज़िक्र होता है, पर कर्म और व्यवहार से इनका सम्बन्ध ढूँढ़ पाना कठिन है। आज ऐसा राजनेता ढूँढ़ पाना कठिन है जो सिद्धान्त और मूल्य पर अडिग हो, आज समाज में ऐसे कार्यकर्ताओं को खोज पाना सम्भव नहीं है जो दायित्व-बोध और मूल्यों की प्रेरणा से कार्य में लगे हों और इसी तरह शासन-तंत्र में ऐसे अधिकारी या कर्मचारी को खोज पाना आसान नहीं है जो अपना काम जनता और समाज के प्रति अपने दायित्व-बोध से कर रहा हो। फिर निजी कामधाम करने वाले व्यापारी और उद्योगपतियों के संस्थानों की चर्चा करना बेकार है, उनका कहना है कि 'वे दो पैसे के लिए ही तो सब कुछ कर रहे हैं।' लाभ उठाना एक बात है पर सब कुछ लाभ ही लाभ है बिल्कुल अलग बात है। इसी प्रकार 'सब कुछ' का माने यहाँ यह हो गया है कि 'जो कुछ करनी अकरनी है, वह सब—असामाजिक से असामाजिक काम। नकली दवाओं को घातक बना देना, तेल को विषाक्त कर देना आदि।'

यह करिश्मे का युग है। कोई बाबा की कृपा से राजमंत्री देखते-देखते बन जाता है, कोई देवी की कृपा से समर्थ से समर्थ विपक्षी को चुनाव में हरा देता है, कोई यज्ञ करके विपक्षी को पराजित करता है, कोई योगी की कृपा से बड़े अधिकारी का पद पा जाता है, कोई किसी भगवान की कृपा से रोगमुक्त हो जाता है। चारों ओर योग, तंत्र-मंत्र, साधना-सिद्धि की धूम है। देश-भर में महात्माओं, योगियों, बाबाओं,

साईंयों और भगवानों का प्रताप फैला हुआ है। पिछली परम्परा में पले हमारे जैसे लोगों का मतिभ्रम होना भी स्वाभाविक है। हमने अपने बचपन मे सुना-पढ़ा था कि स्वामी दयानन्द से किसी ने कहा—"स्वामी जी, आप महान योगी हैं, आप सहज मुक्त हो सकते हैं, इस समाज के चक्कर में क्यों पड़े हैं।" स्वामी जी ने उत्तर दिया—"मैं अपनी मुक्ति कई जन्मों तक स्थगित रख सकता हूँ, मुझे अपने देश और समाज के लिए कई जन्म लेने की अभिलाषा है।" इसी प्रकार स्वामी विवेकानन्द ने अपने गुरु रामकृष्ण परमहंस से निवेदन किया—"गुरुवर, मुझे मोक्ष का मार्ग बताएँ, यह समाज-सेवा में तो माया-मोह है।" उन्होंने झिड़कते हुए कहा—"नरेन, मोक्ष का मार्ग मानव-सेवा और समाज-सेवा का ही है।" फिर हमारी समझ में यह करिश्मे वाला मार्ग कैसे आए!

बहुत सोचता हूँ तो लगता है कि भारतीय समाज (जो व्यापक रूप से हिन्दू माना जा सकता है) मौलिक रूप से जातिवादी है। अर्थात इस परम्परा में अपना उच्चतम विकास व्यक्ति को स्वयं करना है, उसमें किसी और का साझा नहीं या योग नहीं है। चरम मूल्य (मुक्ति, मोक्ष, निलय, आनन्द) व्यक्ति स्वयं उपलब्ध करता है। और उसका यह चरम मूल्य किन्हीं अन्यों पर आधारित भी नहीं है। निश्चय ही भारतीय इतिहास में महापुरुषों ने इस चरम या परम मूल्यवादी दृष्टि की समाज निरपेक्षता का अनुभव भी किया। उन्होंने समझा कि मानवीय सामाजिक मूल्यों की सापेक्षता के बिना यह चरम मूल्य सारे समाज को आधारहीन और मूल्य-निरपेक्ष कर देगा औरं समाज उसके बिना टिक नहीं सकेगा। वैदिक काल में कठोर कर्मकांड के विरोध में भावमय मूल्यों की धारा अन्तर्निहित थी। भगवान बुद्ध ने (महावीर स्वामी ने भी) मानवीय करुणा के रूप में मूल्यों का आधार प्रस्तुत किया था। इसी प्रकार मध्ययुग के योग तंत्र-मंत्र के अतिशय प्रचारित होने पर भक्ति आन्दोलन के माध्यम से मानवीय मूल्यों के आधार को समाज में पुन: स्थापित करने का प्रयत्न किया गया था। ऊपर उन्नीसवीं शती से शुरू होने वाले नवजागरण की चर्चा कर चुका हूँ।

पर हर बार हुआ क्या? भारतीय समाज की व्यापक धार के सैलाब में यह मूल्यों के आधार का बनता हुआ ढाँचा हर बार बनते-बनते विलुप्त हो गया। ऐसा ही इस बार हुआ है। सौ वर्ष का बनता हुआ सारा सामाजिक मानवीय मूल्यों का ढाँचा योगियों, बाबाओं, साईंयों, के तंत्र-मंत्र, सिद्ध-साधना के सैलाब में डूब बह गया है और हम इस करिश्मे को विस्फारित नेत्रों से देख रहे हैं—यह हमारा मूल्यनिरपेक्ष व्यक्तिवाद है।

कुछ नए प्रयोगों की शुरुआत

हम बार–बार दुश्चक्र में फँसते हैं और उलझते जाते हैं, वर्षों से अनुभव हो रहा है कि हमारे चारों ओर लोग भ्रष्टाचार से परेशान हैं। घर के ड्राइंग–रूम में, कहवा–घरों की मेजों पर, ट्रेन यात्रा के कम्पार्टमेंट में, बसों में, अन्य सामाजिक मिलन–स्थलों पर हमारी बातचीत में देश और समाज के भ्रष्टाचार की चर्चा होती है। ऐसा लगता है देश–समाज की परिस्थितियों का हम सबको न केवल यथार्थ ज्ञान है, बल्कि उसके बारे में चिन्ता है। हम सभी एकत्र होने वाले अधिकारी, व्यापारी, अध्यापक, वक़ील, डॉक्टर, नेता, आदि ही हैं। और भ्रष्टाचार सम्बन्धी अपनी चर्चा में हम पाते हैं कि राजनेता, अधिकारी और उद्योगपति में गहरा ताल–मेल तो है ही, पर हमारे वक़ील, डॉक्टर, अध्यापक, कर्मचारी, नागरिक सभी इससे जुड़े हुए हैं। फिर हमारी चर्चाओं में प्रायः स्पष्ट रहता है कि हमारे देश–समाज की प्रगति में यह परिस्थिति सबसे अधिक बाधक है।

दूसरे देश का कोई व्यक्ति अगर उपस्थित हो, तो उसकी दो तरह की प्रतिक्रियाएँ सम्भव हैं। एक तो वह इस प्रकार के व्यापक भ्रष्टाचार से आतंकित होकर मन में सोच सकता है कि इस देश का क्या होगा? एक व्यंग किंवदन्ती इस आशय की प्रचलित हुई है कि एक रूसी विशेषज्ञ ने भारत की यात्रा के बाद वापस होते समय कहा कि यहाँ आकर मुझे ईश्वर के अस्तित्व का प्रमाण मिल गया। पूछने पर उसने स्पष्ट किया कि इस देश की व्यवस्था अगर चल रही है तो निश्चय ही कोई ईश्वर है। दूसरी प्रतिक्रिया यह भी हो सकती है कि जिस समाज में अपनी परिस्थिति के प्रति इतनी जागरुकता है, वह इससे मुक्त होकर आगे सहज ही बढ़ सकता है।

परन्तु अनेक बार अनेक स्थलों पर वही चर्चा सुनते–सुनते हमारे जैसे व्यक्ति को यह लगने लगा है कि यह परिस्थिति से मुक्त होने की हमारी आकांक्षा नहीं है, वरन् इस प्रकार हम स्वयं जो राजनेता, अधिकारी, उद्योगपति, व्यापारी, डॉक्टर, वक़ील, अध्यापक, कर्मचारी अथवा नागरिक हैं, अपनी भ्रष्टता के लिए एक आवरण या तर्क खोजना चाहते हैं। तब लगता है कि यह चर्चा बन्द हो तभी अच्छा है। एक बार खीजकर कहना पड़ा कि भ्रष्टाचार चाहें खत्म न हो, पर उसकी यह चर्चा तो बन्द होनी चाहिए, क्योंकि भ्रष्टाचार इससे बढ़ ही रहा है। कई गुरुजन

नाराज़ हुए और उन्होंने यहाँ तक कह डाला कि हमारे जैसे लोग भ्रष्टाचार को समर्थन दे रहे हैं। जो परिस्थिति से समझौता करते हुए भी पुराने नानदंडों की दुहाई देते रहते हैं, उनको अपनी बात समझा पाना आसान नहीं है।

जो भी हो वर्तमान परिस्थिति में भ्रष्टता जैसी समस्या पर फिर से विचार करने की ज़रूरत है। ऐसा लगने लगा है आधुनिक सन्दर्भ में मूल्यों तथा मानदंडों के प्रश्न पर नए ढंग से सोचना ज़रूरी हो गया है। कई महीने पहले एक अंग्रेज़ी साप्ताहिक में विदेश (स्टेट्स) में काफ़ी समय बिताकर आए हुए विशेषज्ञ ने लिखा था कि सम्पन्न देशों में भ्रष्टता का जो रूप तथा स्तर है, उनको देखते भारत में भ्रष्टता सामान्य लगने लगती है। बात सही हो सकती है, पर सत्य नहीं। सवाल है कि वहाँ की भ्रष्टता उनके राजनीतिक, सामाजिक तथा आर्थिक जीवन को कहाँ तक बाधित करती है? उनकी प्रगति सम्भव हो पा रही है या नहीं।

यह एक महत्त्वपूर्ण मानदंड है। परम मूल्यवादी समाज को जड़ मानकर चलते हैं और अपने आग्रह से सामाजिक मूल्य-सन्तुलन में बाधक ही वनते हैं। ऐसे परम मूल्यवादी हैं जो एक ओर परम्परित मूल्यों को जड़ता के साथ पकड़े हुए हैं, और दूसरी ओर हर मूल्यहीनता को न केवल बरदाश्त करते हैं वरन् उससे समझौता भी करते हैं। अगर हम इस नए सन्दर्भ को लेकर कुछ नए प्रयोग करें तो सम्भवतः कुछ उपयोगी निष्कर्ष हाथ आ सकते हैं। उदाहरण के लिए भ्रष्टता के मामले में इस मानदंड का प्रयोग कि वह हमारे राजनीतिक, सामाजिक, आर्थिक जीवन को कहाँ तक बाधित करती है।

अब हम राजनीति के क्षेत्र में लें तो आज हमारे देश में गद्दियों की भ्रष्ट अवसरवादी राजनीति चल रही है। लोकतंत्र की दलीय पद्धति में सत्ता, अधिकार और गद्दी पाने की प्रतिद्वन्द्विता रहती है। पर इस राजनीतिक पद्धति का लक्ष्य शासन व्यवस्था चलाना, आर्थिक योजना को गतिशील रखना अनिवार्य है। दलीय प्रतियोगिता में इन लक्ष्यों को दोनों या सभी दल सामने रखते हैं। तभी यह भी सम्भव होता है कि विरोध पक्ष सारे विरोध के बावजूद रचनात्मक भूमिका निभाता है और सत्तारुढ़ दल अपने नेताओं की महत्त्वाकांक्षाओं को नियंत्रित रखने में समर्थ होता है।

हम लोकतंत्र के प्रयोग में बराबर अनुभव करते आ रहे हैं कि सत्ता पाने की आतुरता विरोध पक्ष में जितनी प्रबल है, सत्ता पर जमे रहने का प्रयत्न सत्तारुढ़ दल का उतना ही दृढ़ है। फिर एक ही दल के नेताओं की महत्त्वाकांक्षाओं की टकराहट उतनी ही तेज़ हैं। अतः क्रमशः शासन-व्यवस्था और आर्थिक योजना ढीली और विश्रृंखल होती जा रही है। न विरोधी पक्ष अपनी भूमिका निभा पा रहा है और न सत्तारुढ़ दल अपने बिखराव को समेट पा रहा है। अब सोचना यह नहीं है कि आदर्श क्या है, वरन् प्रगति और विकास के लिए आवश्यक क्या है?

यहाँ एक प्रयोग की बात ध्यान में आती है। हम देख रहे हैं कि हमारे विधायक

हों या संसद सदस्य उनके मन में प्रबल आकांक्षा है कि मंत्री बन सकें। नीतियाँ, सिद्धान्त, दलीय ईमानदारी उनके लिए कोई महत्त्व नहीं रखते, वे गद्दी पाने के लिए हर बार दल-बदल कर सकते हैं। पिछले आठ-दस वर्षों से यह क्रम चल रहा है। वर्तमान सत्तारूढ़ दल ने यद्यपि इस परिस्थिति का विरोध करके बहुमत प्राप्त किया है, पर इधर के सारे राजनीतिक दृश्य-पटों से ऐसा नहीं लगा कि उनकी इस महत्त्वाकांक्षा के नियंत्रण का कोई उपाय निकल सका है।

अब अगर सिद्धान्त तथा नीतियों के आधार पर दल बनने और दलों के द्वारा शासन-व्यवस्था तथा योजनाओं के चलाने का क्रम नहीं चल पा रहा है तो हमको कोई नया विकल्प ढूँढ़ना चाहिए। जब सिद्धान्त और नीतियाँ गौण हैं, तो चुनाव निर्दलीय कराने में सरलता होनी चाहिए। अब सारे चुने हुए विधायक और संसद सदस्य आपस में तय कर लें कि क्रमशः सभी को मंत्री बनने का आश्वासन प्राप्त है और बराबर का हिसाब लगाकर छह-छह माह के लिए सभी को मंत्री बनने का मौक़ा दिया जाएगा। फिर गद्दियों की प्रतिद्वन्द्विता तथा उसके लिए विरोध करने से काफ़ी समय बच सकता है जिसमें नीतियों और योजनाओं पर सुस्थिर मन से विचार किया जा सके।

निश्चय ही इस प्रकार का समाधान उपहास का विषय बनेगा, पर इसका कारण इसकी अव्यावहारिकता उतनी नहीं है, जितना लीक से न हटने की भावना। क्योंकि जब सभी मंत्री बनना चाहते हैं तो विकल्प क्या है ? इस तरह जैसा चल रहा है, उससे देश कितने दिन चलेगा! ऐसा नहीं कि इस प्रयोग में कठिनाइयाँ नहीं हैं, बहुतों को छह माह में सन्तोष नहीं होगा, सत्ता से हटना कौन पसन्द करेगा। फिर प्रधानमंत्री और मुख्यमंत्री कौन बने, यह भी उलझन वाला सवाल है। जो भी हो, यह एक उपाय है और इसका प्रयोग क्यों न किया जाए।

इसी तरह आर्थिक भ्रष्टता के बारे में भी नए प्रयोग को सोच पाना असम्भव नहीं है। दो-चार रुपया लेकर अर्ज़ी आगे बढ़ा देना, नक़ल दिलवा देना, तारीख़ लगवा लेना, ट्रेन में एक बर्थ दे देना, परमिट बनवा लेना, बिल पास करवा लेना आदि आर्थिक भ्रष्टता है। और आर्थिक भ्रष्टाचार के अन्तर्गत आयकर अन्य करों, ठेकों, ख़रीदों में करोड़ों रुपया बड़े नेताओं, अधिकारियों तथा उद्योगपतियों-व्यापारियों के द्वारा खा लिया जाना भी आता है। करोड़ों की आयकर तथा अन्य करों की चोरी, चोरबाज़ारी तथा तस्करी चल रही है। इस प्रकार आर्थिक भ्रष्टता का सीमा-विस्तार बहुत अधिक है। और अगर हम परम मूल्यवादी के समान दो-चार रुपए से लेकर करोड़ों-अरबों की घूस तथा चोरी को एक ही सार का भ्रष्टाचार मान लेंगे तो हम भ्रम और धुन्ध का वातावरण बनाने में मदद करेंगे जिसमें राष्ट्र को जर्जर करने वाले तत्त्वों पर ध्यान केन्द्रित कर पाना कठिन होगा।

इसमें कोई शक नहीं कि छोटी सी छोटी भ्रष्टता सामाजिक अन्याय तथा शोषण

से जुड़ती है, पर इनमें से अधिकांश विकास तथा प्रगति के साथ स्वत: कम या ख़त्म होने वाली है। और ऐसी भ्रष्टता को अलगाया जा सकता है जो आर्थिक विकास तथा उत्पादन की वृद्धि में बाधक न हो, क्योंकि आर्थिक भ्रष्टाचार का अधित समृद्ध क्षेत्र वही है जो देश की समस्त उत्पादन तथा विकास की योजनाओं को बाधित और कुंठित करता है। बहुत सी ऐसी रक़में घूस, इनाम, नज़राना, भेंट, कमीशन के रूप में काम करने या करवा देने वाले, सहायता करने वाले, लाभ पहुँचाने वाले को दी जाती हैं। अगर इनसे आर्थिक प्रगति में बाधा नहीं पहुँचती, राज्य को हानि नहीं होती, किसी संयंत्र (प्रोजेक्ट) की उपयोगिता या क्षमता पर प्रभाव नहीं पड़ता तो इस प्रकार के भ्रष्टाचार को अलग कोटि में रखा जा सकता है।

उदाहरण के लिए एक करोड़ के प्रोजेक्ट में अगर 5 या 8 लाख (5 या 8 प्रतिशत) कमीशन लेकर 85 या 82 लाख में पूरी क्षमता तथा उपयोगिता वाला संयंत्र (कल-कारख़ाना) खड़ा किया जाए तो वह राष्ट्रीय क्षति नहीं मानी जाएगी। पर यदि ऊपर से नीचे तक इसी प्रोजेक्ट में बीस-पैंतीस लाख खा-पी लिया जाए तो उसकी क्षमता तथा उपयोगिता पर भारी प्रभाव पड़ेगा। इस प्रकार राष्ट्र को आर्थिक हानि सहनी पड़ेगी, और विकास की गति रुकेगी। अत: भ्रष्टता के इन दोनों स्तरों को अलग करके प्रगति को रोकने वाले भ्रष्टाचार पर अधिक कड़ी दृष्टि रखने की ज़रूरत है।

सच तो यह है कि भ्रष्टता के इस स्तर पर इतने बड़े लोग जुड़ते हैं कि दूसरे स्तर के भ्रष्टाचार को इससे सहज संरक्षण मिल जाता है। फिर भ्रष्टता के सभी रूपों-प्रकारों-स्तरों को एक साथ लेने पर भारी कुहासा फैल गया है। इसमें जो भी जाल फैलाया जाता है उसमें छोटी मछलियाँ भले ही फँस जाएँ, पर मगरमच्छों का फँसना सम्भव नहीं है। इसलिए बड़े मगरमच्छों पर ध्यान केन्द्रित करने के लिए मछलियों की उपेक्षा की जा सकती है। मगरमच्छों की व्यवस्था होने पर मछलियों का हल अपने आप निकल जाएगा।

इस सारी चर्चा को लोग गम्भीरता से लेंगे, इसमें सन्देह है। पर मुझे लगता है कि समस्या की चुनौती को स्वीकारने और उसका उपाय खोजने का यह भी एक तरीका है। कुछ न सही प्रयोग के रूप में ही इसे माना जा सकता है।

दो पाटों की बीच में

कबीर ने जिन दो पाटों के बीच में दुनिया को देखा था, उसका एक भिन्न स्तर पर मैं अनुभव करता रहा हूँ। तब से युगों का व्यवधान पड़ गया है और कबीर के व्यक्तित्व से मेरी तुलना भी नहीं की जा सकती। युग के अनुसार दृष्टि बदल गई है, अब दुनिया पाटों में नहीं है, वरन् उसके ही दो पाट हैं और उनके बीच मैं हूँ अर्थात् एक विशेष मनोवृत्ति के लोग। कबीर जैसे दुर्धर्ष और मस्तमौला व्यक्तित्व की बात छोड़िए, वे थे तो 'सीस उतार कर हाथ में लेकर' चल भी सकते थे और दुनिया के लिए रो भी सकते थे। हमारे लिए तो अपने लिए रोने की भी छूट नहीं है। लगता है, पिस जाने में ही सार्थकता है!

अपने बहुत बचपन की बात मुझे याद आती है। माँ मुझे अजीब स्वभाव का लड़का समझती थीं। मैं कहता हूँ, ऐसी बात नहीं, वे स्वयं घोषित करती रहती थीं। कह नहीं सकता, पर लाला जी यही सोचते होंगे, माँ की बात पर मौन रहकर स्वीकृति का लक्षण तो प्रस्तुत करते ही थे। उन दोनों की सहमति के बीच तब मेरी स्थिति थी। मैं अनुभव करता रहता था कि कभी माँ के प्रति लाला जी का अन्याय है और कभी लाला जी के प्रति माँ का अन्याय है। अपनी बाल-धारणा के अनुसार मैं न्याय-अन्याय का यह निर्णय कैसे कर पाता था, यह तो नहीं कह सकता, पर मेरी एक धारणा रहती थी। इसी के अनुसार कभी मैं माँ के पक्ष में होता और कभी लाला जी के पक्ष में। और इस पक्षग्रहण में कोशिश यह भी रहती थी कि किसी लोभ को स्वीकार न करूँ, यह अलग बात है कि उन लोगों से अपने स्वार्थ-हानि की चिन्ता नहीं थी। लेकिन मेरी सारी निष्पक्ष होने की कोशिश को समझने के बजाय, दोनों इस बात में सहमत थे कि मैं अजीब तो हूँ ही, निष्ठुर और स्वार्थी भी हूँ। मेरी अपेक्षा जीजी की और दद्दा की स्थिति स्पष्ट और बेहतर थी, जीजी लाला के पक्ष में थी और दद्दा अम्मा के द्वारा आश्वासन-प्राप्त। मैं समझता हूँ, किसी का भी यह दो पाटों के बीच होने का पहला एहसास हो सकता है।

इसके बाद ही आता है परिवार। इसमें इस प्रकार के दो पाटों को कई रूपों में समझा जा सकता है। मसलन, दद्दा और जीजी को ही ले लिया जाए, तो हर एक पूर्ण वफ़ादारी चाहता है। जीजी कहेंगी देखो भइया, मैं तुझे मिठाई जो देती हूँ और

दद्दा कहेंगे कि घुमाने जो ले जाता हूँ। अर्थात् इसके बदले दोनों ही चाहते हैं कि लड़ाई-झगड़े, प्रतिद्वन्द्विता और शिकायतों में उनका साथ दूँ, बिना इस बात का ख़याल किए कि ठीक-ग़लत कौन है ? लेकिन यदि किसी की बचपन से ही आदत पड़ गई है कि वह सोचने की कोशिश करे कि सही-ग़लत क्या है ? न्याय-अन्याय किधर है ? और बाल-बुद्धि के अनुसार ही सही निर्णय लेकर पक्ष लेना चाहता है, तो इसके इस पक्ष लेने को, दोनों ही सन्देह की निगाह से देखेंगे और निश्चय ही दोनों इस बात पर सहमत भी हो जाएँगे कि बबुआ बड़ा चाई है और कभी, सज़ा के रूप में, साथ खेलने देने से मना भी कर सकते हैं। यह दूसरी बात है कि मेरे भइया और दीदी अधिक उदार थे।

परिवार यदि बड़ा हो तो भाभियों के बीच भी यही स्थिति हो सकती है। मेरी बड़ी भाभी और छोटी भाभी चाहती हैं कि मैं उनके पक्ष में हूँ तो फिर रहूँ ही। यह क्या है कि बड़ी भाभी जब छोटी के विपक्ष में सबल तर्क और प्रमाण जुटा रही हों, तभी आप छोटी के पक्ष में युक्तियाँ देने लगें और जब छोटी का दाँव हो और वह बड़ी को नीचा दिखाने के लिए सबूत पा गई हों, तभी आप उनकी काट प्रस्तुत करने लगें! भले ही आपके मन में यही सद्भावना काम कर रही हो कि इस प्रकार आपसी स्नेह का वातावरण बन सकेगा और यह सिद्ध हो सकेगा कि सही और ग़लत, दो ऐसे एक दूसरे से नितान्त भिन्न पक्ष नहीं हैं, जैसे प्रायः समझ लिए जाते हैं। खैर, वातावरण बने या न बने, पर दोनों इस बात में सहमत हो जाएँगी कि ये देवरजी किसी के नहीं हो सकते, इनसे आशा करनी व्यर्थ है। स्नेह मिल भी जाए, पर ऐसी स्थिति में आप किसी के कृपा-पात्र नहीं हो सकते। और स्नेह भी उनकी उदारता और स्नेहशीलता है, मेरी आपकी पात्रता नहीं।

आगे चलने पर फिर मित्रों के दो पाटों के बीच में हम पड़ जाते हैं अर्थात् मित्रता तो प्रेम के आधार पर मानी जाती है और उसमें मित्र के विश्वास के प्रति पूर्ण समर्पण आवश्यक ही माना जाएगा। जहाँ तक दूसरे लोगों का सवाल है, यह निश्चित मानकर चलना होगा कि हमारा मित्र सदा सही है और उसका पक्ष हमारा होना ही चाहिए। यहाँ यदि आपने फिर अपने विवेक पर बात छोड़ी, तो निश्चित है कि विश्वासघाती होने के अपराधी हैं। विवेक कभी धोखा दे सकता है और आप मित्र के विपक्ष में अपना मत दे सकते हैं। लेकिन यहाँ दिक्क़त और पेचीदा है। दुनिया के पक्ष छोड़ भी दें, हालाँकि हम अपनी आदत से मजबूर हैं, तो मित्रों में भी यही सवाल उठता है। ऐसा तो है नहीं कि सारे मित्र साँचे में ढले हैं या कुम्हार के ही आँवे से निकले हैं (एक आँवे में भी सब समान पात्र नहीं होते) कि उनमें सोचने-समझने में, उनके स्वार्थों में कहीं कोई फ़र्क़ पड़ेगा ही नहीं। चतुर लोग तो काम बना ही लेते हैं, वे तो सभी को एक साथ भ्रम में डाले रख सकते हैं कि यह तो बस मेरे ही शुभेच्छु हैं, औरों से इनको क्या लेना-देना। पर जिस वर्ग की यहाँ चर्चा की जा रही है, उनमें

ऐसी व्यवहार-बुद्धि कहाँ? इस वर्ग के लोग जिसे विवेक कहते हैं, बुद्धिमान जनों की दृष्टि में वही अक़्ल के पीछे सोंटा लेकर पड़ना है। हम लोग हैं कि अमुक मित्र के सामने अमुक मित्र का पक्ष लेते हैं, जब जानते हैं कि वह शुद्ध मन से उसका विरोध करना चाहता है और इसी प्रकार कभी यह भी प्रतिपादित करने की अहंमन्यता करते हैं कि हम सब में कमियाँ हो सकती हैं और हम सभी ग़लती भी करते हैं। यह बात दूसरी है कि आपकी बात का तर्क से उत्तर न दिया जा सके, बात काटी भी न जाए, पर यह निश्चित समझ लें, हम-आप किसी के विश्वासपात्र नहीं हो सकते और मौक़ा आने पर आप देखेंगे कि एक ओर दुनिया और आपके मित्र, और दूसरी ओर, हमारे दोनों मित्र इस बात में सहमत नज़र आएँगे—यह ख़तरनाक़ आदमी है, इसका भरोसा कहीं न कर लेना।

फिर, मान लीजिए, हम-आप किन्हीं दो वर्गों के बीच में पड़ जाते हैं? मैं अपनी बता दूँ, अपनी आप समझ लें। मैं विश्वविद्यालय में साहित्य का 'टीचर' हूँ, ऐसा नहीं कि इसके लिए प्रयुक्त भारी-भरकम शब्दों से अपरिचित हूँ, पर अवहेलना करने के लिए इसी शब्द का प्रचलन है और इसीलिए मुझे प्रिय भी है। मेरा या मेरे जैसे लोगों का अपराध है कि हम साहित्य में भी रुचि रखते हैं, बिना किसी दावे के। और ये सबसे भारी पाट हैं जो हम पर घहराते हैं। हमको-आपको भले ही साहित्य के अध्यापक होने और साहित्य के गम्भीर चिन्तन में रुचि लेने में तारतम्य दिखाई देता हो, पर दोनों पाट यह मानने को तैयार नहीं; यह अलग बात है कि हमारी स्थिति उनके बीच में पिसने की है और इस विषय में वे मौन भाव से सहमत हैं। तथाकथित विद्वानों और पंडितों के बीच में हम साहित्यकार हैं अर्थात् कहानी, कविता, उपन्यास, समीक्षा और चिन्तन में रुचि रखते हैं। उनका भाव रहता है, जैसे यह भी कुछ है जिसे एक प्राध्यापक को करना-धरना चाहिए। ये विद्वत्प्रवर इस साहित्य की इस प्रकार चर्चा करेंगे, जैसे यह कोई निम्नकोटि का प्रसंग है और उनके गम्भीर अध्ययन-अध्यापन से उसका क्या सम्बन्ध हो सकता है? यह अलग बात है कि गम्भीरता का अर्थ होता है ठोस अर्थात् ठस, जिसके अन्तर्गत सामग्री जुटाना, विभाजन और वर्गीकरण ही सबसे प्रमुख है और यथासम्भव इस काम को भी बुद्धि से दूर रखकर ही गम्भीर बनाया जा सकता है। हमारे आपके जैसे लोग उसमें भी एक सीमा तक बुद्धि की माँग भले ही करते रहें। फिर, आधुनिक साहित्य पर, नई कविता, कहानी, उपन्यास पर, उसका वश चले तो रोक लगवा दें, कम से कम तीस-चालीस वर्ष के लिए उसका अचार डालने के पक्ष में तो बहुत पंडित मिल जाएँगे।

और यह आलोचना तो खासा 'आलू-चना' समझो, इसका अच्छा रस लेते हैं हमारे गुरुजन पंडित लोग। यहाँ मैं उनकी चर्चा नहीं कर रहा हूँ जो अनेक व्यवसायों और पेशों की तरह आज की मनोवृत्ति के अनुसार 'टीचरी' या साहित्य को कम परिश्रम और लागत में अधिक से अधिक लाभ उठाने का माध्यम मानकर चलते हैं।

यह मेरे सोचने-समझने की सीमा है कि जहाँ तक बन पड़ता है, भ्रमों को बढ़ाने के बजाय कम करने की कोशिश करता हूँ। जो व्यवसाय को स्वीकार करके चलते हैं, उनको टीचर या साहित्यकार मानने के बजाय व्यवसायी मानकर चलना आसान लगता है और मेरी समझ में, सोचने की पद्धति में सुथरापन भी आ सकता है। मैं उनकी बात करता हूँ जिनके बारे में मैं मानकर चलता हूँ कि विश्वविद्यालय में अध्ययन-अध्यापन-शोध को गम्भीरता के साथ ग्रहण करके चलते हैं और उन साहित्यकारों की बात चला रहा हूँ जो हमारे बीच जाने-माने और प्रतिष्ठित हैं। यह भी मेरी चर्चा के अन्तर्गत नहीं आता कि इनमें से भी कितने हैं जो अपनी स्थिति से ('क्रेडिट' अर्थात् प्रतिष्ठा से) व्यवसाय कर लेते हैं या कर सकते हैं। हाँ, मैं कह रहा था कि साहित्य के विषय में, साहित्य के मूल्यों के बारे में सोचने-समझने को यहाँ वैज्ञानिक तथा शास्त्रीय लोग समान दृष्टि से थोथा और ओछा काम मानते हैं, यह अलग बात है कि आपस में उनके भी दो पाट हैं, एक भारतीय संस्कृति के नाम की दुहाई देकर, अलंकार शास्त्र से लेकर रस-सिद्धान्त के आगे बढ़ने का नाम नहीं लेता और आधुनिक वैज्ञानिक पद्धतियों को अर्थात् भाषाविज्ञान, पाठालोचन, ऐतिहासिक तथा समाजशास्त्रीय पद्धतियों को विदेशी और असंस्कृत मानकर चलता है। और दूसरा, इन वैज्ञानिक पद्धतियों से ऐसा अविभूत है कि साहित्य के अपने कुछ मौलिक प्रतिमान हो सकते हैं, इसका उसको एहसास भी नहीं है। हमारे जैसे बेखूँटों के लोगों को ये दोनों भी शंका और अविश्वास की दृष्टि से देखते हैं, और इन पाटों का दबाव हमारे ऊपर कम नहीं है।

लेकिन मुख्य घरघराहट लेखक और 'टीचर' के बीच की ही है। आप हज़ार कोशिश कीजिए, पंडित-परिषदों में 'साहित्य के अध्ययन-अध्यापन की समस्या', 'व्यावहारिक समीक्षा की दृष्टि', 'साहित्य के मूल्यांकन के मौलिक प्रतिमान' तथा 'युगों की सांस्कृतिक चेतना और साहित्यिक भावबोध' जैसी परिचर्चाओं और परिसंवादों के विषय रखवा लीजिए। पर पहले तो भाग लेने वालों में हम स्वयंसेवक रह नहीं सकते हैं, क्योंकि विभागों के अध्यक्षों और मान्य पंडितों को अवसर देना ही होगा। वह पंडित या अध्यक्ष ही क्या जो सभी विषयों पर समान भाव से बोलने में समर्थ न हो! फिर विषय की दुर्गति के नाना रूप देखने के अलावा अपना चारा ही नहीं रह जाता। बहुत से विद्वत्प्रवर विषय पर बोलने का शब्दशः निर्वाह करते हैं अर्थात् वे सारी शक्ति और सामर्थ्य से यही सिद्ध करने की कोशिश करते हैं कि ये शब्द कैसे भारतीय संस्कृति की पवित्रता के विरुद्ध हैं और ये 'मूल्य', 'प्रतिमान', 'सांस्कृतिक चेतना' और 'भावबोध' कैसे हास्यास्पद हैं। दूसरे पंडित ऐसे भी हैं जो विषय को खूँटी मानकर सदा अपने आक्रोश, आवेश और कभी-कभी मत को—यदि कहा जा सके, क्योंकि मत के साथ तो विचारशीलता का सवाल जुड़ा हुआ है—उस पर टाँगते हैं।

रही शोध की बात, तो उससे आँख मूँदकर भी हम बच नहीं सकते। लेखक-वर्ग की चर्चा तो अभी की ही नहीं, वे तो बख्श सकते ही नहीं। पर पंडित वर्ग में हमारी स्थिति गई-बीती है। बुद्धि और समझ वैसे ही बिखरी पड़ी नहीं होती, फिर आज की पढ़ाई-लिखाई और 'स्टैंडर्ड'! हर वर्ष शोधार्थियों की भीड़-भाड़ में कितने वास्तविक रुचि और प्रतिभा वाले विद्यार्थी होते हैं, यह स्वयं शोध का विषय हो सकता है। दो-चार अच्छे विद्यार्थी जो आते भी हैं, वे समर्थ गुरुजनों का सहारा लेना सहज ही व्यावहारिक मानकर चलते हैं। फिर उनका नम्बर आता है जो शोध-कार्य के निर्देशन में ख्याति प्राप्त प्राध्यापक हैं। विश्वविद्यालय में आज अध्यापक वही लोकप्रिय माना जाता है जो अपनी कापी खोलकर ढेर से नोट्स लिखा देता है और इसी प्रकार, शोध की ख्याति का रहस्य भी यही है कि विद्यार्थी की डिग्री पक्की हो। आखिर शोध कोई भक्ति का समर्पण या गीता का निष्काम कर्मयोग तो है नहीं, बेचारे विद्यार्थी को तो अन्ततः डिग्री चाहिए ही, और उससे भी पहले, यदि नौकरी निश्चित हो सके, तो वही श्रेय है। अब रहे हम और हमारे विषय! सब जानते हैं कि यही लोग विभीषण हैं और ये ख़ानों में जैसे-तैसे पाई हुई सामग्री को बाँट देने वाले शोध के प्रति मन में आदर भाव नहीं रखते हैं। फिर यह भी दिखाने की सूक्ष्म कोशिश की जाती है कि ये हैं कि इन लोगों के पास शोध करना कोई चाहता नहीं। यह बलपूर्वक कहने पर भी कि हम जैसे हैं वैसे ही भले हैं, उनको आन्तरिक सन्तोष होता भी नहीं। फिर कभी अजीबोग़रीब शोधार्थी चमत्कृत करने वाले विषय लेकर हम सबके पास आ उपस्थित होते हैं और कभी हमारे द्वारा सुझाए हुए काव्य के भावबोध, सांस्कृतिक संचरण और युगों के सन्दर्भ में साहित्यिक अभिव्यक्ति से सम्बन्धित अनेकानेक विषय ऐसे समझदार विद्यार्थियों के साथ हमारे पास आते हैं जो इन विषयों पर एक सीधा लेख भी नहीं लिख सकते। फिर रोचक अनुभव शुरू होता है, विद्यार्थी चाहते हैं कि उनको कुछ खाने बता दिए जाएँ और आगे वे सब कुछ भर लेंगे और हम कैसे समझाएँ कि भावबोध, चेतना और अनुभव ख़ानों में बँटा नहीं होता, क्योंकि इस साधारण और सीधी बात को समझने के लिए भी सहज बुद्धि तो चाहिए ही।

फिर दूसरी ओर लेखक वर्ग है जो 'टीचर' कहकर समस्त अवहेलना और उपेक्षा, स्पष्टतः या ब्याज से, हमारे प्रति व्यक्त करता रहना चाहता है। पुराने तथा कुछ नए खेमे के लेखक भी केवल इसलिए हम 'टीचरों' को शोषक मानकर चलते हैं कि साहित्य उनका उत्तराधिकार है और पढ़ाने के नाम पर उसके माध्यम से सुविधाएँ हम प्राप्त करते हैं। एक ज़माना था जब हिन्दी का लेखक अधिक विपन्न था, बहुत अच्छी स्थिति आज भी नहीं है। परिस्थिति के अनुसार यह भावना समझी जा सकती है, इससे सहानुभूति भी रखी जा सकती है। पर इसका क्या किया जाए, इसको कैसे समझाया जाए कि साहित्य लिखना और बात है, उसका अध्ययन-

अध्यापन भिन्न बात है। ऐसा भी है और होना असम्भव नहीं है कि लेखक शक्ति के साथ सम्पन्नता की दृष्टि से भी 'टीचर' से अच्छा हो। फिर 'टीचर' कैसा भी क्यों न हो, उसकी योग्यता की निर्धारित सीमा है। पर लेखक तो हर क़लम पकड़ने वाला अपने को कह सकता है, और उसको लेखक के अधिकार से अर्थात् हम पर प्रहार करते रहने के अधिकार से कैसे कोई वंचित कर सकता है।

यही नहीं, अच्छे समझदार लेखक जिनकी समझ और सूझ पर हम गर्व करते हैं, वे भी निस्संकोच हमारे सामने यह प्रतिपादित कर सकते हैं कि हिन्दी का 'टीचर' ही ऐसा निरीह प्राणी है जिसके पास साहित्य, युग अथवा इतिहास सम्बन्धी दृष्टि हो ही नहीं सकती। वैसे तो विश्वविद्यालय में ही यह छूट है, पर इतनी छूट वह कर सकते हैं कि अंग्रेज़ी, दर्शन व विज्ञान के 'टीचर' को यह दृष्टि मिल जाए तो मिल जाए, पर हिन्दी विभागों की छूत तो महामारी ही है। वे यह मानने को तैयार ही नहीं हो सकते कि विश्वविद्यालय की पढ़ाई की पद्धति, वैज्ञानिक तथा शास्त्रीय दृष्टि का उचित उपयोग साहित्य के सन्दर्भ में किया जा सकता है। वह साहित्य का सब कुछ न होकर, उसके अध्ययन और अध्यापन के लिए अत्यन्त अनिवार्य दृष्टि है। शायद, बहुत आग्रह किया जाए तो यह किसी क़दर मान भी लें, तो यह इतनी तो अपनी शर्त हमसे ही क़बुलवा लेना चाहेंगे कि इस सबकी हिन्दी विभागों से आशा नहीं की जा सकती। वहाँ तो शुद्ध जड़ता का साम्राज्य है अर्थात् हमको स्पष्ट समझा देना चाहते हैं कि हमारा हाथ-पैर मारना बेकार है, इसमें डूब जाना हमारा अनिवार्य भाग्य है।

यह सब जो ऊपर कहा गया है स्पष्ट और व्यक्त है। इस दबाव को झेलना कितना भी कठोर और निर्मम हो, पर इस सबके प्रति कौतुक भाव बनाए रखा जा सकता है। लेकिन इन पाटों का सबसे मार्मिक एहसास होता है विचारों के क्षेत्र में। और विचारों की यह पाटों में घूमने वाली गति ही हमारे सम्पूर्ण जीवन में परिव्याप्त होकर अनेकानेक पाटों के बीच पाटों की सृष्टि करती चली जाती है। जो जितना ही विचारों के क्षेत्र में स्वाधीनता और मुक्ति का आग्रही है, वह उतना ही पिसता है। यह माना जाता है कि हमारे साथ जो सोचता है, वह हमारे पक्ष में है और जो कोई भी भिन्न सोचने का दुराग्रह करता है, वह विपक्षी के पक्ष का होगा ही। फिर, यदि हम आप बहुत शोर करेंगे कि ऐसा सोचना भी हो सकता है जो लकीर पर हो ही नहीं, जो कभी इस रेखा को छूता हो, कभी उस रेखा को छूता हो और कभी मुक्त, स्वतंत्र अपने-आप अलग मार्ग बनाकर चलता हो। तो इस पर दोनों पक्ष या सभी बँधी लीक पर चलने वाले पक्ष पुनः सहमत हो जाएँगे कि ये इस प्रकार सोचने का आग्रह करने वाले ही सबसे अधिक ख़तरनाक हैं, ये ही हैं जो सबसे बड़े गुटबन्द हैं, ये ही हैं जिनका कोई धरम-करम नहीं, कोई संस्कृति नहीं, कोई आस्था और विश्वास नहीं; हम सबके पास तो परम्परा है, इतिहास है, आधार है,

आस्था है। इस आधार पर वे सब मिल सकते हैं और मिल जाते हैं, सहमत हो सकते हैं, पर हमारे पास तो इतनी भी सुविधा नहीं। हम अपनी आदत से मज़बूर हैं, हम इन पाटों के बीच पिसना ही अपनी सार्थकता मान लें, इसके अतिरिक्त उपाय क्या है ? पर हम क्या समझा सकेंगे कि स्वतंत्रता का मौलिक अर्थ है मतभेद रखने की मुक्ति जिसके आधार पर सर्जन की सारी प्रक्रिया गतिशील होती है। और दो भिन्न क्षेत्रों की स्वतंत्र चिन्तन-प्रक्रियाएँ एक दूसरे की पूरक हो सकती हैं। हमारे इस प्रजातांत्रिक राष्ट्र में इस स्वयंसिद्ध बात को सिद्ध करने में कितनी पीड़ा झेलनी पड़ रही है।

समाज-धारा

स्वयंसिद्ध का सिद्ध करने का श्रम

भाषा-सम्बन्धी समस्या को लेकर डॉ. लोहिया ने 'अंग्रेज़ी हटाओ आन्दोलन के बारे में अपने एक परिपत्र में कई माह पहले कहा था कि आज इस देश में उन बातों को भी साबित करना पड़ता है, जो स्वयंसिद्ध हैं। बात ज़बर्दस्त है, इसके कहने में उनका अपना गहरा दर्द उभरा है। मेरे एक सुपठित विद्वान मित्र ने ध्यान आकर्षित किया कि यह ऐतिहासिक वाक्य विशिष्ट सन्दर्भ में अमुक व्यक्ति द्वारा कहा गया था। याददाश्त कमज़ोर होने के कारण ऐतिहासिक तथ्यों को जुटा-सँभाल पाना मेरे वश की बात कभी नहीं रही। पर इतना मानता हूँ कि जब कभी और जिस किसी ने यह बात कही होगी, उसने अपने ज़माने के किसी गहरे दर्द का एहसास करके ही कहा होगा। साथ ही वह अपने युग में ऐसा समझदार होगा जिसे अपना दो-दो चार भी श्रमपूर्वक सिद्ध करना पड़ा होगा।

यह आज का ज़माना है, हमारे देश की जो आबोहवा है और खासकर हमारे चारों ओर जो ज़िन्दगी है, उसका तो जैसे यही सत्य है। मुझे तो लगता है कि आज के समझदार का तो एकमात्र यही दायित्व रह गया है कि वह केवल अपने युग का दो-दो चार ही समझाता रहे, वह भी इस भाव से कि श्रम ही हमारा दाय है और कर्म ही हमारा अधिकार है। यह ऐसा भी नहीं है कि इस युग के लोगों ने स्वयंसिद्ध को मानना छोड़ दिया है अथवा मानने से इनकार कर दिया है। वरन् तथ्य इसका उलटा है, आज सभी बातें स्वयंसिद्ध के स्तर पर स्वीकार कर ली जाती हैं और करवा दी जाती हैं। पर समझदार की पीड़ा इस बात को लेकर है कि यह मान लेना, समझना नहीं है।

कभी हम सोच सकते हैं कि यह भी कोई बात हुई। यह दो-दो चार की बात भी खूब है। हमने तो बड़ी-बड़ी बातों को अपने राष्ट्रीय जीवन के स्तर पर स्वयंसिद्ध मान रखा है। हमारे लिए सत्य, अहिंसा, पंचशील, विश्वशान्ति, सह-अस्तित्व, अन्तर्राष्ट्रीयता, वैज्ञानिकता और आधुनिकता सभी स्वयंसिद्ध हैं। आए दिन हमारे नेता, साहित्यिक, विचारक, वैज्ञानिक और शास्त्री सभी इन परिकल्पनाओं की चर्चा इसी प्रकार करते हैं, जैसे सभी के लिए ये स्वयंसिद्ध हों। फिर जिस राष्ट्र की स्वयंसिद्ध मान्यताओं का स्तर इतना ऊँचा हो, जिसके चिन्तन में ऐसी परिकल्पनाओं

को आधारभूत मानकर चला जाता हो, उसकी सर्जनात्मक प्रतिभा और सम्भावनाओं का क्या कहना?

पं. जवाहरलाल से लेकर श्री घूरेमल तक सभी सहज ही अपने को गांधी का उत्तराधिकारी मानते हैं और फिर उनको सत्य, अहिंसा, शान्ति और विश्वप्रेम आदि विरासत में स्वयंसिद्ध रूप से मिल ही गए हैं। पंचशील, सह-अस्तित्व तथा अन्तर्राष्ट्रीयता आदि हमारी स्वयंसिद्ध अहिंसक और समन्वयशील प्रकृति के अंग हैं। फिर हम इनकी चर्चा यदि बिना जाने-समझे करते हैं, तो यह उचित है। और यह पूछना कि इन सबका हमारे जीवन से कहाँ तक सम्बन्ध है, हमको चौंका देता है। यह भी कोई सवाल है, जिसे इस प्रकार उठाया जाना चाहिए, यह निरर्थक और वाहियात है। जो हमारा अपना है, हमारी प्रकृति और परम्परा में है, हमारे लिए स्वयंसिद्ध है, उसके विषय में प्रश्नशील होना अनास्था, अविश्वास और अनुशासनहीनता है।

जो लोग स्वयंसिद्ध को लेकर ही अपने सारे प्रश्नों, समस्याओं और जिज्ञासाओं का समाधान ढूँढ़ने का प्रयत्न कर रहे हों, वस्तुतः ऐसी स्थिति में प्रयत्न करने की ज़रूरत ही क्या है, उनके बारे में अर्थात् उनकी स्वयंसिद्ध को ग्रहण करने की शक्ति के बारे में सन्देह प्रकट करना क्या समझदारी का काम कहा जा सकता है? पर ऐसे लोग होते हैं, हर युग में पाए जाते हैं और मेरे जैसे लोग उन्हीं में गिने भी जाने चाहिए, जो अपनी नासमझी को ही समझ मानकर दुनिया के अन्देशों को अपना दर्द बना लेते हैं। वे हैं कि उनकी दृष्टि नीचे ही जाएगी, ऊपर की बातें न सोचकर बुनियाद खोदते रहेंगे। बुनियाद खोदकर यह दिखाने की कोशिश में लगेंगे कि इमारत की ऊँचाई और बुनियाद की गहराई में न कोई संगति है और न अनुपात ही। ऊँचे और बुलन्द स्वयंसिद्धों को बुनियादी का विरोधी सिद्ध करने का व्यर्थ और निरर्थक प्रयास करेंगे और फिर ये हैं कि अपने श्रम करने की शिकायत भी करेंगे। इनको नासमझ कहना काफ़ी नहीं है, ये हैं पागल और ऐसे पागल हर युग में पाए जाते हैं।

मेरे एक आदरणीय दोस्त हैं। वह साहित्यकार हैं; कहानी, उपन्यास, नाटक, एकांकी, कविता सभी कुछ लिखते हैं। उनके लिखने में किसी को क्या एतराज़ हो सकता है, मेरे जैसे तटस्थ (साहित्य से) व्यक्ति को हो ही नहीं सकता। ऐसा भी है कि साधारण ढंग से अच्छा भी लिख जाते हैं। पर वह स्वयंसिद्ध रूप से मानते हैं कि साहित्यकार हैं और साहित्यकार को श्रेष्ठ और महत्त्वपूर्ण होना ही चाहिए। फिर वह क्यों नहीं हैं श्रेष्ठ और महत्त्वपूर्ण लेखक? वह अपने को ऐसा मानें या मानते हों तो भी किसी को क्या आपत्ति हो सकती है। इस स्थिति को स्वीकार किया जा सकता है। पर उनका आग्रह है कि दूसरे भी क्यों न मानें! वह लिखते हैं, साहित्यकार हैं, अत: श्रेष्ठ ही लिखेंगे। सीधी-सी बात है, साहित्यकार का श्रेष्ठ होना स्वयंसिद्ध रूप से माना जो जाता है। यदि विनम्रतापूर्णक उनसे निवेदन किया जाए कि जिस रूप में

वह अपने को श्रेष्ठ समझते हैं (वास्तव में वह ऐसा चाहते हैं), उस रूप में मानना दूसरे के लिए कठिन भी हो सकता है। लेकिन यह दूसरे की स्थिति और समझ ध्रुव सत्य न भी मानकर चला जा सकता है, अर्थात् यह मान सकते हैं कि जो वह लिखते हैं वह श्रेष्ठ है और साथ ही दूसरा व्यक्ति मान सकता है कि कभी वह भी कुछ अच्छा लिख जाते हैं।

इतनी छोटी बात स्वीकार कर ली जाए तो बात ही क्या? सबकी अपनी-अपनी समझ है, समझ की अपनी सीमा होती है, आदमी अपने मत-निर्धारण में ध्रुव सत्य की स्थापना के स्थान पर विचारों को गतिशील बना सके तो बहुत है। पर यह सब मानता कौन है? स्वयंसिद्ध रूप में जिन्होंने साहित्य और साहित्यकार की महानता को स्वीकार कर रखा है, वे इन नीची बुनियादी बातों को महत्त्व दें ही क्यों? उनका कहना है कि जो स्वयंसिद्ध है अर्थात् साहित्य श्रेष्ठ होता है, इसे नहीं मानते हैं, उनकी नीयत में ज़रूर कहीं कुछ गड़बड़ है। वरना क्या बात है कि इतनी सीधी बात हमारी समझ में नहीं आती। वह साहित्य लिखते हैं तो श्रेष्ठ लिखेंगे ही।

फिर यह भी नहीं; उनकी किताबें न जाने कहाँ-कहाँ देश के कोने-कोने में लगी हुई हैं, उनकी बिक्री का लेखा ही देखिए, न जाने किन-किन ज़ुबानों में उनका तर्जुमा हो चुका है, पटना-भागलपुर, पटियाला-अम्बाला, एत्मादपुर-औरंगाबाद जैसे नगरों में उनकी कविताएँ सुनने के लिए भीड़ टूट पड़ती है, और आपकी हठधर्मी है कि तब भी उनको महान् लेखक क्या, श्रेष्ठ लेखक भी मानने में आनाकानी करते हैं। कहिए बड़ी खुशी की बात है, आपको लोग मानते हैं, सम्मान देते हैं, पूछते हैं। आपके पास श्रेष्ठता के प्रमाण प्रबल हैं, इसे कौन अस्वीकार करेगा। और यदि हम नहीं मान पाते तो यह हमारी अपनी सीमा हो सकती है। फिर भी उनको सन्तोष कहाँ? उनका कहना है कि आप नहीं मानते, नहीं लिखते तो क्या? न जाने कितनों ने लिखा है, कितनों से लिखवा लिया है, दो 'वाल्यूम' छप चुके हैं, तीसरा प्रेस में है। क्या समझते हैं, मनवा न लिया तो बात ही क्या? कहने को जी तो होता है सब मान ही चुके हैं, अब शेष क्या रह गया है। रहे हम, छोड़िए अपने हाल पर। इस पिद्दी-सी बात के लिए आप इतना सिरदर्द क्यों उठाएँगे। पर अपने स्वयंसिद्ध के आगे इस अदना से स्वयंसिद्ध को वह मान कहाँ पाते हैं? लेकिन उनके अन्तर्मन की बात को मैं समझ रहा हूँ, उनको कहीं इस बात का एहसास है कि इस छोटे-से स्वयंसिद्ध को मानते ही उनके सारे ऊँचे-ऊँचे महल ताश के पत्तों की तरह खिसकने लगेंगे।

एक दूसरे आदरणीय साहित्यिक गुरुजन की कोटि में आते हैं। गुरुजन हैं, अतः उनका व्यवहार दूसरों के प्रति उसके अनुरूप रहता है। वह डाँट-फटकार, चुनौती और प्रताड़ना आदि के अनेक ऐसे प्रयोग करते हैं, जिससे स्पष्टतः वह गुरुजन जान पड़ते हैं। उनके साहित्य के साथ यह गुरुजनवाद स्वयंसिद्ध है। उनके अनुसार

गुरुजन साहित्यकारों ने जो लिख दिया है वह महान् है, श्रेष्ठ है। छोटे यह मानकर चलें तो चलें, नहीं सारे नएपन को वह 'ए' से 'जेड' तक काटकर रहेंगे; उनके बचपन, उनकी जवानी, उनकी उमंगों में किसी का राई-रत्ती ख़याल नहीं करेंगे। इनकी गन्दगी, घूरेपन, ग़लीज़पन, कुत्सा और निरंकुशता को वह साहित्य में किसी प्रकार स्वीकार नहीं कर सकते। ख़ैर, वह न भी मानें या जैसा समझते हैं ठीक वैसा ही मानें। पर इतने से सन्तुष्ट कहाँ होते हैं, वह तो समझते हैं इस स्वयंसिद्ध बात को कोई क्यों न माने अर्थात् सभी क्यों न मानें। यह छूट माँगने पर कि आपका सोचने का ढंग आपके सन्दर्भ में ठीक हो सकता है, पर हमको अपने ढंग से सोचने का मौक़ा तो देंगे; वह हमको वहीं तक स्वाधीनता दे सकते हैं, जहाँ तक हम उनके गुरुजनवादी स्वयंसिद्ध के साथ हैं। सारी विनम्रता के साथ यह कहने पर भी कि हमारे सोचने-समझने-अनुभव करने का ढंग अलग हो सकता है और ऐसी स्थिति में सम्भव है कि आप हमसे विभिन्न ढंग से सोचते-समझते या अनुभव करते हों; वह यह स्वीकार नहीं ही करेंगे, हमारी विनम्रता को चालबाज़ी करार देंगे।

साहित्यिक बन्धुओं में से कुछ और हैं जो हमारे नए जवान मित्र हैं। यहाँ यह स्पष्ट कर दूँ कि इनके बारे में 'नए' कहने से दृष्टि की नवीनता या आधुनिकता, 'जवान' कहने से किसी साहसिकता और सक्रियता तथा 'मित्र' कहने से आत्मीयता अथवा निकटता का अनुभव इनके सन्दर्भ में नहीं होता। ये भी साहित्य को स्वयंसिद्ध मानकर चलते हैं अर्थात् इनके द्वारा सम्पादित की गई सभी पत्र-पत्रिकाओं में जिस किसी को भी वे साहित्यकार मानें उसको सहयोग देना ही चाहिए। उनके भी स्वयंसिद्ध के सामने आपकी चल नहीं सकती। उनसे यह भी कह दीजिए कि जिनको आप साहित्यिक गरिमा प्रदान करते हैं, उनमें हम नहीं हैं। तब भी मुक्ति नहीं, क्योंकि जब वे मानते हैं, तब हमको अस्वीकार करने का अधिकार कहाँ है। यदि कहीं आप यह पूछ लेने की भूल करें कि पत्रिका निकालने का उनका उद्देश्य क्या हो सकता है, तब तो उनको लगेगा कि साहित्य की स्वयंसिद्ध पवित्रता को भंग करने के हम अपराधी हैं। वह हमको दलबंद, गुटबाज़, पक्षधर, वादी, विवादी और प्रयोगवादी न जाने क्या-क्या कह-कहकर गाली देंगे। फिर भी विनम्रतापूर्वक कहा जाए कि आप ठीक सोचते हैं, पर हमको भी अपने ढंग पर सोचने की स्वाधीनता दीजिए। हम दलबंद हैं, क्योंकि हम ग़लत-सही सोचने की स्वतंत्र दिशा पर विश्वास करते हैं। इस पर उनके मन में हम पथभ्रष्ट लोगों के प्रति और हमारी विनष्ट हुई सम्भावनाओं के प्रति सहानुभूति जागेगी।

इन सभी लोगों को लेकर कठिनाई एक ही है। आप इनसे कहिए कि आप अपने रास्ते चलने को स्वतंत्र हैं, हमको अपने रास्ते चलने दीजिए। हम तो मानकर चलते हैं कि हो सकता है आप ठीक हों, कम से कम मानते हैं कि ग़लती करने का अधिकार हर एक का सुरक्षित है। पर इस स्थिति से ये कभी सन्तुष्ट नहीं हो सकते।

वस्तुतः यह ऐसा नहीं है कि इस हमारी स्वयंसिद्ध बात को वे समझ की कमी के कारण ग्रहण न कर पाते हों, और हमको बार-बार इस सीधी-सी बात को समझाने का श्रम करना पड़ता है। वे मन ही मन इस बात का एहसास करते हैं कि हमारी सहज स्वयंसिद्ध बातों को स्वीकार करते ही उनकी अपनी बडो ऊँची हवाई सारी स्वयंसिद्ध बातें लड़खड़ा जाएँगी। साहित्य की श्रेष्ठता, पवित्रता, महानता, परम्परा आदि न जाने कितनी बातें जिन्हें वे स्वयंसिद्ध रूप में प्रतिष्ठित मानते-मनवाते आए हैं, ज़रा-सी इस छूट के देते ही कि दूसरों की सोचने की अपनी पद्धति भी हो सकती है, अपना अनुभव हो सकता है, उसको संघटित और उपलब्ध करने की उनकी अपनी प्रक्रिया हो सकती है, वह सारा का सारा अर्थहीन होता जान पड़ने लगता है।

वास्तव में स्वयंसिद्ध ऐसा नहीं है जो सदा सबके लिए समान रूप से सिद्ध हो। गणित और विज्ञान में भी स्वयंसिद्ध केवल मान्यता की बात है, अपने आप में निश्चित सत्य नहीं। अपने क्षेत्र में आगे बढ़ते जाने के लिए स्वयंसिद्ध की स्थितियाँ और सीमाएँ बदलती और विकसित होती जाती हैं। केवल ऐसा है कि विज्ञान में जब तक एक सिद्धान्त चलता है, उसके अन्तर्गत स्वयंसिद्ध मान्यताएँ विरोधी नहीं होतीं। इस प्रकार के अन्तर्विरोध की स्थिति उत्पन्न होते ही वैज्ञानिक दृष्टि में मौलिक परिवर्तन की सम्भावना उपस्थित हो जाती है। विज्ञान में ऐसा कभी ही घटित होता है, पर मानव मूल्यों और मानवीय सम्भावनाओं के क्षेत्र में ऐसा हर युग में घटित होता है। एक युग का स्वयंसिद्ध सत्य अगले युग में जीवन के सन्दर्भ से च्युत होकर खोखला और सारहीन हो जाता है। फिर चाहे जितनी ऊँची बैसाखियों पर उसे उठाए घूमा जाए वह परम्परा का बोझा बन सकता है, जीवन की गति नहीं।

आज हमारे देश में स्वयंसिद्ध सत्य तो गली-गली मारे-मारे घूमते हैं, पर वे युग के जीवन के सन्दर्भ से अलग होकर केवल प्राणहीन छूछे नारे रह गए हैं। आए दिन सुन सकते हैं कि एक ओर सत्य, अहिंसा, पंचशील का उद्घोष हो रहा है, तो दूसरी ओर वैज्ञानिकता और प्राविधि की दुहाई दी जा रही है। एक साँस में साम्यवाद, समाजवाद, व्यक्तिस्वातंत्र्य, अनुशासन, नियंत्रण न जाने किस-किस का मंत्रजाप किया जाता है। और इस सबके ऊपर है अद्भुत समन्वयवाद। देश की अवसरवादी मनःस्थिति में उसके अनुकूल ही यह दर्शन हाथ लग गया है। अब क्या है जिसे देखिए शिक्षा देने को तत्पर है—'व्यर्थ वादविवाद, संघर्ष, मतभेद में पड़ते हो, काम की बात नहीं करते।...जहाँ तक हो सके ऐसे विवादियों, मतवादियों से बचना ही चाहिए।' सभी अनुभवी यही उपदेश देंगे।

अब ऐसी स्थिति में किसी से कहिए, व्यक्ति की स्वाधीनता के लिए उसके विकास की सम्भावनाओं को स्वीकृति देना पहली शर्त है, उसके लिए विचार करने की, सही ही नहीं ग़लत भी, स्वतंत्रता देनी होगी, और विचार अपने आप उगते तो हैं नहीं, उसके लिए भाषा की स्वाधीनता भी देनी होगी। आप भले ही इसे आज के

युग का स्वयंसिद्ध सत्य कहें, पर आप उनको कैसे समझाएँगे जो स्वयंसिद्ध का अर्थ ही अपनी सिद्धि मानकर चलते हैं। अपना महत्त्व, अपनी प्रतिष्ठा, अपनी श्रेष्ठता भी बहुत बड़े सत्य हैं, और इस दृष्टि से प्राचीनता, नवीनता, अन्तर्राष्ट्रीयता, ज्ञान-विज्ञान और प्रगति जैसे कितने ही स्वयंसिद्ध सत्यों को अपने पक्ष में सहज ही खड़ा किया जा सकता है। अपने जिन साहित्यिक बन्धुओं की चर्चा की है, वे मनोवृत्ति में देश के इसी प्रतिष्ठित वर्ग के साथ हैं, भाषा के प्रश्न पर उनका मतभेद तो केवल परिस्थितिजन्य है।

फिर वह कैसा स्वयंसिद्ध है जिसको समझाने का श्रम हमको करना पड़ रहा है ? जिनकी चर्चा अनेक सन्दर्भों में ऊपर की जा चुकी है, उनको समझाने का प्रयत्न उनकी बुद्धि का अपमान है और अपनी नादानी है। समझदार सयाने को कोई क्या समझा सकता है ! यह अलग बात है कि आप कहना चाहें कि हर युग की एक माँग होती है और हमारे इस युग की भी एक माँग है। जो इसको अनजाना कर देगा, झुठलाने का प्रयत्न करेगा, पिछले युग के उद्घोषों से नकारने की कोशिश करेगा, वह स्वयं युगजीवन के प्रवाह से आज नहीं तो कल कट जाएगा। कल क्या होगा, यह कल देखा जाएगा, आज धारा के साथ वे ही हैं। पर युग की माँग का अनुभव करने वाले के सामने प्रश्न यह नहीं है कि अपनी बात उसे कहनी किससे है, उसका श्रम तो इस बात में है कि वह अपने युग के स्वयंसिद्ध मूल्यों को उपलब्ध करने की पीड़ा झेल जाए। आज इन मूल्यों के अन्वेषण का दायित्व तो उस पर है ही, साथ ही युग के स्वयंसिद्ध के स्तर पर उन्हें प्रतिष्ठित करने की चुनौती भी उसके सामने है। इसके लिए न जाने कितने पुराने, परम्परागत, आरोपित, आभासित स्वयंसिद्ध मूल्यों को ध्वंस करना होगा, तब कहीं आज के युग का अपना स्वयंसिद्ध आविर्भूत होगा। जो युग की इस नई दृष्टि से परिचित है, वही इस श्रम का अन्दाज़ भी सम्भवत: लगा सके।

प्रजातंत्र के काँपते हुए स्तम्भ

काँपते हुए स्तम्भों पर इमारत खड़ी करना या पुल बनाना कभी सम्भव है ? पर हमारे प्रजातंत्र के कर्णधार असम्भव को सम्भव कर दिखाने का संकल्प रखते हैं। वे बुनियादी शिक्षा का आदर्श प्रस्तुत करते हैं, पर अपने बच्चों को बेसिक स्कूलों के वातावरण से बहुत दूर पब्लिक स्कूलों, यूरोपियन स्कूलों, मिशनरी स्कूलों में भेजना पसन्द करते हैं। उनको आदर्श की बात करनी पड़ती है, अन्यथा साफ़ बात है कि हमारे प्रजातंत्र में पुराने वर्ण-भेदों के साथ जो नया वर्ण-भेद शिक्षा, संस्कार, रहन-सहन, जीवन के स्तर के आधार पर संगठित हो रहा है या किया जा रहा है, उसके लिए कौन भकुआ है जो अपने बच्चों को यथासम्भव और यथाशक्ति इस प्रकार बेसिक तथा प्राइमरी शिक्षा के अस्पर्श्य वातावरण में रखना पसन्द करेगा। सभी शासक-वर्ण में अपने को सम्मिलित रखना चाहते हैं, वे अपनी तथा अपने बच्चों की स्थिति सुरक्षित रखना चाहेंगे। हमारे प्राचीन गौरवशाली देशों में वर्ण-भेदों को सुरक्षित रखने की तो लम्बी और शानदार परम्परा वैसे ही रही है।

इधर तो ऐसा अनुकूल वातावरण बन चुका है कि अनेक स्थापित वर्ग के महानुभाव बहुत तर्कपूर्ण तथा निस्संकोच भाव से इस प्रकार के पश्चिमी परम्परा के स्कूलों के पक्ष में बोलने लगे हैं। वास्तव में जो स्थिति हमारी सरकार की कृपा से इन बेसिक तथा प्राइमरी स्कूलों की आज हो गई है, उसको साम्ने रखकर उनका कहना नितान्त उचित और संगत लगता भी है। ये सहस्त्रों स्कूल तो बहुत कुछ प्रचार के अर्थ में हैं। शिक्षा के नाम पर इनमें क्या हो रहा है, इससे संख्याओं की गणना कराने वालों को अधिक मतलब है भी नहीं। अक्षर ज्ञान तो हो ही जाएगा फिर अक्षर-अक्षर जोड़कर पत्र बाँचना भी आ ही जाएगा। इससे अधिक अर्थ हमारे प्रजातंत्र में प्राइमरी आवश्यक शिक्षा से लिया भी नहीं जाता है। जिनको शासक वर्ण में दीक्षा ग्रहण करना है उनके लिए उपर्युक्त संस्थाएँ स्वतंत्रता प्राप्ति के बाद बढ़ती ही जा रही हैं।

एक रोचक प्रसंग याद आ गया है। बिहार के एक नगर में मेरे देखते 10 वर्षों में एक स्कूल खुला भी और उसमें 600 से अधिक विद्यार्थी भी आ गए। 400 से अधिक संख्या बोर्ड्स की थी। जब संचालक संस्था को दिखला रहे थे, तो मेरा मन

उनके उत्साह का साथ नहीं दे पा रहा था, क्योंकि मैं कई समस्याओं के ऊहा-पोह में था। मैंने पूछा कि अब आप लोग स्वाधीन भारत में अपने पाठ्यक्रम को भारतीय क्यों नहीं बनाते ? आप लोगों ने अपनी संस्थाओं को इतना खर्चीला क्यों बना रखा है ? इनसे साधारण जनता को क्या लाभ हो सकता है ? उन्होंने जो दबी जुबान से उत्तर दिया वह मुझे उस समय आश्चर्यजनक लगा—'ऐसा ही सरकार चाहती है।' बाद में सोचने पर लगा यह तो बहुत स्वाभाविक है। संचालक महोदय से ज्ञात हुआ था कि उनके यूरोपियन ढंग के स्कूल में सारे विद्यार्थी मंत्रियों, ऑफ़िसरों या व्यवसायियों के वर्ग से आए हैं। सवा सौ तथा डेढ़ सौ मासिक अपने प्रत्येक पुत्र पर और कौन खर्च कर सकता है ? यह स्थिति देखकर तो मुझे लगा कि इन स्कूलों को सरकारी सहायता न देना या उनको सहायता बन्द कर देना भी प्रयोजन से खाली नहीं है। स्कूल तो ये चलेंगे ही, सहायता मिले या न भी मिले। अन्तर यह रहेगा कि यदि सहायता दी गई तो ये स्कूल भी कुछ सस्ते पड़ें, और यह हमारी भावी प्रजातांत्रिक व्यवस्था के अनुकूल नहीं पड़ेगा।

क्योंकि इस काँपते हुए स्तम्भों पर जो प्रजातंत्र का भविष्य बन रहा है उसकी कल्पना हमारे निर्माताओं के उर्वर दिमाग़ में कुछ भिन्न ही है। वे यह जानते हैं कि औद्योगिकीकरण की पद्धति से हमारे इस 40 करोड़ जनसंख्या के पुराने देश की वास्तविक उन्नति में सौ वर्ष से भी अधिक समय लगे तो आश्चर्य नहीं। इन दो पंचवर्षीय योजनाओं में जितने प्रतिशत हमारी आय बढ़ी है उससे यह प्रत्यक्ष है। इस में भी यह बढ़ती हुई सानुपातिक आय वास्तव में किधर खिसक गई, इसके बारे में हमारे प्रधानमंत्री तक को स्पष्ट नहीं है। उन्होंने गाँवों की जनता को अपने भाषणों में जो खुशहाल देखा है, वह खुशहाली लड़ाई के दौरान मँहगाई के कारण देखी जा सकती है। इसमें पंचवर्षीय योजनाओं का कितना हाथ है यह हिसाब लगाने पर ही पता लगेगा।

यह सब जानकर भी जो यही एक रास्ता और वह भी यूरोप की घिसी-पिटी लीकों पर उनको दिखाई देता है, उसका कारण क्या है ? उनको विश्वास है कि वे ऐसे संस्कृत, सुशिक्षित, शासक वर्ग तथा उनके साथ के लोगों के वर्गों को विकसित कर लेंगे जो औद्योगिकीकरण के फलस्वरूप पश्चिमी स्तर पर जा सकेंगे। उसके लिए बड़े-बड़े होटलों, कला-केन्द्रों, संस्कृति क्षेत्रों, हवाई जहाज, एयरकंडीशन्ड कोचेज़ आदि अनेकानेक आज के जीवन की आवश्यकताओं का बन्दोबस्त हो सकेगा। रहा करोड़ों जनता का सवाल, उनको किसी तरह खाना मिल जाए तो और क्या चाहिए, शिक्षा उनके लिए बेसिक और प्राइमरी पद्धति की है ही—अनिवार्य भी कर दी जाएगी। आगे पढ़ाई की उनको ज़रूरत क्या है ? और चाहने पर भी उच्च शिक्षा में ऐसे प्रतिबन्ध लगाए जाएँगे कि अपने आप टकराकर वापस लौट आएँ। उच्च शिक्षा के स्तर की चिन्ता हमारी केन्द्रीय सरकार का कितना बड़ा सिरदर्द है।

और वह उसके सुधार पर भी कटिबद्ध है। प्राइमरी तथा माध्यमिक शिक्षा के बारे में इसके पहले सोचना चाहिए, यह वे क्यों ज़रूरी मान लें।

ऐसा सब होने पर भी कुछ हमारे जैसे दिमाग़ के आदमी हैं जो कहते हैं कि सरकार के पास कोई मौलिक शिक्षा सम्बन्धी नीति नहीं है। शिक्षा भी तो प्रजातंत्र का एक दृढ़ स्तम्भ है। फिर जब हमारे प्रजातंत्र का ऐसा भविष्य सामने आ रहा है कि किसान का बेटा किसान होगा, मज़दूर का बेटा मज़दूर होगा, शासक और उसके सहयोगी वर्गों के बेटे एक वर्ग में रहेंगे—तो क्या यह वर्ण व्यवस्था की नई उद्भावना नहीं है ? और क्या शिक्षा का सारा गठन उस दृष्टि से ऐसा ही करना आवश्यक नहीं होगा ? इस मौलिक स्थापना तक एक बार पहुँच जाने के बाद शिक्षा के स्तर की चर्चा, प्राइमरी स्कूल के पैंतीस रुपया तनख्वाह पाने वाले शिक्षक का इससे कोई सम्बन्ध स्थापित न कर पाना, उसके लिए शिक्षकों को अपराधी ठहराना, कभी अंग्रेज़ी को माध्यम-पद से हटाए जाने के लिए विलाप करना, शिक्षा को, विशेषकर उच्च शिक्षा को नियंत्रित करने का प्रस्ताव करना आदि सब बहुत स्पष्ट रूप से समझ में आ सकता है।

शिक्षा प्रजातंत्र का सबसे महत्त्वपूर्ण आधार है, इस कारण इसकी चर्चा में कुछ अधिक उलझ गया हूँ। पर अन्य स्तम्भों की स्थिति समान है। हमारे देश की पत्रकारिता की स्थिति ऐसी ही डाँवाँडोल है। प्रेस की स्वतंत्रता की बड़ी-बड़ी घोषणाएँ सरकार की ओर से होती हैं और प्रेस वाले भी ताव-भाव दिखाते रहे हैं। क़ानूनी सीमाओं में प्रेस की स्वाधीनता बहुत दूर तक रक्षित है भी। पर यह स्वाधीनता किस दायित्व की भावना से प्रेरित है—यह भी सोचने की बात है। रेडियो सरकारी है, अतः उसकी चर्चा करना इस प्रसंग में व्यर्थ है। पी.टी.आई., यू.पी.आई. जैसी समाचार संस्थाओं की आन्तरिक स्थिति के बारे में कहना कठिन है। पर उनके द्वारा प्रसारित समाचारों से स्पष्टतः उनकी नीति का पता चल जाता है। ये संस्थाएँ हर प्रकार के निहित स्वार्थों, शासकीय सत्ता, अधिकारियों तथा अंग्रेज़ियत के साथ हैं। सड़ी-सी संस्था में कोई मंत्री या अधिकारी का उनके द्वारा संरक्षण प्राप्त व्यक्ति बोल दे तो विस्तृत सूचनाएँ प्रसारित की जाएँगी। यदि अन्य दलों का या अन्य क्षेत्रों का महत्त्वपूर्ण-से-महत्त्वपूर्ण व्यक्ति कोई राष्ट्रीय महत्त्व की चर्चा करता है, बात करता है, तो वह उपेक्षणीय रहेगा। हर आदमी को, हर संस्था को ये शासकीय महत्त्व के केन्द्र से देखने के अभ्यस्त हैं।

अन्य प्रमुख-पत्रिकाओं में कुछ तो स्पष्टतः किसी निश्चित वर्ग या दल से सम्बद्ध हैं। वे तो हर समस्या, घटना या स्थिति को अपनी निश्चित नीति के आधार पर देखने के अभ्यस्त हैं। इस प्रकार के पत्रों से लोग इससे अधिक आशा भी नहीं करते। परन्तु कठिनाई यह है कि हमारे देश में वास्तव में स्वतंत्र पत्रकारों का जैसे अभाव हो—जिनके सामने राष्ट्रीय दायित्व प्रधान हो। व्यक्ति, संस्था, पक्षपात,

परम्परा से जो ऊँचे उठकर व्यापक सन्दर्भ में विचार कर सकें। और एक महत्त्व की बात यह भी है कि अभी तक हमारे महत्त्वपूर्ण पत्र तथा पत्रकार अंग्रेज़ी के हैं जो अपनी सीमाओं के कारण देश की वास्तविक समस्याओं को उचित परिप्रेक्ष्य में देख नहीं पाते। यही कारण है कि ये अपने विचारों में सरकारी नीति तथा स्थापित वर्गों के अधिक निकट हैं। जहाँ आलोचना करते हैं वहाँ भी उनका झुकाव प्रतिक्रियात्मक शक्तियों की ओर अधिक रहता है।

पत्रकारिता के इस वातावरण में देश के मौलिक चिन्तन को कोई प्रोत्साहन पत्र-प्रचार से नहीं मिल पाता। ये स्वयं जनता की आकांक्षाओं, कल्पनाओं, स्वप्नों से नितान्त अछूते हैं। ये उनके अधिकारों की ओर से क्या लड़ेंगे, उनमें दायित्व की भावना क्या भर सकेंगे? निहित स्वार्थों के निम्न स्तर के संघर्ष में इनको तत्पर देखा जा सकता है। उस देश के पत्र तथा पत्रकार प्रणम्य हैं जो नानावटी के सेशॅसॅनल केस के लिए तो इतनी सरगर्मी दिखा सकते हैं, पर देश के सर्वप्रमुख विश्वविद्यालय के अखिल भारतीय (कुछ तो इससे भी अधिक) ख्यातिप्राप्त दस अध्यापकों के अकारण निकाले जाने की खोज-खबर तक नहीं ले सके। जनता को निरर्थक भावावेश के स्तर पर आकर्षित करना वे अपना दायित्व समझते हैं, पर जनता को इस विषय के पक्ष-विपक्ष से अवगत करने तक का श्रम उनको व्यर्थ लगा है। कुछ दिनों पहले उसी विश्वविद्यालय से एक योग्य और दस वर्षों से काम करते रहने वाले अध्यापक को अन्धेपन का अपराध लगाकर निकाला गया था। अधिकारियों के निर्लज्ज आरोप पर हमारे प्रेस के कानों पर जूँ तक नहीं रेंगी। कुछ ऐसा भी है कि हमारे प्रतिष्ठित नेताओं के समान अन्तर्राष्ट्रीय अधिक हैं, वे देश को उसी परिप्रेक्ष्य में देखना चाहते हैं, अन्यथा देश की छोटी बातों की ओर ध्यान देना उनकी शान के ख़िलाफ़ है।

फिर हमारा न्याय-विधान है। यह सबके ऊपर है, हमारे कॉन्स्टिट्यूशन का संरक्षक तथा मानवीय अधिकार का व्याख्याकार कहा गया है। इस राष्ट्र के काँपते हुए स्तम्भों पर स्थापित प्रजातंत्र में उसकी आन्तरिक स्थिति क्या है, इसको छोड़ भी दें या मान लें कि अब भी उसकी परम्पराएँ काफ़ी सशक्त हैं, तो हमारी यह सारी पद्धति इस ग़रीब देश के कितने प्रतिकूल है, इसको देखा जा सकता है। इस न्याय की पद्धति में इतने पेंच हैं, इतने उलझाव हैं, इतने चक्कर हैं कि प्राकृतिक न्याय का तो वैसे ही दम घुट जाता है। सम्पन्न देशों में, चरित्रवान देशों में, जहाँ कार्य करने की क्षमता और दक्षता का स्तर ऊँचा है वहाँ इस न्याय पद्धति का प्रयोग प्रजातंत्र के अनुकूल हो सकता है। पर इस देश में इससे न्याय की आशा रखना बहुत समय साध्य और व्यय साध्य है। अंग्रेज़ी राज्य के समय से यहाँ के वक़ील वर्ग के सामने जो आदर्श रहा है वह वास्तविक न्याय के नितान्त विरुद्ध है। जब न्याय का सारा आधार काग़ज़ी और व्याख्यापरक हो, उस स्थिति में अधिक-से-अधिक रुपया खर्च

करने वाला, अधिक-से-अधिक चतुर और योग्य व्याख्याकार को अपनी ओर कर के न्याय का पलड़ा अपनी ओर झुकाने में समर्थ हो तो सहज ही है।

यह सारा ढाँचा न्याय को किसी रूप में, किसी आदर्श पर ग्रहण करता हो, पर हमारी प्रजातंत्र सम्बन्धी भविष्य की कल्पना के बहुत निकट है। इस ढाँचे में जजों, वक़ीलों तथा अधिकारियों का वर्ग हमारे प्रजातंत्र का सवर्ण तो है ही, साथ ही इससे यह भी स्पष्ट हो जाता है जनता, जिसके न्याय का प्रश्न है उसको न्याय-अन्याय की समझ से क्या मतलब, वे तो वादी-प्रतिवादी के कटघरों में खड़े हो जाएँ यही पर्याप्त है। हमारे प्रजातंत्र का सवर्ण उनके बारे में न्याय-अन्याय का निर्णय कर लेगा। जिसके पास पैसा नहीं है, जो शक्तिशाली नहीं है, महत्त्वपूर्ण नहीं है उसको न्याय का अधिकार देना भी कहाँ तक संगत है?

फिर रह जाते हैं हमारे वैज्ञानिक, शास्त्री, विचारक, साहित्यकार जो तानाशाही शक्तियों में केवल उपकरण के रूप में उपयोग में आते हैं, प्रजातंत्र की घोषणा में इनको भी महत्त्वपूर्ण स्वीकार किया जाता है। जहाँ अधिकार-दायित्व का बोध प्रत्येक व्यक्ति को है, वहाँ इस बोध का जागरूक भाव से वहन करने वालों का महत्त्व सारी प्रणाली में अपने आप प्रतिपादित हो जाता है। सम्पूर्ण प्रजातांत्रिक पद्धतियों के विकास में इनको विचार की, कार्य की, विवेचना की, योजना बनाने की और महत्त्व के प्रतिपादित होने पर उनको कार्यान्वित करने की स्वाधीनता होनी चाहिए।

परन्तु इनकी यह स्थिति सिद्धान्त रूप में ही प्रजातांत्रिक देशों में स्वीकृत है। वैसे अन्य देशों में भी राजनीति के अत्यधिक प्रभाव के कारण और शासकीय व्यवस्था के अत्यधिक संगठित तथा योजनाबद्ध होने के कारण इनकी वास्तविक स्वाधीनता समाप्त हो चुकी है। वैज्ञानिक तथा शास्त्री अपनी प्रकृति और मानसिक एकांगिता के कारण, विचारक और साहित्यकार अपनी विवशता के कारण इस विषय में निरूपाय हैं। महायुद्धों के भयानक परिणाम से इनमें काफ़ी चैतन्य आया भी है, लेकिन इस स्थिति में उनकी अपनी निरूपायता का एहसास भी अधिक हुआ है।*

हमारे देश की नई विकसित प्रजातांत्रिक प्रणाली में इनकी स्थिति अन्य देशों की अपेक्षा और भी दयनीय है। उन्नति, विकास तथा योजना के नाम पर हमारे शासक इन सबको अपने वर्ण में दीक्षित करके नियोजित करना चाहते हैं। इससे न साँप मरता है और लाठी भी नहीं टूटती। हमारा पिछड़ा देश है, बिना योजना के क्या हो सकता है? योजनाएँ सरकार को चलानी होंगी, फिर योजनाओं के लिए नियोजन चाहिए, नियंत्रण भी होगा ही। इनमें सभी के सहयोग की अपेक्षा होगी ही। अब यदि अर्थशास्त्री है तो उसे सरकारी बनकर काम करना है, योजना बनाने वालों को भी

* इस प्रसंग में लेखक ने इस स्तम्भ में तथा अन्यत्र भी विस्तार से चर्चा की है।

पहले सरकारी समितियों का सदस्य बनना पड़ेगा, ज्ञान-विज्ञान के सभी क्षेत्रों में भी योजनाएँ सरकारी स्तर पर बनेंगी और नियोजित तथा संचालित होंगी। फिर एक वैज्ञानिक को यदि कुछ करना है तो उसे सरकारी बनना पड़ेगा। यहाँ सरकारी अकादमियों, संस्थानों में व्यक्तिगत रुचि, मौलिकता, स्वाधीनता का सवाल नहीं उठता। वहाँ तो डायरेक्टर हैं और समितियाँ हैं। सरकारी और उनका नियोजन-नियंत्रण है। फिर चमक-दमक होगी, बड़े-बड़े देशों का अनुकरण होगा। हमारे परीक्षण के यंत्र विदेश से आएँगे और उसका कोई कल-पुर्जा बिगड़ा तो उसको सुधारने के लिए विदेश से हवाई जहाज़ पर चढ़कर कोई सुधारने आएगा। हम घोषणाएँ करेंगे एटम तथा हाइड्रोजन बम बना सकने के अपने सामर्थ्य की। पर अपने देश की मौलिक प्रतिभा से हम एक नए ढंग की आलपीन या कील भी नहीं बना पाएँगे। ज़रूरत भी क्या है? जब हमारी सारी योजनाएँ उधार की हैं, हमारा सारा निर्माण अनुकरण का है, हम क्यों मौलिक ढंग से सोचें, क्यों अपने लिए अपने ढंग से कील-काँटे-हल, यंत्र-मशीनें, खाद-रसायन बनाने की व्यर्थ कल्पना करें।

आख़िरकार हमारे प्रजातंत्र का स्वप्न तो एक नवीन वर्ण व्यवस्था पर आधारित है—और हमारे लिए इतना ही पर्याप्त है कि कौन वर्ग किस वर्ण का होगा। इस अनुकरण से नया सवर्ण तो पश्चिम या अमेरिका के स्तर पर जीने की सुविधा पा ही जाएगा—शेष वर्ण को किसी प्रकार रोटी भी देने का उपाय हो जाएगा—शायद। पर मेरे मन में भय और आशंका है कि इन काँपते स्तम्भों पर इन नए वर्गों का संघर्ष बड़ा भयानक होगा।

हम आशा कर रहे हैं कि हमारा नया भारतीय प्रजातंत्र मज़बूत स्तम्भों पर खड़ा हो रहा है, इनके आधार पर ही हम उसके भव्य प्रासाद की कल्पना कर रहे हैं। पर यह हमारा निरा भ्रम है, वस्तुत: जिन स्तम्भों पर यह भवन बनाया जा रहा है, वे काँप रहे हैं। उनमें कहाँ इतना सामर्थ्य कि हमारे स्वप्नों का इतना बोझा ढो सकें। इन काँपते हुए स्तम्भों पर हमारी सारी कल्पनाएँ, हमारे सारे स्वप्न, हमारी सारी योजनाएँ काँपकर शिथिल हो रही हैं। हम चलने में डगमगा जाते हैं, दौड़ने में लड़खड़ा जाते हैं, बैठे-बैठे हिल जाते हैं, काम करने में निराशा का अनुभव करते हैं, शक्ति लगाते समय सन्तुलन खो बैठते हैं। यह सब होता है और हम आश्चर्य से सोचते हैं, यह ऐसा क्यों है? हमारे सारे प्रयत्न क्यों निरर्थक होकर खो जाते हैं? पर यह कौन जानता है? किसको मालूम है कि हमारे ये स्तम्भ ही काँप रहे हैं।

पहली पंचवर्षीय योजना की ऊँची घोषणाओं के बावजूद भी हम उन उत्पादन में स्वावलम्बी होने की बात तो दूर रही इस योग्य भी नहीं हो पा रहे हैं कि प्रति वर्ष बढ़ते हुए वस्तुओं के मूल्य पर कहीं किसी सीमा पर रोक लगा सकें। यह तो कभी-कभी पत्र-पत्रिकाओं में भी निकल जाता है कि हमारे अमुक बाँध में दरार पड़ गई है, हमारी अमुक योजना असफल रह गई है, जितने समय में हमने किसी राष्ट्रीय

विकास की योजना को पूरा कर लेने का संकल्प किया था उससे कहीं अधिक समय में वह पूरी हो सकेगी। स्थिति का अनुभव इससे कहीं निराशाजनक है, हमको लग रहा है कि कई पंचवर्षीय योजनाओं के बावजूद हम अपनी प्रगति की दिशा में कछुए की गति से अधिक आगे नहीं बढ़ पा रहे हैं, और इस गति से चलने से गन्तव्य तक पहुँचते-पहुँचते हमारी रीढ़ें टूट चुकी होंगी। इतनी अव्यवस्था है, इतना अपव्यय है, इतनी बेईमानी है, इतना भारी-भरकम नौकरशाही का ढाँचा है, हर कार्य तथा योजना में धन के बह जाने के इतने छिद्र हैं कि एक करोड़ में पच्चीस लाख का काम हो जाए तो बहुत समझना चाहिए। उसमें हानि इससे भी अधिक है कि जो तैयार हो रहा है उसके विषय में नहीं कहा जा सकता है कि उसमें कब दरार पड़ जाएगी, कब चूने लगेगा या किस समय वह गिर ही नहीं पड़ेगा।

हमारे भारी उद्योग जो दूसरे देशों के निरीक्षण अथवा सहयोग से हो रहे हैं, उनका कार्य तो चल भी रहा है, पर हमारे अन्य प्रोजेक्ट्स, कम्युनिटी प्रोजेक्ट्स, ब्लॉक डेवलपमेंट स्कीमें, को-ऑपरेटिव आन्दोलन की स्थिति और भी डाँवाँडोल है। इनमें कहीं किसी अध्यवसायी और ईमानदार ऑफ़िसर के परिश्रमस्वरूप कुछ काम हो गया हो तो हो गया हो, अन्यथा इनके कार्य का अस्सी प्रतिशत झंडियाँ लगाकर और स्वागत-सत्कार करके ही पूरा कर लिया जाता है। किया भी क्या जाए! हमारे राष्ट्र के कर्णधार जिस आधार पर राष्ट्र का निर्माण कर रहे हैं, वह बाहर से जैसा ठोस दिखाई दे रहा हो, अन्दर से ऐसा ही पोल है। हमारा राष्ट्रीय स्तर जिस प्रकार ऊँचा किया जा रहा है, उसका वास्तविक स्वरूप यही है।

ऐसा नहीं है कि इसका अनुमान हमारे नेताओं को नहीं है या वे इस बात को किसी स्तर पर मानते नहीं हैं। आलोचना करने वालों को भले ही सह न पाते हों, पर उनकी अपनी खीझ और अपनी झुँझलाहट से यह व्यक्त हो जाता है कि उनको भी अपने विषय में आत्मविश्वास नहीं है। उनके ज़ोरदार भाषणों, वक्तव्यों तथा घोषणाओं से भी यह सत्य छिप नहीं पाता, और अब सारे ज़ोर के बावजूद उनका प्रभाव दिन पर दिन कम होता जा रहा है। मृगमरीचिका के भ्रम में भटकना आख़िर कब तक हो सकता है!

हो सकता है कि किसी का सरकारी योजनाओं की मौलिक नीति के बारे में विरोध हो, पर इतना तो माना जा सकता है कि इन योजनाओं की अपनी एक परिणति होनी चाहिए, उनका एक उद्देश्य होना चाहिए, उनके द्वारा विकास का कोई निश्चित मार्ग सामने आना चाहिए। यद्यपि व्यापक सन्दर्भ में मौलिक नीति का सवाल बहुत महत्त्वपूर्ण है, क्योंकि इससे व्यवस्था का सारा दृष्टिकोण स्पष्ट होता है। परन्तु यहाँ तो योजनाओं के संचालन की स्थिति ही डाँवाँडोल है। ऐसी स्थिति में मन में अनेक प्रश्नों का और सन्देहों का उत्पन्न होना स्वाभाविक है। बार-बार यह पूछने पर कि यह ऐसा क्यों है ? मन में उठने लगता है कि कहीं हम किसी ग़लत

आधार पर से ही तो शुरू नहीं कर रहे हैं, इमारत खड़ी करने की कहीं हम ग़लत नींव पर ही तो योजनाएँ नहीं बना रहे हैं?

लगता है कि इस नींव या आधार की बात कभी सोची ही नहीं गई है, इसे कभी ज़रूरी माना ही नहीं गया है। हमारे परिप्रेक्ष्य में जो इतनी बड़ी विसंगति दिखाई दे रही है उसका कारण और क्या हो सकता है? एक अवकाशप्राप्त पुलिस के इंस्पेक्टर आक्रोश और क्षोभ से अपने लड़के को पेश करके कहते हैं—''प्रोफ़ेसर साहब, यह देखिए, यह आपकी पढ़ाई का नतीज़ा है। साहबज़ादे हैं कि किसी का कहना ही नहीं मानते। आवारा की तरह घूमते हैं, कुछ कहने पर मार-पीट पर उतारू। आप ही देखिए इन स्कूल-कॉलेज और यूनिवर्सिटी के लड़कों की क्या हालत है। बाप का रुपया बिगाड़ते हैं। आप टीचरों को अपनी तनख़्वाह चाहिए।'' पहले तो मैंने ज़माने की, व्यवस्था की आलोचना करके बात को आई-गई करना चाहा, पर जब उनका आक्रोश कम ही नहीं हुआ तब आत्मरक्षा के भाव से कहना पड़ा—''क्या आपके लड़के को हम अधिक बिगाड़ सकते हैं। हम टीचर करें भी क्या, तनख़्वाह के अलावा आपके समान ऊपरी इन्कम की चिन्ता हम कर भी कहाँ से सकते हैं...। आपके लड़के ने आपके साथ इतना कुछ पहले से सीख लिया है कि हमसे सीख भी क्या सकता है?'' इसी प्रकार एक रेल यात्रा में एक वक़ील सज्जन निरीह टीचरों पर बिगड़ खड़े हुए—''क्या हाल है इन लड़कों का? साहब सारा दोष पढ़ाई का है। स्कूल-कॉलेजों में होता क्या है? यूनिवर्सिटी तो गुंडागिरी का अखाड़ा है, जब देखो तभी हड़ताल और टीचरों की मौज। उनका जाता क्या है? पैसा तो बाप की जेब से ख़र्च होता है।'' मैंने इन सज्जन को मौन से ही टालना चाहा, पर उन्होंने जब जान लिया कि मैं इसी वर्ग का हूँ, तब वह क्यों न अपना आक्रोश मुझ पर उतार लेते। हार कर मुझे कहना पड़ा—''क्या आपने अपने पेशे पर कभी ग़ौर किया है। उसके नैतिक स्तर की कभी आपने चिन्ता की है? मैं तो इसे नैतिक वेश्यावृत्ति से भिन्न नहीं मान पाता। आपका क्या ख़याल है? आपकी कमाई पर पला हुआ लड़का, आपके रक्त-मांस से बना हुआ लड़का किसके वंश का है, कभी आपने सोचा है?''

पर यह तो सवाल-जवाब की बात हुई। जवाब दे देना किसी निष्कर्ष तक कभी नहीं पहुँचा सकता। मैं तो केवल परिप्रेक्ष्य की बात कह रहा था। यह इस प्रकार का भ्रमपूर्ण सोचना-समझना ऊँचे-से-ऊँचे स्तर के लोगों की दृष्टि आविल कर रहा है। आए दिन आप किसी नेता या मिनिस्टर और अब तो उनके पीछे लगे रहने वाले तथाकथित शिक्षा के महारथी भी इस प्रकार बेसिर पैर की बातें करते पाए जाएँगे कि भारत में ज्ञान और शिक्षा की गरिमापूर्ण और त्यागमयी परम्परा रही है। यहाँ के शिक्षक का त्याग और तपस्या का जीवन था। आज हमारे शिक्षक यह आदर्श भूलकर अपने गौरव से च्युत हो गए हैं। इस क्रम में न जाने कितना अनर्गल कहते चले जाने का अभ्यास हो गया है। हमारी आज की सारी योजनाएँ, सारा निर्माण-

कार्य आधुनिक वैज्ञानिक दृष्टि से नियोजित है, आज हमारे जीवन के सारे अन्य स्तरों का संगठन अन्तर्राष्ट्रीय सन्दर्भ में चल रहा है। हम मिल-कारखानों, उद्योग-धन्धों, ज्ञान-विज्ञान में अपने सामने रूस और अमरीका का आदर्श रखते हैं। हम अपने खान-पान, रहन-सहन, आचार-विचार में आधुनिक होने का स्वाँग करते हैं, पर जब अपने दायित्व से बचना होता है, बात को टालना होता है, जनता का ध्यान अपनी अयोग्यता और बेईमानी से हटाकर दूसरे कारणों की ओर केन्द्रित करना होता है, तो दो-ढाई हज़ार वर्ष पूर्व के आज की आधुनिकता के सन्दर्भ में निरे थोथे आदर्शवाद की दुहाई देते हैं।

कौन नहीं जानता कि प्रजातांत्रिक व्यवस्था का मेरुस्तम्भ शिक्षा ही है। हमारे राष्ट्र के निर्माता इस सत्य से अपरिचित भी नहीं हैं, मंत्र के रूप में इसका जाप प्राय: करते रहने का इतना अभ्यास है। इसी क्रम और प्रवाह में देश के बच्चों, लड़कों और युवकों को (जब जैसा अवसर और प्रसंग हो) देश के भविष्य कहने का फ़ैशन उनके बीच है। परन्तु स्वतंत्रता बाद के बारह-तेरह वर्षों में इस मेरुस्तम्भ को जितना शिथिल और खोखला करने का प्रयत्न किया गया है, उतना वह परतंत्रता के युग में भी नहीं था। धीरे-धीरे यह स्तर अधिक सबल और ऊँचा होता जा रहा है कि हमारी शिक्षा निरर्थक है, उसका स्तर रसातल में जा रहा है; हमारे शिक्षक निकम्मे हैं, वे शिक्षा देने के स्थान पर देश के युवकों को पथ-भ्रष्ट ही अधिक करते हैं; हमारे विद्यार्थी अनुशासनहीन हैं, वे अध्ययन-अनुशीलन के स्थान पर आवारागर्दी ही अधिक करते हैं। यह नहीं कि ऐसा है नहीं। पर वस्तुत: इस प्रकार घोषणा-प्रचार के परिणामस्वरूप कोई भविष्य सामने उभर रहा हो, ऐसा नहीं है, वरन् जनता में प्रजातंत्र के मेरुस्तम्भ को नैतिक आत्मविश्वास से हीन किया जाने का निरन्तर प्रयत्न हो रहा है।

यह ठीक है कि हमारे देश में शिक्षा का उचित नियोजन नहीं है, उसकी उचित व्यवस्था नहीं है। प्रजातांत्रिक देश की शिक्षा के पीछे जो मौलिक दृष्टि होनी चाहिए, उसका हमारी शिक्षा व्यवस्था में नितान्त अभाव है। परन्तु क्या इस बात का वास्तविक प्रयत्न हुआ है कि हम अपने देश के लिए वास्तविक शिक्षा के स्वरूप का मौलिक चिन्तन करें? यह शिक्षा के क्षेत्र में क्यों, सभी क्षेत्रों में ऐसा ही है। क्या संविधान बनाते समय हमारे प्रतिनिधियों ने यह सोचा था? क्या न्याय की व्यवस्था के बारे में ऐसा सोचा जा सकता है, इस सम्भावना पर भी कभी विचार हुआ है? हमारी निर्माण-योजनाओं में ही क्या कभी देश की मौलिक प्रकृति, देश के अपने जलवायु, अपनी संस्कृति, अपनी परम्परा का कभी कोई ध्यान रखने की कोशिश की गई है? हम तो अनुकरण करने वाले हैं, दूसरों की लकीरों पर चलने वाले हैं।

स्थिति का व्यंग्य यह है कि हम शिक्षा का आदर्श एक रखना चाहते हैं और उसे चलाना चाहते हैं उससे नितान्त भिन्न वातावरण में। सच बात तो यह है कि हमारे

नेताओं और शिक्षा-शास्त्रियों को (जिनकी उर्वर कल्पना से सरकारी नीति संचालित हो रही है) ठीक यह अनुभव नहीं है कि आज जो शिक्षा वे चला रहे हैं उसका सारा दृष्टिकोण आज की प्रजातांत्रिक भावना के अनुकूल नहीं है। कम से कम कोई मौलिक आधार इस शिक्षा का ऐसा नहीं है, जिस पर नई भावना और व्यवस्था का संगठन हो सके। बारह-तेरह वर्षों की चीख़-पुकार के बाद आज भी क्या इस दिशा में कुछ मौलिक और निश्चित रूप से सोचा जा सका है? मैं पूछता हूँ क्या इसके बिना स्तर की मात्र चर्चा करते रहने से स्तर ऊँचा किया जा सकेगा?

एक बात और भी है। यह स्तर भी क्या है जिसके बारे में हमारे शुभचिन्तक इतने चिन्तित और परेशान हैं। कभी उन्होंने सोचने का भी कष्ट किया है कि जो बात वे निर्गुण रूप में जपते रहते हैं उसका सगुण पक्ष क्या है? क्या है यह स्तर जो नीचे गिरता जा रहा है? स्तर की धारणा क्षितिज के समानान्तर चल सकती है और शीर्ष की ओर लम्बायमान भी हो सकती है। क्या इस पर विचार करते समय दोनों ही ओर नहीं देखना होगा? क्या एक ओर के विकास को सीमित कर देने से दूसरी ओर की वास्तविक उन्नति हो भी सकती है? क्या पिछले उच्च स्तर की चमक-दमक में विदेशी भाषा का अपना वैभव ही अधिक नहीं था? अन्यथा पिछले जिस ऊँचे स्तर की दुहाई दी जाती है उसमें मौलिक चिन्तकों का ज्ञान-विज्ञान के क्षेत्र में ऐसा क्यों अभाव था? क्या स्तर का मतलब केवल बहुत व्यवस्थित रूप से रटा हुआ ज्ञान है अथवा मौलिक चिन्तन-मनन के लिए मुक्त वातावरण बनाना और नए क्षितिज उद्घाटित करना है? मैं तो इन सठियाये हुए लोगों की स्तर सम्बन्धी चर्चाओं को सुन-सुनकर हैरान रह जाता हूँ। वैसे तो ये बातें कभी रोचक लगतीं, पर दुर्भाग्य से देश के कर्णधार ये ही लोग आज बने हुए हैं।

मैं मानता हूँ कि हम शिक्षक बहुत अर्थों में निकम्मे हैं। हमको अपने काम के प्रति रुचि नहीं है, हम अपने दायित्व के प्रति जागरूक नहीं हैं। अधिकांश छोटी से छोटी बातों में उलझे हुए हैं। व्यक्तिगत स्वार्थ की किंचित् बात हमारे लिए बड़े से बड़े दायित्व से महत्त्वपूर्ण हो जाती है। हमारा कार्य न हमारे लिए प्रेरणा का विषय रह गया है और न हमारे विद्यार्थियों के लिए। हम केवल समय बिताते हैं, हम अपनी तनख़्वाह का इन्तज़ार करते हैं। यह इसी प्रकार चाहूँ तो बहुत संश्लिष्ट चित्र खींच सकता हूँ जो बहुत कुछ यथार्थ ही होगा।

यथार्थ की जब अभी चर्चा शुरू हुई है तो मैं यह कहूँगा कि मुझे आधुनिक जीवन में त्याग-उत्सर्ग की बातें न केवल थोथी और निकम्मी लगती हैं वरन् बेईमानी की भी जान पड़ती हैं। आज का सच यह भी है कि शिक्षक देश के विस्तृत समाज का अभिन्न अंग है। मैं कुछ अपने प्रश्न रखना चाहता हूँ कि जिस युग में जंगलों में गुरुकुल हुआ करते थे, ऋषि लोग पढ़ाया करते थे, शिक्षा का आदर्श त्याग-उत्सर्ग था, वह युग कौन था? उस युग के शिक्षक के आदर्श क्या थे? उस युग

की जनसंख्या क्या थी ? पढ़ने वालों की संख्या क्या थी ? गाँव-गाँव, नगर-नगर में शिक्षा का और प्रबन्ध क्या था ? कौन वर्ण पढ़ते थे ? इन प्रश्नों का उत्तर अपने मन में दे लेने पर अपनी बात की मूर्खता का आभास स्वयं भी हो सकता है, यदि आदमी में ईमानदारी रह गई हो। देश-देश भर में लाखों शिक्षक हैं या होंगे, वे उसी तरह समाज के अंग हैं जिस प्रकार अफ़सर, डॉक्टर, वक़ील, क्लर्क, किसान, मज़दूर आदि।

यह मान लेने पर चित्र के रंग साफ़ हो जाते हैं। अब पहले अपनी ओर देख लो तब कहो कि क्या शिक्षक तुमसे अधिक निरर्थक हैं, बेईमान हैं, कामचोर हैं, अपने स्वार्थ को प्रधानता देने वाले हैं। जिस समाज का सारा संगठन इसी रूप में हो रहा है, किया जा रहा है कि व्यक्ति के जीवन का स्तर ऊँचा हो, उसमें किसी सदस्य को आपा-धापी में व्यस्त रहने का अपराधी भी कैसे कहा जा सकता है। इस प्रतिद्वन्द्विता और प्रतियोगिता में शिक्षक वैसे भी अकिंचन ठहरता है, फिर चाहे वह चपरासी से कम तनख़्वाह पाने वाला प्राइमरी का टीचर हो या प्रान्तीय अफ़सरी से अपने को कम महत्त्व का मानने वाला महाविद्यालयों तथा विश्वविद्यालयों का शिक्षक हो। जब सभी कोशिश में लगे हैं तो वह भी अपनी भरसक कोशिश करेगा ही कि किसी को कोहनियाँ कर आगे बढ़ जाए, किसी प्रकार अपनी आर्थिक स्थिति को सँभाला जाए। मेरा निवेदन इतना ही है कि उपदेश देने वाले, क्रोध और आवेश का अभिनय करने वाले पहले अपना मुँह दर्पण में देखने का कष्ट ज़रूर करें। मेरा यह भाव नहीं है कि स्थिति से उबरने की कोशिश बेकार है। लेकिन इस कोशिश के लिए पहले ठीक दिशा का अन्वेषण कर लेना ज़रूरी है।

जहाँ तक इन 'आवारा', 'नियन्त्रणहीन' तथा 'व्यवस्थाविरोधी' लड़कों की बात है, मैं पूछना चाहता हूँ कि आख़िर ये लड़के हैं किसके ? भूफोड़ तो नहीं ही हैं। सब से पहले तो इनके माँ-बाप अपने आप से पूछें कि ऐसा क्यों है ? उन्होंने किन नैतिक सामाजिक मूल्यों को अब तक मान्यता दी है ? युद्ध के शुरू होने से अब तक उन्होंने किन नैतिक उपायों से रुपया कमाया है—घूसखोरी, चोरबाज़ारी, बेईमानी से किस सीमा तक वे बचे रहे हैं। हमारे डॉक्टर, वक़ील, इंजीनियर, अफ़सर, व्यापारी, नेता अपनी कमाई को देखें, अपने धन को देखें, धनोपार्जन में अपने नैतिक मूल्यों पर विचार कर सकें, तो कष्ट करें और फिर सोचकर देखें कि क्या वे अपने लड़कों से अधिक आशा कर सकते हैं ? माँ-बाप, परिवार, समाज, व्यवस्था से अलग लड़के न जन्मते हैं, न पलते हैं और न उससे भिन्न उनके संस्कार होते हैं।

संस्कार की बात छोड़ भी दीजिए तो हमारे विद्यार्थियों के सामने आदर्श क्या हैं ? आज विद्यार्थियों के आदर्श हमारे राजनीतिक नेता हैं। उनके सामने जीवन-स्तर का आदर्श भी राजनीतिक वातावरण में संगठित होता है। स्पष्टत: उनके सामने जीवन में मूल्यवान वस्तु है जीवन की भौतिक सुविधाएँ, यही हम इधर प्रयत्न कर

रहे हैं तो इससे भिन्न परिणाम की आशा करनी भी नहीं चाहिए। और आज के युग में इससे अलग आदर्श हो भी सकता है? गांधीजी कुछ भिन्न सोचने-समझने का उपक्रम कर रहे थे, पर अब वे हैं नहीं और उनका नाम ले लेने से अधिक उनके विचारों में कुछ व्यावहारिक हमको लगता भी कहाँ है?

इस भावना से प्रेरित विद्यार्थियों, युवकों को अपने सामने जो भविष्य आभासित होता है वह अन्धकारपूर्ण है। कौन-सी राष्ट्रीय योजनाएँ हैं जिनमें ये सारे-के-सारे युवक लग जाएँगे और उस स्तर पर अपने जीवन को चला सकेंगे जिसका चकाचौंध और आकर्षण उनके मन में घर कर गया है। हमारे राष्ट्र-निर्माताओं ने उनको कौन-सा विश्वास दिया है, कौन-सा स्वप्न दिया, कौन-सी आशा तथा आश्वासन दिया है जिससे प्रेरित होकर वे उल्लास से उत्फुल्ल हो जाएँ। फिर जो निराश हैं, प्रेरणाहीन हैं, उत्साहहीन हैं, वे जो हैं उससे भिन्न क्या हो सकते हैं! लेकिन ये युवक हैं उनमें कहीं न कहीं शक्ति का स्रोत तो है ही जो इस प्रकार अनियंत्रित ढंग से निकल पड़ता है। यह कौन-सा अनुशासन है, कौन-सी व्यवस्था है जिसको लड़के मानने के लिए स्वयं प्रेरित हों? कोई भी ईमानदार व्यक्ति इस परिप्रेक्ष्य में समझ सकता है कि इस सबका उत्तरदायित्व किसका है?

प्रतिश्रुति का सवाल : बहस का मुद्दा

प्रतिश्रुति के सवाल को लेकर साहित्य से राजनीति तक में बहस चलाई गई है। यह भी है कि बहस चलाने वालों ने प्राय: उसे राजनीतिक रंग दिया है। प्रतिश्रुति किसी के प्रति सम्भव है, वह धर्म का ईश्वर हो सकता है, मानवतावाद का मानव हो सकता है, समाजवाद का समाज अथवा साम्यवाद का सर्वहारा हो सकता है। परन्तु इधर प्रतिश्रुति की हर बहस एक निश्चित दृष्टि ग्रहण करती रही है, जैसे कि प्रगतिशील चिन्तन में समाज तथा सर्वहारा से शुरू करके यह प्रतिश्रुति दल विशेष की प्रतिबद्धता में देखी जा सकती है।

इन्दिरा जी ने राजनीतिक स्तर पर कई सवाल उठाए थे, उनमें से एक प्रतिश्रुति का सवाल था। इन सवालों पर इधर बहस बन्द है, परन्तु इन पर बहस चलाना ज़रूरी है, क्योंकि इनके माध्यम से लोकतंत्र बनाम तानाशाही की व्यापक बहस को चलाना आसान होगा। इन्दिराजी प्रेस, न्यायपालिका तथा नौकरशाही से प्रतिश्रुति की माँग करती थीं। उनके अनुसार प्रेस दायित्वपूर्ण नहीं है, वह सामाजिक प्रतिश्रुति के आधार पर उनके आचरण तथा उनकी नीतियों की आलोचना करने के बजाय चरित्रहनन की दृष्टि से आलोचना करता है। और यह प्रेस अपनी स्वतंत्रता के नाम पर करता है। इन्दिराजी की यह शिकायत तब थी जब प्रेस निष्पक्षता के नाम पर सरकार की नीतियों, घोषणाओं, योजनाओं को महत्त्व दे रहा था। प्रेस प्राय: सरकारी आँकड़ों को ही मान्यता देता था।

इन्दिराजी का प्रतिश्रुति का अर्थ स्पष्ट होता जा रहा था। प्रेस से वे क्या चाहती थीं, न्यायपालिका को प्रतिश्रुति के आधार पर क्या फ़ैसले लेने हैं और इसी आधार पर नौकरशाही को क्या करना चाहिए। यह स्पष्ट होता गया। उनका तर्क बहुत सीधा था, वे ग़रीबी दूर कर रही हैं, समाजवाद ला रही हैं, अत: उनका समर्थन करना, आँख बन्द करके उनका पक्ष प्रतिपादित करना सबका कर्तव्य है। अगर ये सीधे ढंग से रास्ते पर नहीं आए तो उन्होंने आपात्कालीन घोषणा के दौरान उन्हें प्रतिश्रुति का पाठ पढ़ाया।

जहाँ तक नौकरशाही का सवाल है, स्वाधीनता युग में 'मालिक की प्रतिश्रुति' का आदर्श उसने अधिकाधिक विकसित किया है। अंग्रेज़ी शासन में वे ब्रिटिश के स्वामिभक्त नौकर थे। उनके सामने न देश था और न समाज। परन्तु ब्रिटेन में

लोकतांत्रिक मान्यता होने के कारण 'मालिक की प्रतिश्रुति' के बावजूद इस नौकरशाही में क़ानून के प्रति आदर बना हुआ था। उसका एक कारण था। अंग्रेज़ी शासन में 'मालिक' का अर्थ व्यापक ब्रिटिश हित था, व्यक्तिगत स्तर पर अंग्रेज़ ने अपना हित-लाभ अपने देश के नीचे ही रखा। भारतीय लोकतंत्र में यह 'मालिक की प्रतिश्रुति' का अर्थ व्यक्तिगत मंत्रियों और नेताओं का स्वार्थ-साधन होता गया। यहाँ देश और समाज की प्रतिश्रुति की दृष्टि तो विकसित हुई नहीं, उसके बजाय क़ानून और न्याय का रहा सहा आदर-भाव भी ख़त्म हो गया। हमारी नौकरशाही का चरित्र पिछले तीस वर्षों में शुद्ध अवसरवादी बना है।

हमारे लोकतंत्र के वातावरण में नौकरशाही को ऐसा बनाया गया है। भारतीय लोकतंत्र के निर्माताओं का कर्तव्य था कि वे प्रारम्भिक प्रयोग की अवस्था में स्वस्थ परम्परा डालते और लोकतांत्रिक मूल्यों को विकसित करते। परन्तु उनका ध्यान शक्ति-सन्तुलन तथा सत्ता-अधिकार की राजनीति पर अधिक रहा। उसके लिए लोकतंत्र के विभिन्न माध्यमों का उपयोग व्यक्तिगत हितों की दृष्टि से किया जाता रहा। इनमें सब से पहले नौकरशाही का उपयोग किया गया। यह आसान था, ब्रिटिश नौकरशाही के अधिकांश सदस्यों की मानसिकता इसके उपयुक्त थी। उत्तराधिकार में प्राप्त इस नौकरशाही को और आगे नई नौकरशाही को हमारे राजनेताओं ने देश तथा समाज की नई प्रतिश्रुति में कभी दीक्षित नहीं किया। शासन-तंत्र चलाना उनका परम पुरुषार्थ माना गया, उसमें भी विधि, नियम, योजना तथा नीतियों के कार्यान्वयन के मानदंड में बजाय उनकी सफलता तथा दक्षता का प्रमाण 'मालिकों का हित-साधन' बनता गया।

नौकरशाही के ऐसे चरित्र से क्या आशा की जा सकती थी। नेहरू जी के समय से शिकायत शुरू हो गई कि नौकरशाही के कारण देश की प्रगतिशील तथा समाजवादी नीतियाँ तथा योजनाएँ असफल हो रही हैं। हमारी नीतियाँ तथा योजनाएँ ठीक हैं पर यह तंत्र उनका कार्यान्वयन नहीं करता। परन्तु यह शिकायत तब भी बेकार थी और आज भी बेकार है। सच तो यह है कि इस प्रकार का रोना मक्कारी जान पड़ता है। जब नीति-निर्माताओं तथा योजकों के मन में सामाजिक प्रतिश्रुति नहीं है, वे यह सब दिखावा जनता को भ्रमित करने के लिए करते रहे हैं, तब यह शिकायत क्यों? अगर उन्होंने नौकरशाही का सारा चरित्र सामाजिक प्रतिश्रुति के आधार पर गठित और विकसित किया होता, तब इन सब का कार्यान्वयन सहज और सम्भव होता। परन्तु यह नौकरशाही नेताओं तथा मंत्रियों के पीछे भागने के बजाय नियम तथा क़ानून पर दृढ़ रहती। फिर तो ऐसा भी होता कि अपनी प्रकृति से ही नौकरशाही व्यक्तिगत स्वार्थ सिद्ध करने वाले राजनेता के ख़िलाफ़ पड़ती।

वर्तमान स्थिति में नौकरशाही को बहुत सुविधा है, क्योंकि उसका मानस राष्ट्रीय स्वाभिमान तथा सामाजिक दायित्व की भावना से निर्मित नहीं हुआ। मालिकों

को खुश रखना है, उसके बाद वे देश के वास्तविक शासक हैं। उनकी शासकीय सुख-सुविधाएँ उनका वैभव-विलास देखकर यह अनुमान लगाना असम्भव है कि ये उस 'लोक के सेवक' हैं जिसमें पचास प्रतिशत से अधिक लोग ग़रीबी रेखा के नीचे आते हैं। फिर यह सब तो उन्हें अधिकार से प्राप्त है। ठीक है जब देश के नेता बार-बार घोषणा करने के बाद भी ऐश-आराम की ज़िन्दगी का आकर्षण नहीं छोड़ पाते, तब स्थायी रूप से देश के शासन का भार जिन पर है वे क्यों अपने अधिकार को छोड़ दें।

फिर सामाजिक प्रतिश्रुति से मुक्त होकर नौकरशाही को अनेक भ्रष्टाचारों से जुड़ने तथा संरक्षण की छूट मिल जाती है। लोकतंत्र की राजनीति जब अधिकतर शक्ति-सन्तुलन तथा अवसरवाद की हो गई हो तो भ्रष्ट तरीक़े उसके प्रमुख साधन बन जाते हैं। नौकरशाही इस राजनीति से जुड़कर न केवल भ्रष्ट तरीकों के उपयोग में दक्ष हो गई है वरन् वह भ्रष्टता के हर स्रोत को शासकीय संरक्षण प्रदान करती है। बिना इसके सहयोग के देश में इतने व्यापक पैमाने पर चोरबाज़ारी, तस्कर व्यापार, आयकर की चोरी चल ही नहीं सकती। नौकरशाही इन तमाम स्रोतों से राजनीतिक शक्तियों (विशेषकर शासक दल की) को जोड़ने का काम करती है। फिर हमारी राजनीति और हमारे राजनेताओं ने अपने अनुकूल नौकरशाही का चरित्र निर्मित किया है, तब फिर उसकी शिकायत क्यों?

इन्दिराजी को इस नौकरशाही से शिकायत थी कि वह प्रतिश्रुत नहीं थी। ऊपर से यह शिकायत सही लग सकती है, भारतीय लोक-समाज के प्रति इसका दायित्व-बोध क्या है? कितना है? पर इन्दिराजी की दृष्टि साफ़ थी (अब भी है) कि वे व्यक्तिगत रूप से भारत का पूरा प्रतिनिधित्व करती हैं—इन्दिरा ही इंडिया हैं। तब नौकरशाही की एकमात्र प्रतिश्रुति इन्दिराजी के प्रति होनी चाहिए। यही तो उनकी अपने देश तथा समाज की प्रतिश्रुति है। आपात्कालीन शासन में इन्दिराजी ने नौकरशाही को अपने प्रति सबसे अधिक प्रतिश्रुत पाया। उन्हीं के बल-बूते उनकी तानाशाही बीस माह चली भी। परन्तु यह इन्दिरा की प्रतिश्रुति भी नौकरशाही के चरित्र के आधार पर थी। हमारे ऐश-आराम को बनाए रखो, हमारी स्थिति सुरक्षित रहे, भ्रष्टाचार चलता रहे, तो हम आपके (भारत के) सेवक हैं—यह नौकरशाही का प्रधान भाव था।

इन्दिराजी उनसे अधिक की आशा नहीं कर सकती थीं। सामन्ती युग की स्वामिभक्ति की आशा इन लोकतंत्र में पले नौकरशाहों से करना व्यर्थ है। वे शासन चलाते हैं, राजनीति के खेल में माहिर हैं। उनके सारे समझौते सुविधा, अवसर और अपने हित के आधार पर होते हैं। फिर यह विरोधाभासी भी हैं कि मालिक सत्ता की अवसरवादी राजनीति का खेल खेल रहा हो और अपनी नौकरशाही से आशा करे कि वह इनसे ऊपर उठकर स्वामिभक्ति का परिचय दे। स्वार्थों के समझौते के

आधार पर यह सम्बन्ध चलता रह सकता है। अन्यथा शासन-तंत्र के सारे सूत्र उनके हाथ में हैं, उनके निहित स्वार्थ पर चोट करके इस विशाल तंत्र को चलाना सम्भव नहीं है। फिर आज नौकरशाही अकेली नहीं है, उसके साथ देश की अनेक शक्तियाँ जुड़ गई हैं, राजनीति के प्रभावी लोग, पूँजीवादी व्यवस्था और सुविधाप्राप्त शिक्षित वर्ग।

इन्दिराजी के प्रतिश्रुति के सवाल को आज पुनः उठाना है। अन्य क्षेत्रों में भी तथा नौकरशाही क्षेत्र में भी। नौकरशाही के जिस स्वरूप तथा चरित्र का ऊपर संकेत किया गया है, उससे उसे अलग कर पाना आसान नहीं है। और बिना इसके इस नौकरशाही में सामाजिक प्रतिश्रुति जगना सम्भव नहीं है। फिर कोई भी प्रगतिशील कार्यक्रम सफल होना भी सम्भव नहीं होगा। भारतीय समाज को गतिशील करने के लिए, सही अर्थों में लोकतांत्रिक व्यवस्था चलाने के लिए और समाजवादी लक्ष्यों को प्राप्त करने के लिए नौकरशाही के इस चरित्र को बदलना होगा, उसकी इस मानसिकता को समाप्त करना होगा। पर सवाल है कि यह होगा कैसे? सच तो है कि इसके लिए देश के नेतृत्व के चरित्र का रूपान्तरण अनिवार्य है। और यह पहली बात है कि उनमें सामाजिक प्रतिश्रुति की भावना दृढ़ मूल हो।

असहमति का अधिकार : बौद्धिक एकाकीपन

यह सही है कि बौद्धिक तथा लेखक अपने सामाजिक परिवेश का अंग है, वह उससे शासित और नियंत्रित होता है। लेकिन यह भ्रम नहीं है कि दायित्वपूर्ण विवेकी बौद्धिक-लेखक अपने समाज में उत्प्रेरक का काम करता है और समाज को रूपान्तरित करने की प्रक्रिया से जुड़ता है। हर समाज में उसकी प्रतिश्रुति का महत्त्व है, लोकतांत्रिक पद्धति में तो उसका अनिवार्य 'रोल' माना गया है। समाज से गहरा लगाव और विवेकपूर्ण निर्णय लेने की क्षमता उसे सहज प्रतिनिधित्व प्रदान करते हैं। लोकतंत्र की दलीय पद्धति में उसका तटस्थ 'रोल' पक्षीय अतिरंजनाओं, पूर्वाग्रहों तथा असन्तुलनों से बचाता रहता है।

ऐसा नहीं कि हमारी जनता बौद्धिक-लेखक के इस प्रतिनिधित्व को समझने में असमर्थ है। बड़े दावा करने वाले, घोषणाएँ करने वाले और हाथ जोड़कर चुनावों में मत माँगने वाले नेताओं को जनता पिछले तीस वर्षों में भलीभाँति पहचान गई है। राजनीतिक दलाली और निहित स्वार्थ से जुड़े लोगों को छोड़कर भारी बहुमत में जनता ऐसे नेताओं से चिढ़ने लगी है। जनता के बीच कभी जाने और बोलने के मौक़े पर इसका अनुभव हुआ है। साधारण स्त्री-पुरुषों से यह सुना जा सकता है—चुनाव के समय हाथ जोड़कर वादा करने आ जाते हैं, पर मत मिलने के बाद कौन कहाँ रहता है। नेताजी को ख़बर नहीं रहती कि कौन मरता है, कौन जीता है।

उनकी इस खीझ और उपेक्षा को मैं समझता हूँ। दो-चार बार जब कभी जन-साधारण के बीच मुझे बोलना पड़ा है, इस बात को ध्यान में रखकर शुरू में ही स्पष्ट करते हुए मैंने कहा है—मैं ज्ञान और शिक्षा के क्षेत्र का आदमी हूँ। राजनीति मेरा पेशा नहीं है और आपसे मत की भिक्षा लेने भी नहीं आया हूँ। फिर भी मैं आपका प्रतिनिधि हूँ, हाथ पसारकर नहीं, अपने विवेक से और अपने देश-समाज से गहरे लगाव के कारण। मैं आप सबसे कुछ माँगने नहीं आया हूँ, इसलिए मुझे झूठे वादे नहीं करने हैं, बेकार की घोषणाएँ नहीं करनी हैं। मुझे आपकी ठकुर-सुहाई करके प्रसन्न भी नहीं करना है। मैं दो टूक बातें करना चाहता हूँ, क्योंकि मैं आप सब का प्रतिनिधि हूँ। आपको लालच देने का, आपको

चापलूसी करने का काम मेरा नहीं है। मैं आप सब का वह हित समझता हूँ जो आप स्वयं भी नहीं समझते, वह हित जो आपको पूरे देश और समाज के हित से जोड़ता है।

मेरे जैसे व्यक्ति को जन-समाज के बीच बोलने का न मौक़ा है और न अभ्यास ही। पर मैंने हर ऐसे मौक़े पर देखा है, अनुभव किया है कि जनता ने मेरे तेवर को नए उल्लास के साथ समझा और सराहा है। शायद इसलिए कि उनको लगा होगा कि उनके परिचित नेता से यह 'जीव' बिल्कुल अलग क़िस्म का है। और जनता को इस 'जीव' की प्रामाणिकता पर विश्वास इसलिए हो सका कि वह 'कुछ माँगने नहीं आया है', दो-टूक बात कहने आया है। यह केवल सिद्धान्त की बात नहीं है, अनुभव से सिद्ध भी है कि लोकतंत्र में तटस्थ बौद्धिक-लेखक की अनिवार्य भूमिका है। अगर यह वर्ग अपनी इस भूमिका को निभाने से चूकता है तो इस पद्धति में निहित मूल्यों के ह्रास को रोकना सम्भव नहीं होगा।

प्रश्न है कि भारतीय बौद्धिक ने अपनी इस भूमिका को किस सीमा तक निभाया है! पिछले तीस वर्षों के भारतीय रंगमंच पर दृष्टि डालने से बहुत रोचक दृश्य तथा व्यक्तित्व सामने आ जाते हैं। इस सम्बन्ध में नामों, तथ्यों और आँकड़ों के देने का प्रयोजन नहीं है। तमाम आदरणीयों तथा प्रतिष्ठितों को विवाद में खींचने का मेरा कोई उद्देश्य नहीं है। सच तो है कि हम सब को जानते हैं और सब कुछ जानते हैं। परन्तु जिस समाज की प्रतिरोध और प्रतिवाद करने की आन्तरिक क्षमता समाप्त हो चुकी हो, उसमें खरे से खरे व्यक्ति का साक्ष्य नामों तथा व्यक्तित्वों की चर्चा में सन्देह तथा शंका का वातावरण बनाएगा।

पिछले तीन-चार वर्षों की स्मृतियाँ बहुत ताज़ी हैं, अतः इस बीच के दृश्य अधिक स्पष्ट हैं। इनमें न जाने कितने व्यक्तित्व दिखाई देंगे जो कभी इन्दिरा जी की सत्ता के समर्थन में, कभी जे.पी. आन्दोलन के पक्ष में, कभी आपात्काल की अनिवार्यता के साथ और फिर नागरिक स्वतंत्रता के पक्ष में लोकतंत्र की वापसी का उद्घोष करते हुए आगे आ गए हैं। तमाम ऐसे लोग जो इन्दिरा को देवी, अवतारी, देश की उद्धारक घोषित करके उनके निकट पहुँचने की कोशिश करते रहे, संजय गांधी के अभिनन्दनों में शामिल होते रहे हैं, आपात्काल की उपलब्धियों और नए नेतृत्व की महिमा पर बोलते, लिखते और विशेषांक निकालते रहे हैं, वे आज चौधरी चरणसिंह, राजनारायण, अटल बिहारी वाजपेयी तथा आडवाणी की गैलरियों में देखे पाए जाते हैं। प्रतापचन्द्र जैसे नेता की बात छोड़िए, क्योंकि वे कब किस पर हाथ रख देंगे, यह संयोग की बात है। फिर ऐसे महान नेता तो केन्द्र में हैं ही, जिनके पास आना-जाना तब भी निरापद था और अब कल्याणकारी है।

इस परिस्थिति का मनोरंजक पक्ष है कि इन्हीं महानुभावों में से अनेक नाम

राष्ट्रीय समितियों, परामर्श समितियों, राज्य-सभा के चयन तथा नामांकन में आते जा रहे हैं। पर यह आश्चर्य की बात नहीं है। हमारे लोकतंत्र की पद्धति में जब यह परम्परा पड़ गई है कि राजनेता बौद्धिक के पास नहीं जाएगा, उसके विचारों को महत्त्व नहीं देगा, उसकी आलोचना तथा असहमति को सहन नहीं करेगा, तब यह सहज है कि बौद्धिक उसके पास जाए, चारों ओर मँडराए, दरबार करे। फिर इनमें से राजनेता कुछ को पुरस्कृत करता रहता है। उनको बौद्धिकों से इस बात की अपेक्षा भी नहीं है कि वे नीति-निर्धारण में, योजना बनाने में तथा देश की परिस्थिति के गहरे अध्ययन में उनका दिशा-निर्देशन करेंगे। बुद्धि-कौशल में उनसे बड़ा कौन है, फिर उन्हें किसी के निर्देशन की अपेक्षा क्या है! यह अलग बात है कि उनकी बुद्धि-वैभव का रहस्य उनके आई.ए.एस. सचिवों तथा उनके ही संरक्षण प्राप्त बौद्धिकों-विशेषज्ञों के पास है।

मुश्किल है कि हमारे लोकतंत्र में घोषित मूल्यों तथा व्यावहारिक मूल्यों में अन्तराल है। साम्यवादी देशों पर आरोप लगाया जाता है कि इन देशों में विचारों की स्वतंत्रता नहीं है, लेखकों-बौद्धिकों पर दबाव है। असहमति प्रकट करने का कोई माध्यम नहीं है और यह जोख़िम का काम भी है। हमारे लोकतंत्र में विचार स्वतंत्रता है, असहमति प्रकट करने का अधिकार भी है। पर प्रश्न है कि सशक्त प्रचार साधन-शासन-तंत्र, दलीय माध्यम और प्रेस के साधन—इन विचारों को कितना महत्त्व देते हैं, उनकी असहमति पर कितना बल देते हैं! अपनी तटस्थ और विवेकशील दृष्टि के कारण ये बौद्धिक-लेखक कितने अप्रभावी होते जाते हैं, कितने अकेले पड़ते जा रहे हैं! इस सारे माहौल में विचारक लेखक की स्वाधीनता और असहमति के अधिकार का क्या माने है।

वर्षों पहले एक ड्राइंग-रूम में हिन्दी के तीन मूर्धन्य रचनाकारों की बातचीत का स्मरण आता है। मेरी उपस्थिति में तीनों महान लेखक नेहरू की नीतियों की आलोचना करते रहे, विशेषकर उनकी आधुनिकीकरण के नाम पर पश्चिमीकरण की दृष्टि तथा भाषा-नीति की। काफ़ी लम्बी चर्चा के बाद मैं बोल उठा कि आप तीनों महानुभावों के मत मैं क्या प्रकाशित करा सकता हूँ। वे तीनों स्पष्टत: घबरा गए, उन्होंने कुछ लीपा-पोती की, बात बदल दी और यह संकेत भी दिया कि यह व्यक्तिगत चर्चा है, इसका उल्लेख बाहर न किया जाए। मैं स्तब्ध रह गया, सिद्धान्त की चर्चा करने वालों की भीरुता देखकर। नेहरू-युग से बहुसंख्यक बौद्धिक उनके व्यक्तित्व से प्रभावित थे, पर उनसे हाथ जोड़कर अनुसरण की अपेक्षा नहीं की जाती थी। क्रमश: उस युग में ही बौद्धिकों ने राजनेताओं का दरबार करना, अभिनन्दन ग्रन्थ लिखाना, समारोहों में भाग लेना शुरू कर दिया था।

निश्चय ही हमारे बीच तटस्थ और असहमति के अधिकार को बहुमान देने वाले लेखक-बौद्धिक हैं। उनके लिए यह वेदना की बात नहीं है कि अधिकार,

शासन-तंत्र, पदों की प्रतिद्वन्द्विता में उनका स्थान नहीं है ? जैसा कहा गया कि हमारे लोकतंत्र में आज भी बौद्धिक-लेखक को अकेलेपन का अनुभव होता है। फिर इस अकेलेपन में निरन्तर अपने रास्ते चलते जाना बहुत बड़ी साहसिकता है। उसके ख़तरों तथा ज़ोखिमों को भी नज़र अन्दाज़ नहीं किया जा सकता। फिर देश-समाज की प्रतिश्रुति लेकर चलने वाले स्वाधीनचेता बौद्धिक-लेखक ही इस चुनौती को स्वीकार कर सकते हैं। जोखिम उठाने का साहस और कौन करेगा।

जहाँ देवता मनुष्य-रूप में विचरते हैं!

जम्बूद्वीप स्थित भारत-खंड के इस आर्यावर्त्त नामक देश की महिमा गाई गई है। यहाँ जन्म लेने की आकांक्षा देवताओं के मन में बनी रहती है। अपने देश का प्रेम और उसके प्रति गौरव की भावना हर व्यक्ति के मन में स्वाभाविक है। स्वाधीनता आन्दोलन के दौर में जन्मे, पले और बढ़े हमारे जैसे लोगों ने देश और समाज प्रेम का गहरा संस्कार अपने नेताओं की प्रेरणा तथा वातावरण से ग्रहण किया था। परन्तु अपने देश के गौरव में यह बात बहुत बार रेखांकित की जाती रही है कि हमारी परम्परा आध्यात्मिक है, हम मनुष्य से देवता बनने का प्रयत्न करते आए हैं। पर तभीं मेरे और मेरे जैसे तमाम युवकों के मन में संघर्ष भी शुरू हो गया था। यह आध्यात्मिकता क्या है जो मानवता की उपेक्षा करती है। यह देवत्व कैसा है जो मनुष्यत्व की उपेक्षा पर प्रतिष्ठित है। भारतीय संस्कृति की व्याख्या करने वाले हमारे आदरणीयों ने यह बार-बार ज़रूर कहा कि हमारी आध्यात्मिकता मानव-मूल्यों के आधार पर प्रतिष्ठित है, हम मनुष्य बनकर ही देवता बन सकते हैं। पर हमारे मन में तब भी शंका और अविश्वास था।

उस समय भी मनुष्य और मानवता पर बल देने वाले नेता, विचारक और रचनाकार थे। तिलक, गांधी तथा नेहरू जैसे नेताओं ने अपने देश और समाज की पराधीनता, विपन्नता, असमानता आदि को केन्द्र में रखा। तिलक ने सामाजिक अन्याय और शोषण के विरुद्ध मनुष्य के कर्म को प्रतिष्ठित किया, गांधी ने 'पराई पीर' की सघन अनुभूति पर अपने सामाजिक न्याय को व्याख्यायित किया और नेहरू अपने समाजवाद को मानवतावाद के व्यापक अर्थ में ग्रहण करते ही थे। पलायनवाद का आरोप लगाए जाने वाले छायावादी कवियों में प्रसाद जैसे कवि ने भी 'कामायनी' में 'देव-संस्कृति' से 'मानवीय संस्कृति' को अधिक मौलिक, सर्जनशील और गत्यात्मक माना है। पर हमारा मन तब भी आश्वस्त नहीं था, क्योंकि इन सब के व्यक्तित्व और चिन्तन में आध्यात्मिकता का संस्पर्श और देवत्व का आकर्षण निहित था।

स्वाधीनता प्राप्त करने के बाद हम मान रहे थे कि देश अब आगे बढ़ेगा, मनुष्य के रूप में व्यक्ति को स्वीकृति और प्रतिष्ठा मिलेगी, उसे विकास के अवसर मिलेंगे। हमारे समाज में न्याय और समानता की स्थापना हो सकेगी। परन्तु हमारे

देखते-देखते देश की स्वाधीनता के पिछले 28-30 वर्षों में मनुष्य के स्थान पर देवता अधिकाधिक प्रतिष्ठित होता गया है। मानव-मूल्यों की उपेक्षा करके आध्यात्मिकता का प्रचार बढ़ता गया है। हमारे मन में आशंका पहले से थी, पर इस वातावरण में मानसिक संघर्ष बढ़ता गया। सारे देश में चमत्कार फैल गया है, देश धर्मप्राण और आध्यात्मिक हो उठा है। योग की महिमा बढ़ गई है, बाबा,साईं, योगी अपने प्रभाव से बड़े से बड़े नेता, राजपुरुष, अधिकारी, धनपति को नियंत्रित कर रहे हैं। ज्योतिष की महिमा बढ़ी है। इस वातावरण में एक ऐसी धुन्ध फैलती जा रही है, जिसमें हमारा देश दिशा-भ्रम की स्थिति में है।

पिछले दस-बारह वर्षों में यह वातावरण अधिक सघन और आतंककारी हो गया है। खुले आम उनके प्रभाव तथा चमत्कार की चर्चा हो रही है। तर्क और प्रमाण दिये जा रहे हैं। इनके बारे में प्रश्न और शंका करने वालों को नास्तिक तथा धर्म-विरोधी जैसा माना जाने लगा है। उनकी फलप्रद क्षमता के सामने लोगों को और कुछ विश्वसनीय लगता नहीं है। वे प्रत्यक्ष के सामने और प्रमाण मानने को तैयार नहीं। और जैसे ज्ञान-विज्ञान-साहित्य सभी क्षेत्रों में हमारे देश में प्रामाणिकता पाने का उपाय विदेश यानी पश्चिम की स्वीकृति रही है, उसी तरह हमारे योग और योगी, महर्षि तथा साईं बाबा लोगों को पश्चिम का प्रमाण प्राप्त हो चुका है। अब लोग कुछ और मानने को तैयार कैसे हों।

यह विचित्र करिश्मा है। पुनरुत्थान युग तथा स्वाधीनता आन्दोलन युग के महान सामाजिक, धार्मिक तथा सांस्कृतिक नेता योगी, महात्मा, संन्यासी तथा स्वामी थे। परन्तु उन्होंने अपने समाज को जागृत किया, उसे मानव-मूल्यों की ओर प्रेरित किया और स्वाधीनता, समानता, सेवा के क्षेत्र में कार्य किया। स्वामी दयानन्द तथा स्वामी विवेकानन्द ने अपनी साधना की भूमिकाओं की अपेक्षा अपने समाज को अधिक महत्त्व दिया। उन्होंने मनुष्य को केन्द्र में माना, समाज के विकास पर बल दिया। गांधी और तिलक जैसे राजनेताओं की पृष्ठभूमि भी सांस्कृतिक रही है। पर स्वाधीनता पाने के बाद हमारे देश में चमत्कारों का महत्त्व बढ़ता गया है। चमत्कारी बाबाओं, महात्माओं, साईंयों की प्रतिष्ठा बढ़ती गई है। और यह भी अनायास नहीं है कि इस युग में ज्योतिष पर आस्था और ज्योतिषियों की माँग बढ़ती गई है। पिछले युग के हमारे आध्यात्मिक नेता अपने देश-समाज की प्रतिश्रुति मानकर चलते थे और इस नए युग में हमारे राजनेता भी साधु-बाबाओं से आशीर्वाद लेने घूमते हैं और ज्योतिषियों से ग्रह-नक्षत्रों की गति अपने भविष्य के सन्दर्भ में जानने के लिए उत्सुक रहे हैं।

यह सब अकस्मात् नहीं हुआ है। इसके पीछे सारे देश की मानसिकता है और पिछले तीस वर्षों में बना हुआ वह समाज है जो अवसरवाद, चोरबाज़ारी, तस्कर-व्यापार तथा अन्य भ्रष्ट-साधनों को अपनाकर समृद्ध तथा शक्तिसम्पन्न है। हमारे साहित्य में तथा हमारी संस्कृति में व्यक्ति-साधना और आत्मिक विकास पर बल दिया

गया है। पर पिछले युगों में योग–तंत्र के चमत्कार पक्ष को ऐसी सामाजिक स्वीकृति नहीं मिली। स्वामी विवेकानन्द ने प्रश्न करने पर उत्तर दिया था कि योग–साधना के निम्न स्तर पर चमत्कार की क्षमता का उपयोग करने वाले साधक पथ–भ्रष्ट हो जाते हैं। इस मानदंड से हमारे आधुनिक योगियों और बाबाओं को क्या कहा जाए!

मुझे लगता है कि मनुष्य और मानव–मूल्यों पर छलाँग मारकर देवता और आध्यात्मिकता तक पहुँचने का उपक्रम ही इस विडम्बना का मूल कारण है। हमारे आध्यात्मिक देश में यह सम्भव है कि एक ओर व्यक्ति 'रामचरितमानस' का पाठ करता रहे, हरि कीर्तन सुनता रहे, योगी–संन्यासियों का आशीष ग्रहण करता रहे और दूसरी ओर कृत्रिम दवाएँ बनाकर हज़ारों–हज़ार बीमारों को स्वर्ग–लाभ कराए, दाल, घी, तेल आदि में ऐसी मिलावट करे जिससे हज़ारों–हज़ार व्यक्ति बीमार और अपंग हो जाएँ। मुझे ज्ञात नहीं है कि हमारे इस धर्मप्राण देश से अधिक मिलावट किसी अन्य देश में होती होगी।

हमारे देश में तंत्र–मंत्र का प्रचलन रहा है और 'सहज' मार्ग भी रहा है। किसी–किसी युग में इनकी मान्यता कुछ अधिक भी रही। परन्तु व्यापक सामाजिक स्तर पर इस 'सहज' मार्ग की आज की जैसी प्रतिष्ठा कभी नहीं रही। जैसे इन साधनाओं में न समाज को स्वीकारने की अपेक्षा है और न किन्हीं नैतिक मूल्यों को मानने की आवश्यकता। इसी प्रकार आज हमारे समाज में आगे बढ़ने के लिए, पद अधिकार पाने के लिए, सत्ता हथियाने के लिए, धन–सम्पदा जुटाने के लिए किसी नैतिक मूल्य या सामाजिक मान्यता को स्वीकारने की ज़रूरत नहीं है। फिर इसमें आश्चर्य क्या? इस 'सहज' मार्गी समाज और चमत्कारी बाबा–योगियों, ज्योतिषियों में तालमेल स्वाभाविक ढंग से बैठ जाता है।

इधर बड़ी मुश्किल होती गई है। एक ओर हर सामाजिक उपस्थितियों में कोई न कोई यह सूत्र कहता मिल जाएगा—सब ऐसा ही चलता है, ऐसे ही चलता रहा है। यानी किसी परिवर्तन या सामाजिक न्याय की कल्पना या उसके लिए प्रयत्नशील होना निरर्थक है। अपने–अपने उल्लू सीधे करने में लगे रहना ही श्रेष्ठ धर्म है। इसी तरह हर जगह ऐसे भक्तगण मिल जाएँगे जो किसी न किसी बाबा, योगी या महात्मा के मुरीद हैं, वे उनकी सिद्धियों की चर्चा करेंगे या उनके आशीर्वाद के फल का गुण–गान करेंगे। मज़े की बात है कि बाबा से सब कुछ आशीर्वाद रूप में पाने की शर्त केवल बाबा जी का शिष्यत्व है। न सेवा, साधु–संगति, सत्य–आहिंसा, दया–प्रेम आदि के अभ्यास की अपेक्षा है और न यज्ञ–तप–दान आदि की आवश्यकता है।

कभी–कभी भविष्यवाणी की सत्यता के समान इन बाबाओं की चमत्कारी शक्ति की प्रामाणिकता पर शंका की जाती है। एक प्रसिद्ध अंग्रेज़ी साप्ताहिक में दक्षिण के सत्य साईं बाबा की चमत्कारी शक्ति को लेकर लम्बी बहस चलाई गई थी जिसमें कुछ वैज्ञानिकों ने भी भाग लिया था। परन्तु मैंने ज्योतिष के भाग्य–फल के

समान इन बाबाओं से बचने का उपाय निकाल लिया है। ज्योतिष के भाग्यफल की प्रमाणिकता के बारे में साक्ष्य देने वाले तमाम लोग आप के चारों ओर मिल जाएँगे। पर मेरा कहना है कि यदि ग्रहों की गणना का फल निश्चित भी है, तो कर्म में निरन्तर फल के सुख-दुःख के भोग का आनन्द क्यों खंडित किया जाए। जो कुछ होना हो वह कर्म के क्रम में ही हमारा अनुभूत हो। कल्पना में सुख-दुःख की आशंका का भोग नपुंसक कायरता है।

इसी प्रकार बाबा लोगों को लेकर मेरी दो कसौटियाँ हैं। इस बहस में क्यों पड़ा जाए कि इन योगी-बाबाओं की सिद्धियाँ क्या या कैसी हैं? पहली बात है कि इनके चतुर्दिक घिरने वाले लोग कौन हैं? अगर इनके आशीर्वाद पाने वालों में चोर-बाज़ारी, तस्कर-व्यापारी, घूसखोर, अनैतिक और भ्रष्टाचारी हैं, तब यह मानना पड़ेगा कि इनकी सिद्धि-साधना भी 'काली' है। यह ज़रूर है कि यदि इन बाबाओं के प्रभाव से इनके चरित्र में परिवर्तन होता है, तो उनका सम्पर्क सहनीय है। पर देखा जाता है कि अधिकतर बाबा लोगों के आशीर्वाद से ये सब समृद्ध और शक्तिशाली होते जा रहे हैं।

दूसरे यह भी सोचने की बात है कि अगर योगी-बाबा अपने चमत्कार से किसी भीषण रोग के रोगी को चंगा कर देते हैं अथवा दस-बीस लोगों के कष्ट दूर भी कर देते हैं, तो उनके चमत्कार और उनकी सिद्धियाँ करोड़ों-करोड़ जनता के सुख-दुःख, ग़रीबी-विपन्नता, बीमारियों के सन्दर्भ में असंगत हैं। मरुभूमि में सौ-पचास घड़ा पानी पड़ भी जाए तो क्या? वरन् होगा यही कि इनका उपभोग भी साधन-सम्पन्न ही कर सकेंगे। इसलिए यह बहस बेकार ही नहीं घातक है। क्योंकि यह प्रमाणित करने की अपेक्षा कि इन योगियों-बाबाओं की प्रामाणिकता क्या है, हमको अपने सामाजिक न्याय और परिवर्तन के कार्यक्रमों में इन्हें असंगत ही नहीं समाज विरोधी कहना-मानना होगा। इसलिए नहीं कि इनके पास सिद्धियाँ नहीं हैं, वरन् इसलिए कि इनसे समाज विरोधी तत्त्वों को संरक्षण और पोषण मिलता है।

मार्क्सवादी चिन्तन में धर्म को समाज के लिए अफ़ीम कहा गया है। पर संसार के महान धर्मों के मूल तत्त्व मानव मूल्यों की प्रतिष्ठा करते हैं। लेकिन जब और जहाँ धर्म के आध्यात्मिक आडम्बर में मनुष्य और उसके मूल्यों के स्थान पर आध्यात्मिक चमत्कारवाद और जड़ देवत्व की प्रतिष्ठा होती है, तब ऐसा धर्म समाज की गति और उसके विकास की क्षमता को कुंठित और अवरुद्ध करता है। इस धर्मप्राण भारत-भूमि में जन्म लेने के लिए देवता लालायित हो सकते हैं, पर मेरे जैसा केवल मनुष्य बने रहने के प्रयत्न में लगा हुआ व्यक्ति इस पावन-भूमि में जन्म लेकर किंकर्तव्यविमूढ़ है।

करिश्माई राजनीति में पट परिवर्तन

शाह कमीशन के सामने इन्दिराजी उपस्थित नहीं हुईं, उन्होंने एक आरोप भरा उत्तर अवश्य दिया। अति साहसिकता उनके करिश्माई व्यक्तित्व का प्रबल पक्ष है। आपात् स्थिति के समाप्त होने के बाद से तमाम पत्र-पत्रिकाओं में जो तथ्य सामने आए हैं, उनसे स्पष्ट से स्पष्टतर होता जा रहा है कि इन्दिराजी ने एक गुट की मंत्रणा से सारे देश को तानाशाही शिकंजे में जकड़ लिया था, जहाँ न्याय-अन्याय, क़ानूनी-ग़ैरक़ानूनी का कोई सवाल ही नहीं था। परन्तु इन्दिराजी के वक्तव्य में साहसिक झूठ है, सारे गवाह और सबूत एक तरफ हैं और वे एक तरफ हैं। वही करिश्माई भंगिमा उनमें आज भी है कि सभी उनकी छवि को बिगाड़ना चाहते हैं, उसी के लिए यह दुरभि सन्धि है। जनता सरकार को इस प्रकार के आयोग नियुक्त करने का अधिकार नहीं है। उनको प्रधानमंत्री के रूप में सब अधिकार प्राप्त थे, सारे संविधान को छिन्न-भिन्न करने का भी। पर आज वे अपने संवैधानिक अधिकार की दुहाई देकर संविधान के अनुसार गठित शाह आयोग को चुनौती दे रही हैं। यह तो एक दृश्य है। पर उनकी करिश्माई राजनीति के अनेक पटाक्षेप हैं।

अभी पिछले दिनों नाटक का एक अंक अनेक दृश्यों में चलता रहा है। इन्दिराजी कहती रहीं कि उनको क्या लेना-देना है, पर अ.भा.कां.स. के इन्दिरवादी सदस्यों ने कांग्रेस अध्यक्ष ब्रह्मानन्द रेड्डी को गद्दी से उतारने का हस्ताक्षर अभियान चलाया। देश की महान नेता इन्दिरा गांधी के हाथ में कांग्रेस की बागडोर नहीं आई तो देश का भविष्य खतरे में है। इन्दिरा के पक्षधर कम साहसिक नहीं हैं। सारे माहौल के बावजूद आज भी इन्दिराजी के करिश्मे को देश के रंगमंच पर वापस लाने की आशा लगाए हुए हैं। ख़ैर उनमें ऐसे लोगों की बात समझ में आती है जिनके सारे दाँव इन्दिराजी के नेतृत्व पर लगे हुए हैं। उन आशावादियों को समझा जा सकता है जो अब अपना भविष्य इन्दिराजी के साथ मानकर चल रहे हैं। इनके बारे में यह सवाल उठाना बेकार है कि इन्दिराजी की तानाशाही के अनुभव से क्या उन्होंने कुछ भी नहीं सीखा। वस्तुतः सत्ता के लगाव और गद्दियों के सुखभोग की ऐसी आदत पड़ गई है कि देश, समाज और स्वाधीनता आदि उनके लिए अतीत के स्वप्न हैं।

परन्तु इन सबसे अधिक विडम्बनापूर्ण स्थिति उन कांग्रेस के नेताओं की है

जिनको इन्दिराजी ने पहले भी कम अपमानित नहीं किया है और अब उन्हीं के ख़िलाफ़ इन्दिराजी के 'अनजान' में उनके पक्षधर अभियान चला रहे हैं। सब जानते हैं, इन्दिराजी न केवल अपने प्रतिद्वन्द्वी को सहन नहीं करतीं, वरन् जिसके प्रतिद्वन्द्वी होने की सम्भावना भी हो उसे भी निर्मूल कर देती हैं। पर हमारे ये वरिष्ठ कांग्रेस के नेता साफ़ शब्दों में आज तक नहीं कह पाए कि इन्दिराजी का कैसा भी करिश्मा हो, पर देश के साथ जो उन्होंने सलूक किया है, उसे किसी तरह क्षमा नहीं किया जा सकता। मधुलिमये ने स्वतंत्रता सेनानी के नाते श्री रेड्डी को जो खुला पत्र लिखा था, उसमें उन्हें केवल यह स्मरण दिलाया था कि व्यक्ति से बड़ा दल और सिद्धान्त है और देश तथा उसकी स्वतंत्रता सर्वोपरि है। हो सकता है कि नीति की दृष्टि से यह पत्र उचित न हो, क्योंकि कहा गया कि कांग्रेसी सजग हो गए, उनको लगा कि यह कांग्रेस दल को विघटित करने का प्रयत्न है। यह कांग्रेस का लाभ ही है, फिर कांग्रेस के अध्यक्ष तथा अन्य नेताओं ने घबड़ाकर क्यों कहा—लिमये जी कौन होते हैं ऐसा पत्र लिखने वाले, हमको उपदेश देने वाले?

साधारण आदमी के लिए समझना कठिन है कि कांग्रेस के उन बड़े नेताओं का चरित्र कैसा है जो इन्दिराजी को देश का महान नेता मानकर उनके साथ लगे हुए हैं। वे देख रहे हैं कि इन्दिराजी के करिश्मे को जनता के बीच फिर खड़ा करने का प्रयत्न किया जा रहा है। यह अलग बात है कि आज की परिस्थिति में पकड़े जाने के समय नाटकीय मुद्राओं-भंगिमाओं से भी यह करिश्मा उत्तर भारत में बहुत हल्का प्रभाव डाल सका। दक्षिण भारत में आशा के विरुद्ध असफल हुआ परन्तु उनके व्यवहार पर कम आश्चर्य नहीं होता जिनके विरुद्ध इन्दिराजी ने खुले आम अभियान किया है। ख़ैर, यह तो उनकी कूटनीतिक शैली है कि वे किसी चीज़ में पड़तीं नहीं, उन्हें किसी पद या अधिकार का लेश मात्र आकर्षण नहीं है। देश और समाज के लिए उन्हें विवश होकर कुछ करना पड़े, यह अलग बात है।

अखिल भारतीय कांग्रेस समिति के सदस्यों के अभियान पर अन्ततः पटाक्षेप हुआ। श्री रेड्डी से यह 'भरत वाक्य' कहलाया गया—इन्दिराजी हमारी महत्त्वपूर्ण नेता हैं और उनकी राय हमारे लिए महत्त्व रखती है। ख़ैर, इन्दिरा समर्थकों को काफ़ी उछल-कूद के बाद इस बार दबना पड़ा। कांग्रेस के नेता थोड़ा जमे, इसका सन्तोष है। पर वे स्पष्टतः यह कहने में हिचकते हैं कि इन्दिराजी सम्मिलित नेतृत्व में विश्वास नहीं करतीं, उनकी एकाधिपत्य की लालसा बलवती है। लगता है उनके मन पर यह आतंक आज भी है कि जनता में इन्दिराजी के व्यक्तित्व का करिश्मा चलता है। वस्तुतः इन्दिराजी के पास तमाम ऐसे लोग हैं जो इस करिश्मे को जनता में फैलाने का प्रयत्न निरन्तर कर रहे हैं।

मानव इतिहास में करिश्मा का बड़ा 'रोल' रहा है। धर्म, साधना, समाज और

संस्कृति, इन सभी क्षेत्रों में करिश्मे ने मनुष्य को प्रेरित और आविभूत किया है। राजनीति उससे अछूती नहीं है। ध्वज और नारे यहाँ करिश्माई होते हैं। परन्तु राजनीति में करिश्माई व्यक्तित्व सबसे अधिक आकर्षक और प्रभावी रहे हैं। इन्दिराजी भारतीय राजनीति में इसी करिश्माई व्यक्तित्व के साथ प्रकट हुई। शास्त्री जी के अस्थि कलश के साथ इन्दिराजी प्रयाग आई थीं। गंगा-यमुना के संगम में उनके भस्मावशेष को विसर्जित करने के बाद उन्होंने अश्रुपूरित नेत्रों के साथ कहा था कि वे दूसरी बार अनाथ हुई हैं। माघ-मेला में एकत्र जन-समाज के सामने भारतीय नारी के रूप में उन्होंने आँचल पसारकर 'गंगा-मैया' से आशीर्वाद माँगा था। दूसरों से सुनकर ही मेरे मन में कौंधा था कि वे साधारण महिला नहीं हैं, उनके व्यक्तित्व में करिश्मे का संस्पर्श है।

भारतीय रंगमंच पर उनके इस व्यक्तित्व का चमत्कार बढ़ता गया। उनकी शक्ति का स्रोत भी यही है। गांधी और नेहरू जैसे व्यक्तियों में भी करिश्माई आकर्षण रहा है। पर उन्होंने अपने इस आकर्षण का उपयोग जनता को प्रेरित करने के लिए किया, वह प्रेम तथा श्रद्धा में व्यंजित हुआ। परन्तु इन्दिराजी ने कुशलता से इसका उपयोग शक्ति-संग्रह के लिए निरन्तर किया है। राष्ट्रपति के पद के लिए संजीव रेड्डी का नाम प्रस्तावित किया, फिर 'अन्त:करण की पुकार' का नारा देकर गिरी जी को जिता दिया। कामराज से लेकर कांग्रेस के सभी दिग्गज नेता देखते रह गए, कांग्रेस की एकछत्र नेता इन्दिरा हो गईं।

फिर दूसरा दौर चला। 71 के चुनाव में 'ग़रीबी हटाओ' के नारे के साथ इन्दिरा लहर देश में फैल गई। बहुत बड़े बहुमत से वे शासन में दृढ़ हो गईं। उन्होंने अपने व्यक्तित्व को इस प्रकार प्रतिछवित किया कि लगने लगा, राजनीति के भ्रष्ट वातावरण में ग़रीबों, शोषितों, पद-दलितों की वे एकमात्र नेता हैं। अपनी कूटनीति से उन्होंने प्राय: कांग्रेस के सभी महत्त्वपूर्ण नेताओं को प्रभावहीन कर दिया। अपने बिखराव के कारण विपक्ष वैसे भी उबर नहीं पा रहा था, फिर इन्दिराजी के बहुमत तथा प्रचार ने उन्हें विवश कर दिया। इस करिश्माई कूटनीति से इन्दिराजी 'इंडिया' हो गईं।

इन्दिराजी तथा उनका 'गुट' शुरू से यह अनुभव करता रहा कि 'करिश्मा' शक्ति और प्रभाव को बढ़ा सकता है पर उसको बनाए रखने में सहायक नहीं हो सकता। अत: उन्होंने क्रमश: सारी सत्ता और शक्ति को व्यक्ति और 'गुट' में केन्द्रित करना शुरू कर दिया था। सत्ता को आधार देने वाले स्रोतों को क्रमश: अपने अधिकार में कर लिया। भीड़ इकट्ठा करने, नारे लगवाने, प्रदर्शन कराने में कुशलता प्राप्त की। उसके लिए तमाम साधन धन और सत्ता उनके पास थे। इन्दिराजी आश्वस्त भाव से आगे बढ़ रही थीं कि उनके व्यक्तित्व के करिश्मे के चुकने के पहले सारी सत्ता पर उनका एकाधिकार होगा, फिर कोई कुछ नहीं कर सकेगा। जनता वही बोलेगी, सोचेगी और समझेगी जो वे चाहेंगी।

परन्तु 74 में जे.पी. आन्दोलन शुरू हो गया। उनकी तानाशाही योजनाओं के विरुद्ध देशव्यापी संघर्ष शुरू हुआ। इसका जवाब इन्दिराजी तर्क या नीतियों से नहीं दे सकती थीं, अतः उन्होंने पुनः अपने करिश्माई व्यक्तित्व का उपयोग कूटनीतिक चालों के साथ शुरू किया। उन्होंने देश भर में यह प्रचार शुरू किया—उनके खिलाफ षड्यंत्र चल रहा है। उनकी जान ख़तरे में है, उन्हें प्रधानमंत्री पद से हटाए जाने के प्रयत्न हैं। प्रधानमंत्री पद का उनके लिए क्या लालच है, वे देश-सेविका मात्र हैं लोग उनके पिता के ख़िलाफ़ रहे हैं, उनके परिवार से शत्रुता रखते हैं। प्रतिगामी शक्तियाँ संगठित होकर उनकी प्रगतिशील नीतियों को समाप्त करना चाहती हैं। विदेशी एजेन्टों का भी इस दुरभिसन्धि में हाथ है।

वस्तुतः देश की आर्थिक स्थिति बिगड़ती जा रही थी, अराजकता और भ्रष्टाचार बढ़ रहे थे। फिर जे.पी. के विरोध में आ जाने से इन्दिराजी का जादू चल नहीं पा रहा था। उन्हें हर जगह दमन और हिंसा का उपयोग करना पड़ रहा था। कांग्रेस दल को पहले ही निष्क्रिय किया जा चुका था, अतः उसका सहारा लेना भी सम्भव नहीं था। इलाहाबाद हाई-कोर्ट के फ़ैसले ने इन्दिराजी को अन्तिम फ़ैसला लेने के लिए विवश किया। फिर आपात्कालीन घोषणा का दौर शुरू हुआ। इन्दिराजी ने इस काल में भी जनता के बीच अपनी करिश्माई छवि को प्रक्षेपित करने का भारी प्रयत्न किया—विवश होकर उन्हें यह क़दम उठाना पड़ा है, जनता के हित में, देश-समाज की प्रगति के लिए दूसरा विकल्प बचा नहीं था। देशद्रोही, समाजविरोधी, षड्यंत्रकारी, प्रतिगामी लोग जेलों में हैं। देश में शान्ति है, जनता ने व्यापक समर्थन किया है। अब देश प्रगति के मार्ग पर आगे बढ़ता जाएगा। देश सही लोकतंत्र का अनुभव करेगा, लोकतंत्र विरोधी शक्तियों को भविष्य में पनपने नहीं दिया जाएगा।

परन्तु आपात्काल में उनके व्यक्तित्व का करिश्मा प्रभाहीन होता गया। उनके 'गुट' तथा संजय गांधी ने अपने प्रयत्नों से भ्रम को मिटा दिया, इन्दिराजी को उन्होंने जो भी विश्वास दिलाया हो। चुनावों के दौरान यह स्पष्ट हो गया। पर इतने कम समय में पुनः इस करिश्मे के फैलाने के प्रयत्न साहसिक हैं। जे.पी. का यह कहना महत्त्वपूर्ण होकर भी स्वाभाविक है कि कांग्रेस का नया चरित्र इन्दिरा और उनके गुट को अस्वीकार करके बन सकेगा। लेकिन श्रीमती पंडित और दादा कृपलानी जैसे तटस्थ पुराने नेता भी देश को इन्दिराजी के इस करिश्मे से सतर्क कर रहे हैं, यह शुभ है। इधर पं.द्वा.प्र. मिश्र ने भी कांग्रेस से इस्तीफा देने के बाद कांग्रेस अध्यक्ष को सतर्क किया है कि देश की बहुमूल्य स्वाधीनता के हित में इन्दिराजी और उनके गुट को अलग रखने की अपेक्षा है। फिलहाल इन सारे प्रयत्नों से करिश्माई राजनीति का पट परिवर्तन हुआ है, पर मन में एक प्रश्न गूँजता है—क्या कांग्रेस के अन्दर ऐसा स्वर नहीं उठ सकता?

तर्कहीन समाज की व्यूह-रचना

एक प्रगतिशील गोष्ठी में एक सम्भ्रान्त वजनदार प्रोफेसर ने जोरदार तर्क प्रस्तुत करते हुए कहा कि हमारा प्रजातंत्र बहुसंख्यक अशिक्षितों द्वारा चुने गए मूर्खों तथा धूर्तों के द्वारा परिचालित रहा है, और हम ऐसे ही विधायकों के अथवा उनके दबाव के शासन में अपने आपको प्रगति के मार्ग में ले चलने की कोशिश करते रहे हैं। उपस्थित प्रगतिशील युवक और प्रौढ़ सदस्यों को प्रोफेसर के तर्क संगत और विश्वसनीय लगे। बात बहुत सीधी है। अंग्रेज़ी शिक्षा-दीक्षा प्राप्त और अंग्रेज़ियत के वातावरण के मानस वाले व्यक्ति की भावना से निकली हुई है। पर जिनका मानस बीस वर्षों के देश के प्रजातांत्रिक प्रयत्नों के वातावरण में बना है, यदि वे इस तर्क-पद्धति की दाद देते हैं तो कहीं हमारी समाज-रचना में असंगति ज़रूर है। इस तर्क-शैली से, यह भाव, कहा गया हो या न कहा गया हो, निकलता है कि हमारे अशिक्षित और पिछड़े देश को बालिग मताधिकार पर आधारित प्रजातांत्रिक व्यवस्था नहीं मिलनी चाहिए थी। अर्थात् शिक्षितों, सम्पन्नों, सम्भ्रान्तों और साधन-सम्पन्नों के सीमित मताधिकार के आधार पर हमारी व्यवस्था चलनी चाहिए थी। धीरे-धीरे देश के सभी नागरिक शिक्षित, सम्भ्रान्त और साधन-सम्पन्न होते जाते और प्रजातांत्रिक व्यवस्था में भाग लेने के अधिकारी होते जाते।

आर्थिक सम्पन्नता का क्रम नीचे से नहीं!

ऐसी ही एक गोष्ठी में एक युवक अर्थशास्त्री मित्र ने बहुत बल देकर और अपने गहरे शास्त्र-ज्ञान के आधार पर प्रतिपादित किया कि देश की अर्थव्यवस्था की प्रगति का एक मात्र सही उपाय है नीचे से नहीं वरन् ऊपर से आर्थिक सम्पन्नता का क्रम चलाया जाए, क्योंकि औद्योगिक विकास तथा वैज्ञानिक और प्राविधिक प्रयोग की सीमा तथा दिशा यही है। यद्यपि उन्होंने प्रगतिशील होने के नाते इस पूँजीवादी तर्क को मानकर भी स्वीकार नहीं किया कि आर्थिक विकास की गति उद्योगों के व्यक्तिगत हाथों में रहने से अधिक तेज़ होगी। अपनी समाजवादी व्यवस्था के प्रति मौखिक सहानुभूति के बावजूद जिन मानसिक संस्कारों से उनका शास्त्र-ज्ञान जुड़ गया है, उसके आधार पर उनकी समाज-रचना की आर्थिक परिकल्पना में सम्पन्न

समाज सम्पन्नतर होता जाएगा और इस वृत्त में क्रमशः देश का अधिकाधिक समाज आता जाएगा। जरा-सा छेड़ देने पर कि क्या समाज का निचला वर्ग इस अनन्त छायावादी प्रतीक्षा के लिए तैयार हो सकेगा, वे तुरन्त देश के नए समाज की नींव डालने वाले महान नेता नेहरू जी के तर्क पर आ गए—फिर देश के सामने विपन्नता और पिछड़ापन बाँटने के सिवाय दूसरा उपाय नहीं रह जाता।

तर्क : विशिष्ट समाज की अनिवार्यता का

एक दिन बातचीत के दौरान हमारे एक विचारवान वैज्ञानिक मित्र ने विदेश में देश की वैज्ञानिक प्रतिभाओं के आयात और बस जाने की समस्या के समाधान के रूप में 'मेजर यूनिवर्सिटियों' की स्थापना की परिकल्पना का स्वागत किया। इस ओर ध्यान आकर्षित करने पर कि इस प्रकार शिक्षा के क्षेत्र में वर्गों की दीवार खड़ी होगी और देश में संगठित होते हुए विशिष्ट वर्ग को बल ही मिलेगा, उन्होंने दो-टूक बात कह दी कि यदि देश की समस्याओं का वैज्ञानिक और तकनीकी समाधान पाना है तो न केवल वैज्ञानिकों को विशेष सुविधाएँ देनी होंगी, वरन् उनके लिए विशिष्ट समाज की नागरिकता भी निश्चित करनी होगी, अन्यथा विदेशों का आकर्षण उन्हें खींचेगा ही। यानी कि देश की ग़रीब और पिछड़ी जनता को यदि अपने प्रतिभा-सम्पन्न वैज्ञानिकों, शास्त्रियों, चिन्तकों, लेखकों और कलाकारों से लाभान्वित होना है तो उसे उन्हें अपनी सुख-सुविधाओं से कहीं भिन्न स्तर के विशिष्ट समाज में रहने की छूट देनी होगी। नेताओं, अधिकारियों, व्यवसासियों और उद्योगपतियों ने तो अपना विशिष्ट समाज बनाकर सुरक्षित कर लिया है।

इधर छात्रों की अनुशासनहीनता, अराजकता तथा उच्छृंखलता पर विचार-विनिमय के सिलसिले में हमारे युवक प्राध्यापकों को यह कहते हुए और तर्क देते हुए पाया गया कि शिक्षा के क्षेत्र में हमको चुनाव से काम लेना चाहिए। हर गँवार, असभ्य, संस्कारच्युत और अपरिपक्व लड़के को शिक्षा देने का हमारा काम नहीं है। मान लेता हूँ कि यह खीझ और परेशानी में कही गई बात है। आज कक्षाओं में जिस विद्या-विमुख छात्र-वर्ग का सामना गम्भीर अध्यापक को करना पड़ रहा है उसमें यह मनःस्थिति स्वाभाविक है। पर यह ऐसा ही नहीं है। यह अलग बात है कि मनःस्थिति में भी दायित्व का अनुभव करने वाले अध्यापक को चिन्तक के रूप में गहरे उतरकर तर्क देना चाहिए, लेकिन यहाँ अच्छे खासे सोचने-समझने वाले लोग भी आज सोचने लगे हैं कि कम-से-कम शिक्षा प्रतिभा-सम्पन्नों का अधिकार होना चाहिए। तर्क सीधा भी है। हमारे देश में आज प्रतिभा विशिष्ट वर्ग का एकाधिकार है और उससे मुक्त करने का न कोई उपाय है, और सच पूछो तो हमारी समाज-रचना की दृष्टि से न उसकी आवश्यकता ही।

तर्क : प्रतिभा के विकास का

इधर शिक्षा आयोग की रिपोर्ट छपने के बाद से विश्वविद्यालयों में प्राध्यापकों के बीच 'मेजर यूनिवर्सिटी' की परिकल्पना को लेकर काफ़ी चर्चा होती रही है। स्वाभाविक भी है, उनमें से हर एक को 'मेजर' होने की भावना मोहक लगती है। वर्ण-व्यवस्था के समान वर्ग-व्यवस्था में भी हर व्यक्ति ऊपर की श्रेणी के गौरव के लिए लालायित रहता है। एक बार घेर-घारकर प्राध्यापकों के बीच प्राथमिक शिक्षा के सवाल को उठाया भी जा सका तो हमारे बीच के एक माने-जाने शिक्षा-शास्त्री ने काफ़ी अन्दाज़ से बात चलाई। उनका गम्भीर तर्क था कि अगर हमारे पास साधनों की कमी है, सुविधाएँ काफ़ी नहीं हैं, तो क्या हम अपनी शिक्षा में प्रतिभा के विकास को अवसर नहीं देंगे। हमको ज्ञान-विज्ञान के जिस स्तर की आवश्यकता है, विदेशों की प्रतिद्वन्द्विता ऐसे लोगों के ध्यान-केन्द्र में ज़रूर रहती है, उसकी पूर्ति क्या उस प्राथमिक शिक्षा से हो सकेगी जो शिक्षा के नाम पर चलाई जा रही है। यदि शिक्षा का स्तर वास्तव में उठाना है तो प्राथमिक शिक्षा से चुने हुए 'मॉडल स्कूलों' के आधार पर उसे संगठित करना होगा। एक मित्र ने उनके अन्दाज़ में जरा-सी बाधा उपस्थित करते हुए प्रश्न उठाया—और सब बातें मान भी ली जाएँ, पर क्या आपके द्वारा समर्थित दो वर्गों में बँटी हुई शिक्षा-नीति को अर्थात् एक ओर देश भर में असंख्य ऐसे प्राथमिक स्कूल चलेंगे जिनमें अड़तालीस-उनचास करोड़ जनता के बच्चे उस शिक्षा को पाएँगे जिसे 'होक्स' कहा जाता है और दूसरी ओर एक-दो हज़ार ऐसे प्राथमिक स्कूल, पब्लिक स्कूल होंगे जिनमें प्रतिभाओं को शान-शौकत के साथ शिक्षा दी जाएगी, समाजवाद की ओर किसी भी रूप में झुकी हुई पार्टियों का समर्थन मिल सकेगा? इस पर उन्होंने लगभग वितृष्णा के साथ चिढ़कर कह दिया—तो फिर होने दीजिए देश-भर में अशिक्षा का प्रसार।

विशिष्ट वर्ग का मानस दर्शन

यह है हमारे उस समाज की झाँकी, जो पश्चिमी शिक्षा-दीक्षा प्राप्त है, जो अपने को प्रगतिशील कहता और समझता है, जो चिन्तन की क्षमता रखने का दावा करता है और जिससे आशा की जाती है कि अपने ज्ञान-विज्ञान का देश की व्यापक और संकटकालीन समस्याओं के लिए उपयोग करेगा। अपने सारे चिन्तन और मनन में देश की अशिक्षित और पिछड़ी उनचास करोड़ जनता पर दृष्टि रखने वाले व्यक्ति को इस समाज के मानस में बार-बार देश के लिए एक अनिवार्य विशिष्ट वर्ग की परिकल्पना स्पष्ट रूप ग्रहण करती हुई जान पड़ती है। प्रतिभा के चुनाव, संरक्षण और विकास के नाम पर, ज्ञान-विज्ञान की उन्नति के नाम पर, शिक्षा की वास्तविक और उच्चस्तरीय चिन्ता के आधार पर, औद्योगिक तथा तकनीकी विकास की दृष्टि को सामने रखकर, अन्य विकसित और उन्नत देशों से प्रतिद्वन्द्विता की स्थिति पर

बल देकर और यहाँ तक कि सांस्कृतिक उन्नयन के आदर्श को प्रतिपादित करते हुए सारे देश में एक विशिष्ट वर्ग का नक्शा ही उभरता आ रहा है।

यह सब आकस्मिक नहीं है। स्वाधीनता पाने के पहले भी भारतीय अंग्रेज़ी-मानस का एक वर्ग मैकाले की परिकल्पना के आधार पर बन चुका था। यह अलग बात है कि इस समय तक स्वाधीनता-संघर्ष से अलग रहने और प्रायः असहानुभूतिशील होने के कारण हमारे राष्ट्रीय जीवन में इस वर्ग का प्रभाव और महत्त्व नहीं के बराबर था। पर स्वाधीनता के इन वर्षों में अन्तर्राष्ट्रीयतावादी अंग्रेज़ी मानस के प्रतिनिधि नेहरू जी के नेतृत्व में न केवल इस वर्ग को बहुत ज़्यादा प्रोत्साहन मिला वरन् उसकी शक्ति और सामर्थ्य को बहुत संगठित रूप मिलता गया है। पिछले बीस वर्षों की हमारी आर्थिक योजनाओं, विदेश से लेकर शिक्षा तक चलने वाली, समस्त नीतियों और शासन तथा व्यवस्था के स्तर पर उन सबके कार्यान्वयन ने क्रमशः एक ऐसे समाज का ढाँचा तैयार किया है, उसको रंग रूप प्रदान किया है जिसने आज स्पष्ट व्यक्तित्व ग्रहण कर लिया है।

जब तक इस समाज की रचना हो रही थी, विशिष्ट वर्ग ने अपने तर्कों का अधिक बलपूर्वक कभी उपयोग नहीं किया, हाँ उसने देश की व्यापक जनता के सन्दर्भ में चलने वाले गांधी की दृष्टि पर आधारित और उनके चिन्तन से समर्थित तर्कों को कुशलतापूर्वक विभ्रम में डाला। उद्योग व धन्धों को लेकर, कुटीर उद्योगों और छोटी मशीनों के प्रयोगों की हँसी उड़ाई गई। सभा सोसाइटियों में कहा जाता रहा है कि राकेट के युग में हम अपने देश में बैलगाड़ी चलाना चाहते हैं! जटिल मशीनों के स्थान पर हम हाथ से काम करना चाहते हैं! इसी प्रकार बुनियादी तालीम को असफल करके उसका उपहास उड़ाया गया और पब्लिक स्कूलों की शिक्षा की असफलता को उसके सामने प्रतिपादित किया गया। इन पिछले वर्षों में इस वर्ग का 'रोल' बड़ा कुटिल रहा है। एक ओर इसी वर्ग ने कांग्रेस सरकार की सारी योजनाओं को असफल किया है जिनका सैद्धान्तिक आधार देश के जनजीवन से ग्रहण किया गया था और दूसरी ओर ऐसी योजनाओं को क्रमशः प्राथमिकता दिलाई जिनसे इस वर्ग को संगठित शक्ति और व्यक्तित्व मिल सका। धीरे-धीरे जनता के व्यापक जीवन को विकास के मार्ग पर ले चलने वाली किसी भी साहसिक और प्रगतिशील योजना अथवा सिद्धान्त को अपनी तर्कहीनता से इस वर्ग ने असंगत सिद्ध कर दिया है।

आज यह वर्ग अपने व्यक्तित्व में इतना स्पष्ट और प्रबल हो चुका है कि उसने सारी तर्कशीलता अपने निजी सन्दर्भों से विकसित कर ली है। अब उसके सामने उनचास करोड़ जनता की महत्त्वाकांक्षाओं की कोई अड़चन भी नहीं है जिससे अपने तर्कों को प्रस्तुत करने में उन्हें किसी प्रकार कोई हिचकिचाहट हो। आज निर्द्वन्द्व भाव से इस वर्ग के लोग शिक्षा में चुनाव का तर्क दे सकते हैं, अशिक्षा के

प्रसार की बात कह सकते हैं, कुछ लोगों और वर्गों के भी विशेषाधिकारों की बात कह सकते हैं, विशेषज्ञों के हाथ में देश की नीतियों के निर्धारण और उनके संचालन के दायित्व को सौंपने पर बल दे सकते हैं, विकसित देशों की समकक्षता की चर्चा कर सकते हैं, ज्ञान-विज्ञान को उन्नत देशों के समकक्ष तुरन्त पहुँचाने का आग्रह प्रकट कर सकते हैं और उसके लिए 'मेजर' विश्वविद्यालयों की कल्पना कर सकते हैं, 'मॉडल' प्राथमिक और माध्यमिक स्कूल चलाने पर बल दे सकते हैं। आगे चलकर, एक प्रकार से कहा जाने ही लगा है कि देश के विकास के लिए हमको समृद्धि की कल्पना करनी चाहिए, हमको कारें चाहिए, वातानुकूल चाहिए, टेलीविजन चाहिए, प्रासाद चाहिए, साजसज्जा साधन चाहिए, इन सबके आधार पर ही हमारे धन्धे बढ़ेंगे और आर्थिक विकास सम्भव हो सकेगा।

कुटिल चक्र-प्रवर्त्तन

यह सब तर्क-संगत बताया जाता है और पूरी तर्कशीलता से बातें की जाती हैं, क्योंकि अब इस समाज का वृत्त इतना बड़ा हो गया है कि अपने को अपने में पूरा समझ सकता है, समझने भी लगा है। उसकी शक्ति इतनी बढ़ गई है कि वह सारी प्रजातांत्रिक प्रक्रिया और समाजवादी घोषणाओं के बावजूद अपने को अनिवार्य तथा सुरक्षित समझता है। बीस वर्षों में इस वर्ग का मानस युवकों में परिव्याप्त हो चुका है, और सबसे रोचक बात है कि यदि सारी कठिनाइयों और अवरोधों को पार कर कोई प्रतिभासम्पन्न व्यक्ति उभरकर ऊपर आ भी जाता है तो वह अपने निचले स्तर के समाज का अंग रहना नहीं चाहता, उसके प्रति उसमें वितृष्णा का भाव ही जागता है। सुविधाएँ पाते ही वह इस समाज का अंग बन जाता है। तथाकथित जन नेताओं की स्थिति भी ऐसी हो गई है कि जरा आगे बढ़ते ही या अधिकार पाते ही उनका पहला प्रयत्न यह होता है कि उनको इस सम्भ्रान्त विशिष्ट समाज का समझा जाए।

कौन चुनौती दे?

आज की यह स्थिति जटिल है। एक दुष्चक्र बन गया है, जिसको भेदने में अब समय लगेगा। साहस और संकल्प की ज़रूरत तो है ही। इस तर्कहीन समाज को उनकी तर्कहीनता से अवगत करने के लिए शायद अब गहरे संघर्ष की अपेक्षा होगी। इस समाज का अधिकार और शक्ति शासन, शिक्षा, उद्योग, व्यवसाय, पत्रकारिता, न्याय आदि के क्षेत्रों में ही परिव्याप्त नहीं है, वरन् कांग्रेस, स्वतंत्र और जनसंघ-जैसी पार्टियों के अलावा कई वामपंथी दलों पर भी इसका पर्याप्त प्रभाव है। आज देखना है बल, आग्रह और साहस के साथ कौन इस वर्ग को चुनौती देता है कि यदि देश की उनचास करोड़ जनता का भविष्य शामिल नहीं तो तुम्हारी शिक्षानीति, तुम्हारी आर्थिक योजनाएँ, तुम्हारा विज्ञान और तकनीकी को विकसित करने का ढंग,

तुम्हारी सामाजिक न्याय की पद्धति, तुम्हारी स्वाधीनता की परिकल्पना, यहाँ तक कि तुम्हारा संविधान के प्रति दृष्टिकोण सब तर्कहीन, और निरर्थक है। तुम्हारी विशेषज्ञता झूठी और भ्रामक है, विदेश से पाए प्रमाणपत्र हमारे लिए बेकार हैं। तुम हमारे लिए निकम्मे हो, तुम्हारी सारी पद्धति तर्कहीन है। तुमको सही दृष्टि और तर्कपद्धति अपनानी होगी, और उसके आधार पर नए शिक्षा के सिद्धान्त खोजने होंगे। अर्थशास्त्र के नए सिद्धान्तों को खोजना होगा, विज्ञान और तकनीक के प्रयोग की नई विधियाँ खोजनी होंगी, विकास का मार्ग निकालना होगा। तुम्हारे चलाये देश नहीं चलेगा, तुमको देश के अनुसार चलना होगा। हमारी ग़रीबी का तुम्हें एहसास होता रहे, यह तुम्हारी तर्क-क्षमता के लिए ज़रूरी है, इस अर्थ में ग़रीबी बाँटकर ही काम चलाना होगा। सुविधाओं का अधिकार कार्य क्षमता और दक्षता के आधार पर स्वीकार करना एक बात है, विशिष्ट समाज-रचना की छूट देना अलग बात है। यह छूट किसी हालत में देश देने के लिए तैयार नहीं, प्रजातंत्र और स्वाधीनता के तमाम झूठे-सच्चे नारों के बावजूद।

पर यह साहस आज देश के किस नेता के पास है? सारे नेता इस वर्ग के प्रभाव-क्षेत्र में हैं अथवा इससे आतंकित और प्रभावित हैं। लेकिन देश के सच्चे भविष्य के लिए इस वर्ग की तर्कहीनता के उत्तर में इस तर्क-पद्धति के अलावा कोई उपाय नहीं है।

कथनी और करनी

लोहिया को सहना आसान नहीं था। गांधी को देश ने सहा और स्वीकारा, क्योंकि उन्होंने इस देश की प्रवृत्ति को परम्परा के आधार पर बदलने की चेष्टा की। किसी विशाल और जड़ परम्परा को बदलने का यह एक तरीक़ा हो सकता है, कि उसमें भिदकर या उसका वरण करके अन्दर से उसे बदला जाए। गांधी का यह ढंग था। यह सही हो सकता है, एक सीमा तक इसने काम किया। परन्तु यह भी लगा कि जहाँ समाज की पुनर्रचना ज़रूरी हो चुकी हो, नए मूल्यों की खोज आवश्यक हो गई हो, वहाँ भारत जैसे परम्परावादी और संस्कारवादी देश में विद्रोह और चुनौती के साथ चलना अनिवार्य है। यह भी है कि देश के समाज को बदलने के लिए चुनौती स्वीकार करने वाला जब तक उस समाज की समस्त जीवित या जड परम्पराओं का साक्षात्कार नहीं करता अपने विद्रोह के लिए न ठीक शक्ति बटोर सकता है और न सही दिशा ही पा सकता है। लोहिया इन शर्तों को पूरा करते रहे हैं। वह भारतीय परम्परा का साक्षात्कार करने वाले रहे हैं, यहाँ गांधी के सीधे उत्तराधिकारी हैं। परन्तु उनके साक्षात्कार में वरण नहीं वरन् विद्रोह और चुनौती है। देश के लिए दुर्भाग्य की बात रही है कि उनके स्थान पर उसने एक ऐसे व्यक्ति को गांधी के उत्तराधिकारी के रूप में माना और स्वीकारा जो किसी भी स्तर पर देश के जीवन और परम्परा से जुड़ा नहीं था, क्योंकि उसमें साक्षात्कार करने की शक्ति नहीं थी, उसमें न चुनौतियाँ स्वीकारने का साहस था और न विद्रोह करने लायक़ सामर्थ्य।

यह भी भ्रामक है कि नेहरू के व्यक्तित्व में पूर्व और पश्चिम की टकराहट थी। यह उनके पूर्व और पश्चिम को फ़ैशन के स्तर पर इस्तेमाल करने वाले भक्तों और साधकों का प्रचार रहा है। टकराहट धाराओं में होती है, ज़िन्दगियों में होती है और लहराती मौजों में होती है। जिसने और जिन्होंने न पूर्व को झेला और न पश्चिम को, जिनमें किसी भी जीवन्त संस्कृति का संस्पर्श नहीं, परम्परा का साक्षात्कार नहीं, उनमें न कहीं कोई टकराहट होगी और न कहीं नई गति और दिशा की सम्भावना ही। ऐसे लोग केवल अनुकरण के आधार पर सारे समाज की पुनर्रचना करना चाहते हैं, समझते हैं कि केवल उधार लेकर विकास और प्रगति की जा सकती है और मानते हैं कि मूल्यों की क़लमें लगाई जा सकती हैं। जबकि यह सब नामुमकिन है,

बिना झेले और जूझे, अपनी जड़ों से रस और शक्ति पाए और दूसरों से टकराए कभी कुछ मौलिक तथा रचनात्मक सम्भव नहीं है। फिर बिना इसके प्रगति और विकास की बात करना बेकार है।

जो भी हो, हम इन अनुकरण करने वाले फ़ैशनपरस्तों को एक ही थैली के चट्टे-बट्टे मानते हैं, चाहें वे प्राचीनता के पुजारी हों या पश्चिम के भक्त। भारतीय जीवन में वास्तविक उन्नति के मार्ग की बाधा के रूप में इन दोनों का गठ-बन्धन पग-पग पर देखा जा सकता है। और इन्होंने कथनी और करनी के अन्तर को भारतीय जीवन में सर्वाधिक पैदा किया है। इनके लिए कथनी करनी का पूरक है, हम एक ऐसी जाति बन गए हैं जो हर काम केवल चर्चा करके ही पूरा कर लेते हैं। अगर भारत के व्यापक जीवन की आज व्याख्या और विवेचना की जाए, तो हर क्षेत्र में यही एक तत्त्व व्याप्त दिखाई देगा। सिद्धान्तहीनता का सबसे बड़ा कारण यही है और उसकी विकृति का सबसे भयानक रूप भी यही है। राष्ट्र के जीवन के इस भयानक रोग का निदान सबसे पहले डॉ. लोहिया ने किया और इसी कारण उन्हें जीवन के सभी क्षेत्रों के प्रतिष्ठित और सम्मान प्राप्त नेताओं का सबसे अधिक कोपभाजन भी बनना पड़ा। जितनी स्पष्टता और निर्मम तटस्थता के साथ उन्होंने इन नेताओं की कथनी और करनी का विरोधाभास खोलकर जनता के सामने रखने का अनवरत प्रयत्न किया है, उतनी ही एकता और निश्चय के साथ निहित स्वार्थ के साथ मिलकर इन विभिन्न क्षेत्रों के नेताओं ने लोहिया की चरित्र-हत्या का अथक प्रयत्न किया है।

लोहिया ने इस कथनी और करनी के विरोध के माध्यम से वर्तमान के समसामयिक जीवन को जिस प्रकार सही ढंग से पहिचाना है, उसी प्रकार भारतीय परम्परित चरित्र पर भी टिप्पणी की है। सैकड़ों वर्षों से भारतीय चरित्र कथनी और करनी के विरोध पर संगठित होता आ रहा है और आज का मानस इसी परम्परा से सम्बद्ध है। हम बड़ी बात करना बड़े काम का पूरक मानते आए हैं, ऊँचे आचरण के लिए, सामाजिक सम्मान के लिए, व्यक्तिगत गौरव के लिए भारी-भरकम बातें करना हमारे यहाँ काफ़ी माना जाता रहा है। चिन्तन के स्तर पर जो व्यक्ति जीव मात्र की समानता प्रतिपादित करता है, वही व्यक्ति मनुष्य की छाया से दूषित भी हो जाता है। इसी प्रकार इसका एक दूसरा रूप है कि हम व्यक्ति को पत्थर का देवता बनाकर उसके गतिशील विचारों और चरित्र से निरन्तर मुक्त होते रहे हैं। हम विचारों और चिन्तन को अमूर्त रूप में इस प्रकार विवेचित, प्रतिपादित और व्याख्यायित करते रहे हैं कि उनका गत्यात्मक रूप जड़ मूर्तियों में बदल गया है। फिर आचरण असंगत हो गया, केवल मूर्तियों की पूजा अर्चना में मोक्ष की कामना की जाती रही।

आज पिछले बीस वर्षों से इस भारतीय चरित्र का चरम रूप देखा जा सकता है।

गांधी के साथ देश ने जो व्यवहार किया है, विशेषकर उनके उत्तराधिकारियों ने, वह इसका प्रत्यक्ष प्रमाण है। हर अवसर पर, हर योजना के प्रारम्भ में, हर संकल्प के समय इन नेताओं ने गांधी का मंत्र जाप किया और आचरण ठीक उसका उलटा करते रहे। गांधी के गत्यात्मक चरित्र की जितनी हत्या इन देश के नेताओं ने की है और वह भी उनकी मूर्ति की स्थापनाएँ करते हुए उससे बड़ा कथनी और करनी का और विरोध क्या हो सकता है। इसको अगर किसी ने सबल चरित्र के साथ चुनौती दी है तो लोहिया ने। हम जैसे कुछ लोगों ने जो कुछ इस विरोध का अनुभव और विवेचन पिछले बीस वर्षों में किया है, उसको शक्तिशाली और ओजस्वी अभिव्यक्ति इस अकेले व्यक्ति ने दी है।

और यही कारण है कि सम्पूर्ण निहित स्वार्थ का इस एक व्यक्ति पर केन्द्रित आक्रमण भी हुआ है। इस दृष्टि से लगभग सभी क्षेत्रों, वर्गों और दलों के नेताओं की एक ही भावना रही है कि लोहिया भारतीय राजनीति के आवारा व्यक्तित्व हैं। क्योंकि इन सबने एक ख़ास भंगिमा और अदा के साथ कथनी और करनी के अलगाव को एक अभिजात गुण के रूप में स्वीकार कर लिया है। और लोहिया ने इस अभिजात आवरण को फाड़कर उनके कथनी और करनी की चरित्रहीनता को नंगा कर दिया है। उन्होंने चोट सीधी और तीखी की, इसलिए उनके शब्द खरे और दो टूक थे। अभी तक ये नेता संस्कृत, फ़ारसी और अंग्रेज़ी अभिजात आवरणों में अपनी चरित्रहीनता का नंगापन छिपाए हुए थे।

एक अजब तस्वीर सामने उभरती है, खद्दर में सफ़ेदपोश लोग बड़े सुबक ढंग से अहिंसा, सत्य, न्याय, बराबरी, नैतिकता, समाजवाद और न जाने क्या-क्या भारी-भरकम शब्दों का भरी सभाओं में इस्तेमाल करते हैं। जनता को बड़ी शालीन मुद्राओं में देश को आगे बढ़ाने का उपदेश देते हैं। देश की प्रगति की चिन्ता करते करते बेचैनी का इज़हार करते हैं। फिर वही जनता देखती कि नेता जी कम्पनियों के हिस्सेदार बनते जा रहे हैं, उनकी फ़ैक्टरियाँ खड़ी हो रही हैं, नाना रूप परमिटों और लाइसेंसों से उनकी आमदनी का ओर-छोर नहीं रहा। उनकी कोठियाँ उठ रही हैं, तिजोरियाँ भर रही हैं, विदेशी बैंक बैलेन्स बढ़ रहा है, मोटरें बदली जा रही हैं। फिर देशी-विदेशी पूँजीपतियों से साँठ-गाँठ की जा रही है, और देश को लेकर भी सौदा किया जा रहा है।

तस्वीर का नक्शा यहीं ख़त्म नहीं हो जाता है। कथनी और करनी के इस आधार पर नीतियों और योजनाओं का विस्तार होता है। पिछले बीस वर्षों में जिन नीतियों को हमारी सरकार ने घोषित और प्रचारित किया है, उनको देश की ग़रीबी को मिटाकर समता पर आधारित समाज की रचना, हर प्रकार की ग़ैरबराबरी को दूर करना, देश की सामूहिक और सर्वांगीण प्रगति आदि माना जा सकता है। इसी प्रकार योजनाओं की कल्पनाओं के आधार में इन लक्ष्यों तक शीघ्र से शीघ्र पहुँचने

का संकल्प माना गया है। परन्तु इन नीतियों और योजनाओं का परिणाम क्या हुआ है ? ग़रीब अधिक ग़रीब, अमीर अधिक अमीर और मध्यम वर्ग समाप्त होने की प्रक्रिया में है। आज हमारी आर्थिक संरचना का रूप ऐसा हो गया है कि या तो व्यक्ति स्वीकृत रास्तों को अपनाकर ऊँचे वर्ग का अंग बन सकता है, अन्यथा वह सिद्धान्तों में डटा रहकर केवल आर्थिक दृष्टि से पिछड़ता जाएगा। बीच का रास्ता रहने नहीं दिया गया है, क्योंकि बीच वाले लोग संघर्ष करने की अधिक स्थिति में हो सकते हैं। हर तरह की ग़ैरबराबरी बढ़ती ही जा रही है। हमारी खेती-किसानी का बुरा हाल है, हमारे उद्योगों का भविष्य बहुत साफ़ नहीं है, कुछ उद्योगपतियों के घरानों के पास भले ही सारे देश की सम्पत्ति एकत्र हो गई हो। यहाँ इन सारी बातों का प्रमाण नहीं दे रहा हूँ, देना बहुत आसान है। पर एक तो इतने विस्तार से यहाँ चर्चा करना उद्देश्य नहीं है, दूसरे इन सारी बातों की संसद से लेकर पान की दुकानों तक इतनी ज़्यादा चर्चा हो चुकी है कि किसी के लिए इनका प्रतिवाद करना सम्भव नहीं है। ऐसा नहीं कि प्रतिपक्ष के एक दल ने ऐसा आरोप लगाया हो, या केवल प्रतिपक्ष के सभी दलों ने अपने-अपने ढंग से इन आरोपों की विशद विवेचना की हो, स्वयं शासन करने वाले दल के सदस्य बारी-बारी से इन आरोपों को ज्यों का त्यों दुहराते रहे हैं। इसका एक रोचक पक्ष कथनी और करनी की समस्या को और उजागर करता है।

इस कथनी और करनी को अलग-अलग मानकर चलने वाले देश में ही यह सम्भव है कि जब तक कांग्रेसी मंत्री मंत्रिमंडल में रहता है, उसे देश की सारी नीतियाँ चाहें वह विदेश नीति हो या स्वदेश नीति, वणिज्य नीति हो या शिक्षा नीति हो, अर्थ-नीति हो या उद्योग नीति हो बिल्कुल दुरुस्त लगती हैं, योजनाएँ भी सही लगती हैं और सफल होती नज़र आती हैं, पर जैसे ही मंत्रिमंडल से अलग हुए कि सारा दृश्य ही बदल जाता है, चारों ओर ग़लतियाँ, असफलताएँ और बेइमानियाँ साफ़ दिखाई देने लगती हैं। एक दो मंत्री नहीं अनेक के नाम लिए जा सकते हैं, न इसमें केन्द्र तथा प्रदेश में कोई अन्तर रहा है। हमारी जनता तुरन्त भूल जाती है कि यह महाशय अभी कल तक इन्हीं नीतियों और योजनाओं को चला रहे थे और उनके हामी थे, फिर क्यों न इनका ही गला पकड़ा जाए कि मंत्री पद से बेमन से हटा देने के बाद ही यह सब क्यों दिखाई देने लगा। जनता उनको दूध का धोया मान लेती है। इतना ही नहीं ऐसे निराश मंत्री हैं जिन्होंने अपने शासक दल से सारी आशा छोड़कर देश के सुधार के लिए, देश की प्रगति के नाम पर नए दलों के स्थापक बन गए और हमारी करनी को महत्त्व न देने वाली जनता ने उनकी पुरानी करनी को भुला दिया।

दूसरा दृश्य सामने आता है, जब मुख्यमंत्री और मंत्री बनने के लिए कांग्रेस के पुराने साथियों ने गद्दीधर कांग्रेसियों का साथ छोड़ दिया। बड़ी सफ़ाई के साथ

उन्होंने अपना दामन साफ़ कर लिया कि अब उन्हें कांग्रेस के साथ रहकर देश के उद्धार की कोई आशा नहीं रह गई है। फिर तो गद्दियों और पदों के लिए और छिपे तौर पर थैलियों के लिए दल-बदल का ऐसा बाज़ार गरम हुआ कि किसी दल के सदस्यों को लाज शर्म नहीं रह गई। जब करना कुछ है ही नहीं है, तो फिर कुछ शब्दों की कथनी से यदि गद्दी मिलती हो, या थैली मिलती हो तो कोई क्यों चूके। अब तो हालत यह है कि सब कुछ चलता है, के नाम पर कुछ कहने की भी ज़रूरत नहीं रह गई है। किसी को टिकट नहीं मिला, किसी को मन चाहा लाइसेंस या परमिट नहीं मिला, दूसरे ने कुछ आश्वासन दे दिया फिर क्या है इधर से उधर जाते कितना समय लगता है।

राजनीति के इस दृश्य के साथ समाज के विभिन्न क्षेत्रों में भी समान परिस्थिति है। सारा समाज का ढाँचा ही ऐसा बन गया है कि आज अपने स्वार्थ के लिए कोई आचरण मान्य है, सिद्धान्त की चर्चा करते जानी चाहिए। जातिवादी साम्यवादियों और भाई-भतीजावादी समाजवादियों को प्रतिष्ठा के क्षेत्र में फलते-फूलते देखा जा सकता है। ऐसा जान पड़ता है कि आज न कोई सिद्धान्त है, न कोई दल है, न आचरण की कोई भी मान्यता, केवल समाज के निहित स्वार्थ वर्ग की ऐयाशी और भोगलिप्सा में सम्मिलित हो जाने की महती आकांक्षा के आगे कुछ रह नहीं गया है, सब बह बिला गया है। गले से भाषण देने वाले प्रपंची नेता हर क्षेत्र में झूठे समाजवादी, मानवतावादी, अन्तर्राष्ट्रवादी नारे लगाते पाए जाते हैं। पर इधर स्थिति ऐसी होती जा रही है कि कथनी के इस रूप को भी निरर्थक और असंगत माना जाने लगा है। शायद यहाँ जाकर यह चक्र पूरा हो जाए।

इस राजनीति और समाज को चुनौती देने वाला एक व्यक्ति था—लोहिया और वह लगभग अकेला था। उसने समझ लिया था कि कथनी और करनी के इस अन्तर को जब तक हम मिटा नहीं देते, इस भारतीय समाज की सही राजनीति चल ही नहीं सकती और न इसके बिना किसी सामाजिक क्रान्ति की सम्भावना है। इस बात का अन्दाज हम अपने चारों ओर के सामाजिक परिवेश में हर क्षण कर सकते हैं। हर व्यक्ति अपने आप को तटस्थ मानकर सारी परिस्थिति की बड़ी सही आलोचना करता है, वह बड़े साफ़ ढंग से सबकी बेइमानियों को देख पाता है। पर जहाँ ज़रा उभारिए कि उनकी अपनी क्या स्थिति है, ज़माने की शिकायत करने लगेंगे, परिस्थिति की विवशता का ज़िक्र करने लगेंगे। तर्क करने की क्षमता का हाल बड़े से बड़े विशारद का यह है कि चक्कर में एक बार सबको दोषी और ग़लत मानते जाएँगे, और अन्त में आसानी से सबको मुक्त किया जा सकता है।

लोहिया सही और सक्षम ढंग से देखने में समर्थ थे कि देश का हित, समाज का पुनर्निर्माण, मानव की नई कल्पना कथनी और करनी के अन्तर को जीवन के हर क्षेत्र से मिटाकर ही की जा सकती है। और इसकी शुरुआत करने वाले को अपने

आप को कसौटी पर खरा उतारना होगा। मुझे तो नहीं लगता कि आज के समाजवादी दल या दलों में ऐसे बहुत से लोग हैं, जो लोहिया के रास्ते चल सकते हैं या चल रहे हैं। कुछ अकेले लोग ज़रूर हैं, और भविष्य की आशा भी उन्हीं पर लगाई जा सकती है। निराशा और लज्जा की बात तो यही है कि जो दल उनके नाम की दुहाई देता है, उसके व्यक्ति भी पदों और दलों के लिए लोलुप दिखाई दे रहे हैं, मुझे तो अपने आसपास बड़े नामधारी भी कथनी और करनी के सिद्धान्त पर नंगे ही दिखाई दे रहे हैं। फिर भी मुझे आशा है कि लोहिया के रास्ते पर अकेले चलने वाले ही भविष्य की दिशाएँ खोज सकेंगे।

भ्रष्टाचार का तर्क

मध्यकाल में जहाज़ के कप्तान के पास एक कुतुबनुमा होता था और वह उसे दिशा-भ्रम से बचाता था। असीम सागर के विस्तार में इस भ्रम से बचे बिना जहाज़ को सही लक्ष्य की ओर ले जाना सम्भव नहीं है। इसी प्रकार हमारे देश के कर्णधारों को पिछले अनुभव से मिली दृष्टि से अपनी दिशा का सही निर्देशन लेना चाहिए। प्रश्न किया जाएगा, इन वय और अनुभव से वृद्ध राजनीति के गुरुजनों को शिक्षा देने वाला कौन है? परन्तु यह साहस घोषित रूप से उन्होंने प्रदान किया है। एक तो बोलने की स्वाधीनता उन्होंने दिलाई है, और दूसरे शुरू में ही उन्होंने आश्वासन दिया था कि कान पकड़कर उनकी ग़लती बताई जानी चाहिए। परन्तु हम विनय के साथ केवल उनसे निवेदन करेंगे, क्योंकि पता नहीं कब कौन क्या हठ पकड़ ले।

हमको याद आता है सन् 73 में जे.पी. ने चुनावों की भ्रष्टता के विरुद्ध जनता के मानस को आन्दोलित करने का कार्यक्रम रखा था। सन् 74 तक जो जनान्दोलन संगठित हुआ, वह समाज के हर स्तर पर व्याप्त भ्रष्टाचार के विरुद्ध था। वह क्रमशः वर्तमान कांग्रेसी सरकार के विरुद्ध इसलिए होता गया क्योंकि यह स्पष्ट हो चुका था कि समाज में व्याप्त हर क्षेत्र और स्तर के भ्रष्टाचार के मूल स्रोत से सरकार जुड़ी है और हर भ्रष्टता को सरकार का संरक्षण प्राप्त है। अतः देश और समाज के सामने स्पष्ट है कि जनता दल का जन्म भ्रष्टता के विरुद्ध जन-संघर्ष से हुआ है। और जनता दल तथा उसकी सरकार के सामने पहला लक्ष्य भ्रष्टता को दूर करना होना चाहिए।

अब सवाल है कि क्या इस राष्ट्रीय अनुभव से हमारे वर्तमान देश के नेताओं ने दृष्टि ग्रहण की है? यहाँ यह कहा जा सकता है कि जनता सरकार के सामने इतने बड़े और कठिन दायित्व हैं कि भ्रष्टता के मुद्दे को प्राथमिकता देना सम्भव नहीं है। दूसरे यह तर्क भी दिया जा सकता है कि इतनी गहराई से व्याप्त भ्रष्टता को एकाएक कैसे दूर किया जा सकता है, फिर तंत्र तो पुराना है, उसे या उसकी मानसिकता को एक दिन में कैसे बदला जा सकता है? परन्तु जब इस प्रकार के तर्कों से बचाव किया जाता है तो पिछली कांग्रेस सरकार द्वारा प्रस्तुत इसी प्रकार के तर्कों की याद आ जाना स्वाभाविक है।

तीन-चार वर्ष पुरानी बातों को याद करना इतना कठिन नहीं है, यद्यपि कहा जाता है कि जन-समाज इतिहास को बहुत जल्दी भुला देता है। तब जे.पी. के साथ हमारे ये नेता मानते थे कि सामाजिक जीवन के भ्रष्टाचार को दूर करना देश की प्रगति के लिए अनिवार्य है, क्योंकि कोई सही नीति या योजना भ्रष्ट तंत्र के द्वारा कार्यान्वित नहीं हो सकती है और शासन-तंत्र की भ्रष्टता सामाजिक भ्रष्टता से जुड़कर अटल हो गई है। फिर इन सब को संरक्षण भ्रष्टाचार की स्रोत सरकार से मिलता है, अत: उसकी भ्रष्टता पर पहला आक्रमण किया गया। जे.पी. के साथ कांग्रेस सरकारों के मंत्रिमंडल में रहने वाले अनुभवी नेता भी थे, जो आज देश के कर्णधार हैं। और इस मुद्दे पर भी वे जे.पी. के साथ थे, क्योंकि उन्होंने तब कभी नहीं कहा कि दृढ़ता के साथ शासन-तंत्र चलाना भ्रष्टता दूर करने से अधिक महत्त्वपूर्ण है। उस समय यह तर्क देना सम्भव नहीं था, क्योंकि श्रीमती इन्दिरा गांधी का यही तर्क था।

पिछले अनुभव से यह स्पष्ट है कि भ्रष्टता से संघर्ष किए बिना शासन-तंत्र को दृढ़ता से परिचालित करना सम्भव नहीं है। और अगर कोई व्यक्ति अपने आग्रह से समझता हो कि शासन-तंत्र की दृढ़ता का माने विरोधियों को पुलिस-शक्ति से ठीक कर देना है, तो उसे पिछले कुछ वर्षों की याद आनी चाहिए, जबकि इन्दिराजी इसी तर्क से तानाशाह बनती जा रही थीं। लोकतंत्र की दुहाई देकर तानाशाही तर्क का सहारा लेना, विरोधाभास नहीं विडम्बनापूर्ण है। विरोधियों के कुतर्क का, समाज-विरोधी नीतियों तथा आन्दोलनों का प्रतिरोध लोकतंत्र में जनमत के समर्थन से ही होगा। शासन की पुलिस-शक्ति का दायित्व हिंसा, तोड़-फोड़ और अराजकता से जन-समाज की रक्षा करना है। पुलिस-शक्ति का लोकतांत्रिक प्रयोग तभी सम्भव होगा, जब शासक दल जन-मत के व्यापक समर्थन से अपनी नीतियों को स्पष्ट कर सकेगा। अन्यथा सत्ता द्वारा पुलिस-शक्ति का तर्कहीन प्रयोग तानाशाही की ओर ले जाता है। परन्तु यह भी है कि जब शासक वर्ग अपनी तथा अपने तंत्र की भ्रष्टता से कड़ाई से मुकाबला करने के बजाय समझौता करना शुरू करता है, तब सिद्धान्तों, नीतियों और योजनाओं के कार्यान्वयन की दृढ़ता शिथिल होती जाती है, और बार बार उसे पुलिस-शक्ति की दृढ़ता पर आधारित होना पड़ता है।

भ्रष्टाचार के विरुद्ध संघर्ष से जन्मी जनता सरकार ने पिछले डेढ़ वर्षों में अपने इस पिछले अनुभव का क्या किया? पिछली सरकार और उसके शासकों के विरुद्ध कई कमीशन नियुक्त हुए। इनके सामने बहुत से तथ्य उजागर हुए। इनके आधार पर किसको सज़ा मिलेगी, या इससे क्या लाभ होगा यह अलग बात है। परन्तु पिछले डेढ़ वर्षों में जनता सरकार, उसके मंत्रियों और नेताओं ने इस अनुभव के आधार पर भ्रष्टता के विरुद्ध क्या क़दम उठाए हैं? प्रमुख बात है कि क्या जनता में इस बात का विश्वास फैल रहा है कि हमारे शासन-तंत्र पर ऐसा नियंत्रण बढ़ता जा रहा है जिसमें

भ्रष्ट आचरण कठिन होता जाए। क्या सामाजिक जीवन शुद्धता की ओर बढ़ रहा है? आठ-दस वर्ष पहले ईमानदार कांग्रेसी नेता क्षोभ और दु:ख से अपने ड्राइंग रूम में कहता था—आपको क्या अनुमान है कि हमारे शासक नेताओं का आचरण कितना भ्रष्ट हो गया है? आप लाखों की बात सुनते हैं, मुझे मालूम है कि इन्होंने करोड़ों डकार लिए हैं। अगर इसी तरह आज जनता दल का कोई ईमानदार नेता अपने कमरे में बैठकर कहता है—'आप नहीं जानते, दो-चार को छोड़ दीजिए बाक़ी अधिकांश कांग्रेसी मंत्रियों से पीछे रहना नहीं चाहते', तो उसके दु:ख और क्षोभ की इस बात से मन उसी तरह विभ्रमित हो जाता है!

सवाल है कि क्या माना जाए और क्या न माना जाए। यह सदा मानकर चलता आया हूँ कि जन-समाज अतिरंजनाओं और किंवदन्तियों में बहुत रुचि लेता है। और निरर्थक अतिरंजनाओं से अहित होता है। बहुत सी बातें विश्वसनीय नहीं होतीं, और विश्वास नहीं करना चाहिए। पर क्या हमारे प्रधानमंत्री का यह तर्क व्यापक भ्रष्टाचार के बारे में प्रामाणिक माना जा सकता है कि भ्रष्ट कहने के लिए उसे प्रमाणित होना चाहिए। फिर तीन-चार वर्ष पहले का इन्दिराजी का तर्क याद आ जाता है। उन्होंने विपक्ष तथा अन्य आलोचकों को बार-बार चुनौती दी थी कि भ्रष्टाचार का आरोप लगाने वाले प्रमाणित क्यों नहीं करते। उनके पास क्या प्रमाण हैं? क्या सबूत हैं? वे क़ानून द्वारा सज़ा क्यों नहीं दिलाते। एक बार उन्होंने आक्रोश में यहाँ तक कहा कि सबको इस देश में चार ही भ्रष्ट दिखाई देते हैं—ललित बाबू, बंशीलाल, मैं और मेरा लड़का।

साधारण तर्क-पद्धति से यह कितना सरल तर्क है। बिना प्रमाण दिए किसी को भ्रष्ट कैसे कहा जा सकता है? फिर प्रमाण जुटाए जा सकें तो सज़ा दिलाना भी सम्भव है! केवल सम्भव इसलिए कि हमारा क़ानून इतना जटिल है और हमारे क़ानून के व्याख्याता सामाजिक दायित्व और नैतिकता से इस प्रकार तटस्थ हैं कि शक्तिशाली को सज़ा दिलाना कठिन है। पर जे.पी. ने उस समय तर्क दिया था कि जो भ्रष्टता स्वयं-सिद्ध हो उसे प्रमाणित करने की आवश्यकता नहीं होती। चोर, डाकू, तस्कर, व्यापारी, चोरबाज़ारी प्रमाण के अभाव में सज़ा नहीं पाते। हम जानते हैं कि इनके मुक्त रहने के पीछे व्यापक सामाजिक तथा शासन-तंत्र का भ्रष्टाचार है। परन्तु व्यापक राष्ट्रीय स्तर पर सामाजिक जीवन का नेतृत्व करने वाले कर्णधारों की प्रामाणिकता लोक की विश्वसनीयता ही है। यह ठीक है कि चरित्रहनन के लिए झूठा प्रचार किया जाता है, पर उसके लिए भी लोक-नेता को जनता के सामने अग्नि परीक्षा देनी होती है। यद्यपि यह उदाहरण देना अच्छा नहीं लगता, पर कहना पड़ता है कि राम ने लोकापवाद से बचने के लिए सीता को भी वनवास दे दिया।

शब्दों का अपारदर्शी प्रयोग

वेटगेनस्टीन जैसे भाषा दार्शनिक का कहना है कि भाषा अपारदर्शी होती है और वह हमारे विचारों तथा भावों को सही-सही प्रकट करने में असमर्थ है। उसने भाषा की जटिल समस्या पर उच्चस्तरीय गणित तथा तर्कशास्त्र के आधार पर विचार किया है। उसके दार्शनिक विचार को समझ पाना सरल नहीं है, पर अपने देश की राजनीति में प्रयुक्त होने वाले तमाम शब्दों की अपारदर्शिता को देख पाना आसान है। पिछले दौर में 'लोकतंत्र', 'तानाशाही', 'फ़ासीवाद', 'प्रतिश्रुति' आदि तमाम शब्दों का उपयोग ठीक विरोधी मान्यताओं वाले व्यक्तियों के द्वारा अपने पक्ष में किया गया। और यह भी कहा नहीं जा सकता कि इन शब्दों का केवल दुहरे अर्थ में प्रयोग हुआ है। अगर प्रयोग के सन्दर्भों से जोड़कर देखा जाए तो लगेगा कि इन शब्दों का कुछ भी अर्थ हो पर प्रयोग करने वालों के लिए उनका एक दूसरे के विरुद्ध प्रयोग करने के अलावा कोई उद्देश्य नहीं रहा।

तब इन्दिरा गांधी कह रही थीं कि लोकतंत्र ख़तरे में है, फ़ासी शक्तियाँ संगठित होकर लोकतंत्र को समाप्त करना चाहती हैं, पूँजीवाद तथा विदेशी शक्तियाँ देश की धर्मनिरपेक्ष तथा समाजवादी नीतियों को नष्ट कर देना चाहती हैं और इस प्रकार देश की प्रगति अवरुद्ध हो रही है। उसी समय प्रतिपक्ष के नेता कह रहे थे कि इन्दिरा गांधी फ़ासी शक्तियों से सत्ता को केन्द्रित करके अपनी तानाशाही से लोकतंत्र को समाप्त करना चाहती हैं। देश के पूँजीपति और विदेशी शक्ति उनका समर्थन कर रहे हैं। एक बार तानाशाही स्थापित होने के बाद देश दशकों के लिए प्रगति के मार्ग से विचलित हो जाएगा। उस स्थिति में जे.पी. ने भी लोकतंत्र के ख़तरे का नारा दिया और एक व्यापक आन्दोलन इन्दिरा गांधी की तानाशाही के खिलाफ शुरू किया था। उनके साथ जुड़कर हमारे जैसे लोगों को प्रतिपक्ष की दृष्टि से इन शब्दों के अर्थ समझ में आ रहे थे। पर उत्प्रेरक (cÅUatalytic) के समान जे.पी. ने लगता है इस प्रक्रिया में इन शब्दों को एक अर्थ की संगति दी थी, उत्प्रेरक अपनी स्थिति मात्र से दो रसायनिकों के मिश्रण को एक नया रसायन बना देता है और खुद उसका अंश मात्र नहीं घुलता।

आज यह बात समझ में आती है कि इन शब्दों का अर्थ जे.पी. की उपस्थिति से ही कुछ स्पष्ट हुआ था, अन्यथा आज उनके हटते ही पुनः ये शब्द जैसे के तैसे

अपारदर्शी हो गए हैं, यानी उनका कुछ भी अर्थ लिया जा सकता है या कुछ भी अर्थ नहीं है। आज शासन-तंत्र चलाने वाले नेता ठीक पिछले शासकों की भाषा बोलने लगे हैं और प्रतिपक्ष की नेता इन्दिरा गांधी पिछले विरोधी नेताओं की भाषा बोल रही हैं। आज भी लोकतंत्र की रक्षा का नारा है, फ़ासी तानाशाही की ख़िलाफ़त है, समाजवादी और धर्मनिरपेक्ष नीतियों की रक्षा की चिन्ता है, और पक्ष तथा प्रतिपक्ष दोनों की चिन्ताएँ समान हैं। शब्दों की ढेलाबाज़ी चल रही है, और मज़े की बात है, दोनों ओर से उन्हीं-उन्हीं शब्दों को फेंका जा रहा है। जनता दल क्रमशः जब पुरानी कांग्रेसी रीति-नीति को ही अपनाता जा रहा है, तब उससे यह आशा करना व्यर्थ है कि आचरण, चरित्र, कर्म के माध्यम से इन शब्दों को मूल्यवान सिद्ध किया जा सकेगा। सारा कांग्रेसी चरित्र कथनी-करनी के अन्तर पर प्रतिष्ठित रहा है, और उसी ने सारे देश के जीवन को हर स्तर पर भ्रष्ट किया था। आशा की गई थी कि जनता दल कथनी-करनी के इस अन्तराल को दूर कर सकेगा तथा नीतियों के कार्यान्वयन द्वारा अपने चरित्र का प्रमाण दे सकेगा। पर क्रमशः भ्रम दूर होता जा रहा है और शब्दों का प्रयोग अर्थहीन होता जा रहा है।

सन् 47 में हमारा देश स्वतंत्र हुआ और तब से अधिकतर देश का शासन कांग्रेस के हाथ में रहा है। स्वतंत्रता आन्दोलन के समय हमारे नेताओं ने देश की महत्त्वाकांक्षाओं को अभिव्यक्ति दी थी और अपने समाज के सम्पूर्ण विकास के लिए वे प्रतिश्रुत थे। उन्होंने देश के मन में आशा जगाई थी कि स्वतंत्र भारत में जाति-धर्म-वर्ण विहीन, अन्याय-शोषण से मुक्त और हर प्रकार की क्षमता पर आश्रित समाज की रचना हो सकेगी। पर संविधान बनाने की प्रक्रिया से ही अपारदर्शी शब्दों का खेल शुरू हो गया था। गांधीजी भारतीय रंगमंच से हट चुके थे और इस प्रकार देश की जनता की भावनाओं का सच्चा प्रतिनिधि नेतृत्व के लिए नहीं था। साथ ही संविधान बनाने वालों के मन में पश्चिम के सम्पन्न और शक्तिशाली राष्ट्रों के लोकतंत्र की परिकल्पना थी, अपने देश का ग़रीब और पिछड़ा हुआ जन-जीवन नहीं था। इस कारण संविधान की बहुत सी परिकल्पनाएँ और प्रतिश्रुतियाँ अपने शब्दाडम्बर में कैसी ही भव्य रही हों, पर भारतीय सन्दर्भ में अयथार्थ थीं। तब यह सोचा नहीं गया कि शब्द का अपने आप कोई अर्थ नहीं होता, उसे जीवन के कर्म और आचरण में अर्थवान् बनाया जाता है।

धीरे-धीरे कांग्रेस का नेहरू युग आगे बढ़ रहा था और नेहरू के मन में यूरोप के उन्नत और समृद्ध राष्ट्र कौंध रहे थे। वे अपने समाज को वैसे ही उन्नत और समृद्ध देखने के लिए व्यग्र थे। यूरोप के राष्ट्र लोकतंत्र और समाजवाद दोनों पद्धतियों से आगे बढ़ रहे थे। उन्होंने अपने देश के विकास के लिए लोकतंत्र के साथ समाजवादी लक्ष्यों को स्वीकार किया। इसी दृष्टि से नेहरू की आर्थिक नीति मिश्रित अर्थव्यवस्था को स्वीकार करती है और विदेश नीति तटस्थता की रही है। परन्तु नेहरू की कठिनाई

थी कि वे अपने देश के व्यापक जन-समाज से प्राय: अपरिचित थे, उसकी परम्परा, सांस्कृतिक धरोहर तथा व्यापक मानसिकता से और उसके इतिहास, संस्कार, पिछड़ेपन तथा उसकी ग़रीबी से। इसी कारण लोकतांत्रिक मूल्यों पर आस्था रखने वाले उदार मानवतावादी होने के बावजूद नेहरू अपनी नीतियों से देश में एक ऐसे विशिष्ट समाज को शक्तिशाली और संगठित होने की सुविधा तथा संरक्षण देते रहे जो देश के व्यापक तथा विशाल जीवन से कटा हुआ है और उसकी साधन-सम्पन्नता इस जन-समाज के शोषण से जुड़ी है। इस सुविधाभोगी समाज (वर्ग) ने नेहरू को क्रमश: घेर लिया था और देश की सारी नीतियों का नियंत्रण-निर्देशन उसके हाथ में आ गया। और यहाँ से उन सारे शब्दों की विडम्बना शुरू होती है जो हमारे देश की महत्त्वाकांक्षाओं को व्यक्त करने वाले तथा हमारी प्रतिश्रुतियों के प्रतीक रहे हैं।

फिर शब्दों का खेल शुरू हो गया। लोकतंत्र की पद्धति चलती रही और हमारी समाज व्यवस्था के अन्तर्गत बहुसंख्यक जन-समाज अपने अधिकारों से वंचित रहा, न वह समान न्याय पा सका, न अवसर और न ही शिक्षा। समाजवादी लक्ष्यों की ओर बढ़ते हुए हमारे बीच जाति-वर्ण-धर्म का अन्तर समाप्त होने के बजाय बढ़ा है, आर्थिक विषमता भी कम होने के बजाय बढ़ी है। फिर ग़रीबी हटाने, पिछड़ेपन को दूर करने, प्रगति करने के तमाम नारे दिए गए। इन सबके परिणाम को देखकर इन सारे शब्दों का खेल समझ में आ जाता है। अपनी नई समाज रचना और अर्थ-व्यवस्था को पहचानकर डॉ. लोहिया ने सबसे पहले कथनी-करनी के अन्तर को लक्षित किया था और अपने समाज के सामने इन शब्दों के खिलाड़ियों (बाजीगरों) के सही चरित्र को उद्घाटित किया था। इन शब्दों के घटाटोप से गांधी विचार तथा नीति को आच्छादित कर दिया गया था। डॉ. लोहिया ने इस कुहासे को फाड़कर देश का सही मार्ग प्रशस्त किया था।

आपात्काल के समाप्त होने के बाद एक बार आशा बँधी थी कि इस यंत्रणा की अन्धकारा ने हमारे नेताओं को आत्म-मन्थन का मौक़ा दिया होगा और उनके मन में यह सत्य उजागर होगा कि नए समाज की रचना और देश की प्रगति इन अपारदर्शी शब्दों के खिलवाड़ से सम्भव नहीं है, इन्हें नीतियों के कार्यान्वयन के दृढ़ संकल्प से, कर्म तथा आचरण से मूल्यवान बनाना होगा। इस आन्दोलन के पीछे जे.पी. तथा लोहिया जैसे गांधी-विचार के कर्म के स्तर के उत्तराधिकारियों की प्रेरणा तथा नेतृत्व था, यह स्मरण रखने की बात है। परन्तु धीरे-धीरे गांधी-विचार पुन: शब्दों का खिलवाड़ बनता जा रहा है। जनता सरकार की किसी भी नीति के पीछे जन-जीवन का संस्पर्श तथा कर्म की मूल्यवत्ता के स्थान पर शब्दों का खेल दिखाई देने का कारण है कि वह एक ओर कांग्रेसी मानसिकता का शिकार हो रही है, दूसरी ओर कांग्रेसी राज्य में शक्ति तथा साधन-सम्पन्न होने वाले वर्ग (पूरा एक समाज) से वह घिरती जा रही है।

मुक्ति का उपाय भी यही है कि जनता सरकार इस मानसिकता और इस वर्ग से मुक्त हो सके। अपने दल (जनता) के माध्यम से वह जन-जीवन से जुड़कर उसकी महत्त्वाकांक्षाओं का सही प्रतिनिधित्व कर सके और अपनी करनी से अपनी कथनी को सार्थक करने का क्रम शुरू करे। सत्ता का शिखर राजनीति—शब्दों के खेल की राजनीति—चाहें विभिन्न दलों के बीच हो अथवा एक ही दल के महत्त्वाकांक्षी व्यक्तियों के बीच हो दलों और व्यक्तियों को चाहे जहाँ ले जाए, पर देश तथा समाज को विशृंखलता तथा ह्रास की ओर ही ले जाएगी—यह प्रत्यक्ष है।

युवा शक्ति : दिशा की तलाश

आज की अराजक तथा विस्फोटक परिस्थिति में शिक्षित और सम्भ्रान्त जनों के बीच सामान्य चर्चा है कि यही युवा-शक्ति देश में सम्पूर्ण क्रान्ति कर रही है। यह तो दिखाई दे रहा है कि देश में अशान्ति है, अराजकता है, तोड़-फोड़ है, घेराव तथा पथराव है, संस्थाओं का बन्द है, और अब तो अग्निकांड तथा बम-विस्फोट भी बढ़ते जा रहे हैं। वैसे तो इस सब के पीछे तमाम अराजक तत्त्व काम कर रहे हैं, पर युवा तथा छात्र प्रत्यक्ष रूप में दिखाई पड़ते हैं। यथास्थिति में अपनी सुरक्षा तथा कल्याण मानने वाले लोग इस तथ्य के आधार पर यह व्यंग करते हैं कि यही जयप्रकाश जी की युवा-शक्ति है और यह उसकी सम्पूर्ण क्रान्ति है। वे अपनी मानसिकता के कारण यह भूल जाते हैं कि सन् 1974 तक देश की जो स्थिति बन चुकी थी वह आज से भिन्न नहीं थी। जयप्रकाश जी ने उस स्थिति के विरुद्ध ही आन्दोलन छेड़ा था और युवा-शक्ति को सही दिशा देने की चेष्टा की थी। शायद यह स्थिति की माँग या विवशता थी कि अनेक प्रतिपक्ष के दलों के साथ उनके युवा-संगठनों को आन्दोलन में साथ लिया जाए। आज जिस प्रकार जनता दल के ये घटक जयप्रकाश जी के प्रभाव क्षेत्र से दूर पड़ते गए हैं, वैसे ही वह युवा नेतृत्व उनसे अलग हो गया है।

अगर हम यह कहें तो स्वतंत्रता आन्दोलन के दौर में गांधीजी ने युवकों-छात्रों को सम्बोधित किया था कि वे अपनी संस्थाओं को छोड़कर आन्दोलन में भाग लें, उस समय तमाम गम्भीर विचारवान लोगों ने कहा था कि गांधीजी युवकों को उच्छृंखल बना रहे हैं। छात्रों के द्वारा संस्थाओं का त्याग दिशाहीनता मानते थे। आज भी उस परम्परा तथा मानसिकता के लोग हैं और वे यही मानते हैं कि छात्रों को राजनीति से अलग रहना चाहिए। इधर जयप्रकाश जी का नाम मिल गया है, छात्रों की उच्छृंखलता, अराजकता तथा भटकाव का श्रेय उनके युवा-शक्ति के सम्बोधन को दिया जा रहा है। इन दोनों के बीच डॉ. लोहिया का नाम भी आता है। इस सम्भ्रान्त वर्ग के अनुसार उन्होंने युवा-वर्ग को उद्दंड, अराजक तथा तोड़-फोड़ करने वाला बनाया है।

शुतुरमुर्ग की तरह रेत में सिर डालकर सुरक्षा का अनुभव करने वाला वर्ग

अपनी मानसिकता के कारण यह देखना-समझना नहीं चाहता कि आज के सन्दर्भ में विश्व के स्तर पर युवा-शक्ति को स्वीकार किया गया है। फ्रांस, जापान, इन्डोनेशिया, अमरीका (स्टेट्स) और चीन आदि देशों में अनेक रूपों तथा सन्दर्भों में इस शक्ति ने आग्रह प्रकट किया है। ऐसा नहीं हर जगह किसी नेता या दल के सम्बोधन पर युवा-शक्ति जागी और क्रियाशील हुई हो। किसी परिस्थिति या सत्ता या व्यवस्था के विरोध में भी युवा-शक्ति उठ खड़ी हुई है। केवल यथास्थिति को तोड़ने के लिए भी वह विकल हो उठी है। अत: यह कहना सही नहीं है कि केवल इन नेताओं के सम्बोधन से युवा-शक्ति जाग्रत हुई है, अत: उसके दिशा-भ्रम का दायित्व उन्हीं पर है। हाँ, यह अवश्य है कि इन्होंने इस शक्ति को पहचाना और उसे गति तथा दिशा देने का प्रयत्न किया। यह कुछ अन्य देशों में भी हुआ है, नेताओं ने इस शक्ति का उपयोग किन्हीं लक्ष्यों के लिए किया है।

परिस्थिति के इस विरोधाभास पर विचार करना ज़रूरी है कि आज युवा-शक्ति की उच्छृंखलता और अराजकता के साथ जिन गांधी, लोहिया और जयप्रकाश के नाम जोड़े जा रहे हैं, वे पक्के अहिंसावादी और सत्याग्रही रहे हैं। यह विरोधाभास कहाँ से पैदा हुआ है ? परिस्थितियाँ ऐसी अवश्य रही हैं कि अब तक युवा-शक्ति का उपयोग विरोधात्मक हुआ है, रचनात्मक बहुत कम हो पाया है। गांधीजी के आन्दोलनों को विदेशी शासन के विरुद्ध छात्रों से शक्ति मिली। डॉ. लोहिया ने कांग्रेस एकसत्ता तथा यथास्थितिवाद को इस शक्ति के सहारे चुनौती दी। जयप्रकाशजी ने युवा-शक्ति का उपयोग तानाशाही के विरुद्ध किया। याद रखने की बात है कि ये तीनों विचारक और राजनेता उस सिद्धान्त तथा नीति के विरोधी रहे हैं जिसके अनुसार पूरी तरह अराजक परिस्थिति उत्पन्न करने के बाद सत्ता पर पूरा अधिकार जमाना लक्ष्य है। फिर सारा रचनात्मक कार्यक्रम सम्पूर्ण सत्ता से नियोजित-नियंत्रित किया जाता है। ये लोग तो मूलत: लोकतांत्रिक आस्था वाले रहे हैं, अत: उनके विरोध-विद्रोह तथा उनकी क्रान्ति के साथ लोक-स्तर पर रचनात्मक भूमिका का अनिवार्य महत्त्व है। और हुआ यह है कि पहले अर्थात् क्रान्ति या विरोध के दौर में युवा-शक्ति रचनात्मक भूमिका से उस प्रकार जोड़ी नहीं जा सकी कि अगले अर्थात् सफल हो जाने के बाद के दौर में इस भूमिका पर समाज की संरचना में वह लग सकती।

राजनीति के क्षेत्र में सक्रियता अधिक होती है। इसी कारण अनेक बार जाने-अनजाने कुछ बातों पर बहुत बल दिया जाता है। जन-समाज में उन्हें राजनीतिक मिथक के समान चलाया जाता है। तात्कालिक प्रभाव डालने के लिए ऐसे नारे दिए जाते हैं, घोषणाएँ की जाती हैं। इनके सहारे एक लक्ष्य तक पहुँचा जा सकता है, पर आगे उनकी व्याख्या करके दिशा, निर्धारित करना ज़रूरी हो जाता है। यहाँ उन नारों तथा घोषणाओं की चर्चा नहीं की जा रही है जो स्पष्ट हैं, जैसे ग़रीबी हटाओ,

बेरोज़गारी दूर करो। इनका हटाना या दूर करना कितनी भी बड़ी क्रान्ति से सम्भव हो, पर ग़रीबी हटी या नहीं, रोज़गार कितनों को मिले, यह प्रत्यक्ष है। इन वादों के करने वाले व्याख्या से भ्रम पैदा करने की चेष्टा कर सकते हैं, पर दिशा-निर्देश नहीं दे सकते। इनको पूरा करना उनकी संकल्प-शक्ति, क्षमता, दृष्टि और ईमानदारी पर निर्भर करता है। परन्तु युवा-शक्ति क्रान्ति की भूमिका निभाएगी, क्रान्ति उसी के द्वारा सम्भव है, भविष्य उसी के हाथ में है, ये उस प्रकार के वादे नहीं हैं, ये नारे या घोषणाएँ नहीं हैं। ये देश की विशाल ऊर्जा को गतिशील करने वाले सूत्र हैं।

राजनीतिक वातावरण के उत्साह के कारण युवा-शक्ति से जुड़े कुछ सूत्रों के बारे में भ्रम पैदा हो गया है। आन्दोलन की उत्तेजना में अर्थ की अपेक्षा किए बिना इन सूत्रों का उपयोग मंत्र की तरह किया गया और प्रभाव भी वैसा ही पड़ा। पर इस सीमा के आगे सन्दर्भ बदल जाने से ये सूत्र व्याख्यापरक हो जाते हैं। जयप्रकाश जी ने विशेष रूप से युवा-शक्ति से सम्पूर्ण क्रान्ति के नेतृत्व की अपेक्षा की है। जैसे पुराना कथन कि शिशु भगवान का रूप होता है और नया कथन कि युवक देश-समाज के भविष्य हैं, एक स्तर पर सही है। पर बिना शिक्षा-दीक्षा के, बिना आन्तरिक अनुशासन के और बिना दिशा के युवकों से कैसे भविष्य की आशा की जा सकती है, यह स्पष्ट है। यह वैसा ही है कि शिशु की असहायता और आग तथा साँप को पकड़ लेने की अबोधता में भगवान का दर्शन करना। अत: यह जान पड़ता है कि युवा ऐसी ऊर्जा है जिसे संगठित नियोजित करने वाला कोई न कोई प्रेरक तत्त्व होना चाहिए।

भौतिक ऊर्जा से युवा ऊर्जा के अन्तर को समझना ज़रूरी है। युवा ऊर्जा स्वचेतन है और इस कारण यह नहीं है कि प्रेरक सदा बाहर से क्रियाशील हो। यह ज़रूर है कि जिस मानसिक अवस्था से युवा-वर्ग गुज़र रहा होता है, उसमें भावावेश, उत्तेजना, गत्यात्मकता अधिक होती है और इस कारण यदि उसमें कार्य का उत्साह तथा क्षमता अधिक है तो शान्तिपूर्वक निश्चय करने और निर्णय लेने का धैर्य कम होता है। उसकी इस मन:स्थिति के कारण प्राय: बाहरी प्रेरक उसका उपयोग करने में सक्षम हो जाते हैं। प्राय: अराजक शक्ति के रूप में इसका उपयोग फ़ासी शक्तियाँ कर सकती हैं, क्योंकि फ़ासीवाद पहले अराजक तत्त्वों को मुक्त करके फिर उन्हें अपनी दलीय आतंककारी शक्ति से नियोजित करता है। इस अराजक स्थिति से लाभ उठाने की साम्यवादी नीति भी है, पर इस ऊर्जा को अनुशासित करने के लिए इस स्थिति के बीच प्रतिश्रुत और प्रशिक्षित युवा-शक्ति का संगठन भी अपेक्षित है।

भारतीय परिस्थिति पर विचार करने पर लगता है कि हमारे राष्ट्रीय नेताओं ने इस ऊर्जा को मुक्त करके एक लक्ष्य को पाने में उसका सहयोग लिया है। पर उसके बाद इन नेताओं के हाथ में नियंत्रण नहीं रहा। गांधी देश की स्वतंत्रता के बाद अपने कल्पना के सर्वोदयी समाज की रचना का अवसर ही नहीं पा सके। डॉ. लोहिया ने

कांग्रेस सरकार के यथास्थितिवाद को तोड़ने के लिए, उसके एकसत्तात्मक स्वरूप को खंडित करने के लिए युवा-शक्ति को प्रेरित किया पर सफल होने की स्थिति तक पहुँचते-पहुँचते उसे रचनात्मक भूमिका में लगाने के लिए वे रहे नहीं। इसी प्रकार अब जयप्रकाश जी इस शक्ति को सम्पूर्ण क्रान्ति की रचनात्मक प्रक्रिया से जोड़ने की स्थिति में नहीं हैं। ध्यान देने की बात है कि इन तीनों राष्ट्र नेताओं ने युवा-शक्ति को उपयोग करने की दृष्टि से नहीं देखा है। एक तो उन्होंने आन्दोलन के काल में इस शक्ति को रचनात्मक भूमिका पर प्रतिष्ठित करने का प्रयत्न किया है, दूसरे उन्होंने सदा बल दिया कि युवा-शक्ति में नियोजित-नियंत्रित करने तथा दिशा ग्रहण करने की क्षमता स्वतः विकसित होनी चाहिए। जयप्रकाश जी ने जब युवा-जनों को सम्पूर्ण क्रान्ति के नेतृत्व का आह्वान दिया, उन्होंने युवा शक्ति से यही स्वतः संचालित होने तथा दिशा-ग्रहण करने की माँग की थी।

लोकतंत्रीय व्यवस्था के अन्तर्गत युवा-शक्ति का यही रोल वाँछित है। यथास्थितिवादी नेतृत्व हो अथवा गद्दियों की राजनीति में लगा हुआ नेतृत्व हो, वह सदा इस शक्ति को विश्रृंखलित तथा पथभ्रष्ट करके अपने-अपने निहित स्वार्थ के लिए इस्तेमाल करता आया है और करता रहेगा। हमारे देश का प्रायः सारा प्रौढ़ तथा परिपक्व नेतृत्व ऐसा ही है जो देश-समाज को वह सही दिशा देने में अक्षम हो चुका है। अपनी निजी प्रतिष्ठा, पद तथा गद्दी से वे ऐसे लगे हुए हैं कि उनकी राजनीति की दृष्टि उन्हीं पर अटक गई है। अब वे युवकों का राजनीतिक इस्तेमाल इसी रूप में करने के अभ्यस्त हो गए हैं। इसलिए आज यह अनिवार्य हो गया है कि युवा-शक्ति अपने इन प्रेरकों तथा उनके पोषित युवा-नेताओं से अपने को मुक्त कर सके। उसे प्रेरणा चाहिए, दृष्टि चाहिए और दिशा भी, क्योंकि इनके बिना किसी रचनात्मक लक्ष्य तक पहुँचना सम्भव नहीं है। पर यह सब उसे राष्ट्र नेताओं, श्रेष्ठ सिद्धान्तों और महान ग्रन्थों से मिल सकता है। फिर अपने समाज को सही दिशा में परिवर्तित करने की आकांक्षा और जन-समाज से सम्पृक्ति जनों का निर्देशन दिशा की खोज और लक्ष्यों के निर्धारण में उसका मार्ग प्रशस्त करते रहेंगे। यह स्पष्ट होना चाहिए कि लोकतंत्रीय पद्धति में कोई भी क्रान्ति तभी सफल हो सकेगी जब उसके दौर में रचनात्मक भूमिका इतनी तैयार हो जाए कि उस पर नए प्रगतिशील समाज का निर्माण किया जा सके। और यह तभी सम्भव है कि हमारी युवा-शक्ति इस रचनात्मक भूमिका का निर्वाह करने के लिए संगठित हो सके।

सह-अस्तित्व : एक स्थिति या मूल्य

एक ज़माना था जब जाने-माने सभी साहित्यकार अपने को प्रगतिशील मानने में गौरव का अनुभव करते थे। बहुत दिन नहीं हुए, पर आज की दुनिया में समय की रफ़्तार ही ऐसी है कि ज़माना ही लगता है। फिर ऐसा भी हुआ कि प्रगतिवाद का, उसके खास सन्दर्भ के कारण, विरोध भी हुआ और विरोध करने वालों ने अपने ढंग से अपनी स्थिति स्पृहणीय बना ली। कई वर्ष यह विरोध और तनातनी साहित्य जगत में गति तथा रोचकता का कारण रही। ऐसे वाद-विवादों से साहित्य को सदा लाभ होता है, क्योंकि इस प्रकार विचारों में तीव्रता आती है। परन्तु साहित्य के श्रद्धास्पदों और आदरणीयों ने उस समय समन्वय का मार्ग दोनों दलों के सम्मुख अपनी स्थिति बनाए रखने के लिए श्रेयस्कर माना। यहाँ उनका वह मार्ग, या स्थिति हमारे विचार का विषय नहीं है, केवल उसका उल्लेख इस दृष्टि से करना आवश्यक है कि साहित्यिक सह-अस्तित्व की यही आधार-भूमि है।

समन्वयवादी प्रतिष्ठित साहित्यिकों की तटस्थता और असम्पृक्ति कई दृष्टियों से सारगर्भित थी। देश में जो दौर चल निकला था, उसमें अपनी स्थिति को निर्धारित तथा निश्चित करने के लिए वाद-विवाद से ऊपर उठना आवश्यक था। यह अवश्य है कि पिछले साहित्यिक वाद-विवाद में साहित्येतर प्रश्न और सन्दर्भ अनेक रूपों में आए थे, परन्तु चिन्तन के इस युग में इन इतर समस्याओं पर समुचित प्रकाश डाले बिना साहित्य के मूलभूत प्रश्नों का उत्तर देना भी आसान नहीं है। इतना ही नहीं, इस पीठिका के बिना साहित्य के आधारभूत तथा मौलिक प्रश्नों का समाधान सूक्ष्म स्तर पर नहीं ढूँढ़ा जा सकता। आदरणीय साहित्यकारों ने अपनी समन्वयवादी दृष्टि से वाद-विवाद की प्रवृत्ति को ही गर्हित और वर्जित माना। वस्तुतः उनके सामने देश का जो विस्तृत और बृहत्तर नक़शा उभर रहा था, उसके प्रसंग में साहित्य या साहित्येतर किसी प्रकार के प्रश्नों पर विचार करना उनके लिए अनावश्यक हो चुका था।

जहाँ तक पिछले वाद-विवाद का स्वरूप था, वह भी इस समय शिथिल तथा अर्थहीन होता जा रहा था। विचारों के स्थान पर विवाद के विषय व्यक्ति होते गए, क्योंकि विचार और सिद्धान्तों के स्तर पर चिन्तन को आगे बढ़ाना सम्भव नहीं जान

पड़ रहा था। इस स्थिति का विश्लेषण करना अथवा किसी पक्ष को उसके लिए दोषी ठहराना यहाँ उद्देश्य नहीं है। इसके परिणाम का उल्लेख करना प्रस्तुत प्रसंग में अवश्य उपयोगी होगा। वर्तमान स्थिति में, जो आठ-दस वर्षों से चली आ रही है, कुछ लोगों को तो उनके चाहे अनचाहे, दो पक्षों में विभक्त कर दिया जाता है। कभी यह विभाजन उनके द्वारा स्वयं स्वीकार कर लिया गया होता है और कभी अन्य अपने को तटस्थ कहने का गौरव लेने वाले, अपनी सुविधा के लिए दो अलग पक्षों को मानकर चलते हैं। परन्तु वास्तविक चिन्तन सम्बन्धी अथवा सिद्धान्तगत उनका अब क्या मतभेद रह गया, यह न वे स्वयं जानते हैं और न तटस्थ मानने वाले लोग ही बता सकते हैं। इतना अवश्य है कि इस मानने में अलग-अलग लोगों का भिन्न उद्देश्य है।

बड़े गुरुजनों की स्थिति का उल्लेख पहले ही किया गया है, वे सभी प्रकार के विवादों और चर्चाओं से परे हैं, वास्तव में, उनके बड़प्पन की सिद्धि यही है कि सभी सोचने-समझने वाले लोग क्षुद्र पक्षों में विभक्त होकर अपनी दलीय भावना से साहित्य की शान्ति और पवित्रता को भंग कर रहे हैं और वे अपने प्रयत्नों से समन्वयशील सह-अस्तित्व के आदर्श की रक्षा कर रहे हैं। दूसरे वे लोग हैं, जिनको अन्य लोग तो एक दल का मानकर जलते हैं, पर दलगत होने का सारा अपराध दूसरे पक्ष पर आरोपित कर वे, स्वयं दलहीनता की घोषणा करते हुए, अपने को सह-अस्तित्ववादी आदर्श के साथ ही सिद्ध करने का प्रयत्न करते हैं। परन्तु इस आदर्शवाद का सबसे बड़ा समर्थक है लेखकों का नया समाज, जिसे हिन्दी साहित्य की नई पौध कहा जाता है।

इधर वर्षों से जितनी पत्र-पत्रिकाएँ लेखकों के सहयोग अथवा सम्पादन में निकाली गई हैं, उन सबकी मौलिक घोषणा रही है कि 'साहित्य में प्रचलित दलीय भावना से मुक्त रहकर हम निष्पक्ष हैं।' फिर, निष्पक्षता के नाम पर तथाकथित दलबद्धता और दलीय लेखकों की काफ़ी ख़बर ली जाती रही है। कभी-कभी तो यह सब स्वयंसिद्ध ढंग से फ़ैशन के रूप में ही किया जाता है। एक बार एक सम्पादक महोदय से सीधे प्रश्न करने पर कि उनका मतलब किस प्रकार के दलों से है और उनका आपसी विवाद क्या है, वे केवल ऐसे नाम बता सके जिनका अब मात्र ऐतिहासिक महत्त्व है। परन्तु विचार करने पर यह आक्रोश व्यक्त करने की पद्धति, निष्पक्ष होने पर भी निरर्थक कदापि नहीं है। इस प्रकार, एक ओर तो ये लेखक सहज ही आदरणीयों के कृपापात्र हो जाते हैं और दूसरी ओर उनको बिना परिश्रम के एक ऐसा थोथा नारा हाथ लग जाता है जिसके आधार पर लेखकों को संगठित होने के लिए प्रेरित किया जा सकता है। पुराने समन्वयवाद के समान ही यह निष्पक्षता का नारा अपनी सरलता में आकर्षक है। इसे आधुनिक सह-अस्तित्व के सिद्धान्त का दूसरा सोपान माना जा सकता है। जब दल की चर्चा की जाती है, हमारे सामने

राजनीति का वातावरण ही अधिक प्रत्यक्ष होता है। सच बात है कि साहित्य में दल शब्द राजनीति के एक दल-विशेष के सन्दर्भ से आया भी है, या उसका प्रचार इसी कारण अधिक हुआ है। वैसे, साहित्य के क्षेत्र में मत हो सकते हैं, दल नहीं; मताग्रह हो सकता है, दलगत मान्यता नहीं। और वस्तुतः साहित्य के क्षेत्र में विपक्षी दल उस विशिष्ट वर्ग की इसी भावना के विरोध के लिए सामने आया भी था। विरोध और तनाव की स्थिति में विपक्षी वर्ग दलों में बँटा हुआ लगेगा ही। परन्तु इस प्रकार का सैद्धान्तिक विरोध करने वालों को दल के रूप में प्रतिष्ठित करने का पहला श्रेय, जैसा कहा जा चुका है, समन्वयवादी अंग्रेज़ों को दिया जाना चाहिए। लेकिन आज उस स्थिति के बीत जाने के बाद भी, जब वह नारा चलता जा रहा है, तब उसका उद्‌देश्य निश्चय ही भिन्न हो चुका है।

अन्ततः यह निर्दलीयता और निष्पक्षता का नारा सह-अस्तित्व के लिए ही है। एक लेखकों के सहकारी प्रयत्नों के आधार पर पत्र निकालने का दावा पेश करने वाले सम्पादक से मैंने सहज ही प्रश्न किया था कि उनका पत्र विचारों के किस आन्दोलन का प्रतिनिधित्व करता है। वैसे मेरा यह प्रश्न उन्हें अप्रीतिकर ही लगा, लेकिन उनका उत्तर अधिक रोचक था। उन्होंने गर्व या गौरव के साथ यही उत्तर दिया कि उनका पत्र दलगत भावना से बहुत दूर है, वह सबको साथ लेकर चलने के पक्ष में है और किसी वाद-विवाद में बिना पड़े अच्छे साहित्य का प्रतिनिधित्व करता है। यह प्रसंग दूसरा है कि मैंने उनसे नम्र निवेदन किया कि अच्छा साहित्य प्रकशित करने तथा सबके सहयोग पाने की घोषणा व्यावसायिक पत्र भी करते हैं, फिर आप हमसे अतिरिक्त सहयोग की क्यों आशा करते हैं। यह भी स्पष्टतः मैंने कह दिया कि यदि उनका व्यक्तिगत लाभ हो (नौकरी-चाकरी आदि का) तो मित्रता के निर्वाह के रूप में उनकी सहायता कर भी सकता हूँ। पर वह महोदय रुठे तो माने नहीं और अपने सह-अस्तित्व के मूल्य को मुझसे भुना न पाने का आक्रोश यत्र-तत्र चुकाने का प्रयत्न भी करते रहते हैं।

खैर, वह बात व्यक्तिगत है और उसका भला-बुरा मानना भी उसी कोटि का है। परन्तु प्रश्न यह है कि क्या सचमुच सह-अस्तित्व अपने-आप में ऐसा मूल्य है, जिसके आधार पर साहित्य या जीवन में ही कुछ उपलब्ध किया जा सकता है? राजनीति के क्षेत्र में इस शब्द को विभिन्न गुटों के तनाव की स्थिति की स्वीकृति के रूप में ही स्वीकार किया गया है। भिन्न-भिन्न राष्ट्र हैं, राष्ट्रों के अपने स्वार्थों के अनुसार गुट भी हैं। प्रतिद्वन्द्विता में एक दूसरे को पराजित करना, अधीन करना, समाप्त करना अत्यन्त कठिन न भी हो, पर अपने ही अस्तित्व के लिए ख़तरनाक है। ज्यों-ज्यों यह सिद्ध होता गया है, राष्ट्रों को, विशेषकर बलशाली राष्ट्रों को, यह भी स्पष्ट होता जा रहा है कि प्रत्यक्ष युद्ध में उतरना भयानक ख़तरा है। इसी मनोवृत्ति का परिणाम है यह सह-अस्तित्व। यह वह मूल्य नहीं है कि प्रगति करो, दूसरों की

प्रगति में सहयोगी बनो, व्यक्तित्व का विकास करो और दूसरों के व्यक्तित्व के विकास में सहयोग दो। यह तो मात्र एक स्थिति है कि जियो और जीने दो, क्योंकि विवशता है कि इस बार का संहार सामूहिक होगा जो पक्ष-विपक्ष का अन्तर नहीं करेगा। बहुत थोपाथापी के बावजूद, आज की अन्तर्राष्ट्रीय स्थिति से यह स्पष्ट भी है कि इस प्रकार की विवशता से स्वीकृत सिद्धान्त कितना कमज़ोर है।

यह बात समझना बहुत कठिन नहीं कि जीवन्त शक्तियों में जो भी सम्बन्ध होगा, वह सक्रिय ही होगा; वह चाहे सहयोग हो या असहयोग हो। तनाव की स्थिति में सह-अस्तित्व को स्वीकार करना तो ज़िच की स्थिति मात्र है, जो बहुत दिनों तक नहीं चल सकती। छोटे-बड़े, सभी राष्ट्रों को समान भाव से विकसित और सम्पन्न होने का अवसर और सहयोग देना, व्यक्ति-स्वातंत्र्य की भावना को मूलतः स्वीकार किए बिना सम्भव नहीं है। प्रचलित राजनीतिक मतवाद इसको किस प्रकार और किस रूप में स्वीकार करते हैं, यह प्रश्न अलग है। पर मौलिक समस्या सह-अस्तित्व से सुलझ नहीं सकती। उसके लिए किसी-न-किसी स्तर पर सक्रिय सहयोगी को मानकर चलना होगा। इसके अन्तर्गत मतभेद, सैद्धान्तिक अन्तर और प्रतिद्वन्द्विता सभी कुछ स्वीकृत हो सकती है, पर जो मतवाद आज की इस मौलिक माँग को ही स्वीकार नहीं कर सकेंगे, उनको बदलना पड़ेगा या छोड़ना। यह सोच पाना बहुत कठिन है कि साम्राज्यवादी, पूँजीवादी, तानाशाही, प्रजातांत्रिक, साम्यवादी और समाजवादी आदि सभी विचाधाराएँ अपने मूल रूप में सह-अस्तित्व की स्थिति को स्वीकार कर लेने मात्र से, संसार की आगे की प्रगति सम्भव है। अपनी ही क्रिया-प्रतिक्रियाओं से ये जितनी एक दूसरे के निकट आ रही हैं या आ सकेंगी, उतना ही स्वातंत्र्य सम्बन्धी मूल्य, अपनी उपलब्धि में, संसार को एक नए स्तर पर प्रतिष्ठित करने में समर्थ हो सकेगा।

जो भी हो, सह-अस्तित्व की स्थिति संसार की राजनीति में विवश अनिवार्यता के रूप में स्वीकार की जा सकती है और इस रूप में उसका अपना उपयोग भी माना जाएगा। पर साहित्य में यह किस विवशता और अनिवार्यता का परिचय देती है? क्यों हमको मतभेद से परहेज करना चाहिए? सबको साथ लेकर चलना हमारे लिए क्यों अपेक्षित माना जाता है? अच्छे, श्रेष्ठ और उत्कृष्ट के नाम पर नए-पुराने, पिछले अगले, परम्परावादी और आधुनिक के भेद को क्यों भुलाने का प्रयत्न किया जाता है? इसकी उपयोगिता ज़रूर है, सार्थकता नहीं। यह उनके लिए उपयोगी है जो अपनी परम्पराएँ, समय बीत जाने के बाद भी, अपनी स्थिति को बनाए रखने के ख़याल से चलती रहना देखना चाहते हैं। और उनके लिए भी हितकर है जो सबके साथ अपने सह-अस्तित्व में अपनी स्थिति को रक्षित ही नहीं पाते, वरन् यह भी आशा करते हैं कि किसी के वरद हस्त का सहारा पा जाने पर भविष्य का मार्ग उद्घाटित हो सकता है। आजकल बड़े लोगों में उद्घाटन का फ़ैशन है भी।

परन्तु इस सह–अस्तित्व के नारे के साथ, हमारी भारतीय प्रतिभा गम्भीरता तथा गरिमा का संयोग करके चाहे जितनी व्यापक मानवीयता की स्थापना करने का प्रयत्न करती रहे, पर साहित्य का चिन्तन इससे रुद्ध और बाधित होगा ही। दर्शन, साहित्य और सौन्दर्य सम्बन्धी चिन्तन सूक्ष्म से सूक्ष्म स्तर पर संचरण करता है, पर वैसे सभी क्षेत्रों का गम्भीर और मौलिक चिन्तन सूक्ष्म स्तर पर ही गतिशील होता है। सूक्ष्म स्तर पर उतरने का अर्थ ही होता है कि हम अत्यन्त सूक्ष्म भेदों और प्रभेदों, समानताओं और विषमताओं तथा क्रिया और प्रतिक्रियाओं को ग्रहण करने योग्य संवेदनशीलता रखते हों। इन सूक्ष्मातिसूक्ष्म अन्तरों के प्रति संवेदनशील हुए बिना साहित्य के विषय में किसी प्रकार का चिन्तन कैसे सम्भव हो सकेगा?

अब उन समन्वयशील, तटस्थ, सह–अस्तित्ववादी व्यापक मानवतावादियों से कोई किस प्रकार पार पा सकता है। उनकी व्यापकता और विराटत्व के अन्तर्गत क्या नहीं समा जाता? वहाँ पीढ़ियों का अन्तर मिट जाता है, युगों के सन्दर्भ समाप्त हो जाते हैं, नए पुराने का भेद ओझल हो जाता है। उनके लिए सब कुछ परम्परा से बँधा है, अच्छा–बुरा में विभाजित है, मानवीय तत्त्वों से स्फुरित है। उनके लिए नया, आधुनिक, समसामयिक और युगीन साहित्य की संवेदना के क्षेत्र में ऐतिहासिक काल–विभाजन से अधिक महत्त्व नहीं रखते। उनकी साहित्य सम्बन्धी शाश्वत मान्यताओं के अन्तर्गत सारे साहित्य की अच्छाई–बुराई का विवेचन एक साथ किया जा सकता है। ऐसा भी नहीं कि इन सह–अस्तित्ववादियों को अपनी बात को प्रतिपादित करने का कष्ट उठाना पड़ता हो, साहित्य के क्षेत्र में तो सभी कुछ गुरु गम्भीर और विराट है, अत: स्वयंसिद्ध भी। उनके मत को यथातथ्य न मानने वाले मतवादी और दुराग्रही माने ही जाने चाहिए।

उनके पास साहित्य की श्रेष्ठता और उत्कृष्टता का इतना बड़ा अस्त्र है कि पग–पग पर अपने को पराजित मानने के अतिरिक्त चारा ही नहीं रह जाता। जब वे कहने लगते हैं कि क्या हर युग में अच्छा साहित्य नहीं लिखा गया? क्या हर पीढ़ी में ईमानदार प्रतिभाएँ नहीं होतीं? पुराना साहित्य क्या उत्कृष्ट नहीं था? तब इस प्रकार के प्रश्नों का उत्तर क्या दिया जा सकता है। अगर आप कहें कि इस प्रकार का तर्क साहित्य के सूक्ष्म और मौलिक चिन्तन में असंगत और अर्थहीन है, तो आपके इस पागलपन की बात को मानेगा कौन? दूसरे पागलों को छोड़कर, क्योंकि पागल आपस में बात समझते होंगे, ऐसा मानने में किसी की क्या हानि है? परन्तु विचारहीनता के इस दौर में साहित्य में काफ़ी रोचक परिणतियाँ देखने को मिल सकती हैं। नई कविता के प्रसंग में, आधुनिकता की संगोष्ठियों और परिसंवादों में और समसामयिक भाव–बोध के विवेचनों में आप आदिकाल, पुराणकाल, मध्यकाल, वर्तमानकाल और भविष्यकाल तक के सम्पादकों, वक्ताओं, लेखकों और विवेचकों को एक साथ, सह–अस्तित्व की स्थिति में देख सकते हैं। और उससे जो रसपरिपाक

होता है, वह साहित्य के प्रतिष्ठित और मान्य सभी रसों से भिन्न रस की सृष्टि करता है।

हम करें भी क्या? हमने अपनी व्यापक, उदार और गम्भीर दृष्टि से इस सह-अस्तित्व को ऐसा उपयोगी मूल्य प्रदान किया है कि उसके अन्तर्गत सारे विरोधाभास और असंगतियाँ अपने आप विलीन हो जाती हैं। क्या हमने सचनुच प्रतिज्ञा कर ली है कि व्यापकता की सामान्य भूमि से चिन्तन में सूक्ष्म और विषम स्तर पर उतरेंगे ही नहीं? साथ ही, क्या यह भी हमारा निश्चय है कि जो ऐसा करने का प्रयत्न करेगा उसे हम दलगत और मानवता का विरोधी सिद्ध करके ही रहेंगे? मैं तो ऐसों की प्रतीक्षा में हूँ जो अपने को पक्षधर और दलगत स्वीकार करके भी सह-अस्तित्व के उपयोगितावाद और व्यवहारगणित से साहित्य-चिन्तन को मुक्त कर, मतवादी और विभेदमूलक सूक्ष्म स्तर पर प्रतिष्ठित करने में संलग्न होंगे। इसका अर्थ यह नहीं कि साहित्य में ऐसे लोग हैं ही नहीं।

सहायता और दान की विश्व राजनीति

पिछले माह मैक्सिको सिटी में विश्व खाद्य निगम का सम्मेलन हुआ। महान और समृद्ध देशों ने अरबों भूखी जनसंख्या वाले देशों को दशमलव 2 प्रतिशत अपनी राष्ट्रीय आय दान देने का उदार संकल्प किया। इस सम्मेलन में अनेक भाषण हुए। उनमें वे भाषण महत्त्वपूर्ण नहीं हैं जो इसकी आवश्यकता पर बल देते हैं, बल्कि वे हैं जो इन समृद्ध राष्ट्रों को सावधान करते हैं कि समय रहते चेतना है, अन्यथा उन्हें विनाश के लिए तैयार रहना है। इस प्रकार की चर्चा निरन्तर चलती आ रही है। पिछले द्वितीय महायुद्ध के बाद पिछड़े हुए अविकसित राष्ट्रों की चिन्ता समृद्ध विकसित राष्ट्रों की बढ़ती गई है। सामान्यत: मानवीय लगने वाली यह चिन्ता विश्व राजनीति और कूटनीति के अन्तर्गत विकसित राष्ट्रों के शक्ति सन्तुलन और आर्थिक हितों को सुरक्षित रखने की भावना से जुड़ी रही है।

मार्क्स और गांधी जैसे अनेक मनीषियों ने मानवीय मूल्यों और हितों के आधार पर राजनीति को नियंत्रित तथा परिचालित करने की कल्पना की है। पर सारे प्रयत्नों के बावजूद व्यावहारिक राजनीति में व्यक्तियों, गुटों और राष्ट्रों के स्वार्थों, महत्त्वकांक्षाओं और शक्ति-सन्तुलन में मानवीय मूल्य केवल दाँव पर लगाए जाते हैं और हर कोशिश के बाद यह प्रवाद टूटता नहीं कि 'राजनीति बदमाशों का खेल है।' राष्ट्रीय तथा अन्तर्राष्ट्रीय दोनों स्तरों पर यह देखा जा सकता है। पिछले कई दशकों से इसी प्रकार सहायता और दान की राजनीति विश्व के स्तर पर चल रही है।

जनसंख्या, ग़रीबी, सहायता और दान के मानवीय पक्ष को आसानी से समझा जा सकता है। जनसंख्या बढ़ती जा रही है, उसके ज्यामितीय विस्तार से निकट भविष्य में भयानक स्थिति आने वाली है। यह जनसंख्या का विस्फोट घनी जनसंख्या वाले निर्धन और अविकसित देशों में अधिक है। अत: समृद्ध देशों को अधिक चिन्ता है। इस चिन्ता के कारण इन देशों के विशेषज्ञ कभी-कभी यह कहते भी पाए गए हैं कि अगर ग़रीब तथा सघन जनसंख्या वाले देश जनसंख्या और ग़रीबी को कम करने का प्रयत्न नहीं करते तो समृद्ध देश उनको दान तथा सहायता देकर जनसंख्या तथा ग़रीबी को बढ़ा रहे हैं। कुछ अतिवादी यहाँ तक कह गए हैं कि समृद्ध राष्ट्रों को इन्हें नष्ट होने अथवा अपना उद्धार करने के लिए छोड़ देना चाहिए।

अपनी सारी खीज तथा परेशानी के बावजूद समृद्ध राष्ट्र दान तथा सहायता की राजनीति न छोड़ने के लिए विवश हैं। और यह विवशता मानवीय करुणा से नहीं उपजी है। इसके पीछे निहित स्वार्थ, शक्ति-सन्तुलन को अपने पक्ष में बनाए रखने का प्रयत्न और अपनी रक्षा की भावना है। हमारे देश को अनेक देशों ने दान और सहायता दी है और उनकी सद्‌भावना के प्रति हम कृतज्ञ हैं। परन्तु विश्व की राजनीतिक तथा आर्थिक परिस्थिति का विश्लेषण हमको इसी निष्कर्ष तक पहुँचाता है। हमारे पास उचित मानदंड हैं जिनके आधार पर हम इस सहायता और दान की राजनीति के मानवीय पक्ष की जाँच कर सकते हैं।

दान तथा सहायता के मानवीय पक्ष में यह स्पष्ट होना चाहिए कि इसके मूल में सहायता देने वाले के प्रति बराबरी, सम्मान और सहानुभूति की भावना है। साथ ही पाने वाले को यह अधिकार रूप में मिलना है, कृपा के रूप में नहीं। परन्तु पिछले दशकों में इसका व्यावहारिक रूप क्या रहा है ? यह तो साधारण तथा प्रत्यक्ष बात है कि समृद्ध राष्ट्रों ने इस दान और सहायता को अपनी शक्ति-सन्तुलन का माध्यम बनाया है। परन्तु आर्थिक नीतियों की दृष्टि में भी इनका भारी उपयोग किया गया है। अनेक बार विश्लेषण से यह स्पष्ट हो जाता है कि सहायता तथा दान का स्वरूप तथा पद्धति ऐसी है जिससे पाने वाले की अपेक्षा देने वाले का आर्थिक हित अधिक होता है। अपने उद्योगों को क़ायम अथवा विकसित करने के लिए, विदेश में बाज़ार क़ायम करने के लिए, ग़रीब देश के श्रम का सस्ता इस्तेमाल करने के लिए तथा अपने देश के आर्थिक सन्तुलन को बनाए रखने के लिए इनका इस्तेमाल किया जाता रहा है।

ऐसा लगता है लोकतंत्र, समाजवाद, साम्यवाद जैसी तमाम राजनीतिक परिकल्पनाओं तथा प्रयोगों के बावजूद व्यवहारवादी राजनीतिज्ञों का मानस मूलत: शक्ति तथा स्वार्थ से प्रेरित है। यह अलग बात है कि शक्ति तथा स्वार्थ की प्रतिद्वन्द्विता में कुछ शक्तिशाली अथवा सम्पन्न देशों की राजनीतिक तथा आर्थिक व्यवस्था अथवा तंत्र ऐसे हो गए हैं जिनमें अन्य तमाम देशों की जनता की अपेक्षा अपने जन-समाज का हित सर्वोपरि है। इसका अर्थ यह नहीं है कि इन देशों में सत्ता का स्वरूप भिन्न है और सत्ता जनता के हाथों में है। सत्ता व्यक्तियों, गुटों तथा दलों में यहाँ भी केन्द्रित है, केवल उनका अर्थतंत्र ऐसा विकसित हो गया है जिसके चलते सामान्यत: जनता का जीवन स्तर अच्छा है। ध्यान देने की बात है कि उनकी आर्थिक व्यवस्था के पीछे ग़रीब तथा पिछड़े देशों की जनता का श्रम, बाज़ार विनिमय और उद्योगों के माध्यम से शोषण चल रहा है। और जीवन-स्तर के आकर्षण तथा भय के आधार पर ये सत्ता का खेल खेलने वाले राजनीतिज्ञ सम्पन्न देशों की जनता को ग़रीब देशों की जनता से अलग रखने में समर्थ हो जाते हैं। मज़े की बात है, इस दृष्टि से तथाकथित पूँजीवादी तथा साम्यवादी राष्ट्र एक दूसरे के बहुत निकट आ गए हैं।

विश्व के स्तर पर यह चिन्ता स्वाभाविक है कि समृद्ध देशों की जनता का जीवन-स्तर शेष संसार की तीन चौथाई जनसंख्या के जीवन-स्तर से बहुत अलग पड़ गया है। निश्चय ही अगर अविकसित देशों की जनसंख्या इसी रफ़्तार से बढ़ती गई और उनके विकास की गति सीमित साधनों के कारण ऐसी ही रही है, तो उनकी विपन्नता बढ़ती जाएगी, वहाँ की संख्या भी बढ़ती जाएगी। विकसित देशों ने पिछले दशकों में मुख्यत: दो प्रयत्न किए हैं। एक तो दान और सहायता से इन देशों को सहारा देना चाहा है परन्तु विश्व राजनीति तथा अर्थनीति के विषम रूप के कारण इसका सही उपयोग सम्भव नहीं था। दूसरे शक्तिशाली तथा सम्पन्न राष्ट्र आपस में समझौता करके एक दूसरे के निकट आकर शेष तीन चौथाई ग़रीब जनता को शासित तथा नियंत्रित रखने की आशा करते हैं। पर आपसी प्रतिद्वन्द्विता के कारण अभी तक यह सम्भव नहीं हुआ और संसार के लिए यह शुभ है। दूसरे संसार की तीन चौथाई जनसंख्या को केवल शक्ति तथा आतंक के सहारे नियंत्रित रखना सम्भव नहीं होगा। यह ठीक है कि इन शक्तिशाली राष्ट्रों के पास असंख्य आणविक बम हैं, पर असंख्य भूखी-नंगी जनता के मन से इसका भय तथा आतंक समाप्त हो सकता है। भोग-विलास का जीवन बिताने वाले लोग यह भी जानते हैं कि आणविक शक्ति सम्पूर्ण का संहार करती है।

फिर विकल्प क्या है ? राष्ट्रों की ही नहीं विश्व की राजनीति का बदलना आज जितना अनिवार्य हो गया है, उतना कभी नहीं था। अगर पुरानी कहावत को हम काट कर राजनीति को मूल्यों पर प्रतिष्ठित नहीं कर सकेंगे, तो ये 'बदमाश' अपने भयावह खेल में सारी मानवता को नष्ट कर देंगे। चाहे महत्त्वाकांक्षी और निहित स्वार्थी व्यक्ति हों, गुट तथा दल हों और चाहे राष्ट्र हों, हमको उनके सही चरित्र को उद्घाटित करना होगा। जनसंख्या का विस्फोट भयानक है, इसमें कोई शक नहीं, पर इस नारे को बहुत उछालने वाले जो अन्तर्राष्ट्रीय शोषण का चक्र चला रहे हैं, वह उससे भी भयानक ख़तरा है। संसार को इस खतरे से सावधान करना बहुत ज़रूरी है। आज की शक्ति तथा सत्ता की राजनीति जीवन-स्तर से जुड़ गई है और हम भूल जाते हैं कि जैसे एक देश में वैसे विभिन्न देशों में जनता के बीच जीवन-स्तर का बहुत अन्तराल चल नहीं सकता। क्योंकि यह अन्तराल चाहे राष्ट्रीय स्तर पर हो या अन्तर्राष्ट्रीय स्तर पर हो बहुत बड़े जनसमाज के शोषण के आधार पर कायम रह पाता है। अत: यह जीवन-स्तर का अन्तर शोषण से जुड़ा हुआ है और इसको दान तथा सहायता से दूर नहीं किया जा सकता। उसके लिए जैसे एक अन्तर्राष्ट्रीय मानवीय राजनीति की अपेक्षा है, वैसे ही अर्थव्यवस्था की भी।

देश-दशा

भृगु महाराज और आधुनिक सर्जनशीलता

हमारे एक आधुनिक मित्र ने आकस्मिक रूप से ज्योतिष का प्रसंग छेड़ दिया। उनके एक आदरणीय परिचित पंडित जी हैं। वे इस शास्त्र के कई पक्षों में निष्णात हैं अर्थात् वे जन्मपत्र देखकर भविष्य कथन करते हैं, हस्तरेखाओं के आधार पर भी विचार करते हैं और चाहने पर फूल के नाम आदि के सहारे भी प्रश्नों का उत्तर देते हैं। वे अभी हाल में आए हुए थे और उनके अतिथि थे। मैं उस 'ड्राइंगरूम' के आधुनिक वातावरण में किंचित् संकुचित हो रहा था, विशेषकर जब कि मैंने वहाँ वैसी चर्चा कभी नहीं सुनी थी और अपने मित्र के प्रति भिन्न प्रकार की धारणा रखता था। मैंने उसी संकोच की स्थिति में, बच्चे को आया को सौंपकर कमरे में प्रवेश करती हुई, उनकी पत्नी की ओर देखा, जैसे उनकी सहायता चाहता होऊँ। पर मित्र ने मेरा भाव पकड़ लिया। उन्होंने तुरन्त कहा—"आप क्या समझते हैं? इन्हीं से पूछ लें हमारे विवाह से लेकर अमित के जन्म तक की पंडित जी की सारी बातें आश्चर्यजनक रूप से सही नहीं उतरी हैं?" श्रीमती जी को कुछ कहना नहीं पड़ा। मैंने सब कुछ मान लिया; मान लेने के विषय में मुझे कभी कोई दिक्कत नहीं होती। मित्र महोदय दूसरी बात बताने के उत्साह में थे, अतः उन्होंने अपने विवाह आदि के प्रसंग को स्थगित कर दिया।

वे किसी प्रसंग में पंडित जी के साथ स्थानीय प्रसिद्ध प्रेस के नेता-टाइप मैनेजर के पास पहुँच गए। सामान्य सभ्यतावश पंडित जी का परिचय मैनेजर से भी कराया गया। पंडित आधुनिक शिक्षाप्राप्त और शिष्ट हैं, अतः उन्होंने मैनेजर की उपेक्षा और अवहेलना की ओर ध्यान नहीं दिया। मैनेजर ने उसी भाव से हमारे मित्र से कहा कि आप पंडितजी से कोई प्रश्न करें। मित्र ने बात टालते हुए कहा—"पंडित जी हमारे मित्र हैं और संयोगवश यहाँ आ गए हैं।" मैनेजर ने इस पर भी पंडित जी से उसी भंगिमा के साथ पूछा—"पंडित जी, आप मेरे प्रश्न का उत्तर देंगे?" पंडित जी ने नम्रता से कहा—"उचित अवसर पर उत्तर दे सकता हूँ, अभी आप अन्यमनस्क हैं।" पर मैनेजर ने अवज्ञा-भरे आग्रह से पंडित जी से अपनी सम्प्रति महत्त्वपूर्ण समस्या के विषय में उत्तर देने का आग्रह किया। पंडित जी ने उनसे एक फूल का नाम स्मरण करने के लिए कहा। इस पर मैनेजर ने ऐसे ज्योतिषियों की चर्चा की जो

बिना किसी ऐसे आधार के भी उत्तर देने में समर्थ हैं। पंडित जी ने पुनः अपने ज्ञान की सीमा स्वीकार कर अपनी नम्रता प्रकट की, और कहा कि "इतना अवश्य बता सकता हूँ कि आपके घर में आपका बहुत ही निकट का व्यक्ति मृत्यु के द्वार पर है, और उसकी चिन्ता करना आपका सर्वोपरि कर्तव्य है। और जिस बात की चिन्ता आपको है, वह किसी भी प्रकार पूरी नहीं हो सकती।" मेरे मित्र ने यह रहस्य भी उद्घाटित किया कि मैनेजर की पत्नी अत्यधिक बीमार हैं और वह स्वयं इधर राजनीतिक दाँवपेंच में रहे हैं।

मैं क्या करता, मैनेजर महोदय के व्यवहार की विसंगति पर हँसना स्वाभाविक था और हमारी यह हँसी अपने युग के भृगु महाराज के पक्ष में ही जाएगी। वस्तुतः पिछले युग का यह चुनौती देकर सिद्ध करवाने का मनोभाव अब नहीं चलता। तब का यही नारा था कि सिद्ध करने पर ही माना जा सकता है। कारण यह नहीं था कि तब बौद्धिकता का आग्रह वास्तविक रहा हो। उसके नाम पर दुराग्रह, हठवादिता और भावुकता विशेष देखी जा सकती थी। यह उस वैज्ञानिक मनोवृत्ति का युग था जिसमें सब कुछ की व्याख्या भौतिक वैज्ञानिक नियमों के आधार पर की जा सकने का दावा पेश किया जाता था। यह अलग बात है कि भावावेश में बहुत-सी वैदिक तथा पौराणिक युग की बातों को भी तर्क-संगत और वैज्ञानिक सिद्ध करने का प्रयत्न भी किया गया हो। आज न तर्क की वह महिमा ही रह गई है और न वैज्ञानिकता के नाम पर वैसा दुराग्रह ही। आधुनिक विज्ञान पिछले परमवादी या निरपेक्षवादी विज्ञान से भिन्न दृष्टि प्रस्तुत करता है। वह सम्पूर्ण विश्व की सापेक्ष्य स्थिति में मनुष्य की समस्त सम्भावनाओं को, उनके ज्ञान-विज्ञान को, सापेक्षतावादी आधार पर ही निर्धारित या विवेचित करता है।

इसी मनोवृत्ति के साथ मैनेजर की तार्किक हठवादिता और बौद्धिक विसंगति पर भृगु के पक्ष में भी हँसना सहज हो जाता है। पर मेरे एक दूसरे आधुनिक मित्र हैं, जो पहले से अधिक ही आधुनिक हैं। उनको आधुनिकतम आविष्कारों की अच्छी जानकारी रहती है, कम से कम उनके साथ इसका अनुभव भी होता रहता है; और इतना ही नहीं, वे विज्ञान की इस जानकारी का बड़ा व्यापक प्रयोग अपने साहित्य में भी करते हैं। रहन-सहन, आचार-विचार और 'ड्राइंगरूम' तथा सामाजिक व्यवहार के क्षेत्र की आधुनिकता का सवाल यहाँ उठाना व्यर्थ है। एक दिन वे हिन्दी के एक प्रतिष्ठित कवि के सन्दर्भ के साथ ज्योतिष की चर्चा में पड़ गए। सारी चर्चा में वे सतर्क थे कि ज्योतिष के समर्थन में कहीं उनकी आधुनिकता पर सन्देह न किया जाए। उनकी इस फँसाव से बचे रहने की सतर्कता तो रोचक थी ही, पर 7 फरवरी, सन् 62 को आठ नक्षत्रों के एकत्र होने से सम्भावित (ज्योतिष के अनुसार तो निश्चित) अर्द्ध प्रलय को जिन ऐतिहासिक और राजनीतिक शक्तियों की टकराहट के वैज्ञानिक कारणों से उन्होंने समर्थित किया, वह मुझे पुराने आर्य समाजियों के

द्वारा वेदों में जर्मनों की वैज्ञानिक उन्नति की खोज से कम रोचक नहीं लगी। पर पिछले युग पर जितनी आसानी से हँसा जा सकता है, उतनी आसानी से अपने युग पर हँसना सम्भव न होता।

आप कर भी क्या सकते हैं? सर्वसत्ताधारी धर्म अथवा राजनीति को यदि आप अस्वीकार कर चुके हैं, तो आप अपने-आप विवश हैं। हमारे एक धार्मिक मित्र ने एक दिन मुझ से सीधा प्रश्न किया भी—''रघुवंश, तुम क्या यह सब मानते हो।'' निश्चय ही उनके मन में स्थिति के प्रति असन्तोष था। पर मैं उनको कैसे समझाता कि स्थिति ऐसी भी होती है या हो सकती है, जहाँ मानने न मानने का सवाल नहीं उठता। वे एक पद्धति पर सोचते हैं, या कोई बात मानी जा सकती है या नहीं मानी जा सकती है। दोनों से परे कोई स्थिति उनके लिए असम्भाव्य है। मैंने कहने का प्रयत्न किया कि मानने की बात जाने भी दी जाए, पर यह अनेकानेक समझदार, ईमानदार और आधुनिक अर्थों में शिक्षित लोग जब किसी बात का प्रमाण अपने साक्ष्य के आधार पर देते हैं, तब उसको प्रचलित तर्क, साक्ष्य तथा प्रमाण की पद्धति के आधार पर अस्वीकृत कर देना कहाँ तक संगत है। मैं तो समझता हूँ कि बौद्धिक स्तर पर इस प्रकार इसे अस्वीकार करना कठिन न भी हो, तो भी, युग की संस्कृति के स्तर पर सार्थक नहीं होगा। पर हमारे मित्र तो मानते हैं कि उनके धर्म ने इसे स्वीकार नहीं किया, इसके लिए वैज्ञानिक ढंग से प्रमाण नहीं जुटाए गए, फिर इसको एकदम अस्वीकार करना ही है। पर मैं उनको समझाऊँ किस प्रकार कि इस देश की धार्मिक भावना ने भी मध्ययुग में इसे अपनाया नहीं और जिस ऐतिहासिक पद्धति को वे वैज्ञानिक कह रहे हैं, वह स्वयं में पुरानी पड़ गई है। आज की वैज्ञानिक सर्जनशीलता ने स्वयं भी उसे बहुत सीमा तक त्याग दिया है।

फिर क्या किया जाए? हमारे अत्यन्त निकट के मित्र जब अपनी भृगुसंहिता को लेकर बैठ जाएँ और एक के बाद एक सैकड़ों प्रमाण उसमें से संस्कृत के अनुष्टुप श्लोकों को पढ़-पढ़कर जुटाने लगें, तो हक्का-बक्का होकर उनकी ओर देखते रहने के अलावा उपाय क्या है? सारा भविष्य उस ऋषि के सामने कैसा साफ़ और स्पष्ट रहा होगा। मेरे मित्र के गत जीवन के बारे में सब कुछ तो ठीक है, सूक्ष्म से सूक्ष्म विवरण मिलते हैं, जन्मकुंडली तक ठीक दे दी गई है। साधारण, महत्त्वपूर्ण, समीपवर्ती, दूरवर्ती, प्रत्यक्ष और गोपनीय—सभी बातें ज्यों की त्यों लिखी हुई हैं। अब बताइए क्या हो? हमारे मित्र स्वयं आधुनिक और बौद्धिक हैं। उन्होंने स्वयं किसी अन्य उद्देश्य से नहीं, शुद्ध जिज्ञासा और सत्य के अन्वेषण की दृष्टि से यह सब किया है। जो सामने लिखा है, न उस पर अविश्वास किया जा सकता है और न अपने मित्र पर ही। नहीं तो एक दिन यह भी कहना होगा कि मुझे अपने पर विश्वास नहीं होता।

एक बार हक्का-बक्का हुआ तो फिर प्रकृतिस्थ होने की नौबत नहीं आई। उन्होंने न केवल अपना भूत और भविष्य वीरता तथा दृढ़ता के साथ पढ़ लिया है,

वरन् उन्होंने उससे जीवन दृष्टि भी ग्रहण की है। उनका कहना है कि अपने विषय में इस प्रकार की जिज्ञासा होना मनुष्य की ज्ञान की खोज का ही अंग है। यदि कोई पद्धति ऐसी है, जिससे यह जाना जा सकता है—जाने जा सकने के बारे में उनके मन में सन्देह कैसे हो सकता है—तो मनुष्य की यह उपलब्धि ही है। जान लेने पर मनुष्य अपने जीवन को झेलने की पद्धति का अविष्कार भी कर सकता है और जीवन के अनेकानेक भ्रमों से मुक्त होकर, सही दृष्टि का निर्धारण भी कर सकता है। मैं उनसे केवल यह कह सका कि इस सबके लिए मनुष्य के पास न जाने कितना साहस और दृढ़ता होनी चाहिए, और मैं तो इस विचारमात्र से आतंकित हूँ। मुझे लगा, मेरे मित्र में उस क्षण विशेष दीप्ति है।

पर यहाँ स्थिति स्पष्ट कर दूँ। मैं स्तब्ध इसलिए नहीं हुआ कि तथाकथित मानव उपलब्धि से आश्चर्यचकित था। मैंने अपने देश में बहुत कुछ देखा है और सुना है—ऐसे साधुओं को जो मन की बात बता सकते हैं, जो मनचाही चीज़ मँगा सकते हैं, मंत्र से साँप का जहर उतार सकते हैं, और न जाने कितनी ऐसी ही बातें। परन्तु यह भी मेरे मन में स्पष्ट रहा है कि यह सब, हमारे देश में भी, कभी संस्कृति का अंग नहीं रहा अर्थात् सार्थक या महत्त्वपूर्ण नहीं स्वीकारा गया। भृगु महाराज की स्थिति इससे कभी भिन्न रही हो, ऐसा नहीं मान पाता। परन्तु उन्हीं भृगु को अपने युग में जब इस गम्भीरता से विश्वास और दृष्टि के आधार पर ग्रहण किए जाते पाता हूँ, तो अपने युग के भावबोध के प्रति चमत्कृत होता हूँ।

यूरोप में पिछले दो महायुद्धों के बीच में वहाँ के लेखक, विचारक, कवि और कलाकार के सामने पिछली संस्कृति के स्थापित मूल्यों की संक्रान्ति का बहुत बड़ा आतंक था। उनमें से पिछले खेमे की सर्जनात्मक प्रतिभाओं ने उन मूल्यों की रक्षा का ही अपने-अपने ढंग से प्रयत्न किया था। परन्तु बाद के कवि, लेखक और विचारकों ने स्वयं इस तथाकथित संक्रान्ति और मूल्यों के विघटन को एक निश्चित युग की स्थिति के रूप में स्वीकार कर अपने मूल्यों को युगीन भावभूमि पर अन्वेषित और प्रतिष्ठित करने का प्रयत्न किया। इन्होंने अति-यथार्थवाद, अस्तित्ववाद, क्षणवाद, अर्थहीनता, विसंगति तथा विद्रोह आदि के माध्यम से युग जीवन को स्थापित करने का प्रयत्न किया है। परन्तु इस चुनौती को इस रूप में स्वीकार करने के मूल में उनके मन का पिछले मूल्यों के प्रति आकर्षण और संक्रान्ति की स्थिति का आतंक दोनों ही एक सीमा तक निहित रहे हैं।

हमारे देश में यूरोप की पिछली कई मन:स्थितियाँ एक साथ देखी जा सकती हैं। भृगु की स्थिति को समझने के लिए हमको, एक ओर, इतिहास के दैवीकरण को ध्यान में रखना होगा, और दूसरी ओर, निरपेक्ष तथा परमवाद के विद्रोह की अर्थहीन तथा विसंगत भावनाओं को स्वीकार करना होगा। हम ऐतिहासिक शक्तियों से एक निर्धारित दिशा में अग्रसर भी हो रहे हैं, और साथ ही, यह उपलब्धि निरपेक्ष अथवा

परम सत्य या मूल्यों के रूप में नहीं है। हमारी यह प्रगति की दिशा विसंगत और अर्थहीन भी है। हमारे युग जीवन के इसी स्तर पर भृगु महाराज प्रतिष्ठित हैं।

भृगु के व्यक्तित्व में आधुनिकता का आभास बहुत कुछ इसीलिए है। पर यह ऐसा ही है जैसे प्रागैतिहासिक गुफ़ा-चित्रों को आधुनिक कहना। भृगु की स्थिति को आधुनिकता के एक 'सिमटम' के रूप में हम समझ सकते हैं, जैसे इन गुफ़ाचित्रों की चर्चा का फ़ैशन आधुनिक युग की अत्यन्त सजग और विशिष्ट कलात्मक अभिरुचि को ग्रहण करने का वातावरण स्वीकार किया जा सकता है।

आधुनिक, वैज्ञानिक तथा सर्जनशील दृष्टि इन समस्त प्रश्नों को नवीन परिप्रेक्ष्य में ग्रहण करती है। उसने परम और निरपेक्ष मूल्यों की चिन्ता उसी प्रकार छोड़ दी है, जैसे स्थापित मानदंडों और स्थापनाओं को अपने मौलिक सर्जन के क्षेत्र में निरर्थक मान लिया है। उसके लिए अनुभव और यथार्थ के अब तक के प्रचलित स्तर बदल गए हैं। वह युग जीवन को अधिक समग्र और गहरे अर्थ में अन्वेषित करने की प्रक्रिया में इनके साक्ष्य और प्रमाण को मूल्यहीन मानती है। ऐसी स्थिति में, अब तक जिसे युगजीवन की संक्रान्ति और मूल्यों का विघटन कहा जाता रहा है, उसे आधुनिकता की मनोवृत्ति, बिना किसी ऊहापोह या द्विविधा के, अपनी सांस्कृतिक चेष्टा के रूप में अंगीकार कर लेती है।

अब उसके लिए यह असंगत है कि यह ऐसा घटित किसी क्रम में है और उसको जान लेने की कोई पद्धति हो सकती है। उसके लिए सापेक्ष्य दृष्टि से, कहीं से कोई भी क्रम देखा जा सकता है और घटित की अनन्त शृंखलाओं में उलझे हुए असंख्य सूत्रों के समान कहीं से कोई भी योजना-क्रम एक सीमा तक अनुमानित भी किया जा सकता है। पर हमारे अन्वेषण के लिए, हमारे मौलिक सर्जन की दृष्टि से यह सब नितान्त व्यर्थ है। यह या तो प्रागैतिहासिक चित्रों के समान जादुई प्रेरणा से अधिक नहीं है—यह अलग बात है कि उसमें आधुनिकता के भावबोध का सीधे अन्तः अनुभव के स्तर के कारण भ्रम होता हो—अथवा इसके माध्यम से ऐतिहासिक दैवीकरण के द्वारा प्राप्त मूल्यों की अर्थहीनता तथा विसंगति से सम्बन्ध स्थापित करने का प्रयत्न किया जाता हो। आधुनिक सर्जनशीलता इनसे बहुत गहरी समस्याओं और महत्त्वपूर्ण प्रश्नों से संसक्त है, यह अलग है कि उसने ऐतिहासिक मूल्यों तथा परम और निरपेक्ष प्रतिमानों को अपने लिए निरर्थक मानकर छोड़ दिया है।

जाल सुखाने का समय

उस दिन प्रमुखत: एक साहित्यकारों की गोष्ठी में जयप्रकाश अपनी विदेश यात्रा के संस्मरण सुनाते–सुनाते कॉस्लर की चर्चा करने लगे। कॉस्लर ने उनको बहुत उत्साह और आग्रह से निमंत्रित किया था। भारत में उन्होंने विनोबा से भेंट की थी और सर्वोदय का कार्यक्रम देखा था। ऐसा भी कहा जा सकता है कि इस नई कल्पना और योजना से कॉस्लर का मन कहीं उल्लसित हुआ था। यह तो नहीं कि अपनी पाश्चात्य सांस्कृतिक संक्रान्ति के सन्दर्भ में इस कल्पना से उनको कहीं तर्कसंगत दिशा आभासित हो गई हो और जिसके प्रति उनमें आत्मविश्वास जागा हो। परन्तु इस नवीन कल्पना के प्रति भारतीय संस्कृति के सन्दर्भ में उनके मन में कवि अथवा लेखक का उल्लास जागा हो ऐसा माना जा सकता है। राजनीतिक नेता के लिए, विभिन्न शास्त्रों के विज्ञों के लिए यह जितना असंगत है, लेखक के लिए उतना ही सहज है। अन्य विचारकों को जहाँ असंगति और विरोधाभास जान पड़ता है, लेखक वहाँ भी संगति पा सकता है, उसको भी संश्लिष्ट दृष्टि से देख सकता है।

हाँ, तो जयप्रकाश बतला रहे थे कि इस परिकल्पना से उत्साहित होकर कॉस्लर ने 'फ्रेंड्स भूदान मूवमेंट' नामक छोटी–सी संस्था बनाई है और उसकी ओर से उन्होंने इनको आमंत्रित भी किया था। उनसे जयप्रकाश जी की 'भारतीय राज्य–व्यवस्था की पुनर्रचना' के प्रश्न पर बातचीत हुई थी और सारी योजना को व्यवस्थित रूप देने का लेखक ने प्रस्ताव किया था। सारी कल्पना को लेकर उस दिन बिना पूर्णत: आश्वस्त हुए ही कॉस्लर बहुत अधिक उत्तेजित थे। रात दो बजे तक जयप्रकाश और लेखक में इसी विषय पर बातचीत होती रहती है। कॉस्लर की मन: स्थिति के पीछे उनके जीवन का इतिहास है। 'Darkness at the Noon' के इस लेखक की मानसिक पीड़ा और संघर्ष का सहभोगी हो पाना आसान नहीं है। यह हंगरी का वह यहूदी लेखक है, जिसने साम्यवादी व्यवस्था में मानव भविष्य के सपनों को पाला था। जितनी गहरी उसकी आस्था थी, भ्रमनिवारण की प्रतिक्रिया भी उतनी ही तीखी होती गई है। लाखों यहूदियों के उत्पीड़न और हत्या की वेदना भी इस लेखक के मन में गहराई में पैठी हुई है। मानव भविष्य की किसी सम्भावना के प्रति उत्तेजित और उल्लसित हो उठना उसके लेखक मन के लिए सहज है। जिस स्थिति में एक

राजनीतिक टूटकर बिखर सकता था, उसमें भी लेखक विघटन और अनास्था के बीच अपने भविष्य को पाल सकता है।

शायद उसे लगा हो कि जयप्रकाश की इस प्रस्तावना में, भूदान आन्दोलन में भारतीय मिट्टी पर मनुष्य के भविष्य का कोई नया स्वप्न प्रतिफलित हो सके। परन्तु इतने संघर्षों को झेलने के बाद और एक लेखक होने के नाते वह इस आन्दोलन में अधिक गतिशीलता देखना चाहता है। जयप्रकाश ने बताया कि कॉम्लर चाहते हैं कि हम कुछ शीघ्र ही भव्य कर दिखाएँ और उसके लिए वह यथाशक्ति सहायता देने के लिए प्रस्तुत हैं। जब उन्होंने कहा कि ऐसा सम्यक् नहीं है, इतने शीघ्र ऐसा कुछ क्या हो सकता है। लेखक इस बात को बहुत ग्रहण नहीं कर पा रहा था। उन्होंने आन्दोलन के विषय में कहा कि जापान में एक कहावत है—एक समय जाल सुखाने का होता है और एक समय मछली मारने का होता है और यह तुम्हारा जाल सुखाने का समय है।

कॉस्लर के इस कथन में लेखक के मन की खीझ व्यक्त हुई। उन्होंने जयप्रकाश को जो पुस्तक भेंट की उसमें भी लिखा था—'आशा है अब जाल सूख चुका है।' उस दिन संक्षेप में इस प्रसंग को सुनकर जो प्रतिक्रिया मन पर हुई थी, उसका भाव ऊपर की पंक्तियों में आ गया है। पर सोचता हूँ कि लेखक के लिए यह जाल सुखाने का समय क्यों अस्वीकार्य है? सब समय मछली मारते रहने की उसकी क्यों विवशता है? आँधी-तूफान, मौसम-कुमौसम, वर्षा-सैलाब की चिन्ता किए बिना अपने कार्य में संलग्न रहने के लिए वह क्यों विवश है?

अपने देश को देखता हूँ, अपने चारों ओर देखता हूँ। स्वतंत्रता के बाद एक अजब वातावरण बनता जा रहा है। स्वतंत्रता पूर्व की हम में जो बेचैनी और अकुलाहट थी, वह धीरे-धीरे शान्त होती जा रही है। देश के सामने जो आदर्श, स्वप्न, कल्पनाएँ थीं, वे धीरे-धीरे किसी कुहासे में तिरोहित हो गई हैं। अब तो लगता है, वह सब असत्य था, भ्रम था, मिथ्या था। आज का सत्य है औद्योगिक उन्नति का प्रारम्भ और वह भी नौकरशाही के ढाँचे में जिसमें गति की अपेक्षा विशृंखलता, कार्य की अपेक्षा योजना का महत्त्व अधिक दिखाई देता है। इस प्रसंग में अवसरवादिता अनिवार्य युग धर्म के समान है, अतः शासकों का एक स्पष्ट वर्ग बनता जा रहा है। मत के नाम पर जाति-धर्म-वर्ग-धन-अधिकार न जाने कितनी शक्तियाँ एक साथ कार्य करने लगी हैं। और आज के इस ढाँचे में बौद्धिक-वर्ग धीरे-धीरे अपने को फँसता पाकर निरूपाय आत्मसमर्पण करने को विवश है।

वह बुद्धिवादी है अतः हर स्थिति को, यहाँ तक कि अपनी विवशता को भी तर्कसंगत परिस्थिति के रूप में स्वीकार कर सकता है। भारतीय शिक्षित समाज या तो अपनी स्थिति को शासक-वर्ग के साथ पाकर सन्तुष्ट है अथवा वर्तमान स्थिति को इतिहास के एक यथार्थ चरण के रूप में मानने को तैयार है। यह ऐसा ही है, यह

ऐसा ही होता है, पिछली आकांक्षाएँ और कल्पनाएँ इतिहास के यथार्थ से अलग-थलग किशोरावस्था के दिवास्वप्न मात्र थे। देश में उन्नति हो रही है, उन्नति की पद्धति यही है। तर्क करने पर कहा जाता है प्रजातांत्रिक पद्धति की गति ऐसी ही होती है, फिर यहाँ की जनता का दोष है, यहाँ के लोगों का दोष है, यहाँ के शिक्षकों का दोष है, यहाँ के दलों का दोष है, यहाँ के नेताओं का दोष है। इस चक्र-पद्धति में दोष लगाने से सब एक दूसरे को दोषी कहकर सन्तुष्ट हो जाते हैं, सब दोषमुक्त हो जाते हैं। वास्तव में लाभ होता है सरकार का, वह अपने दायित्व से मुक्त हो जाती है। प्रजातंत्र में और हो भी क्या?

पुरानी कल्पनाओं और स्वप्नों से चिपके हुए कुछ गांधीवादी विचारक हैं विनोबा के साथ, सर्वोदय आन्दोलन में हैं, जो अपनी विचार-पद्धति, जीवन-दृष्टि और आचार-व्यवहार में आज के सन्दर्भ में काफ़ी 'Out of date' लगते हैं, यद्यपि उनकी चर्खा-चक्की, गुड़, खादी आदि के बाद बीच विचारों का कहीं ऐसा सूत्र भी मिल सकता है, जो हमको लगे कि इसमें मानव भविष्य की सम्भावना है। इस बार जयप्रकाश हमारे नगर में अरसे के बाद आए थे। इधर उनके भारतीय राज्य-व्यवस्था की पुनर्रचना के प्रारूप को लेकर बौद्धिक वर्ग में जागरूँकता भी रही है। उनकी प्रस्तावना पर विचार करने के लिए सर्वसेवा संघ ने एक परिसंवाद की योजना भी की थी, जिसमें आमंत्रित होकर मुझे भी उनके इस प्रारूप को पढ़ने का तथा उनके विचार सुनने का अवसर मिला।

आज की मानसिक संक्रान्ति के बीच मुझे लगा कम से कम यह सोचने-समझने का स्तर बिल्कुल परिचित है, अपना है। यह ऐसा है कि पिछली अर्द्धशती के यूरोप के इतिहास से यही लगता रहा है कि संसार के सामने जो दो प्रधान विचारधाराएँ राज्य-व्यवस्था सम्बन्धी प्रस्तुत हुई हैं वे मानव भविष्य को प्रकाशित करने में असमर्थ हैं। आज सचमुच किसी भी राज्य-व्यवस्था को सीमित रूप में नहीं देखा जा सकता है, वह अपनी व्याख्या और व्यवहार दोनों में जीवन के व्यापक क्षेत्र को समेट लेती है। इसलिए केवल यही क्यों, प्रजातंत्र राजनीति का प्रश्न नहीं है, वह जीवन की दृष्टि है, यह तो अन्य राज्य-पद्धतियों के विषय में भी ऐसा ही कहा जा सकता है। राज्य शक्तियाँ अपने विकास और संगठन में ऐसी शक्तिशाली और सर्वग्राही आधुनिक विज्ञान की सहायता से हुई हैं। देश-काल को जिस प्रकार आज का मानव अपने अधिकार में ला सकता है, उससे मनुष्य को अपनी सीमाओं को विस्तृत करने में सहायता मिल रही है। इतिहास के किसी अज्ञात काल में मनुष्य ने धीरे-धीरे सहयोग के सिद्धान्त पर अपना सामाजिक जीवन प्रतिष्ठित किया था। इसी की विकास की कड़ी के रूप में उसने जोड़ा था कार्य की विशेषज्ञता के प्रश्न को। अपने सारे संघर्ष में, अपनी सारी उन्नति के क्रम में मनुष्य सहयोग के सिद्धान्त पर चला है। सम्भवत: वह उसकी जीवन प्रक्रिया में

सबसे अनिवार्य और सशक्त तत्त्व रहा है। आज के वैज्ञानिक, औद्योगिक और प्राविधिक युग में यह सहयोग का रूप ऐसा होता गया। समाज के विस्तृत और व्यापक ढाँचे में मनुष्य का सहयोग निरीह और यंत्रवत् होता जा रहा है। जो अन्न हम खाते हैं, उसके खेत, पौधे, बाली, दाने से हमारा परिचय समाप्त होता जा रहा है, हमारे लिए उसका उत्पादन करने वाले का महत्त्व नहीं है; यही नहीं अब तो स्थिति आ रही है जब उत्पादन करने वाला भी यह नहीं जानेगा कि उसके खेत कैसे होते हैं, उनमें पौधे कैसे उगते हैं, उनमें दाने कैसे निकलते हैं, यही नहीं हर दिशा में यही स्थिति होती जाएगी, हम नहीं जानते, हमारे कपड़े कहाँ, कैसे बनते हैं, किनके द्वारा बनाए जाते हैं। हम नहीं जानते कि हमारी अन्य उपयोग की सामग्री हम तक किस प्रकार पहुँचती है। हम यह भी नहीं जानते कि हमारी व्यवस्था कौन करता है; हमारी रक्षा किसके हाथ में है, हमारी शिक्षा का दायित्व किसके हाथ में है, हमारा प्रतिनिधित्व कौन लोग करते हैं?

मेरे कहने का यह भाव नहीं कि विद्यार्थी के रूप में हम जानना चाहें तो उसके लिए कोई कठिनाई है या असुविधा है। हम उसे तो अधिक विस्तार और सूक्ष्मता से जान सकते हैं! पर यह जानना सक्रिय और जीवन्त नहीं है। इस जानने के साथ हमको सारी व्यवस्था के अन्तर्गत अपनी स्थिति का अनुभव नहीं होता है। अपनी स्थिति का ज्ञान जो भी हमको हो पाता है, वह केवल वस्तुपरक है अर्थात् हम बड़ी मशीन में अपने को एक पुर्जे के रूप में पाते हैं। 19वीं और 20वीं शती की इस वैज्ञानिक उन्नति से मनुष्य अधिकाधिक शक्तिशाली होता गया है, पर उसकी यह शक्ति भस्मासुर के हाथ के समान सिद्ध हो रही है। यह शक्ति ऐसा बोझा है, जो अपने ही व्यक्तित्व को विशृंखल और खंडित करने पर उद्यत है।

ऐसा कहा जाता है और इस प्रकार की विचार-सरणि से भली-भाँति परिचित हो चुके हैं। पर हो क्या? अपने इतिहास से मनुष्य अलग कैसे हो सकता है, अपने विकास-क्रम और उन्नति-पथ से कोई विमुख कैसे हो सकता है, जब वह उसकी आन्तरिक प्रकृति की माँग है। संस्कृति की चक्राकार गति के व्याख्याता तो कह सकते हैं, जैसे प्रत्येक सांस्कृतिक चरण अपना एक चक्र पूरा करता है, उसी प्रकार आधुनिक संस्कृति भी अपना चक्र पूरा करने में संलग्न है। अर्थात् वर्तमान वैज्ञानिक प्रगति और औद्योगिकीकरण हमारे इस सांस्कृतिक चरण की अन्विार्य परिणति है। प्रत्यक्षत: लगता भी ऐसा है।

हम राजनीतिक व्यवस्थाओं में साम्यवादी और प्रजातांत्रिक दोनों से अपना विश्वास खो चुके हैं, पर यह मानकर सन्तोष करना चाहते हैं कि इन्हीं के सन्तुलन में कहीं कोई मार्ग निकल सकेगा। कहीं हम सोचने का प्रयत्न करते हैं कि नए धार्मिक विश्वास के उदय होने से मनुष्य का भविष्य रक्षित हो सकेगा, कभी हम नैतिकता की पुन: स्थापना पर आशा लगाना चाहते हैं।

यह सवाल संसार के सभी राष्ट्रों की दृष्टि से दो हिस्सों में बँट गया है। सवाल का एक पहलू तो यूरोप, अमरीका तथा अन्य जापान जैसे कुछ राष्ट्रों का है जो इस उन्नति की प्रतियोगिता में बहुत आगे बढ़ चुके हैं। औद्योगिक और प्राविधिक उन्नति के ऐसे स्तर पर ये राष्ट्र पहुँच चुके हैं, जहाँ से किसी दिशा की ओर मुड़ना भी सम्भव नहीं जान पड़ता, वापस लौटने का तो सवाल ही क्या है ? सवाल के दूसरे पहलू में एशिया और अफ्रीका के नवोदित राष्ट्र हैं, यद्यपि इनमें भी एशिया और अफ्रीका के राष्ट्रों की समस्याओं में मौलिक अन्तर हो सकता है, फिर भी प्रस्तुत प्रसंग में उन्हें साथ किया जा सकता है। स्वाभाविक और सहज तो यही लगता है कि ये राष्ट्र भी पश्चिमी राष्ट्रों की औद्योगिक और प्राविधिक प्रणालियों की सहायता से अपने आपको संगठित और विकसित करें। वस्तुतः इसी मार्ग पर उन्होंने चलना भी शुरू किया है। उनको इस मार्ग पर अग्रसर करने के लिए रूस और अमरीका जैसे शक्तिशाली और सम्पन्न राष्ट्र भरसक सहायता भी कर रहे हैं। और कहा जा सकता है कि अपनी पद्धति के अनुसार ये उन्नति और विकास कर भी रहे हैं।

परन्तु यहीं उन विचारकों (जिनमें लेखक भी हैं) की स्थिति आती है जो इन विचारकों से आगे जाने के लिए व्यग्र और उत्सुक हैं जो प्रस्तुत युग की संक्रान्ति का विश्लेषण करके भी यह कहकर सन्तोष कर लेना चाहते हैं या परिस्थिति के कठोर यथार्थ से आँख बन्द कर लेना चाहते हैं कि यह इतिहास की अनिवार्य दिशा है, हमको केवल भरसक स्थिति का इच्छा से उपयोग करने का प्रयत्न करना चाहिए। इसके लिए नैतिक और धार्मिक नए मूल्यों की चर्चा भी की जाती है अर्थात् जो राजनीतिक और आर्थिक व्यवस्था हमने अब तक सोच पाई है, उसके आगे सोच पाना आसान नहीं माना जाता, इसलिए युग संक्रान्ति को झेलकर मानव-भविष्य का पथ-प्रशस्त करने के लिए नए मानव मूल्यों की चर्चा की जाती है। परन्तु कुछ साहसिक ऐसे भी हैं जिनकी चर्चा से मैंने आरम्भ किया था, जो मानव इतिहास के इस स्थान को अन्य दृष्टियों से महत्त्वपूर्ण मानते हैं। उनके अनुसार, 'जैसा कि जयप्रकाश की स्थापनाओं में हैं' इस इतिहास की सीमा-रेखा पर मानव इतिहास की गति को मोड़ने की शक्ति भी प्राप्त कर चुका है। पिछली शैशव और बालावस्थाओं से पार होकर मानव अब बुद्धि से परिपक्व हो रहा है। अब वह केवल इतिहास के द्वारा परिचालित न होकर इतिहास को परिचालित करने की स्थिति में क्रमशः आ रहा है। कम से कम ऐसी सम्भावना उपस्थित हो गई है।

इस मौलिक स्थापना के आधार पर यह भी कहा जा सकता है, कहा भी गया है कि हमारा अर्थशास्त्र क्यों परम्परागत शास्त्रीय आधार पर चलता रहे? क्योंकि हमारे लिए यह मानना अनिवार्य है कि इच्छाओं की अभिवृद्धि और उनकी परितृप्ति ही हमारी सारी आर्थिक व्यवस्था का मूलाधार है ? हम क्यों यही स्वीकार कर लें कि मात्र भौतिक वस्तुओं की इच्छाओं का सवाल इसके अन्तर्गत आता है ? इन प्रश्नों के

आधार पर हम कह सकते हैं कि मनुष्य इतिहास के एक ऐसे मोड़ पर आ गया है, जहाँ वह एक नए अर्थशास्त्र की व्याख्या करने की आवश्यकता का अनुभव करने लगा है। हम यह भी कह सकते हैं कि राजनीतिक ढाँचे के इतने विशाल और शक्तिशाली होते जाने की क्या आवश्यकता है? राजनीति हमारे जीवन के प्रत्येक अंग को क्यों इस प्रकार घेरती जाए कि हम अपने प्रत्येक कार्य के लिए एक ऐसी अप्रत्यक्ष सरकार पर निर्भर हो जाएँ जिससे हमारा जीवन्त सम्बन्ध नहीं है? क्यों आवश्यक है कि विशाल और शक्तिशाली राज्य-केन्द्र हों, उनमें बड़ी परिषदें और संसदें हों, सदस्यों का चुनाव लाखों मतदाताओं के द्वारा हो, और जिनका संचालन बड़े-बड़े शक्तिशाली दल करते हों? इस बड़ी और विशाल मशीन में जन ही खो जाते हैं, उसके तंत्र का प्रश्न तो हास्यास्पद ही है।

यही क्यों? आज जो वैज्ञानिकता और प्रविधि (Technology) का इतना विकास हुआ है, उसको भी इस नई दृष्टि से देखा जा सकता है। क्यों यह आवश्यक है कि औद्योगिकीकरण का यह आधुनिक ढाँचा वैज्ञानिक विकास से सम्बद्ध ही रहेगा, अर्थात यदि वैज्ञानिक विकास की सम्भावनाएँ हैं तो औद्योगिकीकरण की स्थिति अपनी इसी दिशा में अनिवार्यत: विकसित होगी। क्यों यह मानकर चला जाए कि विज्ञान का प्रयोग केवल दैत्याकार यंत्रों के लिए ही है, जो मनुष्य के व्यक्तित्व को कुंठित और विघटित कर रहे हैं? विज्ञान और प्रविधि का प्रयोग और उसके विकास की दिशाएँ नई आशाओं और सम्भावनाओं से स्फुरित भी हो सकती हैं।

पिछले दो महायुद्धों ने ऊपर के चिन्तन को व्यापक पृष्ठभूमि प्रदान की है। ज्ञान-विज्ञान के क्षेत्र के अनेक मानववादी चिन्तकों के मन में इस प्रकार की उथल-पुथल होती रही है। मनुष्य के भविष्य की खोज की पीड़ा और बेचैनी का अनुभव चिन्तकों और लेखकों में बराबर मिलता है। ऐसा भी नहीं कहा जा सकता कि इनके सामने कोई दिशा आभासित ही नहीं हुई, इनके मन में कोई सुझाव आया ही नहीं। पर कठिनाई दूसरी ओर अधिक रही है। राजनीति और अर्थनीति के कर्णधारों और संचालकों ने कभी इनको सार्थक माना ही नहीं और इनकी विचारधारा को महत्त्व नहीं दिया।

यह जो दूसरे महायुद्ध के बाद राजनीति के कर्णधारों की वाणी में बदला हुआ स्वर सुनाई देने लगा है, वह आणविक शक्ति और आणविक युद्ध की सम्भावनाओं के कारण ही है। यह पंचशील, सहअस्तित्व, निरस्त्रीकरण आदि की चर्चा इस बात का प्रमाण है कि शक्ति की प्रतिद्वन्द्विता की वह स्थिति आ चुकी है जिसके आगे बढ़ना दोनों पक्षों का नाश और संहार है। इस ऐतिहासिक परिस्थिति से इनके स्वर तो बदले ही हैं, ऐसा भी लग रहा है कि मन भी बदल रहे हैं। जिस मन:स्थिति में सहअस्तित्व, पंचशील आदि की चर्चा अपने आप में नए मूल्यों की स्थापना तो नहीं मानी जा सकती, पर आगत मूल्यों की भूमिका ज़रूर मानी जाएगी।

जयप्रकाश ने गांधी विचारधारा के विकास-क्रम के रूप में अपना प्रारूप प्रस्तुत किया है। उन्होंने लोकतंत्र की ऐसी परिकल्पना प्रस्तुत की है, जिसमें सभी व्यक्ति (सदस्य) अपने सामुदायिक जीवन और व्यवस्था में सक्रिय सहयोगी और सहभोगी हो सकें। जो योजना उन्होंने समुदायों, पंचायतों, समितियों आदि के सम्बन्ध में प्रस्तुत की है, उसकी विशद कल्पना कर पाना सम्भव नहीं है और इस सम्पूर्ण ढाँचे का संगठन और संचालन किस प्रकार होगा, बहुत स्पष्ट नहीं है, यह भी इसके आधार पर कह पाना आसान नहीं है कि इस व्यवस्था के अन्तर्गत आज तक की हमारी विज्ञान की उन्नति का प्रयोग किस रूप में होगा और उनकी आगे के विकास की सम्भावना क्या है, किसी को ऐसा भी आभासित हो सकता है कि इस व्यवस्था को लाने के लिए मनुष्य को अपनी सत्यता के एक अर्द्ध विकसित स्तर तक बरबस रखना पड़ेगा।

लेकिन मैं इन सब प्रश्नों, जिज्ञासाओं, सन्देहों को महत्त्व नहीं देता। क्योंकि एक तो इन सभी के संगत उत्तर दिए जा सकते हैं, शंकाओं का समाधान ढूँढ़ा जा सकता है, और दूसरे मेरे सामने यह सवाल महत्त्वपूर्ण है कि यदि मान लिया जाए कि यह व्यवस्था लानी ही है तो इसको लाएगा कौन और कैसे? इसके अतिरिक्त एक बात और भी है जो मेरे मन में अटकती है, वह है इस प्रारूप की मौलिक स्थापना—लोकतंत्र, मूलत: नैतिक समस्या है। ऊपर की जिज्ञासा यदि प्रस्तुत मौलिक स्थापना के साथ मिलाकर देखा जाए तो स्पष्ट हो जाता है कि इस व्यवस्था को लाने के लिए नैष्ठिक और आचारवान जनों की एक बड़ी सेना चाहिए।

परन्तु पहले तो यही कहा जा सकता है कि प्रत्येक राज्य और सामाजिक व्यवस्था का आज तक का आधार नैतिक गुण ही रहे हैं। और सभी व्यवस्थाएँ भली प्रकार चल सकीं जब तक कि उन नैतिक गुणों की मान्यता रही। इस दृष्टि से कहा जाएगा कि लोकतंत्र के नैतिक मूल्य भिन्न हैं, पर ऐसा तो समाज ही है, क्योंकि राज्य व्यवस्था के अन्तर के साथ ऐसा होगा ही। प्रत्येक समाज अपने विकास के स्तर पर किन्हीं नैतिक मूल्यों पर ही आधारित रहता है। समाज इन्हीं की क्रिया, घात-प्रतिघात से सांस्कृतिक संचरण में अग्रसर होता है। परन्तु जब राजनीति नैतिक मूल्यों का निर्धारण करेगी तो राजनीतिक तानाशाही शक्तियों का विकास होगा, और जब नैतिक मूल्यों के आधार पर राज्यशक्ति की व्यवस्था होगी तो आर्थिक और साम्प्रदायिक तानाशाही का जन्म होगा। और मौलिक रूप से दोनों तानाशाहियों में कोई अन्तर नहीं है।

इस नैतिक शिक्षा के लिए सेवकों की जमात बनेगी, जमात के अन्तर्गत आचार्यों की सीढ़ियाँ बनेंगी। ये सेवक फिर गुरु बन जाएँगे, सत्य, आहिंसा, स्वातंत्र्य, सार्वजनिक हित, सहिष्णुता, उत्तरदायित्व, आस्था, मानव एकमात्र के प्रति विश्वास आदि मात्र गुरु-मंत्र रह जाएँगे। मैं किसी आस्थाहीनता के कारण ऐसा नहीं कह रहा हूँ, इसका इतिहास साक्षी है, मानव-मनोविज्ञान साक्षी है। जो रास्ता दिखाने वालों का दल

बनता है उसकी परिणति इससे भिन्न हो ही नहीं सकती। जब इस प्रकार के आन्दोलन प्रारम्भ होते हैं उस समय उद्देश्य की जो पवित्रता रहती है उसकी रक्षा आगे आन्दोलन के गतिशील और शक्तिसम्पन्न होने पर कभी नहीं हो सकी है। धार्मिक और साम्प्रदायिक संघों के ढाँचे बन सकते हैं, उनकी पद्धति और व्यवस्था में भी सुचारुता हो सकती है, पर उनके माध्यम से मानव व्यक्तित्व की वास्तविक स्वतंत्र और प्रतिष्ठा की आशा व्यर्थ सिद्ध हुई है। राजनीति के क्षेत्र में विशिष्ट प्रकार के नैतिक मूल्यों को लेकर वास्तव में साम्यवाद चला था जिसकी जो परिणति हुई, हमारे सामने प्रत्यक्ष है।

इसी प्रकार अनेक प्रश्न हैं, जिज्ञासा जो एक लेखक के मन में उठती है। वह क्या करें, उसको जाल सुखाने की सुविधा है ही नहीं। सब समय उसके लिए मछली मारने का समय है। वह यथार्थ से भिन्न कुछ जानता नहीं है, उसका अनुभव, उसके विचार, उसकी कल्पना सब का स्रोत यही जीवन का अखंडित यथार्थ है, जो इतिहास की सीमाओं में न बँधकर गत-आगत—वर्तमान में एक रस प्रवाहित होकर इतिहास को आत्मसात् कर लेता है। और यह मानव-जीवन का यथार्थ सत्य है कि जो उसके व्यक्तित्व से स्वत: स्फुरित है वह उसको मुक्त करता है, सार्थक बनाता है और जो उस पर आरोपित है वह उसको कुंठित और खंडित करता है वह चाहे धर्म हो, राजनीति हो, नैतिक मूल्य ही क्यों न हों।

जब राजनीति के विचारक, अर्थनीति के चिन्तक संसार की वर्तमान संक्रान्ति के प्रति सजग हुए हैं, उनके मन में मानव-नियति को उचित दिशा में ले जाने का संकल्प जागा है, उस समय लेखक की इस भावना का उसके लिए महत्त्व हो सकता है, वह उसकी सार्थकता को समझने का प्रयत्न कर सकता है। संक्रान्ति-युग की अनास्था, विशृंखलता और विस्थापना के बीच जूझता हुआ लेखक भी यह विश्वास कहीं किसी स्तर पर लेकर चलता है कि इन्हीं सबके बीच से नए मूल्यों का उदय हो सकेगा और तब हमारी आगत संस्कृति का नया चरण शुरू होगा। पर उसके सामने यह कल्पना बहुत साफ़ नहीं उभर पाती कि किन्हीं नैतिक गुणों को लेकर जो आन्दोलन कुछ निष्ठावानों के द्वारा शुरू किया जा सकेगा, वह मानव-मुक्ति के भविष्य को सार्थक कर सकेगा। यह कल्पना जब रूप ग्रहण करने लगती है तभी उसके सामने नए प्रकार की नई पद्धतियों वाले, सम्प्रदायों और संघों की तानाशाही का रोमांचक दृश्य उभर आता है।

इसलिए मैंने कहा था कि हम क्षणों में जीने वालों के लिए जाल सुखाने का समय भी कहाँ है?

जनता दल की सम्पूर्ण क्रान्ति : शिक्षा का कर्मकांड

नरोरा में एक सम्मेलन हुआ। कहा गया कि वहाँ ऐसे तमाम लोग एकत्र हुए जो देश में सम्पूर्ण क्रान्ति के लिए जनता तथा कांग्रेस के अलावा एक तीसरी शक्ति संगठित करना चाहते हैं। जयप्रकाश जी का आशीर्वाद इस सम्मेलन को प्राप्त था। जयप्रकाश जी ने सम्पूर्ण क्रान्ति के लिए निर्दलीय लोक शक्ति को महत्त्व दिया था। राजनारायण जी ने जनता दल के नेताओं के उसमें भाग लेने पर आपत्ति की है। उनकी सबसे अधिक आपत्ति जनता दल के अध्यक्ष के भाग लेने पर है। उनका तर्क है कि इस सम्मेलन में भाग लेने का मतलब है कि वह व्यक्ति भी मानता है कि जनता दल सम्पूर्ण क्रान्ति में असफल रहा है। जनता दल का कोई सदस्य विशेषकर उसके अध्यक्ष अगर यह मानते हैं कि जनता दल क्रान्ति करने में असमर्थ है और उसके लिए तीसरी शक्ति की आवश्यकता है तो उन्हें त्याग-पत्र देकर उस सम्मेलन में भाग लेना चाहिए। जनता दल का यह अपना विवाद है, पर उसके सैद्धान्तिक पक्ष पर बहस चलाने में हमारी रुचि हो सकती है।

पहला सवाल है कि नरोरा का सम्मेलन मूलतः इस चिन्ता के आधार पर किया गया है कि जनता दल भी शासन-तंत्र के माध्यम से सारे देश समाज में सम्पूर्ण क्रान्ति लाने में समर्थ नहीं हो पा रहा है। वस्तुतः आज की दलीय राजनीति के मौलिक स्वभाव को बदले बिना इस शासन-तंत्र से कुछ कर पाना कठिन है। सम्पूर्ण क्रान्ति का अर्थ भी स्पष्ट होना चाहिए कि हमारे समाज में हर स्तर पर शोषण, भ्रष्टाचार और अन्याय ख़त्म हो और समता, न्याय तथा प्रगति के मार्ग पर समाज आगे बढ़ने में समर्थ हो सके। पन्द्रह महीनों के अनुभव से यह और स्पष्ट हो जाना चाहिए कि केवल शासनतंत्र चलाने से समाज को इस रास्ते आगे बढ़ाना कठिन है और उसके लिए जनता को निराशा से बचाने तथा प्रेरित करने के लिए तीसरी शक्ति की खोज का विचार आ सकता है।

यहाँ जनता दल के अध्यक्ष श्री चन्द्रशेखर का एक वक्तव्य याद आता है कि लोक समितियाँ बनाने तथा लोक शक्ति जागृत करने का काम हमारा (जनता दल का) नहीं है। शुरू में बुरा लगा था क्योंकि उनके जनता दल के अध्यक्ष होने में जयप्रकाश जी की भावना भी थी और उनके मन में चन्द्रशेखर जी से ज़रूर आशा

रही होगी। ख़ैर उनकी बात अपनी जगह ठीक थी, जो काम निर्दलीय ढंग से करने का माना गया हो, उसे एक दल का अध्यक्ष दलीय स्तर पर कैसे करे! शायद उनसे यह अपेक्षा न की गई हो, पर अगर उनके मन में सम्पूर्ण क्रान्ति की भावना रही है तो कम से कम अपने दल के संगठन में उसे प्रतिफलित करना चाहिए था। दुर्भाग्य से अभी तक जनता दल का कोई भी स्वरूप हमारे सामने नहीं है जो सम्पूर्ण क्रान्ति के पक्ष में कोई भी दबाव उत्पन्न कर सके अथवा कोई प्रभावी 'रोल' अदा कर सके।

ऐसी स्थिति में सारी जनता के मन में व्यापती हुई निराशा की चिन्ता किसी को भी हो सकती है, चन्द्रशेखर, जनतादल के अध्यक्ष को भी। इस चिन्ता से अपनी विवशता के लिए कोई मार्ग खोजने की दृष्टि से अगर अध्यक्ष नरोरा सम्मेलन में गए थे, तो यह आपत्ति की बात नहीं हो सकती। अध्यक्ष के रूप में उनकी सफलताओं-असफलताओं का सवाल अलग है, उस पर बहस अलग से हो सकती है। परन्तु अगर इस सम्मेलन का रूप तथा अर्थ एक तीसरे दल की भूमिका तैयार करना है और यह घोषित तथा स्पष्ट है तब विचार करने का ढंग दूसरा होगा। इसका अर्थ होगा कि सम्मेलन में एकत्र होने वाले यह मान चुके हैं कि वर्तमान दलों के माध्यम से वे अपना लक्ष्य नहीं पूरा कर सकते और उसके लिए एक नया दल (तीसरा) बनाना अनिवार्य है। ऐसे लोग परिस्थिति पर विचार करने के लिए एकत्र नहीं होंगे क्योंकि यह तो उन्होंने पहले ही समझ लिया है कि नया दल बनाना है। वे दल के संगठन के स्वरूप और प्रक्रिया पर अधिक विचार करेंगे। ऐसी स्थिति में राजनारायण जी की बात तर्कसंगत मानी जाएगी। एक दल का अध्यक्ष दूसरे दल के संगठन की भूमिका तैयार करने में मदद नहीं दे सकता। परन्तु यह इस पर भी निर्भर करेगा कि उसे बुलाया किस रूप में गया और वह किस कार्य के लिए गया। जो भी हो अगर तीसरे दल की बात स्पष्ट है (अगर उसमें चालाकी है तो यह और भी ख़तरनाक बात है) तो अध्यक्ष के वहाँ जाने के औचित्य पर प्रश्न उठाया जा सकता है। पर लगता है कि राजनारायण जी यह मानते हैं, जब जनता दल स्वतः सम्पूर्ण क्रान्ति करने में लगा हुआ है तो उसके किसी नेता को विशेषकर के उसके अध्यक्ष को किसी दूसरे सम्मेलन में जाकर सम्पूर्ण क्रान्ति की चिन्ता-चर्चा करने की क्या ज़रूरत है? उनको चिन्ता न हो और चर्चा करने की ज़रूरत न लगती हो, पर उनके जैसे क्रान्तिकारी व्यक्ति के सोचने के ढंग से हम चिन्तित हैं। श्री देसाई, जगजीवन बाबू और चौधरी चरण सिंह जैसे पुराने अनुभवी लोगों की यह सोच हो सकती है कि उनके जैसे लोगों के हाथों में शासन-तंत्र के रहने से स्वतः सब कुछ हो जाएगा सम्पूर्ण क्रान्ति को होना होगा तो वह भी उनके शासन-तंत्र के माध्यम से हो जाएगी। उनके सोचने का ढंग पिछली परम्परा से जुड़ा हुआ है, सारी असफलताओं और निराशाओं के बावजूद इन नेताओं में अपने और अपने शासन-तंत्र पर अगाध विश्वास है। पर डॉ. लोहिया से जुड़े हुए व्यक्ति की सोच ऐसे कैसे होती जा रही है यह चिन्ता की बात है।

डॉ. लोहिया ने सरकार तथा शासन-तंत्र की सीमाओं, कठिनाइयों और जड़ताओं को सदा रेखांकित किया। इस तंत्र के नौकरशाही ढंग की उन्होंने कड़ी आलोचना की। और सब से बड़ी बात है कि उन्होंने सदा दलीय और कभी-कभी निर्दलीय स्तर पर भी जनता को शिक्षित, प्रेरित, संगठित तथा आन्दोलित करने पर बल दिया है।

हमारा शासन-तंत्र हर दिशा में किस प्रकार जड़ता उत्पन्न करता है और नीति के हर क्षेत्र में कैसे-कैसे कर्मकांडों की व्यवस्था करता है, इसका अनुभव राजनारायण जी को अब तक हो जाना चाहिए था। और उसका एक ही उद्देश्य रहता है कि यथास्थिति बनाए रखकर अपनी स्थिति मज़बूत रखना और नौकरशाही के लिए किसी प्रकार का सिर दर्द न पैदा करना। हर क्षेत्र में डेढ़ वर्ष से यह कर्मकांडी व्यवस्था चल रही है। जनता सरकार ने जहाँ कहीं कुछ प्रगतिशील नीतियाँ बनाई भी हैं वहाँ यह कर्मकांड उन्हें जड़ बना रहा है। शिक्षा के क्षेत्र में तो नीतियों के स्थान पर भी कर्मकांड है। पिछले तीस वर्षों से शिक्षा का जैसा कर्मकांड चल रहा था, उसी को चलाया जा रहा है। जबकि शिक्षा देश-समाज की मौलिक समस्या ही नहीं, आज उसमें विस्फोटक स्थिति भी उत्पन्न होती जा रही है।

जनता दल से आशा बँधी थी कि शिक्षा के क्षेत्र में चलने वाली तमाम निरर्थक चर्चाओं के स्थान पर कोई सार्थक तथा ठोस योजना सामने आ सकेगी। पिछली सरकार भी शिक्षा के वर्तमान स्वरूप को पिछड़ा हुआ, उद्देश्यहीन तथा सामाजिक सन्दर्भों से कटा हुआ मानती थी। यह कहने का फ़ैशन रहा है कि शिक्षा को सार्थक, सोद्देश्य और समाज की महत्त्वाकांक्षाओं से जुड़ा होना चाहिए। सारी लम्बी-चौड़ी बातों के बावजूद शिक्षा के क्षेत्र में बेकार युवकों को फँसाए रखने के अलावा कुछ किया नहीं गया। राजनीतिक नेताओं तथा दलों ने (सरकारों ने भी) शिक्षा, शिक्षा-संस्थाओं, छात्रों तथा अध्यापकों का अपने उद्देश्य से उपयोग करने की परम्परा डाली है। कभी अपनी सफलताओं में शिक्षा के विस्तार, छात्रों की बढ़ती हुई संख्या, संस्थाओं की संख्या आदि को गिनाया जाता है और कभी गिरते हुए स्तर, बेरोज़गारी, अराजकता आदि के लिए शिक्षा तथा शिक्षा संस्थाओं को दोषी ठहरा दिया जाता है। हर नेता के पास छात्र-असन्तोष, छात्र अराजकता के लिए एक सुविधाजनक तर्क रहता है कि आज हमारे अध्यापक स्वतः भ्रष्ट हो गए हैं, उनमें आपसी राजनीति है। जैसे हमारे इन नेताओं ने ऊँचे नैतिक मानदंड स्थापित किए हैं? या अध्यापक समाज से अलग कोई प्राणी होता है।

वर्ष-डेढ़ वर्ष से शिक्षा के क्षेत्र में कोई दृढ़ और स्पष्ट नीति के स्थान पर कर्मकांडी सम्मेलन होते रहे हैं। यह इससे स्पष्ट है कि इन सम्मेलनों में पुराने पुरोहित ही प्रायः एकत्र होते हैं जो यजमान के योग-क्षेम की दृष्टि से आहुतियाँ डालते हैं। फिर इस कर्मकांड से क्या निकलने वाला है! ऐसा ही एक सम्मेलन उत्तर प्रदेश के कुलाधिपति, कुलपतियों का बुला रहे हैं, इस मास के अन्तिम सप्ताह में प्रदेश के

अधिकांश विश्वविद्यालय और महाविद्यालय बिना वार्षिक परीक्षाओं के बन्द कर देने पड़े हैं। वर्ष भर अशान्ति, अराजकता और हिंसा का वातावरण शिक्षा के प्रांगणों में रहा है। हमारे कुलपतियों के पास इस सब के लिए क्या सुझाव हो सकता है? कुलाधिपति के पास भी क्या उपाय हो सकता है? मुख्यमंत्री या शिक्षा मंत्री अपने सचिवों की सलाह के आधार पर क्या मार्ग-दर्शन कर सकते हैं? हम जानते नहीं, पर अनुमान लगाना आसान है। जब समस्या पूरे राजनीतिक, सामाजिक, आर्थिक (यहाँ तक कि सांस्कृतिक भी) सन्दर्भों से जुड़ी हो, तब इस कर्मकांड से जो निकलने वाला है, वह स्पष्ट है। शिक्षा के क्षेत्र में सम्पूर्ण क्रान्ति का अर्थ जो भी हो, इसकी बहस में पड़े बिना भी यह समझना आसान है कि आज शिक्षा के प्रश्न पर इन सन्दर्भों से जोड़कर विचार नहीं किया गया और तुरन्त कोई रास्ता नहीं निकाला गया तो समाज विरोधी तथा तानाशाही शक्तियाँ इस स्थिति का लाभ उठाएँगी। और इस समस्या के समाधान का पहला चरण है कि अब विभिन्न नेता और दल राजनीतिक ढंग से शिक्षा का इस्तेमाल न करके उसे समाज-निर्माण की आधार-शिला मानकर निर्दलीय प्रश्न मानना स्वीकार करें।

अनुशासन पर्व

पालम हवाई अड्डे से दिल्ली जंक्शन तक विनोबा भावे के चित्र के साथ 'अनुशासन पर्व' के बहुत बड़े विज्ञापन-बोर्ड आँखों के सामने से गुज़रे। आपात्स्थिति की घोषणा हुए लगभग एक माह बीत चुका था। मैं कई नगरों से होता हुआ जोधपुर से दिल्ली होकर इलाहाबाद वापस जा रहा था। सोचता हूँ, चारों ओर अनुशासन तो है। ट्रेनें समय से चल रही हैं, कोई चेन खींचकर जहाँ-तहाँ ट्रेनें रोकता नहीं। लोग आफ़िस ठीक समय से जाने लगे हैं, आफ़िसों में अफ़सर तथा कर्मचारी अपने स्थानों पर मिलने लगे हैं। भीड़-भाड़, शोर-शरापा, बन्द-हड़तालें, नारे-आन्दोलन सभी ख़त्म हो चुके हैं। ऐसा लगता है सब ठीक है, व्यवस्थित चल रहा है। विश्वविद्यालयों और महाविद्यालयों में पढ़ाई होने लगी है, परीक्षाएँ भी समय से हो रही हैं। इन्दिराजी ने कहा कि देश में बढ़ती हुई अराजकता, हिंसा और असुरक्षा के कारण आपात्स्थिति की घोषणा अनिवार्य थी। और बाबा ने कहा कि यह अनुशासन पर्व है।

पहले के कई वर्षों से देश में हिंसा तथा अराजकता बढ़ती जा रही थी। कारखानों में, कार्यालयों में और शिक्षण संस्थाओं में हड़तालें, बन्द और प्रदर्शन चल रहे थे। असामाजिक तत्त्वों से सामाजिक जीवन असुरक्षित और आतंकित था। चोरी, लूट, हत्याएँ बढ़ रही थीं। शिक्षा संस्थाओं के प्रांगणों में उद्दंडता और अनुशासनहीनता के साथ हिंसा बढ़ रही थी। प्रतिपक्ष इस परिस्थिति तथा वातावरण का कारण सरकारी नीतियों तथा उसकी असफलताओं को मानता था। जबकि शासक दल और उसकी नेता इन्दिरा गांधी इसका दायित्व मुख्यत: प्रतिपक्ष पर डालते थे। प्रतिपक्ष शासन के हर काम में बाधा डालता है। उसने भयानक वातावरण उत्पन्न कर रखा है। प्रतिपक्ष का कहना था कि वह शासक दल के अत्यधिक बहुमत के सामने इस स्थिति में नहीं है। पर शासन-तंत्र अपने सभी प्रचार माध्यमों से परिस्थिति का सारा दायित्व प्रतिपक्ष पर डाल रहा था।

इस बीच जे.पी. का प्रवेश होता है। उन्होंने मूल समस्या को रेखांकित करने की चेष्टा की। हमारे देश में पिछले सत्ताईस वर्षों में लोकतंत्र जिस प्रकार चलाया गया है, उससे सारे समाज में भ्रष्टाचार, अन्याय, शोषण और हिंसा बढ़ी है। क्या शासक

दल और क्या प्रतिपक्ष के दल कोई भी इससे अछूता नहीं है। समाज के सभी पक्ष और वर्ग इससे आक्रान्त हैं। किसी ने इस परिस्थिति को बदलने की चेष्टा नहीं की, जिस मनोबल और दृढ़ता की इसके लिए अपेक्षा थी, उसका परिचय किसी ने नहीं दिया, कुछ व्यक्तिगत और सीमित प्रयत्नों के अतिरिक्त। जे.पी. ने कहा कि इस अराजक, भ्रष्ट तथा हिंसक वातावरण से मुक्ति तभी मिल सकती है, जब सभी दल और समाज के सभी स्तर, पक्ष और वर्ग संकल्प के साथ इस दिशा में काम करें। सारे देश को अवसरवादी मानसिकता से मुक्त किए बिना समाज प्रगति की ओर अग्रसर नहीं होगा। पद, सत्ता और गद्दियों की राजनीति ने सारे सामाजिक जीवन को दूषित कर दिया है।

जे.पी. ने सही दिशा में बढ़ना चाहा। उन्होंने सबसे पहले सम्पूर्ण सामाजिक तथा राष्ट्रीय जीवन से भ्रष्टता को दूर करने का आवाहन किया था। इसका प्रयोग उन्होंने प्रादेशिक चुनावों से शुरू किया था। लोकतांत्रिक पद्धति का सही सन्तुलन बन सके, इसके लिए उन्होंने प्रतिपक्ष के दलों के विलयन से ध्रुवीकरण पर बल भी दिया था। उस समय तक शासक दल, शासन-तंत्र और उनकी एकमात्र नेता इन्दिरा गांधी से उनका विरोध नहीं था। उनका कहना था कि राष्ट्रीय समस्या का समाधान राष्ट्रीय स्तर पर किया जाना सम्भव है और उसके लिए क्या शासक दल तथा तंत्र, क्या प्रतिपक्ष के दल और क्या पूरा समाज, सभी का संकल्प तथा प्रयत्न अपेक्षित है। उनको आशा थी कि इन्दिरा गांधी और उनका कांग्रेस दल देश की सही परिस्थिति को समझकर इस आवाहन को स्वीकार करेंगे।

परन्तु ऐसा हुआ नहीं। सत्ता और शक्ति की राजनीति पर पूरी आस्था रखने वाले के लिए इस सत्य को समझना शायद कठिन न हो, पर उसे स्वीकार करना उसके लिए सम्भव नहीं है। क्रमशः जे.पी. के सामने स्पष्ट होता गया कि शासन-तंत्र न केवल इस वातावरण को बदलने में सहयोगी नहीं है, वरन् इस प्रकार के हर प्रयत्न का प्रत्यक्षतः अप्रत्यक्षतः बाधक बन जाता है। उनके सामने यह भी स्पष्ट होता गया कि इन्दिराजी अपनी एक सत्तात्मक शक्ति क़ायम रखने के लिए तथा उसे दृढ़ बनाने के लिए इस सारे वातावरण का अपने पक्ष में उपयोग कुशलता से कर रही हैं। क्रमशः उन्हें शासन-तंत्र और इन्दिराजी के विरोध में आना पड़ा। जो आन्दोलन भ्रष्टाचार, अन्याय, शोषण तथा हिंसा के ख़िलाफ़ सभी स्तरों पर गतिशील हुआ था उसके सीधे लक्ष्य शासन और शासक दल (यानी उसकी प्रमुख नेता) होते गए।

परिस्थिति की विडम्बना में शासक दल तथा शासन-तंत्र का पूरा उपयोग इन्दिराजी ने अपनी सत्ता को केन्द्रित करने में किया। सारी अराजकता तथा हिंसा का दायित्व प्रतिपक्ष तथा आन्दोलन पर डाला गया, प्रचार के साधनों से उन्हें अतिरंजित भी किया गया। दूसरी ओर शासन और सरकार को विरोध का पहला लक्ष्य बना लेने से प्रतिपक्ष के दलों तथा उनके नेताओं के लिए आन्दोलन में भाग लेना बिना मानस

बदले सुगम हो गया। सामाजिक तथा राष्ट्रीय स्तर पर फैले हुए भ्रष्टाचार, अन्याय तथा शोषण के विरुद्ध व्यापक आन्दोलन की प्रक्रिया में इन दलों तथा नेताओं के चरित्र परिवर्तन की सम्भावना अवरुद्ध हुईं।

फिर आन्दोलन का सारा रूप परम्परित ढंग से बहुत अलग नहीं दिखाई पड़ रहा था। शासन तथा सरकार की ग़लत तथा असफल नीतियों के कारण भ्रष्टता तथा अराजकता का वातावरण बढ़ता जा रहा था। अव्यवस्था, हड़तालें, बन्द, असुरक्षा, हिंसा बढ़ती जा रही थी। सरकार का विरोध करने वाले आन्दोलन में दबाव के लिए हड़ताल, बन्द, घेराव जैसे उपायों का इस्तेमाल हुआ। इस स्थिति में आन्दोलन को संचालित और नियोजित करने वालों के लिए यह कठिन काम था कि वे जनता के मन में यह स्पष्टता ला सकें कि उनका आन्दोलन सरकार पर ऐसा दबाव डालने की दृष्टि से है जिससे व्यापक स्तर पर सामाजिक परिवर्तन का रास्ता मुक्त हो सके। दूसरी ओर सरकार का पूरा प्रयत्न वातावरण को इस प्रकार धुँधला बना देने का था जिसमें व्यापक अराजकता, अव्यवस्था, गतिरोध तथा हिंसा का आरोप आन्दोलन पर डाला जा सके।

सन् 74 में जे.पी. ने छात्रों-युवकों के आन्दोलन का नेतृत्व स्वीकार किया। उनको सम्पूर्ण क्रान्तिवाहक माना। परन्तु ठीक उसी समय उत्तर प्रदेश में विश्वविद्यालयों तथा महाविद्यालयों के प्रांगणों में सबसे अधिक अशान्ति, अव्यवस्था तथा हिंसा का वातावरण था। हम जानते थे कि इस सबके पीछे सरकारी कूटनीति और पैसा है। इस प्रकार कुशल राजनेता छात्र-नेतृत्व को प्रांगणों नें उलझाए रखकर सम्पूर्ण क्रान्ति के व्यापक आन्दोलन से अपनी सरकार को बचा लेना चाहते थे। छात्र-नेतृत्व के तत्कालीन चरित्र के आधार पर यह आसान काम था। दूसरी ओर जनता के मन पर यह भी प्रतिछवित किया जा रहा था कि यह अराजकता फैलाना ही सम्पूर्ण क्रान्ति का स्वरूप है। हमारे पढ़े-लिखे अध्यापक साथी मुझसे व्यंग में कहते थे—यही आपकी सम्पूर्ण क्रान्ति है ?

एक अजब वातावरण था। सरकार ने अराजकता, अव्यवस्था और हिंसा को फैलते जाने की नीति अपना ली थी। आन्दोलन में लगे हुए दल के नेताओं तथा कार्यकर्ताओं के मन में लक्ष्य, दिशा और पद्धति के बारे में बिल्कुल स्पष्टता नहीं थी। वे मोटे तौर पर आन्दोलनों से सरकार विरोधी वातावरण बनाने तथा सरकार पर दबाव डालने का काम लेना चाहते थे। अत: उन्होंने सरकार द्वारा प्रेरित तथा उत्साहित अराजकता तथा हिंसा को नियंत्रित करने के बजाय उसे अपने पक्ष में मान लिया। इन्दिरा गांधी इस सारे वातावरण का उपयोग प्रतिपक्ष के आन्दोलन के विरुद्ध और अपनी शक्ति के पक्ष में करती जा रही थीं। उनके सारे वक्तव्य सरकार का सारा प्रचार इसी दिशा में नियोजित थे। इस बीच उन्होंने अपनी एकसत्तात्मक शक्ति को काफ़ी गहरा आधार देना शुरू किया था।

इलाहाबाद हाईकोर्ट के फ़ैसले ने इन्दिराजी की क्रमशः विकसित होने वाली योजना को धक्का पहुँचाया। उन्हें तुरन्त निर्णय लेना पड़ गया। दूसरी ओर प्रतिपक्ष ने रणनीति बदली। उनको लगा कि इस प्रकार तो आसानी से इन्दिराजी अपनी एक-सत्तात्मक स्थिति से हट जाएँगी। सत्ता और गद्दियों की राजनीति के खिलाड़ी राजनेताओं ने, इनमें कांग्रेस के शामिल हो गए थे, समझा कि यह सरल उपाय उनके हाथ लग गया है। परन्तु राजनीति की शतरंज में इन्दिराजी ने एक साहसिक चाल चल दी। फिर 26 जून, 74 से अनुशासन पर्व शुरू होता है। प्रतिपक्ष के सारे नेता जेलों में अनुशासित, कांग्रेसी नेता अपनी-अपनी गद्दियों में अनुशासित, प्रेस अनुशासित और सारा समाज अनुशासित। मुक्त भाव से सारे प्रचार के साधनों से देश को अराजकता, अव्यवस्था, हिंसा से बचा लेने की चर्चा होती रही, घोषणाएँ की जाती रहीं। देश बच गया और अब प्रगति के पथ पर अबाधित गति से आगे बढ़ सकेगा। अब लोग परिश्रम से काम करेंगे, उत्पादन बढ़ेगा, कल-कारखानों में पूरे उत्साह से काम होगा।

उसी दिन अर्थात् 28 जुलाई को जब मैं नौ बजे रात को पुलिस वैन में अपने नगर की सूनी सड़कों से गुज़र रहा था, मेरे मन में इन्दिराजी के अनुशासन पर्व का पट घूम रहा था। हमारे राजनेताओं ने इससे क्या सीखा, मैं नहीं जानता। पर चुनाव की घोषणा के बाद जब मैंने पहली बार छात्रों को सम्बोधित किया तो फिर मेरे मन में कौंधा—कोई भी सामाजिक व्यवस्था अनुशासन के बिना नहीं चलती। मित्रो, चुनाव करना है कि यह अनुशासन बाहर से आरोपित होगा या हम अपने व्यक्ति तथा समाज के अन्दर से विकसित करेंगे ? उस माहौल में उन्हें यह बात कितनी रुची, यह अलग बात है।

यातना से गुज़रा हुआ देश

26 जून, 1975 को देश में आपात्कालीन स्थिति की घोषणा हुई और अगले दिन ही समाचार-पत्रों पर कड़ा सेंसर लग गया। यह परिस्थिति आकस्मिक थी, सामान्य व्यक्ति के लिए ही नहीं, उनके लिए भी जो देश के समस्त अराजक वातावरण में बढ़ती हुई तानाशाही शक्तियों के प्रति देश को सावधान कर रहे थे। फिर देश अन्धकार से गुज़र रहा था। ऐसा अन्धकार कि जिसमें आकाश के तारों का प्रकाश नहीं मिलता, जुगनुओं की दमक का सहारा रह जाता है। फिर हमारे जैसे अजनबी व्यक्ति को आकस्मिकता से अधिक गहरा आघात लगता है देश भर में फैले हुए सन्नाटे से। मान लेने पर भी देश में ख़बरों पर काला पर्दा पड़ा हुआ है और नगर में ही एक मोहल्ले की ख़बर दूसरे मोहल्ले तक पहुँचना आसान नहीं है। यह स्वीकार कर पाना सम्भव नहीं था कि देश में आरोपित तानाशाही के विरुद्ध कहीं प्रभावी प्रतिरोध हो रहा है और हमको उसका अता-पता नहीं चला। देश में रेल-तार-डाक व्यवस्था यथावत् चल रही थी।

चोट खाया हुआ मन तिलमिला रहा था, पर हमारे जैसे आदमी को यह महसूस नहीं हुआ कि चोट किसी बाहरी आघात की है, यही लगता रहा यह आघात हमारे अपने ही चरित्र का, व्यक्तित्व का है। तमाम दृश्य मन के चित्रपट पर गुज़रते रहे—तीस वर्षों से हमारा लोकतंत्र जिस प्रकार चलता रहा है, बीच-बीच में डूबते हुए मन में लहराते हुए राष्ट्र-ध्वज विलीन होते जाते हैं, जो हमारे संकल्पों के प्रतीक हैं। हमारे राष्ट्रपति की गौरवशाली रथयात्राएँ, संविधान के प्रति प्रतिश्रुत हमारे संसद की शानदार परम्परा, संविधान के आधार पर नागरिक समानता चिन्तनता और न्याय की व्याख्या करने वाली हमारी न्यायपालिका, देश, समाज और राष्ट्र में नागरिक अधिकारों के प्रहरी और लोकतांत्रिक मूल्यों के पक्षधर हमारे पत्र तथा पत्रकार, और फिर मानव स्वाधीनता, मानव व्यक्तित्व की गरिमा तथा मानवीय समानता का संकल्प लेकर चलने वाले हमारे तटस्थ विवेकी लेखक। यह सारा भव्य और ऐश्वर्यमय दृश्य-विधान चित्रपट पर गुज़रता जाता है। उस दिन गहरी पीड़ा की अनुभूति के बीच यह सब कितना निरर्थक और मूल्यहीन लगता रहा, और तभी याद आता है कि हमारे जैसे कुछ अज़नबी लोगों ने इन शोभा-समारोहों, लोकतंत्र की बनती हुई

परम्पराओं, लोकतंत्र के स्तम्भों और प्रहरियों के प्रति प्रश्न उठाए, शंकाएँ कीं और परिस्थिति के सही और ईमानदार विश्लेषण की माँग की, उन्हें उपहास और उपेक्षा से अधिक कुछ नहीं मिला।

आपात्कालीन घोषणा के बाद ऐसा अन्धकार युग शुरू होता है जिसमें अनेक स्तरों पर हमारा देश और समाज यातना के दौर से गुज़रता रहा। जेल की बैरकों में, बैरकों की तनहा कोठरियों में, और अनेक शारीरिक-मानसिक पीड़ाओं को सहन करने वालों ने यातनाएँ झेलीं—कम या अधिक, पर जेलों के बाहर भय, आतंक और आशंका के बीच समाज ने जो यातना भोगी उससे हमारे राष्ट्रीय जीवन का अधिक गहरा सम्बन्ध रहा है। अपने अनुभव के साक्ष्य पर कह सकता हूँ कि दूसरों के द्वारा दी जाने वाली यातना सहना आसान है, पर अपने मन की यातना से बचना कैसे हो। फिर यह कहना कठिन है कि यातना के दौर से गुज़रते हुए देश में किसने कितना सहा! हर देश में, हर समाज में ऐसे लोग और ऐसे ही वर्ग होते ही हैं जो हर हालत में लाभ उठाने में कुशल हैं, अपने निजी स्वार्थ से अलग उनके लिए किसी मूल्य का कोई महत्त्व नहीं होता। आपात्कालीन स्थिति की घोषणा के यशोगान करने वालों, बीस सूत्रों की महिमा गान करने वालों की कमी नहीं थी।

उन्नीस महीने बाद हमारे देश में इस स्थिति का पटाक्षेप हुआ, चुनावों की घोषणा के साथ। चुनाव की तिथियों के समीप आते-आते वातावरण बदल चुका था। सेंसर के प्रभाव से पत्र-पत्रकार मुक्त हो चुके थे। लोग खुलकर बोलने लगे और जनता लहर से चुनाव में इन्दिराजी की तानाशाही ढह गई। उत्तर भारत से कांग्रेस जैसे धुल गई। चुनाव के दौरान आपात्कालीन स्थिति की यातना को महत्त्व दिया गया, जनता दल के नेताओं और पत्र-पत्रिकाओं ने इसका प्रचार किया। उस समय कांग्रेस को हटाना एक मात्र लक्ष्य था। क्योंकि यही तानाशाही सींकचे से मुक्ति का उपाय था। और लक्ष्य की दृष्टि से उन्नीस महीनों की यातनाओं के विवरण-वर्णन जन-मानस को उद्वेलित कर रहे थे। चुनावों में जनता दल की विजय में इसे एक सहायक तत्त्व माना जा सकता है।

पर चुनावों के बाद हमारे देश की पत्र-पत्रिकाओं ने बीस महीनों की इस यातना को महोत्सव भाव से प्रस्तुत करना शुरू किया। जो पत्र-पत्रिकाएँ वर्षों से रोचक, मनोरंजक, रहस्यमय, रोमांचक घटनाओं तथा चरित्रों का विवरण देकर पैसे कमाने में माहिर थीं, उन्होंने तमाम नेताओं की यातना पर वक्तव्य छापे, उनसे इन्टरव्यू लिए। यातनाओं के विवरणों को किस्सों की तरह छापते रहे। आपात्कालीन स्थिति में जो पत्र संजय गांधी और बंसीलाल जैसे महत्त्वपूर्ण नेताओं पर विशेषांक निकाल रहे थे, बीस और चार सूत्री कार्यक्रमों पर महत्त्वपूर्ण लेख और अग्रलेख छाप रहे थे, उन्होंने इस काल के अत्याचार, भ्रष्टाचार, अतिरंजना आदि पर जमकर लिखना शुरू किया। यहाँ तक कि जासूसी, रूमानी और सत्यकथा निकालने वाली पत्रिकाओं ने भी

यातना पर विशेषांक निकाले। प्रश्न उठता है कि ऐसा क्यों हुआ? अनेक देशों ने अपनी स्वाधीनता के लिए, स्वाभिमान के लिए और अपने प्रिय मूल्यों के लिए वर्षों–दशकों यातना झेली है। अपने ही देश का स्वाधीनता-संघर्ष प्रमाण है। स्पष्ट है कि इस समय पैसा कमाने का सबसे दक्ष तरीका यही था—देश की यातना को भुना लेना।

हमारे जैसे व्यक्ति पर भी दृष्टि रही है। शायद उनकी कुशल दृष्टि में हमारा भी महत्त्व रहा हो। अंग्रेज़ी–हिन्दी की पत्र–पत्रिकाओं के प्रतिनिधियों ने 'इन्टरव्यू' लेना चाहा। सम्पादक मित्रों ने वक्तव्य माँगे। पर मैं नेता नहीं हूँ जो अपनी यातना की कथा से जनता का ध्यान अपनी ओर आकर्षित करना चाहूँ, नेता के लिए इसका महत्त्व और उपयोग हो सकता है और न मेरे पास यातना का कोई चमत्कारी रहस्यमय विवरण है जिससे मेरे पत्रकार मित्रों का कोई लाभ हो। फिर मना कर देने और टाल जाने के अलावा उपाय क्या था? पर मैं सोचता रहा और ज्यों-ज्यों पत्रिकाओं में देश की यातनाओं की गाथाएँ प्रकाशित होती गईं और श्रेष्ठ पत्रकारों और उनकी प्रतिस्पृहा में साधारण पत्रकारों की पुस्तकें सामने आती गईं, हम अधिक गहराई से अपने सोच में डूबते गए

हमारे लिए यातना झेलने का नया दौर शुरू हो चुका था। हम जो लेखक हैं अपने को दबी ज़बान से रचनाकार कहते हैं, हर युग में अलग पड़ जाते हैं, अजनबी लगते हैं। यह अजनबी होना उस 'अजनबीपन' के अर्थ में नहीं, जहाँ व्यक्ति समाज की निर्ममता के बीच अकेला पड़ जाता है, वरन् उसके लिए अपनी संवेदनशीलता के कारण समाज की अतिरंजनाओं में पहचान दे पाना कठिन हो जाता है। वह जेल में हो या बाहर जहाँ जिस स्तर पर वह यातना झेलता है, उसे केवल शारीरिक और मानसिक पीड़ाओं, कष्टों, दशाओं के अर्थ में नहीं समझा जा सकता। निश्चय ही इस प्रकार की शारीरिक–मानसिक यातना झेलने वाले देश और समाज के वीर नेता होते हैं, उनके बलिदान और संघर्ष से देश और समाज मुक्त होते हैं। इसीलिए जनता उनकी गौरवगाथा गाती है, उनकी पूजा करती है। परन्तु हमारे जैसे लोग जिस स्तर पर यातना झेलते हैं, वह देश के सामने साक्ष्य है। हम भोक्ता नहीं साक्षी हैं और इसीलिए प्रमाण देना होगा।

सोचता हूँ कि हमारा देश हमारी यातना की कथा नहीं सुनना चाहता, वह इससे साक्षी के रूप में प्रमाण चाहता है। यही हमारी सही भूमिका है। 26 जून, 75 के पहले, उसके बाद और अब, हम एक के बाद एक यातना के दौर से गुज़र रहे हैं। यानी हमारा देश, यह समाज जिसके हम अंग हैं, गुज़रता रहा है। यातना के किस्से कहने वाले समाज को यथार्थ से परिचित कराने के उद्देश्य को सिद्ध करने से अधिक मन बहलाने का काम करते हैं। हमारी यातना के साथ यह भी जुड़ता है। ऐसी परिस्थिति किसी देश को भावुक बना सकती है, उत्तेजना में जीने की आदत

डाल सकती है, चमत्कार और रोमांस के प्रति रुचि जगा सकती है। परन्तु हम अनुभव करते हैं कि इस प्रकार यातना से गुज़रकर देश का जो चरित्र बनना चाहिए, हमारे समाज में जो संकल्प जाग्रत होना चाहिए, हमारी जनता में कर्म की जो क्षमता उत्पन्न होनी चाहिए और हम में जो आत्म-संयम उत्पन्न होना चाहिए, वह कुछ भी नहीं हो पा रहा है। यातना के इस प्रकार के महोत्सव भाव में हम अपना मनोरंजन करने लगे हैं, रस लेते रहे हैं, चमत्कार और रोमांच का अनुभव पाते रहे हैं। यह देश की यातना का, यातना से गुज़रने वालों का सबसे बड़ा अपमान है। हम अपने साक्ष्य पर कहना चाहते हैं कि यातना के दौर से गुज़रकर यदि देश का संकल्प जाग्रत नहीं हुआ तो हमारी यातना व्यर्थ जाएगी और यातनाओं के दौर का कहीं कोई अन्त भी नहीं है।

तानाशाही नहीं चलेगी?

4 अक्तूबर की शाम। मैं कानपुर में बादशाही नाके के एक मकान के बारजे पर खड़ा देख रहा हूँ—कांग्रेस का एक लम्बा जुलूस उसमें अनेक खद्दर का कुर्ता-धोती-टोपी धारण किए हुए सम्भ्रान्त लोग पहिचान में आते हैं। स्टेशन और बाज़ार के बीच की मुख्य सड़क है, भीड़ वैसे भी रहती है। जुलूस जोश के साथ नारे लगा रहा है—तानाशाही नहीं चलेगी! मेरा ध्यान केन्द्रित हो जाता है। फिर और कुछ सुन-समझ नहीं पाता। खड़े-खड़े देखता हूँ—सामने से कांग्रेस के तमाम सम्भ्रान्त नेता गुज़र रहे हैं और कानों में नारा गूँज रहा है—तानाशाही नहीं चलेगी।

सोचता हूँ यह किसकी तानाशाही को चुनौती दी जा रही है, कौन तानाशाह है—मोरारजी देसाई या चौधरी चरणसिंह। और कौन हैं ये लोग! इन्दिरा गांधी के पक्षधर ये कांग्रेसी तानाशाही को चुनौती दे रहे हैं। अख़बार की पंक्तियों के साथ दृश्य घूमता जा रहा है—इन्दिराजी को पकड़ने गए अधिकारी 'बेल' देने को तैयार हैं, पर इन्दिराजी राजनीति की कुशल अभिनेत्री हैं, वे 'बेल' लेने को तैयार नहीं। कई घंटे बीत जाते हैं, चारों ओर फ़ोन करके नाटक का पूरा आयोजन हो जाता है। इन्दिराजी के सहयोगी भीड़ जमा करने में सदा से माहिर हैं। उनके बाहर ले जाने पर क़ानूनी आपत्ति की जाती है और अधिकारियों को मानना पड़ता है। नाटकीय मुद्रा में इन्दिराजी तनी रहीं—बेल नहीं लेंगी। नाटक गहराता रहा, अन्तत: मैजिस्ट्रेट ने एन्थोनी जैसे वक़ील के तर्कों से प्रभावित होकर उनको छोड़ दिया। इस ड्रामे का इन्दिराजी ने पूरा लाभ उठाया, उनके कुशल और अभ्यस्त सलाहकारों ने भीड़-शोर प्रदर्शन पकड़ने और छूटने के बाद समान रूप से कराया।

क़ानूनन एक आदमी के पकड़े जाने से लेकर छूट जाने तक में तानाशाही कहाँ और किसकी है, समझने की कोशिश करता रहा। सामने दृश्य बदल गया और 25 जून की रात देश के बड़े से बड़े नेता को पुलिस अधिकारियों ने सोते से जगा दिया। बिना किसी वारेन्ट के, बिना कोई कारण बताए वे उनको रात ही रात में थानों पर ले जाते हैं। सुबह होते-होते उन्हें न जाने किन गोपनीय स्थानों-जेलों में पहुँचा दिया जाता है। 26 जून से यह क्रम चलता रहा। साढ़े नौ बजे रात एकाएक डीवाई-एस.पी. तीन वैन भर पी.ए.सी. तथा पुलिस लेकर घर घेर लेता है। घंटी बजती है। हम ड्राइंग-रूम में उनका स्वागत करते हैं। श्री समीउल्ला के पास मेरे लिए न कोई

वारेन्ट है और न वे मुझे कोई कारण बता सके। वह संकोच के भाव से कहते हैं— ''डाक्टर साहब विवश हूँ, आपको सब मालूम हो जाएगा।'' मुझे सब मालूम ही है। फिर ड्राइंग-रूम से मैं हट नहीं सका, पन्द्रह मिनट से अधिक सम्य नहीं मिल सका। मेरे बच्चों ने सामान तथा पहनने के कपड़े वहीं लाकर दिए। और यह घटना एक घर की नहीं थी सैकड़ों-हज़ारों घरों में इसी प्रकार घटी।

जन्म लेने के बाद होश सम्भालने की स्थिति में आते-आते देश के सारे वातावरण से, दयानन्द, विवेकानन्द, तिलक की जीवनियों को पढ़कर गांधी-नेहरू जैसे तमाम राष्ट्र नेताओं के भाषणों को सुनकर हम समझने लगे थे कि सब बराबर हैं, आदमी आदमी में अन्तर नहीं है। फिर अब जब मैं स्वयं, पिछले तीस वर्षों से मानवीय बराबरी और स्वतंत्रता का पक्षधर रहा हूँ तो हमारे लिए यह समझ पाना कठिन रहा है कि मेरे जैसे साधारण नागरिक और इन्दिराजी जैसे 'महान' नेता के क़ानूनी अधिकारों में कोई अन्तर हो सकता है। इसीलिए मन विभ्रम में था कि इस जलूस के सम्भ्रान्त लोग इस नारे के माध्यम से क्या स्थापित करना चाहते हैं। भीड़ के साधारण आदमी की बात इसलिए नहीं उठती कि या तो वह तमाशबीन है, या भ्रम में पड़ा हुआ है और या कुछ कमाई कर लेना चाहता है।

एक दृश्य मेरे सामने से और गुज़र रहा है। पुलिस हम को 'रिमांड' के लिए जेल से कचहरी ले जा रही है, जुडिशियल मैजिस्ट्रेट के सामने प्रस्तुत करने के लिए। साथ में कुछ अध्यापकों के अलावा बहुत से लड़के हैं। पुलिस वैन शहर की सड़क से गुज़री और लड़कों ने नारे लगाए—लोकनायक जयप्रकाश ज़िन्दाबाद, इन्दिरा गांधी तानाशाही नहीं चलेगी। रास्ते में एक चौराहे पर एस.एस पी. बेदी की कार मिल जाती है। उसने नारे सुने। बिजली घर के पास वैन रोकवाई गई—इन्सपेक्टर और जवानों को भद्दी गाली दी गई और कहा गया कि अगर नारे बन्द नहीं करते तो बाँस डालकर बन्द कर दो। फिर हमको पुलिस लाइन्स में (लाइन हाज़िर) किया गया है। बेदी साहब ने (जो हमारे ईमानदार और कर्मठ अफ़सर माने जाते हैं) वहाँ थोड़ा अपने को सँभाला और गालियाँ केवल पुलिस अधिकारियों को दीं कि इतने महत्त्वपूर्ण बन्दियों को भीड़-भाड़ से क्यों लाया गया। अब तक उनकी निगाह हम विश्वविद्यालय के अध्यापकों पर पड़ चुकी थी और शायद उन्हें अपना अंग्रेज़ी साहित्य याद आ गया था। सुना वे कभी अंग्रेज़ी के अध्यापक थे। बाद में हमारे वक़ील ने बताया, पुलिस का हमको वहाँ ले जाना ग़ैरक़ानूनी है।

सोचना पड़ता है कि इन्दिराजी को क़ानून के तहत पकड़ने और छोड़ देने में हमारे कांग्रेसी महाजनों को तानाशाही कहाँ से लगती है। जबकि उस समय श्रीमती गांधी के आदेश पर हर क़ानून, नागरिक अधिकार और सुरक्षा ख़त्म कर दी गई थी, हमारे ये महाजन अनुशासन पर्व मना रहे थे, फ़ांसीवादी शक्तियों के विरोध में सम्मेलन करा रहे थे। जितना सोचता रहा उतना ही देश के इस ख़तरे का एहसास

बढ़ता गया। चुनावों में इन्दिराजी की पराजय के बाद देश ने फ़ासीवादी तानाशाही के कसते हुए शिकंजे से मुक्ति का अनुभव किया था। हम आशा नहीं कर सकते थे कि इतनी जल्दी इन्दिराजी और उनका सहयोगी गुट पुन: भारतीय रंगमंच पर अपनी नाटकीय मुद्राओं और झूठे नारों के साथ अवतरित हो सकता है।

जनता सरकार की अपनी कमियाँ हैं, उसके दल के अपने विरोधाभास हैं। पर वह तानाशाही तरीकों पर चल रही है, इससे बड़ा झूठ क्या हो सकता है। उसकी कमज़ोरी का एक महत्त्वपूर्ण कारण यही है कि वह लोकतंत्र को स्थापित करने के लिए कृतसंकल्प है और लोकतंत्र की अपनी सीमाएँ होती हैं। इस प्रसंग में राजनीति के विशेषज्ञ कह सकते हैं कि इसमें सरकार ने (मुख्यत: गृहमंत्री ने) गहरी राजनीतिक समझ का परिचय नहीं दिया, सी.बी.आई. ने ग़ैर ज़िम्मेदारी का काम किया या सरकारी वक़ीलों ने सही ढंग से योग्यता के साथ मामलों को प्रस्तुत नहीं किया। इसमें मतभेद भी हो सकते हैं। पर अवसर का लाभ उठाकर इन्दिराजी तथा उनके गुट ने जनता के बीच धुन्ध फैलाने के लिए 'तानाशाही नहीं चलेगी', का झूठ फैलाना शुरू कर दिया। सच तो है कि झूठ फ़ासीवाद का सबसे प्रबल हथियार है और इन्दिराजी इसमें सिद्धहस्त हैं। यह हमको ही नहीं समझ लेना है वरन् जनता को भी समझा देना है। धुन्ध के बीच 'इन्दिरा इंडिया है' का नारा जनता को ही भ्रमित करता है।

बार-बार मन में आता है कि कांग्रेस के नेतृत्व की प्रतिक्रिया क्या है? इतने लम्बे अरसे में क्या इन्दिराजी का चरित्र उनके सामने स्पष्ट नहीं हुआ है? क्या उनको उन तथाकथित फाइलों का भय अब भी सता रहा है जो इन्दिराजी उनके विरुद्ध इस्तेमाल कर सकती थीं? क्या उनको अब भी अपने ऊपर आत्मविश्वास नहीं है? क्या उनके लिए देश-समाज की सारी कल्पना इन्दिराजी के संरक्षण में सुख-सुविधाएँ भोगने में समाहित हो गई हैं? देश के लिए सौभाग्य की बात है कि कांग्रेस के नेताओं ने इन्दिराजी और उनके गुट के 'झूठ के करिश्मे' के विरुद्ध पैर जमा दिए हैं।

यह भी सन्तोष की बात है, मार्क्सवादी साम्यवादी दल ने और उनके नेताओं ने इन्दिरा-गुट की चाल को भलीभाँति समझ लिया है और उन्होंने स्पष्ट शब्दों में देश को फ़ासीवाद से बचाकर लोकतांत्रिक पद्धति और नागरिक स्वतंत्रता की स्थापना में जनता सरकार से सहयोग करने की घोषणा की है। इसी प्रकार इधर हमारे अनेक बड़े पत्रकारों ने स्थिति का सही विश्लेषण करके इन्दिराजी के वास्तविक चरित्र को उद्घाटित किया है। परन्तु यह जनता दल और सरकार का सबसे बड़ा दायित्व है।

एक ओर उन्हें अपनी नीतियों और उनके कार्यान्वयन से जनता का विश्वास अर्जित करना है और दूसरी ओर व्यापक रूप से जनता को इस प्रकार शिक्षित करना है कि वह सही मुद्दों को समझ सके। इस सम्बन्ध में जनता दल और सरकार को मार्क्सवादी साम्यवादी जैसे दलों का सहयोग भी लेना चाहिए। बल्कि कांग्रेस के नेताओं से भी स्पष्ट बातचीत करनी चाहिए क्योंकि फ़ासीवाद सबका समान शत्रु है।

इस बहस का सही मुद्दा क्या है ?

सामने एक वक्तव्य रखा जाता है। उसमें बहुत सीधे सरल ढंग से कहा गया है—'लोकतंत्र में चिन्तन और अभिव्यक्ति की स्वतंत्रता मूलभूत है। पिछले कई वर्षों से अनेक रूपों में यह बाधित होती रही थी और आपात्स्थिति की घोषणा के दौर में वह पूरी तरह ख़त्म हो गई। जनता सरकार की प्रतिश्रुति इस स्वतंत्रता की स्थापना करना है। इधर इस सरकार के कुछ निर्णयों से शंका होती है कि बौद्धिक स्वतंत्रता के बारे में सरकार का मन साफ़ नहीं है। विशेषकर डॉ. आर.एस. शर्मा जैसे प्रसिद्ध इतिहासकार को, शिष्ट-मंडल के नेतृत्व करने से रोक देना, हम बौद्धिकों के मन में चिन्ता उत्पन्न करता है।' लोकतंत्र के मूल्यों पर आस्था रखने वाले व्यक्ति के सामने विकल्प नहीं रह जाता, उसे इस वक्तव्य पर हस्ताक्षर करने होंगे।

पर साथ ही मन में इस बहस के सारे सन्दर्भ खुलते जाते हैं। और मुझे लगता है कि जाने-अनजाने इस बहस को उलझाया जा रहा है, उलझाने का प्रयत्न किया जा रहा है। बहस के कई मुद्दे हो सकते हैं। जिनमें से कुछ को उठाया गया है, और इस प्रकार कि बहस उलझ जाए। पर कुछ रह भी गए हैं। क्या इतिहास लिखाने या पाठ्य-पुस्तकें तैयार कराने का दायित्व सरकार को लेना भी चाहिए? इतिहास ही क्यों किसी भी विषय की पुस्तकों के सरकारीकरण पर प्रश्न उठाया जा सकता है। प्राथमिक तथा माध्यमिक स्तर पर विद्यार्थियों को सही दृष्टि तथा दिशा देने के दायित्व के रूप में ऐसा किया गया है। पर क्या सारी पाठ्य-पुस्तकों को तैयार कराने की प्रक्रिया में सरकारी गुटों ने शक्ति और लाभ अपने भीतर सीमित नहीं रखा है ?

ख़ैर इसको छोड़ा जा सकता है। इतिहास और इतिहास की पाठ्य-पुस्तकों का प्रश्न अलग है। इतिहास में दृष्टि निहित होती है, समाज रचना से इसका गहरा सम्बन्ध होता है। इतिहास के वैज्ञानिक लेखन की चर्चा और बहस हुई है, पर इतिहास-दर्शन के सारे पंडितों के विचारों से यही स्पष्ट होता है कि तथ्यों के बारे में कितना ही वस्तुपरक रहा जाए इतिहास लेखन बिना दृष्टि के सम्भव नहीं है। इतिहास को समग्र रूप में प्रस्तुत करने के लिए आज राजनीतिक घटना-क्रम से अधिक मौलिक, सामाजिक तथा आर्थिक प्रक्रियाओं को माना जा सकता है। इस प्रकार इतिहास की दृष्टि, प्रक्रिया और व्याख्या के बारे में मतभेद होना स्वाभाविक

है। इन मतभेदों का आदर करना भी ज़रूरी है। यह हम स्वीकार करते हैं कि इतिहास के 'सही और स्वस्थ' दृष्टिकोण को अपने सामाजिक विकास के लक्षणों के अनुकूल निर्धारित करना होगा। यह अलग बात है कि साम्यवादी देशों में 'वैज्ञानिक इतिहास' को 'जिस प्रकार' और 'जिन लक्ष्यों' के अनुकूल प्रस्तुत किया जाता है, वैसा लोकतंत्र में सम्भव नहीं है। यहाँ बहस के माध्यम से ही यह प्रक्रिया सम्भव है।

डॉ. आर.एस. शर्मा तथा प्रो. विपिन चन्द्र जैसे महत्त्वपूर्ण इतिहासकारों ने अपनी विशिष्ट दृष्टि से भारतीय इतिहास को प्रस्तुत किया, यह विवाद का मुद्दा नहीं बनाया जाना चाहिए। बहस उनके दृष्टिकोण और तथ्यों-घटनाओं के प्रस्तुतीकरण पर हो सकती है, होनी भी चाहिए। दूसरों को अपने मत को प्रकट करने की जब तक छूट है, ज्ञान-क्षेत्र में यह स्वस्थ परम्परा मानी जाएगी। लेकिन उनके विचारों, मतों और व्याख्याओं का विश्लेषण-विवेचन करने के बजाय यदि उन पर आरोप लगाया जाता है या चरित्रहनन किय जाता है, तो यह पुनः ज्ञान-क्षेत्र में राजनीति का उपयोग है।

परन्तु सवाल है कि क्या पिछले 8-10 वर्षों में ऐसे बहुत से बौद्धिक सत्ता के साथ जुड़ते नहीं गए जो तथाकथित समाज की प्रतिश्रुति को मान्यता देते रहे हैं। समाज की प्रतिश्रुति के साथ इन्दिर सरकार के प्रगतिशील लक्ष्यों की सिद्धि में अपना योग मानकर चलने वाले ये बौद्धिक क्या उच्च उद्देश्यों की ओर प्रेरित थे? एक सीमा तक यह माना जा सकता है कि समाज के विकास की आकांक्षा से ये लोग इन्दिराजी की नीतियों का समर्थन करते रहे। परन्तु सत्ता के वृत्त में आने वाले तमाम इन लोगों के चरित्र को देखने से यह स्पष्ट तब भी नहीं था कि ये सारे लोग समाज की प्रतिश्रुति लेकर चले हैं। सत्ता के साथ सुख-भोग और अधिकार के उपयोग की उनकी दृष्टि नहीं रही, यह कहना सम्भव नहीं रहा। फिर भी इस मुद्दे पर बहस को बढ़ाना उपयोगी नहीं है।

ध्यान देने की बात है कि इन इतिहासकारों ने अपने बचाव में एक ओर साम्प्रदायिकता पर आक्रमण किया है और दूसरी ओर लोकतंत्र में वैचारिक स्वाधीनता के नाम पर समर्थन पाने का प्रयत्न किया है। हमारे प्रगतिशील मित्रों की एक ख़ास शैली है। जिस प्रकार अपनी प्रगतिशीलता को वे स्वयंसिद्ध मानते हैं, उसी प्रकार अपने विपक्ष के व्यक्ति को वे सहज ही प्रतिगामी, निहित-स्वार्थ और साम्प्रदायिक मानकर चलते हैं। ऐसा नहीं कि व्यक्ति या दृष्टि प्रतिगामी या साम्प्रदायिक नहीं होते, पर हमारे मित्रों की तर्क-शैली का यह संहारकारी अस्त्र है। जबकि चिन्तन के क्षेत्र में स्वाधीनता मानने वाले व्यक्ति को साम्प्रदायिक तथा प्रतिगामी विचारकों में वही जड़ता मिलती है जो मतवादी हठ के रूप में इन तथाकथित प्रगतिशीलों में देखी जा सकती है। ऐसा लगता है कि जानबूझकर 'सामाजिक प्रतिश्रुति' को स्वीकार करने वाले लोग अपने से भिन्न अन्य दृष्टियों की उपेक्षा करके केवल साम्प्रदायिक

दृष्टियों को सामने लाते हैं और फिर उन पर आक्रमण करते हैं। इस धुन्ध में ऐसा लगने लगता है कि वे एक मात्र प्रगतिशील विचारों के प्रतिन्धि हैं, और उनकी स्वतंत्रता की रक्षा करना समस्त बौद्धिक जगत का कर्तव्य है।

यहाँ फिर स्पष्ट करना चाहूँगा कि जहाँ तक उनके मत का प्रश्न है, उनके इस अधिकार की रक्षा करना हमारा कर्तव्य है। पर इस अधिकार की आड़ में यह भी सिद्ध करना कि उनका दृष्टिकोण ही 'सही' है। यह अतिरिक्त चतुराई है। इतना ही नहीं इस चतुराई में यह भी शामिल है कि वे अपने पिछले दायित्व से मुक्त हो जाना चाहते हैं। अतः इस बहस के सही मुद्दे को स्पष्ट करना ज़रूरी है।

सवाल है कि डॉ. शर्मा भारतीय इतिहास शोध-संस्थान (आई.सी.एच.आर.) के अध्यक्ष थे। वे सत्ता के निकट ही नहीं सत्ता के साथ थे। सत्ता के साथ वे उन लोगों में रहे हैं जो नीतियों को निर्धारित तथा प्रभावित करते थे। नीतियों का संचालन तो उनके संकेत से होते ही थे। उन्होंने 'वैज्ञानिक तटस्थता' के साथ कहा कि उनकी संस्था के स्वायत्त होने के कारण सरकारी नीतियों का दायित्व उन पर नहीं है। 'काल-पात्र' के लिए उन्होंने एक महत्त्वपूर्ण इतिहासकार (डॉ. कृष्णा स्वामी) को योजना सौंप दी, फिर उसमें क्या है यह दायित्व उन पर नहीं है। और सबसे रोचक उनका वक्तव्य है कि 'वे पेशेवर असहमति प्रकट करने वालों में नहीं हैं, अतः आपात्कालीन घोषणा के दौरान विचार-स्वातंत्र्य के हनन का विरोध करना उनका कर्तव्य नहीं था।' अपने पक्ष में उन्होंने इतिहासकारों को मुक्ति दिलाने के प्रस्ताव का हवाला दिया है। हम नहीं जानते वे प्रस्ताव कहाँ प्रकाशित हुए थे और किसके पास भेजे गए थे। पर डॉ. शर्मा के तर्क की कुशलता को मानना पड़ता है।

अगर डॉ. शर्मा यह स्वीकार कर लेते कि वे 'प्रतिश्रुति वाले' बौद्धिक रहे हैं और उन्हें इन्दिरा सरकार के उद्देश्यों, लक्ष्यों और नीतियों पर विश्वास रहा है, तो भी हम पेशवर असहमति प्रकट करने वाले बौद्धिक उनकी विचारों की स्वाधीनता के पक्ष में हस्ताक्षर करते। और जनता सरकार विचारों की स्वाधीनता को स्वीकारती है, अतः हमको विश्वास है कि वह हमारे वक्तव्य पर ध्यान देती। यद्यपि पिछले अनेक वर्षों से प्रतिनिधि और शिष्ट मंडलों का जिस प्रकार का गठन किया जाता रहा है, उससे 'सही नीतियों' का सहज स्पष्टीकरण हो जाता है। फिर भी हम डॉ. शर्मा के शिष्ट मंडल का नेतृत्व करने से रोके जाने पर आपत्ति कर सकते हैं। डॉ. शर्मा और उनके सत्ता से जुड़े साथियों को हमारे जैसे तमाम 'पेशेवर' असहमति प्रकट करने वाले लोगों के अकारण बन्दी किए जाने पर आपत्ति नहीं थी। हम उनकी विचार-स्वाधीनता के पक्षधर शायद अपनी 'पेशे वाली' मनोवृत्ति के कारण हैं। पर यदि ये लोग अपनी प्रगतिशीलता के आडम्बर में सत्ता के तानाशाही अधिकार-भोग की लिप्सा पर परदा डालने की कुशलता न बरतें, तो हम सहज मन से उनकी स्वाधीनता के पक्ष में रहते।

यहाँ असहमति प्रकट करने के सवाल को लेकर एक रोचक प्रसंग याद आ रहा है। जेल से मुक्ति पाने के बाद मेरे एक्र महत्त्वपूर्ण कांग्रेसी मित्र ने मुझे बताया—छुड़ाने के प्रयत्नों के सिलसिले में उनकी बातचीत प्रदेश के तत्कालीन मुख्यमंत्री से हुई। उन्होंने सहायता देने में असमर्थता प्रकट करते हुए कहा—'बात यह है कि आप के मित्र सदा सरकार के विरोध में रहे हैं।' उन्होंने अचकचाकर पूछा—'यह कौन सा अपराध है?' लेकिन कौन नहीं जानता कि इन्दिराजी की दृष्टि में 'असहमति' से बड़ा कोई अपराध नहीं था।

हम भीड़ हैं

महानगरों में रहने वालों की नज़रों में मेरा यह नगर—प्रयाग—एक ख़ासे कस्बे से अधिक नहीं है। इन नगरों में रहने वाले बूट-पालिश से लेकर लेखकों तक को इस बात का एहसास है कि वे नगर के रहने वाले नागरिक हैं और हम कस्बाई लोग नगर के जीवन तथा उसकी जटिलता के बारे में क्या जानें! यह भी है कि महानगरों की बाहरी सीमा के अन्दर प्रवेश करते ही आदमी अपने को वहाँ का समझने लगता है, यह अलग बात है कि वह 'अपनेपन' का भाव खो देता हो, कम से कम आधुनिक नगर-बोध के लिए ज़रूरी माना जाता है। हम कस्बाई लोग वर्षों एक जगह और एक साथ रहते आए हैं, आपसी मेल-मुलाकात, लड़ाई-झगड़ों, स्नेह-सम्बन्ध और बुराई-भलाई में जीते तथा रस लेते हैं, यह सब ठेठ कस्बाई-पन है और यह ऐसा ही कस्बा-बोध कहा जाता है।

मुझे इस बात को स्वीकार कर लेने में भी कोई दिक्कत नहीं कि यहाँ का आदमी आधुनिक नागरिक जीवन की बेगानगी, अकेलापन, भावशून्यता, प्रतिक्रिया-विहीनता, निर्ममता तथा अर्थहीनता आदि की चर्चा बिना इनको भोगे करता है, कॉफ़ी हाउस में बैठकर करता है, किताबी ढंग से करता है। हाँ, मैं इस बात के ध्वनित आक्षेप को फ़िलहाल ज़रूर टाल जाना चाहता हूँ कि जैसे इस प्रकार की चर्चा बेमानी है। अभी मान लेता हूँ कि भीड़ का एहसास होता है और उसको भी भोगना होता है। यह एहसास निश्चय ही महानगरों की विशेषता है, इसका गर्व यदि महानगरवासी करता है तो झूठ नहीं है।

जो भी हो इस नगर में रहकर कभी-कभी भीड़ के दबाव का अनुभव होता है। भीड़ का और महाभीड़ का भी। माघ मेला हर वर्ष लगता है और कुम्भों की पचास-साठ लाख की भीड़ अलग। प्रतिवर्ष इस छोटे नगर की आबादी दूनी हो जाती है और कुम्भों में दस-बारह गुनी। इस तुलना से महानगर का आधुनिक व्यक्ति चिढ़ या खीज सकता है—कहाँ नगरों की स्थायी औद्योगिक विकास-क्रम में जुटी हुई आधुनिक आबादी और कहाँ धार्मिक श्रद्धा भाव से उमड़ी हुई मध्ययुगीन भीड़, दोनों में युगों का अन्तर है और युग-बोध का भी। ख़ैर, तुलना करने का मेरा इरादा भी नहीं है। केवल एक ख़ास प्रकार के अनुभव की चर्चा कर रहा हूँ जो प्रसंगवश याद

आ गया है। वैसे अपने देश में रोटी कमाने के लिए महानगरों में एकत्र लाखों गाँव के लोग और धार्मिक भाव से संगम पर एकत्र लाखों गाँव के लोग जो अलग-अलग भीड़ें बनाते हैं, उसमें क्या कुछ समान भाव-भूमि नहीं मिलेगी ? शायद ज़्यादा अन्तर उन लोगों में है जो इन भीड़ों का अलग-अलग ढंग से अनुभव करते हैं, जिसे भोगना कहा जाता है।

मैं भीड़ की चर्चा कर रहा था, भीड़ के दबाव की बात कर रहा था। प्रकार-भेद और अनुभव की भिन्नता को छोड़कर हिन्दुस्तानभर की भीड़ और उसके दबाव के सवाल को उठाना चाहता हूँ। आज बीस वर्ष के स्वाधीन जीवन के बाद ऐसा नहीं लगता कि ये भीड़ें केवल इसलिए हैं कि लगती आई हैं, एकत्र होती गई हैं। इन भीड़ों के बनाने, इकट्ठा करने, गति और दिशा देने, नियंत्रित करने के पीछे कोई योजना या उद्देश्य नहीं है, ऐसा नहीं कहा या माना जा सकता। कलकत्ता, बम्बई और दिल्ली में लाखों की संख्या में बढ़ती हुई भीड़ के बारे में यह जितना सही है, प्रयाग के कुम्भों पर जुटी हुई लाखों की भीड़ के बारे में भी उतना ही सही है। यह तो है ही कि भीड़ को जमा कर लेने के बाद उसकी अपनी निजी समस्या होगी। कभी भीड़ का आचरण जमाने वालों की इच्छा और हिसाब से हो सकता है और कभी प्रतिकूल भी।

1954 के महाकुम्भ के अवसर पर प्रयाग के रहने वाले कस्बाई आदमी ने जिन महापुरुषों, महानेताओं, अत्यधिक महत्त्व प्राप्त व्यक्तित्वों, देश-विदेश के सैलानियों, पत्रकारों, राजनयिकों, राजनीतिज्ञों का दर्शन किया था, वे सब न भारत के मध्ययुगीन किसान थे और न धार्मिक भाव से एकत्र हुए थे। उसने यह भी अनुभव किया था कि लाखों की भीड़ में लाखों की संख्या अच्छे खाते-पीते पढ़े-लिखे नगरों में रहने वालों की थी। कहा भी गया है कि उस भीषण दुर्घटना का कारण मेले में महापुरुषों तथा महानेताओं की उपस्थिति थी, प्रबन्धकों का ध्यान उनकी व्यवस्था की ओर अधिक लग गया था। जो भी हो हमारे देश में भीड़ इकट्ठा करने के पीछे योजना और प्रयत्न है, अन्यथा यह भी हो सकता था कि जिन प्रचार और योजना के साधनों का प्रयोग भीड़ जमा करने के लिए किया जाता है, उनका उपयोग भीड़ को संघटित इकाई में बाँधने में भी हो सकता था। शायद भारत जिन योजनाओं के बीच से गुज़र रहा है, उनका लक्ष्य ही है कि देश एक भीड़ में बदलता जाए जिससे ऊपर के वर्ग को नए समाज-निर्माण की पूरी और खुली सुविधा मिल सके।

ख़ैर 54 के महाकुम्भ में हिसाब कुछ ग़लत हो गया और दुर्घटना हो गई। सबसे बड़ी ग़लती तो थी कि सरकार ने व्यर्थ प्रेस-पत्रकारों तथा विदेशियों का ध्यान इस ओर आकर्षित किया, अन्यथा इतनी भीड़ों में यह सब अनहोनी बात नहीं है। इस बार पिछले अनुभव से लाभ उठाया गया और पचास-साठ लाख की भीड़ को शुद्ध भीड़ का रूप दिया गया। फिर क्या था, प्रबन्ध पक्का था और पूरा भी उतर गया।

एक छोटी-सी दुर्घटना भी नहीं हुई, प्रबन्धकों को प्रशंसनीय सफलता मिली। जो सरकार साठ लाख की भीड़ का प्रबन्ध कुछ मास के भीतर गंगा-यमुना की रेती पर कर सकती है, वह बीस वर्ष से पैंतालीस करोड़ जनता की भीड़ का प्रबन्ध किस सफलता से कर सकती है यह स्पष्ट है।

इस भीड़ का अनुभव करने वाले यहाँ के आदमी को कम आश्चर्य नहीं है। यह देश है जहाँ उत्तर से दक्षिण, पूर्व से पश्चिम तक के लाखों लोग मात्र एक भाव पर एकत्र हो जाते हैं। लेकिन क्या ये लोग किसी राष्ट्रीय संकल्प के लिए एक साथ खड़े हो सकते हैं, कृतसंकल्प हो सकते हैं ? ऐसा तो लगता है कि इस जुट जाने के पीछे भी कोई संकल्प रहता है। यह क्रमशः महानगरों, औद्योगिक नगरों में मानव भीड़ का जुट जाना जैसा तो नहीं है, जो पेट के लिए रोज़ी-रोज़गार की तलाश में सिमटती आती है। ये आर्थिक दबाव में विवश भाव से एकत्र लोग स्वेच्छा से संगम पर इकट्ठा होने वाले लोगों से भिन्न मनोवृत्ति रखते हैं, कम से कम रखना चाहिए। विकास के रास्ते पर योजना बनाकर चलने वाला राष्ट्र आर्थिक परिस्थिति भी ऐसी उत्पन्न करता है कि जनता आर्थिक कार्यक्रमों तथा योजनाओं में मात्र विवश भाव से अथवा आर्थिक दबाव के कारण भाग न लेकर उनमें प्रेरणाओं का अनुभव करे।

ख़ैर, मैं लाखों की उमड़ती हुई, घिरती और संगम-तटों के दोनों ओर फैलती हुई भीड़ को देखता हूँ और अनुभव करता हूँ कि क्या यह हमारी जनता है, वही जनता है जो देश की खातिर न किसी ऊँची से ऊँची कल्पना अथवा भावना से प्रेरित होती है और न किसी बड़े से बड़े अन्याय, भ्रष्टाचार तथा शोषण से उद्वेलित होती है। कभी सोचता हूँ और मन विस्मय, आतंक और उत्सुकता से आन्दोलित होने लगता है कि यदि यह पचास-साठ लाख की भीड़ जन-जीवन से संवेदित होकर किसी निकम्मी सरकार को उखाड़ना चाहे, किसी सामाजिक भ्रष्टाचार को मिटाना चाहे, किसी ग़लत नेता को पदच्युत करना चाहे तो कितनी देर लगेगी। यही नहीं यदि यह भीड़ संकल्पवान जनता में बदल जाए तो किसी भी राष्ट्रीय उद्देश्य, महत्त्वाकांक्षा, स्वप्न या कल्पना को सक्रिय और दृढ़ आधार और दिशा दे सकती है।

पर हुआ क्या है ? इन बीस वर्षों में हो क्या सका है ? जिस आस्था और श्रद्धा के आधार पर वह सैकड़ों वर्षों से संगम तट पर एकत्र होती रही है, उसी को अधिक नियोजित और व्यवस्थित रूप दे दिया गया है। परिणाम यह हुआ कि अब इन इकट्ठा होने वालों में सैर करने वाले सैलानियों, अनेक प्रकार के रूचि लेने वालों और तरह-तरह के उद्देश्यों से एकत्र साधन-सम्पन्न लोगों की भीड़ का अनुपात काफ़ी हो गया है। धार्मिक भाव के साथ बाहर घूमने का सस्ता और सरल मनोरंजन पाने की कामना वाले ग्रामवासियों की भीड़ तो रहती ही है। बार-बार मन में उठता रहा कि देश की स्थिति, समस्याओं, कठिनाइयों का क्या कुछ भी अनुभव, इस भीड़ को है ? आर्थिक विषम स्थिति की छाया का एहसास क्या इनके मन में है ? विदेशी

दवाओं का क्या कोई अनुमान इनको है? आत्मतुष्ट, भौतिक सुख-सुविधाओं के प्रति विरक्त यह मौज में बहती हुई भीड़ कहीं कुछ भी अनुभव करती है, विचार करने में प्रवृत्त है, किसी उद्देश्य के प्रति प्रेरित है, ऐसा नहीं जान पड़ता।

बड़ी चर्चा रही कि सरकार ने बड़ा अच्छा प्रबन्ध किया। साठ लाख की भीड़ का प्रबन्ध कोई मामूली बात है भी नहीं। इस छोटे से शहर के रहने वाले हम लोग भीड़ की कल्पना से आतंकित थे कि इस महँगाई में हम लोगों को क्या किस भाव से मिलेगा। पर भीड़ का सैलाब हमारे ऊपर से गुज़र गया और हमने उसका दबाव ऐसा कुछ भी अनुभव नहीं किया। सोचता रहा हूँ, मेला-नगर की भीड़ में घूमते हुए अनुभव करने की चेष्टा करता रहा हूँ। मैंने समझ लिया कि हमारी लाखों-लाखों की जनता की कुछ भी माँग नहीं है। इनका कुछ दिनों का पाथेय उनके सिरों पर हल्के ओढ़ने-बिछौने के साथ है। अनेक बार तो बंधन भी साथ है। उनको न कोई साथ चाहिए और न उनके लिए सोने-खाने की कोई व्यवस्था की ज़रूरत। प्राकृतिक ज़रूरतों के बारे में उनको किसी प्रकार का न कोई संकोच और न विचार। हाँ, सरकार ने सफाई का प्रबन्ध कर दिया, बीमारी से बचने के लिए अनिवार्य टीकों का प्रबन्ध कर दिया। अब चाहिए खुला हुआ विस्तार जिसमें यह भीड़ समा सके, और विस्तार मिल गया तथा बना भी लिया गया।

साधन-सम्पन्नों को किसी बात की कमी कभी कहीं नहीं होती। उनके लिए फल-फूल, दूध-दही, राशन-वस्त्र सबका प्रबन्ध करने की ज़रूरत नहीं होती, वह स्वयं हो जाती है। ट्रकों में दूर-दूर की चीज़ें सुलभ हो गईं। ऐसी भी चीज़ें जो यहाँ वालों को कम या कभी ही मिल पाती हैं। रह गया मध्य वर्ग, कर्मचारी वर्ग और ऑफ़िसर वर्ग, उसके लिए सरकार ने मनोयोगपूर्वक प्रबन्ध किया। इस सम्बन्ध में इतना ही अनुभव हुआ कि कर्मचारियों और ऑफ़िसर्स की संख्या अच्छी-ख़ासी है।

फिर भी इतनी बड़ी जनसंख्या का एकत्र होना साधारण बात नहीं है और यह मान पाना मेरे लिए भी सम्भव नहीं था। उसका प्रबन्ध, उसका संचालन, उसके स्नान की व्यवस्था अपने आप में भारी दायित्व है। और अन्त तक सब ठीक सही निभ गया। मैंने देखा हमारी जनता भेड़ों से भी सरल और सीधी है। भेड़ों की पंक्ति को तोड़ना आसान नहीं होता, एक प्रवाह में बहती हुई भेड़ों को कहीं बीच से रोक पाना आसान काम नहीं है। पर हमारी जनता की भीड़ पचास-पचास हज़ार के बाड़ों में प्रबन्ध की सुविधा के लिए बाँट दी गई, इस प्रकार पचासों बाड़े इस काम के लिए तैयार किए गए थे। भीड़ के दबाव को ध्यान में रखते हुए, उसके प्रवाह को नियोजित और नियंत्रित करते हुए सारे जनसमूह का सफल संचालन किया गया। फिर चार-पाँच बजे तक संगम की पवित्र भूमि पर गंगा-यमुना के किसी भी तट पर सबको स्नान का मौक़ा मिल ही गया। हमारी जनता भाव में विश्वास करती है, भौतिकता में नहीं, अतः उसने आन्तरिक सन्तोष प्राप्त किया। निश्चय ही यह

उपयुक्त और सफल प्रबन्ध माना गया, माना जाना चाहिए। भीड़ को नियोजित, नियंत्रित करने का दूसरा उपाय क्या हो सकता है।

यदि किसी का मन इस घटना से, इस कुम्भ में एकत्र भीड़ को घटना मानकर, व्यथित होता है, क्षुब्ध होता है, विद्रोह की भावना से उद्वेलित होता है, तो यही कहा जाएगा कि वह देश की परम्परा से कटा हुआ है, उसने अपने मन में विदेशी संस्कार को धारण कर लिया है। पर क्या किया जाए मन ही तो है।

जब सुना कि लाखों की भीड़ के सामने शास्त्री जी के अस्थि-विसर्जन समारोह के अवसर पर नई प्रधानमंत्री इन्दिरा गांधी ने अपने को अबला नारी कहा, दो बार अनाथ (नेहरू तथा शास्त्री जी के निधन से) होने का उल्लेख किया, जनता और माँ गंगा से लड़की के रूप में दायित्व ग्रहण करने के लिए आँचल पसारकर आशीष माँगी, और यह भी लोगों को कहते हुए पाया कि जनता भाव-विभोर होकर अश्रुविगलित हो उठी, तब कुछ-कुछ समझ में आने लगा कि इस भीड़ को भीड़ बनाए रखने के पीछे क्या रहस्य है। और अब अख़बारों में पढ़ रहा हूँ, नेहरू जी के अभाव में इन्दिरा जी कांग्रेस की ओर से चुनाव-अभियान के लिए निकल पड़ी हैं।

जवाब देने की मुश्किल : ध्रुवीकरण

इधर अनेक परिचितों अपरिचितों के पत्र आते रहते हैं। मैं यहाँ निजी पत्रों की बात नहीं कर रहा हूँ, जो हर व्यक्ति का अपना मामला है और न कार्यालयी पत्रों की जिनसे परेशान रहता हूँ। ये पत्र हैं जो तमाम ऐसे सवाल उठाते हैं, जो मुश्किल में डाल देते हैं। इन सवालों की उपेक्षा नहीं की जा सकती है, हर 'साक्षी' देने वाला जवाबदेही से मुकर नहीं सकता। फिर जो जानते हैं कि कहने को समाजवादी हूँ, गांधी-विचार से जुड़ा हूँ, लोहिया-जे.पी. के साथ सोचने की चेष्टा करता रहा हूँ, उनके सवाल उन प्रतिश्रुतियों पर उठाए गए हों तो यह स्वाभाविक है। ख़ैर, उनके उठाए गए सवालों को मानकर चलता हूँ, उनका हक़ है। पर मुश्किल है कि जिस राजनीतिक सामाजिक माहौल में हम रह रहे हैं, जिस आचरण का प्रमाण हमारे नेता तथा प्रतिनिधि (हर क्षेत्र के) दे रहे हैं, उसके सन्दर्भ में जवाब क्या दिया जाए या कैसे दिया जाए।

उन सवालों में कुछ सवाल हैं जिनका सन्दर्भ राजनीतिक ध्रुवीकरण रहा है। राजनीतिक मंच पर पिछले दो दशकों से निरन्तर ध्रुवीकरण की चर्चा और चिन्ता की जाती रही है। डॉ. लोहिया ने एक समय कांग्रेस के एक सत्तात्मक शासन को तोड़ने के लिए ग़ैरकांग्रेसवाद चलाया था, क्योंकि उस समय सैद्धान्तिक ध्रुवीकरण के रास्ते यह बहुत बड़ी बाधा थी। इधर जनता दल में विभिन्न राजनीतिक दलों के घटकों के मिलने पर कांग्रेस का विकल्प सामने ज़रूर आया। पर तभी से सवाल उठा कि क्या यह विकल्प राजनीतिक ध्रुवीकरण को स्पष्ट तथा सैद्धान्तिक रूप दे सकेगा? इन्दिरा गांधी ने तभी अपने पक्ष से कहा था—'यह सुविधा का गठबन्धन है, राजनीतिक विकल्प नहीं।'

निश्चय ही सवाल करने वालों के मन में यह रहा है कि अगर कोई इस घटकों के सम्मिलन (विलयन कहना व्यर्थ है) को समर्थन देता है तो उसे ध्रुवीकरण की दिशा भी समझनी-समझानी होगी। फिर जवाब तो माँगा जाएगा। पर हमारे जैसे आदमी की मुश्किल है कि हम परिस्थिति और तत्त्वों को जानते-पहचानते हैं, उनका विश्लेषण-विवेचन भी कर सकते हैं और उनकी क्रिया-प्रतिक्रिया को भी समझ सकते हैं, लेकिन उन पर न हमारा वश है और न प्रभाव। ऐसी स्थिति में हम वांछित जवाब देने में असमर्थ

हो जाते हैं। जिन तत्त्वों को हम जैसा मानकर चलते हैं, अगर उनका आचरण सर्वथा भिन्न दिखाई देने लगता है, तो हमारे जवाब की संगति बैठेगी कैसे!

मुझे लगता है, सोचने वाले यानी नीति बनाने वाले और करने-कराने वाले यानी नीति चलाने वाले में अगर अन्तर है तो नीतियों (चिन्तन) के आधार पर परिणाम सम्बन्धी जवाब देना सम्भव नहीं होगा। हमारे जैसे केवल चिन्तन पक्ष से जुड़े व्यक्तियों की बात ही क्या, गांधी, लोहिया और जे.पी. अपने चिन्तन, अपनी नीतियों के आधार पर उनके कार्यान्वयन तथा परिणाम के बारे में सही जवाब नहीं दे सके। गांधी के अन्तिम दिनों की यातना क्या थी? गांधी ने जिन मौलिक सिद्धान्तों पर कांग्रेस की राजनीति चलाई थी, अन्तिम स्वतंत्र होने के दौर में कांग्रेस के अन्य प्राय: सभी कर्णधारों ने उन सिद्धान्तों को छिन्न-भिन्न करके राजनीतिक कुशलता से सत्ता प्राप्त की।

यही हाल अन्तिम दिनों में डॉ. लोहिया का हुआ। उन्होंने ग़ैरकांग्रेसवाद के आधार पर राजनीतिक ध्रुवीकरण की एक नीति ज़रूर बनाई थी, पर वह सत्ता पाने की नहीं व्यापक सामाजिक लक्ष्यों की ओर उन्मुख दिशा मात्र थी। इसीलिए उन्होंने स्पष्ट शब्दों में कहा था कि संविद सरकारों में उनका दल तभी तक रहेगा, जब तक निश्चित कार्यक्रमों को ये सरकारें आगे बढ़ा सकेंगी। संविद सरकारें बनीं और उनका दल शामिल हुआ। पर उस दल के सामने न निश्चित कार्यक्रमों की सीमा रही और न सैद्धान्तिक ध्रुवीकरण का लोहिया वाला लक्ष्य। उनके कुशल कर्णधारों ने सत्ता की राजनीति ही खेली, डॉ. लोहिया एक़दम अकेले पड़ जाने के पहले और नए संघर्ष की घोषणा किए बिना हमारे बीच से चले गए।

अब जे.पी. को देख सकते हैं। उन्होंने फिर भारतीय अवसरवादी राजनीति को सैद्धान्तिक आधार पर व्यवस्थित करने की चेष्टा की। एक बार सैद्धान्तिक आधार मिल जाने पर ध्रुवीकरण का स्वरूप तथा दिशा भी ठीक हो सकती थी। जे.पी. के नेतृत्व में जब आन्दोलन चल रहा था, तब लगने लगा था कि सम्भवत: हमारे नेताओं ने समझ लिया है कि बिना सामाजिक दृष्टि के कौशल और सुविधा की राजनीति भ्रष्टता को फैलाती है और देश के साथ भयावह खेल है। इन्दिराजी की तानाशाही हठवादिता से इस संघर्ष और उससे उत्पन्न होने वाले आत्मबोध का यह समय बहुत कम हो गया। परिणाम हुआ कि जिस चामत्कारिक रूप में जनता दल सत्ता में आ गया, उसी चमत्कार के साथ हमारे नेताओं का आत्मबोध भी तिरोहित हो गया जे.पी. अपने विचारों तथा नीतियों की पीड़ा झेलते रहें, उनके अनुयायी सत्ता की राजनीति के खेल में लगे हैं।

अब बताइए कि मैं क्या जवाब दूँ! ''भारतीय राजनीति में ध्रुवीकरण की दिशा और सम्भावना क्या है? जनता दल के घटकों का विलयन तो होने से रहा, यह तो पहले से लगता रहा है, पर उनमें ध्रुवीकरण की स्थिति क्या है? कुछ नेताओं ने पहले

ग़ैरकांग्रेसवाद का नारा दिया और कुछ घटकों को एक साथ लिया और वे ही नेता अब स्वं.से.सं. के विरोध के साथ घटकों का कुछ भिन्न गठबन्धन चाहते हैं? इसी प्रकार आर्थिक नीतियों में गांधी-लोहिया-जयप्रकाश का नाम भी लिया जाता है, दूसरी ओर कहीं विश्व पूँजी के सहयोग की ओर झुकाव है, कहीं गाँव-शहर का विवाद छेड़ा जा रहा है, कहीं किसान पर बल दिया जा रहा है। कई रंग, कई रूप, कई प्रकार दिखाई देते और ओझल होते हैं। अब आप बताएँ कि इस सब के बीच कौन सा ध्रुवीकरण चल रहा है या चलाया जा रहा है।''

मित्र मुझे क्षमा करेंगे, उनके पत्रों के केवल सूत्र दे पा रहा हूँ और उनके व्यंग को व्यक्त कर पाना भी सम्भव नहीं हो पाया। पर मेरी कठिनाई जवाब देने की है, इतने सारे उठाए गए सवालों का। पर मैंने एक सुविधा से इन सवालों को चुना है, ये सभी एक ही दिशा की ओर संकेत देते हैं। प्राय: सभी सवालों में छिपा हुआ व्यंग पूछने वाले के अविश्वास को सूचित करता है कि इन लोगों से और इस राजनीतिक माहौल से क्या आशा की जाए। जैसे शुरू में उल्लेख किया गया, जवाब दे पाना कठिन है। और मैंने यह भी स्पष्ट किया कि विचार करने वाला यह जवाबदेही ले भी नहीं सकता। हाँ, वह अपनी परिस्थिति का साक्ष्य प्रस्तुत कर सकता है।

शुरू में यह कह देना ज़रूरी है कि राजनीति में ध्रुवीकरण अन्यत्र जैसा भी हुआ हो या होता हो, पर हमारे देश में दो रूपों में मानना पड़ेगा। शास्त्रीय पारिभाषिक ढंग से इसे मानें या न मानें। एक सिद्धान्त के आधार पर और दूसरा सत्ता की जोड़-तोड़ का। एक देश-समाज को आगे बढ़ाने के लिए, दिशा देने के लिए, संगठित और अनुशासित करने के लिए ज़रूरी है। दूसरा सत्ता हथिया लेने का खेल है। वह अन्धाधुन्ध है और समाज के सारे लक्ष्यों को विभ्रमित कर देने वाला है।

परन्तु यह भी स्पष्ट है कि सैद्धान्तिक ध्रुवीकरण की प्रक्रिया में सत्ता का उपयोग एक महत्त्वपूर्ण तत्त्व है और उसे छोड़ा नहीं जा सकता। इसी प्रकार सत्ता की जोड़-तोड़ वाले ध्रुवीकरण में नेता सिद्धान्त के नारों का प्रयोग करते हैं, जनता को भरमाने के लिए ज़रूरी भी है। पर यह भी स्पष्ट है कि अगर सैद्धान्तिक ध्रुवीकरण में सत्ता केन्द्र में आकर महत्त्वपूर्ण होती जाएगी, तो वह सत्ता वाला ध्रुवीकरण हो ही जाएगा। इसी प्रकार, जो सम्भव तो कम है पर अगर सत्ता के ध्रुवीकरण में जनता के दबाव से सैद्धान्तिक लक्ष्य प्रमुख हो सकें तो यह ध्रुवीकरण भी बदल जाएगा।

अब भारतीय राजनीति के रंगमंच पर दृष्टि डाली जा सकती है। जे.पी. ने अपने आन्दोलन में पहला मुद्दा उठाया था व्याप्त भ्रष्टता का जो मुख्यत: राजनीति तथा सत्ता से संरक्षण पाती है। फिर उन्होंने 'सम्पूर्ण क्रान्ति' का नारा दिया था, क्योंकि उनकी दृष्टि में सामाजिक विकास इसके बिना सम्भव नहीं है और कोई भी एकांगी-प्रयत्न सफल नहीं हो सकेगा। जनता दल ने सत्ता सँभाली तो आशा की जा सकती थी कि कम से कम इस भूमिका से उसकी सरकारें शुरू करेंगी।

पर शुरुआत से शासक दल ने न सादगी का परिचय दिया न आत्मसंयम का। आशा थी कि अब ये बड़े नेता इन महत्त्वपूर्ण पदों से ख़र्च कम करेंगे, सारे सरकारी तंत्र को अपने नियंत्रण में रख सकेंगे। इस प्रकार भ्रष्टता पर रोक तो लगेगी ही, जिससे सरकारी तंत्र अधिक गतिशील और उपयोगी हो सकेगा। फिर यह भी आशा थी कि लम्बे अनुभव की असफलता के बाद हमारे ये राजनेता अब समाज के बारे में, आर्थिक व्यवस्था के बारे में, शिक्षा के बारे में नए सिरे से सोचने लगेंगे। और नई योजनाओं के लिए नए लोगों का सहयोग लेंगे। पर पिछले दो वर्षों में यथास्थिति की परम्परा को गहराते देखकर जनता का निराश होना स्वाभाविक है।

ऐसी स्थिति में कुछ नेताओं का इस यथास्थिति का दायित्व पुराने कांग्रेसी दिमाग़ पर डालना स्वाभाविक हो सकता था और दलीय सत्ता राजनीति का अंग भी। पर उसका सही दिशा में परिणाम तभी कुछ निकल सकता था, जब सिद्धान्त अधिक प्रमुख होता जाता। स्थिति और नीतियों में अभी तक कोई स्पष्ट परिवर्तन नहीं लक्षित हुआ, पर उन नेताओं ने स्व.से.सं. के विरोध को महत्त्वपूर्ण नीति के रूप में स्वीकार किया। उनके विश्लेषण से यह मान भी लिया जाए कि यह जनसंघ और स्व.से.सं. के जुड़े रहने की स्वस्थ स्थिति नहीं है, पर प्रश्न बना हुआ है कि देश की प्रगति और सामाजिक परिवर्तन के लिए यथास्थितिवाद और पूँजीवादी शिकंजे से मुक्त होना भी ज़रूरी है या बाद की लड़ाई का मुद्दा होगा। यहाँ प्राथमिकता का सवाल है, या दोनों से समान दूरी का सवाल है जैसे शुरू में दोनों के साथ चलने की बात थी।

निश्चय ही इस परिस्थिति के बीच से जो परिणाम निकल सकेंगे, उनके आधार पर निर्णय लेना अधिक सही होगा। एक ख़ास तरह के लोग हैं जो सामाजिक प्रतिश्रुति का दावा करते हैं, पर अच्छे स्थानों पर निश्चिन्त हैं। उनके सोचने का ढंग रोचक है। जब जनसंघ और भालोद निकट थे, तब उनकी परेशानी थी कि जनता सरकार के संरक्षण में स्व.से.सं. बहुत शक्ति तथा विस्तार पा रहा है। अब जब दोनों में टकराहट है तो उनकी चिन्ता है कि यह जन्ता दल को ले डूबेगी। यानी सब ठीक रहना चाहिए। पर परिस्थिति के आधार पर इससे अधिक कहना कठिन है कि इस सत्ता की होड़ से सिद्धान्त की राजनीति को निकाल पाना आसान काम नहीं। फिर भी आशा की जा सकती है। पर उसका भी एक मात्र आधार जन-मानस की सही शिक्षा और जन-शक्ति का सही संगठन है।

ये लोग और उनके दर्द

इस देश में तमाम ऐसे लोग मिल जाते हैं जो एकदम अकेले महसूस करते हैं। इस गतिशील और प्रगतिशील समाज में वे बहुत विवश लगते हैं। और जब कभी बातचीत के दौरान उनके मन को जानने का मौक़ा मिला है, यही पता चला कि जिन लोगों के बीच वे काम कर रहे हैं अथवा जिस व्यवस्था की वे कड़ी हैं, उसमें उन्हें अपने कर्तव्य पालन में अनेक कठिनाइयों का सामना करना पड़ रहा है। इतना ही नहीं इनमें अनेक को ईमानदारी से काम करने में ख़तरा उठाना पड़ रहा है। साधारणत: यह उलटबासी लगेगी, क्योंकि कठिनाइयाँ और ख़तरे काम न करने वाले, नियम भंग करने वाले, बेईमान व्यक्ति के रास्ते में आने चाहिए। पर अपने चारों ओर की ज़िन्दग़ी पर ज़रा ग़ौर करने से यह मालूम हो जाता है कि आज सही सोचने और करने वाले व्यक्ति की बड़ी दिक़्क़त है।

अपनी पिछली एक यात्रा में मुझे कुछ घंटे एक इन्कम टैक्स अफ़सर के साथ अकेले यात्रा करने का मौक़ा मिला। बातों-बातों में लगा कि आदमी दु:खी और अकेला है। प्राय: धारणा है कि आय-कर विभाग के अधिकारी सुख-सुविधा भोगी होते हैं, दूसरों की आय के लेखा-जोखा में उनके आय के स्रोत मुक्त होते हैं। अत: पहले मुझे लगा कि इस मेरे सहयात्री को परिवार की ओर से कष्ट है। बातचीत से यह स्पष्ट हो गया कि उनकी पत्नी स्नेहमयी और सुगृहणी हैं और दोनों बच्चे सौभाग्य से विनम्र और अध्ययनशील हैं। फिर बातचीत के दौरान उन्होंने बताया—"भाई साहब, अगर मुझे चुपचाप नियम से ईमानदारी के साथ काम करने दिया जाए तो मैं एक सुखी और सन्तुष्ट व्यक्ति का जीवन बिता सकता हूँ। मेरी महत्त्वाकांक्षाएँ अधिक नहीं हैं। मुझे अपने अधिकांश सहयोगियों की कारों, बढ़िया बँगलों या फ़्लैट्स, फ्रिज़, टी.वी., कूलर, ड्राइंगरूम से लेकर उनके ज़मा किए हुए धन से कोई ईर्ष्या नहीं है। मेरा भी चल रहा है, देश के असंख्य साधारण आदमियों की अपेक्षा मेरा परिवार अच्छा खा-पी तथा रह लेता है। मेरे बच्चे तेज़ हैं, और रास्ता निकाल लेंगे, अत: उनके भविष्य की चिन्ता नहीं, पत्नी उदार हैं, अत: कोई दिक़्क़त नहीं है। सच तो है कि वे मेरे इस अकेलेपन में मुझे सँभाले हुए हैं।"

अधिकारी कहते-कहते चुप हो गए। उन क्षणों मुझे लगा कि इस व्यक्ति की

कोई मनोवैज्ञानिक समस्या होगी, क्योंकि हर तरह से सन्तुष्ट व्यक्ति के इस अकेलेपन का और कारण क्या होगा। फिर धीरे-धीरे उन्होंने कहना शुरू किया—"डॉक्टर साहब, आप विश्वविद्यालय में हैं, आपका वातावरण भिन्न है और सम्भवत: मेरी स्थिति के बारे में सोच नहीं सकेंगे। आपको लगता होगा कि फिर मुश्किल किस बात की है ? लेकिन यहीं से मेरी मजबूरी शुरू होती है। मैं अपना काम करता हूँ, दूसरों के काम में दख़ल भी नहीं देता। काम नियम और क़ानून के अनुसार सही करता हूँ और करना चाहता हूँ। मैं तो ईमानदारी का दावा भी नहीं करता, सही और ग़लत के विवेक से चलता हूँ। आप सोचेंगे कि फिर दिक़्क़त क्या है ? हाँ यही सारी दिक़्क़त है। मैं जिस माहौल में काम कर रहा हूँ, उसमें अधिकांश में उच्च अधिकारी, सहयोगी और अधीन कर्मचारी मुझे अविश्वसनीय मानते हैं, अपने से अलग मानते हैं। कुछ अपने स्वार्थों में बाधक मानकर चिढ़ते हैं और घृणा भी करते हैं। मैं अपने सहयोगियों के जीवन-स्तर का निर्वाह नहीं कर पाता, यह अलग बात है।"

अधिकारी फिर अपने आप में डूब गए। लेकिन लगा नहीं कि उनकी बात समाप्त हो चुकी है। मन इस विडम्बना से घिर गया और सोचने लगा अपने बड़े भाई की बात, जो कहते थे कि ब्रिटिश नौकरशाही में भ्रष्टता जैसी भी हो, पर कर्तव्यपरायण और ईमानदार अधिकारी को सम्मान तथा प्रोत्साहन दोनों प्राप्त था। अधिकारी ने फिर धीरे-धीरे कहना शुरू किया—"प्रोफ़ेसर साहब, इतना भी कुछ नहीं है। कठिनाई सबसे बड़ी है, नीचे-ऊपर के तमाम उन दबावों की जिनके बीच ख़तरनाक ज़िन्दगी बितानी पड़ रही है। ऐसे अनेक शक्तिशाली व्यक्ति और दल हैं जो उच्चतम अधिकारियों, नेताओं तथा मंत्रियों तक पहुँच रखते हैं। ऐसा हो सकता है कि मैं नियम के अनुसार आय-कर लगाऊँ और ऊपर के अधिकारी भिन्न मत रखकर छूट दे दें। मैं ऐसा कर देता हूँ तो वे ऊपर से मुक्त हो भी जाते हैं। पर ऐसा कोई चाहता नहीं है, उच्च अधिकारी और पार्टीज़ को यह झंझट पसन्द नहीं है। वे चाहते हैं कि काम आसानी से निकलता चले। और मैं चाहता हूँ कि काम करने की छूट मुझे नियम के अनुसार हो, आगे क्या होता है, वह न मेरे वश का है और न मेरी चिन्ता का विषय।"

यहाँ मैंने टोक दिया—"तब तो आसान है। आप अपना काम करिए, वे लोग जैसा चाहें करें या करवा लें।" गहरी साँस लेकर अधिकारी ने कहा—"नहीं प्रोफ़ेसर, यह इतना आसान नहीं है। राजनेता, मंत्री, उच्च अधिकारी सभी शक्तिशाली हैं। इनसे संरक्षण पाकर या समझौता करके आय-कर देने वाले व्यक्ति या पार्टीज़ भी शक्तिशाली हैं। उनके सामने मैं विवश हूँ क्योंकि उनका आतंक तरह-तरह के रूपों में सामने आता है। अत: अनेक रातें मेरी जागते और उलझन में बीत जाती हैं। कभी इसलिए कि मैंने जो निर्णय लिया है, उसके ख़तरे मुझे और परिवार को उठाने पड़ेंगे। मुझे किसी भी जाल में फँसाया जा सकता है, मुझ पर कैसा भी प्रहार किया जा सकता है। और कभी मेरी रात भर बेचैनी से इसलिए कटती है कि मैं जानता हूँ

कि आज मैंने विवशता में जो हस्ताक्षर किया है, वह क़ानूनन सही नहीं है। मैंने ऐसा किसी स्वार्थ से नहीं किया है, अतः यह कार्य मेरे लिए अनैतिक न भी हो पर दायित्व के प्रतिकूल है। कहीं यह आशंका भी कुरेदती रहती है कि ये ग़ैरक़ानूनी काम कराने वाले ही मौक़ा पाकर मुझे फँसा भी सकते हैं।'' मैं सोचता रहा और वे चुप रहे। अगर यह स्थिति सही है, और सही क्यों नहीं होगी, क्योंकि सामने बैठा हुआ व्यक्ति देखने से ही उदास, बेबस और अकेला जान पड़ता है, तो हमारे देश का ख़ुदा हाफ़िज़।

मुझे एक दूसरे व्यक्ति की याद आती है। मैं एक पहाड़ी डाकबँगले में रुका था। उस एकान्त स्थल पर हम कुछ भी कर नहीं सकते। कुछ भी व्यवस्था कर पाना सम्भव नहीं था। वहाँ भूले-भटके एक पुलिस अधिकारी आ गए। ख़ैर फिर सारा प्रबन्ध हो गया। खाने-पीने से लेकर घोड़ा तथा गाइड तक की, आगे बढ़ने के लिए मुझे उसकी विशेष ज़रूरत थी। उसके बिना अपने गंतव्य की ओर बढ़ना सम्भव नहीं था। मेरे साथी मुझ से अधिक इस क्षेत्र से अपरिचित थे। पुलिस अधिकारी ने मुझ से मिलते ही प्रणाम करके बताया था—''सर, हम आपके विद्यार्थी हैं और मेरे रहते आपको कोई कष्ट नहीं होगा।'' मुझे अपने इस विद्यार्थी का स्मरण नहीं था, पर उसकी आत्मीयता से अभिभूत हुआ, उसके व्यवहार में कोई बनावट नहीं थी।

रात में हम निश्चिन्त थे। एकान्त में पुलिस अधिकारी ने निकटता पाकर अपनी निजी बातें शुरू की—''सर, मैं भटक रहा हूँ। मुझे न जाने कैसी-कैसी वीरान जगहों में पटका जाता रहा है। कभी लाइन्स में और कभी पी.ए.सी. में रखा जाता है। जो ख़तरनाक़ क्षेत्र हो वह मेरे चार्ज़ में दिया जाता है। ख़ैर मुझे इस सब की न चिन्ता है और न गिला। परिवार और बच्चों की ज़रूर मुसीबत है। साल डेढ़ साल से अधिक कहीं टिकने ही नहीं दिया जाता तो परिवार व्यवस्थित कहाँ हो? फिर जिन जगहों में पटका जाता हूँ, वहाँ बच्चे रहे भी तो कैसे!'' मेरे लिए यह अनुभव बिल्कुल नया था। पुलिस अधिकारियों का मेरा अनुभव इसके बिल्कुल प्रतिकूल रहा है। यद्यपि यह कहना अधिक सही होगा कि मेरी जानकारी ही अधिक है, प्रत्यक्ष अनुभव उतना नहीं। पर सामने बैठकर बातचीत करने वाले व्यक्ति का दर्द सही है, उसका अकेलापन वास्तविक है, इस पर अविश्वास नहीं किया जा सकता।

अधिकारी ने फिर कहना शुरू किया—''कठिनाई इतनी ही नहीं है कि बाल-बच्चों को साथ नहीं रख सकता, बल्कि उनकी पढ़ाई-लिखाई की व्यवस्था भी ठीक नहीं कर सकता। मेरे साथी अफ़सर अपने बच्चों को दिल्ली, मसूरी, देहरादून, नैनीताल भी चाहने पर भेज सकते हैं। इलाहाबाद, लखनऊ तो कोई बात ही नहीं। और उसी वेतन में मेरे लिए यह सब सम्भव नहीं, अपने नगर के अच्छे स्कूल में पढ़ा पाता हूँ, यही बहुत है।'' थोड़ी देर वह चुप रहा, जैसे आगे बोलने के पहले सोच लेना चाहता है। उसने कहना शुरू किया—''सर, आप समझें कि यह मेरी मज़बूरी उतनी नहीं है क्योंकि मैं हर हालत में मस्त रह सकता हूँ। उन्हें अगर मुझे भटकाने में

मज़ा आता है, तो मुझे भटकने में। ताकत के साथ इस व्यवस्था के बीच अडिग रहने का मज़ा अपने आप में कुछ कम नहीं है। लोग मुझसे चिढ़ते हैं, नाराज़ रहते हैं, मेरी उपेक्षा करते हैं और कभी फँसाने की कोशिश करते हैं। सावधान रहना पड़ता है, बचाव करना पड़ता है, बहुत ज़ोर भी पड़ता है। पर इस दाँव-पेंच के बीच ताकत अजमाई में अन्दर से कुछ मिलता भी है। लेकिन पत्नी, परिवार और बच्चों का दबाव बढ़ता जा रहा है। उनके मानदंड अपने चारों ओर के समान होंगे। अमुक का घर ऐसा है, अमुक के घर यह सब है, अमुक की पत्नी, परिवार के लोग ऐसे रहते हैं, अमुक के बच्चे वहाँ पढ़ते है, आदि-आदि!''

कहते-कहते वह चुप हो गया। अनायास मेरे मुँह से निकल गया—''यह सब ऐसा क्यों है ?'' उसका रुका हुआ प्रवाह फिर खुल गया—''सर, यह बहुत साफ़ है और आपसे छिपा नहीं है। ध्यान कम जाने का कारण यह हो सकता है कि अब शायद मेरे जैसे संघर्ष में कम लोग हैं। मेरी कठिनाई है कि आज की व्यवस्था के साथ समझौता नहीं कर पाता। बचपन से लेकर युवा होने तक जो कुछ मन में पाला था, उससे मुक्त नहीं हो पाता। मेरे मन में एक समाज है जो न्याय-व्यवस्था से शासित है और उसी की रक्षा के लिए हमारी सेवाएँ हैं। पर पग-पग पर हमारे इस कर्तव्य में बाधाएँ आती हैं। क्या नेता, क्या मंत्री, क्या अधिकारी, क्या समाज के शक्तिशाली व्यक्ति और वर्ग इस न्याय और सुरक्षा की व्यवस्था को भंग करके अपना उल्लू सीधा करने में लगे हैं। इसमें कोई अन्तर नहीं पड़ा, सत्ता कांग्रेस के हाथ में हो, मिली-जुली सरकार बने या जनता राज्य हो। आपात्काल हो या उसके पहले या बाद में। व्यवस्था के नाम पर उसको भंग करके स्वार्थ साधने वालों का रवैया वैसा ही रहा है। अब हम या इस माहौल के साथ बहती गंगा में स्नान करें या जैसा कह चुका हूँ टकराता रहूँ।'' फिर नि:श्वास लेकर उसने कहा—''सर, जब तक हो सकेगा टकराऊँगा।''

मेरे मन में ऐसे ही चित्र घूमते जा रहे हैं। अभी हाल की यात्रा में एक सैनिक अधिकारी का साथ हो गया। मैं अपने कूपे में अकेला पड़ गया था, कन्डक्टर के कहने से वे अपनी नीचे की बर्थ छोड़कर मेरा साथ देने के लिए ऊपर की बर्थ पर आ गए। वे साधारण रैंक के अफ़सर रहे होंगे, नागरिक कपड़ों में जान नहीं सका। दिन की यात्रा शुरू होने के पहले हम निकट आ चुके थे। चाय-नाश्ता करते समय उन्होंने मेरा ध्यान आकर्षित किया कि स्टेशन के यार्ड में कुछ लोग कोयला इकट्ठा कर रहे हैं। उन्होंने बताया—''प्रोफ़ेसर जी, यह धन्धा बहुत अच्छा है। कोयले की इस चोरी में जो आमदनी है, उसके मुक़ाबले हमारा वेतन कुछ नहीं। यह सब आपस में तय है और हिसाब से चलता है। आपको यहाँ सिपाही भी मिल जाएगा और उनके ऊपर सुरक्षा इन्सपेक्टर भी होगा। पता नहीं सरकार चोरी रोकने का अपार ख़र्च क्यों करती है, जब उसका तंत्र चोरी में साझीदार है।''

मैंने अनुभव किया कि अफ़सर का मन खिन्न है। बाद में बातचीत से पता चला कि काँगड़ा घाटी के इस सैनिक अधिकारी की चिन्ता है कि उसके मेधावी बच्चों की पढ़ाई का क्या होगा? अभी तक जिस नगर में उसकी नियुक्ति है, वहाँ दोनों बच्चे साधारणतः अच्छे स्कूल में पढ़ते हैं। उसने भरे मन से ही यह बताया क्योंकि ऊँचे तथा पहुँच वाले अधिकारियों के बच्चे ऊँचे अंग्रेज़ी स्कूलों में पढ़ते हैं। अब बदली होने का समय आ गया है। अब वह क्या करे, उसके पास वैसे साधन नहीं कि बच्चों को बड़े नगर में हॉस्टल में रखें। उसने विवश स्वर में बताया—"प्रोफ़ेसर जी, मेरे बच्चे बहुत तेज़ हैं, वे एक बार पढ़कर याद कर लेते हैं। अब अगर उन्हें गाँव-कस्बे के स्कूल में डालूँ तो जानता हूँ वहाँ कोई टीचर पढ़ाता नहीं। वे तमाम दूसरे काम करते हैं, खेतीबाड़ी, रोज़गार, क्षेत्र की राजनीति, पर पढ़ाने के नाम पर चार-सौ रुपए का वज़ीफ़ा पाते है। वहाँ बच्चों की ज़िन्दगी ख़राब होगी।"

शिक्षा की हालत से मैं खुद परिचित हूँ, अतः मैंने सैनिक अफ़सर के दर्द को समझा। फिर थोड़ी उत्तेजना के साथ उसने कहना शुरू किया—"प्रोफ़ेसर जी, इस अपने देश में कमाई के तरीके बहुत अज़ीब हैं। पैसे वालों का राज है। मैं एक ट्रक वाले ठेकेदार की बात बताता हूँ। उसके दो दर्जन ट्रक दिल्ली से आगरा या अन्यत्र चलते हैं! उसका चोरी का धन्धा है। एक कुन्टल का अगर सरकारी भाड़ा है साढ़े चार रुपया तो वह पच्चीस रुपया कुन्टल चार्ज करता है, बादाम, किशमिश, मसाला आदि बहुत महँगी चीज़ों को लादता है। कोई टैक्स, कोई चुंगी देना नहीं। पूरे रास्ते पर सभी से लेन-देन का समझौता है। ट्रक-ड्राइवर हज़ारों रुपया बाँटता है और हर ट्रिप हज़ार-पाँच सौ खुद बचाता है। अब आप सोचिए इस एक ही ठेकेदार की आमदनी का क्या हिसाब है और यह वह किसके सिर कर रहा है?"

थोड़ा रुककर उसने आगे क्षोभ के साथ कहा—"और इस धन्धे में भी पैसे वाला ही जीतता है। मेरे एक दोस्त का एक ट्रक है, माँग-जाँचकर सरकारी कर्ज़ लेकर ट्रक खरीदकर चलाता है। उसके मन में इस धन्धे का लालच आ गया है, उसने भी थोड़ा माल ऐसा लाद लिया। फिर क्या पुलिस, चौकी और छापे वाली पुलिस सभी मुश्तैद। बेचारा पकड़ा गया, और पुलिस इन्सपेक्टर को श्रेय भी मिला। अख़बार में भी छप गया। मेरे मूर्ख दोस्त को पता चल गया कि यह सब करने के लिए भी रुपए और ऊपर के लोगों का संरक्षण चाहिए।"

मेरे सामने ये और ऐसे ही अनेक व्यक्ति घूम जाते हैं। इस परिस्थिति में मेरे पास विवश होकर उनके अकेलेपन के दर्द में सहभागी होने के अलावा फ़िलहाल विकल्प क्या है? जो विकल्प खोज सकते हैं, उनसे आशा बँधती नहीं।

भीड़ जुटाने वाली राजनीति

हमारी जनता ने इस बार के चुनावों में यह प्रमाणित किया है कि लोकतांत्रिक पद्धति से वह सही-ग़लत का निर्णय करने में सक्षम है। संसदीय चुनावों में एक अजीब वातावरण था, जनता ने जाति, धर्म, वर्गों, क्षेत्रों से ऊपर उठकर मतदान किया और भारी बहुमत से इन्दिरा की तानाशाही सत्ता को ख़त्म किया। जनता का स्वत: अभिक्रम जागा, जनता दल के प्रत्याशियों को न धन की कमी हुई और न जन की। तमाम लोग अपने आप निकल पड़े, उन्होंने अपना समय और पैसा स्वत: लगाया ऐसा नहीं कि जनता ने सही दृष्टि और अपनी लोकतांत्रिक क्षमता का परिचय पहली बार दिया है। इतने बड़े पैमाने पर न सही, पर सन् 67 के चुनावों में असन्तुष्ट जनता ने कांग्रेस की जड़ें हिला दी थीं और अनेक प्रदेशों में संविद सरकारें बनी थीं। और कांग्रेस के सी.बी. गुप्ता, एस.के. पाटिल, बीजू पटनायक और कामराज जैसे श्रीसामन्तों को पराजित करके जनता ने पहले भी प्रमाणित किया था कि एक बार यह मान लेने पर कि व्यक्ति विशेष मानदंड पर ठीक नहीं उतरता, जनता उसकी सारी शक्ति, सत्ता और सम्पदा के बावजूद उसे अस्वीकार कर सकती है।

परन्तु हमारे सामने एक सवाल है। इस प्रकार जनता के द्वारा अस्वीकृत व्यक्ति फिर राजनीति में किस प्रकार घुसपैठ कर लेते हैं। युनाइटेड स्टेट अमेरिका में निक्सन जैसा शक्तिशाली राष्ट्रपति जनमत द्वारा पूरी तरह बहिष्कृत हो गया। पश्चिमी जर्मनी में विली ब्रान्त जैसे राष्ट्र-निर्माता व्यक्ति को अपने सेक्रेट्री के अपराध के कारण हट जाना पड़ा। ब्रिटिश लोकतंत्र में सिद्धान्त के प्रश्न पर सरकारें त्याग-पत्र देती रहती हैं और नए चुनाव में जनता का मत जाना जाता है। हमारी जनता जैसी भी हो पर लोकतांत्रिक समझ का परिचय उसने दिया है। मुश्किल है हमारे नेतृत्व की और उससे जुड़े हुए लोगों की। ये हमेशा जनता को भीड़ मानते हैं और उसे सदा भीड़ बनाए रखना चाहते हैं। विभिन्न दलों तथा उनके नेतृत्व में लोक-शिक्षा के माध्यम से अपने जन-समाज का लोकतांत्रिक मानस नहीं बनाया। इसके विपरीत इस तीस वर्षों से चली आती पदों-गद्दियों की सत्ता तथा अवसर की राजनीति के अनुसार जनता को विभ्रम में डाला जाता रहा है। उसको जाति धर्म-क्षेत्रों में विभक्त किया गया है, शोषण करने वाले वर्गों को तोड़ने के बजाय अनेक नए वर्गों का उदय होता

गया है। जनता ने लोकतंत्र का एकमात्र व्यावहारिक रूप देखा है कि अपने लोगों को लाभ पहुँचाया जाता है, सिफ़ारिशें सुनी जाती हैं, दलालों के माध्यम से काम निकाला जाता है, परमिट-लाइसेंस के माध्यम से पूँजी और सत्ता का खेल खेला जाता है। और यह सब तभी चल सकता है, जब जनता मात्र भीड़ हो, उसमें अधिकारों, कर्तव्यों की जागरुक चेतना विकसित न हो। अत: अगर राजनीति को ऐसे ही चलाना है तो जनता को भीड़ बनाए रहना है।

हम राजनीति के इस स्वरूप को अभी तक बदल नहीं सके हैं। राष्ट्रीय स्तर पर ऐसा कोई प्रयत्न दिखाई नहीं दे रहा है, वरन् इस स्तर की कोई आकांक्षा भी अभिव्यक्त नहीं हो रही है। आज भी जनता को भीड़ माना जा रहा है और सारे प्रयत्न इसी भीड़ को बनाए रखने के चल रहे हैं। एक रोचक प्रमाण इस सम्बन्ध में हमारे सामने है। ऐसे कई प्रसंग इस बीच आए हैं, जब इन्दिरा कांग्रेस में रहने वाले नेताओं से बात हुई। निकटता के कारण अपने मन में घुमड़ने वाले इस तर्क को सामने रखा—इन्दिराजी के बारे में जो कुछ देखा-सुना गया, जो कुछ प्रमाण स्वयंसिद्ध रूप में हमारे सामने आए हैं और जितना कुछ पिछले महीनों प्रेस से प्रकाशित हुआ है उसका अंश मात्र भी यदि सत्य है तो उनकी झूठे और क्रूर तानाशाह की छवि बनती है। ऐसे तानाशाही व्यक्तित्व को पुन: राजनीति में प्रतिष्ठित करने का तर्क क्या हो सकता है। इधर-उधर बात घुमाने के बाद हर बार इन मित्रों को स्वीकार करना पड़ा—पर इन्दिराजी के अलावा दूसरा हमारे पास कौन नेता है जो भीड़ इकट्ठा कर सकता है।

ऊपर से यह तर्क विचित्र लग सकता है। पर हमारी राजनीति में ही नहीं हमारी सारी लोकतांत्रिक व्यवस्था में यह तर्क स्वीकृत है। इन्दिराजी के व्यक्तित्त्व को ही लें और समस्त राष्ट्रीय सन्दर्भ में उसकी व्याख्या करें तो यह सत्य स्पष्ट हो जाता है। आज वे देश की न नेता हैं न प्रधानमंत्री, न इंडिया का पर्याय, फिर भी शासक दल से लेकर अन्य सभी दलों का ध्यान उनकी ओर लगा हुआ है। अख़बार आज भी उनकी चर्चाओं, वक्तव्यों और गतिविधियों को विस्तार देते हैं। स्वत: कांग्रेस का नेतृत्व स्पष्ट शब्दों में इन्दिराजी की तानाशाही का विरोध नहीं कर सका। यह तो इन्दिराजी ने अपनी महत्त्वाकांक्षा तथा अधीरता में अपने को अलग कर लिया है। इस सब के पीछे यह वस्तुपरक और गतिशील दृष्टि नहीं है कि एक ऐसे राजनेता को राष्ट्रीय मंच से सदा के लिए भुला देना अपेक्षित है जो हर प्रकार से अपने व्यक्तित्व में तानाशाह है और अपनी गतिविधियों में क्रूरकर्मी समाज विरोधी।

हर दल, हर नेता, हर बौद्धिक और हर पत्रकार के मन पर इन्दिराजी का प्रभाव क्यों हट नहीं पा रहा है। जिस स्पष्टता के साथ जनता ने इन्दिराजी की छवि को पहचान कर उन्हें अस्वीकार कर दिया, वह इन सब के मानस में नहीं है। अभी हम भीड़ की राजनीति से मुक्त हो नहीं सके हैं, आज भी हमारी दलीय राजनीति गद्दी-

पद, सत्ता–अधिकार के अवसरवाद से अलग नहीं हो सकी है। इस सब को चलाने के लिए जनता में धार्मिक उन्माद बनाए रखना है, जातियों की प्रतिद्वन्द्विता और संघर्ष क़ायम रखना है, सत्ता से व्यक्तिगत लाभ उठाने की परम्परा चलाते रहना है और राजनीतिक सत्ता के दलाल के रूप में शोषण करने–कराने के उपकरण, व्यक्तियों तथा वर्गों को संरक्षण भी मिलता रहेगा। फिर भीड़ की राजनीति कैसे बदल सकती है, और भीड़ इकट्ठा करने के तर्क को कैसे अस्वीकार किया जाएगा।

इस देश की राजनीति में धुन्ध का वातावरण शुरू से रहा है। इन्दिराजी ने अपने साहसिक झूठे व्यक्तित्व से इस धुन्ध को अधिकाधिक गहरा बनाया। यही उनकी सफलता है और इस वातावरण में भीड़ को इकट्ठा करना, सम्बोधित करना और भरमाना, भटकाना सभी कुछ सम्भव हो सका। परिस्थिति की अपनी गहरी समझ (अन्य किसी से मिली हो, यह भी सम्भव है) से उन्होंने जान लिया था कि कांग्रेस तथा प्रायः अन्य दलों के तमाम नेताओं की मानसिकता समान है। जनता, समाज, ग़रीबी आदि सब नारे हैं जो भीड़ को भरमाते हैं, पर उनके आधार पर जन–मानस बनाने की उनकी न इच्छा है और न उस दिशा में उनका कोई प्रयत्न। फिर इन्दिराजी ने आयोजित भीड़ जमा करवानी शुरू की और बीस सूत्री कार्यक्रम के नारे तमाम प्रचार माध्यमों से जनता में फैला दिये गए। जब जनता भीड़ मात्र हो, ऐसा करना और तानाशाही सफलताएँ पाना आसान हो जाता है। पर सौभाग्य की बात है कि हमारी जनता वैसी भीड़ नहीं है जैसा समझ लिया जाता है। इसका एक प्रमाण जे.पी. आन्दोलन में मिला था और दूसरा संसद के चुनाव में।

आपातस्थिति के बाद इस नए दौर में आशा बँधी थी कि अब जनता को भीड़ मानने, भीड़ों को आकर्षित करने तथा पुनः भीड़ों का अपनी सत्ता की लड़ाई में अनेक भ्रष्ट तरीकों से इस्तेमाल करने का दौर ख़त्म हो जाएगा। सामाजिक परिवर्तन तथा नए समाज की रचना के लिए जनता के मानस को तैयार करना होगा और यह व्यापक शिक्षा से ही सम्भव है। लोकतंत्र की मुक्ति का उत्सव जनता के उल्लास की अभिव्यक्ति के रूप में ठीक है, पर इस उत्सव भाव से जनता को आकर्षित रखने का प्रयत्न उसे भीड़ मानकर चलना है। इस स्वतंत्रता के वातावरण से यदि जनता दल शोषणविहीन प्रगतिशील नए समाज की नीतियों को निरूपित नहीं कर सकेगा और उनका कार्यान्वयन पूरी शक्ति के साथ नहीं किया जा सकेगा, तो सत्ता की राजनीति बदल नहीं सकती और फिर भीड़ का तर्क भी चलेगा।

इन्दिराजी ने महीनों पहले से अपने साहसिक झूठ के चमत्कार का प्रयोग शुरू किया है। इस प्रयोग में नाटकीयता है। अनेक प्रकार की भंगिमाओं और चेष्टाओं में उनका यह अभिनय चल रहा है। उनका कहना है आपातकालीन स्थिति की घोषणा उस समय अराजक परिस्थिति में अनिवार्य थी। साथ ही वे कहती हैं कि आगे हज़ार वर्ष तक उसकी आवश्यकता नहीं पड़ेगी। यह भी कि उनके विपक्षी लोगों ने

आपातृस्थिति के अत्याचारों का झूठा प्रचार किया है, अथवा अतिरंजनाएँ नौकरशाही ने की हैं। फिर हाथ जोड़कर अत्याचारों के लिए क्षमा माँगी जा रही है और साथ ही परिस्थिति की दुहाई देकर आपातृस्थिति की घोषणा करने की अपनी विवशता भी प्रकट की जाती है। यह सब भारतीय राजनीति के रंग मंच पर चल रहा है। हमारे स्वाधीन पत्रों में सजधज के साथ बड़ी सुर्खियों में ये वक्तव्य प्रकाशित किए जा रहे हैं। ये वे ही पत्र-पत्रिकाएँ हैं जो पिछले महीनों आपातृस्थिति के अन्यायों, अत्याचारों तथा ज़्यादतियों का विस्तृत वर्णन करते रहे हैं। आज भी वे जनता सरकार के आयोगों की कार्यवाही के विस्तृत विवरण छापते हैं। इन्दिरा गांधी जनता सरकार के भ्रष्टाचार, अन्याय, पक्षपात के विरुद्ध जनता के पक्ष में खड़ी हैं। उनके अनुसार कांग्रेस की समाजवादी नीतियाँ प्रतिगामी शक्तियों (जनता दल) के द्वारा उल्टी जा रही हैं। इन सारे वक्तव्यों की तर्कहीनता, असंगतियाँ और झुठाई स्पष्ट है। कह सकते हैं कि हमारे पत्रकार इसी स्पष्टता के कारण उन्हें रेखांकित नहीं करते, पर क्या इनको इसी रूप में रखकर जन-मानस में धुन्ध का वातावरण फिर नहीं बनाया जा रहा है। हम यह नहीं भूल सकते, हमारे बीच के न जाने कितने पत्रकार, बौद्धिक और लेखक अभी कुछ दिन पहले इन्दिरा गांधी की तानाशाही नीतियों के प्रबल समर्थक रहे हैं। देश की अवसरवादी राजनीति से जुड़े लोगों के लिए यह आश्चर्य की बात नहीं है!

परन्तु धुन्ध काटने का दायित्व उन लोगों पर है जो तानाशाही के विरुद्ध संघर्ष करते रहे हैं। यह केवल शाह आयोग की जाँच से सम्भव नहीं है, हाँ शाह आयोग की जाँच यदि वस्तुपरक ढंग से बिना किसी आवेश-आवेग से जनता के सामने प्रस्तुत होती है, तो उससे जन-मानस शिक्षा ग्रहण कर सकता है। पर उसके लिए आवश्यक है कि हमारे सामाजिक-आर्थिक संकल्प नीतियों में व्याख्यायित हों और फिर ये नीतियाँ जन-जीवन को गतिशील करने में प्रयुक्त हों। अन्यथा यह भीड़ जुटाने का तर्क देश के भविष्य के लिए भारी ख़तरा है और इस ख़तरे से बचे बिना सही और स्वस्थ दिशा में सामाजिक परिवर्तन सम्भव नहीं है।

भारतीय जनता का दिशा-बोध

हर परिस्थिति ऐसी होती है जिसमें मज़बूरी में आदमी डूबते में तिनके का सहारा चाहता है। तिनके का सहारा यानी जानता है कि बचाव नहीं है। हमारी बातचीत में उभरता है कि सब एक से हैं, सभी भ्रष्ट हैं। अब तो हमारे समाज में यह चर्चा इस प्रकार 'विनोदेन कालो गच्छति धीमताम' के रूप में की जाती है कि इच्छा होती है चीख़कर पूछूँ—फिर दोषी कौन है? सच है कि भ्रष्टाचार के ब्रह्म को व्यापक मानकर हम अपनी भ्रष्टता के लिए कवच चाहते हैं। विकल्प नहीं है तो करें क्या? यह भी भाग्यवाद है, जब 'मौत का एक दिन मोअॅइन है' तो 'फिर नींद रात भर क्यों नहीं आती' यानी कि नींद न आने वालों को व्यर्थ का सिरदर्द है। जब सब कुछ चलता है तो हमारा भी सब कुछ चलता रहेगा—भ्रष्टाचार, चरित्रहीनता।

चुनाव होते हैं और हर बार जनता के सामने एक मृगमरीचिका झलक मारती है। नारों की मरीचिका, घोषणाओं और नीतियों का मृगजल। राजनीतिक मंच पर देश को आगे बढ़ाने, समाज को बदलने और ग़रीबी हटाकर समता लाने के वादे किए जाते हैं। पिछली शती से स्वाधीनता आन्दोलन के दौरान जन-समाज के मन में अनेक स्वप्न पलते आए हैं, अनेक आशाएँ तथा महत्त्वाकांक्षाएँ जगा दी गई हैं। हम ऐसा समाज बनाने का संकल्प लेकर चले हैं जिसमें जाति-वर्ण, धर्म-वर्ग का भेद नहीं होगा, सबको समान अवसर मिलेंगे और हमारा समता का प्रगतिशील समाज होगा।

पिछले तीस वर्षों में जनता को हर बार निराश होना पड़ा है; मृगमरीचिका तिरोहित हो गई है और चारों ओर विवशता की मरुभूमि का विस्तार मिला है। पर हर बार जनता ने आगे की चमक पर भरोसा किया है। एक दल और उसके नेताओं से धोखा खाकर दूसरे के नारों और घोषणाओं पर भरोसा किया है। राजनीतिज्ञ और कूटनीतिज्ञ इसके-उसके विकल्प की तलाश में भ्रष्ट राजनीति का खेल खेलते हैं। पर जनता को जब कभी विकल्प खोजने का मौक़ा मिला है, उसे निर्णय लेने में न देर हुई है और न ऊहापोह में पड़ने की ज़रूरत।

पर कठिनाई है कि जनता की स्थिति उस डूबते आदमी जैसी है जो जिस सहारे को पकड़ता है, वह उसे और गहरे ले जाता है। वह एक को छोड़ दूसरे को ग्रहण

करने के बाद अनुभव करता है कि और गहरे जा रहा है। आपात्स्थिति से मुक्त होते ही जनता ने घबराकर एक आघात के साथ इन्दिरा कांग्रेस का सहारा छोड़ दिया और उसके हाथ जो पड़ा वह जनता दल है। ऐसा नहीं कि जनता के मन में जनता दल के विभिन्न घटकों के प्रति आश्वासन भाव था। उन्होंने अपने चरित्र तथा आचरण में ऐसा कोई प्रमाण नहीं दिया था। इसी कारण उनके ध्रुवीकरण की सम्भावना पर भरोसा भी नहीं किया जा सकता था। इन्दिराजी को इस पर बड़ा विश्वास था और उनके आश्वासन का यह कारण भी था। पर जनता को दिशा-बोध हो चुका था और इन्दिराजी को जनता किसी प्रकार स्वीकार नहीं कर सकती थी, अत: सामयिक रूप से एकत्र जनता दल के घटकों के पक्ष में अपना मत देने के अलावा उसके पास विकल्प नहीं था। इन दल के नेताओं की यातना तथा जे.पी. के आवाहन का आश्वासन तो था ही।

यह शुभ लक्षण था कि चुनावों की विजय के बाद जनता दल के प्रमुख नेताओं ने स्वीकारा था कि यह विजय उनकी या उनके दल की नहीं जनता की है। पर लगता है कि हमारे देश में अच्छी बातें भाप की तरह उड़ जाती हैं। अगर जनता दल ने केवल एक इसी बात को गाँठ बाँध लिया होता तो जनता के मानस में उसकी सरकार के बारे में इतनी जल्दी भ्रमहीनता की भावना पैदा नहीं होती। और दक्षिण भारत में इस दल का ऐसा ठंडा स्वागत न होता। मान लिया इस विषय में धुन्ध उड़ाने की चेष्टा भी है, कांग्रेस और इन्दिरा की विजय को ग़लत कोण से प्रस्तुत किया जा रहा है। सही है कि वहाँ कांग्रेस सरकारें भारी बहुमत से थीं और इन चुनावों में जनता दल की स्थिति बेहतर हुई है। पर इससे बड़ा सच है कि वहाँ की जनता ने अपने शासन के लिए जनता दल पर विश्वास नहीं किया और इन्दिरा कांग्रेस को दो-तिहाई बहुमत दिया। यह कांग्रेस वही है जिसके लोकतंत्र विरोधी और तानाशाही चरित्र के उद्‌घाटन में जनता सरकार ने काफ़ी श्रम किया है।

प्रश्न है कि क्या दक्षिण की जनता लोकतंत्र के पक्ष में नहीं है और तानाशाही शासन के पक्ष में है। या यह मान लिया जाए कि वहाँ की जनता इन्दिराजी के तानाशाही व्यक्तित्व से अपरिचित है। वस्तुत: वह न अपरिचित है और न तानाशाही के पक्ष में है। जातियों के राजनीतिक सन्तुलन का प्रभाव इन चुनावों पर पड़ा है, पर यह तत्त्व हर जगह काम करता है, क्या दक्षिण क्या उत्तर। पिछले संसदीय चुनावों में जनता ने जिस स्तर पर उठकर उत्तर भारत में मतदान किया था, उससे राजनीतिक वातावरण के परिवर्तन की आशा बँधी थी। सभी दलों का दायित्व था कि इस वातावरण को स्थायित्व प्रदान करें और जनता दल का तो सर्वाधिक था। पर दुर्भाग्य से संसदीय चुनावों के कुछ माह के अन्दर ही विधान-सभाओं के चुनावों में टिकट बाँटने से लेकर क्षेत्रीय प्रभावों के इस्तेमाल करने तक में वही पुराने ढर्रे को जनता दल ने भी अपना लिया।

अतः दक्षिण चुनाव परिणामों से यह सिद्ध नहीं होता है कि जनता ने पुनः इन्दिरा कांग्रेस के प्रति विश्वास व्यक्त किया है। यह तो और भी स्पष्ट है कि इस विजय में न इन्दिरा को स्वीकार करने की बात है और न उनकी नीतियों को। इससे इतना ही सिद्ध होता है कि जनता दल ने अपनी नीतियों के साहसिक कार्यान्वयन द्वारा और चुनावों को सही लोकतांत्रिक पद्धति के प्रयोग के द्वारा जनता का व्यापक विश्वास प्राप्त नहीं किया। फिर जनता के सामने यथास्थिति को स्वीकार करने का विकल्प ही था। उत्तर भारत के प्रदेशों में अराजकता तथा अव्यवस्था का वातावरण का कारण जो भी हो, पर उसका दायित्व जनता सरकारों पर ही है। तमाम लोकतंत्र विरोधी तत्त्व तथा शक्तियाँ अपने पक्ष में परिस्थिति का लाभ उठा रहे हैं। यह भी सच है कि उन आर्थिक तथा सामाजिक नीतियों को लागू करने में समय लगेगा, जिनके द्वारा स्थिरता लाई जा सकती है और प्रगति के मार्ग पर आगे बढ़ा जा सकता है।

परन्तु कोई भी उपाय या रास्ता परिस्थिति के अन्दर से ही निकालना होता है, केवल विवेक तथा संकल्प की अपेक्षा होती है। कारण बता देने से और दूसरों को दोषी बता देने से दायित्व से मुक्त नहीं हुआ जा सकता, समाज को चलाना तो सम्भव ही नहीं है। सवाल है कि क्या जनता दल और उसके नेताओं ने निर्णय लिए हैं, संकल्प किए हैं और एक गतिशील दल के रूप में यह दल उभर रहा है। यदि शिखर राजनीति ही चलानी है, पुराना तालमेल ही बिठाना है, सत्ता से जुड़कर लाभ उठाने वालों की दलाली ही चलनी है तो हमारे नए संकल्पों का क्या होगा?

मुझे बार-बार लगता है कि हमारी जनता को अपने लोकतंत्र का सही दिशा-बोध है और उसने हर बार—इस बार भी—अपनी सहज समझ का परिचय दिया है। वह निरन्तर ऐसे दल तथा नेताओं की खोज में है जो उसके जीवन को गतिशील कर सकें और उसके नए समाज तथा भविष्य के स्वप्न को प्रत्यक्ष कर सकें। पर निराशा की बात है कि हमारे नेता और दल हर बार अवसरवादी सत्ता की राजनीति के आकर्षण में फँसकर पथभ्रष्ट होते रहे हैं। पिछले संसदीय चुनावों के ठीक बाद मैंने अपने कांग्रेसी मित्रों से कहा था कि इस स्थिति से उन्हें शिक्षा लेकर जनता के व्यापक जीवन से जुड़कर राजनीति को नया संस्कार देना है और प्रतिपक्ष की भूमिका में उनका महत्त्वपूर्ण दायित्व है। उसी समय जनता दल के अपने मित्रों को बधाई देते हुए सावधान किया था कि जनता ने तुम पर अपनी आशाएँ लगाई हैं और उसके लिए जी-जान से लगना होगा। इस चेतावनी के साथ मेरी मंगलकामनाएँ तुम्हारे साथ हैं कि जिस जनता ने अपनी आशा-महत्त्वाकांक्षाओं के साथ खिलवाड़ करने के लिए कांग्रेस को तीस वर्षों का समय दिया है, वही जनता तुम सबको तीस माह का समय देने को तैयार नहीं होगी।

अराजकता बनाम क्रान्तिकारिता

मेरे मित्र काफ़ी हाउस की मेज़ पर ज़ोरदार शब्दों में कह रहे थे कि "आप जिसे विद्यार्थियों की अराजकता मानते हैं, वह देश में सच्ची क्रान्तिकारिता को जन्म देगी। क्रान्ति की शुरुआत एक तरह से हो चुकी है। निहित स्वार्थ संगठित होकर सामने आ गया है। आप सब प्रतिष्ठित लोग उसके अंग हैं, और देश की क्रान्तिकारिता को अराजकता, विशृंखलता और विघटनकारी तत्त्वों के रूप में देखेंगे।" मेरे एक दूसरे अध्यापक मित्र ने उनका ध्यान आकर्षित करना चाहा—"तुम क्या समझते हो कि यह सब गाली-गुप्ता और पथराव क्रान्ति के लक्षण हैं? और इनकी माँगों पर भी तुमने ग़ौर किया है। इनको दंड नहीं मिलना चाहिए, चाहे जैसा अनुशासन इन्होंने भंग किया हो अथवा अनैतिक अपराध किया हो। इनकी हाज़िरी माफ़ होनी चाहिए, चाहे पढ़ाई बिल्कुल न की हो। इनको फ़ेल नहीं किया जाना चाहिए, चाहे हर विषय में गोल हों। सनीमा में कनशेशन नहीं मिल सका, ट्रेन में मुफ़्त सैर करने से यदि कहीं रोक-टोक दिया गया, नागरिक नियमों के विरुद्ध काम करते यदि कुछ कह-सुन दिया गया तो फिर इमारतों की ख़ैर नहीं, बीच में पड़ने वाले लोगों की शामत है और पुलिस कहीं बीच में पड़ गई तो उसका घोर अन्याय है। क्यों नहीं यह अच्छा क्रान्ति का रास्ता है, माँ-बाप आतंकित, परिवार वाले परेशान, अध्यापक बेजार, जनता अकच्छ और सरकार संत्रस्त।" पहले मित्र ने लगभग उखड़कर कहा—"तुम भी किसकी बात चलाते हो। ये सभी निहित स्वार्थ और यथास्थितिवाद के पक्ष में लोग हैं। इनके प्रति यदि युवा पीढ़ी उपेक्षाशील है, असम्मानपूर्ण है, विद्रोही है तो इसमें अजब क्या है? पुलिस ऐसी सरकार की अस्त्र है जो निकम्मी और बेकार है। वह तो हर क्रान्तिकारी और विकासशील तत्त्व को इस अस्त्र से कुचलने के लिए कृतसंकल्प है।" मैं बहस में भाग नहीं ले रहा था, उतना हल्का मन और दिमाग़ था ही नहीं कि काफ़ी-हाउस की बहस में भाग ले सकता।

मेरे उन मित्र के लिए देश के हर अराजक तत्त्व को क्रान्ति के संकेत के रूप में देखना आसान भी है। वह मुझे जब निहित स्वार्थ के साथ कहते हैं तब शायद उनका मतलब होता इससे अधिक कुछ नहीं रहता कि मुझे हर माह एक बँधी रक़म तनख़्वाह के रूप में मिल जाती है, पर मैं सोचता हूँ कि कहीं मेरा स्वार्थ ज़रूर निहित

है और उसके कारण हर अराजक तत्त्व के बारे में समान दृष्टि नहीं रख पाता। यह सही है कि बीस वर्षों में देश के राजनीतिक, सामाजिक और आर्थिक जीवन में अनेक तरह की ग़ैरबराबरियाँ बढ़ती गई हैं, जबकि हमारी घोषणा समाजवादी समाज-रचना की और प्रजातांत्रिक अधिकारों की रही है। यह भी सही है कि हमारे जीवन के हर क्षेत्र में भ्रष्टाचार, कामचोरी, निष्क्रियता, असफलता और ग़ैरज़िम्मेदारी का वातावरण है। अत: अराजकता उसका परिणाम है, वह इस स्थिति का संकेत है। मेरे मन में देश की एक कल्पना है, उसके स्वायत्त की, उसकी प्रभुसत्ता की, उसकी सम्पूर्ण स्वाधीनता की—राजनीतिक ही नहीं, सामाजिक और आर्थिक भी, उसके विकास की और उसकी सांस्कृतिक समृद्धि की। अपने मित्र से बतलाना चाहता हूँ कि यह मेरा निहित स्वार्थ है और इसी कारण मैं देश में उचरने वाले हर अराजक तत्त्व को चिन्ता और गम्भीरता के साथ लेना चाहता हूँ।

डॉ. लोहिया के जन्मदिवस पर अपने भाषण में मैंने इस बात पर बल दिया था कि लोहिया से मैंने यह सीखा है कि हर ऊँचे और बड़े विचार को अपने लिए चुनौती के रूप में लो, क्योंकि तभी उनके आधार पर आगे आने वाले युग की चुनौती को स्वीकारा जा सकता है। किसी भी व्यक्ति या कि विचार को मानने की ज़रूरत नहीं है, उसे जानने की ज़रूरत है, क्योंकि मानने से हम उसका आदर भर कर सकते हैं, पर जानकर हम उसकी गत्यात्मक शक्ति का सही इस्तेमाल भी कर सकते हैं। मेरे एक समाजवादी युवक नेता प्रभावित होकर मेरे पास आए और उन्होंने मुझे बताना चाहा कि उनको विचार पसन्द आया, उन्हें स्वयं समाजवादी युवकों का लोहिया के प्रति व्यक्तिपूजा जैसा भाव नापसन्द है। मैंने ज़्यादा ध्यान दिये बिना कह दिया कि यह अनुचित है और ऐसा कोई डॉ. लोहिया जैसा गतिशील विचारक पसन्द नहीं कर सकता। उन्होंने यह संकेत करना चाहा कि व्यक्तिपूजा का भाव समाजवादी युवकों में है, क्योंकि मैं संगठन के स्तर पर उनसे सम्बद्ध नहीं था, मैंने उनकी बात पर विशेष ध्यान नहीं दिया।

एक दिन वही नेता घर आकर कहने लगे कि उनको उपकुलपति और उनकी श्रीमती की ओर से लालच दिया जा रहा है। परन्तु वह स्वयं उन चरित्रहीनों में नहीं हैं जो लालच में आकर सिद्धान्त छोड़ देते हैं। फिर उन्होंने काफ़ी आत्मविश्वास के साथ बताया कि आनन्द-भवन में विजय लक्ष्मी जी ने अनेक विद्यार्थी (लड़के और लड़कियों दोनों को) नेताओं को बुलाया था और अगले चुनाव (1967 के) के सन्दर्भ में विश्वविद्यालय के यूनियन के चुनाव में अपने व्यक्ति के अध्यक्ष बनने की सम्भावना पर विचार-विनिमय किया था। उनके अनुसार श्रीमती नेहरू ने उनको अपनी ओर फोड़ने का प्रयत्न किया और हर तरह का प्रलोभन दिया। खैर इस सारे किस्से में मेरी रुचि नहीं थी; केवल सब मिलाकर यह समझ पाया कि हमारे युवक नेता तो वहाँ केवल सारी स्थिति को जानने-समझने गए थे और

उन्होंने उन सबको टका सा जवाब दे दिया। सारी भंगिमा से लग रहा था कि हमारे नेता अपने देश और समाज के प्रति गहरे स्तर पर प्रतिश्रुत हैं और उन्हें जीवन के ये लोभ कहाँ डिगा सकते हैं। मैं सारी बातें भूला हुआ था कि जुलाई में विश्वविद्यालय के चुनाव के दिनों में सुना कि वही हमारे विद्यार्थी नेता टिकट न मिलने के कारण समाजवादी युवकों से अलग हो के स्वतंत्र उम्मीदवार के रूप में चुनाव लड़ रहे हैं। फिर यह भी सुना कि उनको श्रीमती उपकुलपति का समर्थन प्राप्त है। एक बार सारी बातें याद आईं और उन नेता की भंगिमाएँ भी याद आईं और मन ही मन हँसी आ गई।

कहा जाएगा कि टिकट न मिलने पर उपाय क्या था? सारे देश में और सारी दलगत राजनीति में आज आए दिन यही चल रहा है। टिकट के लिए और फिर चुनाव के बाद गद्दियों के लिए आज कल रोज़ अख़बारों में आयाराम और गयाराम की ताज़ी कहानियाँ पढ़ने को मिल रही हैं। फिर हमारे काफ़ी हाउस वाले मित्र कहते हैं कि इन विद्यार्थी नेताओं को दोष देना प्रतिष्ठाप्राप्त लोगों का निहित-स्वार्थ है, जब दलों में होता है तो विद्यार्थी और युवक नेता क्यों न ऐसा करेंगे। अपने मित्र से बहस करना आसान नहीं है क्योंकि उनकी बँधी आमदनी नहीं है और हमारी बँधी आमदनी हमको निहित-स्वार्थ के साथ ऐसा बाँध देती है कि फिर हमारा हर तर्क बेमानी हो जाता है।

वैसे मैं कहना चाहता हूँ कि भाई राजनीति के आयाराम और गयाराम अराजकता तो उत्पन्न करते हैं, पर उनकी इस अराजकता को तुम क्रान्तिकारिता तो नहीं मानोगे। वैसे मुझे भय है कि अगर बहस उठे ही तो हमारे मित्र उनको भी क्रान्ति के सूत्रधार सिद्ध करेंगे। ख़ैर जिन महोदय की चर्चा कर रहा था वे युवजन सभा के उतने ऊँचे नेता नहीं थे जितने कि वे पाण्डेय-बन्धु जिन्होंने चुनाव में टिकट न पाने से स्वतंत्र उम्मीदवार के रूप में चुनाव लड़ा।

बड़ा रोचक प्रसंग था। मेरा घर चौराहे के निकट था और चुनाव-सम्बन्धी सारे भाषण घर बैठे सुनने का लाभ उठा रहा था। पाण्डेय-बन्धु समाजवादी उम्मीदवार के विरुद्ध ठीक डॉ. लोहिया की शब्दावली और तर्क-पद्धति में धुँआधार भाषण प्राय: देते थे, और इस विडम्बना पर हँसने के अलावा करता ही क्या? डॉ. साहब को लिख भी दिया—''यह क्या है? आप ने आशा बँधाई है कि देश की नई क्रान्ति लड़कों, विद्यार्थियों, युवकों द्वारा परिचालित होने वाली है। पर इन युवक नेताओं की चतुराई देखकर ऐसा लगता है कि ये पहली पीढ़ी के सच्चे उत्तराधिकारी हैं और उसी क्षेत्र और स्तर पर उन्हें परास्त कर सकते हैं। आप के क्रान्तिकारी नारों, तर्कों और विचारों को ये किस प्रकार अपने स्वार्थ के लिए जनता को भ्रम में डालकर आपके विरुद्ध भी इस्तेमाल कर सकते हैं, यह मैं घर बैठे इस चुनाव में देख रहा हूँ...। मुझे लगता है, आप मानें या न मानें, इनकी अराजकता से केवल भावावेश और क्रान्तिकारी

नारों से कुछ घटित नहीं होने वाला है, इसको क्रान्ति की ओर प्रेरित करने के लिए गहरी प्रतिश्रुति और आन्तरिक अनुशासन की ज़रूरत है।''

हमारे देश की मौलिक प्रतिभा का क्षेत्र है कि हर गतिशील विचार की इतनी चर्चा की जाए कि वह कर्म का पर्याय मान लिया जाए। फिर हम चर्चा से सन्तोष ग्रहण कर मान लेते हैं कि सब ठीक हो गया है। क्रान्ति का इतना सुगम साधन और क्या हो सकता है, यह हमारी ईजाद है। इसीलिए कथनी और करनी के अन्तर पर हम ध्यान नहीं देते। युवा-शक्ति नई सामाजिक-क्रान्ति की सूत्रधार है, यह माना जाता है तो कांग्रेस दल भी इसका क्यों न इस्तेमाल करे। इस दल के पास यूथ-कांग्रेस है और यंग टर्क भी है। मतलब यह कि यदि जनता को युवा क्रान्ति चाहिए तो अपनी पुरानी आजमूदा कांग्रेसी दुकान के युवा कक्ष से ले, किसी दूसरी जगह भटकने की क्या ज़रूरत है। पिछले आम चुनाव के पहले इसी उद्देश्य से यूथ-कांग्रेस का एक बड़ा और भारी खर्चीला सम्मेलन पंचमढ़ी में हुआ। इत्तिफ़ाक से मैं जिस होटल में टिका था उसके ठीक बग़ल में सम्मेलन का विस्तृत पंडाल खड़ा किया गया था और उस समय सारा होटल उनके नेताओं से भरा हुआ था। कुछ परिचित नेताओं ने आदर देने के लिए मुझे भी भाग लेने के लिए आमंत्रित किया। पहले मैंने कृतज्ञता प्रकट करते हुए मना करना चाहा, पर जब उनके एक महत्त्वपूर्ण मेरे विश्वविद्यालय के स्नातक नेता ने कुछ विशेष आग्रह किया तो मुझे कहना पड़ा—''आपके सम्मेलन को लेकर मेरी एक दिक़्क़त है। मैं कांग्रेस और युवा में एक असंगति पाता हूँ और उसी प्रकार कांग्रेस के साथ क्रान्ति की कोई भी परिकल्पना कर पाना मेरे लिए सम्भव नहीं है। यदि कोई युवा कांग्रेस के साथ है, तो मुझे सन्देह है कि वह ईमानदारी के साथ युवा-शक्ति का प्रतिनिधि है। कांग्रेस और क्रान्तिकारिता आज दो विरोधी तत्त्व हैं, जिनको मिलाने की क्षमता किसी युवा-शक्ति में नहीं है।'' फिर मैं कई दिनों तक लाखों रुपए का प्रवाह देखता रहा और अनेक कांग्रेस के सम्माननीय और प्रतिष्ठित नेताओं के युवा-शक्ति और सामाजिक क्रान्ति के आवाहन को सुनता रहा। उस होटल में रुकने के कारण सुनने के लिए विवश था, पर अपने लान पर हमको छूट थी अतः हँसता रहा कि जब कांग्रेस के कर्णधार क्रान्ति की बात करते हैं तो उन्हें क्या ज़रा भी लज्जा और संकोच नहीं होता। आख़िर आज देश की स्थिति का उत्तरदायी है कौन? क्रान्ति की सारी चेतना को कुंठित और अवरुद्ध किया किसने है?

हम विश्वविद्यालय के बीच में हैं, अतः विद्यार्थियों के हर आन्दोलन की ऊँची-नीची लहर हमारे ऊपर से गुज़र जाती है। जैसे समुद्री लहर को ऊपर से निकल जाने देने का एक गुर है, उसी प्रकार इन आन्दोलनों के गुज़ार देने का भी गुर सीख लिया है। विश्वविद्यालयों को अनिश्चित काल के लिए बंद कर दिया और जब विद्यार्थियों को लगने लगा कि अब परीक्षाएँ बहुत निकट हैं, पढ़ाई का चलाना

आसान हो गया। अपनी माँगों पर न कभी विद्यार्थियों ने ग़ौर किया है और न उनका कभी कोई आग्रह रहा है। चालें और नीतियाँ दोनों ओर से प्रायः बरती जाती रही हैं। विद्यार्थी नेता अपना कैरियर बनाते हैं, अधिकारी एक ओर विद्यार्थियों से और दूसरी ओर सरकार से अपनी जान बचाकर उन्हें खुश रखना चाहते हैं। यही ढर्रा वर्षों से चलता आ रहा है। माँगों के चार्ट का विश्लेषण करके देखा जा सकता है कि कोई भी और कुछ भी माँग बड़ी से बड़ी उत्तेजना के लिए काफ़ी हो जाती है। ऐसा नहीं है कि उनके मन में अपनी माँगों के बारे में कोई अनुक्रम है, इसीलिए माँगों के बारे में आग्रह का भी कोई अनुपात नहीं रहता। जब जो माँग विद्यार्थियों के बीच अधिक प्रचलित स्लोगन बन सके, अधिकारियों को अधिक कठिनाई में डाल सके, वही महत्त्वपूर्ण बन सकती है। सस्ती लोकप्रियता के अलावा इन नेताओं के लिए देश और समाज को लेकर कोई प्रतिश्रुति है, ऐसा मुझे नहीं लगा।

हमारे विश्वविद्यालय में वर्षों से प्रगतिशील विचार के विद्यार्थियों का नेतृत्व रहा है। पर न वे अपनी माँगों को कोई व्यापक आधार दे सके हैं और न चुनावों के दृष्टिकोण को ही बदल सके हैं। मैंने इस बार अपने परिचित नेता का ध्यान आकर्षित किया, दीवालों पर बड़े-बड़े अक्षरों में लिखा गया था—ब्राह्मणवाद मुर्दाबाद, ठाकुरवाद ज़िन्दाबाद। बिना लज्जित हुए उन्होंने सफ़ाई दी—चुनावों में यह सब चलने लगा है। यानी कि जो आम चुनावों में उनके बड़े सभी दलों में चलाते हैं, वह तो वे अपने विद्यार्थी चुनावों में करेंगे। मैंने एक बार बड़े तेज़-तर्रार यूनियन के सेक्रेटरी से कहा—"तुम्हारा क्या ढंग है ? तुम सब विद्यार्थी नेता दलीय नेताओं के समान परमिट लाइसेंस की राजनीति यहाँ भी चलाते हो और इसी के भरोसे क्रान्ति का दम भरते हो। अपने चुनाव के समर्थ साथियों के काम कराना और आर्थिक सहायता कराना तुम्हारा धन्धा हो गया है।" मेरी नाराज़गी को सहते हुए उन्होंने स्वीकार किया कि मेरी बात सही है, आज विद्यार्थी राजनीति का यही हाल है। इत्तिफ़ाक से यह नेता उन नेताओं में नहीं था जो काम कराने वाले से खाते-पीते भी हैं। आश्चर्य करने की बात नहीं है, हमारे विद्यार्थी नेता इस क्षेत्र में भी अपने बड़ों से पीछे नहीं हैं।

पिछले वर्ष भाषा आन्दोलन का नेतृत्व छात्रों और युवकों ने किया। पहली बार लगा कि देश की किसी व्यापक समस्या को लेकर विद्यार्थियों ने कोई चुनौती दी है। पिछले अनेक वर्षों विद्यार्थियों की निजी सच्ची-झूठी अनेक माँगों के आधार पर चलाए गए आन्दोलनों को दलीय राजनीति में इस्तेमाल किया जाता रहा है, जिनका न राजनीति से सम्बन्ध है और न जिन्हें लेकर विद्यार्थियों को राजनीति में पड़ना शोभा देता है, क्योंकि ये माँगें उनकी अपनी सुविधा-असुविधाओं से सम्बन्धित हैं। इनकी लड़ाई उसी स्तर पर उन्हें लड़नी भी चाहिए, और माँग की सीमा के अनुसार उसे विस्तार देना चाहिए, उससे अधिक नहीं। पर हमारे काफ़ी-हाउस वाले मित्र की राय अलग है। उनका कहना है—"हर प्रतिष्ठा, अधिकारी, अनुशासन और यथा-

स्थितिवाद के ख़िलाफ़ हमारी लड़ाई है। लड़कों की कोई भी माँग जो इस लड़ाई को आगे बढ़ा सकती है, जायज़ है और उसे संघर्ष के साथ रखकर ही देखना चाहिए।'' अगर किसी ने कह दिया—''यानी कि संघर्ष अपने आप में महत्त्वपूर्ण है। ज़रूरी नहीं है कि उसकी कोई दिशा या लक्ष्य हो।'' तो बिगड़े हुए लहज़े में जवाब देते हैं—''हाँ, मैं मानता हूँ। संघर्ष से ऐसी अराजकता फैलेगी जो बीस वर्षों के सारे यथास्थितिवाद को ख़त्म कर देगी। सारा प्रतिष्ठावाद, निहित-स्वार्थ और देश-समाज विरोधी वर्ग इसमें ध्वस्त हो जाएगा।''

यह सही है कि पिछले वर्षों की हमारी राजनीति, समाजनीति और अर्थनीति ने देश में जैसा माहौल बनाया है उसमें इस प्रकार की अराजकता का पनपना स्वाभाविक है और हमारे मित्र का यह कहना भी ठीक है कि अभी विद्यार्थी अराजक हो रहा है, पर आज की हालत में कर्मचारी अराजक होगा, मज़दूर अराजक होगा, अध्यापक अराजक होगा और वह दिन दूर नहीं है कि तुम विश्वविद्यालय के अध्यापक भी हड़ताल करने लगोगे। मैंने आख़िरी बात उनकी ज़रूर काटी—''आप हमारी तरफ़ से निश्चिन्त रहें, निहित स्वार्थ का वर्ग हमको अपने साथ लगाए रहना चाहेगा और हम भी लगे रहना चाहेंगे।'' हमारे मित्र ने माना नहीं, वे एक बार वक्तव्य देने के बाद उसी मेज़ पर उस दिन बदलते नहीं। विश्वविद्यालय के अध्यापकों से असन्तुष्ट हैं, पर उस दिन उनकी क्रान्तिकारिता की भविष्यवाणी कर गए तो कर ही गए। मैंने बहुतेरा कहा—''हमारा भविष्य आज के निहित-स्वार्थ के साथ ही बँधा है। हमारे बीच के समाजवादी और साम्यवादी विचार-धारा के अध्यापक भी कभी अध्यापक वर्ग के बीच की ग़ैरबराबरी की चर्चा नहीं करते।'' मैंने अपने समाजवादी अध्यापक मित्र का ध्यान कई बार आकर्षित किया था कि सरकारी अफ़सर सेक्रेटरी, मंत्रियों की तनख़्वाहों और क्लर्कों, चपरासियों और अध्यापकों की तनख़्वाहों में ही भारी ग़ैरबराबरी नहीं है, विश्वविद्यालय के अध्यापक और प्राइमरी के अध्यापक के बीच भी भारी ग़ैरबराबरी है। न केवल वेतन की दृष्टि से वरन् अतिरिक्त आय की दृष्टि से भी यह अन्तर बीस-पच्चीस गुना तक हो जाता है। हमारे मित्र जो विद्यार्थियों को भी राय-मशविरा दे सकते हैं इस विषय में मौन रहना ही नीति मानते हैं—''हमारी ग़ैरबराबरी एडजस्टीयेबल है। फिर हम हर जगह ग़ैरबराबरी पर बल देकर बहुत से लोगों को अप्रसन्न नहीं कर सकते।'' बिल्कुल ठीक तो नहीं कह सकता पर शायद उनका मतलब था कि हमारी ग़ैरबराबरी सानुपातिक है जिसे असन्तुलित नहीं माना जाना चाहिए और फिर उनके लिए नीति का भी महत्त्व है। जो भी हो हमारे मित्र अराजकता को क्रान्ति का रास्ता मानते हैं, और उसके लिए अलग-अलग लोगों के असन्तोषों को एक दूसरे से अलग रखकर ही संघर्ष चलाना चाहते हैं।

मैं कह रहा था कि भाषा आन्दोलन देश की व्यापक समस्या पर आधारित था, और उससे कुछ अपेक्षा हो सकती थी। पर विद्यार्थियों ने उसे अपने वार्षिक कार्यक्रम

से अधिक महत्त्व नहीं दिया, उसकी तुलना में दक्षिण का विद्यार्थी आन्दोलन विदेशी-देशी निहित स्वार्थ के पृष्ठपोषण से अधिक महत्त्व का बनाकर भाषा के राष्ट्रीय आन्दोलन को आसानी से विफल भी कर दिया जा सका। यदि विद्यार्थियों ने प्रतिश्रुत भाव से इस आन्दोलन में भाग लिया होता तो वे दक्षिण के विद्यार्थियों से संवाद करने की स्थिति में होते और उस चुनौती को स्वीकार भी कर सकते थे। आन्दोलन के दौरान मैंने अनुभव किया सौ-दो सौ लड़के भी ऐसे नहीं हैं जो भाषा की बात सही ढंग से समझते हैं और उसके लिए हर संघर्ष और कठिनाई को झेलने के लिए तैयार हैं।

मैं अनुभव करता रहा हूँ, यह सारी अराजकता हमारे बीस वर्ष के असफल राष्ट्रीय जीवन का परिणाम है। जिस प्रकार राष्ट्रीय जीवन की सारी विफलता, निष्क्रियता और सारे भ्रष्टाचार के मूल में हमारे पिछले नेतृत्व और सारी पीढ़ी की चरित्रहीनता और करनी है, उसी प्रकार इस सारी अराजकता में भी उनकी चरित्रहीनता और स्वार्थपरता का प्रभाव है। उस दिन हमारे विश्वविद्यालय के विद्यार्थी यूनियन के उद्घाटन के अवसर पर जार्ज फर्नांडिस की प्रशंसा और स्वागत करते हुए हमारे विद्यार्थी अध्यक्ष ने कहा—"जार्ज साहब वह शक्ति है जिसके संकेत पर बम्बई जैसा नगर बन्द हो जाता है।" जार्ज ने यहीं से बात को उठाते हुए अपना भाषण शुरू किया—"आपने मेरी तारीफ़ में कहा है कि मैं जब काल देता हूँ तो बम्बई बन्द हो सकता है। लेकिन मैं कहना चाहता हूँ कि और मुझे दर्द के साथ कहना पड़ रहा है कि हम मज़दूर नेताओं ने अपने और मज़दूरों के निजी स्वार्थ के आगे कभी देश और समाज के बारे में न कभी सोचा है और न मज़दूरों को सोचने की कोई दिशा या दृष्टि ही दी है। हमारे मज़दूर बोनस-भत्ता के लिए जब चाहें बम्बई बन्द करने का नारा लगा सकते हैं, और हम चाहें तो आज भी बम्बई बन्द करवा सकते हैं। पर सारे देश और समाज के किसी नारे के आधार पर मैं ऐसा चमत्कार नहीं कर सकता, यहाँ मेरी सबसे बड़ी असफलता है। दामबन्दी, कच्छ बचाओ, अंग्रेज़ी हटाओ जैसे देशव्यापी आन्दोलनों से वे अपना लगाव नहीं समझते। मज़दूर ही नहीं, सभी क्षेत्रों में यही हाल है। हमारे कर्मचारी, हमारे अध्यापक, हमारे विद्यार्थी सभी अपने निजी छोटे-मोटे स्वार्थ और हित के लिए अलग-अलग ही सोचते और आन्दोलन करते हैं। एक दूसरे के लिए भी लगाव नहीं महसूस करते, कोई पूरे देश-समाज की दृष्टि उनमें है ही नहीं।"

जार्ज को सुनने के लिए आए हुए अध्यापकों को लगा कि जार्ज मर्म की बात कह रहे हैं। शायद उनके लिए इस बात में आश्वासन था कि विद्यार्थियों को अपनी निजी माँगों के बजाय व्यापक समस्याओं को लेकर आन्दोलन करना चाहिए और इससे कुछ हो न हो कम से कम उनकी अपनी जान बचती है। उस व्यापक आन्दोलन के आयाम और विस्तार का उन्हें क्या अन्दाज़ हो सकता है, जबकि

विद्यार्थियों के मन में भी उसकी कोई कल्पना नहीं है। ख़ैर जार्ज को कहना था और कहते गए—"मज़दूर, कर्मचारी, सिपाही या अध्यापक गृहस्थी का, परिवार का, बाल-बच्चों वाला आदमी है। इस देश का आदमी वैसे भी सुरक्षा पसन्द या भीरु है। मुझे उनसे कम आशा है, जब सवाल उठता है वह बीबी-बच्चों की बात करता है। एक विद्यार्थी वर्ग ऐसा ज़रूर है जो हमारी सरकार की नीति के कारण साल दर साल सड़कों पर बेकारों की भीड़ बढ़ाता जा रहा है और उसके सामने कुछ नहीं है, वह मुक्त भी है। अब देश के पास एक यही शक्ति है जो क्रान्तिकारिता की शुरुआत कर सकती है।" मैंने सोचा कि बात सही है, पर क्या यह शुरुआत होने वाली है? मैंने यह शंका जार्ज के सामने भी रखी।

जल्दी ही उसका एक दृश्य हमारे विश्वविद्यालय में प्रस्तुत हुआ। विद्यार्थी यूनियन के अध्यक्ष से मैंने जार्ज के सन्दर्भ के साथ बात की कि तुमको मौक़ा मिला है कि विद्यार्थियों के मानस को इस ओर, देश और समाज के व्यापक सन्दर्भ की ओर प्रेरित करने की चेष्टा तुमको करनी चाहिए। जहाँ तक विद्यार्थियों की निजी और स्थानीय माँगें हैं, उनको लेकर भी अधिक से अधिक प्रयत्न करना चाहिए, पर वे माँगें किसी व्यापक आन्दोलन का कारण न बननी चाहिए। इस दिशा में अधिकारियों से मिलकर बहुत कुछ किया जा सकेगा, मैंने आशा भी व्यक्त की। परन्तु आगे चल कर बात बिल्कुल उल्टी निकली। अंग्रेज़ी आन्दोलन को हटाओ, आन्दोलन के बारे में अध्यक्ष समाजवादी युवजन सभा के सदस्य होकर भी अधिक सक्रियता नहीं दिखा सके। कुछ भी करना उनके वश का नहीं लगा, मैंने उनकी विवशता को देखकर उस प्रश्न पर आन्दोलन के स्थान पर दूसरे उपायों का सुझाव दिया। अध्यक्ष समझ रहे थे कि भाषा का कोई आन्दोलन सरकार के ख़िलाफ़ जाएगा और प्रेसीडेन्ट शासन में पुलिस का सामना विद्यार्थी करने को तैयार नहीं हैं। फिर उनके निर्देशक समाजवादी नेता अंग्रेज़ी हटाओं में रुचि भी कहाँ रखते हैं।

शायद विवशता या नीतिवश अध्यक्ष के लिए अक्टूबर बीतते ज़रूरी हो गया कि विश्वविद्यालय का वार्षिक कार्यक्रम उनके समय में छूटना नहीं चाहिए। माँगें पेश की गईं। उनमें एक सातवीं-आठवीं माँग यह भी लगा दी गई कि पोस्टग्रेजुएट कक्षाओं की पढ़ाई का माध्यम अंग्रेज़ी के स्थान पर हिन्दी होना चाहिए। पर मैंने अनुभव किया कि विद्यार्थियों का वैसे बल किसी माँग पर प्रारम्भ से नहीं था, पर इस माँग की ओर उनका विशेष ध्यान भी नहीं था। अधिकारियों के लिए यह बेचारी माँग कभी सिर-दर्द नहीं बनी। लेकिन अन्य माँगों के बारे में अधिकारियों ने सहानुभूतिपूर्वक विचार भी किया, कुछ आश्वासन भी दिए। एक बार लगा कि अब आन्दोलन समाप्त हो गया, भूख-हड़ताली उठ भी गए। पर अध्यक्ष पर अन्य सभी उनके साथियों तथा अन्य (दलों आदि के) विद्यार्थी नेताओं का दबाव पड़ता और बढ़ता गया। कुछ विद्यार्थी नेता अन्य तत्त्वों के प्रभाव में इस बात के लिए प्रतिश्रुत

लगे कि वर्तमान अधिकारियों को बदनाम करना ही है और उसके लिए विश्वविद्यालय बन्द नहीं हुआ तो हुआ ही क्या? फिर अध्यक्ष के पुलिस की हिरासत में चले जाने के बाद उन तत्त्वों ने क्या नहीं किया—अध्यापकों पर पथराव जो विश्वविद्यालय के इतिहास की पहली घटना है, आग लगाना, कक्षाओं में पत्थर फेंकना, खुलेआम क्लास में आने वाले विद्यार्थियों और अध्यापकों को शुद्ध गालियाँ आदि आदि। फिर वह सब कर्मकांड भी हुआ जो हर बार होता है। पुलिस की ज़्यादती की निन्दा, अधिकारियों की तानाशाही के प्रति हाय हाय, लड़कों पर अत्याचार की शिकायत, धराऊ क़िस्म के नागरिकों और मौसमी नेताओं की बीच-बचाव की कोशिश और इन सबके साथ काफ़ी लम्बे अरसे तक विश्वविद्यालय बन्द रहा।

इस बीच हमारे काफ़ी-हाउस के मित्र ने मुझे तो बिल्कुल यथास्थितिवादी और अवसरवादी आदि घोषित कर दिया है। और कुछ कारण नहीं है, मैं किसी पक्ष का हिमायती नहीं हूँ, ख़ाली मैं विद्यार्थियों के इस आन्दोलन को उनकी चरित्रहीन अराजकता मानता हूँ और हमारे मित्र इस अराजकता में क्रान्तिकारिता पाते हैं। एक दिन एक दूसरे मित्र ने उन्हें छेड़ दिया—"भाई, तुम तो लगता है समाजवादी क्रान्ति के स्थान पर नक्सलाइटों की माओ मार्का क्रान्ति के समथर्क हो रहे हो!" बिगड़कर वह बोले—"अब तो मुझे भी लगता है कि मैं यही चाहता हूँ। अब यही होगा।" मैं ज़रा भीरु आदमी हूँ, नहीं तो कहने वाला था—"लेकिन यह क्रान्ति विद्यार्थियों और युवकों की नहीं होगी। यह तो उनको केवल माध्यम के रूप में इस्तेमाल करेगी।"

मेरे काफ़ी-हाउस के मित्र और समाजवादी मित्र मानें न मानें पर मुझे इसी बात की चिन्ता और भय है। अराजकता क्रान्तियों को आधार प्रदान करती है, पर सवाल है कि देश की इस सारी अराजकता का इस्तेमाल कौन और कैसे करने जा रहा है? जन-संघ इसे अनुशासित करके और इसके भय से जनता की अनुशासन की इच्छा जगाकर सारी शक्ति को अपने पक्ष में मोड़ने की चेष्टा कर रहा है। कांग्रेस और बी.के.डी. जैसे दल भी जनता को अराजकता का भय दिखाकर यथास्थितिवाद को चलाने की चेष्टा कर रहे हैं। साम्यवादी नीति का अंग ही है कि असन्तोष, संघर्ष और अराजकता को फैलाते जाओ, अन्ततः क्रान्ति की शक्ति उनके हाथों सहज ही आ जाएगी, फिर वे अपनी तानाशाही चला सकेंगे। मैं पूछना चाहता हूँ, शायद अपने आप से ही, आख़िर ये समाजवादी दल और चिन्तक इस अराजकता का किस क्रान्तिकारिता में इस्तेमाल करने जा रहे हैं? मैं स्पष्ट भी हूँ कि एक रास्ता इस अराजक शक्ति को अनुशासन और चरित्र के आधार पर गतिशील करके नए समाज-रचना के लिए क्रान्तिकारिता का भी हो सकता है। पर इस रास्ते की खोज कौन कर रहा है? सब से बड़ा सवाल भी यही है।

देश की अर्थव्यवस्था और वेतनभोगी वर्ग

थर्मल-प्लांट के नगर में पहुँचते-पहुँचते शाम हो गई। इस बिजली के नगर में महादेवी जी के साथ जे.पी. के अमृत महोत्सव में भाग लेने आया हूँ। इस बिजली के संयंत्र के विभिन्न स्तर के अधिकारियों तथा कर्मचरियों ने अपनी एक सांस्कृतिक संस्था में हमको बुलाया है। प्रथम श्रेणी के शानदार अतिथिगृह में हम टिकाए गए। महादेवी जी अपने कमरे में तैयार होने में व्यस्त हो गईं और हम लोग बरामदे में बैठकर आराम से चाय पीने लगे। जो सहायक इंजीनियर (मंत्री) हमको इलाहाबाद आमंत्रित करने आए थे, वे मुझ से आग्रह कर रहे थे कि इलाहाबाद में कही हुई बात का उल्लेख मैं अपने व्याख्यान में करूँ।

मुझे याद नहीं था। उन्होंने याद दिलाया, मैंने प्रसंगवश कहा था कि अधिकारों की माँग करना ठीक है, अन्याय और शोषण के विरुद्ध सत्याग्रह और हड़ताल करना भी ठीक है। पर लोकतंत्र का आधार कर्तव्य की व्यापक शिक्षा है। हम एक समाज-व्यवस्था के अंग हैं, एक राजतंत्र से संचालित होते हैं और एक अर्थिक व्यवस्था में रहते हैं। अगर हम सुख-सुविधा और शान्ति चाहते हैं, विकास करना चाहते हैं तो इन तंत्रों तथा व्यवस्थाओं को स्वस्थ रूप में क़ायम रखना होगा। अन्याय, शोषण और भ्रष्टाचार को चलाते और चलते रहने देना, फिर उनका विरोध करने वालों का मुँह बन्द कर देना तानाशाही है। पर लोकतंत्र पर आस्था रखने वालों को यह भी जानना चाहिए कि समाज में अराजक वातावरण बनाकर असुरक्षा का भाव उत्पन्न कर देना, रोज़मर्रा की तर्कहीन हड़तालों और बन्दों से कमज़ोर अर्थ-व्यवस्था को छिन्न-भिन्न कर देना फ़ासी शक्तियों को मौक़ा देना है, और यह समाज तथा राष्ट्रद्रोह है।

मेरी इस बातचीत के आधार पर संस्था के मंत्री महोदय चाहते थे कि मैं हड़तालों के विरुद्ध कुछ कहूँ। पर मैंने स्पष्ट करना चाहा कि लोकतंत्र जनता के प्रतिनिधियों के द्वारा हर स्तर पर संचालित होता है। हमारी विधानसभाओं और संसद में हमारे प्रतिनिधि जाते हैं, उन्हीं के दलों की सरकारें बनती हैं जो शासन-तंत्र चलाती हैं। फिर हमारी न्यायपालिका, हमारा प्रेस-जगत्, हमारा बौद्धिक वर्ग आदि सभी विभिन्न स्तरों और रूपों में जनमत और जनहित को प्रकट करते हैं, उनका प्रतिनिधित्व करते हैं। ऐसी स्थिति में अगर लोकतंत्र अपनी प्रक्रिया और अपने

स्वरूप में अनेक विरोधाभासों से पथभ्रष्ट नहीं हो रहा है तो सामाजिक अराजकता और आर्थिक विश्रृंखलता उत्पन्न होने की स्थिति तक हड़तालों और बन्दों की ज़रूरत नहीं हो सकती, आपसी संवाद और पूरी परिस्थिति की समझ से हर बार न्यायसंगत तथा व्यावहारिक हल निकल सकता है।

बातचीत में एक युवक ने टोका, पर लोकतंत्र में इस संवाद और समझ से हल निकल क्यों नहीं पा रहा है। यहाँ समाधान कहीं दिखाई नहीं दे रहा है। आपातृस्थिति की घोषणा के पहले की स्थिति पुनः वापस आ गई है, लग तो रहा है कि स्थिति बिगड़ती जा रही है। इसके पहले कि मैं सोचकर उत्तर दूँ, एक दूसरे अधेड़ व्यक्ति ने खीज और आक्रोश के साथ कहा, डॉक्टर साहब आपके इस तंत्र में वेतनभोगी समाज सुरक्षित है और संगठित भी। इसके विभिन्न वर्ग तरह-तरह के दबाव उत्पन्न कर सकते हैं, हड़ताल की धमकी दे सकते हैं और काम ठप कर सकते हैं। इस प्रकार संकट उत्पन्न कर अपना वेतन और भत्ता बढ़ा सकते हैं। पर आप इसका भी उल्लेख करें कि रोज़ मज़दूरी करने वाला, छोटे-छोटे व्यवसाय-धन्धे करने वाला क्या करें। जबकि वेतनभोगियों के वेतन-भत्ता बढ़ने से तुरन्त आवश्यक वस्तुओं का मूल्य बढ़ जाता है। ख़ैर ये लोग फिर भी आगे-पीछे अपनी सेवाओं और वस्तुओं की माँग के दबाव के अनुसार अपनी मज़दूरी और लाभ बढ़ा सकते हैं। पर उन लाखों-लाखों बेकारों तथा अर्द्ध बेकारों को कौन पूछने वाला है? उनके पास रोज़ी-रोटी का सहारा नहीं है, वे कौन सा दबाव डालें और किस पर डालें। हर जगह बिखरे हुए इन बेकारों का संगठन भी कैसे हो?

ऐसा नहीं कि यह बात सुनी-पढ़ी या सोची न हो, पर कभी किसी परिस्थिति में कोई बात मन को अधिक झकझोर देती है। इस बिजली नगर में एक अधेड़ व्यक्ति की बात ने मन में गहराई तथा स्पष्टता के साथ इस तथ्य को उजागर कर दिया। मैं पहली बात के उत्तर में कहने जा रहा था, हमारे लोकतंत्र के मूल चरित्र में गड़बड़ी रही है। हमारे संकल्प और उद्देश्य सामाजिक बराबरी, न्याय और समान विकास के अवसरों की ओर प्रेरित रहे हैं, पर जैसा शासन-तंत्र चलता रहा है, समाज व्यवस्था बनती गई है और आर्थिक ढाँचा निर्मित हुआ है, वह हमारे संकल्पों और उद्देश्यों के प्रतिकूल है। यह कथनी करनी का अन्तर भारी विरोधाभास उत्पन्न करता है। चुनावों से बनने वाली विधान-सभाओं और संसद का चरित्र और उनके आधार पर गठित सरकारों का सारा आचरण इसी विरोधाभास से ग्रस्त है। इतना ही नहीं लोकतंत्र के अन्य पक्ष न्यायपालिका, समाचार-जगत, बौद्धिक वर्ग आदि सभी इसी विरोधाभास में जी-पनप रहे हैं। अतः संवाद न चल पा रहा है और न किसी की इसमें रुचि है।

पर विचार-सूत्र बीच में टूट गया। एकाएक ध्यान-केन्द्र में अपने लोकतंत्र में वेतनभोगी वर्ग का स्थान और चरित्र आ गया। उन दिनों बिजली के कुछ कर्मचारियों

की हड़ताल की घोषणा थी। आजकल हमारे प्रदेश में माध्यमिक शिक्षकों की हड़ताल चल रही है। यह कौन कहेगा कि उनकी माँगों में कुछ सार नहीं है, उनका कोई औचित्य नहीं है। पर हर बात का औचित्य सन्दर्भ से अलग नहीं होता। साथ ही न्याय-अन्याय, उचित-अनुचित की अवधारणा सापेक्ष होती है। जनता सरकार अपनी घोषणा के अनुसार सामाजिक न्याय और नागरिक स्वाधीनता के प्रति विश्वास रखती है। हम मानकर चलते हैं कि हमारे शिक्षक लोकतंत्र और सामाजिक मूल्यों को स्वीकारते हैं। फिर समान मूल्यों, उद्देश्यों और संकल्पों को मानने वालों में संवाद क्यों नहीं हो पा रहा है ? किसी न किसी पक्ष या दोनों के मन में कहीं कोई खोट है। कथनी-करनी में कहीं अन्तर है और राजनीतिक दाँवपेंच है, अन्यथा इतने बड़े प्रदेश की शिक्षा की अमानवीय हानि नहीं होती।

एक सरकारी बड़े अधिकारी ने बात मज़ाक में कही, स्कूल-कॉलेज बन्द होने से सरकार पर क्या असर पड़ता है, सरकार के लिए तो शिक्षा वैसे भी असंगत है। फिर आप ही बताइए कि इन संस्थाओं में पढ़ाई-लिखाई होती कितनी है। हमारे मित्र हँसोड़ हैं, पर उनके मार्मिक व्यंग ने मुझे बेध दिया। जो देश के नए सामाजिक-आर्थिक-सांस्कृतिक निर्माण के लिए आधारभूत है, उसे न सरकार संगत मानती है और न हमारे 'देश-निर्माता' शिक्षक ही। अभी हाल की यात्रा में एक सहयात्री शिक्षक बन्धु अत्यधिक क्षुब्ध होकर कह रहे थे, असन्तुष्ट व्यक्ति का मन काम में कैसे लग सकता है। अगर हमको उचित वेतन-भत्ता और सुविधाएँ नहीं दी जातीं तो हम अपना दायित्व भलीभाँति कैसे निभा सकते हैं। मैं उस युवक मित्र की बात सुनकर चकित तो नहीं हुआ, पर खिन्न और क्षुब्ध ज़रूर हुआ। मन में अधिकारी मित्र का व्यंग अधिक गहराई से स्पष्ट हो गया।

यह मानसिकता केवल शिक्षकों की नहीं समस्त वेतनभोगी वर्गों की है। अगर इस बात को अधिक फैलाया जाए तो हमारे देश-समाज की यह मानसिकता बन गई है कि काम से बचकर कमाई कैसे कर ली जाए। वेतनभोगी वर्ग इसमें अधिक दक्ष है और उनका संगठित दबाव उनका सहायक भी है। पर सोचता हूँ तो मन काँप जाता है। एक पिछड़ा हुआ ग़रीब देश जिसमें जनसंख्या का दबाव बढ़ता चला जा रहा है। उसमें अगर नागरिक परिश्रम से बचने लगे, कामचोरी करने लगे, हर तरह से काम में बाधाएँ उत्पन्न करने लगे, तो उस देश-समाज का भविष्य क्या होगा ? पर इस बात का सबसे कम बोध हमारे वेतनभोगी समाज को है, यह अवश्य है कि वस्तुओं की महँगाई का प्रभाव सबसे पहले और अधिक इसी वर्ग पर पड़ता है। लेकिन उसे यह भी समझना होगा कि कठिन श्रम से उत्पादन की प्रक्रिया गतिशील किए बिना समस्या का समाधान नहीं है। साथ ही किसी राष्ट्र की सरकार की आय का अधिकांश अगर वेतन-भत्ता में ख़र्च होता है, तो सरकार अपने मुख्य विकास तथा कल्याण कार्य करने की स्थिति में नहीं रहेगी।

यहाँ एक बात स्पष्ट करनी ज़रूरी है। अपनी माँगों के लिए प्रतिरोध व्यक्त करने के लिए कभी हड़ताल या काम बन्द करना एक बात है और अपने कार्य के समय तन-मन से अपने काम में न जुटकर अपने-अपने कार्यभार को टालते रहना बिल्कुल अलग बात है। आपातृस्थिति के दौरान कारावास में मेरे साथ इलाहाबाद के ए.जी. आफ़िस के कर्मचारियों के एक नेता श्री कृपाशंकर भी थे। बातचीत के दौरान एक दिन मैंने उन्हें फँसा लिया। मुझे मालूम था कि इस हज़ारों कर्मचारियों वाले आफ़िस में बेहद कामचोरी होती है—लोग कोट टाँगकर घूमने चले जाते हैं, घंटों चाय पीने के बहाने बाहर गपशप करते हैं। यहाँ तक सुना जाता है कि कुछ लोग कार्यालय के समय अपना कामधाम देखने चले जाते हैं। मैंने अनजान बनकर कृपाशंकर जी से इन सारी बातों को अतिरंजना कहा, तब उत्साह से उन्होंने इन सब को ठीक मान लिया। इस पर मैंने उन्हें आड़े हाथों लिया, आप इतने बड़े नेता हैं, सुना है कि ए.जी. के कुछ कह देने पर आप लोग रूल या पेपरवेट उठा लेते हैं। पर अपने साथियों के इस समाजद्रोह पर मौन रह जाते हैं। उन्होंने कोशिश की उबरने की, हमारे संघ ने अपने दायित्व निभाने के बारे में प्रस्ताव पास किया था। मैंने पूछा, आपने कितनों को कामचोरी और असावधानी के लिए दंडित कराया। बेचारे क्या बोलते, शायद आदर भाव के कारण भी मौन रहे। वे पढ़े-लिखे व्यक्ति हैं, पर मुझे उन्हें समझाने में काफ़ी समय लगा कि किसी भी स्तर और वर्ग के कर्मचारी के काम से हमारी सारी अर्थ-व्यवस्था जुड़ी हुई है। और हम अपने काम को मेहनत और दायित्व के साथ पूरा न करके उस अर्थ-व्यवस्था को जर्जर और छिन्न-भिन्न कर रहे हैं। यह नहीं कह सकता कि समझ लेने पर भी उन्होंने कहाँ तक मेरी बात को माना। यह भी नहीं कह सकता कि मेरी इस चिन्ता के कितने लोग सहभागी हैं। पर मैं भयभीत और आतंकित हूँ कि यह अनुत्पादक वेतनभोगी समाज का दबाव हमारी अर्थव्यवस्था को कैसे उबरने देगा। एक ही आशा है, हम अपने विरोधाभासों से मुक्त होकर अगर सोचे और संकल्प करें तो रास्ता निकल सकता है।

लोकतंत्र-विमर्श

हम गांधीजी का श्राद्ध कर रहे हैं?

पिछले कई वर्ष से गांधी शताब्दी की चर्चा होती रही है। आज जैसी हालत हो गई है, हम चमत्कारों और भविष्यवाणियों के सहारे जी रहे हैं। हमारा नेतृत्व अपनी कर्मशक्ति, प्रतिभा और दृढ़ता के बजाय ज्योतिषियों की भविष्यवाणियों पर अधिक विश्वास करता है और इसी प्रकार अपनी जनता को भविष्यवाणियों पर जाने के लिए प्रेरित करता है। और चमत्कार भविष्यवाणियों का मूलाधार है। अपने वर्तमान की रक्षा और भविष्य की मंगलकामनाओं के अतिरिक्त दूसरी चिन्ता हमारे नेतृत्व को सताती नहीं। गांधीजी का महत्त्व इससे अलग उनके लिए नहीं है। कांग्रेस अपने को गांधी की उत्तराधिकारी मानती है, और कुछ न भी हो उनके मंगल आशीर्वाद से कांग्रेसीजनों को गद्दियाँ मिली हैं, यह अन्तर्मन में वे स्वीकार करते हैं। और यह भी जानते रहे हैं कि उनके नाम के चमत्कार से जनता को विभ्रम में डालना आसान रहा है। फिर बापू का आशीर्वाद उनके भविष्य को मंगलमय बनाए, यह उनकी सहज कामना रही है। वैसे हम प्रतिवर्ष अपने पूर्वजों का श्राद्ध कर उनका आशीर्वाद प्राप्त करते हैं। लेकिन गांधी शताब्दी के अवसर पर भारी श्राद्ध का आयोजन किया गया जिससे बापू के आशीष से हमारा भविष्य सुरक्षित हो सके।

गांधी के उत्तराधिकारी कांग्रेसी नेताओं का ध्यान गया, यह कहना ज़्यादा ठीक होगा कि जनता का ध्यान इस ओर आकर्षित करने की ओर उनका ध्यान गया, कि देश में पूरी शराबबन्दी इस वर्ष से कर दी जाए। गांधीजी ने जिन तमाम बातों पर बल दिया था उनमें से एक शराबबन्दी भी है। कांग्रेस के एक अधिवेशन में इस चर्चा के पक्ष-विपक्ष को इस जोश-खरोश के साथ उठाया गया कि हमारे जैसे साधारण जनों को लगा कि गांधीजी की देशी-विदेशी, सामाजिक-आर्थिक, शैक्षणिक-औद्योगिक और भाषा सम्बन्धी नीतियों का पिछले बीस वर्षों में श्राद्ध करने के बाद गांधी की पूज्य शताब्दी के अवसर पर इस शराबबन्दी से श्राद्ध की परम्परा की पूर्णाहुति दी जाएगी।

हमारे कांग्रेसी नेताओं की एक विशेषता है, वे किसी भी सिद्धान्त और नीति के बारे में कई पक्ष बना लेते हैं और फिर जनता में 'जाकी रही भावना जैसी प्रभु मूरत देखी तिन तैसी' वाली उक्ति चरितार्थ होती है। लेकिन शराबबन्दी का मामला ज़रा

टेढ़ा था, इस कारण नहीं कि किसी गहरे सिद्धान्त या किसी सूक्ष्म नीति के निर्धारित करने का सवाल था, वरन् इसलिए कि गांधी का मामला ठहरा और कोई पक्ष गांधीजी को छोड़ना पसन्द नहीं करता। लेकिन माहिर लोगों ने पक्ष ग्रहण किए और बहस चलाई। कुछ तेज़ जवान और मिजाज़ वाले तथाकथित युवा नेताओं ने तर्क दिया कि हमारे निहित-स्वार्थ वाले नेता जनता का ध्यान गम्भीर समस्याओं से हटाकर गैरज़रूरी बातों की ओर आकर्षित करना चाहते हैं। यहाँ ध्यान देने की बात है कि इन युवा नेताओं की सारी तेज़ी और तथाकथित समाजवाद कांग्रेस में विभिन्न व्यक्तित्वों और गुटों के शक्ति-सन्तुलन में काम आने से ज़्यादा महत्त्व नहीं रखते, इससे ज़्यादा का उपयोग उनके लिए भी नहीं है। विरोधी, विशेषकर वाम पक्ष के विरोधियों, के आरोपों को कांग्रेस के अन्दर ध्वनित-प्रतिध्वनित करके प्रभावहीन करने में कांग्रेस इनका ख़ासा इस्तेमाल करती आई है। इसका इन्हें खुद एहसास न हो, ऐसा नहीं, पर यह सब सोद्देश्य चलता आ रहा है। सो इन्होंने शराबबन्दी के सवाल को न केवल गैरज़रूरी माना वरन् जनता के मन में अहम सवालों के प्रति विभ्रम उत्पन्न करने वाला माना, जैसे कि उनके मन में गांधी द्वारा प्रतिपादित अन्य नीतियों का भारी कलंक हो।

इनकी ऊपरी आवाज़ के नीचे अधिवेशन में ऐसे लोगों का बहुमत था जो अन्तर्मन से शराबबन्दी के बजाय शराब के मुक्त प्रचलन के पक्ष में थे। अनेक मुख्यमंत्रियों ने शराब को लेकर राजस्व का रोना रोया, योजनाओं के लिए बढ़ती हुई रुपयों की माँग की दुहाई दी, फिर बन्दी के कारण शराब के व्यापार में चोरबाज़ारी और भ्रष्टाचार के फैलने का तर्क पेश किया गया। यानी कि देश और जनता के हित में ही शराब ज़ायज़ बताई गई। सुना कि इस बहसा-बहसी में हमारे एक भारतीय संस्कृति के जानकार मुख्यमंत्री ने वेद-उपनिषद् और ऋषि-मुनियों तक का हवाला देकर बताया कि शराब-पान हमारी उच्च संस्कृति का प्रतीक है। गांधीजी अपने उत्तराधिकारियों के इस श्राद्ध-तर्पण से ज़रूर सन्तुष्ट हुए होंगे, क्योंकि हमारी संस्कृति में ऋणों को चुकाने की परिकल्पना के पीछे यही तो भाव रहा है कि परम्परा को आगे बढ़ाया जाए। गांधी के सीमित अर्थशास्त्र और समाजशास्त्र में ग़रीबी दूर करने के लिए और छोटे लोगों के सामाजिक और आर्थिक जीवन को विकसित करने की दृष्टि से ही शराबबन्दी का महत्त्व था। और अब जब उनके शिष्यों ने अन्तर्राष्ट्रीय अर्थशास्त्र और विश्वजनीन समाजशास्त्र का ऐसा अनुसंधान कर लिया है जिसमें शराब के उपयोग का ही उपयोग और महत्त्व अधिक है। दिल्ली और ख़ासकर नई दिल्ली की अर्थव्यवस्था और समाज-रचना के आधार पर यह कहना कठिन है कि हमारे लिए शराब का क्या, कैसा और कितना महत्त्व इन बीस वर्षों में हो गया है।

हमारे इलाहाबाद के पुराने एक मित्र उस दिन अकस्मात् काफ़ी हाउस आ गए। सुना, उन्होंने दिल्ली को अपना लिया है, पता नहीं दिल्ली उन्हें अपना पाई या नहीं।

वैसे मैं समझता हूँ, उनके बोलचाल के लहज़े से और उनकी चालढाल से उनके अंचल को पहचान लेना अब भी बहुत आसान है। ख़ैर हम मानते हैं कि वे विश्वनगर के निवासी हैं और उनका यह हक़ है कि कहें कि हम गँवार, आधुनिक संस्कार से दूर कस्बाई लोग हैं जो बेकार की चर्चाओं में वक्त ज़ाया करते हैं। तेज़ ज़िन्दगी का हमको न कोई एहसास है और न अन्दाज़। बहुत ललकारने और चुनौती देने पर साथ देने के लिए या तमाशबीनी के लिए एक दो साथी मिल सके। इतना ही समझें कि उन्होंने समाज में उनको आधुनिकता का एक सबक़ दिया और समझाया कि जब तक हम आधुनिक नहीं बन पाते इस देश और समाज का भविष्य अन्धकारमय है। मुझे लगता है कि गांधी के शिष्य और भक्त शताब्दी समारोहों में उनका श्राद्ध और तर्पण कितना ही करें, पर पिछले बीस वर्षों में बड़ी मेहनत से आकाश-पाताल एक कर उन्होंने अपने रुचि के जिस समाज की रचना की है, वह गांधी को प्रगति विरोधी, आधुनिकता विरोधी और पुराणपन्थी मानता है। देश में भारी जन-समाज के आतंक से भले ही खुलेआम कुछ न कहे, पर अपनी शक्ति संधान के साथ वह उन्हें उपेक्षित करता जा रहा है।

मूर्ति बनाकर, मन्दिर में प्रतिष्ठित करके, पूजा-अर्चना का आडम्बर साथ कर हम किसी भी गतिशील व्यक्तित्व को शक्तिहीन और प्रभावहीन बना डालने में सिद्धहस्त हैं। इधर न जाने कितने गांधी भवनों का निर्माण हुआ है, उनमें लाखों रुपए ख़र्च किए गए हैं। अनेक स्थानों में ये भवन इस आकार-प्रकार के बनाए गए हैं कि उनमें पुस्तकालय या वाचनालय भी नहीं चलाए जा सकते हैं। शायद केवल प्रार्थना-सभाएँ जुटाई जा सकती हों, पर आज इसके लिए फुर्सत किसे है। मेरे शहर में विश्वविद्यालय के तत्त्वावधान में ऐसा ही भवन कई वर्ष हुए यू.जी.सी. के अनुदान से बना था। वर्षों उसमें कुछ होता दिखाई नहीं पड़ा, क्या हो सकता है यह भी समझ पाना आसान नहीं है। जिन्होंने गांधी भवन के लिए अनुदान दिया होगा, उनकी कल्पना तो स्मारक बनाने के आगे रही नहीं होगी, और हमारे विश्वविद्यालय की इस सम्बन्ध में न कोई कल्पना हो सकती थी और न उसके पास कोई साधन ही है। इस देश में कथनी और करनी में जितना बड़ा व्यवधान है, उतना ही असन्तुलन योजनाओं और साधनों में परिलक्षित होता है। साधनों की सुविधा इस आधार पर नहीं दी जाती कि योजनाओं को परिचालित करने वालों में ईमानदारी, लगन और क्षमता कितनी है, वरन् इसलिए कि सुविधा देने-जुटाने वालों से उनका सम्बन्ध क्या और किस प्रकार हैं, उनका इन पर प्रभाव कितना और कैसा है?

गांधी शताब्दी के वातावरण में हमारे विश्वविद्यालय के कुछ गांधीवादियों ने अवसर का उपयोग कर के कुछ गांधी-चिन्तन को आगे बढ़ाने के संकल्प से कुछ कार्यक्रम बनाया। इस मौक़े पर अनुदान प्राप्त होना आसान था, इस कारण अनुदान मिल भी गया, पर सुना हमारे विश्वविद्यालय का सामर्थ्य इतना भी नहीं हो सका

कि अनुदान की मिलने वाली रक़म पूरी हो पाती। जो भी हो, संयोजक के प्रयत्नों और उपकुलपति के आश्वासनों से गांधी शताब्दी का कार्यक्रम जैसा तैसा बनाया गया। गांधी अर्थ-चिन्तन के विशेषज्ञ हमारे मित्र गांधी संस्थान के मंत्री और इस कार्यक्रम के संयोजक हैं और उनसे यदा-कदा इस सम्बन्ध में बातचीत होती रही थी। उन्होंने अपने कार्यक्रमों के लिए कई नामी गांधीवादियों से सम्पर्क स्थापित किया, पर शताब्दी वर्ष में उनकी माँग का अन्दाज़ हम लगा सकते थे। हमारी संस्कृति में अवसर-अवसर पर कुछ ख़ास लोगों का महत्त्व माना गया है, और तब उनकी माँग बढ़ जाती है। ख़ैर ढेबर भाई ने इतना आश्वासन दिया कि हवाई किराया मिलने पर वे आ सकते हैं, बहुत अधिक व्यस्त हैं, गांधी खादी बोर्ड आदि के बहुत से दायित्व उन पर हैं। हम लोगों की नासमझी देखिए कि हम समझ रहे थे कि ढेबर भाई राजनीति से अलग हैं अत: बहुत कुछ ख़ाली होंगे और गांधीजी के विचारों के प्रचार-प्रसार के नाम पर दौड़कर चले आएँगे। यह अच्छा लगा कि हमारे राजनीतिक नेता मात्र ही अति व्यस्त नहीं हैं, हमारे सामाजिक और आर्थिक कार्यक्रमों को देखने वाले नेता भी व्यस्त हैं और उनको अपने कार्यक्रमों को पूरा करने के लिए हवाई गति की ज़रूरत है। ढेबर भाई के बारे में औरों ने भी यही बताया। अन्तत: उनका आना निश्चित हो सका, आए तो हवाई यात्रा करके ही, पर हमारे गांधी संस्थान को ख़र्च नहीं करना पड़ा, वह कर ही नहीं सकता था, उन्होंने सम्भवत: पटना आदि में गांधी खादी बोर्ड का कार्य निकाल लिया।

जो भी हो उद्‌घाटन के लिए ढेबर भाई पधारे। कुछ विश्वविद्यालय के अध्यापक, कुछ गांधी आश्रमों के कार्यकर्ता, कुछ अन्य नेता, नागरिक और विद्यार्थियों की एक संख्या नार्थ हॉल में ढेबर भाई के उद्‌घाटन भाषण को सुनने के लिए एकत्र हुई। कार्यवाही अंग्रेज़ी में शुरू हुई, हम थोड़ा चौंके। मुझे अपने समय की कॉलेज और विश्वविद्यालय की छात्रों की संस्थाएँ याद आईं जिनमें हम अंग्रेज़ी में कार्यक्रम प्रस्तुत करने और भाषण कला का अभ्यास किया करते थे, जिनमें विचार और चिन्तन का कोई महत्त्व नहीं रहता था, भाषा का व्यवहार और प्रयोग करना ही महत्त्वपूर्ण रहता था। इन रिपोर्टों और वक्तव्यों से किसी चिन्तन की दिशा या गतिशीलता की अपेक्षा करना निरर्थक था। आन्तरिकता और चुनौती के अभाव में स्वागत भाषण आदि केवल शब्दों के आडम्बर मात्र लगते रहे। फिर भी हम एकत्र जनों में से अनेक की उत्सुकता थी कि देखें ढेबर भाई क्या कहते हैं? लेकिन पहला धक्का लगा जब उन्होंने उस अंग्रेज़ी के डिबेट क्लब के वातावरण में अंग्रेज़ी में अपना भाषण शुरू किया। हम समझ नहीं पा रहे थे कि ढेबर भाई ने यह चुनाव क्यों किया, किसकी प्रेरणा से किया। बाद में संयोजक जी से ज्ञात हुआ कि यह ढेबर भाई का अपना निजी चुनाव था।

सच बात तो यह है कि इस सभा में गांधी विचारों पर ढेबर भाई के अंग्रेज़ी में

बोलने से मेरा मन कुंठित हुआ, शायद औरों को भी निराशा हुई। जिनके लिए प्राय: एकत्र सभी लोगों ने उत्सुकता से बच्चों जैसे आयोजन को सहा-झेला था, जब उन्होंने स्वयं उसी स्तर पर बोलना शुरू किया, लोगों का हतोत्साहित होना स्वाभाविक था। लग रहा था बिना किसी प्रेरणा और भावना के वे क्षमायाचना जैसे स्वर में देश की ग़रीबी और बेरोज़गारी के सन्दर्भ में खादी के अर्थशास्त्र पर प्रकाश डालते रहे। और बार-बार बीच में गांधी के दाय की चर्चा करते हुए उन्होंने प्रश्न किया—''आख़िर क्या कारण है कि गांधी जैसे महान् व्यक्ति पाकर भी हम और हमारा राष्ट्र आगे बढ़ पाने में असमर्थ रहा है? उनके दाय को पाकर भी हमारे राष्ट्रीय चरित्र का यह रूप सामने उभरा है? बार-बार मैं सोचता हूँ कि किस पर है इसका दायित्व, कौन है राष्ट्रीय विघटन का अपराधी?'' भाषा की भावहीनता और अभिव्यक्ति की कमज़ोरी के बावजूद इस स्थल पर भाषण अधिक आकर्षक लग रहा था। पर उसी समय बग़ल में बैठे एक अपरिचित व्यक्ति ने टिप्पणी की—''ढेबर भाई, इसमें इतना ऊहापोह क्यों? शीशा अपने हाथ में लीजिए, आपको तुरन्त वह आदमी दिखाई देगा।'' बात ऐसे कही गई कि मैंने ठीक सुना, ढेबर भाई से न कही गई थी और न उन्होंने सुना।

मैं नहीं जानता उस व्यक्ति को, और मिल जाए तो शायद पहचान भी न सकूँ, पर तभी से लग रहा है कि उसने बात मुझसे इसीलिए कही कि मैं उन सब तक पहुँचा दूँ जिनके लिए कही गई थी। फिर गांधी संस्थान की विचार-गोष्ठी में उस समय के उपराष्ट्रपति श्री गिरि पधारे। उनकी गरिमा के अनुसार संस्थान में सम्भ्रान्त जनों की भारी भीड़ हुई और सच तो यह है कि उसमें साधारण धोती-कुरता वाले गांधीवादी को खोज निकालना आसान नहीं था। जिस ग़रीब देशी भाषा के लिए गांधीजी सदा संघर्ष करते रहे और उन्होंने जिस भाषा की स्वाधीनता को देश की स्वाधीनता से अधिक महत्त्व दिया, उस देशी भाषा हिन्दी का प्रतिनिधित्व इस सभा में भी केवल संयोजक छात्र ने किया। गिरि महोदय ने श्रमिक संघ आन्दोलन और गांधी की चर्चा जो और जैसी भी की हो, पर उन्होंने देश के छात्र आन्दोलनों और अन्य तरह की अराजकताओं की कड़ी आलोचना की। इस सम्बन्ध में उन्होंने रस्मी तौर पर नेताओं की आलोचना की, पर उसी शैली और भंगिमा से जैसे इस सारे नेतृत्व के वे महत्त्वपूर्ण सदस्य और व्यक्तित्व रहे ही नहीं। सच बात है कि मैं ज़्यादा कुछ सुन-समझ पाया नहीं, क्योंकि मुझे बार-बार ढेबर भाई के प्रति सम्बोधित उस अपरिचित व्यक्ति के वाक्य याद आते रहे थे—''यह सारा विलाप-कलाप बेकार है, शीशा हाथ में उठाइए और तुरन्त अपराधी आप के सामने हाज़िर हो जाएगा।''

मैं बार-बार इस बात पर विचार करता हूँ और अपने चारों ओर के जीवन को देखता हूँ। गांधी शताब्दी का वर्ष धीरे-धीरे बीत ही गया, लाखों और करोड़ों रुपया हमने इस शताब्दी को सफल बनाने में ख़र्च किए। बहुत से संकल्प किए गए थे और

शायद उनको पूरा किया जा रहा हो, या वे पूरे किए गए हों। हो सकता है कि गांधीजी की महान आत्मा से प्रेरणा लेकर देश में किसी मूलभूत परिवर्तन की शुरुआत हो चुकी हो। इतने बड़े और महान देश में क्या कहाँ आज शुरू हो चुका है, उसका अन्दाज़ मेरे जैसा अदना आदमी सदा नहीं कर सकता। पर जो कुछ मेरी साधारण आँखों को दिखाई दे रहा है, वह तो यही है कि पूर्व में नेक्सलाइटों का ज़ोर है, कलकत्ता में जो कुछ घटित हो रहा है उसका सही रूप समझ के परे है, दक्षिण में वामपंथी मोर्चे की सरकार में भी भ्रष्टाचार है, द्रविड़ कषग़म जैसे दल में भी दरार है, आन्ध्र में तेलंगाना के अलग होने का भारी जन-आन्दोलन है और ब्रह्मानन्द रेड्डी इस्तीफ़ा देकर भी बरकरार हैं, उत्तर भारत में लग रहा है कि हर विधायक मंत्री बनने के लिए सब कुछ कर सकता है, उसके जीवन का चरम लक्ष्य है कि जीवन में आयाराम या गयाराम कुछ भी बनके एक बार मंत्री पद पा लिया जाए। मेरे मध्यप्रदेश के मित्र गर्मी की छुट्टियों में मुझसे मिलने आए। उनसे पूछा गया कि आप के प्रदेश की नई सरकार का क्या हाल है? उन्होंने हँसकर कहा—"मंत्री लोग ज़रा जल्दबाज़ी में हैं, इसलिए दोनों हाथों से बटोरने की कोशिश में हैं?" एक मित्र ने आश्चर्य से कहा—"अरे भाई, इधर क्या जल्दी पड़ी है, अब तो कांग्रेस उस प्रदेश में जमी हुई लग रही है।" मेरे मित्र ज़ोर से हँस पड़े—"हमारे प्रदेश की राजनीति इतनी सीधी नहीं कि आसानी से समझ लो। अरे भाई कांग्रेस भले ही जमी रहे, पर उनकी चिन्ता इस बात की नहीं है, वे तो देख रहे हैं कि शुक्ल जी उखड़ रहे हैं और मिश्र जी फिर जमते जा रहे हैं। शुक्ल जी के मंत्रियों को इसी बात की जल्दी और उलझन है।"

सुना है हमारे प्रदेश के कुशल मुख्यमंत्री बारी-बारी से सभी विधायकों को मंत्री या उपमंत्री और कुछ नहीं तो सचिव बनाने का आश्वासन दे रहे हैं। इस गोरख धन्धे को चलाते रहने के कारण ही वे केवल सोलह मंत्रियों के सहयोग से अपना राज-काज चला रहे हैं। वैसे कार्य की दक्षता और सुचारू रूप से चलने की बात है, हमारे प्रदेश के कर्मचारियों की हड़ताल से साबित हो गया है कि जितने कम काम करने वाले होंगे उतना ही काम जल्दी और अच्छा होगा। कर्मचारी समझते थे कि उनकी अनुपस्थिति में काम ठप हो जाएगा, पर परिणाम उलटा हुआ, जनता को लगा कि अब काम हाथोंहाथ बिना ख़र्च किए हो जाता है, क्योंकि अधिकारी सीधे काम स्वयं कर देते हैं। सही भी है, हमारे यहाँ कर्मचारियों का उपयोग सरकार काम को स्थगित कराने के लिए ही तो अधिक करती रही है। अतः मुख्यमंत्री सोचते होंगे, चलो तब तक कुछ काम ही निपटा दें।

शायद ऐसी घोषणा किसी नेता के द्वारा अब तक नहीं हुई कि देश के बैंकों का राष्ट्रीयकरण गांधी की शताब्दी के उपलक्ष में किया गया है। पर हमारे जैसे लोगों को इस बात का सन्तोष भी हो सकता है, क्योंकि हम गांधीभक्त गांधीजी के नाम का कुछ करिश्मा तो देखना चाहते ही हैं। पर कांग्रेस के रंगमंच में जो नाटक खेला जाता

है, उसमें रस कितना ही क्यों हो, पर देश के प्रति प्रतिश्रुत व्यक्ति देश के इतने बड़े नेताओं की आपसी उखाड़-पछाड़ से आतंकित ज़रूर हुआ है। इसलिए नहीं कि उसकी सहानुभूति कहाँ या किधर है, वरन् इसलिए कि इन नेताओं के मानस में देश या राष्ट्र की कोई कल्पना क्या है? क्या कभी अपने निजी और व्यक्तिगत स्वार्थ के ऊपर इनको देश और समाज की कोई परिकल्पना प्रेरित या भावित करती है? दिखाई तो यही देता है कि अपने स्वार्थ के लिए अपनी आपसी प्रतिद्वन्द्विता के लिए उनकी किसी सिद्धान्त पर कोई आस्था नहीं है? मुझे बार-बार उस अपरिचित की बात याद आती है कि इस गांधी शताब्दी के अवसर पर उनके भक्तों और उत्तराधिकारियों ने यदि केवल अपने हाथ में शीशा लेकर अपना चेहरा देख लिया होता तो कम से कम एक बड़ा काम हो जाता, यानी कि बार-बर का ऊहापोह मिट जाता कि देश के सारे विघटन, भ्रष्टाचार, सारी अराजकता, अनैतिकता का अपराधी कौन है?

अख़बार की पंक्तियों में

जाड़े का मौसम और दिसम्बर का महीना, उसमें भी बड़े दिन की छुट्टियाँ जिनको अब शीतावकाश कहा जाने लगा है, सम्मेलनों, अधिवेशनों और गोष्ठी समारोहों के लिए विशेष महत्त्वपूर्ण हो गया है। इसी के साथ विश्वविद्यालय के कन्वोकेशनों और संगीत, नाटक आदि सांस्कृतिक आयोजनों को यदि ले लिया जाए तो इस मास या पूरी शीत ऋतु काफ़ी चहल-पहल रहती है। बड़े नगर-निवासियों के हिस्से में, इस 'कोटा' (quota) युग में, इनमें से कुछ आयोजन पड़ जाते हैं। और उनको व्यस्त रहने के लिए, शीत में कुछ सरगर्मी के लिए अपने-अपने नगर में कुछ आयोजन-समारोह मिल जाते हैं। यहाँ दृष्टि में केवल अखिल भारतीय कहे जाने वाले सम्मेलन-समारोह हैं, अन्यथा अनुकरण में तो छोटे-मोटे सभी नगरों में किसी-न-किसी स्तर के आयोजन होते रहते हैं, वैसे नगरों के निवासी अपने आपको किसी से पिछड़ा नहीं मानना चाहते और उनके द्वारा आयोजित प्रदर्शनियाँ अथवा कवि सम्मेलन (अखिल भारतीय) तो कम से कम रहते हैं।

वैसे तो हमारी रुचि लोक-संस्कृति सम्मेलनों में भी कम नहीं है और इस बार तो एक दिन आकस्मिक रूप से ज्ञात हो गया था, वह सम्मेलन बम्बई जैसी नागरिक संस्कृति के केन्द्र-नगर में हुआ है। क्या हुआ, कैसे हुआ, क्यों हुआ, कौन आया, कौन बोला, क्या बोला? आदि प्रश्न जिज्ञासु मन में उठे हो और अख़बार की पंक्तियों के बीच इनमें से किसी का समाधान न मिल सका हो, यह बात अलग है। इसका भी एक कारण हो सकता है, हमारे इतने दूर देश के पत्रों ने इस लोक-संस्कृति-सम्मेलन के प्रति लोक-सांस्कृतिक दृष्टिकोण बना रखा है कि उसका समाचार बैलगाड़ी की गति से ही उन तक पहुँचेगा। पर ऐसा सम्भव नहीं लगता, आज अति आधुनिकों (Ultra Modern) के वैशिष्ट्यपूर्ण ड्राइंगरूमों में भी गँवई-गाँव की डलिया, टोकरी टँगी देखी जा सकती है। फिर बम्बई जैसे नगर में लोक सांस्कृतिक सम्मेलन करने वालों में बुद्धि का वैचित्र्य माना जाएगा, उनके मन में कोई गहरी योजना ज़रूर रही होगी, योजनाओं के बिना कहाँ क्या होता है। पर लगता यह है कि अन्त तक प्रयत्न करने के बाद संयोजन करने वाले उद्घाटन अथवा सभापतित्व करने के लिए कोई विशिष्ट नेता अथवा अधिकारी को नहीं पा

सके। या जिनको पा भी सके वे बग़ल में ही होने वाली 'साइंस कांग्रेस' के आमंत्रित अतिथियों से हल्के पड़ गए। ख़ैर, खोजबीन अथवा तर्क-वितर्क बेकार है। जिस प्रकार सम्मेलन करने वालों को इस बात की चिन्ता रही कि सम्मेलन बम्बई में जम जाए कि बस कुछ न कुछ हो जाए, कौन आता है, कौन आमंत्रित है, ये तो बाद के और गौण प्रश्न हैं; उसी प्रकार हमारे अख़बार वाले चाहते हैं कि प्रधानमंत्री जी के जितने अधिक भाषण मिल जाएँ उतना तो कहना ही क्या, फिर राष्ट्रपति हैं, केन्द्र के मिनिस्टर हैं, राज्यपाल हैं, प्रदेशों के प्रमुख मंत्री हैं और ऐसे ही, उनका अख़बार जम जाना चाहिए।

और इतना अन्दाज़ भी क्यों लगाया जाए। अखिल भारतीय लेखक सम्मेलन में तो हमारी रुचि और दिलचस्पी स्वाभाविक ही अधिक होनी चाहिए। लोक संस्कृति में रुचि लेना हमारे लिए या तो प्रासंगिक हो सकता है या आधुनिक फ़ैशन के अन्तर्गत। पर लिखने वाले के लिए लेखक सम्मेलन अधिक गहरी सम्पृक्ति का विषय हो सकता है, यह प्रश्न उसके विषय में अलग है कि सम्मेलन के संयोजक कितनों को लेखक मानने के लिए तैयार हैं और इस विषय में उनकी पद्धति क्या है? खैर, छोड़िए इस तर्क-वितर्क को, इसका कोई अन्त नहीं है। यह मानकर चलिए कि लेखक सम्मेलन अखिल भारतीय स्तर पर मद्रास में होने जा रहा है और हम लेखक होने के नाते उसमें अभिरुचि रखते हैं। हम में से कौन आमंत्रित है! यह प्रश्न छोड़कर यह स्वीकार कर लिया जाए कि जो भी वहाँ जाएँगे, लेखक तो होंगे ही, चाहे वे अख़बारनवीस (साहित्यिक ढंग के) अधिक क्यों न हो। और हम उनमें भी कम रुचि नहीं रखते हैं, आख़िर वे भी तो महत्त्वपूर्ण ढंग से साहित्य के विषय में, उसकी गतिविधि के विषय में सोचते-विचारते रहे होंगे। सम्मेलन परिपत्र देखने को ज़िन्हें मिल गए होंगे, उन्होंने भी अनुभव किया होगा कि इस सम्मेलन में काफ़ी अच्छी और महत्त्वपूर्ण चर्चाएँ हो सकती हैं, बावजूद इसके कि लगता था कि अगली बार के लिए फ़िलहाल कुछ छोड़ा नहीं गया है। अन्त में उसमें इस विषय पर विचार करने का प्रस्ताव भी था कि क्या अखिल भारतीय स्तर पर कोई लेखकों की संस्था बनाई जानी चाहिए या बनाई जा सकती है?

पहले संयोजकों को नेहरू तथा राधाकृष्णन् जैसे महत्त्वपूर्ण व्यक्तियों के सहयोग का विश्वास था, निश्चय ही उद्घाटनकर्ता तथा सभापति आदि के रूप में। बाद में यह स्थिति सन्देहजनक हो गई और अन्ततः यह स्पष्ट हो गया कि इतने महत्त्वपूर्ण और विशिष्ट व्यक्तित्वों की उपस्थिति वहाँ सम्भव नहीं हो सकी है। साहित्य में रुचि लेने वालों के लिए यह हतोत्साह की बात नहीं थी, हमारी जैसी विकृत रुचि के लोगों ने अनुभव किया, चलो अच्छा हुआ हल्के वातावरण में कुछ गहरे ढंग से शायद बातें हो सकें। और हमारे अख़बार वालों की आँखें महान व्यक्तित्वों की चौंध से बचकर शायद साधारण लेखकों की ओर जा सकें।

फिर हम उत्सुकता से अख़बार की पंक्तियों के बीच खोजते रहे कि उस सम्मेलन में सारे देश के किन-किन भागों के कौन-कौन से लेखक, साहित्यकार एकत्र हुए हैं? उन्होंने किस-किस विषय पर क्या-क्या कहा? किस-किस परिसंवाद में विचार हुआ, उसमें किसने-किसने भाग लिया, क्या-क्या विचार व्यक्त हुए... आदि आदि पर इन पंक्तियों के बीच हमारी सारी जिज्ञासाएँ और प्रश्न भटक-भटक कर खो गए। जो हाथ लगा, वह केवल यह कि आयंगर महोदय ने उद्घाटन भाषण में बड़े नीरस और ठोस ढंग से सभी परिसंवादों को समेट लिया है। और खोजते-खोजते ही दृष्टि पड़ गई कि सम्मेलन में श्री राजा जी ने भी भाषण दिया है। और उनके भाषण में इस सन्दर्भ में कि वह सम्मेलन के सभापति के कृतज्ञ हैं जिन्होंने यह मत प्रकट किया कि मद्रास नगरी में कोई साहित्यकारों का सम्मेलन सफल नहीं हो सकता जिसको 'राजा जी' का आशीर्वाद प्राप्त न हो जाए (या ऐसा ही कुछ), तारा बाबू का नाम आ गया नहीं तो शायद इसका भी कोई मौक़ा न आता। राजा जी ने अपने को साहित्यकार न मानते हुए बड़े-बूढ़े के नाते सब समस्याओं का समाधान अपने ढंग से प्रस्तुत कर दिया। और चलो हम जैसों के लिए सम्मेलन समाप्त हुआ। लगता है कि चाँद-सूरज जहाँ नहीं पहुँचे, वहाँ अन्य ग्रह-नक्षत्र भी नहीं आ सके और फिर हमारे अख़बारों के संवाददाताओं को और विशेष कर प्रेस ट्रस्ट ऑव इंडिया के प्रतिनिधि को प्रकाश मिलता भी कहाँ से?

यह तो एक सम्मेलन का हाल है और उदाहरण इसलिए लिया गया है कि लेखक होने के नाते हमारी उसके प्रति अधिक उत्सुकता हो सकती थी। पर पिछले मास देश भर में ज्ञान-विज्ञान के विविध क्षेत्रों के विद्वानों के अनेक सम्मेलन या प्रतिष्ठित संस्थाओं के अधिवेशन हुए। और एक बौद्धिक व्यक्ति के नाते हमारी जिज्ञासा सहज ही हो सकती थी कि हम यह जानें कि भारतवर्ष के इतिहासकार आज इतिहास और उसकी गति के विषय में क्या चिन्तन-मनन कर रहे हैं, वे अपने आधुनिकतम चिन्तनों के सहारे भविष्य के इतिहास की गतिविधि का निर्धारण किस रूप में कर रहे हैं। हमारे अर्थशास्त्री विकसित होते नवीन राष्ट्रों की समाजों के सन्दर्भ में किस आर्थिक व्यवस्था और योजना के विषय में चिन्तनशील हैं। भारतवर्ष के राजनीतिशास्त्री संसार के आज के राजनीतिक गतिरोध और प्रजातांत्रिक तथा साम्यवादी व्यवस्थाओं की संक्रान्ति के विषय में क्या सोच रहे हैं? क्या इस स्थिति से संसार को निकाल पाने में इनका कोई योगदान सम्भव हो सकता है? हमारे दार्शनिक, हमारे समाजशास्त्री तथा हमारे आचरणशास्त्री क्या आज संसार के सामने प्रस्तुत नैतिक मूल्यों की संक्रान्ति के विषय में सजग हैं? और विघटित मूल्यों के इस युग के सामने किन्हीं नए मूल्यों की परिकल्पना कर सकने में वे समर्थ हैं? और अन्त में सजग बौद्धिक होने के नाते हम यह जानने के लिए भी कम उत्सुक नहीं हैं कि हमारे वैज्ञानिक (जिनमें व्यापक रूप से हम इंजीनियरों, डॉक्टरों तथा टेक्नोलॉजी

के विशेषज्ञों को ले सकते हैं) संसार के महान और शक्तिशाली राष्ट्रों की प्रतियोगिता में अपनी सीमाओं को देखते हुए, अपनी देश की भूमि और उसकी सामर्थ्य तथा उसकी सम्भावनाओं को पहचानते हुए जिस प्रकार मौलिक कल्पनाओं और उद्भावनाओं से स्फुरित और प्रेरित हैं। कहीं वे केवल अनुकरण के मार्ग पर सारे देश की प्रगति को आगे आने वाले युगों के लिए कुंठित और मात्र अनुवर्तिनी तो नहीं बना रहे हैं?

ये अनेक प्रश्न, ऐसी अनेक जिज्ञासाएँ, इस प्रकार के अनेक तर्क-वितर्क इस प्रजातंत्र देश के नागरिकों के मन में उठते हैं या उठने चाहिए। हम इनका उत्तर चाहते हैं, समाधान ढूँढ़ते हैं। देश-भर में विविध विषयों के चोटी के विद्वान, चिन्तक, शोधी इन विविध सम्मेलनों में एकत्र हुए थे और हर वर्ष एकत्र होते हैं। हम उत्सुकता से अपने-अपने अख़बारों के पृष्ठों में, और पृष्ठों की पंक्तियों के बीच खोजते रहते हैं अपने मन के प्रश्न और अन्ततः हम खीझकर निराश रह जाते हैं। ऐसा नहीं कि इनमें से अधिकांश की अख़बार वाले खोज-ख़बर लेते ही न हों और उनके विषय में हमारे अख़बार में समाचार न छपते हों। अख़बार के पृष्ठों में इस मास (या ऋतु) इन्हीं के समाचार जैसे भरे पड़े हों, पृष्ठ के पृष्ठ, कॉलम के कॉलम, उद्घाटनकर्ता के भाषण से और सभापति यदि विशिष्ट या महत्त्वपूर्ण व्यक्ति हैं तो उनके भी भाषण से भरे रहते हैं। हाँ यदि इन सम्मेलनों को किसी ऐसे व्यक्तित्व का आशीष न प्राप्त हो सका, तो प्रारम्भ में उल्लिखित सम्मेलनों के समान ही अन्धकार में डूब जाते हैं।

अब स्थिति यह है कि अधिवेशन किसी भी संस्था का हो, सम्मेलन किन्हीं विद्वानों का हो, पर जो उनके नाम पर हमको पढ़ने-जानने को मिलता है वह जाने-माने निश्चित व्यक्तियों की बातें हैं। उनकी बातें भी निश्चित हैं अधिवेशन चाहे विज्ञान परिषद् का हो, चाहे शिक्षाशास्त्र परिषद् का हो और चाहे इतिहास परिषद् का हो। ये व्यक्ति सब-कुछ के ज्ञाता हैं, सबको आशीष देने का सामर्थ्य जो रखते हैं। सबको शिक्षा देना उनका काम है, कभी चुप बैठकर दूसरे की बात सुनने और समझने की उनको न आवश्यकता है और न अवसर ही। ऐसा भी नहीं कि देश की महत्त्वपूर्ण समस्याओं में ये लोग इतने व्यस्त हैं कि उनके पास समय ही नहीं है। यदि अख़बारों के समाचारों पर ही ध्यान दिया और विश्वास किया जाए तो हम बड़े से बड़े व्यक्ति को किसी विश्वविद्यालय के किसी विभाग की किसी संस्था या विंग का उद्घाटन-भाषण देते पा सकते हैं, यह तो अन्तर्निहित ही है कि यह उसके संयोजक की दूरदृष्टि और योग्यता का प्रमाण है।

यह कैसी हमारी प्रजातांत्रिक व्यवस्था विकसित हो रही है? ये कैसी हमारी विद्वत्परिषदें हैं? ये कैसे हमारे चिन्तक हैं? और यह कैसा हमारा विचित्र प्रेस है? हम थक जाते हैं, एक सी बातें सुनते-सुनते हमारा जी ऊब जाता है, कभी तो लगता है ये सैकड़ों बार एक सी नीरस बातों को सुनकर हमारे सोचने-समझने की सारी

ताज़गी, मौलिकता, कल्पनाशीलता ये विशिष्ट लोग नष्ट करने पर तुल गए हैं और ये हैं हमारे प्रेस वाले जो हिज़ मास्टर्स वायज़ के अतिरिक्त कुछ जानते ही नहीं जैसे। लगता है सबसे अतिरिक्त दायित्व इन अख़बार की पंक्तियों का है। तर्क-वितर्क करना इस विषय में व्यर्थ है, क्योंकि फिर यह शुरू होगा, इन पर भी उत्तरदायित्व है, इनका भी दायित्व है और हम कैसे छूट सकते हैं इस दायित्व से।

कभी-कभी लगता है कि इन सबकी बातें अब बन्द हों और कोई सड़क या गाँव का अशिक्षित आदमी ही कुछ कहे तो अच्छा हो। यह मानोटनी तो टूटे, कम से कम वह अपनी ज़मीन की, अपने अनुभव की, अपनी परिस्थितियों की बात तो कहेगा, उसमें विचार की मौलिकता न सही, अनुभव की ताज़गी तो होगी। मौलिक होना वैसे भी आसान नहीं है। कभी अख़बार की पंक्तियों में किसी ऐसे ही नगण्य का उल्लेख देखकर मन उत्सुक भी होता है, तो अन्ततः यह ज्ञात होता है कि उसको यह सौभाग्य इस कारण मिला है कि अमुक महान व्यक्तित्व ने उसके बच्चे को गोद उठा लिया या प्यार कर लिया या एक फूल दे दिया या अपने द्वारा उत्पन्न मानोटनी से खुदऊब कर उन्होंने उस व्यक्ति से किसी कल-कारखाने का उद्घाटन करवाया है।

लेकिन हमारा प्रेस भी क्या करे? देश का ऐसा कुछ वातावरण है या बन गया है कि किसी में स्वावलम्बन की शक्ति ही जैसे शेष नहीं रह गई है। हर एक किसी के सहारे चलना चाहता है, आगे बढ़ने की ऐसी आपाधापी स्वतंत्रता के बाद शुरू हो गई है कि हर आदमी का शार्टकट (Short cut) पर विश्वास है। आगे बढ़ने की इच्छा, व्यक्तिगत महत्त्वाकांक्षा इस प्रकार बढ़ गई है कि प्रत्येक व्यक्ति बनाकर रहना चाहता है, सँभालकर चलना चाहता है। धीरे-धीरे शक्ति और संरक्षण के स्रोत शासन-सत्ता की ओर इस प्रकार केन्द्रित होते जा रहे हैं कि क्या प्रेस, क्या संस्थाएँ, क्या सम्मेलन, क्या वैज्ञानिक, क्या चिन्तक और क्या साहित्यकार सबकी स्थिति और दिशा एक होती जा रही है। यह हमारे अभाग्य का चक्र इतना कठिन होता जा रहा है कि स्वयं वे लोग इसका अनुभव करते हैं जो एक प्रकार से उसके केन्द्र में हैं। मज़े की बात है कि वे भी असहाय भाव से यह घोषणा करते हैं कि देश में उत्तरदायित्व अनुभव करने वालों की कमी है। उनके प्रशंसक तो यहाँ तक कहते हैं कि जब और सब बेईमान हैं तो एक (या कुछ) ईमानदार क्या कर सकता है।

आज हम अख़बार की पंक्तियों में जो चाहते हैं उसके स्थान पर जो स्पन्दन-शून्य, जीवनहीन, नीरस और पिष्टपेषण मिलता है उसका भी एक इतिहास और क्रम है। आज संस्थाएँ, परिषदें और समितियाँ या तो किसी अतिरिक्त उद्देश्य से स्थापित की जा रही हैं अथवा उनकी योजना की दिशा को उस ओर प्रेरित किया जा रहा है। उनके सामने चिन्तन की मौलिकता, स्वाधीनता, निर्भीकता, ताज़गी तथा प्रगतिशील दिशा का कोई आदर्श नहीं रह गया है या नहीं रहने दिया गया है। यहाँ प्रारम्भ से

किसी एक व्यक्ति या संस्था या पक्ष पर सारी स्थिति का दायित्व नहीं माना गया है, वातावरण का दबाव ही बहुत कुछ ऐसा माना गया है। और मुख्य उद्देश्य के स्थान पर अतिरिक्त उद्देश्य पर बल बढ़ने के कारण इनका सारा परिप्रेक्ष्य बदल गया है। इनकी प्रमुख दृष्टि है कि इनको अधिक से अधिक अधिकार, आर्थिक सहायता तथा संरक्षण प्राप्त हो सके। संस्थाओं के महत्त्व के अनुपात में उनके अधिकारियों का महत्त्व भी बढ़ेगा। इस प्रकार ये संस्थाएँ महत्त्वाकांक्षी व्यक्तित्वों के द्वारा प्रायः नियोजित और परिचालित हैं। इन लोगों को अपनी संस्था की दृष्टि से सब से अधिक संगत और आवश्यक यही जान पड़ता है कि इन अधिवेशनों के माध्यम से शक्तिशाली और महत्त्वपूर्ण व्यक्तित्वों के सम्पर्क में आया जाए। इसके लिए पर्याप्त प्रयत्न और उद्योग भी करना पड़ता है। यह सब इतनी तार्किक संगति से घटित होता है कि अपने अख़बार की पंक्तियों में जो कुछ हमको मिलता है, उससे मन में कितनी ही अधिक खींझ क्यों न हो, पर उसका दायित्व केवल प्रेस पर डालने का मन नहीं होता। आख़िर प्रेस भी हमारे इसी समाज का अंग है, उसमें महत्त्वाकांक्षी लोग न हों, यह किस तर्क से माना जाए। प्रेस ट्रस्टों की व्यवस्था चलनी है, उनकी बड़ी-बड़ी गद्दियाँ हैं, बड़ी-बड़ी तनख़ाहों वाली नौकरियाँ भी हैं ही! पत्रकार बन्धुओं को भी कुछ आगे का ख़याल रखना है। हम यह पद्धति पसन्द नहीं करते कि कोई खड़ा होकर उपदेश देने लगे—''देश के उत्थान के लिए शिक्षकों का बड़ा दायित्व है! पत्रकारों का महत्त्वपूर्ण दायित्व है! प्रजातांत्रिक व्यवस्था का गम्भीर दायित्व प्रेस पर है! आदि आदि। क्या सारे उत्तरदायित्व का ठेका किसी एक वर्ग का हो सकता है?

परिस्थिति और वातावरण को उत्तरदायी मानने का अर्थ यह नहीं है कि हम किसी को उत्तरदायी मानते ही नहीं हैं या निराश हैं। कुछ ऐसे व्यक्ति हैं और ऐसी संस्थाएँ भी हैं, जो इस परिस्थिति के रोलर के नीचे भी अपने व्यक्तित्व की स्वाधीनता के लिए संघर्षरत हैं। ऐसा भी है कि इनमें से अधिकांश रोलर के नीचे अज्ञात और निरर्थक ही पिस जाए। पर भविष्य की सम्भावना भी इन्हीं पर है। ये हैं, जो रोलर के दबाव को झेलकर भी अपने व्यक्तित्व की रक्षा कर सकेंगे, अपनी महत्त्वाकांक्षा से ऊपर उठकर, अपने स्वार्थों से अपने आपको बचाकर आगत की रक्षा का दायित्व वहन कर सकेंगे। इनके माध्यम से हमारे देश के मौलिक चिन्तन, स्वाधीन व्यक्तित्व और कल्पना की ताज़गी की रक्षा हो सकेगी। और उन्हीं के स्फुरित व्यक्तित्व की झलक जब हमको अपने अख़बार की पंक्तियों में किसी दिन मिलने लगेगी (जो यदाकदा मिलती है) तब हम अपने उस भविष्य की पदचाप का एहसास भी उन्हीं के कदमों से करेंगे।

विकल्प क्या है ?

जन-समाज में आज विभ्रम की स्थिति है। जयप्रकाश जी ने शुरू से कहा है कि जनता दल की असफलता लोकतंत्र की असफलता होगी। उसका अर्थ यह नहीं है कि लोकतंत्र के लिए जनता दल का शासन चिरस्थायी हो। इस बात को इस रूप में समझना चाहिए कि एक वर्ष पहले जनता ने चुनाव में तानाशाही शक्तियों के ख़िलाफ़ जनता दल को विजयी बनाया है। पर मात्र इस मतदान से तानाशाही शक्तियाँ ख़त्म नहीं हो गई हैं, केवल लोकतांत्रिक शक्तियों को मौक़ा मिला है कि वे अपनी जड़ें मज़बूत कर सकें। और लोकतंत्र अपने को अधिक दृढ़ आधार देने की प्रक्रिया में ही तानाशाही शक्तियों को विघटित करने में समर्थ होता है। लोकतंत्र तानाशाही ढंग से इन तत्त्वों का मुकाबला नहीं कर सकता, क्योंकि इस प्रकार एक तानाशाही को समाप्त करने के प्रयत्न में दूसरी तानाशाही स्थापित हो जाएगी। जनता दल पर बहुत बड़ा दायित्व है कि लोकतांत्रिक पद्धति को पुनः देश में मज़बूत करे, पर उसके लिए उसे तमाम लोकतंत्र विरोधी तत्त्वों तथा शक्तियों का मुक़ाबला करना है। यह मानकर चलना चाहिए कि जनता दल तथा उसके शासन को पग-पग पर इनके अवरोध का मुक़ाबला करना पड़ेगा।

हमारे राष्ट्रीय दिमाग़ में यह स्पष्टता होनी चाहिए कि देश में अराजकता, अहिंसा और निराशा के वातावरण बढ़ते जाने का प्रमुख कारण जनता दल की सरकार की असफलता नहीं है, वरन् समाज के विभिन्न स्तरों पर क्रियाशील लोकतंत्र विरोधी निहित स्वार्थ को सिद्ध करने वाले तत्त्व हैं। पिछले स्वतंत्रता युग की तीस वर्षों की व्यवस्था ने इन तत्त्वों को इतना प्रबल बना दिया है कि ये अपने हित साधन में किसी भी व्यवस्था को अन्दर और बाहर से अवरुद्ध करने में समर्थ हो गए हैं। सुख-सुविधाएँ, ऐश्वर्य-भोग और सत्ता-अधिकार पाना हमारे देश में एक वर्ग का मात्र लक्ष्य हो गया है। देश और समाज इस वर्ग के लिए कोई अर्थ नहीं रखते। लोकतंत्र विरोधी तत्त्व और शक्तियों के लिए यह वर्ग सबसे बड़े हथियार हैं। क्योंकि इस वर्ग के लोग सुविधा-भोगी समाज के हर स्तर पर तथा क्षेत्र में मिल जाते हैं, अतः इन तत्त्वों को क्रियाशील होने में बहुत सुविधा होती है। ऐसा नहीं कि केवल तस्कर व्यापारी, चोर-बाज़ारी, काला धंधा करने वाले ही इस वर्ग में आते हैं। तमाम

राजनीतिक दलाली करने वाले राजनेता, बौद्धिक, लेखक, शिक्षक और पत्रकार इस वर्ग में ही हैं।

हम कह चुके हैं कि जनता दल का शासन लोकतंत्र के प्रयोग का एक मौक़ा है। इसे ना कहने में यह निहित है कि इस दल का पहला काम इन तत्त्वों को पहचानना और इस निहित स्वार्थ के वर्ग को अलग कर देना है। यहाँ यह कहना इसलिए ज़रूरी है कि इधर सारे देश में बढ़ती हुई अराजकता और हिंसा का कारण जनता दल के शासन की असफलता को माना जा रहा है। वस्तुस्थिति है कि जनता दल शुरू से लोकतंत्र विरोधी (यानी अपने विरोधी) इन तत्त्वों को स्पष्टत: अलग करने में असफल होता गया है। आयोगों को बैठाकर आपात्स्थिति के अपराधियों को जनता के सामने लाने का प्रयत्न भी किसी गम्भीर लक्ष्य को पूरा करने के बजाय पत्र-पत्रिकाओं की मनोरंजक सामग्री बन गया। अन्तत: अब वह उबाने वाला हो गया है। साधारण समाज तथा इतिहास की समझ वाला व्यक्ति भी देख सकता था कि देश की तानाशाही के पीछे केवल कुछ स्पष्ट महत्त्वाकांक्षी लोग नहीं हैं, वरन् वे सारे तत्त्व और वह वर्ग हैं जो अपने स्वार्थ साधन के लिए लोकतंत्र के शोषण से जुड़ते हैं, अराजकता उत्पन्न करते हैं और तानाशाही का समर्थन भी करते हैं। लोकतंत्र के समर्थकों का पहला काम था, इन शत्रुओं को पहचानना और समाज की प्रक्रिया में इनको इनके चरित्र में नंगा करते जाना। पर प्रारम्भ से दिखाई दे रहा है कि जनता दल न केवल इन तत्त्वों को पहचानने से इनकार करता रहा, वरन् पग-पग पर इनसे समझौता करने लगा है।

उसका प्रमुख कारण है कि जनता दल पुन: भ्रमपूर्ण तर्कजाल में फँसता जा रहा है कि देश-समाज बदलने के लिए ही नहीं लोकतंत्र को जमाने के लिए भी सत्ता पर जमे रहना ज़रूरी है। इसी तर्क का दूसरा चरण है कि सत्ता पर दृढ़ रहने के लिए शक्तिशाली तत्त्वों को साथ लेना अपेक्षित है। स्पष्टत: आज हमारे समाज के शक्तिशाली तत्त्व इसी वर्ग से संगठित हैं जिनकी चर्चा की गई है। कांग्रेस ने अपने सत्तारुढ़ रहने के पिछले सत्ताईस वर्षों में इन्हीं तत्त्वों से समझौता किया था। आयोजनाओं, नीतियों तथा घोषणाओं के सारे आडम्बर के बावजूद कांग्रेस दल और उसके नेताओं ने अपनी सत्ता क़ायम रखने के लिए इन तत्त्वों और वर्गों को ही पोषित तथा समृद्ध किया था। पर जनता दल की स्थिति कांग्रेस से भिन्न है। एक तो उसके विभिन्न घटकों के चरित्र भिन्न हैं और दूसरे जनता दल अपने स्थायित्व की विश्वसनीयता अभी तक पैदा नहीं कर सका है। साथ ही इन्दिरा गांधी तथा जनता दल के ही कतिपय विशिष्ट नेता इन तत्त्वों से अपने पिछले तालमेल के आधार पर इनका इस्तेमाल लगातार जनता सरकार के ख़िलाफ़ कर रहे हैं। ऐसी स्थिति में जनता दल इन तत्त्वों से समझौता करके अपनी सत्ता को क़ायम रखना भी चाहता है और इन्हीं तत्त्वों से बनाए हुए अराजक वातावरण में असफल भी होता जा रहा है।

यह सन् 74 में स्पष्ट हो चुका था कि सत्ता की राजनीति समस्त सामाजिक, राजनीतिक तथा आर्थिक भ्रष्टाचारों के मूल में है। हमको आशा थी कि आपातकालीन संक्रान्ति से गुज़रने के बाद हमारे नेताओं को इतनी समझ आ जाएगी, पर लगता है सत्ता आकर्षण मतिभ्रम कर देता है। परन्तु वर्तमान परिस्थिति में सत्ता की राजनीति जनता दल में अनेक विरोधाभास उत्पन्न कर रही है। अगर यह दल स्पष्ट नीतियों को निर्धारित कर उनके कार्यान्वयन में लग सकता है तो लोकतंत्र, समाज तथा परिवर्तन विरोधी तत्त्वों से टकराहट अनिवार्य होती। पर वैसी स्थिति में विरोधी शत्रु स्पष्ट सामने होता और संघर्ष में व्यापक जनमत की शक्ति अपने पक्ष में होती। पर इन तत्त्वों से समझौते के आधार पर इन नीतियों पर चल पाना सम्भव नहीं है। परिणाम है कि ये तत्त्व जनता दल तथा शासन को दुहरी चपेट में ले रहे हैं। अन्दर से ये तत्त्व समाज में वास्तविक परिवर्तन लाने वाली नीतियों को न स्पष्ट होने देंगे और न चलने देंगे, इस प्रकार जनता दल और शासन की छवि बिगड़ती जा रही है, धूमिल पड़ती जा रही है। फिर विरोधियों के पक्ष में ये तत्त्व देश के वातावरण को अराजक, क्षुब्ध और हिंसापूर्ण बना रहे हैं। सबसे बड़ी कठिनाई की बात है कि जनता दल के कुछ नेता (विरोधी घटक के) अन्दर से इन्हीं तत्त्वों का उपयोग अपने सत्ता सन्तुलन में खुलेआम कर रहे हैं।

इस धुन्ध में जनता भी भ्रमित है, अन्यथा विपक्ष के हो या अन्दर के इन नेताओं के आचरण को नंगा देखा जा सकता है। ये तमाम लोग इन्दिराजी की मर्जी के ख़िलाफ़ चूँ नहीं कर सकते थे। उनकी नीतियों की प्रशंसा और आपात्स्थिति का समर्थन करते अघाते नहीं थे। आज लोकतंत्र के ज़ोरदार समर्थक हो गए हैं। ख़ैर इन्दिराजी और उनके समर्थकों की बात करना इस प्रसंग में बेकार है, क्योंकि उनकी तो स्पष्ट नीति रही है कि झूठे से झूठे और भ्रष्ट से भ्रष्ट तरीकों से सत्ता हथिया लेना। उनके पास तानाशाही झूठ का दुहरा तर्क है—विरोध में अराजकता, हिंसा, अनुशासनहीनता फैलाना लोकतंत्र के नाम पर, फिर सत्ता में आने पर इन्हीं से मुक्त करने के लिए पुलिस राज्य क़ायम करना लोकतंत्र की रक्षा के नाम पर।

पर इसी झूठ का आश्रय लेने वाले जनता दल के नेताओं के आचरण की व्याख्या किस प्रकार की जाए? आए दिन खुलेआम ये नेता अपने पोषितों को अपनी सरकारों के ख़िलाफ़ लुभाते रहते हैं। मुख्यमंत्रियों का चुनाव हो अथवा मंत्रिमंडलों का निर्माण सामान्य जनता समझती है कि यह दल की इच्छा से होता है। किसी भी दल को इनको रखने और बदलने का अधिकार है। पर यह सब दलीय स्तर पर होना चाहिए। परन्तु सत्ता की राजनीति को ही लक्ष्य मानने वाले नेता दल में शक्ति बढ़ाने के लिए, शक्ति सन्तुलन को अपने पक्ष में करने के लिए, सत्तालोलुप विधायकों (पदाधिकारियों) को अपने पक्ष में तोड़ने के लिए लोकतंत्र के नाम पर जनता के सामने नंगा नाच कर रहे हैं। सत्ता का यह खेल इतना भदेस

और गर्हित हो चुका है, परन्तु गद्दियों के लिए ये महानुभाव भय और लज्जा कब की छोड़ चुके हैं।

इस विभ्रम की स्थिति में लोकतंत्र विरोधी तत्त्व शक्तिशाली होते जा रहे हैं और जनता विकल्पविहीन होती जा रही है। साधारण बात-चीत में पढ़े-लिखे समझदार लगने वाले लोग कह उठते हैं कि आज की स्थिति से आपातृस्थिति बेहतर थी, अधिक अनुशासन था, सुरक्षा थी, लोग काम-काज में लगे थे। आज की अराजकता में कुछ भी ठीक नहीं, क्या होगा! परन्तु मेरे इस सवाल का उनके पास उत्तर नहीं था—फिर आप लोग तै करिये किसको तानाशाह बनाया जाए, हम उसी को मत दें। पर सभी जानते हैं तानाशाह बनाया नहीं जाता खुद बन जाता है। क्षोभ और विभ्रम में ऐसा कहा जा सकता है, पर वह विकल्प नहीं है।

जनता की विकल्पहीनता की यह स्थिति देश के लिए भयंकर और विस्फोटक है। और इस स्थिति से रक्षा का एक ही उपाय है कि जनता दल गद्दी पर बने रहने के लिए नहीं, वरन् देश-समाज को सही दिशा में आगे बढ़ाने के लिए संकल्प के साथ नीतियाँ बनाए और दृढ़ता के साथ उनका कार्यान्वयन करे। विरोधी तत्त्वों से समझौता न करके उनसे सीधा मुक़ाबला करे। दूसरी ओर लोकतंत्र पर विश्वास रखने वाले विपक्ष के दल सत्ता के खेल को छोड़कर लोकतांत्रिक मूल्यों के आधार पर सशक्त विपक्ष तैयार करें। तभी तानाशाही शक्तियाँ अपने असली रूप में उजागर होंगी और समाज से उन्हें मिटाना सम्भव होगा।

अनुशासन पर्व : लोकतंत्र बनाम तानाशाही

आपात्कालीन घोषणा के साथ इन्दिराजी ने देश को अनेक नारे दिए थे। ऐसा नहीं कि ये बातें नई हों, पर उनकी कुशलता इस बात में रही है कि मौक़े के अनुसार जनता की मानसिकता के आधार पर इनको नारों के रूप में घोषित कर देना। 'ग़रीबी हटाओ' का ऐसा ही एक नारा था। ग़रीबी दूर करने का प्रयत्न तो नेहरू जी के समय से पंचवर्षीय योजनाओं के माध्यम से चलता आया था। फिर कौन दल यह मानकर नहीं चलेगा कि देश की ग़रीबी दूर हो। इस सब के बावजूद देश में ग़रीबी बढ़ती ही गई। इस वातावरण में 'इन्दिरा हटाओ' के विपरीत 'ग़रीबी हटाओ' का नारा जनता के मन को अधिक स्पर्श तथा आन्दोलित कर सका। नारों की लड़ाई में सदा ऐसा होता है, अमूर्त के स्थान पर मूर्त नारे अधिक प्रभावी सिद्ध होते हैं। इसीलिए सही अर्थ में लोकतंत्र चलाने के लिए लोक-शिक्षा का सबसे अधिक महत्त्व है। नारों के विभ्रम से बचने का एक यही उपाय है। शिक्षित जन-मत नारों के खोखलेपन को पहचान सकता है और नीतियों की सार्थकता तथा उपयोगिता को भी समझ सकता है। पर हमारे लोकतंत्र की विडम्बना रही है कि जन-मत को प्रबुद्ध बनाने के बजाय उसे नारों, प्रलोभनों, झूठे वादों, भय तथा आतंक से प्रेरित और प्रभावित किया जाता रहा है। इस मानसिक स्थिति में जनता को विभ्रमित करना आसान रहा है। कठिनाई रही है कि प्राय: सभी दल इसी प्रतिद्वन्द्विता में आगे बढ़ने का प्रयास करते रहे हैं, अत: जनता के हाथ सदा नारों के विकल्प आए हैं। उसे न ठोस नीतियों का आधार मिला और न उनके कार्यान्वयन का रूप ही दिखा।

यही कारण है कि एक दल के द्वारा दिए हुए नारे को दूसरा दल स्वीकारने का साहस नहीं करता, वह चाहे जितनी सार्थक परिस्थिति से क्यों न जुड़ता हो। उदाहरण के लिए आपात्कालीन अनेक नारों को लिया जा सकता है। उस समय 'कठिन परिश्रम से देश की प्रगति' का नारा था, और आज उसके स्थान पर 'आओ सब मिलकर राष्ट्र को मज़बूत करें' का नारा दिखाई देगा। सवाल है कि क्या अब लोकतांत्रिक ढंग से देश की प्रगति के लिए कठिन परिश्रम की अपेक्षा नहीं है ? फिर ऐसा क्यों है कि इस नारे की आवश्यकता नहीं समझी गई और उसके स्थान पर 'राष्ट्र की एकता अथवा दृढ़ता' के निर्गुण नारे दिए गए। उसका कारण है कि

'कठिन परिश्रम' को तानाशाही नारे के रूप में मानकर छोड़ दिया गया है। निश्चय ही उस आपात्काल में दीवारों, बोर्डों, बसों आदि पर लिखे हुए ये नारे आतंक पैदा करने वाले थे, उनका प्रभाव जनता में प्रेरणा देने के बजाय भय उत्पन्न करता था पर यहीं लोकतंत्र के दायित्व का सवाल उठता है। आलसी और दायित्वविहीन समाज में कठोर परिश्रम की अनिवार्यता को स्वीकार कराना ही होगा, अतः इस नारे को त्यागने के बजाय इसको जन जीवन से जोड़ने की चेष्टा करनी चाहिए। तानाशाही में यह नारा भय तथा आतंक की विवशता का सूचक था, तो आज उसे व्यापक शिक्षा के माध्यम से प्रगति के उत्साह का सूचक होना चाहिए। मुश्किल है कि लोकतंत्र पर आस्था रखने वाले भी नारे का जवाब नारे से देना चाहते हैं।

इन्दिराजी की प्रतिभा इस बात में है कि 74-75 तक देश की अराजक तथा भ्रष्ट स्थिति उत्पन्न करने में अनेक स्तरों तथा रूपों में उनका (उनके दल तथा उनकी सरकार का) योग सबसे अधिक था, परन्तु इस परिस्थिति के आधार पर उन्होंने आपात्स्थिति में 'अनुशासन पर्व' शुरू कर दिया। निर्मला देशपाण्डे के माध्यम से देश की विस्फोटक स्थिति का अहसास कराके विनोबा जी से इस घोषणा को 'अनुशासन पर्व' कहला लिया। चारों ओर बहुत बड़े साइनबोर्डों में 'अनुशासन पर्व' दिखाई देने लगे। हड़तालें, जलूस, घेराव, सत्याग्रह, बन्द, तोड़-फोड़, माँगें, नारे सब एकदम ठप हो गए। जैसे उफ़ान नीचे बैठ गया, सैलाब उतर गया। लगा 'अनुशासन पर्व' में सब कुछ ठीक चलने लगा है। कल-कारखाने, काम-काज, स्कूल-कॉलेज, दफ़्तर, रेल, बसें—सब समय से चलने लगे हैं। निश्चय ही यह बाबा के आशीर्वाद के बावजूद भय तथा आतंक का अनुशासन था। जैसा कि स्पष्ट था धीरे-धीरे यह अनुशासन शिथिल पड़ता जा रहा था। भय और आतंक का अनुशासन अधिक दिन चल नहीं सकता। सिद्धान्तहीन दल और भ्रष्ट नौकरशाही के बल पर अनुशासन को क़ायम रखना और भी कठिन था। भय और आतंक के द्वारा क़ायम किए जाने वाले अनुशासन को भी स्थायी बनाने के लिए जनता को सिद्धान्त तथा नीतियों के आधार पर शिक्षित-दीक्षित करना होगा।

आपात्काल के साथ ही 'अनुशासन पर्व' ख़त्म हो गया। याद रखने की बात थी कि इन्दिराजी ने जिन नारों से जनता को आकर्षित किया था, उनकी सही दृष्टि खोजी जाती। चुनावों के दौरान जब मुझे अपने जन-समाज को सम्बोधित करने का मौक़ा मिला तब पहली बार ही मैंने चेतावनी दी थी कि कोई भी समाज की व्यवस्था अनुशासन के बिना नहीं चल सकती, अब हमको चुनाव करना है कि हम भय तथा आतंक का तानाशाही आरोपित अनुशासन चाहते हैं अथवा लोकतांत्रिक विवेक पर आश्रित स्वानुशासन। मेरे सामने 74-75 का सारा माहौल था, जिसमें साफ़ दिखाई दे रहा था कि समाजविरोधी और निहित स्वार्थ के वर्ग तानाशाही शक्तियों के साथ हिंसा तथा अराजकता का वातावरण गहरा रहे हैं। फ़ासीवाद की यही पद्धति है,

पहले स्वतः उत्तेजनाएँ फैलाना, फिर अनुशासन के नाम पर अपना शिकंजा कस लेना। अतः पिछले चुनाव के समय तानाशाही के विरुद्ध जब लोकतांत्रिक मूल्य के रूप में स्वतंत्रता को प्रमुख मुद्दा बनाया गया था, तभी लोकतांत्रिक अनुशासन का सवाल भी बल देकर और स्पष्टता के साथ उठाना चाहिए था। या तो जनता दल के नेता स्वतः तानाशाही अनुशासन के दबाव से मुक्त नहीं हो पाये थे, अथवा जनता में फैले इस भय तथा आतंक का अपने पक्ष में पूरी तरह इस्तेमाल करना चाहते थे। जो भी हो चुनाव के दौरान जनता के सामने अनुशासन की अपनी व्याख्या न रखना विवेकपूर्ण नहीं था।

इस अनुशासन का दूसरा पक्ष स्वतः जनता दल का चरित्र है। जनता दल और उसके नेता अपनी कार्य पद्धति और अपने आचरण से लोकतांत्रिक अनुशासन का आदर्श जनता के सामने रख सकते थे। परन्तु संसदीय चुनावों की सफलता के बाद से क्रमशः जनता को लगने लगा कि जनता दल अपनी मर्यादाओं तथा मान्यताओं पर दृढ़ नहीं है। पहला सवाल उठा इन्दिराजी का साथ देने वाले कांग्रेसी नेताओं के दल में सम्मिलित करने का। फिर विधान सभाओं के चुनाव में टिकटों के बँटवारे का। फिर प्रदेशों में मंत्रिमंडल के प्रश्न को लेकर काफ़ी तनाव रहा। ऐसा नहीं कि एक बार निश्चित हो जाने के बाद तनाव समाप्त हो गया हो, सारे मंत्री तथा विधायक एक मन से अपने प्रदेश की प्रगति में लग गए हों। दल के अन्दर असहमति हो सकती है, प्रश्नों–समस्याओं पर मतभेद भी हो सकता है, एक दूसरे का विरोध किया जा सकता है। दल के अन्दर विचारों, मतों, कार्यप्रणाली के आधार पर नेतृत्व में परिवर्तन भी किया जा सकता है। यह सब लोकतांत्रिक पद्धति में स्वीकृत है और अनुशासन के अन्तर्गत आता है।

परन्तु विरोध करने वाले असन्तुष्ट दल के अन्दर चल न पाने पर, बाहर खुले आम वक्तव्य देंगे, आरोप लगाएँगे, अपने ही नेताओं तथा मंत्रियों को खुलेआम गाली देंगे, यह लोकतांत्रिक पद्धति के विरुद्ध है और उसके अनुशासन को भंग करता है। यहाँ सही ग़लत का सवाल नहीं उठता, क्योंकि यदि कोई दल इस प्रकार का समाधान अपने दल में दलीय पद्धति से नहीं ढूँढ़ पाता तो जनता के सामने यही चित्र उभरता है कि इस दल में अनुशासन नहीं है। इतना ही नहीं इससे यह भी उभरता है कि इस दल में देश और समाज की प्रतिश्रुति के स्थान पर सत्ता को बनाए रखने में अधिक रुचि है। अन्यथा यदि कुछ विधायक या मंत्री इस सीमा तक असन्तुष्ट हैं कि यह उनके लिए सिद्धान्त का पक्ष है, तो उन्हें दल से इस्तीफ़ा देकर ही बाहर कुछ कहने का अधिकार है। इसी प्रकार दल को या तो इनकी बात की सार्थकता को समझकर शान्तिपूर्वक उचित परिवर्तन कर लेने चाहिए और यदि अनुशासन भंग किया है तो उन्हें दल से निष्कासित (या मात्र दंडित) किया जाना चाहिए।

दलीय अनुशासन का यह रूप जनता दल की छवि को बिगाड़ता जा रहा है। हमारे देश में हर स्वार्थ सिद्ध करने वाला अपने पक्ष में सिद्धान्त का तर्क भी देता है। पर साधारण जनता सही ढंग से समझ लेती है कि यह सब सिद्धान्तहीनता के कारण है। जिनके सामने देश और समाज है वे इसके लिए उठा पटक नहीं करते हैं कि कौन मंत्री है या मुख्यमंत्री। यदि किसी में प्रतिभा तथा क्षमता है तो पहली बात है कि बिना पद पर प्रतिष्ठित हुए इनके उपयोग का क्या कोई उपाय नहीं है ? और दूसरे यह दल की चिन्ता होनी चाहिए। वस्तुतः दलीय अनुशासन की दृष्टि से जनता दल ने अपनी कोई छवि नहीं बनाई है, बल्कि दुर्भाग्यपूर्ण बात है कि विभिन्न घटकों के तनाव और टकराहट सामने आते रहते हैं।

अब हालत है कि लोकतंत्र की प्रतिश्रुति को लेकर चलने वाले दल ने जनता के सामने अनुशासन का कोई आदर्श नहीं रखा, वस्तुतः लोकतांत्रिक अनुशासन सिद्धान्त और आचरण के आधार पर ही विकसित होता है। विरोधी दलों से यह आशा करना व्यर्थ है, क्योंकि उनकी प्रभावी भूमिका स्पष्ट नहीं हो पाई है। इन्दिराजी के साथ पुनः तानाशाही शक्तियाँ संगठित होकर देश–भर में असन्तोष और निराशा का वातावरण उत्पन्न कर रही हैं। इसी वातावरण में अराजकता, हिंसा और अनिश्चय बढ़ता जा रहा है। यहाँ ध्यान देने की बात है कि ये शक्तियाँ पहले शासन में रहकर इनको प्रोत्साहित कर रही थीं जिससे तानाशाही अनुशासन में जनता को लिया जा सके। आज प्रतिपक्ष की भूमिका में उसी तर्क शैली का उपयोग किया जा रहा है। जनता विभ्रम और विडम्बना की स्थिति में कहने लगी है कि इससे आपात्कालीन अनुशासन अच्छा था। इस भयानक स्थिति के प्रति हर जागरूक व्यक्ति तथा तानाशाही का विरोध करने वाले दल को सावधान हो जाना है।

लोकतंत्र की मुक्ति

26 जून, 1975 को आपात्‌स्थिति की घोषणा आकस्मिक थी। सामान्य आदमी के लिए ही नहीं फ़ासीवादी तानाशाही शक्तियों के विरुद्ध चेतावनी देने वाले और आन्दोलन का नेतृत्व करने वाले नेताओं के लिए भी। सेंसर के शिकंजे में प्रेस के जकड़ते-जकड़ते जो अख़बारों का अन्तिम स्वतंत्र अंक निकला था, उसमें लोकनायक जयप्रकाश का वक्तव्य छपा था। थाने में प्रेस वालों ने उनसे राष्ट्र के नाम सन्देश माँगा और उन्होंने केवल कहा—'विनाश काले विपरीत बुद्धिः'। इसे एक अनुभवी राष्ट्रनेता का सन्देश नहीं माना जा सकता, वरन् अचकचाहट में निकली हुई महापुरुष की भविष्यवाणी कहा जा सकता है।

इसके बाद तानाशाही शासन का अन्धकार युग शुरू होता है। कुछ वर्षों से अनेक विचारकों तथा नेताओं ने कहना शुरू कर दिया था कि देश में तानाशाही शक्तियाँ प्रबल होती जा रही हैं और लोकतंत्र को ख़तरा है। डॉ. लोहिया तथा उनके साथ के चिन्तकों को यहाँ छोड़ देते हैं जो दो दशकों से भारतीय राजनीति और समाज में इन तत्त्वों को रेखांकित कर रहे थे। फिर क्या नेताओं में राजनीतिक समझ की कमी मानी जाए, जिससे वे इस तानाशाही शिकंजे को इतना आसन्न नहीं देख सके। अथवा आज परिणाम को देखकर यह भी कहा जा सकता है कि तानाशाही शक्तियों ने अपने शिकंजे में जकड़ने में जल्दबाजी की, क्योंकि देश में पूर्ण तानाशाही क़ायम करने के लिए परिपक्व स्थिति नहीं थी।

लेकिन चुनाव की घोषणा से लेकर कांग्रेस की हार के साथ इन्दिराजी की तानाशाही के छिन्न-भिन्न होने तक का घटना-क्रम भी आकस्मिक है। और क्रमशः देश में जो परिस्थिति तथा वातावरण बनता जा रहा है, उसको देखकर कुछ लोग कहने लगे हैं कि तानाशाही ने हमको पर्याप्त आत्ममंथन का मौक़ा नहीं दिया जिससे हमको दृष्टि, दिशा और संकल्प मिलता। हम अपरिपक्व रह गए हैं, अर्थात् तानाशाही यातना-काल ऐतिहासिक समझ को विकसित करने के लिए अपर्याप्त रहा। ख़ैर, ऐसे रोचक तर्क देने वाले यह भी कहते रहे हैं कि देश को स्वराज्य समय से पहले मिल गया, उस समय तक हम लोकतंत्र के लिए परिपक्व नहीं थे। यानी उनकी चिन्तन पद्धति के अनुसार हमारी राष्ट्रीय अपरिपक्वता में एक-क्रम है।

अपरिपक्व अवस्था में हमने स्वतंत्रता प्राप्त की, अपरिपक्व ढंग से हमने लोकतंत्र चलाया, तानाशाही लाने में भी अपरिपक्वता के लक्षण दिखाई देते हैं और उसको चलाने में तो स्पष्ट अपरिपक्व बुद्धि का परिचय मिला है। और अब जब उसे ख़त्म करके पुनः लोकतंत्र की स्थापना हुई तो जान पड़ता है कि राष्ट्र अब भी परिपक्व नहीं हो सका है।

इस तर्क-पद्धति को स्वीकारने-अस्वीकारने की ज़रूरत नहीं है। कहने को तो लोग यहाँ तक कह डालते हैं कि 'इससे (स्वराज्य) तो अंग्रेज़ों का राज अच्छा था' अथवा इसी के वज़न पर इधर कुछ को कहते पाएँगे—इससे (वर्तमान स्थिति) आपात्स्थिति ही अच्छी थी, लूट-पाट, अराजकता और महँगाई से तो छुटकारा था। इस प्रकार के कथनों को सही-ग़लत की दृष्टि से न देखकर अगर हम इनसे समाज के अनुभव और प्रतिक्रियाओं को समझना चाहें तो अनेक संकेत ग्रहण कर सकते हैं। समाज की मानसिकता, अपेक्षाएँ और आकांक्षाओं का पता चलता है।

परन्तु सन् 47 और सन् 77 में कुछ और समानताएँ हैं। सन् 47 में देश ने विदेशी शासन से स्वतंत्रता प्राप्त की थी और नए लोकतंत्र की स्थापना हुई थी और अब सन् 77 में तानाशाही से हमारा लोकतंत्र मुक्त हुआ है। राष्ट्रपिता गांधी चाहते थे कि कांग्रेस का परम्परित स्वरूप विघटित हो जाए और नए सिरे से दलों का संघटन हो। मूल कांग्रेस सत्ता से दूर रहे। लोकनायक जयप्रकाश का आवाहन था कि प्रतिपक्ष के दल एकजुट होकर विलीन हो जाएँ और कांग्रेस की एकसत्तात्मक शक्ति को चुनौती दें। परन्तु लोक-शक्ति को जाग्रत तथा संगठित करने वाले लोग दलों से अलग रहें।

ध्यान देने की बात है कि कांग्रेस ने गांधी की अवहेलना की और देश का शासन करने के लिए सत्ता प्राप्त की। फिर अगले तीन-चार वर्षों में कांग्रेस से अनेक निष्ठावान व्यक्ति अलग होते गए और अवसरवादी लोग, वर्ग तथा शक्तियाँ उसमें सम्मिलित होते गए। हमारे बड़े नेताओं ने अपनी शक्ति बढ़ाने के लिए, अपनी जड़ों को जमाने के लिए और अपने पक्ष में प्रबल बहुमत जुटाने के लिए इन सभी अवांछित तत्त्वों को जान-बूझकर आने दिया। बड़े-बड़े ज़मीदार, पूँजीपति, रूढ़िवादी, उच्च वर्ग के लोग, व्यापारी-व्यवसायी, अंग्रेज़ियत और अंग्रेज़ी पर पनपने वाला मध्यम वर्ग, ऐसे ही अनेक तत्त्व कांग्रेस में अपनी सुरक्षा, अपने संरक्षण और शक्ति तथा प्रभाव क्षेत्र विस्तार के लिए शामिल होते गए। फिर नेहरू जैसे देश के महान नेताओं के लिए अपनी शक्ति और प्रभुता जमाए रखना जितना आसान रहा, उतना ही लोकतांत्रिक पद्धति की स्वस्थ परम्पराओं को विकसित करना, देश को सामान्य जनता की दृष्टि से प्रगति पथ पर बढ़ा पाना, समाजवादी नीतियों को देश में दृढ़ता के साथ लागू कर पाना कठिन से असम्भव होता गया। इतिहास और समाज की थोड़ी भी समझ रखने वाला व्यक्ति नेताओं के इस विरोधाभास को समझ सकता है।

सन् 77 में कहते हैं, हमारा लोकतंत्र पुनः मुक्त हुआ, इस बार हमको अपने देश की तानाशाही से स्वतंत्रता मिली है। उन्नीस-बीस माह के भय-आतंक-अन्धकार से मुक्ति पाकर निश्चय ही देश को राहत मिली है। पर उस 'थोड़ी समझ रखने वाले व्यक्ति' की फिर परेशानी है। उसे अनचाहे ही सन् 47 के बाद इतिहास के घटना क्रम की पद-चाप सुनाई दे रही है। लोकनायक के आवाहन पर और परिस्थिति के दबाव से प्रतिपक्ष के दलों ने जनता दल में विलयन स्वीकार कर लिया। उसका तात्कालिक लाभ उठाकर जनता दल सत्ता में आ गया। पर सवाल उठता है कि इन दलों के विभिन्न घटकों का विलयन क्या दलीय स्तर पर समरस हो रहा है? माना कि अभी छह माह बीते हैं, पर किसी भी प्रक्रिया की शुरुआत से उसके लक्षण व्यक्त होने लगते हैं। दूसरी ओर तमाम अवसरवादी तत्त्व जनता दल में शामिल हो रहे हैं या शामिल होने के लिए उत्सुक हैं, वे इस ताक में हैं कि सत्ता पर उनका प्रभाव किस प्रकार तथा किस सीमा तक बढ़ सकता है। जनता दल ने अब तक इन तत्त्वों के प्रवेश पर रोक लगाने के बारे में कोई प्रभावी क़दम नहीं उठाया है। धीरे-धीरे यदि जनता दल सत्ता में बने रहने को प्रमुखता देता गया तो इन अवसरवादी तथा समाज तथा प्रगतिविरोधी तत्त्वों पर उसको आश्रित होते जाना पड़ेगा और उन्हें दल में प्रवेश कर पाने से रोक पाना सम्भव नहीं रहेगा।

स्वाधीनता के पच्चीस-अट्ठाइस वर्ष के पिछले इतिहास से स्पष्ट हो चुका है कि उलझनभरे चिन्तन के आधार पर प्रगतिशील नीतियों की घोषणाएँ केवल छलावा हैं। ऐसी इच्छाओं, घोषणाओं और नारों से देश-समाज की प्रगति सम्भव नहीं है। जब प्रगति की दिशा में समाज नहीं बढ़ेगा तो भ्रष्टाचार, अन्याय, शोषण और हिंसा का विस्तार होना सहज है। फिर इस अराजक वातावरण में तानाशाही शक्तियाँ पनपेंगी। सवाल उठता है कि स्वाधीनता आन्दोलन के महान सेनानियों और नेताओं के नेतृत्व में स्वाधीनता के इन वर्षों में हमारा राजनीतिक वातावरण क्यों दूषित होता गया? हमारी सामाजिक और आर्थिक प्रगति क्यों गतिरुद्ध होती गई? वस्तुतः सत्ता पाने के बाद हमारा लक्ष्य समाज को गतिशील करके उन्नत और सम्पन्न बनाने का होना चाहिए था, पर ऊपरी घोषणाओं के बावजूद राजनीति में सत्ता के स्थिरीकरण का लक्ष्य मुख्य होता गया। इसी दिशा में अवसरवादी अधिकार तथा पदों की राजनीति विकसित होती गईं। इस प्रवाह में सारे लोकतांत्रिक मूल्य और मर्यादाएँ डूबती गई। राजनीति का यह प्रभाव ऐसा सर्वग्राही रहा कि राष्ट्र के जीवन का कोई भी क्षेत्र मुक्त नहीं रहा। फिर तो समाज में व्याप्त भ्रष्टाचार, अन्याय, शोषण तथा हिंसा का मूल स्रोत यहीं दिखाई देने लगा।

यह हमारा स्वाधीनता-युग का इतिहास है। इतिहास की कोई घटना अलग-थलग नहीं होती, उसे अनेक कारणों के परिणाम के रूप में देखा जाएगा। इतिहास के प्रवाह को समझने के लिए उसकी शक्तियों की पहचान ज़रूरी है। इसी को

इतिहास से सीखना कहते हैं। फिर लोकतंत्र की मुक्ति के उल्लास के अवसर पर क्या हमारी दृष्टि इतिहास की प्रक्रिया पर है ? क्या हमने इतिहास से सीख ग्रहण की है ? सीख ग्रहण करने का, इतिहास के ऊहापोह का और आत्ममंथन से संकल्प विकसित करने का महत्त्वपूर्ण काल आपातृस्थिति का था। कारगार की दीवारों के अन्दर और बाहर देश के कारागार में यह मंथन चल रहा था। परन्तु क्या इस प्रक्रिया से हमने कोई दृष्टि पाई ? क्या कोई संकल्प हममें राष्ट्रीय स्तर पर जागृत हुआ ? क्या हमने इतिहास की सीख ग्रहण की ? मेरे मन में तब भी शंका थी कि हम स्थिति के अनुसार आत्मालोचन से गुज़र नहीं रहे हैं। और आज पुन: लोकतंत्र के मुक्त वातावरण में जो कुछ घटित हो रहा है, उससे मन आश्वस्त नहीं हो पाता।

मन में अनेक प्रश्न उठते हैं, अनेक शंकाएँ जागती हैं। किसी पर अविश्वास के कारण नहीं, स्पष्टत: जो कुछ घटित हो रहा है या दिखाई दे रहा है, उसके आधार पर। अभी हमारे राजनीतिक मंच पर अनेक ऐसे नेता हैं जिन्होंने स्वाधीनता आन्दोलन को संचालित किया था और स्वाधीनता युग में देश की राजनीति में सक्रिय रहे हैं, शासक दल में या प्रतिपक्ष में। शताब्दियों बाद जो स्वाधीनता देश को प्राप्त हुई थी, उसका मूल्य उन्होंने चुकाया है, अत: उसके मूल्य को उनसे अधिक कौन समझ सकता है। देश के व्यापक जन-समाज के प्रति उनसे अधिक किसकी प्रतिश्रुति हो सकती है, क्योंकि उन्होंने स्वाधीनता-संघर्ष से लेकर आज तक उसकी इच्छाओं, महत्त्वाकांक्षाओं का प्रतिनिधित्व किया है। आपातृस्थिति के भयंकर तानाशाही अनुभव के बाद हमारे इन नेताओं और उनके सहयोगियों को इतिहास की समझ और उसकी शक्तियों को नियंत्रित तथा नियोजित करने की क्षमता आ जानी चाहिए।

पर शासक दल (जनता) अथवा प्रतिपक्ष की भूमिका पर प्रतिष्ठित कांग्रेस दल अपनी नीतियों, संकल्पों तथा कार्यपद्धति से क्या इस चरित्र का परिचय दे रहे हैं ? शासक दल पदों की राजनीति से मुक्त नहीं हो पा रहा है और प्रतिपक्ष अपनी निषेधात्मक भूमिका से ऊपर उठ नहीं पा रहा है। सभी दल मिलकर किसी भी क्षेत्र में राष्ट्रीय नीतियों का निर्धारण कर नहीं पा रहे हैं। यह जानकर भी कि सत्ता की राजनीति ने देश को सभी स्तर पर भ्रष्ट कर दिया है, इस राजनीति से मुक्त होने का प्रयास किसी और से नहीं दिखाई दे रहा है। पर 'इतिहास की थोड़ी समझ रखने वाला' व्यक्ति चिन्तित है कि 'लोकतंत्र की मुक्ति' के इस दौर में इन दृढ़ संकल्पों तथा कठिन प्रयत्नों के बिना क्या होगा!

अन्ध गलियों का भटकाव

हम अजीब परिस्थिति से गुज़र रहे हैं। ऐसा लगता है कि समस्या का अहसास लोगों को जितना अधिक है, उसके समाधान के बारे में उतना ही मन में उलझाव है। हमारी कठिनाई यह नहीं है कि हमारी समस्याएँ जटिल हैं वरन् पूरे राष्ट्र के रूप में उनसे जूझने का हमारा संकल्प ही समाप्त हो गया है। हर देश और समाज को विकास की दिशा निर्धारित करनी होती है और रास्ते की कठिनाइयों का हल ढूँढ़ना होता है। समाज की आन्तरिक और बाह्य संरचना में ऐसी अनेक विकृतियाँ उत्पन्न हो जाती हैं जिन्हें दूर करने का संकल्प समाज को करना पड़ता है। ऐसा नहीं है कि आज हमारे समाज में अराजकता, भ्रष्टाचार, अवसरवाद, भाई भतीजावाद, चोर बाज़ारी और तस्कर व्यापार एकदम नई और अभूतपूर्व परिस्थिति के रूप में विस्तार पा गए हैं। ऐसे अनेक युग के समाजों को उदाहरण के रूप में लिया जा सकता है जिन्होंने ऐसी परिस्थिति से संघर्ष करके विकास किया है। परन्तु हमारे समाज की इस परिस्थिति में उस संकल्प का प्रायः अभाव ही परिलक्षित होता है जिसके आधार पर हम इस परिस्थिति से निकलकर समाज को प्रगति के मार्ग पर गतिशील कर सकते हैं।

पिछले तीस वर्षों में न केवल ऊपर की परिस्थिति अधिकाधिक गहराती गई है वरन् उससे भी अधिक चिन्ता की बात है कि हमारे समाज के हर वर्ग और हर व्यक्ति का दृष्टिकोण इस प्रकार का यथास्थितिवादी बन चुका है कि हमारे चिन्तन में भयानक विसंगतियाँ परिलक्षित होती हैं। और सच है कि इन विसंगतियों के प्रति हमारा पढ़ा लिखा और समझदार वर्ग भी सजग नहीं है। हम अपने समाज में निरन्तर ऐसे अनुभवों के बीच से गुज़रते हैं जिनसे यह लगता है कि हमारा जीवन अन्ध गलियों में भटक रहा है।

अभी कुछ संसद सदस्यों के बीच यह चर्चा चली कि शिक्षा नीति के बारे में यह अस्पष्टता क्यों है। ऐसा क्यों है कि वर्तमान शिक्षा के बारे में असन्तोष सभी व्यक्त करते हैं, उसकी प्रयोजनहीनता और सन्दर्भहीनता की चर्चा सभी करते हैं, पर उसका उत्तर या समाधान क्यों नहीं निकाला जाता? हमारे मित्रों में से एक ने विश्वविद्यालय के अधिकारियों और कुलपतियों पर आक्रोश व्यक्त किया। दूसरे ने प्रदेश के शिक्षा

मंत्रियों की अयोग्यता को दोषी माना। तीसरे ने केन्द्रीय शिक्षा मंत्री की असमर्थताओं पर बल दिया। बातचीत में ऐसा लग रहा था कि अध्यापक, छात्र अभिभावक सभी क्रमश: दोषी ठहराए जाएँगे। अत: मैंने उन मित्रों का ध्यान आकर्षित किया कि अगर इस प्रश्न को दार्शनिक रूप दिया जाए तो इसके बहुत गम्भीर पक्ष उभारे जा सकते हैं। पर व्यावहारिक रूप से आप लोग स्वयं इस समस्या से किस प्रकार जूझ रहे हैं। किसी के पास इसके अलावा कोई उत्तर नहीं था कि उन्होंने इसकी आलोचना की, उसका ध्यान आकर्षित किया और ऐसा भाषण दिया। उनकी बातचीत से यह अनुमान नहीं हो सकता कि उन महानुभावों का शिक्षा की परिस्थिति के विषय में क्या विचार है।

हम अपने विश्वविद्यालय के प्रोफ़ेसरों के बीच भी इस परिस्थिति की चर्चा करते ही हैं। और अपने विश्लेषण में हमारे प्रोफ़ेसर मित्र उसी प्रकार अनेक लोगों को दोषी ठहराते हैं—सरकार को फुर्सत नहीं है, शिक्षा की नीति निर्धारण करने वाले मंत्रियों में समझ नहीं है, राजनीति के इस अराजक माहौल में शिक्षा चल ही कैसे सकती है आदि-आदि। परन्तु उनकी सारी चर्चा और उनके सारे ऊहापोह के बीच कहीं यह उभरकर नहीं आ पाता कि वास्तव में इस परिस्थिति का निदान क्या हो सकता है। जैसे परिस्थिति का दायित्व दूसरों का है, हम इसमें कर ही क्या सकते हैं अथवा हम कुछ करें ही क्यों, या यह सरदर्द लेना बेकार है, जैसा चल रहा है वैसा ही चलेगा।

हम कुछ शिक्षित लोगों से देश की परिस्थिति पर बात करते हैं। प्राय: वे सभी समाज की अराजक परिस्थिति से क्षुब्ध हैं, वे हर स्तर पर चलने वाले भ्रष्टाचार से परिचित हैं, वे राजनीतिक वातावरण के दूषित प्रभाव की व्यापक जानकारी भी रखते हैं। वे जानते हैं कि गाँवों में सरकारी तंत्र, राजनीतिक दलों के दलाल और असामाजिक तत्त्व मिलकर वहाँ के जीवन को असत्य बना रहे हैं, वहाँ शोषण, अन्याय और भ्रष्टाचार इस प्रकार गहरा चुके हैं कि उनके ख़िलाफ़ खड़ा होना दुस्साहस हो गया है। मैंने बार-बार यह कहना चाहा कि निश्चय ही परिस्थिति विषम है और उनका अनुभव प्रामाणिक है। परन्तु इस समस्या का समाधान क्या है ? अगर तुम लोगों का कहना है कि इन ग्राम इकाइयों को संगठित करना और इनके माध्यम से सामाजिक, राजनीतिक और आर्थिक अन्याय तथा शोषण का मुकाबला करना आज की परिस्थिति में सम्भव नहीं है, तो उसका विकल्प क्या है। अगर गांधीवादी पद्धति से इस संघर्ष को आगे नहीं बढ़ाया जा सकता तो उसका कोई दूसरा विकल्प तुमको खोजना होगा। अगर वर्ग संघर्ष का तरीका कारगर हो सकता है तो उसके बारे में भी तुम्हें निर्णय लेना होगा।

परन्तु सारी बातचीत के बीच बार-बार यह उभरता है कि गाँव के वातावरण में यह नहीं हो सकता है, यह भी नहीं हो सकता है, वह नहीं हो सकता और वह

भी नहीं हो सकता। यह एक विचित्र स्थिति है जिसमें समाज का शिक्षित वर्ग सारी परिस्थिति के बारे में ऐसा विभ्रमित हो। ऐसा भी नहीं है कि बातचीत करने वाले युवक सामान्य शिक्षित हों अथवा समस्या की पूरी जानकारी न रखते हों। ऐसा भी नहीं है कि ये युवक परिस्थिति से सन्तुष्ट हों या समझौता अपने लाभ के लिए करने वालों में हों। वैसे ऐसे लोगों की या ऐसे युवकों की हमारे समाज में कमी नहीं है। एक ऐसी यथास्थितिवादी मानसिकता से वे ग्रस्त हैं जिसमें उन्हें अपने चिन्तन की विसंगति का सही एहसास भी नहीं हो पाता। ऐसा लगता है कि कहीं इन सब में यानी कि हम सब में यथास्थिति से मुक्त होने की अकुलाहट नहीं है, जिससे विद्रोह जन्म लेता है और क्रान्तियाँ सम्भव होती हैं। ऐसी बातचीत में एक चक्करदार अनिश्चय परिलक्षित होता रहता है जो किसी संकल्प को विकसित नहीं होने देता।

यह अन्ध गलियों का भटकाव हमारे जीवन में हर जगह दिखाई देता है। अच्छे खासे पढ़े-लिखे वर्ग के बीच बातचीत के दौरान जब लोकतंत्र की वर्तमान परिस्थिति की असफलताओं की चर्चा हो रही हो, उस समय अनेक लोगों के द्वारा यह कहा जाते सुना जा सकता है कि हमारे देश में तानाशाही ही विकल्प है। इन लोगों में सभी वर्गों और सभी क्षेत्रों के मूर्धन्य लोगों को भी देखा जा सकता है। अगर इनसे पूछा जाए कि आप भारत में किस प्रकार की तानाशाही चाहेंगे, तो वे इस सीधे से सवाल पर अचकचा जाएँगे। और सीधा उत्तर न देकर इन्दिराजी द्वारा घोषित किए गए आपात्काल की उपलब्धियों का गुणगान करने लगेंगे। फिर अगर उनसे निवेदन किया जाए कि क्या हम सब मिलकर किसी तानाशाह को चुन सकते हैं जो हमारी सारी समस्याओं का निदान कर सके। प्रायः हम सही ढंग से इस प्रकार की चर्चाओं में यह सोचने का कष्ट भी नहीं करते कि तानाशाही, लोकतंत्र या साम्यवादी राजतांत्रिक व्यवस्थाओं में क्या अन्तर है, उनके लिए किन परिस्थितियों और प्रक्रियाओं की अपेक्षा होती है। यही लगता है कि हर व्यक्ति परिस्थिति से असन्तुष्ट होकर उसके ख़िलाफ़ कुछ कहना चाहता है और वह परिस्थिति को बदलने के बजाय केवल इतना चाहता है कि उसकी यथास्थिति पर कोई दबाव न पड़े या आघात न लगे। इस मानसिकता के कारण न उनके मन में परिस्थिति के प्रति गहरा असन्तोष ही जन्मा है और न उसके कारण विद्रोह की भावना ही उत्पन्न होती है। संकल्प और उससे दिशा का अनुसंधान और फिर लक्ष्य तक पहुँचने के संघर्ष की सम्भावना ही नहीं होती। फिर इस मानसिक भटकाव के अतिरिक्त कुछ हाथ नहीं आता।

ऐसे लोग जो किसी निश्चित सिद्धान्त की मान्यता को लेकर चलते हैं, उनकी दृष्टि किसी निश्चित लक्ष्य पर आधारित हो सकती है, कम से कम यह मानकर चला जा सकता है। यहाँ जहाँ तक लोकतांत्रिक मूल्य दृष्टि का सवाल है अधिक कहने

की आवश्यकता नहीं। इस दृष्टि के प्रति संकल्प लेकर चलने वाले तमाम राजनीतिक दलों और उनके नेताओं का चरित्र इतने साफ सुथरे ढंग से भारतीय रंगमंच पर उजागर हो चुका है कि इस मूल्य दृष्टि की विसंगतियों और विडम्बनाओं की ओर विशेष ध्यान आकर्षित करने की अपेक्षा भी नहीं है। कौन नहीं जानता या देखता है कि हम जितना लोकतंत्र पर आग्रह प्रकट कर रहे हैं उतना ही उसके मूल्यों के भटकाव में पड़ते जा रहे हैं। इस विवशता के अन्तर्गत आज तक न हम आर्थिक विषमता दूर कर सके हैं और न समाज को ही शोषण और अन्याय से मुक्त कर सके हैं। और स्वतंत्रता की जो विडम्बनापूर्ण स्थिति है उससे कौन नहीं परिचित है। परन्तु हमारे साम्यवादी मित्र अपने लक्ष्य और दिशा के बारे में कितने स्पष्ट हैं और अपने सारे प्रयत्नों के साथ कितने अग्रसर हो सके हैं, यह भी आज विडम्बनापूर्ण ही है। सबसे पहले वर्ग भेद के आधार पर सामाजिक क्रान्ति करने वाले हमारे ये मित्र साम्यवाद की जातियों में ही विभक्त होते रहे हैं। इसके साथ पिछले एक दशक से अन्य दलों के समान ही साम्यवादी दलों की एकता के प्रयत्नों में जितना समय और श्रम खर्च किया गया है उतना सामाजिक क्रान्ति के लक्ष्यों के लिए नहीं। फिर अपने इतिहास और सामाजिक परिवर्तन की सुनिश्चित पकड़ के आधार पर वे भारतीय समाज में किस सीमा तक क्रान्ति ला सके हैं, यह स्वतः स्पष्ट है और अगर इसी समझ के आधार पर क्रान्ति का क्रम चला तो कितने लम्बे काल की अपेक्षा होगी, यह भी समझने की बात है। क्या यह हमारी समझ का फेर है या वही अन्ध गलियों का भटकाव।

अब रहे हमारे गांधीवादी सम्पूर्ण क्रान्ति के चक्र प्रवर्तक। सन् 74 तक आते आते उन्हें अपनी दशकों की लम्बी भूदान से लेकर जीवन-दान तक की यात्रा दिग्भ्रमित लगी। गांधी-विचार के ताप को उन्होंने पहिचाना और सत्याग्रह तथा असहयोग को क्रान्ति प्रक्रिया के लिए स्वीकारा। एक विकल्प की आशा बँधी, गांधी भवनों, प्रार्थना सभाओं तथा गांधी प्रवचनों से लगा कि गांधी को मुक्ति मिलेगी और उनके गत्यात्मक विचार देश को दिशा दे सकेंगे। पर राजघाट के नाटक के साथ जनता दल के नेताओं ने पुनः कांग्रेसियों के समान गांधी का जाप करके उन्हें भुला दिया और जयप्रकाश जी के सर्वोदयी साथी सम्पूर्ण क्रान्ति को भूलकर अमृत महोत्सव मनाते रहे। सम्पूर्ण क्रान्ति का चक्र कहाँ भटक गया है या अटक गया है, इस विडम्बना को कौन समझें। और हमारे राजनीतिज्ञों में गांधी के नाम पर आर्थिक योजना की जो बहस चल रही है, उसमें कितना सिद्धान्त और कितनी गद्दियों की राजनीति है, यह भी विभ्रम में डालता है। फिर हमारे एक साम्यवादी मित्र उस दिन व्याख्या कर रहे थे कि यह आर्थिक योजना (गांधी विचार वाली) पूँजीवादियों (देश-विदेश के) की दुरभि-सन्धि है कि भारत पिछड़ा रहे और केवल कच्चा माल बेचता रहे। उनकी आर्थिक समझ को कौन चुनौती दे!

सब मिलाकर अब यह लगने लगा है कि अगर हमारा देश इन अन्ध गलियों के भटकाव से मुक्त नहीं हुआ तो इस परिस्थिति का कोई इलाज नहीं है। लगता है अब रास्ता चुनने के लिए, दिशा निर्धारित करने के लिए, लक्ष्य को व्याख्यायित करने के लिए सब से अधिक ज़रूरी है कि हम अपने दिमाग़ के यथास्थितिवाद को तोड़े और तरह-तरह के सिद्धान्तों के ऊहापोह में पड़ने के पहले या पड़े बिना हम परिस्थिति के सही विश्लेषण-विवेचन की क्षमता विकसित करें, क्योंकि उनके बिना न भटकाव ख़त्म होने वाला है और न कोई रास्ता मिलने वाला है।

नक्क़ारख़ाने में तूती की आवाज़ ?

आपात्काल का दौर चल रहा था। हमारे देश के उपराष्ट्रपति श्री जेत्ती ने अपने भाषण में कहा कि बौद्धिक तथा लेखकों को असहमति प्रकट करने का अधिकार है। तब तक मैं भी 'मीसा' के तहत जेल में था। वहाँ अख़बार में उनका वक्तव्य पढ़कर सन्तोष हुआ। खीझ भी हुई, डॉ. सत्यव्रत ने कहा—'मैडम से असहमति प्रकट तो करें महामहिम, फिर देखें कि उनका स्थान राष्ट्रपति भवन में है या हम लोगों के बीच मैंने समझाना चाहा—'इस स्थिति में उन्होंने कहा तो सही और अख़बारों में छपा, आज इस पर भी सन्तोष किया जा सकता है।' यह ठीक है कि उस समय लोकतांत्रिक मूल्यों के प्रतीक शब्द अर्थ खो चुके थे, अर्थ खोने की यह प्रक्रिया लम्बी रही है। सरकारी माध्यमों और सैंसर-लागू पत्रों से इन पारदर्शी शब्दों का झूठे ढीले के समान प्रयोग किया जा रहा था। पर आचरण से अलग करके उनको अर्थहीन बनाने के अपराधी हम सब रहे हैं। अत: उस अन्धकार में 'असहमति का अधिकार' कौंधकर हमारे मानस को उजागर कर गया, और हमारे अन्दर के स्वाभिमान को थोड़ा सन्तोष मिला।

अभी हाल ही में हमारे देश के महान नेता जगजीवन बाबू ने आपात्काल में बौद्धिकों की भूमिका की आलोचना की और उनकी शिकायत है कि हमारे देश के बौद्धिक वर्तमान परिस्थिति में अपनी सही भूमिका नहीं निभा रहे हैं। हमारे बौद्धिक लेखक बन्धु उनके इस वक्तव्य से चिढ़े भी—'बाबूजी को क्या अधिकार है बौद्धिकों की आलोचना का, वे तो आपात्काल की घोषणा का समर्थन करते रहे हैं, और इन्दिराजी के फ़ासीवादी शक्ति के उन्मूलन अभियान में उनके साथ रहे।' बाबूजी के पक्ष से यह तर्क दिए जाने पर कि वे सदा उचित समय पर ही उचित निर्णय लेते हैं, वे उन्हीं की शैली में उत्तर देते हैं—'हमारे बौद्धिक बाबूजी के शिष्य हैं, अत: वे भी उचित समय पर उचित निर्णय लेते हैं।' पिछले एक वर्ष के अनुभव से उनके कहने में दम लगता है। न जाने कितने बौद्धिक-लेखक, अध्यापक, पत्रकार—जो आपात्काल के समर्थक थे, समय पर उसके प्रबल विरोधी दिखाई देते हैं।

ख़ैर मेरे सोचने का यह ढंग नहीं है। सही मार्ग दिखाने वाले के प्रति कृतज्ञता अनुभव करता हूँ, बिना इस विकल्प में पड़े कि क्या बताने वाला खुद सही मार्ग पर

है ? फिर कहते हैं, यही क्या कम सन्तोष की बात है। उचित समय पर बाबू जी हम को शिक्षा दें, यह स्वाभाविक है। पर हम बाबू जी को देश के बौद्धिकों में मानते हैं। लम्बे अर्से से वे हमारे राष्ट्रीय जीवन का नेतृत्व करते रहे हैं, देश की नीतियाँ निर्धारित करते रहे हैं। और लगभग इकतालीस वर्षों से बहुत थोड़े अन्तराल के साथ वे देश के शासन-तंत्र को परिचालित करने वालों में रहे हैं। फिर ऐसे शक्तिशाली नेता का अनुसरण करना बहुसंख्यक बौद्धिकों के लिए आदर्श रहा हो, तो बाबू जी को भी आश्चर्य नहीं होना चाहिए। अपने देश के बौद्धिकों के बारे में साक्ष्य बाद में प्रस्तुत करना होगा, पहले उस राजनीतिक परिस्थिति पर विचार करना ज़रूरी है जिसमें उसकी लोकतांत्रिक भूमिका की सही पहचान ओझल हो गई है। हमारे देश में राजनीतिक कर्णधारों का यह ढंग हो गया है कि वे सब को मर्यादाएँ और आदर्श सिखाएँगे, स्वयं कुछ भी करने के लिए स्वाधीन हैं। देश के अध्यापकों को भारतीय गुरु-शिष्य परम्परा का निरन्तर स्मरण दिलाते रहेंगे, लेखक बौद्धिक को उनकी भूमिका समझाएँगे और इतना ही नहीं हर वर्ग को कर्तव्य पालन का उपदेश देते रहेंगे। पर स्वयं गद्दियों की अवसरवादी राजनीति चलाते रहेंगे। लोकतंत्र ही नहीं कोई भी राजतंत्र बिना नैतिक आधार के नहीं चल सकता, यह बात उनकी दृष्टि से बिल्कुल ओझल हो चुकी है।

राजतंत्र में जब राजा शासन करता था, तब भी कुशल और सफल राजा योग्य व्यक्तियों का आदर करता था, पदों के लिए चुनाव करता था और सही-तीखी मंत्रणा को सुनता था। अशोक, विक्रमादित्य, भोज और अकबर के परिषद्, मंत्री और नवरत्न भांड और विदूषक नहीं थे। यह तो नीति-वचन है कि चापलूसों भाँड़ों, और विदूषकों से घिरा हुआ राजा नाश को प्राप्त होता है। इतिहास में इसके न जाने कितने उदाहरण हैं। लोक-कथाओं तक में प्रचलित है कि बीरबल का अक़बर को समझाने का ढंग कठोर व्यंगात्मक था। चन्द और बिहारी जैसे दरबारी कवियों को भी अपने अन्नदाता की खरी आलोचना करने की छूट थी। बाबूजी से ही नहीं मैं तमाम राजनीति के कर्णधारों से पूछना चाहता हूँ कि उनके चारों ओर पिछले तीस वर्षों से जो तथाकथित बौद्धिक, ज्ञानी-विज्ञानी, लेखक-पत्रकार मँडराते रहे हैं, वे क्या उनकी खरी आलोचना करने का साहस रखते रहे हैं ? अथवा उन्होंने चापलूसों, चाटुकारों तथा विदूषकों को ही प्रश्रय दिया है ?

बाबूजी का यह कहना सही है कि देश की लोकतांत्रिक पद्धति में बौद्धिकों की भूमिका बहुत महत्त्वपूर्ण होती है। वैसे तो हर दल के अपने बौद्धिकों में अर्थशास्त्री, राजनीतिक, विदेश नीति विशारद आदि होने चाहिए जो दलीय नीतियों की रूपरेखा तैयार करते रह सकें। ये सारे क्षेत्र विशेषज्ञता के हैं और केवल जनता को सम्बोधन करने वाले नेताओं के वश के नहीं हैं। परन्तु इससे भी अधिक महत्त्वपूर्ण भूमिका हर क्षेत्र के ऐसे बौद्धिकों की है जो दलीय ढंग से नहीं सोचते, वरन् देश तथा समाज की

दृष्टि से नीतियों और योजनाओं पर विचार करते हैं, आलोचना करते हैं तथा सुझाव देते हैं। इस भूमिका को निभाने वाले सही बौद्धिक वर्ग के बिना लोकतंत्र के पथभ्रष्ट हो जाने की पूरी सम्भावना रहती है।

परन्तु यहाँ एक ध्यान देने की बात है, विशेषकर हमारे राजनेताओं के लिए। लोकतांत्रिक जीवन-पद्धति विकसित करने के लिए उचित वातावरण की अपेक्षा होती है। समाज की पूरी परिस्थिति तथा उसके वातावरण से कोई भी वर्ग अलग या मुक्त नहीं रह सकता। अतः इस प्रकार के सम्बोधन तथा उपदेश कि हमारे किसान-मज़दूर को देश का सुनहला भविष्य लाना है, हमारे बौद्धिकों की राष्ट्रीय भूमिका है, हमारे युवकों के हाथ में देश का भविष्य है, आदि न केवल निरर्थक और विडम्बनापूर्ण है, वरन् चारित्रिक बेईमानी का परिचय देते हैं। अगर जिन राजनीतिज्ञों के हाथों में देश की बागडोर रही है, वे अपनी नीतियों तथा योजनाओं के कार्यान्वयन के संकल्प से उचित वातावरण बना सकते, तो इन आवाह्नों का कोई अर्थ होता। पिछले तीस वर्षों में हमारे राजनीतिक महान प्रभुओं ने अपने चरित्र से, कथनी-करनी से जो भ्रष्टता का वातावरण बनाया है, उसमें वर्ग विशेष से क्या आशा की जा सकती है!

सवाल उठता है कि बौद्धिक वर्ग का अपना दायित्व भी है, वह अपने देश और समाज का प्रतिनिधि है। सही वातावरण बनाने तथा भ्रष्ट वातावरण को दूर करने के लिए संघर्ष करना भी उसका दायित्व है। पर इस सवाल पर विचार करने के पहले यह समझ लेना चाहिए कि जिस प्रकार का समाज विकसित हो रहा है उसका राजनीतिक-आर्थिक संरचना का जैसा मूलाधार है, उसके विरोध में खड़ा हो पाना आज लगभग असम्भव होता जा रहा है। 'हीरोइक' होना आज व्यक्ति के लिए भी कठिन है, क्योंकि वह व्यर्थ ही नहीं विडम्बनापूर्ण भी लगने लगा है। किसी वर्ग से आशा करना कि वह समाज की प्रक्रिया के विरुद्ध खड़ा होगा, वर्ग-संघर्ष के आधार के बिना संगत नहीं है।

अब अगर हम पिछले तीस वर्षों से बनने वाले वातावरण पर दृष्टि डालें तो नेहरू युग से ही ऐसे बौद्धिकों को महत्त्व और प्रश्रय मिलने लगा था जो केवल नेहरू सरकार की नीतियों के समर्थक नहीं थे, वरन् नेहरू जी के व्यक्तित्व को प्रक्षेपित करने में लगे हुए थे। उनके लेखन से सदा ऐसा लगता रहा कि कांग्रेस दल और कांग्रेस सरकार की नीतियों से नेहरू जी बड़े और ऊँचे हैं। ऐसा तर्क भी दिया जा सकता है कि इन बौद्धिकों का ऐसा ही मत रहा है। पर इसका क्या उत्तर है कि असहमति प्रकट करने वाले बौद्धिकों को पद तथा प्रतिष्ठा देने की बात तो दूर कभी सुनने-समझने की चेष्टा नहीं की गई।

नेहरू-युग से ही विरोधी विचार रखने वाले बौद्धिकों की अवहेलना और उपेक्षा शुरू हो गई थी। यही नहीं 'अभिनन्दन ग्रन्थों' की परम्परा भी तभी से शुरू हो चुकी

थी। बाबूजी पर 'अभिनन्दन ग्रंथ' निकले हैं और उनके जैसा बुद्धिमान यह भी जानता होगा कि इन अभिनन्दन करने वालों का चरित्र कैसा है ?

परन्तु हो क्या ? 'निन्दक नियरे राखिए...' का साहस वही व्यक्ति कर सकता है जिसका संकल्प सत्य मार्ग पर चलने का हो। परन्तु जिनके सामने भ्रष्ट वातावरण को चीरकर स्वस्थ तथा गतिशील समाज बनाने का लक्ष्य नहीं है और जो केवल कुछ सामयिक नारों की धुन्ध में अपनी गद्दियों की शिखर राजनीति चलाने में व्यस्त हैं, उनको इस वातावरण को अधिक सघन बनाने वाले विरुदावली गायकों की अपेक्षा है। फिर पद, अधिकार, ऐश्वर्य की इस प्रतिद्वन्द्विता में अगर बौद्धिक अपनी भूमिका को भूल जाए, तो इसका दायित्व किस पर है ? जो राष्ट्र के निर्माता होने और समाज को आगे बढ़ाने का दावा करते हैं, वे क्या आज भी नक्क़ारख़ाने में तूती की आवाज़ को पहचान सकेंगे ? लेकिन यह नक्क़ारख़ाना भी तो उन्हीं का है। फिर भी एक प्रश्न शेष है—असहमति प्रकट करने वाले बौद्धिकों के पास इस चुनौती के सामने क्या विकल्प है ?

शिक्षा-नीति की धुन्ध में जलते-सुलगते शिक्षा संस्थान

पिछले तीस वर्षों से देश की सारी शिक्षा व्यवस्था की उपेक्षा और अवहेलना हुई है। फिर राजनीतिक स्वार्थों के लिए एक ओर इसका इस्तेमाल किया गया है, दूसरी ओर उसे अपमानित तथा लाँछित भी किया गया है। इस बीच एक फ़ैशन प्रचलित रहा है। राष्ट्रपति तथा प्रधानमंत्री से लेकर राजनीति का साधारण नेता तक कहेगा कि हमारी शिक्षा पुरानी पड़ गई है, वह अर्थहीन तथा असंगत हो गई है और वह हमारे राष्ट्रीय लक्ष्यों के अनुकूल नहीं है। फिर हित-साधन में लगे हुए शिक्षाविद् तथा बौद्धिक इन राजनेताओं के साथ शिक्षा की लक्ष्यहीनता और सन्दर्भहीनता की साँगोपाँग व्याख्या करेंगे। इन सब को देख-समझ लेना कठिन नहीं है और उसके लिए प्रकांड पांडित्य तथा अति सूक्ष्म दृष्टि की अपेक्षा भी नहीं है। पर शिक्षा के बारे में ऐसे वक्तव्य दिए जाते रहे हैं, विद्वान समितियों में व्याख्याएँ करते रहे हैं और बड़े-बड़े शिक्षा आयोग परिश्रम से अपनी रपटें प्रस्तुत करते रहे हैं और हमारे दुर्भाग्य से घटित कुछ नहीं होगा। शिक्षा-नीति की यह धुन्ध गहराती जा रही है और उसमें हमारी शिक्षा संस्थाएँ जल-सुलग रही हैं। यह दुर्भाग्यपूर्ण स्थिति भयंकर इसलिए है कि हमारे राजनीतिक नेता, युवा छात्र नेता तथा राजनीति का उपयोग करके उभरने वाले अध्यापक नेता उसकी आँच में ताप रहे हैं।

यह कटु सत्य है, पर जीवन भर शिक्षा-क्षेत्र में कार्य करने वाले व्यक्ति को बड़ी पीड़ा-व्यथा के साथ यह सत्य स्वीकारना पड़ता है। जो पिछले इन तमाम वर्षों में क्रमश: विघटित तथा नष्ट-भ्रष्ट होती शिक्षा की प्रक्रिया का साक्षी है, उसको साक्ष्य देना ही होगा, फिर विवशता कितनी मर्मान्तक हो। इस दुर्दशा का सबसे बड़ा कारण है कि हम कथनी-करनी के विरोधाभास में जीते हैं, जिसके कारण हमारा सारा राष्ट्रीय जीवन झूठा और भ्रष्ट हो गया है। एक चलन रहा है, जो इधर कुछ कम हुआ है क्योंकि एक दूसरा फ़ैशन चलाया गया था। मंचों से राजनेता यह उपदेश देते रहते थे कि हमारे देश में गुरु-शिष्य की गौरवपूर्ण परम्परा रही है। हमारे गुरुजनों ने यह परम्परा छोड़ दी है और इस कारण शिक्षा का यह ह्रास है और शिक्षा संस्थाओं का ऐसा वातावरण है। इन मंच से बोलने वालों को कौन समझाए, फिर इन भलीभाँति समझकर शिक्षा के साथ राजनीति खेलने वालों को समझा कौन सकता है। आज

शिक्षा, शिक्षा–संस्थाएँ और शिक्षक समाज के अभिन्न अंग हैं। हमारे नेता अपने चरित्र को ही उन४में प्रतिबिम्बित देख सकते हैं, विशेषकर जब उनको राजनीति की रंगस्थली बनाया गया है। इधर एक नारा दिया गया था कि शिक्षा–संस्थाओं, शिक्षकों तथा शिक्षा–नीति में सामाजिक प्रतिबद्धता आनी चाहिए। विचार तथा दृष्टि सही हो सकते हैं, पर उसका जो अर्थ लिया गया और उसका जो प्रयोग किया जा रहा था, वह आज सबके सामने है।

शिक्षा के ह्रास और विघटन के दायित्व से मुक्त होने का एक सरल तरीका राजनीति के सत्तारूढ़ लोग निकाल लेते हैं। स्कूलों तथा संस्थाओं में पढ़ाई नहीं हो रही है, उनमें अराजकता है, भ्रष्टाचार है, अनुशासनहीनता है, स्तर नीचे होते जा रहे हैं और इस सब का दायित्व शिक्षकों तथा संस्थाओं के अधिकारियों पर है। जैसे शिक्षा का सारा जगत् और उसकी सारी व्यवस्था स्वतंत्र है, राजनीति तथा सरकारी व्यवस्था से उसका कोई सम्बन्ध नहीं है। आज ऐसा सम्भव नहीं है, पर अगर शिक्षा को उसके हाल पर छोड़ दिया जाता तो शायद उसकी हालत बेहतर होती। शिक्षा–नीति, शिक्षा–व्यवस्था और आर्थिक अनुदान सब कुछ सरकार के हाथ में है। पर शिक्षा की विडम्बना का सारा दायित्व शिक्षकों पर छोड़कर सरकार तथा राजनेता मुक्त हो जाते हैं।

सवाल है कि जैसी भी शिक्षा–नीति अपेक्षित है और उसे जिस प्रकार चलाना चाहिए, वैसा करने में सरकार को मना किसने किया है। वैसे तो सारा शिक्षा जगत् इस सम्बन्ध में चिन्तन–मनन करता रहा है, पर सरकार के अपने शिक्षाविद रहे हैं, उनकी तमाम समितियाँ रही हैं और अनेक सरकारी आयोग बनाए गए हैं, जिनकी विस्तृत रपटें हमारे सामने हैं। फिर आज तक कोई स्पष्ट शिक्षानीति क्यों नहीं निर्धारित की जा सकी ? सब कुछ नष्ट होता जा रहा है और घटित कुछ नहीं होता। अगर हमारे सामाजिक मूल्य स्पष्ट हैं और नई समाज रचना के लक्ष्य तथा आर्थिक उद्देश्य व्याख्यायित हैं तो शिक्षा–नीति को निर्धारित करने में न कोई कठिनाई हो सकती है और न कोई बाधा। पर हमारे देश के भाग्य विधाताओं ने घोषणाएँ जो भी की हों, उनको इन लक्ष्यों तथा उद्देश्यों की राई रत्ती चिन्ता नहीं रही। सब कुछ उनके सत्ता के खेल की बाज़ी है और शिक्षा का उपयोग भी इससे अधिक उनके लिए नहीं रहा।

उसके एक पक्ष का जो दृश्य हमारे सामने उभरता है वह मन को कँपा देने के लिए काफ़ी है। हमारी शिक्षा–संस्थाओं में छात्र–नेताओं के रंगमंच हैं। ये समस्त छात्र–नेता 'विद्यार्थी एकता ज़िन्दाबाद' के नारे के नीचे हैं। इसका अर्थ होना चाहिए कि विद्यार्थियों की इकाई एक है और उसके हित एक हैं। प्रत्यक्षत: यह सही भी है, क्योंकि शिक्षण–संस्थाओं में विद्यार्थियों का हित अच्छी से अच्छी शिक्षा पाने के अवसर के अलावा क्या हो सकता है। प्रवेश, परीक्षा, आवास, भोजन आदि की व्यवस्था की बात शिक्षा के अवसर के साथ ही सार्थक होगी। अत: इन अवसरों तथा

व्यवस्थाओं के बारे में विद्यार्थियों के मतभेद का सवाल नहीं उठेगा, फिर 'छात्र एकता ज़िन्दाबाद' के नारे के साथ विद्यार्थी एक माने जा सकते हैं।

यह भी स्पष्ट है कि इन संस्थाओं के पास साधन सीमित हैं और सरकार द्वारा प्रदान किए हुए हैं। अतः सुविधा, अवसर तथा व्यवस्था सम्बन्धी छात्रों की माँग संस्था के अधिकारियों के सामने एक सीमा के आगे निरर्थक हो जाती है। उनको पूरा करने-कराने का सामर्थ्य सरकार तथा समाज में है। जहाँ तक संस्थाओं की सीमा का सवाल है वे दबाव सहन कर अधिक से अधिक उन माँगों को पूरा करने के लिए विवश हैं। मान लिया जाए किसी संस्था के अधिकारी अपनी सीमा के अन्तर्गत भी छात्रों की माँगों को पूरा नहीं करते तो सरकार, विभिन्न दलों के नेता तथा समाज के प्रतिनिधियों के दबाव की उपेक्षा वे नहीं कर सकते। वैसे कोई संस्था की व्यवस्था छात्रों का सामना नहीं कर सकती है, यह अलग बात है कि राजनीतिक प्रभाव से ही उनको कुछ करना पड़े।

पर हम देखते आए हैं कि 'छात्र एकता जिन्दाबाद' के नारे ने इन संस्थाओं में शिक्षा का विघटन किया है। हम समझने में असमर्थ हैं कि विद्यार्थी का हित शिक्षा के इस ह्रास में किस प्रकार निहित है। यह ज़रूर है कि राजनीति के नेताओं के समान इस यथार्थ स्थिति को छिपाने के लिए छात्र-नेता भी विरोधाभास का धुन्ध पैदा करते हैं। विद्यार्थियों के हित की माँग के साथ शिक्षा की निरर्थकता, विसंगति और सन्दर्भहीनता के सवाल को जोड़ दिया जाएगा। यही नहीं, अगर इससे धुन्ध पर्याप्त नहीं हुई तो शिक्षा तथा समाज के भ्रष्टाचार के नारे भी लाए जाएँगे और राजनीतिक प्रश्नों को भी उठाया जाएगा। ऐसा नहीं है कि आधारभूत समस्याओं पर विद्यार्थियों का ध्यान नहीं जाना चाहिए। और अनिवार्य स्थिति आ जाने पर उसके संघर्ष में छात्रों की युवा-शक्ति को लगना नहीं होगा। परन्तु सवाल है कि ये सारे नारे किसी दृष्टि तथा गतिशीलता से जुड़े हैं अथवा केवल विद्यार्थी-समाज को विभ्रम में डालकर अपनी शिक्षा की हानि के प्रति उन्हें असजग करने के लिए हैं।

शिक्षा की मूल दृष्टि से हटाकर जिन नारों से विभ्रम पैदा किया जाता है, वे राजनीति के क्षेत्र में प्रचलित हैं। और राजनीतिक नेता भी इनका इस्तेमाल समाज को सही दिशा में गतिशील करने के बजाय केवल विभ्रम उत्पन्न करने के लिए करते हैं। यदि छात्रों की युवा-शक्ति वास्तव में सामाजिक परिवर्तन तथा क्रान्ति का वाहक बनना चाहती है तो उसका क्षेत्र व्यापक सामाजिक जीवन है न कि शिक्षा संस्थाओं के सीमित प्रांगण। सब के प्रवेश की माँग से लेकर सामाजिक भ्रष्टाचार दूर करने तक की लड़ाई इन प्रांगणों द्वारा लड़ी जाने से परिस्थिति की सारी विडम्बना और उनके चरित्र का विरोधाभास उजागर हो जाता है।

सवाल है कि क्या शिक्षा-नीति के इन्तज़ार में (मालूम नहीं यह इन्तज़ार क्यों है ?) इन संस्थाओं में जो कुछ शिक्षा चल सकती है, चलाई जा रही है, वह सब

नष्ट-भ्रष्ट कर दी जाएगी। सरकार क्या उसी पुरानी नीति को चलाती रहेगी कि इन प्रांगणों में बेकार नौजवानों को अधिक से अधिक समय तक समय बिताने दिया जाए। सारी अराजकता, तोड़-फोड़ इन्हीं में सीमित कर दी जाए। क्या विभिन्न दल भी इन युवक नेताओं को इन प्रांगणों में उत्तर की राजनीति का कुशल प्रशिक्षण देना चाहते हैं और इन छात्र-नेताओं के सामने भी क्या इतिहास, समाज, राजनीति, अर्थनीति के अध्ययन, मनन-पर्यवेक्षण के बजाय केवल आतंक फैलाकर, दबाव डालकर राजनीति चलाने का आदर्श स्थापित होता जाएगा। यह सब चल रहा है, शायद अनेक लोगों का हित उस प्रक्रिया से जुड़ा हुआ है। पर देश की शिक्षा का क्या होगा? यह जो 'तथाकथित माँगों' के आवरण में क्रमशः स्थिति को बिगाड़कर घेराव तथा तोड़-फोड़ के साथ गोली-लाठी का वातावरण गहरा रहा है उसमें क्या किसी प्रकार की शिक्षा को चला पाना सम्भव है। शिक्षा के स्तर की चर्चा तो यहाँ बेमानी है।

वेदना के साथ इस संक्रान्ति (Crisis) की ओर इन तमाम लोगों का ध्यान आकर्षित करना चाहता हूँ जो यह मानते हैं कि किसी देश और समाज की रचना और व्यवस्था का मूलाधार शिक्षा है। जिस समाज के आधार में आग लगी हो, उसके भविष्य के बारे में अन्धकार ही अन्धकार है। जो 'आग लगाकर तापने' का सुख पाते हैं, उनके हित को समझकर हमको अपनी शिक्षा के बारे में कोई न कोई अन्तिम निर्णय लेना ही है।

हड़तालों का यह तर्क

अपने विश्वविद्यालय के बैंक से निकलते समय मैंने सुना कि एक तगड़ा सा आदमी कह रहा है कि "यह तो हमारे ऊपर के नेताओं ने समझौता कर लिया नहीं तो इस देसाई की सरकार हम गिरा देते।" मैं अचकचा गया कि क्या अब यह ज़माना आ गया है कि दादा टाइप लोग सरकार गिराने का दम भरते हैं। पर हमारे साथ के मित्र ने स्थिति पर प्रकाश डाला कि ये महाशय स्टेट बैंक की इस शाखा में एक सहायक हैं। पर बैंक का काम करना उनकी शान के ख़िलाफ़ है, वे तो नेता हैं। बैंक का हो या बीमा का, फैक्ट्री का हो या रेल-सेवा का, यहाँ तक कि माध्यमिक शिक्षक संघ का हो या महाविद्यालय के संघ का नेता नेतागीरी करता है, नौकरी वह करता नहीं, वेतन के लिए नाम चढ़ा रहता है। फिर जब अपने सहकर्मियों का सारा सिरदर्द उनके मत्थे है, तो इस सेवाकार्य के सामने काम करने की उनको फ़ुर्सत कहाँ है। हमारे दोस्त ने बताया कि इन महाशय ने भी नेतागिरी में काफ़ी तरक्की की है, कई पुख्ता घर बनवा लिए हैं।

ख़ैर देसाई सरकार बच गई, बैंक की हड़ताल ख़त्म हो गई। खीजकर मैंने ध्यान नहीं दिया कि सरकार ने शर्तें क्या मान लीं। यह तो धीरे-धीरे स्पष्ट होता जा रहा है कि हड़ताल कोई करे, माँगें कुछ भी हों, पर सरकार अन्ततः झुक जाएगी। सरकार के पास रुकने लायक क्षमता नहीं है, फिर हड़ताल पर जाने का लालच और प्रोत्साहन बढ़ेगा ही। खरबूजे को देखकर खरबूजा रंग पकड़ता है, पुरानी कहावत है। बैंक के लोग सफल होंगे तो रेलवे के लोग उत्साहित होंगे, फिर तार-डाक, सरकारी कल-कारख़ाने में काम करने वाले उत्साहित होंगे ही। इधर बोनस को लेकर रेल-कर्मचारी 'नियमानुसार काम करके' रेल-विभाग के कामधाम को ठप किए हुए हैं, उस पर पूरी हड़ताल पर जाने की धमकी है। केन्द्रीय मंत्रिमंडल में बोनस के इस मसले को लेकर मतभेद हो गया है। बोट क्लब की रैली में जार्ज फर्नांडिस ने रेल कर्मचारियों को खुला समर्थन दिया है। उनकी माँग पूरी न होने पर त्याग पत्र देने की बात कही है। रेल मंत्री दंडवते भी बोनस के पक्ष में हैं।

सम्भवतः देसाई सरकार बोनस के मसले में थोड़ा अड़ी इसलिए भी है कि रेलवे कर्मचारियों को बोनस दिया नहीं कि एक क्रम शुरू हुआ, डाक-तार विभाग,

जीवन बीमा विभाग, समुद्री तथा हवाई यातायात विभाग, बिजली विभाग आदि कोई पीछे रहने वाला नहीं है। फिर सरकारी कल-कारखाने या अन्य संयंत्रों निगमों के कर्मचारी क्यों चुप रहने वाले हैं।

लोकतंत्र में अपनी माँगों के लिए हड़ताल पर जाना जन्मसिद्ध अधिकार है। इस अधिकार की विडम्बना यह है कि तर्क और व्यापक सन्दर्भों से जुड़ा रहना ज़रूरी नहीं रह गया है। माँगों का औचित्य क्या है, अन्य क्षेत्रों में काम करने वालों से उनकी सापेक्षता क्या है, देश की व्यापक अर्थ-व्यवस्था पर उनका प्रभाव क्या पड़ेगा और देश के विकास को बाधित किस सीमा तक करेगी, इस पर कोई बहस नहीं। कुल मिलाकर किस क्षेत्र के कर्मचारी संघों में देश की व्यवस्था को रोकने, कामकाज को ठप करने, अर्थ व्यवस्था को छिन्न-भिन्न करने का सामर्थ्य है, यह महत्त्व हो गया है। जो जितना प्रभावी है, उसकी माँगें उतनी ऊँची हैं। कर्मचारी संघों के नेता और उनके पीछे के दल सत्तारुढ़ सरकार पर अपना दबाव डालने का यह प्रभावी उपाय मानते हैं।

व्यक्तिगत क्षेत्रों से सरकारी क्षेत्रों का अन्तर है। इस कारण व्यक्तियों के कल-कारख़ानों, उद्योग-धन्धों और संयंत्रों में हड़तालें एक तो सीमित क्षेत्र को प्रभावित करती हैं और दूसरे देश की अर्थव्यवस्था को अधिक प्रभावित नहीं करतीं। जबकि सरकारी क्षेत्र व्यापक और देश की पूरी अर्थ-व्यवस्था को प्रभावित करने वाला है। यह अन्तर भी किया जा सकता है कि व्यक्तिगत क्षेत्र का मूल लक्ष्य लाभ है और यह लाभ व्यक्तिगत पूँजीपतियों का है। जबकि सरकारी क्षेत्र की मूल दृष्टि लोक कल्याण की है और उसका लाभ जनता के काम आता है। अत: दोनों क्षेत्र के कर्मचारियों का दृष्टिकोण समान नहीं होना चाहिए। पर सरकारी क्षेत्र के कर्मचारियों का तर्क है कि महँगाई हमारे लिए भी है, उत्पादन हम भी करते हैं और हमारे अधिकारियों-मैनेजरों को वेतन भत्ता इतना अधिक क्यों मिलता है। हमारी सरकार इतनी फ़िज़ूलखर्ची क्यों करती है।

जो भी हो लोकतंत्र की प्रक्रिया में ये हड़तालें बहुत बड़ी समस्या हैं। यूरोप और अमरीका में टेक्निकल कर्मचारियों का दबाव बढ़ता जा रहा है और वे अपनी मनमानी माँगें रखते जा रहे हैं। पर विकसित देशों की अर्थव्यवस्था अधिक सुदृढ़ है और व्यक्तिगत हाथों में अधिक है इस कारण वहाँ चल रहा है और संक्रान्ति की स्थिति अभी नहीं आई है। पर यह तो हमने देखा कि श्रमिक हड़तालों ने इंग्लैंड की मज़दूर सरकार को ख़त्म कर दिया है। विकासशील देशों की अर्थव्यवस्था इन विकसनशील हड़तालों के कारण कभी उबरने वाली नहीं है। और यह स्पष्ट होता जा रहा है कि इन देशों में लोकतंत्र की इस अवस्था से विकास का रास्ता खोज पाना असम्भव है।

यह बहुत बड़ा दुश्चक्र है। आज भी सरकारी राजस्व का अधिकांश चाहे केन्द्र

की सरकार हो या राज्य की सरकारें हों, अपने कर्मचारियों पर ख़र्च कर रही हैं। जो कल-कारखाने, उद्योग-धन्धे तथा यातायात सरकार द्वारा चलाए जा रहे हैं, उनमें लाभ का प्रतिशत और उत्पादन की दर बहुत कम है। ऐसी स्थिति में महँगाई भत्ता के बढ़ने का क्रम ही ऐसा है जो एक दुश्चक्र हो गया है। जब-जब भत्ता बढ़ा है, महँगाई और बढ़ी है। मुद्रास्फीति को रोक पाना सम्भव नहीं हो पाता। अब बोनस का क्रम चला तो वह रेल कर्मचारियों तक रुकने वाला नहीं है। और यह क्रम रही-सही अर्थव्यवस्था को छिन्न-भिन्न कर देगा। लाखों-लाखों बेरोज़गारों को रोज़गार देने का कोई उपाय सम्भव नहीं हो सकेगा।

इधर मुझे यह अनुभव हुआ कि खुला काम करने वाले, खेती में काम करने वाले श्रमिक संगठित होने की स्थिति में न होने के कारण इस होड़ में पिसते जा रहे हैं। जो बेरोज़गार हैं, उनके संगठन का सवाल नहीं उठता, अत: वे दबाव डालने की स्थिति में नहीं हैं। दूसरी ओर संगठित श्रमिक तथा कर्मचारी अपनी अनिवार्य स्थिति के आधार पर अधिक से अधिक पाने की चेष्टा कर रहे हैं। जब स्वतंत्र समाज है, पूँजी रखने, बढ़ाने और ख़र्च करने की अबाध स्वाधीनता है तो जिसका जो प्रभाव है उसके अनुसार अपनी सुविधाएँ बढ़वाने का उनका अधिकार भी बना रहेगा। मेरे एक मित्र ने कहा कि एक ओर सरकारी कर्मचारियों के वेतनमानों में भिन्न-भिन्न विभागों में भारी अन्तर है, इस कारण असन्तोष मिटने वाला नहीं। दूसरे व्यक्तिगत क्षेत्र में जब कमाने, जमा करने, ख़र्च करने और वेतनमानों की खुली छूट है, तो सरकारी क्षेत्र में रोक लगा पाना सम्भव नहीं है।

मित्र के अनुसार तानाशाही तरीके से जिसको जहाँ चाहो रोका जा सकता है। पर लोकतंत्र में इस प्रकार के असन्तुलन विरोधाभास पैदा करेंगे। और आज यह दिखाई दे रहा है कि ये असन्तुलन न केवल विरोध पैदा कर रहे हैं, वरन् आर्थिक टूटन से सारा लोकतंत्रीय ढाँचा चरमरा रहा है, लगता है अब टूटा तब टूटा। यह अवस्था पहले भी तानाशाही शक्तियों को प्रबल कर रही थी और आज भी ऐसा ही लग रहा है। यह तथ्य बहुत स्पष्ट है और इन्दिराजी ने इसे न केवल देखा था बल्कि उसका उपयोग भी किया था। किसी भी जर्जर होती अर्थव्यवस्था से देश अधिक दिन नहीं चल सकता। अगर कामधाम ठप रहे, कल-कारखाने बन्द रहें, रेल-तार मनमाने ढंग से चलें या न चलें तो देश की अर्थव्यवस्था का क्या होगा? एक ओर बेरोज़गारी और अधूरी रोज़गारी बढ़ती जा रही है, दूसरी ओर रोज़गार पाने वाले वेतनभत्ता के लिए काम नहीं कर रहे हैं। विकास ठप है, उत्पादन रुका है और आर्थिक अराजकता है। साथ ही इसी अर्थव्यवस्था में लाखों लोग वैभव तथा ऐश्वर्य का जीवन बिता रहे हैं। इस सारे विरोधाभास और असन्तुलन का उपाय लोकतंत्र में क्या है?

कोई भी तानाशाही व्यवस्था ऊपरी दबाव और आतंक से हड़तालें और बन्द ख़त्म कर सकती है। ऊपरी तौर से थोड़े समय के लिए श्रमिक शक्ति को विवशता

के साथ उत्पादन में लगा सकती है। असमानता, अन्याय और शोषण आदि की चर्चा बन्द कर सकती हैं। ऊपर से लग सकता है कि देश में व्यवस्था है और प्रगति हो रही है। पर इस तानाशाही शक्ति के पीछे पूँजीवादी (रुपए से लेकर गुंड़े तक की) सारी शक्तियाँ होंगी, तो यह सारी व्यवस्था और विकास की स्थिति बहुत सीमित होगी। इसके आधार पर इतने बड़े देश की व्यवस्था और आर्थिक सन्तुलन चला पाना सम्भव नहीं है।

दूसरा विकल्प है कि सारे उत्पादन-वितरण के आर्थिक स्रोतों तथा माध्यमों को जनता की प्रतिनिधि सरकार जिसके सामने कोई चुनौती न हो—अपने हाथों में लेकर उनका नियोजन करें। संसार के साम्यवादी देशों में ऐसी ही व्यवस्था है और अपनी कमियों तथा सीमाओं के बावजूद ये व्यवस्थाएँ सफल हैं। मिश्रित अर्थ-व्यवस्था के जो परिणाम हमारे देश में दिखाई दे रहे हैं, फ़िलहाल उनके आधार पर लोकतंत्र के इस प्रयोग को विकासशील देशों में सफल नहीं माना जा सकता। अपने देश के सन्दर्भ में कहा जा सकता है कि इस साम्यवादी प्रयोग के लिए अभी तक उचित वातावरण नहीं बन सका है। कारण कई हो सकते हैं, इस देश के समाज की सही समझ की कमी, यहाँ की परम्पराओं के अध्ययन की अपरिपक्वता, नेतृत्व की असफलता अथवा विरोधी तत्त्वों की प्रबलता।

लोकतंत्र पर आस्था रखने वालों को रास्ता निकालने में अब देर नहीं करनी चाहिए। उनके हाथ से सूत्र निकलते जा रहे हैं। पिछले दिनों अनेक तानाशाही से लड़ने वाले नेताओं के मुख से सुन चुका हूँ कि लोकतंत्रीय तरीक़े से काम नहीं चल पा रहा है। पर सच तो है कि लोकतंत्र जिन मूल्यों पर प्रतिष्ठित होता है, हमारे राजनेता और दल पग-पग पर उन्हें खंडित करते हैं। जब तक इन मूल्यों पर विश्वास रखने वाले नेता नहीं सामने आएँगे, दल मूल्यों की व्यापक मर्यादाओं का पालन नहीं करेंगे, तब तक लोकतंत्र चलने वाला नहीं। लोकतंत्र में राजनीति में सत्ता का स्थान है, पर सत्ता की राजनीति को स्थान नहीं है। व्यापक राजनीति मूल्यों से नियोजित नीतियों के आधार पर चलनी होगी। ऐसा होगा तो अनेक नीतियों को राष्ट्रीय स्वीकृति मिल जाएगी और दलों का सहयोग भी इस आधार पर सम्भव होगा। हमारे राजनेता मानें न मानें यह सत्ता की होड़ लोकतंत्र को छिन्न-भिन्न कर देगी।

हमारे लोकतंत्र का आधार : खोखली होती शिक्षा

उच्च शिक्षित समाज में जब लोगों की इस प्रकार की टिप्पणियाँ सुनता हूँ कि आज की अराजक स्थिति से आपात्‌कालीन स्थिति बेहतर थी, तो आघात कितना ही लगता हो पर आश्चर्य नहीं होता। बातचीत में तर्क से उनका मुँह बन्द कर देना भी कठिन नहीं है, पर उनकी मानसिकता को बदलना आसान नहीं है। कई बार आपसी बातचीत में उनके वक्तव्यों की विसंगतियों को उजागर करने की चेष्टा की है। जब व्यापक भ्रष्टाचार की चर्चा में यह प्रश्न आ जाता है कि आख़िर यह भ्रष्ट व्यक्ति है कौन? तब बातचीत के भागीदार वे तमाम लोग एक क्षण के लिए स्तब्ध रह जाते हैं जो इस भ्रष्टाचार से किसी न किसी स्तर पर जुड़े हुए हैं। इसी प्रकार जब एकाएक यह सवाल पूछ लिया जाता है कि किसकी तानाशाही आप पसन्द करेंगे, तब अपने विचारों के खोखलेपन का अहसास उन्हें हो जाता है। पर किया क्या जाए, पिछले तीस वर्षों में लोकतंत्र को चलाने की प्रक्रिया में हमारे शिक्षित समाज का तर्कहीन मानस विकसित हुआ है। जो न लोकतंत्र समझता है और न ही तानाशाही, जो न पूँजीवादी व्यवस्था की समझ रखता है और न साम्यवादी व्यवस्था के स्वरूप को ही समझता है। वह हर स्थिति, हर नारे और सिद्धान्त का इस्तेमाल अपनी सुविधा और सुरक्षा के पक्ष में करना चाहता है।

निश्चय ही इस व्यापक मानसिकता का कारण उस वर्ग विशेष का चरित्र है जो तीस वर्षों में शक्ति, अधिकार तथा सुविधाओं को क्रमशः अपने लिए आरक्षित करता आया है। और इस परिस्थिति का कारण और परिणाम दोनों ही हमारी सारी शिक्षा का खोखला होते जाना है। यह स्पष्ट है कि लोकतंत्र का आधार शिक्षा है, क्योंकि लोकतंत्र शासन-तंत्र चलाने की एक व्यवस्था मात्र नहीं है। वैसे तो कोई भी राज्य-व्यवस्था सामाजिक जीवन से जुड़ती है, अतः उसको परिचालित करने वाले मूल्यों का बोध जन-समाज को होना चाहिए। पर लोकतंत्र में राज्य-व्यवस्था जन-समाज से अविच्छिन्न मानी गई है, अतः उसके मूल्यों की गहरी समझ जन-समाज में होनी ही चाहिए। इसीलिए कहा जाता है कि लोकतंत्र मात्र एक राज्य-व्यवस्था नहीं है, पूरे समाज की मूल्य-दृष्टि भी है। इन लोकतांत्रिक मूल्यों का पूरा समाज लोकतंत्र के प्रयोग से सीखता, ग्रहण करता और विकसित करता है। अगर हम एक

ऐसा समाज अपने लिए रचना चाहते हैं जिसमें व्यक्ति अपने सम्पूर्ण विकास के लिए अवसर पा सके तथा साथ ही सामाजिक दायित्व की पूरी जागरुकता भी उसमें विकसित हो, तो हम ऐसा समाज, राज्य, अर्थ और शिक्षा को परिचालित करने वाली तमाम नीतियों तथा योजनाओं के माध्यम से ही कर सकेंगे। फिर भी इन सबके आधार में शिक्षा-नीति को माना जाएगा, क्योंकि व्यापक शिक्षा-नीति और उसकी सारी संरचना न केवल लोकतंत्र के मूल्यों की उपयुक्त मानसिकता उत्पन्न करेगी वरन् उसकी तमाम स्थापनाओं तथा आवश्यकताओं की पूर्ति भी कर सकेगी।

लोकतंत्र की शिक्षा की एक प्रक्रिया दलीय संगठनों के द्वारा जनमत शिक्षण के माध्यम से चलती रहती है। दलीय संरचना जन-समाज में फैली रहती है, और हर दल अपनी दृष्टि, नीतियों और पद्धतियों से जन-समाज को इस क्रम से परिचित करता रहता है। इस क्रम में सारा समाज उन मूल्यों से न केवल अवगत होता जाता है, वरन् उन्हें अनुभूत उपलब्धियों के रूप में ग्रहण भी करता चलता है। इस दृष्टि से अगर हम अपने लोकतंत्र के पिछले तीस वर्षों के इतिहास पर विचार करें तो लोकतांत्रिक शिक्षण की इस प्रक्रिया का खोखलापन प्रकट हो जाएगा। पहली बात है कि क्रमशः हमारे यहाँ बिना संगठनों के दलीय राजनीति चल रही है। कांग्रेस का दलीय स्वरूप बहुत पहले ख़त्म हो चुका था, गाँव-गाँव, मोहल्ला-मोहल्ला कांग्रेस के सक्रिय सदस्यों (कार्यकर्ताओं) की स्थिति नहीं रही। इस दलीय संगठन में शिखर राजनीति चलने लगी और दल शासन के नेताओं के इर्द गिर्द घूमने लगा। दल के नाम पर संसद सदस्य, विधायकों से लेकर नीचे के स्तर तक दलाली होने लगी। दुर्भाग्य की बात यह है कि विपक्ष के दलों का चरित्र संगठन के स्तर पर कांग्रेस से भिन्न नहीं बन पाया। आज जनता दल की भी यही स्थिति है, उनके यहाँ भी क्रमशः दलाली का ही प्रचलन होता जा रहा है। शिखर राजनीति की यह अनिवार्य परिणति है। फिर जन-समाज को लोकतांत्रिक मूल्यों से परिचित करने का काम कौन करता।

इतना ही नहीं दलों के चुनाव अभियानों में उनके घोषणा-पत्रों में सिद्धान्त, नीति और कार्यपद्धतियों के बारे में जो भी कुछ रहे, जन-समाज को अपने पक्ष में लाने के लिए हर दल आकर्षक नारों, करिश्माई व्यक्तित्वों, जाति-धर्म-क्षेत्र आदि की विकृत भावनाओं का इस्तेमाल करता है। आज हमारे ऐसे राजनेता जो तीस वर्ष से शासन के सूत्र सँभाले रहे हैं, जब हरिजनों पर होने वाले अत्याचारों, उनके पिछड़ेपन पर क्षोभ तथा आक्रोश प्रकट करते हैं, तब विडम्बनापूर्ण लगता है। क्योंकि इस बात को समझने में ज़रा भी कठिनाई नहीं है कि यह जातियों का अलगाव, आपसी विद्वेष और तनाव राजनीतिक कारणों से बढ़ता गया है और आगे बढ़ता जाएगा। हमारा लोकतांत्रिक लक्ष्य जातिविहीन समाज है और सबको समान अवसर और सम्मान देना है, पर इन राजनीति के शक्ति-सामन्तों ने अपने दलीय हित में इस अलगाव को निरन्तर बनाए रखने का प्रयत्न किया है। मज़े की बात है कि ये

राजनेता ही इसके अपराधी हैं, क्योंकि इस लम्बी अवधि में जातियों का अलगाव बढ़ा है, उनमें तनावपूर्ण सम्बन्ध विकसित हुए हैं और समता की ओर हम बढ़ नहीं सके हैं। पर ये राजनेता इन घटनाओं पर वक्तव्य भी देते हैं।

इस लोकतंत्रीय प्रक्रिया के अन्तर्गत लोक–शिक्षण के साथ सामान्य शिक्षा की संरचना सामाजिक और वैयक्तिक आवश्यकताओं के अनुसार अपेक्षित है। शिक्षा की पूरी परिकल्पना के अन्तर्गत हर व्यक्ति (बच्चे के रूप में जो समाज का सदस्य बनता है) के मानस और व्यक्तित्व के विकास की पूरी सम्भावनाएँ निहित हैं। सामाजिक स्तर पर समता और दायित्वबोध का विकास इस शिक्षा के माध्यम से होना अनिवार्य है। साथ ही शिक्षा प्राप्त करने के क्रम में व्यक्ति को ऐसी क्षमता, योग्यता और दक्षता भी प्राप्त होनी चाहिए जिससे वह जीविकार्जन के साथ सामाजिक दायित्व का वहन भी कर सके। इस सामान्य शिक्षा की तीन स्तरीय संरचना है, साथ ही माध्यमिक स्तर से ही इसमें विशिष्ट तथा प्राविधिक शिक्षा के दो रूप भी हैं। पर इस संरचना के मूलाधार में प्राथमिक शिक्षा जिस रूप में चलाई जा रही है, उसमें वह पूरी तरह खोखली हो चुकी है। स्वतंत्र होने के पहले जो प्राथमिक शिक्षा बच्चे को लिखने–पढ़ने, हिसाब लगा पाने का दृढ़ आधार प्रदान करने में कम से कम समर्थ थी, वह पूरी तरह नष्ट–भ्रष्ट कर दी गई है। राजनीतिक दलाली और व्यावसायिक भ्रष्टाचार ने अस्सी–नब्बे प्रतिशत इन शिक्षण संस्थाओं को निरर्थक बना दिया है। जिस प्रकार के अध्यापक इनमें पढ़ा रहे हैं, वे खेती–बाड़ी, राजनीतिक कार्यकलाप, स्थानीय लड़ाई–झगड़ों में अधिक समय बिताते हैं, संस्थाओं से उनका सम्बन्ध वेतन पाने और आराम करने का है। देश का अरबों रुपया बेकार जा रहा है और पूरी की पूरी पीढ़ी शिक्षा के नाम पर अशिक्षित रखी जा रही है। शिक्षित सुविधाभोगी समाज इस भयानक स्थिति के प्रति उदासीन है, क्योंकि उसकी सन्तान के लिए कस्बों, नगरों, महानगरों और पर्वतीय नगरों तक पब्लिक तथा कान्वेन्ट प्रकार के स्कूल फैले हुए हैं जिनमें सैकड़ों रुपए ख़र्च करके बच्चों की पढ़ाई चल रही है।

माध्यमिक शिक्षा संस्थाओं की स्थिति बेहतर नहीं है। ग़ैरसरकारी संस्थाएँ शुद्ध व्यावसायिक और राजनीतिक हैं। उच्च शिक्षा के महाविद्यालयों को इनके साथ लिया जा सकता है। यद्यपि आर्थिक दृष्टि से इनका सारा दायित्व सरकार वहन करती है, पर इनके प्रशासन और नियुक्तियों आदि में प्रबन्ध समितियाँ भारी घपला कर रही हैं। क्योंकि ये तमाम संस्थाएँ किसी न किसी राजनेता के प्रभाव के क्षेत्र में आती हैं, इनके राष्ट्रीयकरण का समर्थन कोई दल नहीं करता। नियुक्तियों और आर्थिक नियंत्रण से ये राजनेता और दल अपना प्रभाव क्षेत्र बढ़ाते हैं। इस प्रकार के वातावरण में निकम्मे अध्यापकों की संख्या बढ़ रही है और उनको संरक्षण भी मिलता है। अधिकांश शिक्षा संस्थाओं में पढ़ाई–लिखाई ख़त्म हो चुकी है। व्यापक अनुशासनहीनता, छात्र आन्दोलनों और हड़तालों ने इस वातावरण को और भी दूषित

कर दिया है। अब न अध्यापक पढ़ाता है और न विद्यार्थी पढ़ता है। इस माहौल में अध्यवसायी अध्यापक और छात्र भी विवश और निरूपाय हैं। क्योंकि शासन भी भ्रष्ट राजनीति से परिचालित है अतः इस स्थिति पर काबू पाना उसके लिए भी सम्भव नहीं है। शासन न अध्यापकों को अनुशासित कर सकता है और न छात्रों को नियंत्रित, क्योंकि शासक दल के पास न प्रतिश्रुत अध्यापक हैं और न छात्र ही।

परन्तु सुविधाभोगी समाज को माध्यमिक शिक्षा के स्तर तक की चिन्ता नहीं है, उनके पास पैसा ख़र्च करके अपने बच्चों को पढ़ाने का विकल्प है। विश्वविद्यालय के दूषित और अशान्त वातावरण से वे थोड़ा चिन्तित ज़रूर हैं। परन्तु अपनी चिंता को दूर करने के लिए वे कुछ सुरक्षित विश्वविद्यालय क़ायम करने का प्रयास करते आए हैं, यह अलग बात है जवाहरलाल नेहरू विश्वविद्यालय जैसी संस्थाओं को भी पूरी तरह अलग रख पाना सम्भव नहीं हो पाया है। पिछले आठ-दस वर्षों में विश्वविद्यालयों तथा महाविद्यालयों के प्रांगण में जैसा वातावरण बनता गया है उसमें सही अर्थों में उच्च ज्ञान का अध्ययन, अध्यापन और शोधकार्य असम्भव होता जा रहा है। जहाँ स्तरीयता की जागरुकता ही एक मात्र प्रगति का उपाय है, वहाँ स्तर को तहस-नहस करने के हर उपाय किए जा रहे हैं। सबसे अधिक चिन्ता की बात है कि इन पर राजनीति का प्रभाव हर स्तर पर बढ़ता जा रहा है। मज़े की बात है कि भ्रष्ट राजनीतिज्ञ इन संस्थाओं पर अपने पंजे यह कहकर अधिकाधिक गड़ाते जा रहे हैं कि इनके अध्यापक राजनीति करते हैं। दुर्भाग्य की बात है कि ये राजनीति करने वाले अध्यापक राजनेताओं से सबसे अधिक संरक्षण पाते हैं, वरन् यह कहना चाहिए कि उन्हीं के सहारे इन संस्थाओं में राजनीति करते हैं और पढ़ने-पढ़ाने में लगे हुए अध्यापकों को हर प्रकार से अपमानित करते हैं।

राजनीतिज्ञों से, देश को चलाने वाले नेताओं से दो टूक बात कहना ज़रूरी है कि शिक्षा के इस खोखले आधार पर न लोकतंत्र चलने वाला है और न देश की सामाजिक-आर्थिक व्यवस्था ही। कोई देश ज्ञान के क्षेत्र में पिछड़कर प्रगति करने का स्वप्न नहीं देख सकता। जो अपने आधार को खोखला करने में लगे हैं, वे राजनेता देश के भविष्य के साथ, आगे आने वाली पीढ़ियों के साथ विश्वासघात कर रहे हैं। शिक्षा से राजनीतिक दाँवपेंच, व्यावसायिक स्वार्थ और गुटबंदी को बहिष्कृत करना होगा। शिक्षा और छात्रों का राजनीतिक इस्तेमाल देश के लिए भयानक और ख़तरनाक है। शिक्षा को सही आधार के रूप में प्रतिष्ठित करने के लिए और उसे सच्चे लोकतांत्रिक मूल्यों तथा लक्षणों की ओर गतिशील करने के लिए ज़रूरी है कि खोज-खोज कर शिक्षा के क्षेत्र के आत्मभिमानी और ज्ञान के सच्चे साधकों को शिक्षा का नेतृत्व सौंपा जाए। याद रखने की बात है कि ज्ञान के अन्वेषी राजनेताओं की दरबारदारी नहीं किया करते, उनके पास पर्याप्त विनम्रता के साथ देश के चलाने वालों को जाना होगा।

हमारी विकृत होती संसदीय संरचन

लोकतंत्र का प्रयोग तीस वर्ष से हमारे देश में चल रहा है। ऐसा नहीं है कि यह हमारे लिए एकदम नया अनुभव है। हमारी पंचायतों की लम्बी परम्परा रही है, प्राचीन भारत में गणतंत्र भी थे। एक महत्त्व की बात है कि देश में लोक-शिक्षण की व्यापक परम्परा रही है। तीर्थों पर, मेलों में तथा सन्त-समागमों में जन-समाज मानवीय मूल्यों तथा ज्ञान-विज्ञान की शिक्षा पाता रहा है। अत: भारत के सन्दर्भ में यह कहना बहुत संगत नहीं है कि हमारी जनता अशिक्षित होने के कारण लोकतांत्रिक मूल्यों को समझने में असमर्थ है। जो जन-समाज, धर्म और अध्यात्म के गहन मूल्यों को सहज ही आत्मसात कर सकता है, वह लोकतंत्र के मूल्यों को समझने में असमर्थ कैसे रह सकता है। इतना ही नहीं पिछले चुनावों में अनेक बार साधारण जनता ने लोकतांत्रिक मूल्यों की गहरी समझ का परिचय दिया है।

पर हमारा लोकतंत्र जिस संसदीय संरचना पर आधारित है, वह शुरू से विकृत होती गई है। अंग्रेज़ी शासन-काल में बहुत सीमित ढंग से संसदीय पद्धति का प्रयोग शुरू हुआ था। दलों का निर्माण हुआ था, और चुनाव शुरू हुए थे। उस समय कांग्रेस जन-समाज का प्रतिनिधित्व करती थी और राजे-महाराजे, ज़मींदार-जागीरदार अंग्रेज़ी शासन-तंत्र के समर्थक थे। चुनावों में उस समय धन-प्रभाव चलता था, पर इनका अतिक्रमण करके भी जन-समाज का व्यापक समर्थन कांग्रेस को मिलता रहा। जाति-धर्म के दबाव भी काम में लाए जाते थे, पर उस समय व्यापक जन-समाज में देश की भावना सर्वोपरि थी।

स्वाधीन होने के बाद कांग्रेस दल शासन में आ गया और उसमें निहित स्वार्थ के लोग भी शामिल होते गए। क्रमश: कांग्रेस दल का जन-समाज से सम्बन्ध टूटता गया और दल की अपेक्षा दलीय सरकार का महत्त्व बढ़ता गया। कांग्रेस दल के इतिहास से यह स्पष्ट है। दलीय पद्धति में दल का चुना हुआ अध्यक्ष सर्वोपरि होना चाहिए, उसके माध्यम से सरकार चलाने वाले प्रतिनिधियों पर दलीय अनुशासन रहना अपेक्षित है। सरकारी नीतियाँ दलीय प्रक्रिया से विकसित होती हैं। सरकार उन नीतियों के प्रति दृढ़ है और शासन उनका कार्यान्वयन सही ढंग से कर रहा है, इसको देखते रहना और जन-समाज के स्तर पर इनमें सहयोग देना दलीय संरचना का

दायित्व है। परन्तु प्रारम्भिक वर्षों में ही नेहरू सरकार और कांग्रेस दल के अध्यक्षों में टकराहट शुरू हो गई। आचार्य कृपलानी और राजर्षि टंडन जैसे अध्यक्षों को हटना पड़ा। नेहरू दलीय अनुशासन से बड़े पड़ते थे और शासन-तंत्र के साथ दलीय संगठन को भी उन्होंने अपने हाथ में ले लिया। फिर कांग्रेस में परम्परा चल पड़ी कि सरकार चलाने वाले प्रधानमंत्री की इच्छानुसार ही दल का अध्यक्ष बनेगा।

दलीय संगठनों के द्वारा बनाई गई संसदीय संरचना यहाँ से विकृत होना शुरू होती है। जब दल का अध्यक्ष महत्त्वहीन हो गया, उसके माध्यम से सरकार को दलीय अनुशासन में रखना सम्भव नहीं रहा, वरन् स्थिति उल्टी होती गई। सरकार चलाने वाले शक्तिसामन्त दल के पदों पर मनमाने व्यक्तियों को बैठाने लगे जो उनकी इच्छा के अनुसार दल को चलाएँ और नीतियाँ निर्धारित करें। इस स्थिति में दल का लोकतंत्र ख़त्म हो गया, उसका जन-आधार छूटता गया। दल में ऐसे कार्यकर्ताओं तथा सदस्यों को बेकार कर दिया गया जो जन-समाज से जुड़े हुए थे, उसके बीच काम करते थे और जनता की इच्छा आकांक्षाओं का प्रतिनिधित्व करते थे। उनके माध्यम से जन-समाज में लोकतांत्रिक मूल्यों तथा नीतियों की शिक्षा का कार्य भी सम्भव था। इन सक्रिय कार्यकर्ताओं तथा सदस्यों द्वारा दलीय संगठन तभी चल सकता था जब उनके मत और उनकी आवाज़ का महत्त्व हो। पर कांग्रेस का स्वरूप सरकार तथा शासन द्वारा व्यक्त होने लगा, दल की शक्ति क्षीण कर दी गई।

इस परिस्थिति में लोकतंत्र की दलीय पद्धति का दूषित और विकृत होते जाना स्वाभाविक था। दल का संगठन जन-समाज के आधार पर विकसित नहीं किया गया, इसके स्थान पर दल के अधिकारी सरकारी नेताओं की इच्छा से अपने पदों पर नियुक्त किए जाने लगे। दल में बोगस सदस्यता का प्रचलन हुआ, और दल पर अधिकार रखने के लिए पैसे और पद का इस्तेमाल किया जाने लगा। ऐसा दल और उसके पदाधिकारी सरकार पर अनुशासन किस प्रकार रख सकते हैं, वे तो सरकार चलाने वाले नेताओं के पिछलग्गू और दलाल ही रह सकते हैं। दल के जन-आधार के ख़त्म होते जाने से संसदीय पद्धति का भ्रष्ट होते जाना स्वाभाविक था, क्योंकि इसके बिना दल न तो अपनी सरकार पर अनुशासन रख सकता है और न उचित नीतियों के कार्यान्वयन में सहयोगी हो सकता है।

दल के विश्रृंखलित होने के साथ कांग्रेस का स्वरूप इस प्रकार का बनता गया जिसमें पैसे वालों, सत्ताधारियों तथा शक्तिसामन्तों का आधिपत्य हो गया। दलीय संगठनों का जन-आधार न होने के कारण चुनावों में विकृतियाँ आती गईं और मतदान में भ्रष्ट तरीकों का प्रयोग बढ़ता गया है। एक ओर अन्धाधुन्ध पैसा ख़र्च किया जाने लगा, दूसरी ओर चुनावों के दौर में तमाम तरह के नारों का उपयोग किया गया। जाति, धर्म, क्षेत्र आदि की भावनाओं को उकसाकर बराबर लाभ उठाने का

प्रयत्न किया जाता है। नारे देने की आवश्यकता से इतना अवश्य प्रमाणित होता है कि हर तरह के भ्रष्ट उपायों को काम में लाने के बावजूद हमारे जन-समाज में लोकतांत्रिक आकांक्षा जीवित है। लम्बे अर्से तक शासन में रहने के कारण कांग्रेस के नेताओं का चरित्र बन गया है कि वे अपनी शक्ति का आधार जन-समाज को मानने के बजाय शासन-तंत्र को समझते हैं। यह शासन-तंत्र सही दलीय पद्धति के अभाव में लोकशक्ति से न अनुशासित नियंत्रित है और न नीतियों के कार्यान्वयन में सहयोग पाने की स्थिति में। शासक दल का सारा स्वरूप तथा चरित्र दलाली से विकसित हुआ है, अत: शासन-तंत्र के भ्रष्ट होते जाने में इस दलीय दलाली का बहुत बड़ा हाथ है।

दुर्भाग्य की बात है कि कांग्रेस दल के शासन के प्रतिपक्ष में जिन दलों ने अपना संगठन किया है, उनके सामने दलीय पद्धति के लोकतंत्रीय आदर्श के स्थान पर कांग्रेस दल का आदर्श अधिक रहा है। अभी तक कोई भी दल ऐसा संगठित नहीं हो सका जो जन-समाज से जुड़ा हो और लोकशक्ति पर प्रतिष्ठित हो। अगर किसी दल का संगठन जन-समाज की आधारभूमि से हो सकता तो आशा की जा सकती थी कि वह पैसे, जाति-धर्म और क्षेत्र आदि के भ्रष्ट प्रभावों से चुनावों को मुक्त कर सकता। ऐसा ही दल सही नीतियों का निर्धारण कर सकता है और उनके कार्यान्वयन पर भी उसका नियंत्रण रह सकता है। पर हमारे लोकतंत्र में ऐसा लगता है कि दलों को नीचे से संगठन विकसित करने का न धैर्य है और न ही उनकी क्षमता है। वे दलीय संगठनों पर वास्तव में विश्वास नहीं करते केवल सत्ता को हथिया लेने के लिए उनका इस्तेमाल करना चाहते हैं।

इस आधार के विकृत तथा भ्रष्ट हो जाने से हमारे लोकतंत्र का संसदीय स्वरूप ही बिगड़ता गया है। पिछले दस-बाहर वर्षों से विधान-सभाओं में मुख्यत: और संसद में सामान्यत: जो दल-बदल का कुत्सित दृश्य दिखाई देता रहा है, वह इसी का परिणाम है। हमारे विधायकों तथा संसद सदस्यों का मूलाधार जन-समाज नहीं रहा है। वे या तो शक्ति सामन्तों के व्यक्ति के रूप में पैसे और सत्ता के प्रभाव से चुने गए हैं, या किसी जातीय भावना आदि के आधार पर। यह भी हो सकता है कि सामयिक हवा या लहर के प्रभाव से चुनाव में सफलता मिल गई हो। कुछ भी हो इन चुने हुए सदस्यों की प्रतिश्रुति न जन-समाज के प्रति रहती है और न दलीय नीतियों के प्रति। जन सत्ता और शक्ति सन्तुलन को प्रमुख मान लिया गया हो, तब इन सदस्यों का उसी के आधार पर दल-बदल करते रहना इस स्थिति का परिणाम ही माना जाएगा। यही कारण है कि यह चर्चा चलती रहती है कि हमारे विधायक तथा संसद सदस्य ख़रीदे जा सकते हैं, उनके माध्यम से न केवल क्षेत्रीय जन-विरोधी तत्त्व संरक्षण पाते हैं, वरन् देश में सत्ता का खेल खेलने वाला निहित स्वार्थ का वर्ग उनसे संरक्षण पाता है और उनका इस्तेमाल भी करता है।

ऐसा नहीं कि इस प्रकार के आरोप सभी पर लगाए जा सकते हों, पर क्रमशः इस प्रकार का वातावरण फैलता जा रहा है। संसदीय पद्धति के जर्जर होते जाने का एक प्रमाण तो दल-बदल के निर्लज्ज नाटक से मिला था, पर उसका प्रत्यक्ष रूप तब उद्घाटित हुआ जब संसद की सर्वोपरिता के नाम पर इन्दिराजी ने अपनी तानाशाही का समर्थन व्यापक बहुमत से प्राप्त किया था। आपात्स्थिति की घोषणा के एक माह बाद ही संसद बुलाई गई और तब मन में बड़ी आशा बँधी थी कि लोकतंत्र के लिए संघर्ष करने वाले तमाम कांग्रेस के सदस्य इस तानाशाही का जमकर विरोध करेंगे। परन्तु पिछले दशकों में हमारी संसदीय संरचना का जैसा विकृत रूप बन चुका था, उसके परिणामस्वरूप ऐसा लगा कि हर सदस्य के लिए लोकतंत्र के हर मूल्य से अपनी सुख-सुविधा अधिक महत्त्वपूर्ण है।

इतना ही नहीं जब आपात्स्थिति समाप्त हुई और जन-मत ने अवसर पाते ही इन्दिरा गांधी की तानाशाही को अस्वीकार कर दिया, तब भी कांग्रेस में ऐसे तमाम लोग इन्दिराजी के साथ बने रहे जो अपने भविष्य को उनके साथ जुड़ा हुआ मानते हैं। ऐसा नहीं कि उनके मन में इन्दिराजी के चरित्र के बारे में ज़रा भी भ्रम हो, पर उनका एक ही तर्क रहा है (व्यक्तिगत बातचीत में) कि इन्दिराजी के अलावा उनके पास कोई अन्य नेता नहीं है जो उन्हें पुनः शक्ति में ला सके। यह खुलेआम इन्दिराजी के साथ के लोग कहते पाए गए हैं। इससे सिद्ध होता है कि हमारे इन नेताओं को लोकतंत्र पर कितना विश्वास है क्योंकि सत्ता हथियाने के लिए वे तानाशाही शक्तियों से भी समझौता कर सकते हैं।

लोकनायक जयप्रकाश ने लोकतंत्र की पुनः प्रतिष्ठा के लिए आन्दोलन के दौर में कुछ मान्यताओं को सामने रखना चाहा था। गांधी के आधार पर सत्ता के विकेन्द्रीकरण पर उन्होंने बल दिया था। उनके अनुसार चुनावों की पद्धति बदली जानी चाहिए, जिससे पैसे और सत्ता का प्रभाव समाप्त हो सके। दलीय पद्धति में भी परिवर्तन लाया जा सकता है। लोक-शक्ति के संगठन के साथ क्षेत्र के मान्यता प्राप्त व्यक्ति को चुनावों में समर्थन देने की प्रक्रिया शुरू की जा सकती है। सदस्यों के वापसी के विधान की भी माँग की गई थी। यह सब और इसके अतिरिक्त अन्य उपायों पर विचार करने का प्रस्ताव था। पर जनता सरकार ने पिछले लगभग दो वर्षों में इस ओर कोई क़दम नहीं उठाया है। अभी तक दल-बदल के बारे में भी कोई निर्णय नहीं लिया जा सका है। इतना ही नहीं इस निर्णय को भी कार्यान्वित नहीं किया जा सका कि हर मंत्री और संसद सदस्य को अपनी आर्थिक स्थिति की घोषणा करनी होगी। फिर अगर जन-साधारण के मन में इन मंत्रियों, संसद सदस्यों और विधायकों की सम्पन्नता के बारे में शंकाएँ उठें तो उन्हें कौन रोक सकता है। इस कठोर सत्य को हमको याद रखना है कि नारों पर कोई व्यवस्था नहीं चलती उसके लिए दृढ़ संकल्प और अनवरत कर्म की अपेक्षा होती है।

भाषा-नीति बनाम भाषा की राजनीति

हमारे देश में स्वतंत्रता के पिछले तीस वर्षों में उन सारे मूल्यों के बारे में हमारे परिप्रेक्ष्य को विभ्रमित कर दिया गया जिनको लेकर देश के महान नेताओं ने स्वतंत्रता आन्दोलन चलाया था। उस युग में हमारे लक्ष्य और स्वप्न स्पष्ट थे, अपनी आकांक्षाओं और आवश्यकताओं से हम परिचित थे, अत: हमारी दृष्टि भी स्पष्ट थी। समाज के व्यापक जीवन और उसकी महत्त्वाकांक्षाओं के आधार पर नीतियाँ विकसित और निर्धारित की गई थीं। भाषा के बारे में उन्नीसवीं शताब्दी के पुनरुत्थान युग के सामाजिक, धार्मिक, सांस्कृतिक नेताओं से लेकर बीसवीं शताब्दी के राजनीतिक आन्दोलन का नेतृत्व करने वाले नेताओं के मन में स्पष्ट धारणा थी और उन्होंने लोक-जीवन को विकसित और प्रगतिशील करने वाली भाषा-नीति निर्धारित की थी। पिछले तीस वर्ष के राजनेताओं ने भाषा का राजनीतिक दाँव-पेंच के लिए इस्तेमाल किया है। अभी हाल में कुछ मुख्यमंत्रियों ने पुन: हिन्दी के आरोप का नारा लगाया है और यह देश और समाज के सन्दर्भ में भाषा-नीति नहीं, दाँव-पेंच की राजनीति में भाषा समस्या का विकृत इस्तेमाल है।

भाषा के प्रश्न पर देश के स्वतंत्र होने के पहले देश के महान नेताओं ने स्पष्ट शब्दों में विचार व्यक्त किए हैं। स्वतंत्रता युग में इस समस्या के हर पहलू पर गम्भीरता और सूक्ष्मता से विचार किया जा चुका है। हमने इस बहस में भाग लिया और डॉ. लोहिया जैसे समाज-देश से जुड़े हुए व्यक्ति के साथ सामाजिक परिवर्तन में भाषा के 'रोल' पर बल दिया। केशवचन्द्र सेन, दयानन्द सरस्वती, विवेकानन्द, लोकमान्य तिलक, महात्मा गांधी ने देश की स्वाधीनता और प्रगति के साथ अपनी भाषाओं को जोड़कर सदा देखा था। देश के ग़रीब और पिछड़े हुए जन-समाज के जीवन का रूपान्तरण इन भाषाओं के माध्यम से ही होगा, उनके विचारों में यह स्पष्ट था और उनके सामने यह भी प्रत्यक्ष था कि देश की भाषाओं के माध्यम से होने वाले सामाजिक परिवर्तन को राष्ट्रीय स्तर पर संयोजित तथा गतिशील करने का दायित्व हिन्दी को लेना होगा। हमने इस समस्या के इन सभी सन्दर्भों और पक्षों का विवेचन विश्लेषण किया था।

परन्तु देश की अनेक समस्याओं को जैसे राजनीतिक उलझनों में फँसाकर गद्दियों

का खेल तो चलता रहा है, पर देश–समाज की प्रगति बाधित–कुंठित हुई है, वैसी ही स्थिति भाषा–नीति की भी रही है। जो राजनीति के माहिर नेता अपनी गोट बैठाने के लिए देश की विदेश–नीति तथा आर्थिक नीतियों को उलझा सकते हैं उनसे शिक्षा तथा भाषा नीतियों के बारे में क्या आशा की जा सकती है। ये राजनेता पिछले देश के नेताओं से अलग हैं। पिछले देश के नेताओं के मन में अपने देश–समाज की पीड़ा थी, उनकी आन्तरिक इच्छा थी कि हमारा देश–समाज मुक्त हो, ग़रीबी–शोषण से मुक्त हो और सम्पन्नता की ओर अग्रसर हो। तब उनकी दृष्टि भी साफ़ थी, उनकी नीतियाँ भी स्पष्ट थीं। आज का राजनेता सत्ता का खिलाड़ी है, देश–समाज के नारे उसके लिए इस खेल के दाँव–पेंच से अधिक महत्त्व नहीं रखते। अतः पूर्ववृत्तियों की नीतियों में ये कुशल राजनीतिज्ञ पेंच पर पेंच बैठाते रहते हैं। जिससे उलझन बढ़े और समस्या का समाधान न होने पाए और इस स्थिति का लाभ वे अपने–अपने पक्ष में उठाते रह सके। क्या भाषा, क्या शिक्षा और क्या आरक्षण सभी समस्याओं का यही हाल है।

वर्षों इस उलझाव की स्थिति में तटस्थ रहने के बाद आज की स्थिति के बारे में साक्ष्य देने के लिए विवश होना पड़ा है क्योंकि समस्या को पुनः केन्द्र में रखना है, अतः भारतीय शिक्षा नीति में अंग्रेज़ी को जिन्होंने माध्यम बनाने की प्रबल सिफ़ारिश की थी, उनके बहुचर्चित मत को रखना ज़रूरी लग रहा है। इससे राजनीतिक दाँव-पेंच के साथ लगे हुए तमाम अंग्रेज़ी तथा अंग्रेज़ियत वाले वर्ग की मानसिकता पर प्रकाश पड़ता है। अपनी पुस्तक 'ऑन दि एजुकेशन ऑफ दि पीपुल ऑफ इंडिया' में सर चार्ल्स ट्रैविलियन ने लिखा है—"इस मार्ग का अनुसरण करके हम नया प्रयोग नहीं करेंगे। रोमनों ने यूरोपीय राष्ट्रों का रोमनीकरण करके अर्थात् उन्हें रोमन साहित्य और कलाओं की शिक्षा देकर तथा अपने विजेताओं का विरोध नहीं, वरन् उनमें बराबरी की होड़ करने की सीख देकर, उन्हें सभ्य तो किया ही, साथ ही उन्हें अपने शासन के साथ सम्बद्ध भी कर लिया।" यहाँ यह ध्यान रखना है कि भारत अपनी संस्कृति और परम्परा में यूरोप से समृद्ध और पुराना रहा है अतः इस नीति के अनुसार इस देश के वासियों को अपनी संस्कृति तथा परम्परा के प्रति अनजान और उपेक्षाशील भी बनाना था।

लॉर्ड टॉमस बेलिंगटन मैकॉले की दृष्टि और नीति इसी का समर्थन करती है—"हमें तत्काल एक ऐसे वर्ग का निर्माण करने का प्रयत्न करना चाहिए जो हमारे और करोड़ों शासितों के बीच दुभाषिया बन सके—ऐसे लोगों का वर्ग, जो अपने रक्त और वर्ण से तो भारतीय हो, किन्तु रुचियों, मान्यताओं, नैतिकता तथा बुद्धि से अंग्रेज़ हों।" मैकॉले की दूरदृष्टि का समर्थन करने वाले अनेक बौद्धिक इस आरोप के उत्तर में आक्रोश के साथ आरोप करने वालों को अकृतज्ञ तथा सीमित दृष्टि का प्रतिपादित करते हैं। परन्तु यह साफ़ है कि सत्ता की राजनीति करने वालों को इस वर्ग का भाषा राजनीति चलाने में पूरा समर्थन मिलता रहा है। क्योंकि दोनों लक्ष्य

समान हैं, एक सत्ता में बने रहना चाहता है, दूसरा सत्ता से जुड़ा रहना चाहता है। देश-समाज में परिवर्तन लाने, उन्हें आगे बढ़ाने में इनमें किसी की रुचि नहीं है। फिर जो भाषा के बारे में परम्परित सही और समाजपरक दृष्टि का समर्थन करता है, उसे एक ओर इन राजनेताओं का और दूसरी ओर अंग्रेज़ियत से जुड़े सत्ता का लाभ उठाने वाले बौद्धिक वर्ग का कोप-भाजन बनना पड़ता है। डॉ. लोहिया एक ऐसे ही नेता थे। अब हमारे नेताओं में शायद ही इतना साहस हो।

हमने अपने देश के महान नेताओं से जो भाषा के बारे में सुना और सीखा है, वह बहुत सीधा और सरल है। और आज के ये राजनेता देश-समाज से न अधिक लगाव रखते हैं और न व्यापक दृष्टि से सोच-समझ सकते हैं, अत: आज की परिस्थिति में वे कुछ अधिक गतिशील सोच पा रहे हैं, यह भ्रामक है। यह सूर्य के प्रकाश के समान स्पष्ट है कि अगर राजनीतिक, आर्थिक, सामाजिक तथा शैक्षणिक ऐसा कोई परिवर्तन लाना है जिसमें देश की साठ करोड़ जनता की मुक्ति और प्रगति होनी है तो यह क्रान्ति देश की भाषाओं से लाना होगा। इसके बिना न नीचे के स्तर तक ज्ञान-विज्ञान छनकर जा सकता है और न कोई वास्तविक परिवर्तन सम्भव है।

प्रश्न को इस रूप में रखना, जानबूझकर भ्रम उत्पन्न करना है कि अंग्रेज़ी का स्थान हिन्दी ले रही है। यह बिल्कुल भ्रामक बात है। अंग्रेज़ी आरोप और साम्राज्यवादी भाषा रही है। प्रदेश, ज़िला, तहसील स्तर तक यह हमारे शासन और व्यवहार की भाषा रही है। शिक्षा में हर ज्ञान का माध्यम अंग्रेज़ी रही है। अगर हिन्दी इस प्रकार का स्थान ग्रहण करे तो यह साम्राज्यवादी मनोवृत्ति है, लोकतांत्रिक नहीं। ऐसी स्थिति में अंग्रेज़ी के स्थान पर हिन्दी भी अभिजात वर्ग, शासक वर्ग की ही भाषा रह जाएगी। हम समझते हैं, ऐसा भाव किसी भी देश के नेता का नहीं रहा है। इसका समर्थन लोकतंत्र पर विश्वास करने वाला कोई विचारक नहीं कर सकता और न किसी ने (महत्त्व के व्यक्ति ने) किया है।

मूल प्रश्न है कि प्रदेशों में अपनी भाषाओं में व्यवहार, शासन तथा शिक्षा का काम होना है। हर नागरिक को अपनी भाषा के माध्यम से विकास तथा उन्नति का अवसर मिलना अपेक्षित है। अंग्रेज़ी के माध्यम से सारे जन-समाज को विकसित करना या प्रगति का मौक़ा देना असम्भव है। सवाल है कि क्या ऐसा हर प्रदेश में हो रहा है? या कुछ निहित स्वार्थ के लोग अपने व्यापक समाज को आगे बढ़ने से बाधित करके अपना, अपनी सन्तान का हित साधन कर रहे हैं। राजनेता भी इसी का राजनीतिक उपयोग कर रहे हैं। जब कभी जनता का ध्यान ग़रीबी, महँगाई, बेरोज़गारी की ओर जाता है तभी ये राजनेता इस वर्ग की सहायता से जनता का ध्यान झूठे भय की ओर आकर्षित करके छुटकारा पा जाते हैं। विश्व राजनीति में अनेक देश जैसे युद्ध के आतंक से अपनी जनता का ध्यान मूल समस्याओं से हटा देते हैं, उसी प्रकार भाषा की राजनीति का इस्तेमाल कर रहे हैं।

माना गया है कि जब सारे देश के सभी प्रदेशों में भारतीय भाषाओं में जन-जीवन का सारा कामधाम होने लगेगा, वैसी स्थिति में जन-समाज अन्तर्प्रादेशिक सम्बन्धों के लिए, आपसी विचार-विनिमय के लिए तथा भावात्मक एकता के रूप में हिन्दी का सहज और स्वाभाविक प्रयोग करेंगे। यह भी स्वीकार किया जा चुका है कि जब तक कोई प्रदेश स्वीकार नहीं करेगा उससे अंग्रेज़ी के माध्यम से ही सम्बन्ध रखे जाएँगे। फिर बार-बार इस प्रकार की आशंकाएँ क्यों फैलाई जा रही हैं ? स्पष्ट है, जो अपनी भाषाओं तथा अपने जनसाधारण के साथ राजनीति का खेल खेलते हैं, वे उस व्यापक सामाजिक प्रगति की दृष्टि को कैसे अपना सकते हैं, जो हमारे पिछले हर देश के नेता के पास रही है।

न्यायपालिका के उत्तरदायित्व का सवाल!

अपनी तानाशाही शक्तियों को संगठित करने और सत्ता पर एकाधिपत्य स्थापित करने के लिए तर्क के रूप में श्रीमती इन्दिरा गांधी ने लोकतंत्र को धारण करने वाले सभी स्तम्भों पर तथा उसको गतिशील रखने वाली सभी संस्थाओं पर आक्रमण शुरू कर दिया था। उस दौर में उनका आरोप था कि हमारी विधानसभाएँ, न्यायपालिकाएँ और प्रेस उत्तरदायित्वहीन हैं, उनकी प्रतिश्रुति नहीं है। जिस प्रकार अनुशासन की माँग लोकतांत्रिक पद्धति के लिए आवश्यक मानी जा सकती है, उसी प्रकार इन लोकतंत्रीय आधार-स्तम्भ रूप संस्थाओं से दायित्व और प्रतिश्रुति की माँग सही समझी जा सकती है। इन्दिराजी के सारे तर्कों का लक्ष्य अपना सत्ता समर्थन रहा है, यह स्पष्ट है। पर उन्होंने जो मुद्दे उठाए हैं, वे न केवल महत्त्वपूर्ण हैं वरन् आज के सन्दर्भ में उन पर बहस चलाना सबसे अधिक संगत हो गया है।

पिछले वर्षों विधायिका बनाम न्यायपालिका की बहस चली थी। इन्दिराजी ने व्यापक बहुमत के सहारे संसद की सर्वोपरिकता को स्वीकार भी कराया था। आपात्काल में ऐसा स्पष्ट हो गया था कि न्यायपालिका सरकार के कार्यकारी अधिकारियों पर किसी तरह का नियंत्रण रखने में असमर्थ है। आन्तरिक सुरक्षा क़ानून तथा ऐसे ही अन्य क़ानूनों के आधार पर तमाम नागरिक अधिकारों को निरस्त कर दिया गया था। क़ानून को लागू करने, क़ानून की व्याख्या करने का अधिकार जब न्यायपालिका से छिन गया तब उसका लोकतंत्रीय प्रयोजन ही समाप्त हो गया। केवल दंड-विधान करने के लिए हर तरह के शासकों के न्यायालय रहे हैं। लोकतंत्रीय पद्धति में न्यायपालिका का दायित्व उन नागरिक अधिकारों की रक्षा करना है, जो मौलिक हैं और संविधान द्वारा प्रदत्त हैं। साथ ही क़ानून की व्याख्या करके उसको लागू कराने का कार्य भी न्यायपालिका का है।

आपात्काल में न्यायपालिका ने संविधान की मूल भावना की रक्षा के लिए और नागरिक अधिकारों के लिए संघर्ष भी किया। इतना ही नहीं आपात्स्थिति के बाद चुनावों में इन्दिराजी के विरुद्ध प्रचार कार्य में वक़ीलों तथा एडवोकेटों ने बड़ी भूमिका निभाई। परन्तु इससे क्या आभास मिलता है कि न्यायपालिका अपने दायित्व के प्रति जागरुक रही है, अथवा आपात्काल के बाद के इन दो वर्षों में इससे लगे हुए

न्यायाधीशों तथा वक़ीलों ने आत्मचिन्तन शुरू किया है। यह बार-बार कहा गया है और स्पष्ट भी है कि न्याय प्रक्रिया से जुड़े हुए इन लोगों ने कभी यह विचार नहीं किया कि उनका दायित्व किसके प्रति है। यूनान में न्याय की देवी को अन्धा ज़रूर कहा गया है पर न्याय का सम्बन्ध विवेक से है केवल क़ानून की धाराओं से नहीं। क़ानून की धाराओं के शब्दजाल से जो न्याय प्रतिपादित होता है, वह अधिकतर मानवीय सन्दर्भ से कट जाता है और काग़ज़ी रह जाता है।

जिस प्रकार संविधान की मूल भावना पर ही उसका सारा स्वरूप तथा ढाँचा विकसित किया जाता है, उसी प्रकार न्यायपालिका विधान की सारी व्याख्या और उसको लागू करने की पद्धति की खोज उसी भावना से सम्बन्धित दायित्व बोध से करती है। जिस प्रकार संविधान की मूल भावना को दृष्टि में रखकर संसदीय पद्धति को अपने लक्ष्यों और आदर्शों की ओर गतिशील होना चाहिए, उसी के साथ न्यायपालिका के लिए इस भावना के प्रति अपना दायित्व अनुभव करते हुए इन लक्ष्यों तथा आदर्शों के सन्दर्भ में अपनी व्याख्याओं तथा निर्णयों को नियोजित करना अपेक्षित है। इस दायित्व-बोध के आधार पर न्यायपालिका की लोकतंत्रीय स्वतंत्रता को समझा जा सकता है और इसी से संसदीय पद्धति से उसके अन्तरावलम्बन को भी देखा जा सकता है। यदि न्यायपालिका की स्वतंत्रता के बिना लोकतंत्र का अर्थ नहीं है, तो इस अन्तरावलम्बन में निहित दायित्व-बोध के बिना न्यायपालिका लोकतंत्रीय मूल्यों तथा आदर्शों को प्राप्त करने में सहायक भी नहीं हो सकेगी।

न्यायपालिका के दायित्व-बोध के सन्दर्भ पर विचार करते हुए हमको अपने लोकतंत्र के लक्ष्यों और आदर्शों को सामने रखना है। हमारे संविधान में पूर्णता नहीं है और वह जिन लोगों के द्वारा बनाया गया है, उनके अनुभवों और परिस्थितियों से परिसीमित है। फिर भी उसमें हमारे जन-समाज की आकांक्षाओं और अभिलाषाओं की अभिव्यक्ति है। सामान्य ढंग से कह सकते हैं कि हम अपनी स्वतंत्रता को सामाजिक समता तथा प्रगति की दिशा में उपलब्ध करना कराना चाहते हैं। हम वर्ण-वर्गहीन धर्मनिरपेक्ष समाज की परिकल्पना करते हैं। आर्थिक समता के साथ प्रगति का लक्ष्य हमारे सामने है। इन मौलिक स्थापनाओं के सन्दर्भ में अपने संविधान की धाराओं पर पुनः विचार करने और संशोधित करते रहने का हमारा लोकतंत्रीय अधिकार अक्षुण्ण है।

हमारी न्यायपालिका का दायित्व-बोध इन्हीं लक्ष्यों, दिशाओं, आकांक्षाओं से अनुशासित होना चाहिए। संविधान की सारी धाराएँ और संसद तथा विधान-सभाओं की पारित सभी विधियों की व्याख्या तथा नियोजन इसी के आधार पर किया जाना अपेक्षित है। परन्तु हमारी न्यायपालिका का सारा चरित्र पश्चिमी मुख्यतः ब्रिटिश लोकतंत्र से लिया गया है। यहाँ ध्यान देने की बात है कि ब्रिटिश न्यायपालिका का विकास यूनानी न्याय-पद्धति के आधार पर हुआ है और उसको उन्होंने अपनी

लोकतंत्रीय पद्धति के साथ जोड़ लिया है। परन्तु हमारे देश में लोकतंत्र के प्रारम्भ होने के समय न्यायपालिका का जो स्वरूप मिला वह ब्रिटिश साम्राज्यवाद के दाय रूप में था। जो न्यायपालिका इंग्लैंड की लोकतंत्रीय पद्धति का अंग थी, वह हमारे जन-समाज और उसके जीवन से अलग-थलग थी। ब्रिटिश शासन के न्यायालयों में यह स्पष्ट था कि न्याय मिल सकता है, पर वह वर्ग विशेष के लिए सुलभ है, ऐसा वर्ग साधनसम्पन्न है। साधारण जनता के लिए न्याय पाना कठिन था, क्योंकि वह समय और पैसे से ही पाया जा सकता था। ब्रिटिश शासन काल में वक़ीलों का एक वर्ग बन गया था जो विधि की व्याख्याओं में कुशल था, पर उसकी कुशलता का उपयोग साधन सम्पन्न ही कर सकता था।

लोकतंत्र के इस महत्त्वपूर्ण अंग को ब्रिटिश परम्परा से हमने उसके साम्राज्यवादी सन्दर्भ के साथ ग्रहण कर लिया। न्यायपालिका की परिकल्पना लोकतंत्रीय होने पर भी हमने अपने लोकतंत्र के लिए उसका जो ढाँचा स्वीकार कर लिया, वह न हमारी परम्परा से जुड़ पाया है और न जन-जीवन की भावनाओं से उसका तादात्म्य सम्भव हो सका है। जन-जीवन से बिना गहरे लगाव के जिस प्रकार विधायिका उसकी महत्त्वाकांक्षाओं के अनुरूप कार्य करने में असमर्थ है, उसी प्रकार जब तक न्यायपालिका जनता की भावना से सम्बन्ध स्थापित करने में असमर्थ है, तब तक लोकतंत्रीय न्याय की कल्पना नहीं की जा सकती।

हमारी न्यायपालिका का जो रूप हमारे सामने न्यायालय (ज़िला के स्तर से लेकर उच्च तथा सर्वोच्च न्यायालय तक) तथा उनसे जुड़ा हुआ बार (वक़ील तथा एडवोकेट) प्रस्तुत करता है, वह जिन विरोधाभासों पर आधारित है, उसकी विडम्बनाएँ प्रत्यक्ष होती रहती हैं। एक ओर इधर न्याय की कोर्टों, कमीशनों तथा जजों के ख़िलाफ़ नारे लगने लगे हैं, प्रदर्शन तथा घेराव के कारण उन्हें अपने कार्यकलाप स्थगित करना पड़ा है। दूसरी ओर इस प्रकार का न्यायपालिका के प्रति सम्मान का क्षरण क्रमशः होता जा रहा है। इसका स्पष्ट तथा घोषित प्रारम्भ इन्दिराजी के ख़िलाफ़ चुनाव-याचिका के फ़ैसले के विरोध से माना जा सकता है। उस समय तमाम तरह के प्रदर्शन तथा सभाएँ उसके विरोध में की गईं और न्यायाधीश के विरुद्ध आरोपात्मक वक्तव्य भी दिए गए। इधर भी न्यायपालिका की अवमानना का क्रम चल रहा है।

पर उसके मूल कारण की खोज हमको न्यायपालिका के साथ अपने व्यापक जन-जीवन के सम्बन्ध में करनी होगी। आख़िर हम जिन लोकतंत्रीय मूल्यों की प्रतिज्ञा को लेकर चल रहे हैं, वे उसी जन-समाज की महत्त्वाकांक्षाओं को प्रतिफलित करते हैं। फिर जो न्यायपालिका इन मूल्यों को इसी व्यापक सन्दर्भ में ग्रहण करने में असमर्थ हो, वह हमारी संवैधानिक न्याय-प्रक्रिया को सही दिशा में गतिशील कैसे कर सकेगी। अगर वह स्वतंत्रता के नाम पर विधायिकाओं के द्वारा प्रतिफलित होने

वाली जनता की भावनाओं-आकांक्षाओं को पहचानने से चूक जाती है, अथवा तटस्थता के नाम पर हर बार साधनसम्पन्न के पक्ष में दिखाई देती है, तो इसे लोकतंत्रीय पद्धति की एक विसंगति ही मानना होगा।

इसका पहला अनुभव मेरे जैसे व्यक्ति को आपात्काल में हुआ, क्योंकि भारतीय न्याय-व्यवस्था, दंड संहिता और कार्यपालिका के साथ मेरा पहला सम्पर्क था। उन दिनों हमारे जैसे तमाम लोगों को आन्तरिक सुरक्षा क़ानून (मीसा) के तहत लेने के पहले भारत सुरक्षा (डी.आई.आर.) के आरोपों में पकड़ा गया था। मुझे पहली बार लगा कि 'मीसा' न भी लागू हो तब भी भारत का साधारण साधनविहीन व्यक्ति कार्यपालिका (पुलिस-मजिस्ट्रेट) के सामने कितना विवश हो जाता है। जब हमारे जैसे महत्त्वपूर्ण नागरिकों को मनमाने ढंग के आरोपों के सहारे पुलिस जब चाहे पकड़ सकती है और सालों न्यायालयों में भटका सकती है (मेरा केस आपात्काल के बीच ख़त्म हुआ ही नहीं) तब अनपढ़, साधारण तथा साधनविहीन लोगों की क्या स्थिति होगी। क्या इससे यह स्पष्ट नहीं होता कि अपनी स्वतंत्रता और तटस्थता के बावजूद हमारी न्यायपालिकाओं के न्याय का लाभ हर प्रकार से साधनसम्पन्न वर्ग उठा सकता है। यह वर्ग न्यायपालिका की स्वतंत्रता तथा तटस्थता का पक्षधर शायद इस कारण तो नहीं है कि उनके निहित स्वार्थों की रक्षा इस स्थिति में सहज में हो रही है। इस पक्ष पर हमारी न्यायपालिका के विविध अंगों को विचार करना होगा।

न्यायपालिका को अपने दायित्व-बोध को पहचानने के लिए अपने जन-समाज की स्थिति, उसकी परम्पराओं, उसकी भावनाओं-आकांक्षाओं को ही नहीं समझना होगा वरन् उन लक्ष्यों को भी सामने रखना होगा जिनकी ओर हमारे देश-समाज को बढ़ना है। तमाम चर्चाओं में यह कहा जाता रहा है कि हमारी न्याय की पद्धति अत्यधिक ख़र्चीली है और समय साध्य होती गई है और स्पष्ट है कि इस दौड़ में सदा एक ओर साधनसम्पन्न आगे निकल जाएगा। आज एक ओर तमाम गुंडे, चोरबाज़ारी, तस्कर-व्यापारी, कर की चोरी करने कराने वाले, कामचोर या तो क़ानून के कब्ज़े में भ्रष्टाचार के चलते आते ही नहीं और यदि किसी कर्तव्यपरायण अधिकारी की तत्परता से या सरकार के क्षणिक संकल्प में आ भी जाए तो अपने अपार साधनों तथा स्त्रोतों से वे न्यायपालिका से दंडित होने से बच जाते हैं। इसके विपरीत जेल-जीवन के अपने अनुभव के आधार पर कह सकता हूँ कि जेल काटने वाले ऐसे लोगों की काफ़ी संख्या है जो साधनविहीन होने के कारण जेल जाने को विवश हुए हैं, निरपराध होकर भी।

इसमें शक नहीं कि लोकतंत्रीय पद्धति में न्यायपालिका को कार्यपालिका से स्वतंत्र रहना होगा। उसकी तटस्थता भी वांछित है तथा विधायिका के साथ अन्तरावलम्बन का सम्बन्ध ही स्वस्थ माना जाएगा। पर प्रश्न है कि यह स्वतंत्रता

किस के लिए है। अगर यह स्वतंत्रता जन-समाज के लिए है तो भारतीय न्यायपालिका को इसी समाज के प्रति दायित्व-बोध का अनुभव करना होगा। उसे लोकतंत्रीय पद्धति के अन्तर्गत अपना विकास इस प्रकार करना होगा कि वह क़ानूनी बहस के आगे समाज के व्यापक न्याय का उपकरण बन सके और तमाम तरह की पद्धतिगत कमियों को दूर करके नया रूप ग्रहण कर सके जिससे वर्तमान सत्ता शक्ति तथा साधनसम्पन्न वर्ग के शोषण तथा अन्याय से जन-समाज को बचा सके। अन्यथा जो विरोधाभास आज हमारी लोकतंत्रीय पद्धति में विकसित हो रहे हैं, न्यायपालिका की स्थिति और उसके सम्मान को विडम्बनापूर्ण बना देंगे।

मज़दूर आन्दोलन की यह परिणति

बड़ोदरा से दिल्ली के रास्ते में फ़र्टिलाइज़र कारपोरेशन के एक टेक्निकल अधिकारी का साथ हो गया। फ्रंटियर मेल में दिन-भर की यात्रा में हम दोनों अपनी कैबिन में अकेले थे। किसी प्रसंग से मज़दूर आन्दोलनों तथा मज़दूर संघों की चर्चा चली। इत्तिफ़ाक से ये अधिकारी दिल्ली जाने के पूर्व कई वर्ष धनबाद (बिहार) में रहे थे। उन्होंने लगभग उत्तेजना की स्थिति में बताया कि ये मज़दूर संघ मज़दूरों के सबसे बड़े शोषक, शोषण के सहयोगी बन गए हैं। प्राय: ये संघ शक्तिशाली दादाओं (पहलवानों) के हाथ में हैं। जो इनका नेता सबसे अधिक दादाओं को अपने अधिकार में रख सकता है वही यूनियन का सर्वेसर्वा बन जाता है। जो सबसे अधिक शक्तिशाली, आतंककारी, हत्याएँ कराने वाला प्रमाणित होता है, उसकी यूनियन का आधिपत्य होता है।

मैं एकदम अनजान नहीं था, पर अधिकारी का प्रत्यक्ष अनुभव के आधार पर वर्णन स्तब्ध करने वाला था। धनबाद औद्योगिक क्षेत्र में पहले जी.पी. सिन्हा नामक नेता का दादाओं पर अधिकार था और उस क्षेत्र में उनकी यूनियन की तूती बोलती थी। बाद में उनके सर्वश्रेष्ठ शिष्य ने अपनी शक्ति बढ़ा ली और शक्ति की प्रतिद्वन्द्विता में सिन्हा की हत्या अपने लोगों के द्वारा हुई। सबसे बड़ी विडम्बना की बात है कि इन विभिन्न यूनियनों के नेता एक ओर दलों के शक्ति-सामन्तों से जुड़े रहते हैं और दूसरी ओर अपने प्रभाव से कारख़ानों, मिलों, फैक्टरियों के अधिकारियों तथा मालिकों को हर तरह के दबाव में रखते हैं। प्राय: इनमें समझौता है और इन दादा लोगों और उनके नेताओं को ठेके आदि के तरह-तरह के लाभ कराए जाते हैं।

हम लोगों की बातचीत के दौरान अधिकारी ने मेरे सामने कलकत्ता के 'सनडे' नाम साप्ताहिक को निकालकर रख दिया। 'धनबाद-आतंक का नगर' (सिटी ऑफ टेरर) मोटे अक्षरों में यह शीर्षक कौंध गया। अधिकारी ने कहा—''डॉ. साहब, मैंने उस नगर में वर्षों बिताए हैं और यह सब प्रत्यक्ष अनुभव से देखा सुना है। 'सनडे' के इस अंक में आप पढ़ लें।'' फिर मैं 'सनडे' की सभी रपटों को पढ़ गया। पढ़ने के साथ ही यह तीखा अनुभव करता रहा कि हमारे देश में यह

सब हो रहा है और मज़दूर संघों के नाम पर हो रहा है। और यह भी कि इन दादाओं और नेताओं के आतंक, अत्याचार और हत्याओं को राजनीतिक दलों का संरक्षण है। इनमें कांग्रेस है, जनता दल है और साम्यवादी दल भी है। इन तमाम हत्याओं से जुड़े लोगों के साथ 'सनडे' में ही इन्दिरा और चन्द्रशेखर जैसे नाम लिए गए हैं। यह भी कहा गया है कि इन यूनियनों की आपसी प्रतिद्वन्द्विता के पीछे इन दादाओं के नेताओं का सत्ता संघर्ष है। और राजनीतिक संरक्षण के कारण इनको कर्तव्यपरायण अधिकारी भी छू नहीं सकते। कर्तव्यनिष्ठा दिखाते ही उन्हें वहाँ से हट जाना होगा।

उनके पास अपार पैसा है, वैभव है, शक्ति (गुंडा) है। विवश होकर मज़दूर उनकी यूनियन में हैं, न जाने कितना चन्दा उनसे उगाहा जाता है। पूँजीपतियों तथा उद्योगपतियों के शोषण से मुक्त कराने के नाम पर उनसे पशुओं जैसा व्यवहार किया जाता है, मनमाना अत्याचार किया जाता है। ये यूनियन के नेता अधिकारियों और मालिकों से मिले भी रहते हैं और उनको आतंकित भी रखते हैं। उनके पास महल जैसे बँगले तथा कोठियाँ हैं, मोटरें तथा ट्रकें हैं, सरकारी तथा ग़ैरसरकारी ठेके हैं और दादाओं (पहलवानों) के आतंक के आधार पर इस क्षेत्र पर एकाधिपत्य है। सबसे बड़ी विडम्बना है कि यह मज़दूर संगठन के नाम पर किया जा रहा है और खुलेआम सबकी जानकारी में घटित हो रहा है। अत्याचार और अन्याय ही नहीं बलात्कार और हत्याएँ भी हो रही हैं, और यह सब शासन-तंत्र के बावजूद धड़ल्ले से चल रहा है।

निश्चय ही मैं धनबाद की सारी परिस्थिति से आतंकित था। 'सनडे' में जो कुछ विवरण प्रस्तुत किए गए हैं, अगर वे सही हैं और अधिकारी के साक्ष्य के अनुसार स्थिति इससे अधिक गम्भीर है, तो सोचता रहा हूँ कि क्या यही हमारी सभ्यता है, क्या यही हमारी समाजवादी प्रगति है, क्या यही हमारी लोकतांत्रिक व्यवस्था है और क्या इसी प्रकार मज़दूरों के संगठन से सर्वहारा क्रान्ति की भूमिका तैयार हो रही है? हमारे मज़दूर नेता पाँच तारा वाले होटलों में रहते हैं, वातानुकूलित यानों और वायुयानों में यात्राएँ करते हैं तथा ऐश्वर्य-विलास का जीवन बिता रहे हैं। मज़दूर मात्र जीवित नहीं, अपमानित, लाँछित और प्रताड़ित भी हैं। उनके जीवन की सुरक्षा नहीं, उनकी महिलाओं का सम्मान सुरक्षित नहीं।

'सनडे' के विवरणों पर जितना सोचता हूँ और अधिकारी की बातों को जितना सुनता हूँ, मेरा मन विचलित और आतंकित होता जाता है। मुझे मध्यप्रदेश और छोटा नागपुर क्षेत्र के आदिवासी मज़दूरों की जीवनगाथाएँ याद आती हैं। इतना ही नहीं अपने नगर के समीप के औद्योगिक क्षेत्र व नैनी में होने वाली हत्याओं का स्मरण भी आता है। जिनके बारे में भी यही सुना है कि इनके पीछे यूनियन के दादाओं की प्रतिद्वन्द्विता तथा राजनीतिक पृष्ठभूमि है। निराश तथा क्षुब्ध

मन से मैं अपने साम्यवादी मित्रों का स्मरण करता हूँ। यह ठीक है कि इस भीषण और अमानवीय परिस्थिति के पीछे विकृत पूँजीवादी व्यवस्था है जो अपने विष से शासन-तंत्र, अधिकारी वर्ग, राजनीतिक नेतृत्व को, विषाक्त बना रही है। ये नेता, ये दादा, ये पहलवान, ये गुंडे सभी इस व्यवस्था के अमानवीय पुरजे हैं जिनके लिए धन-ऐश्वर्य-भोग-सत्ता-शक्ति के खेल के अतिरिक्त कोई मूल्य नहीं है।

पर इस व्यवस्था को तोड़ने की पहल कौन करेगा? मेरे मन में प्रश्न उठा कि हमारे साम्यवादी मित्र इन क्षेत्रों में मज़दूरों को शक्ति के रूप में संगठित करके इस अमानवीय व्यवस्था के ख़िलाफ़ क्यों नहीं खड़ा कर पाए? इस देश में मज़दूरों की सर्वहारा क्रान्ति के स्वप्न देखते पचास वर्ष तो बीत ही गए हैं। क्रान्ति की भूमिका की बात छोड़ भी दी जाए, पर अपने ही संगठनों में मज़दूरों की स्थिति इतनी दयनीय और अपमानजनक तो न होती। मन की निराशा इसलिए भी गहरी हुई कि इन यूनियनों की प्रतिद्वन्द्विता में साम्यवादी मज़दूर नेताओं की पद्धति और उनका आचरण अन्यों से अधिक भिन्न नहीं रहा है, चाहे तर्क यही रहा हो कि उनसे मुकाबला करने का उपाय यही है। पर हम तो यही समझते हैं कि इन तरीकों के इस्तेमाल करने का परिणाम वही होगा जो सामने है, यानी सही मज़दूर जाग्रति नहीं हो सकेगी। मुझे यह बताया गया कि कई सच्चे मज़दूर-हित को ध्यान में रखने वाले नेताओं को अपनी जान गँवानी पड़ी है पर इस विषैली व्यवस्था को तोड़ने का दूसरा उपाय भी क्या है?

'सनडे' के छपे हुए आतंक से मन आक्रान्त और क्षुब्ध था, अधिकारी की चर्चा से मन विचलित हो उठा। पर ए.के. रॉय, संसद सदस्य के रूप में यहीं आशा की किरण भी दिखी। श्री रॉय छोटी सी झोंपड़ी में अपनी यूनियन का आफ़िस चलाकर सच्ची मज़दूर शक्ति की तलाश में और उसके संगठन में लगे हुए हैं। वे साम्यवादी रहे हैं, पर अब सभी साम्यवादी जाति-भेद से अलग हैं। दादाओं, पहलवानों और धन की शक्ति से चलने वाली यूनियनों के ख़िलाफ़ मज़दूरों की सच्ची यूनियन की यह लड़ाई साधारण नहीं है। बाधाएँ और कठिनाइयाँ भी भीषण हैं, क्योंकि इन शक्तिशाली यूनियन नेताओं के पीछे जैसा कहा गया है सत्तारुढ़ दल तथा प्रतिपक्ष के बड़े नेता हैं और शासन-तंत्र या तो उनसे समझौता करके चलता है अथवा इनके विरुद्ध असहाय हो जाता है।

जो भी हो श्री रॉय के प्रयत्न से ही आशा की जा सकती है, और क्रमशः इस प्रकार जो मज़दूर शक्ति संगठित होगी, वह पहले अपने अस्तित्व की लड़ाई में सफल होगी, क्योंकि आज की स्थिति में पहला सवाल यही है कि यह शक्ति शोषण और अन्याय से अपने को मुक्त करने में समर्थ होगी। श्री रॉय के वक्तव्य से इसलिए भी आशा बँधती है कि उन्होंने साम्यवादी पद्धति की सीमाओं और सर्वोदयी दृष्टि की कुछ सम्भावनाओं को समझा है। आज सिद्धान्तों की चर्चा में इतना कुहासा फैल

चुका है कि विभिन्न दलों के नेता व्यक्तिगत स्वार्थ तथा प्रतिद्वन्द्विता में उसका सहारा लेते हैं, सिद्धान्तों के आधार पर आचरण और नीतियों का प्रमाण प्रस्तुत करने की बात आज समाप्त हो चुकी है। मज़दूर संघों के सन्दर्भ में यही कहा जाता है कि हर दल से जुड़े संघ नेताओं की प्राय: एक सी स्थिति है और जब कभी किसी भी विचारधारा का नेता सच्ची भावना से मज़दूर संगठन में काम करता है तो उसे समान कठिनाइयों और बाधाओं का सामना करना पड़ा है, यहाँ तक कि उन्हें जान से हाथ भी धोना पड़ा है। इस स्तर पर समाजवादी, साम्यवादी, कांग्रेसी यहाँ तक कि जनसंघ के मज़दूर नेता में अन्तर नहीं किया जा सकता।

इस परिस्थिति में एक ही रास्ता दिखाई पड़ता है। सत्ता की प्रतिद्वन्द्विता में लगे दल और नेता मज़दूर संघों पर अधिकार रखने के लिए वहाँ के दादाओं को संरक्षण देते हैं। उनके नेता उन्हीं पर निर्भर रहते हैं अथवा उनके सरदार को अपना झंडा-बिल्ला दे देते हैं। इन्दिराजी और बहुगुणा जैसे नेताओं की यह पद्धति रही हो तथा साम्यवादी दल और चन्द्रशेखर जी भी उसका अनुसरण कर रहे हो, तो यह अजीब नहीं। सत्ता की राजनीति में देश के रंगमंच पर जो 'नंगा नाच' हो रहा है, उसमें देश की इस अभाग्यपूर्ण स्थिति के अलावा आशा क्या की जा सकती है। तब विकल्प है कि श्री रॉय जैसे अनेक लोग अपनी भिन्न वैचारिक पृष्ठभूमि के बावजूद निर्दलीय ढंग से मज़दूर संगठनों का सच्चा रास्ता खोजें। होता सब इसी नाम पर है कि मज़दूरों का शोषण न हो, उन्हें समाज में न्यायपूर्ण और सम्मान सहित रहने का अधिकार प्राप्त हो। फिर इस संघर्ष का सच्चा स्वरूप तो यही होगा, नेतृत्व कोई भी करे। सच तो है कि सही दिशा का अनुसंधान तभी होगा, जब दलालों के हाथ से मज़दूरों का नेतृत्व इसी वर्ग के हाथ में आएगा।

परन्तु इस समस्या के एक महत्त्वपूर्ण पहलू पर ध्यान देना ज़रूरी है। हमारे देश की जैसी राजनीतिक, आर्थिक तथा सामाजिक परिस्थिति है, उसमें मज़दूर संगठनों को केवल ट्रेड-यूनियन के स्तर पर शक्तिशाली बनाना पर्याप्त नहीं है। जैसा ऊपर की चर्चा से स्पष्ट है कि वर्तमान राजनीतिक-परिस्थिति में तमाम बाहरी दबाव बने रहेंगे और ये संगठन शक्तिशाली एक सीमा के आगे बन नहीं पाएँगे। फिर व्यवस्थित कल-कारख़ानों के मज़दूर संगठित होकर अपनी वेतनमान तथा महँगाई-भत्ता की लड़ाई लड़ सकते हैं, पर इनकी संख्या की तुलना में कई गुनी संख्या अनिश्चित, ठेके पर काम करने वाले तथा खेतिहर मज़दूरों की है। वे अपनी लड़ाई इस स्तर पर कैसे लड़ सकते हैं। फिर बढ़ती हुई बेरोज़गारों की संख्या का क्या हो ? अलग-अलग आज संगठित संघ अपनी माँगों को लेकर अपनी अनिवार्यता के अनुसार सरकार पर दबाव डालकर अपने वेतनमान, बोनस-भत्ता बढ़वाते जा रहे हैं। परिणाम है आज राष्ट्रीय वेतनमान का कोई ढाँचा बन नहीं पा रहा है। यह बहुत बड़ा अन्याय है और राष्ट्रीय विकास की भारी समस्या है।

हमारे मज़दूर नेताओं को इस व्यापक परिप्रेक्ष्य में विचार करना है। उसी दृष्टि से मज़दूरों का संगठन करना है और उन्हें राष्ट्रीय लक्ष्यों की ओर प्रेरित करना है। क्योंकि उन्हें व्यापक परिवर्तन में अपनी भूमिका निभानी है, उन्हें यह समझाना है कि जब तक व्यापक समाज बदलता नहीं समाज से शोषण-अन्याय ख़त्म नहीं होते, उनको भी मुक्ति नहीं मिलने वाली है। इस मुक्ति के लिए उन्हें संगठित और शक्तिशाली बनना है, पर यह भी स्पष्ट है जब तक समाज में सभी स्तरों पर क्रान्ति नहीं होगी, वे मुक्त नहीं हो पाएँगे। अत: उनके संगठन और उनकी शक्ति का लक्ष्य यह व्यापक परिवर्तन होना चाहिए।

आख़िर शिक्षा के बारे में हमारी नीति क्या है ?

वर्षों पहले हमारे विश्वविद्यालय की विद्या परिषद् में छात्रों की हाज़िरी को लेकर बहस चल रही थी। हमारे देश के अधिकारियों का एक स्थायी भाव रहा है कि 'किसी तरह चलता रहना चाहिए', इन तुरन्त फ़ैसलों पर चलने वालों को इसकी कभी परवाह नहीं रही कि देश-समाज कहाँ जा रहा है। उस समय के हमारे कुलपति और उनके साथ के लोग उदार होने के पक्ष में इसी कारण थे, यह अलग बात है कि उनकी काम चलाने की नीति के समर्थक देश-समाज में शिक्षा की व्यापक प्रगति का तर्क दे रहे थे। शिक्षा की स्तरीयता पर बल देने वाले हमारे प्रोफ़ेसर हाज़िरी की मनमानी छूट का विरोध कर रहे थे। बहस लम्बी चलती रही, कई बार पहले भी चल चुकी थी। अधिकारियों की काम चलाने की एकमात्र चिन्ता से मन ऊब चुका था। मैंने परिषद् के सामने एक प्रस्ताव रखा, निश्चय ही वह अनौपचारिक ही हो सकता था।

देश में जैसा वातावरण बनता जा रहा है, हमारे देश को चलाने वाले लोग शिक्षा के साथ जैसा मख़ौल कर रहे हैं और शिक्षा के क्षेत्र में राजनीतिक संरक्षण प्राप्त जैसे अधिकारी उभरते आ रहे हैं, उन सब बातों को देखकर हम सब शिक्षा के क्षेत्र में जीवन लगाने वाले लोगों को आने वाले युग को ध्यान में रखकर यह निश्चय करना चाहिए कि किसी डिग्री की कामना रखने वाले (विद्यार्थी कहना व्यर्थ है) को बिना किसी प्रतिबन्ध के कुलपति द्वारा हस्ताक्षरित कोरी डिग्री (प्रमाण-पत्र) मिल सकेगी, अपनी इच्छा के अनुसार डिग्री का भी उस पर नाम आदि भर सकेगा, श्रेणी आदि भी लगा सकेगा।

उस समय पक्ष-विपक्ष के किसी व्यक्ति ने मेरे प्रस्ताव को गम्भीरतापूर्वक नहीं लिया। सभी को विसंगत (अब्सर्ड) लगा, गुरुजनों ने कह भी दिया। मैंने बहुतेरा समझाना चाहा कि बुद्धिमान वही माना जाता है जो भविष्य को देख पाता है और मैं भविष्य देख रहा हूँ। धीरे-धीरे आपकी परिषद् ने हाज़िरी को स्वाँग बना दिया है। सारे वर्ष हाज़िरी पर बल दिया जाता है, सूचनाएँ निकलती हैं, जोड़ लगाया जाता है। कई बार हाज़िरी के प्रतिशत की सूचियाँ निकाली जाती हैं। पर साल के अन्त में तरह-तरह के दबावों में पड़कर कुलपति महोदय हाज़िरी माफ़ी का अस्थायी अधिनियम विद्या परिषद् में पारित कराते हैं। फिर एक समिति बनाकर

जुर्माना आदि लेकर लीपापोती की जाती है। और यह अस्थायी अधिनियम स्थायी होता जा रहा है।

पर आप यह न समझें कि इसका अन्त यहीं है। ख़ैर, हाज़िरी का स्वाँग आप चलाएँ और सालभर ग़ैरहाज़िर रहने वाले को परीक्षा देने की अनुमति दें। व्यक्तिगत छात्रों के परीक्षा देने का विधान हो ही सकता है। स्तर का सवाल उठाना इस दयनीय स्थिति में क्या बेकार नहीं होता जा रहा है ? फिर दाख़िला भी सभी का होना चाहिए, अब कब तक रोकिएगा। हर वर्ष दबाव बढ़ता जा रहा है, मारपीट हो रही है, हड़ताल और बन्द हो रहे हैं। जो देश के नेता हैं और देश चलाते हैं, आशा की जाती है शिक्षा भी चलाते हैं, उन्हें शिक्षा की जैसी चिन्ता है आप-सब जानते हैं। आगे अपना सिर फोड़वाकर आप न किसी का प्रवेश रोक सकेंगे और न परीक्षा में बैठने से। आप कहना चाहें तो स्तरीयता का ख़ामख्याल छोड़कर कह सकते हैं कि व्यक्तिगत हैसियत से अभ्यर्थी परीक्षा देते ही हैं।

पर मैं आपको साफ़ बता दूँ—यह मामला यहाँ कहीं रुकेगा नहीं। आगे आने वाले तथाकथित विद्यार्थी अपने महान छात्र नेताओं के नेतृत्व में फ़ीस की सुविधा चाहेंगे, परीक्षा में सुविधा चाहेंगे। जब कक्षा में आने की विवशता नहीं है तो फ़ीस देने की विवशता ही क्यों ? ख़ैर, यहाँ भी 'काम चलता रहे' का आदर्श मानने वाले देश की प्रगति के नाम पर कह सकते हैं कि शिक्षा तो निःशुल्क होनी ही चाहिए। शिक्षा निःशुल्क हो और परीक्षाओं में पुस्तकें ले जाने की सुविधा भी दी जाए। पर कौन सी पुस्तकें ! पाठ्य पुस्तकें, सन्दर्भ ग्रन्थ, कुंजियाँ, प्रश्नोत्तरियाँ, गेस प्रश्न-पत्रों के उत्तर किनको ले जाने की सुविधा दी जाएगी। फिर प्रश्नों के उत्तर कौन खोजेगा, क्यों न उत्तर बोल दिए जाएँ। फिर परीक्षा उत्तीर्ण करने वालों में श्रेणी भेद क्यों ? वैसे श्रेणी भेद किस आधार पर जाएगा।

अभी आप सब महानुभावों को यह अद्‌भुत तथा हास्यास्पद लग रहा है, पर मैं भविष्य देख रहा हूँ और आप सब से निवेदन कर रहा हूँ कि मेरे प्रस्ताव को पारित करें। जब यही चाहा जा रहा है और हमारी महान शिक्षा-नीति का परिणाम भी यही होने वाला है, तो हम इसमें आगा-पीछा क्यों करते हैं। पहल करके हम फिर कुछ बचा सकने की स्थिति में रहेंगे। देश के करोड़ों-करोड़ डिग्रीकामियों को जैसी चाहें जिस कक्षा अथवा श्रेणी की डिग्री स्वतः ग्रहण करने दें। हमारे मित्र, कुलपति के समर्थक, चाहते भी हैं कि देश के करोड़ों शिक्षा पाने के आकांक्षी युवकों के मार्ग में हम अवरोध न उत्पन्न करें। मेरा कहना है कि न प्रवेश में और न परीक्षा में और न ही उत्तीर्ण होने में।

आगे अपने प्रस्ताव में मैंने यह भी स्पष्ट किया कि शायद हमारी यह चिन्ता है कि जब प्रवेश और परीक्षा के बीच पढ़ाई नहीं होगी, तब हम अध्यापकों का क्या होगा ? ऐसा नहीं यह शंका मेरे मन में उठी नहीं, पर मेरा एक समाधान भी है। हमारी

डिग्रियों का मूल्य है कहाँ? ज़बरदस्ती हर पद के लिए उन्हें न्यूनतम आवश्यकता के रूप में अटका रखा गया है, अन्यथा यह झगड़ा भी बेकार का है। आज कौन नौकरी है जो बिना प्रतियोगी परीक्षा या साक्षात्कार आदि के बिना मिलती है। इन डिग्रियों को दिखाकर कौन क्या कहाँ कुछ पा सकता है? फिर सरकार इस अटक को दूर क्यों नहीं कर देती। झगड़ा ख़त्म हो। और अगर सरकार नहीं करती तो हम कम से कम कामना करने वाले को डिग्रियाँ बिना प्रतिबन्ध के दे सकते हैं। फिर बाँस नहीं रहेगा तो हमारे मत्थे रोज़मर्रा की बाँसुरी भी नहीं बजेगी।

अब रहा कि हम अध्यापकों का क्या होगा? जहाँ तक हमारे ज्ञान का सम्बन्ध है, जब तक देश को अज्ञान के अन्धकार में डुबोने की योजना सफल नहीं हो जाती, ज्ञान की माँग रहेगी और हमारी ज़रूरत भी होगी। हम अपने-अपने सालभर के पाठ्यक्रमों की घोषणा कर देंगे, सालभर के अपने पूरे कार्यक्रम-लेक्चर तथा सेमिनार की घोषणा भी कर देंगे। फिर जो भी विद्यार्थी (सही अर्थ में) हमारी कक्षाओं में आना चाहेंगे, उन्हें हम स्वीकार करेंगे, उसके लिए सर्टिफिकेट अथवा डिग्री दिखाने की आवश्यकता नहीं होगी, वरन् उस पाठ्यक्रम के अध्ययन की योग्यता देख ली जाएगी। फिर हम सालभर अथवा दो साल तक इन पाठ्यक्रमों के लेक्चर देंगे, सेमिनार लेंगे, पुस्तकालय में सन्दर्भ-ग्रन्थों के अध्ययन का निर्देशन देंगे, प्रश्नावलियाँ देंगे, उनसे उत्तर लिखाएँगे—बहस करेंगे। फिर अन्त में शिष्य को विदा करते समय व्यक्तिगत प्रमाण-पत्र दे देंगे कि उसने हमारे साथ दो साल तक यह सब अध्ययन किया है।

मैंने उन सबकी शंका दूर करने के लिए यह भी कहा कि आप लोग चिन्ता न करें कि आपके वेतन का क्या होगा? सरकार हमारा अनुदान क्यों रोकेगी, जबकि हमारे विश्वविद्यालय से मुक्त डिग्री पाने वालों की संख्या बहुत अधिक बढ़ जाएगी। सरकार को शिक्षा में प्रगति दिखाने के लिए आँकड़े के अलावा क्या चाहिए। मेरा विश्वास है कि संख्या की अतिशय वृद्धि के कारण और शिक्षा संस्थाओं के सरकार के लिए सिरदर्द न रह जाने के कारण सरकार हमारे विश्वविद्यालय का अनुदान बढ़ा ही सकती है, कम नहीं कर सकती। फिर सरकार इस सम्बन्ध में एतराज़ करती भी है तो हमारे पास विकल्प है। तमाम तथाकथित कान्वेंट और पब्लिक स्कूल टाइप शिक्षण संस्थाएँ प्राथमिक से लेकर माध्यमिक स्तर तक की शिक्षा बिना सरकारी अनुदान के चलाती हैं, अपने अध्यापकों को सरकार के वेतनमानों से अधिक ही देती हैं? आख़िर किस प्रकार! तीस-पैंतीस रुपए से लेकर डेढ़-दो सौ रुपया तक मासिक फ़ीस लेकर। सरकार उन्हें चलाने की अनुमति देती ही है। हम ऐसा ही विश्वविद्यालय चला सकते हैं। देश में सम्पन्न लोगों का वर्ग है ही और वह जानता है कि देश की शिक्षा चौपट होने से उसका लाभ तभी तक है जब तक उनके बच्चों की शिक्षा पाने के लिए शिक्षा संस्थाएँ बनी रहें। हम उनके साथ रहकर अपना काम चला सकते हैं।

हमारी परिषद् में किसी ने तब मेरे प्रस्ताव को गम्भीरता से नहीं लिया। सब ने यही माना कि मैं हँसी-मज़ाक के मूड में हूँ। पर सोचता हूँ तो लगता है आज वही तो घटित हो रहा है। पिछले तीस वर्षों में शिक्षा को ऊपर से नीचे तक नष्ट कर दिया गया है। स्कूल, कॉलेज, विश्वविद्यालय खुलते गए हैं, हर कक्षा में भीड़ बढ़ती जा रही है। पर संस्थाओं में न अध्यापक पढ़ाते हैं और न छात्र पढ़ते हैं। सरकारी प्राइमरी संस्थाओं का अर्थ ही है कि वहाँ कोई कुछ पढ़ाता नहीं। माध्यमिक तथा उच्च शिक्षा संस्थाओं में सालभर अशान्ति तथा अराजकता का वातावरण बना रहता है, हड़तालें और बन्द चलते रहते हैं, छात्र अनुशासहीन हैं और अध्यापक दायित्वहीन। सरकार की कोई नीति स्पष्ट नहीं है, शिक्षा-नीति तो भ्रम, उपेक्षा और दिशाहीनता से प्रेरित है ही।

फिर चारों ओर यही दृश्य दिखाई दे रहा है। जनता सरकार से शुरू में आशा थी कि जमकर कुछ विचार करने का मौक़ा मिलेगा और निश्चित नीतियाँ निर्धारित की जा सकेंगी। पर हो सकता है कि जनता सरकार को शिक्षा के बारे में सोचने का मौक़ा न मिला हो। यह भी हो सकता है जो पिछले 28 वर्ष तक शिक्षा-नीति के भ्रमजाल को चलाते रहे हैं, वे ही शिक्षा नीति के पुनः सलाहकार बन गए हों। कुछ भी हो, हमारे प्रदेश (उत्तर प्रदेश) में विश्वविद्यालयों में, महाविद्यालयों में जिस प्रकार की परीक्षाएँ अन्ततः सरकारी दृढ़ संकल्प के फलस्वरूप चलाई जा रही हैं, उनसे स्पष्ट लगता है कि शिक्षा का कोई अर्थ अब रह नहीं गया है। और हमारी सरकार तथा उसके सलाहकार शिक्षाविदों को शिक्षा की कोई परवाह (शायद समझ भी) नहीं है। इस निराशा और विवशता की स्थिति में मुझे अपना दस-बारह वर्ष पुराना अनौपचरिक प्रस्ताव याद आ गया है। अब भी शिक्षा की चिन्ता करने वाले लोग मेरे प्रस्ताव पर विचार करें, शायद उसके सहारे उन्हें कोई नया रास्ता मिल सके।

शिक्षा-नीति के बारे में सोचने का हमारा ढंग

'स्टेट्समैन' मार्च 21 के अंक से पता चला कि गृहमंत्री चरणसिंह ने चार प्रदेशों के मुख्यमंत्रियों और शिक्षामंत्री डॉ. चन्द्र के साथ विद्यार्थी असन्तोष के बारे में विचार किया। इतना सन्तोष हुआ कि गृहमंत्री शिक्षा संस्थाओं के अराजक वातावरण से चिन्तित हैं। परन्तु पूरे विवरण से अपनी सरकार के सोच का जो ढंग और दिशा आभासित हुई, उसमें वही परम्परित उलझाव और भ्रम है। इस विवरण के अगले अंश में मज़दूर असन्तोष पर विचार किया गया है। विद्यार्थियों तथा मज़दूरों की समस्या को एक साथ एक स्तर पर लेना मूलभूत भ्रम है। हाँ, एक समानता ज़रूर है, पर वह तो आज की हर अराजक परिस्थिति के मूल में देखी जा सकती है। आज प्रदर्शन, हड़ताल, घेराव, तोड़-फोड, लाठी-चार्ज और गोलाकांड विभिन्न राजनीतिक दलों, यहाँ तक कि जनता दल के घटकों की आपसी सत्ता के लिए प्रतिद्वन्द्विता के फलस्वरूप हो रहे हैं। राजनीति में बहुत सीधा-सरल उपाय मिल गया है कि वर्तमान सत्ता और शासन-तंत्र को चलने न दिया जाए, फिर या तो सत्ता में शामिल कर लिया जाएगा अथवा सत्ता हथिया ली जा सकेगी।

सम्भवतः गृहमंत्री इस परिस्थिति के कारण विद्यार्थी श्रमिक की समस्या को एक स्तर पर क़ानून और व्यवस्था के रूप में देखते हैं। गृहमंत्री अनुभवी हैं, उन्हें राजनीति तथा शासन का लम्बा अनुभव है। उनके लिए यह देख पाना आसान होना चाहिए कि इस विस्फोटक परिस्थिति का समाधान क़ानून और व्यवस्था के आधार पर नहीं किया जा सकता है, क्योंकि इसमें सभी राजनीतिक दलों तथा नेताओं का योग है। इसमें केवल असामाजिक तथा गुंडा तत्त्व नहीं है जिसे क़ानून-व्यवस्था के आधार पर नियंत्रित किया जा सके। ये सारे तत्त्व भी राजनीतिक स्तर पर इस्तेमाल किए जा रहे हैं। अगर गृहमंत्री इसका सही निदान खोजना चाहते हैं तो उसे राजनीतिक स्तर पर ही पाना होगा। एक कठिनाई ज़रूर है, जिस प्रकार कांग्रेस के दल के रूप में पिछले वर्षों सत्तारुढ़ कांग्रेसी और विभिन्न स्तर पर उनके दलाल ही रहे हैं, पिछले एक वर्ष में जनता दल का स्वरूप ऐसा ही आभासित होता जा रहा है। फिर जनता दल की नीतियों के कार्यान्वयन में सहायता करने और सामाजिक स्तर पर विभिन्न दलों के द्वारा फैलाई जाती अराजकता का प्रतिरोध करने का काम कौन करे!

विभिन्न निहित स्वार्थ के वर्ग और लोग सरकार के चारों ओर अपने स्वार्थ सिद्धि के लिए जुड़े हुए हैं।

गृहमंत्री को अब तक यह भी समझ लेना चाहिए कि इन्दिरा गांधी शैली की ये किसान रैलियाँ किसी के लिए उपयोगी नहीं हैं, क्योंकि सुव्यवस्थित और संगठित दल के निषेध का ही ये परिचय देती हैं। इनके आधार पर समस्या का वास्तविक समाधान नहीं ढूँढ़ा जा सकता। जब शासक दल जनसमाज के व्यापक समर्थन के आधार पर सरकार नहीं चला पाता, जो जनता में फैली हुई जड़ों वाले दल की सहायता से ही सम्भव है, तब उसे शासन-तंत्र पर अधिकाधिक निर्भर होना पड़ता है। और उस सरकार की दृढ़ता का एक ही अर्थ है कि शक्ति का (पुलिस) अधिकाधिक प्रयोग किया जाए। जिसकी तार्किक परिणति हमको लोकतांत्रिक पद्धति से दूर तानाशाही की ओर ले जाती है। प्रश्न उठता है कि इतनी सीधी बात हमारे अनुभवी नेता क्यों समझ नहीं पाते! ये नेता दोनों ओर हैं—शासन में और प्रतिपक्ष में—और लोकतंत्र की प्रतिश्रुति की दुहाई भी देते हैं। सच तो है कि हमारे तमाम नेताओं का संस्कार सत्ता और गद्दी की राजनीति का बन गया है। फिर जनतादल के अध्यक्ष चन्द्रशेखर एक वर्ष से जनता दल के संयोजन-संगठन के नाम पर इस दल के विभिन्न घटकों का शक्ति-सन्तुलन एक पक्ष में झुकाने में लगे रहे हैं। और गृहमंत्री समस्या के राजनीतिक समाधान खोजने के बजाय क़ानून और व्यवस्था के शक्ति के तर्क पर निर्भर होते जा रहे हैं।

क्योंकि हमारे राजनेता समस्या के जटिल रूप से और उसके कठिन समाधान से कतराते हैं, इस कारण उसका सरलीकरण करते हैं। गृहमंत्री का छात्र-असन्तोष का समाधान आजमाया हुआ है, छात्र-संघों की सदस्यता वैकल्पिक कर दी जाए। यह वही क़ानून व्यवस्था के आधार पर सरलीकृत समाधान है। गृहमंत्री को मालूम है कि छात्र नेता तर्कहीन और असंगत माँगों के आधार पर हड़ताल, घेराव, कुलपतियों-अध्यापकों का अपमान, लाठीचार्ज करने-कराने का सफल नेतृत्व कर रहे हैं और उन्हें यह भी ज्ञात होगा कि यह सब राजनीतिक दलों, नेताओं, स्वार्थियों के संकेत और संरक्षण में होता है। फिर अगर राजनीतिक स्तर पर सभी दल निश्चय नहीं करते कि छात्रों का उपयोग सत्ता-संघर्ष में न केवल अनुचित है वरन् लोकतंत्र तथा देश-समाज के हित के विरुद्ध है, तब क़ानून-व्यवस्था के आधार पर कोई भी समाधान संघर्ष और हिंसा को बढ़ाएगा ही। प्रतिपक्ष के दल अगर राजनीतिक समाधान को स्वीकार नहीं करते तो भी शासक दल को इस चुनौती का उत्तर छात्रों को रचनात्मक कार्यों में समाज से जोड़कर ही देना होगा। अन्यथा कोई विकल्प नहीं है। हमारे लोकतंत्र के नेता यह तो समझते और मानते ही हैं कि लोकतंत्र में आधार पुलिस-शक्ति नहीं हो सकती, लोक-शक्ति ही होनी चाहिए। फिर इस शक्ति से जुड़ने और उसको संगठित करने का उपाय दलीय स्तर पर ही हो सकता है।

राजनीतिक स्तर पर विचार करने से छात्र-असन्तोष का एक सरल रूप और सामने आ जाता है। छात्र-नेताओं के मन में यह धारणा जम गई है कि शिक्षण-संस्थाओं के प्रांगण में आन्दोलन चलाने की कुशलता के आधार पर उनको देश के नेतृत्व में भागीदारी मिलेगी, उन्हें संसद और विधानसभाओं के टिकट मिलेंगे, वे उपमंत्री और मंत्री बनेंगे। इस नेतृत्व के लिए विश्वविद्यालय की शिक्षा से इतिहास, समाज, राजनीति और अर्थशास्त्र के ज्ञान की उन्हें ज़रूरत नहीं है और समाज से जुड़कर उसकी समस्याओं को समझने की उनके लिए न अपेक्षा है। अपने समाज की समस्याओं पर विचार करने की न उनमें क्षमता है और न समाज में कार्य करने की लगन है। उनका नेतृत्व का दावा नारों, घेरावों, आन्दोलनों, भद्दी भाषा के प्रयोग के आधार पर विकसित होता है। इन शिक्षा संस्थाओं के प्रांगण में प्रशिक्षित छात्र-नेताओं को कोई भी दल अपने पक्ष में कर सकता है। क्रमशः छात्र नेतृत्व का सामाजिक और सैद्धान्तिक प्रतिश्रुति का आधार समाप्त होता गया है और वर्तमान रूप सामने आता गया है। क्या विभिन्न दल इनके लिए सैद्धान्तिक प्रतिश्रुति और सामाजिक कार्यक्रमों का कोई मानदंड निर्धारित कर सकते हैं? स्पष्ट है मात्र सत्ता की प्रतिद्वन्द्विता में ऐसा सम्भव नहीं होगा।

वस्तुतः शिक्षा और छात्रों के असन्तोष की समस्या केवल राजनीतिक भी नहीं है और उसका समाधान पूरी तरह तभी सम्भव है जब हमारी शिक्षा नीति स्पष्ट हो और हमारे वास्तविक आर्थिक कार्यक्रमों से कई स्तरों पर जुड़ी हो। व्यापक परिवेश में शिक्षा का सम्बन्ध हमारी सामाजिक तथा सांस्कृतिक दृष्टि से भी है। और इन सभी पक्षों पर विचार किए बिना कोई सही दिशा नहीं मिल सकेगी। पर 21 मार्च की प्रकाशित सूचना के आधार पर भी कहा जा सकता है कि हमारे नीति-निर्माताओं के मन में कितना भ्रम और अस्पष्टता है। तर्क दिया गया है शिक्षा-संस्थाओं में अध्यापकों में राजनीति और दलबन्दी है। और छात्रों को ये लोग एक दूसरे के ख़िलाफ़ भड़काते हैं। इस खंडित तथ्य को अलग कर देने से तर्क पद्धति विकसित की गई है कि अगर अध्यापकों की नियुक्ति शिक्षा सेवा आयोग द्वारा होने लगे और उनका स्थानान्तरण होने लगे तो सब कुछ ठीक हो जाएगा। इसी के साथ यह भी कहा गया कि सारे विश्वविद्यालयों में एक ही स्तर कर दिया जाए।

बहुत आसानी से देखा जा सकता है कि उच्च शिक्षा के लिए ये सारे विचार कितने घातक हैं। ख़ैर, उसका विवेचन विस्तार से ही किया जा सकता है। यहाँ केवल एक तथ्य सामने लाकर परिस्थिति की विडम्बना और चिन्तन का भ्रम स्पष्ट किया जा सकता है। हमारे गृहमंत्री और शिक्षामंत्री को मालूम होगा कि शिक्षा-संस्थाओं की राजनीति करने वाले अध्यापकों को राजनीतिक दलों और व्यक्तियों का संरक्षण प्राप्त है और अपनी इसी शक्ति के आधार पर वे अपने सीमित क्षेत्र में सत्ता की राजनीति चलाते हैं। बहुसंख्यक शिक्षकों को विवशतापूर्वक अपनी दयनीय

परिस्थिति के कारण इस सत्ता की प्रतिद्वन्द्विता से जुड़ना पड़ता है, क्योंकि ये अध्यापक राजनीतिज्ञ (जो राजनीतिज्ञों के संरक्षण से शक्ति पाते हैं) अपनी प्रतिद्वन्द्विता में इन्हें मोहरा बनाते हैं। सबसे अधिक क़ष्ट और उत्पीड़न से उन अध्यापकों को गुज़रना पड़ रहा है जो सच्चे मन से ज्ञान और शिक्षा के कार्य में लगे हुए हैं। वे सबसे अधिक असुरक्षित हैं, और उन्हीं पर हर तरफ़ से प्रहार होते हैं, क्योंकि उनको न अध्यापक राजनीतिज्ञ पसन्द करता है और न उन्हें राजनीतिक नेताओं का संरक्षण प्राप्त है।

स्पष्ट है कि शिक्षण संस्थाओं की अध्यापक राजनीति के मूल में राजनीतिक परिस्थिति ही है और इसे स्वीकार करने में राजनीति के नेता को संकोच इस कारण होता है कि अपने दायित्व से मुक्त होने का यह सरल उपाय उनके हाथ से चला जाएगा। पर गृहमंत्री और शिक्षामंत्री का ध्यान आकर्षित करना चाहता हूँ कि दायित्व से कतरा जाना समस्या का समाधान नहीं है। शिक्षा सेवा आयोग के बारे में विचार करते समय उत्तर प्रदेश के सेवा आयोग तथा बिहार के सेवा आयोग तथा शिक्षा आयोगों की चर्चाओं (कुचर्चाओं) को ध्यान में रखना होगा। तरह-तरह की राजनीति का इन पर कितना प्रभाव है। उनकी तुलना में हमारे विश्वविद्यालयों की नियुक्तियाँ कहीं अधिक न्यायोचित हैं। उच्च शिक्षा के क्षेत्र में स्थानान्तर की कल्पना कितनी असंगत है, यह स्वतः स्पष्ट है। अगर हम मूल बात को पकड़ना चाहते हैं तो शिक्षा संस्थाओं को पूरी तरह राजनीतिक प्रभाव से मुक्त करना होगा और उन लोगों को वहाँ प्रोत्साहित और सम्मानित करना होगा जो ज्ञान और शिक्षा के कार्य में पूरी तरह लगे हुए हैं। पर फिर कहना पड़ता है कि इसके पहले सत्ता की राजनीति के खेल को बन्द करना पड़ेगा।